Ann Radcliffe, als Ann Ward am 9. Juli 1764 in London geboren, ist dort am 7. Februar 1823 gestorben.

Horace Walpole hatte 1764 mit dem Roman »Die Burg von Otranto« die Gattung des englischen Schauerromans begründet. Knapp dreißig Jahre später schrieb Ann Radcliffe den Roman »The Italian or the Confessional of the Black Penitents«, der als zweites bedeutendes Werk dieser Gattung in die Literaturgeschichte eingehen sollte.

Fast alle Grundstrukturen der Motive aus der Schauerromantik finden sich bereits hier, auch der romantische Rückgriff auf das Mittelalter und natürlich die Eingriffe des Übersinnlichen in die Handlung; Eingriffe, die sich letztlich aber als ganz und gar nicht übersinnlich aufklären.

Erzählt wird die Liebesgeschichte zwischen Vincentio di Vivaldi, dem Sohn der stolzen und intriganten Marchesa, und der schönen, aber armen und nichtadligen Ellena Rosalba. Mit allen unlauteren Mitteln versucht die Mutter zusammen mit ihrem Beichtvater, dem dämonisch wirkenden und allerlei kriminelle Energien entfaltenden Schedoni, die Liebenden auseinanderzubringen.

Er brütet, rings umwölkt von düst'rem Schweigen,
Aus bösem Trieb die körperhafte Tat,
Und schickt sie auf des Schicksals Fittich aus:
Ein and'rer Unsichtbarer, der uns leitet,
Unhör-, unkennbar, unergründlich!

Um das Jahr 1764 begab sich's, daß etwelche engelländische Reisende in Italien, auf einer ihrer Exkursionen in Neapels Umgebung, sich unvermutet dem Säulenportale von *Santa Maria del Pianto* gegenübersahen, jener Kirche, welche zu einem uralten Kloster des Ordens der *Schwarzen Büßermönche* gehört. Der Glanz und die Größe besagten Portales, an welchem die Zeit freilich nicht spurlos vorübergegangen, rief bei unserer Reisegesellschaft so viel Bewunderung hervor, daß ein jeder begierig ward, auch die dazugehörige Baulichkeit in Augenschein zu nehmen. So stieg man denn in solcher Absicht die marmornen Stufen hinan, welche zu dem Gotteshause führten.

Im Schatten des Portales wandelte eine Gestalt den fliesenbedeckten Gang zwischen Säulenreihe und Kirchenfassade auf und nieder. Die Arme verschränkt und den Blick zu Boden geschlagen, war der Unbekannte ganz augenscheinlich so tief in Gedanken versunken, daß er die herannahenden Fremden zunächst gar nicht gewahrte. Indes, urplötzlich fuhr er herum, als wär' er jetzt erst durch den Laut der Schritte aufgeschreckt worden, eilte auf leisen Sohlen unverzüglich zu einer Tür, welche ins Kircheninnere führte, und verschwand dahinter.

Irgend etwas am Erscheinungsbilde und Verhalten dieses Menschen war allzu ungewöhnlich und sonderbar, als daß es unsren Besuchern hätte entgehen können. Er war von großem, hagerem Wuchse, vornübergebeugter Haltung sowie von fahler Gesichtsfarbe, und aus seinen scharfgeschnittnen, finstren Zügen hatte ein Auge gestarrt, darin sich, als er's aus seinem die untere Gesichtspartie verhüllenden Umhang aufgeschlagen, eine nicht alltägliche Grausamkeit verraten.

Die Reisenden, sobald sie die Kirche betreten hatten, hielten nach dem Fremdling Ausschau, welcher vor ihnen durch die nämliche Tür geschlüpft war, allein, sie konnten denselben nirgendwo erblicken, denn in der Verschattung des langhin sich dehnenden Kirchenschiffs zeigte sich bloß eine einzige Gestalt. Es war dies ein Ordensbruder des an das Gotteshaus grenzenden Konventes, welcher fremden Besuchern bisweilen die in der Tat höchst bemerkenswerten geistlichen Kunstschätze zu erläutern pflegte, und der sich nunmehr in eben dieser Absicht unsrer Reisegesellschaft näherte.

Das Innere des Gotteshauses hatte nichts von jener prunkhaften Ornamentik, nichts von dem sonst üblichen Glanze an sich, durch den die italiänischen und namentlich die neapolitanischen Kirchen sich von denjenigen anderer Länder unterscheiden. Vielmehr präsentierte sich's in einer schlichten Größe der Linienführung, welche weit mehr dazu angetan war, das Interesse jedes Menschen von Geschmack zu erwecken, und auch der feierliche Wechsel von Licht und Schatten war mehr denn aller Glanz geeignet, das sublime, erhebende Gefühl wahrer Andacht hervorzurufen.

Die Reisenden, nachdem sie die verschiednen Altäre und sonstigen Sehenswürdigkeiten besichtigt hatten, befanden sich inmitten des dunklen Seitenschiffs schon auf dem Rückweg zum Kirchenportal, als sie aufs neue jener Gestalt ansichtig wurden, die zuvor auf den Stufen der Kirche aufgetaucht war: nunmehr aber strebte der Fremde einem zur Linken befindlichen Beichtstuhle zu. Als er denselben betrat, wies einer aus der Gesellschaft den Ordensbruder auf die sonderbare Gestalt hin und frug, wer dies denn sei. Der Befragte wandte sich nach der gewiesenen Richtung, ohne indes sogleich Antwort zu geben. Erst als die Frage wiederholt ward, neigte er nahezu ehrfürchtig das Haupt und versetzte gelassen: »Er ist ein Meuchelmörder.«

»Ein Meuchelmörder?« rief einer der Engländer. »Ein Meuchelmörder – und läuft frei herum?«

Ein italiänischer Kavalier, der zu unsrer Gesellschaft gehörte, konnt' sich angesichts des fassungslos staunenden Freundes eines Lächelns nicht erwehren.

»Er hat um Asyl gebeten«, versetzte der Klosterbruder. »Solang er sich in diesen Mauern aufhält, kann ihm kein Leids geschehen.«

»So sind denn Eure Altäre ein Schutz und Schirm der Meuchelmörder?« rief der Engländer.

»Er hat nirgendwo anders Zuflucht finden können«, antwortete der Mönch in aller Demut.

»Dies ist erstaunlich!« sagte der Engländer. »Was sollen da Eure Gesetze, wenn einer, der sich des grausamsten Verbrechens schuldig gemacht, auf solche Weise Schutz vor aller Verfolgung finden kann? Und überdies: wie bringt er's zuwege, hier sein Leben zu fristen? Ist er denn nicht beständig vom Hungertod bedroht?«

»Vergebung«, sagte da der Mönch, »doch gibt's zu allen Zeiten Leute, die willens sind, denjenigen zu helfen, die sich nicht selber helfen können. Da nun der Übeltäter die Kirche nicht verlassen kann, um seiner Nahrung nachzugehen, bringen sie ihm dieselbe hierher.«

»Ist's denn die Möglichkeit!« rief der Engländer, indem er sich seinem italiänischen Freunde zuwandte.

»Nun, man kann den armen Teufel doch nicht verhungern lassen«, versetzte der Angeredete. »Dies aber wär' unweigerlich der Fall, brächt' man ihm keine Mahlzeit in die Kirche! Indes, habt Ihr, seit Ihr Italiens Boden betreten, wirklich noch keinen Menschen in dieses Mannes Lage gesehen? Sie ist durchaus nicht so ungewöhnlich, wie Ihr zu glauben scheint.«

»Keinen einzigen!« beteuerte der Engländer. »Und auch jetzt vermag ich kaum, meinen Augen zu trauen!«

»Nun denn, mein Freund«, warf hier der Italiäner ein, »erzeigten wir solchen Unglücklichen kein Mitleid, dann wären Mord und Totschlag dermaßen an der Tagesordnung, daß unsre Städte halb entvölkert würden.«

In Anhörung solch tiefgründigen Einwands konnte der Engländer sich nur bedeutsam verneigen.

»Doch seht jenen Beichtstuhl«, setzte der Italiäner hinzu, »ich meine denjenigen hinter den linken Kirchenschiffspfeilern, unter dem gemalten Fenster – habt Ihr ihn? Das farbige Glas wirft gerade an jene Stelle einen Schatten, statt sie zu erhellen, und dies mag Euch dran hindern, zu sehn, was ich Euch zeigen will.«

Der Engländer blickte in die von dem Freunde gewiesene Richtung und bemerkte einen aus Eiche oder sonstigem sehr dunklen Holz gefügten Beichtstuhl an der Seitenwand. Auch sah er, daß es der nämliche war, in welchem jener Meuchelmörder eben vorhin untergetaucht. Der Beichtstuhl bestand aus drei Abteilungen und war von einem schwarzen Baldachin überhangen. Im Mittelteil war der um etliche Stufen über das Kirchenpflaster erhöhte Sitz des Beichtigers untergebracht, an den sich beiderseits je ein enger Verschlag schloß, darin Stufen zu einer vergitterten Trennwand emporführten, vor welcher der Bußfertige niederknien und, den Blicken etwa vorhandener Beobachter entrückt, in des Beichtigers Ohr all die Verbrechen bekennen konnte, welche ihm als eine Zentnerlast das Herz abdrücken mochten.

»Seht Ihr ihn?« frug der Italiäner.

»In der Tat«, versetzte der Engländer. »Und es ist der nämliche, darin der Meuchelmörder verschwunden ist. Überdies dünkt Euer Beichtstuhl mich einer der düstersten Orte, welche ich mein Lebtag gesehen habe. Schon sein bloßer Anblick reicht hin, einen Verbrecher zur Verzweiflung zu treiben.«

»Wir in Italien verzweifeln nicht so leicht«, gab der Italiäner lächelnd zur Antwort.

»Nun gut – doch was hat's mit jenem Beichtstuhl auf sich?« forschte der Engländer. »Der Meuchelmörder ist darin verschwunden!«

»Er steht in keinem Zusammenhange mit dem, was ich Euch nunmehr erzählen will«, sagte der Italiäner. »Ich wollt' Euch lediglich auf einen Ort hinweisen, mit dem recht ungewöhnliche Begebenheiten verbunden sind.«

»Von welcher Art?« frug der Engländer.

»Es ist nun schon etliche Jahre her, daß jenes Schuldbekenntnis, welches mit ihnen zusammenhängt, in eben diesem Beichtstuhl abgelegt wurde«, erläuterte der Italiäner. »Sein Anblick sowie derjenige des Meuchelmörders, und auch Eure Verwundrung ob der Freiheit, welche dem letzteren zugestanden ist – all dies hat mir jene Begebenheiten zum andern Mal in Erinnerung gebracht. Sobald Ihr wieder in Eurem Gasthofe seid, will ich sie Euch zur Kenntnis bringen, falls Ihr kein besseres Mittel wißt, Euch die Zeit zu vertreiben.«

»Ich bin begierig, Eure Geschichte zu hören«, versetzte der Engländer. »Könnt Ihr sie nicht hier und jetzt erzählen?«

»Sie ist viel zu lang, als daß man sie hier und jetzt erzählen könnte – dies würd' wohl eine volle Woche in Anspruch nehmen. Doch besitz' ich eine Niederschrift davon und will Euch den Band zukommen lassen. Ein junger Studiosus aus Padua, den es bald nach dem Zeitpunkt, da jenes entsetzliche Bekenntnis ruchbar geworden, nach Neapel verschlagen –«

»Vergebung«, fiel da der Engländer ein, »aber dies ist doch ganz gewiß recht ungewöhnlich? Ich war bisher der Meinung, daß jedwedem Priester das Beichtgeheimnis heilig sei?«

»Euer Einwand ist nur recht und billig«, stimmte der Italiäner zu. »Niemals bricht ja ein Priester das in ihn gesetzte Vertrauen, es wäre denn, eine Höhere Macht zwänge ihn dazu. Doch auch dann müssen es ganz außerordentliche Umstände sein: anders wär' eine solche Abkehr von Recht und Gesetz nimmermehr zu vertreten. Indes, habt Ihr die Geschichte erst gelesen, so werdet Ihr Euch in diesem Punkte nicht länger verwundern. Was ich sagen gewollt, ist, daß ein Student aus Padua sie niedergeschrieben, den es bald nach Bekanntwerden der Affäre nach Neapel verschlagen hatte, und der von den respektiven Tatsachen so sehr beeindruckt war, daß er dieselben für mich zu Papier gebracht hat – teils, um sich in der Kunst der erzählenden Prosa zu üben, teils aus Erkenntlichkeit für ein paar kleine Dienste, die ich ihm erwiesen habe. Ihr werdet aus dem Stil und namentlich aus dem Aufbau des Manuskripts ersehen, daß besagter Studiosus an Jahren noch recht jung gewesen, indes, die Fakten sind nach Gebühr berichtet, und der Erzähler ist keinen Fußbreit davon abgewichen. Doch nun laßt uns gehn und dies Gotteshaus verlassen.«

»Gönnt mir noch einen Blick auf das feierliche Bauwerk«, bat der Engländer, »und vor allem auf jenen Beichtstuhl, den Ihr mir gewiesen habt!«

Sobald aber der Sprecher sein Auge durch die hohen Gewölbe und die weihevollen Perspektiven von *Santa Maria del Pianto* schweifen ließ, ward er zum drittenmal der Gestalt jenes Meuchelmörders ansichtig, wie sie in aller Heimlichkeit aus dem Beichtstuhl glitt und durch den Chor huschte. Angewidert von solch neuerlichem Anblick, wandte er sich ab und schritt eilends aus der Kirche.

Dies geschehen, gingen die Freunde auseinander. Dem Engländer aber, nachdem er sich wieder in seinem Gasthofe eingestellt hatte, ward alsbald jenes handgeschriebene Buch übermittelt. Er las darin die folgende Geschichte:

Erstes Buch

Erstes Kapitel

Was ist's um jene nie erzählte Sünde,
So Kunst nicht fassen, Buß' nicht tilgen kann?
Walpole, *Mysterious Mother*

Es war in der Kirche von San Lorenzo zu Neapel, im Jahre 1758, daß Vincentio di Vivaldi erstmals Ellena Rosalba zu Gesicht bekam. Von dem süßen Wohllaut und edlen Ausdruck ihrer Stimme angezogen, ward sein Augenmerk sogleich auf des Mädchens Gestalt gelenkt, welche sich durch besondere Anmut und Zartheit auszeichnete. Das Antlitz freilich blieb unter dem Schleier verborgen, doch war Vincentio schon von der bloßen Stimme so sehr bezaubert, daß er die peinvollste Begier verspürte, einen Blick in jene Züge zu tun, die, so bildete er sich ein, alle Empfindsamkeit eines Gemütes ausdrücken mußten, das sich in so exquisiter Modulation deutlich genug verriet. So lauschte er voll hingerissener Aufmerksamkeit den seelenvollen Tönen und wandte während der gesamten Morgenandacht kein Auge von derjenigen, die über solch betörende Stimme verfügte. Nach Beendigung der Frühmesse blickte er der Jungfrau nach, wie sie das Gotteshaus in Begleitung einer betagten Dame verließ, die er zufolge der Art, wie sie sich auf der Jüngeren Arm stützte, für deren Mutter ansah.

Sogleich heftete Vivaldi sich an die Fersen der beiden Frauen, in der Absicht, nach Möglichkeit einen Blick aus Ellenas Augen zu erhaschen sowie jenes Haus ausfindig zu machen, darin die Schöne wohnen mochte. Die Heimkehrenden schritten rüstig aus, wobei sie weder nach rechts noch nach links blickten, und wären, als sie sich seitwärts in die Strada di Toledo wandten, ihrem Verfolger beinah aus den Augen gekommen. Daraufhin beschleunigte derselbe seine Schritte, war nicht länger auf den bisher vorsichtshalber beobachteten Abstand bedacht und holte die beiden ein, als sie den Terrazzo Nuovo betraten, welcher die Bucht von Neapel säumt und zum Gran Corso führt. Doch obschon Vincentio die beiden Frauen eingeholt hatte, half ihm dies nicht viel: noch immer trug ja die unbekannte Schöne ihr Antlitz verschleiert, und er wußte nicht, auf welche Weise er sich der Jungfrau bemerkbar machen sollte, um dergestalt eines Blicks auf jene Züge teilhaft zu werden, die seine Neugierde so sehr wachgerufen hatten. Ein angstvoller Respekt hatte sich seiner Person bemächtigt, mischte sich in seine Bewunderung und hieß ihn schweigen, wiewohl er nur zu gern geredet hätte.

Indes, als man die letzten Stufen des *Terrazzo* hinunterschritt, strauchelte die alte Dame, und noch während Vivaldi sich eilte, der Hingefallenen behilflich zu sein, ergriff die von See hereinwehende Brise den Schleier, welchen festzuhalten Ellena nun keine Hand mehr frei hatte: er ward ein wenig gelüftet und enthüllte vor Vincentios Blicken ein Antlitz von so bestürzender Schönheit, wie er sich's nimmermehr zu erträumen gewagt. Das Gesicht war von griechischem Zuschnitt, doch verrieten, unerachtet aller Ruhe einer Schönen Seele, die nachtblauen Augen einen sprühenden Geist. Nunmehr aber war dessen Besitzerin so sehr um die gestürzte Gefährtin besorgt, daß sie der Bewunderung, welche sie hervorgerufen, fürs erste gar nicht gewahr wurde. Sobald aber ihre Augen dem Blick Vivaldis begegneten, ward sie solcher Wirkung unverweilt inne und zog den Schleier hastig vors Gesicht.

Die alte Dame hatte durch den Sturz keinerlei körperlichen Schaden erlitten. Da sie aber an sich schon schlecht zu Fuß war, machte Vivaldi sich die gebotne Gelegenheit zunutze und bestand darauf, daß die Gestürzte Arm und Geleit von ihm annehme. Diese widersetzte sich solchem Anerbieten zwar unter vielerlei Bezeigungen ihrer Erkenntlichkeit, doch Vivaldi beharrte zu wiederholten Malen so respektvoll auf seiner geäußerten Absicht, daß ihr schließlich zugestimmt ward und man nun gemeinsam dem Wohnsitze unsrer beiden Damen zustrebte.

Auf dem Wege dorthin versuchte Vivaldi mit Ellena ins Gespräch zu kommen, ward aber stets nur aufs knappste beschieden, so daß er sich am Ende des gemeinsamen Weges noch immer fragte, was er denn nur vorbringen könnte, um der Schönen Anteilnahme zu wecken und sie aus ihrer tiefen Zurückhaltung zu locken. Aus dem Stil des Wohnhauses glaubte er zu ersehen, daß er's mit Leuten von achtbarem, jedoch bescheidenem Auskommen zu tun hatte, denn wiewohl das Haus nur klein war, trug es doch einen Anstrich von Behaglichkeit, ja sogar von Geschmack. Erbaut auf einer Anhöhe, umgeben von Garten und Weinbergen, gewährte es Ausblick auf die immerfort wechselnde Szenerie der Stadt wie der Bucht von Neapel und war überschattet von einem dichten Hain aus Pinien sowie majestätischen Dattelpalmen. Und wiewohl das kleine Säulenportal nur von gemeinem Marmor war, wirkte sein architektonischer Schwung dennoch elegant. Überdies bot das säulengetragene Vordach nicht nur Schutz vor der sengenden Sonne, sondern gewährte zugleich mit dem Blick auf das gesamte bezaubernde Küstenpanorama auch der von der Bucht heraufstreichenden, kühlenden Brise ungehinderten Zutritt.

Vivaldi hielt nun an der kleinen Gartenpforte, wonach die alte Dame erneut ihre Erkenntlichkeit ob des erwiesenen Beistands zum Ausdruck brachte, ohne indes den jungen Mann ins Haus zu bitten. Dieser hinwiederum, innerlich erbebend vor Verlangen und eine Beute seiner Enttäuschung, verharrte ein paar Atemzüge lang, indem er wortlos auf Ellena starrte, nicht fähig, Abschied von ihr zu nehmen, und dennoch nicht wissend, welche Worte er wählen solle, um das Gespräch fortzusetzen. Erst als die alte Dame ihm ein zweites Mal Ade sagte, raffte er sich zu der Frage auf, ob's ihm denn verstattet sein werde, sich nach ihrem Wohlbefinden zu erkundigen. Solche Erlaubnis erhalten, bedachte er Ellena mit einem beredten Abschiedsblick, worauf dieselbe sich dazu verstand, ihm für die ihrer Tante erwiesene

Aufmerksamkeit zu danken. Allein, der Klang ihrer Stimme im Verein mit dem Eingeständnis, daß sie sich dem jungen Mann verpflichtet fühle, machte diesem den Abschied nur noch schwerer. Doch bracht' er's schließlich fertig, sich von ihr loszureißen. Die Schönheit von des Mädchens Antlitz noch immer vorm inneren Auge, den berückenden Klang ihrer Stimme als einen zitternden Nachhall im Herzen – so stieg er zu dem unterhalb des Wohnhauses gelegenen Küstenstreifen hinab, wobei er in dem glückhaften Bewußtsein schwelgte, Ellena noch immer nahe zu sein, wiewohl er sie nicht länger sehen konnte. Dennoch hegte er die schwache Hoffnung, sie, wenngleich nur von ferne, auf jenem Balkon des Hauses zu erblicken, wo die seidenen Markisen den Seewind einzuladen schienen. So bracht' er Stunde um Stunde hin, bisweilen ausgestreckt unter den schattenden Pinien, die im Strandwinde wehten, bisweilen auch trotz der herrschenden Hitze am Fuße der Klippen entlangstreunend, welche das Ufer säumten, wobei er beständig dies zauberhafte Lächeln vor Augen hatte und mit dem Herzen dem süßen Wohllaut jener Stimme lauschte.

Erst mit Hereinbruch des Abends kehrte er nach Neapel in den Palast seines Vaters zurück, gedankenvoll, doch innerlich hochgestimmt, verlangend und dennoch glücklich, ja hoffnungsvoll schwelgend in Ansehung der Dankesbezeigungen, welche ihm von Ellena zuteil geworden, und trotzdem nicht wagend, irgendwelche Pläne im Hinblick auf seine künftigen Schritte zu fassen. Er war noch zeitig genug zurückgekommen, um die Mutter auf ihrem abendlichen Ausritte über den Corso zu begleiten, woselbst er in jeder der vorüberrollenden, von fröhlichen Menschen bevölkerten Karossen den Gegenstand seines unablässigen Denkens zu erblicken hoffte. Doch nichts dergleichen geschah. Seiner Mutter, der Marchesa di Vivaldi, blieben dies sehnsüchtige Ausschauhalten sowie die ungewohnte Schweigsamkeit nicht verborgen, und so stellte sie Fragen, deren Beantwortung, wie sie glaubte, solchen Wesenswandel erklären würde. Indes, was sie da zu hören bekam, erregte ihre Neugierde nur noch mehr, und obschon sie sich allen weiteren Forschens enthielt, stand zu vermuten, daß sie dasselbe früher oder später auf verdecktere Weise erneuern werde.

Vincentio di Vivaldi war der einzige Sohn des Marchese di Vivaldi, eines Edelmannes aus einem der ältesten Adelsgeschlechter im Königreich Neapel und als solcher ein Günstling bei Hofe, woselbst er über beträchtlichen Einfluß verfügte, so daß die ihm zu Gebote stehende Macht seinen Rang sogar noch überstieg. Sein Stolz ob so hoher Geburt war nicht größer als derjenige andrer auch, doch war er gepaart mit dem durchaus gerechtfertigten eines Mannes von Prinzipien. Solcher Stolz regierte sowohl seine sittenstrenge Lebensführung als auch das eifersüchtige Beharren auf jederlei zeremoniöser Eigenheit und veredelte dergestalt sein Tun wie sein Streben. So war solcher Stolz des Marchese Laster und Tugend zugleich, ja ward, wiewohl er doch recht eigentlich einer Schwäche gleichkam, zu seinem Schutz und Schirm.

Vivaldis Mutter, aus einem nicht minder alten Adelsgeschlechte denn dasjenige seines Vaters, wachte ebenso eifersüchtig wie dieser über ihre Hochgeborenheit. Ihr Stolz allerdings erstreckte sich bloß auf Geburt und Distinktion, nicht aber auf eine sittenstrenge Lebensführung. Leidenschaftliche Heftigkeit, Hochmut und Rachsucht kennzeichneten ihre Wesensart, der überdies ein Gutteil Verschlagenheit und Ränkesucht eignete. Geduldig in ihrer Arglist, war sie unermüdlich in der Verfolgung ihrer finstren Pläne, sobald es galt, sich an einem Unglücklichen zu rächen, der etwa ihren Unwillen herausgefordert. So war sie denn auch ihrem Sohn nicht so sehr aus Mutterliebe zugetan als vielmehr in Ansehung des Umstands, daß er der letzte Sproß zweier erlauchter Adelshäuser war und dereinst solch zwiefache Ehre auf sich vereinigen und weitertragen sollte.

Vincentio hatte von seinem Vater viele, von der Mutter hingegen nur sehr wenige Wesenszüge geerbt. Sein Stolz war nicht minder nobel und großherzig wie derjenige des Marchese, doch mischte solchem Stolze sich etwas von der feurigen Leidenschaftlichkeit der Marchesa bei, wenngleich ohne deren Arglist, Falschheit und nachträgerische Rachsucht. Von offener Wesensart, treuherzig in seinen Gefühlen, rasch aufgebracht doch ebenso leicht zu beruhigen, erzürnt ob des geringsten Anscheins von Mißachtung doch von jedem Einlenken sogleich wieder besänftigt, ließ sein hoher, ehrenhafter Sinn ihn ebenso scharf auf jede Beleidigung achten, wie sein feiner, menschlicher Takt ihn zur Versöhnlichkeit sowie zur peinlichsten Rücksichtnahme auf die Gefühle seiner Mitmenschen bestimmte.

Schon am Tage nach seinem ersten Zusammentreffen mit Ellena kehrte er zur Villa Altieri zurück, um von der gegebenen Erlaubnis Gebrauch zu machen, indem er sich nach dem Wohlbefinden der Signora Bianchi erkundigte. Die Erwartung, Ellena zu sehen, erfüllte ihn mit stürmischer Freude und bebender Hoffnung, und diese Empfindungen nahmen, je mehr er sich dem Wohnsitze der Schönen näherte, mit jedem Schritte zu. So sah er sich an der Gartenpforte genötigt, ein wenig innezuhalten, um Atem zu schöpfen und seine Fassung wiederzuerlangen. Nachdem er seine Aufwartung bei der alten, zur Pforte gekommenen Dienerin angemeldet hatte, ward er alsbald in einen kleinen Vorraum geleitet, darin er die Signora Bianchi über dem Aufwickeln von Seidenknäueln antraf. Die alte Dame war allein, doch schloß unser Besucher aus der Stellung eines Sessels, welcher vor einen Stickrahmen gerückt war, Ellena müsse das Gemach soeben verlassen haben. Signora Bianchi empfing den Gast mit kühler Höflichkeit und legte sich die größte Zurückhaltung auf bei Beantwortung aller Fragen nach ihrer Nichte, die, wie der Besucher insgeheim hoffte, vom einen Moment auf den andern erscheinen würde. So dehnte er seinen Aufenthalt bis zu jenem Zeitpunkte aus, da ein längeres Verweilen nicht mehr entschuldbar schien, weil aller Gesprächsstoff erschöpft und das Schweigen der Signora Bianchi nur mehr als ein Hinweis auf Vivaldis Entlassung zu verstehen war. So nahm er denn betrübten und enttäuschten Herzens Abschied, nachdem ihm die widerstrebend gegebene Zusage zuteilgeworden, er dürfe sich an einem der kommenden Tage abermals nach dem Gesundheitszustand der alten Dame erkundigen.

Auf seinem Weg durch den Garten blieb Vivaldi mehrere Male stehen und schaute auf das Haus zurück in der Hoffnung, Ellena an einem der Fenstergitter zu erblikken. Auch ließ er sein Auge in die Runde schweifen, wobei er fast schon erwartete, die Gesuchte im Schatten der üppigen Feigenbäume sitzen zu sehen. Indes, alles Umherspähen blieb vergeblich, und so verließ er den Ort mit dem langsamen, schweren Schritt tiefster Entmutigung.

Der Rest des Tages ging darüber hin, Erkundigungen nach Ellenas Familie einzuziehen, doch kam dabei nichts zutage, was unsern jungen Mann sonderlich befriedigt hätte. Man sagte ihm lediglich, daß Ellena eine Waise sei und bei Signora Bianchi, ihrer Tante, lebe. Ferner erfuhr er, daß die Familie, welche niemals Rang oder Namen besessen, völlig verarmt gewesen, so daß Ellena einzig bei besagter Tante Zuflucht gefunden habe. Doch bracht' er nicht die ganze, sorgfältig vor der Welt verborgne Wahrheit in Erfahrung, welche darin bestand, daß Ellena mit ihrer Hände Arbeit zum Lebensunterhalt der betagten Anverwandten beitrug, welche ja nichts hatte als den kleinen Besitz, darin die beiden Frauen wohnten, und daß die Jüngere oft tagelang über ihren Seidenstickereien saß, welche man an die Nonnen eines benachbarten Klosters veräußerte, die jene Arbeiten zu Wucherpreisen an die neapolitanischen Damen verkauften, welche ans Sprechgitter kamen. So wäre Vivaldi nimmermehr auf den Gedanken verfallen, daß jene wunderschöne Robe, welche er schon oftmals an seiner Mutter gesehen, aus Ellenas Händen hervorgegangen, oder daß etwelche Kopien nach antiken Vorlagen, von denen ein Gemach des Vivaldi-Palastes geschmückt war, von ihr ausgeführt seien. Wäre ihm solcher Sachverhalt bekannt gewesen, so hätte dies Wissen seine Leidenschaft nur noch stärker angefacht, wiewohl es klüger gewesen wäre – da solche Umstände ja nur zu deutlich die Unterschiedlichkeit von Vermögensverhältnissen offenbarten, welche Vivaldis Familie keinesfalls einer Vereinigung mit Ellena hätten zustimmen lassen –, diese Leidenschaft zu zügeln.

Ellena hinwiederum konnte zwar Armut ertragen, nimmermehr aber Geringschätzung. So war es nur um der kleinlichen Vorurteile willen, von denen diese Welt regiert ist, daß sie jenen Arbeitsfleiß, der ihrem Wesen alle Ehre machte, sorgfältigst vor den Leuten verbarg. Nicht, daß sie sich der eignen Mittellosigkeit geschämt hätte, noch auch ihres gewerblichen Kunstfleißes, mit dessen Hilfe sie der ärgsten Armut zu steuern vermochte: vielmehr schrak ihr Gemüt vor der leeren Freundlichkeit und demütigenden Herablassung zurück, wie sie der Reichtum bisweilen dem Mangel zu erweisen pflegt. Ihre Seele war noch nicht stark genug, und auch ihr Weltbild noch nicht genugsam gefestigt, als daß sie dem Hohnlächeln einer zutiefst verderbten Narrheit mit Verachtung begegnen und in der Würde tugendhafter Unabhängigkeit darüber hätte triumphieren können. Ellena war ja die einzige Stütze des Lebensabends ihrer Tante, legte viel Geduld für des Alters Hinfälligkeit an den Tag und fand für die Leidende stets ein tröstendes Wort. Dergestalt vergalt sie die ihr erwiesene mütterliche Zuneigung mit der Liebe einer Tochter. Der eignen Mutter konnte sie sich ja nimmer entsinnen, da dieselbe schon verstorben war, als Ellena noch im Wickelbette gelegen. Von jenem Tage an aber hatte Signora Bianchi an der kleinen Waise Mutterstelle vertreten.

So arglos und glücklich hatte Ellena Rosalba in der stillen Ausübung ihrer Pflichten und unterm Schleier der Zurückgezogenheit bis zu dem Tage gelebt, da Vincentio di Vivaldi erstmals ihren Pfad gekreuzt. Nun war aber dieser Jüngling keineswegs eine Erscheinung, über die man leicht hätte hinwegsehen können, und Ellena hatte sich denn auch zutiefst beeindruckt gefunden von der geistvollen Würde seines Gehabens und von dem offenen, edlen Gesichtsschnitt, welcher so beredt jene Charakterstärke bekundete, die den jungen Mann auszeichnete. Allein, das Mädchen blieb darauf bedacht, keinerlei Gefühle in sich aufkommen zu lassen, welche zärtlicher gewesen wären denn bloße Bewunderung, ja sie versuchte sogar, das allbereits empfangne Bild aus ihrem Herzen zu tilgen und durch vermehrte Hingabe an ihre täglichen Pflichten jenen Zustand der Seelenruhe wiederherzustellen, der durch Vivaldis Auftreten ein wenig verstört worden war.

Mittlerweile hatte der Letztere, dem die erlittne Enttäuschung so wenig Ruhe gelassen wie die Ungeduld seiner Begierde, ein Gutteil des Tages darauf verwendet, Erkundigungen einzuziehen, die aber bloß weitere Zweifel und Befürchtungen in ihm hervorriefen. So entschloß er sich, unterm Schutz des abendlichen Dunkels erneut zur Villa Altieri zurückzukehren, um in dem Bewußtsein, sich zumindest in der Nähe des Gegenstandes seiner Sehnsucht aufzuhalten, Trost zu finden. Auch hoffte er, der Zufall werde sich abermals als günstig erweisen und ihm einen weiteren Blick auf Ellena gewähren, wie flüchtig derselbe immer sein mochte.

Die Marchesa di Vivaldi hatte aber auf den nämlichen Abend eine Assemblee festgesetzt und sah sich durch den von der Ungeduld ihres Sohnes wachgerufenen Argwohn veranlaßt, den Jüngling bis zu vorgerückter Stunde an sich zu fesseln, indem sie ihm auftrug, er möge die Musik für das Orchester auswählen und die Aufführung einer neuen Pièce überwachen, welche das Werk eines Kompositeurs war, den sie in Mode gebracht. Ihre Abendgesellschaften zählten ja zu den glänzendsten und meistbesuchten von ganz Neapel. Nun war aber die Nobilität, welche sich heute im Palaste eingefunden, in zwei Parteien gespalten, und dies sowohl in Ansehung der Vorzüge des musikalischen Genius, den die Gastgeberin begünstigte, als auch derjenigen eines zweiten Ruhmeskandidaten. Die bevorstehende Aufführung, so ward allgemein erwartet, würde endgültig darüber entscheiden, wem von den beiden nun eigentlich die Palme gebührte. So mag es nicht wundernehmen, daß die Marchesa diesem Abend eine besondere Wichtigkeit beimaß, ja ihm recht angstvoll entgegensah, dieweil sie auf den Ruf ihres Lieblingskompositeurs nicht minder eifersüchtig bedacht war wie auf den eigenen, so daß sie dem Sohn nur ein flüchtiges Augenmerk zuwenden konnte.

Sobald dieser den Moment gekommen sah, sich unbemerkt aus dem Staub zu machen, verließ er die Assemblee, hüllte sich in seinen Umhang und eilte auf kürzestem Wege nach der Villa Altieri, welche gegen Westen und ein wenig außerhalb der Stadt lag. Ungesehen langte er dort an und strich eine Zeitlang an der Gartenhecke her und hin, atemlos vor Ungeduld und dennoch in diesen ersten, in Ellenas Nähe zugebrachten und von allem zeremoniellen Zwange freien Momenten von einem Entzücken überkommen, das so heftig war, als stünde die Angebetete schon leibhaftig vor ihm. Allein, dies Entzücken war so neu wie flüchtig, und alsbald fühlte unser junger Mann sich abermals so einsam, als wär' er auf ewig von Ellena getrennt – von ihr, in deren Gegenwart er sich soeben beinahe gewähnt.

Es war schon spät in der Nacht, und keinerlei Lichtschimmer ließ sich im Hause blicken. Vincentio schloß daraus, daß die Bewohner schon zur Ruhe gegangen waren, und so wich ihm alle Hoffnung, der Geliebten doch noch ansichtig zu werden, aus dem Herzen. Dennoch durchsüßte ihn die Empfindung ihrer Nähe, und so suchte er voll Begier nach einem Zugang in den Garten, auf daß er sich dem Fenster ihres mutmaßlichen Schlafgemaches nähern könnte. Die Hecke, welche aus Bäumen und dichtem Strauchwerk bestand, ließ sich ohne Schwierigkeit überwinden, und alsbald fand unser nächtlicher Eindringling sich wiederum unter dem Säulenportal der Villa.

Es ging nun schon auf Mitternacht, und die herrschende Stille ward durch das gelinde Rauschen der weit unten sich breitenden See sowie durch das murrende Grollen des Vesuv, welcher das Dunkel vom Horizonte her immer wieder mit seinem Feuerschein erhellte, eher gesänftigt denn unterbrochen. Die Feierlichkeit solcher Szenerie stimmte so recht zu der Gemütsverfassung des Jünglings, welcher denn auch in tiefer Hingabe jenem immer wiederkehrenden Grollen lauschte, das gleich einem fernhin durch die Wolken murrenden, fast schon verwehenden Donner an sein Ohr drang. Die Stille, von der jegliches Grollen des Berges gefolgt ward – jenes Aussetzen, darin alle Erwartung sich auf das neuerliche Anschwellen solchen Lautes richtete –, erfüllte Vivaldis Gemüt im gegenwärtigen Momente mit einer ganz besonderen, ehrfürchtigen Scheu. So verharrte er an seinem Platze und fuhr fort, hingerissen auf die in feierlichen Konturen vor der See sich abhebende Küste zu starren, und auch auf das Meer, dessen silbriger Spiegel eben noch wahrnehmbar blieb unterm nächtlichen Dämmer eines sternklaren Himmels. Auf der grauschimmernden Wasserfläche zogen viele Schiffe ihre lautlose Bahn, einzig vom Polgestirn über die Tiefen geleitet – vom Polarstern, der in ruhigem Glanze erstrahlte. Die Luft war still und strich von der Bucht herauf mit balsamisch erfrischender Kühle, ohne die breiten Kronen der das Haus überschattenden Pinien merklich zu rühren. Nichts denn das leise Brausen der Wogen und das Grollen des fernen Bergs trug sie mit sich – bis urplötzlich von irgendwo ein dunkler Gesang sich erhob. Das Feierliche solcher Weise fesselte des Lauschers Aufmerksamkeit: erkennend, daß es ein Totengesang war, suchte er die Richtung festzustellen, aus der dies Singen kam. Wiewohl es aus großer Ferne erklang, schien es sich fortzubewegen – und verlor sich schließlich in den Lüften. Dieser Umstand überraschte Vivaldi. Zwar wußte er, daß es in manchen Gegenden Italiens üblich ist, jene Melodie am Bett eines Sterbenden anzustimmen, doch schien der Trauerchor unterwegs gewesen zu sein – auf der Erde oder in den Lüften. Nicht der Gesang an sich war es, was ihm Kopfzerbrechen bereitete: ihn hatte er ja schon einmal vernommen, und die damit verknüpften Umstände waren von einer Art gewesen, welche ihn diese Melodie nimmermehr vergessen lassen würde. Beim Lauschen auf den fernerhin verklingenden Chorgesang hatten nämlich etwelche ergreifende Harmonien ihm sogleich jene himmlische Weise ins Gedächnis gerufen, welche er Ellena in der Kirche von San Lorenzo singen gehört. Von solcher Erinnerung überwältigt, riß er sich von seinem Platze los und gelangte beim Durchstreifen des Gartens zu einer andern Seite des Hauses, woselbst er alsbald Ellenas Stimme vernahm. Das Mädchen brachte soeben der Heiligen Jungfrau ein Frommes Lied zu Mitternacht dar und begleitete diesen Gesang mit rührend zartem, ausdrucksvollem Lautenspiel. Eine Zeitlang stand Vivaldi hingerissen, ja wagte kaum zu atmen, auf daß ihm nur ja keine Note dieser demutsvollen Andachtsweise entginge, welche aus einem Herzen zu kommen schien, dessen fromme Hingabe schon an Heiligkeit grenzte. Während nun unser Lauscher um sich blickte, um den Gegenstand seiner Bewunderung auch von Angesicht wahrzunehmen, lenkte der durchs Gerank einer Kletterrose fallende Lichtschimmer des Spähers Augenmerk auf das Gitterwerk eines Fensters, und gleich darauf hatte er Ellena vor Augen. Das Gitter war aufgetan worden, um der kühlen Nachtluft besseren Zutritt zu gewähren, und so konnte unser heimlicher Beobachter unbehindert das Gemach und dessen Bewohnerin betrachten. Soeben erhob sie sich von einem kleinen Altar, vor welchem sie ihre Andacht verrichtet hatte. Auch jetzt noch, da sie die Augen inbrünstig himmelwärts wandte, lag's wie ein Abglanz von Frömmigkeit auf ihrem Antlitz. Noch immer hielt sie die Laute in Händen, doch entlockte sie dem Instrumente keine Töne mehr, sondern schien ganz an die Dinge ihrer Umgebung verloren. Ihr schönes Haar war von dem seidnen Netz nur lose gefaßt, so daß einige Locken sich daraus hervorstahlen und einen Hals sowie ein Antlitz umkosten, dessen Schönheit nunmehr von keinerlei Schleier verhüllt war. Der leichte Faltenwurf ihres Gewandes, im Vereine mit ihrer Gestalt, ihrem Wesen und ihrer Haltung – all dies erweckte den Anschein, als stünde man vor der Nachbildung einer griechischen Nymphe.

Vivaldi sah sich hin- und hergerissen zwischen dem Verlangen, eine Gelegenheit wahrzunehmen, wie sie sich der Erklärung seiner Liebe nimmermehr bieten mochte, und der Furcht, die Angebetete aufs schwerste zu beleidigen, falls er zu so geheiligter Stunde in ihre Gemächer eindränge. Indes, dieweil er noch mit sich zu Rate ging, hörte er das Mädchen aufseufzen und gleich danach mit der ihrer Stimme eigenen Süße seinen Namen nennen! Die zitternde Begier, mit welcher er den Worten entgegenlauschte, die solcher Namensnennung etwa folgen mochten, bewirkte aber, daß er die Kletterrosen, welche das Gitter umwucherten, unwillkürlich ein wenig bewegte, so daß die Belauschte den Blick nach dem offenen Fenster wandte. Und obschon Vivaldi durch das Blätterwerk völlig verborgen war, erhob sie sich, um das Gitter zu schließen. Sobald sie aber in solcher Absicht ans Fenster kam, verlor der Lauscher alle Selbstbeherrschung und trat der Ahnungslosen von Angesicht gegenüber. Einen Atem lang stand sie wie versteinert, wobei ihre Gesichtsfarbe sich zu aschfahler Blässe wandelte, doch gleich danach schloß sie in bebender Hast das Gitter und eilte aus dem Zimmer. Vivaldi jedoch war's ums Herz, als hätte ihn mit des Mädchens Fortgang alle Hoffnung verlassen.

Nachdem er eine Zeitlang den Garten durchstreift hatte, ohne auch nur den geringsten Lichtschimmer aus einem andern Teil des Hauses wahrzunehmen, begab er sich auf den traurigen Heimweg. Jetzt erst stellte er sich jene Fragen, die er schon früher hätte bedenken sollen, und forschte in seinem Innern danach, weshalb er sich denn so sehr der Gefahr aussetzte, die mit solch heimlichen Nachstellungen verbunden war, wo doch Ellenas Herkommen jedwede Zustimmung seiner Eltern zu einer Heirat von vornherein ausschloß.

Noch hing er derlei grüblerischen Gedanken nach, bisweilen schon halb entschlossen, dem Mädchen nicht länger aufzulauern, und dennoch im nämlichen Atem zurückscheuend vor einem Leben, das ihm nichts denn Verzweiflung zu enthalten schien, als beim Verlassen des düstern Torbogens einer den Weg überwölbenden Ruine urplötzlich eine Gestalt in seinen Weg trat! Der Unbekannte war in eine Mönchskutte gehüllt, und sein im Dunkel der Nacht ohnedies schon unkenntliches Gesicht wurde von der Kapuze vollends verborgen. Er redete Vivaldi mit Namen an und sagte: »Signor! Eure Schritte werden überwacht! Hütet Euch, noch einmal zur Villa Altieri zu kommen!« Dies hervorgestoßen, war der Fremde auch schon verschwunden, bevor noch Vivaldi den schon halb gezognen Degen wieder in der Scheide versorgen oder gar nach einer Erklärung des Gehörten hätte fragen können. So rief er zu wiederholten Malen hinter dem Verschwundenen her, derselbe möge doch zurückkommen, ja verweilte sich beträchtliche Zeit an jenem Orte. Allein, niemand mehr mochte sich zeigen.

Von dem eben erlebten Vorfall völlig in Anspruch genommen, langte Vivaldi zu Hause an, gemartert von allerlei eifersüchtigen Gedanken, welche dergestalt in ihm geweckt worden. Er war ja, nachdem er etwelche andere Schlußfolgerungen verworfen hatte, zu der Ansicht gelangt, die ihm zuteilgewordene Warnung könne nur von einem Nebenbuhler herrühren, die drohende Gefahr aber vom Dolche der Eifersucht. Solche Annahme führte ihm unversehens sowohl die Heftigkeit seiner Leidenschaft als auch das Ausmaß seiner Unvorsichtigkeit vor Augen, durch die er sich dermaßen leichtfertig in eine bedrohliche Lage gebracht hatte. Doch war solch neue Einsicht nicht dazu angetan, ihn seinen Irrtum erkennen zu lassen, so daß Vivaldi, von einer Seelenqual gepeinigt wie er sie nie zuvor gekannt, den Entschluß faßte, Ellena um jeden Preis seine Liebe zu erklären und um der Geliebten Hand anzuhalten. Unseliger Jüngling! Nicht ward er des verhängnisvollen Irrtums gewahr, darein seine blinde Leidenschaft ihn zu stürzen im Begriffe stand!

Bei seiner Ankunft im Vivaldi-Palast ward er beschieden, daß die Marchesa seine Abwesenheit sehr wohl bemerkt, mehrere Male nach ihm gefragt und Anweisung gegeben habe, man möge ihr den Zeitpunkt seiner Rückkehr melden. Sie selbst war inzwischen freilich schon zur Ruhe gegangen, doch der Marchese, der seinen Souverän auf der Lustfahrt nach einem der Landsitze an den Ufern der Bucht begleitet hatte, war kurz nach Vincentios Eintreffen nach Hause zurückgekehrt. Schon im Begriffe, sich auf seine Gemächer zu begeben, hatte er den Sohn mit einem Blick ungewöhnlicher Mißbilligung bedacht, ohne indes irgend ein Wort zu verlieren, das die Ursache solchen Unwillens erklärt oder auch nur angedeutet hätte. So war man nach kurzem Gespräch von einander geschieden.

Der Jüngling schloß sich in seinen Räumen ein, um mit sich zu Rate zu gehen, falls ein Vorgang, darin die widerstreitendsten Leidenschaften jeder vernünftigen Überlegung entgegenstanden, solchen Namen überhaupt verdient. Mehrere Stunden hindurch schritt er die Reihe seiner Gemächer auf und nieder, wobei ihm abwechselnd der Gedanke an Ellena, die damit verbundene Eifersucht sowie die Angst vor den Folgen seines bevorstehenden, unbedachten Schrittes zu schaffen machte. Allzu gut war ihm des Vaters Gemütsart, allzu gut auch mancher Wesenszug der Mutter vertraut, als daß er nicht hätte fürchten müssen, der Eltern Zorn ob der von ihm erwogenen Heirat werde ein unversöhnlicher sein. Stellte er aber in Rechnung, daß er ja ihr einziger Sohn war, so neigte er dazu, einige Hoffnung auf Nachsicht zu nähren, unerachtet der schweren Last, welche gerade dieser Umstand aller elterlichen Enttäuschung hinzufügen mußte. Derlei Erwägungen waren oft genug unterbrochen durch die Angst, Ellena könnte über ihre Herzensneigung schon zugunsten jenes imaginären Nebenbuhlers entschieden haben. Dennoch bereitete ihm der Gedanke an ihren Stoßseufzer sowie an die Zärtlichkeit, mit welcher sie gleich danach seinen Namen gesprochen, ein wenig Trost. Doch sogar gesetzt, sein Werben wäre auf kein taubes Ohr gestoßen – wie hätte er hoffen können, mit seinem Flehen Erhörung zu finden, wenn er doch im nämlichen Atem hätte erklären müssen, dieselbe habe in aller Heimlichkeit zu geschehen? Nein, er wagte nicht zu glauben, daß die Geliebte sich so weit erniedrigen würde, in eine Familie zu heiraten, die es verschmähte, sie als eine Tochter aufzunehmen. Und aufs neue ward er eine Beute der tiefsten Niedergeschlagenheit.

Der Morgen fand ihn in der nämlichen Verstörung. Dennoch, Vivaldis Entschluß stand fest: er wollte das, was er nunmehr für einen falschen Stolz auf seine adelige Abkunft ansah, opfern zugunsten einer Wahl, von der er sich Glück auf Lebenszeit versprach. Doch ehe er es wagen konnte, Ellena seine Liebe zu gestehen, schien es ihm vonnöten, sich zu vergewissern, ob er denn einen Platz in ihrem Herzen einnehme oder ob sie denselben schon jenem Nebenbuhler überlassen habe. Auch galt's in solchem Falle, dessen Person festzustellen. Derlei Gewißheiten zu ersehnen war freilich um so vieles leichter denn sie zu erlangen, daß es unserm Jüngling, nachdem er eine Unzahl Pläne erwogen und wieder verworfen hatte, doch nicht geraten schien, diesbezügliche Nachforschungen anzustellen – mochte nun denselben der tiefe Respekt in Ansehung von Ellenas Person entgegenstehen, mochte es die Sorge sein, sie könnte sich in ihrer Ehre gekränkt fühlen, oder aber die Furcht, seine Absichten von der eigenen Familie entdeckt zu finden, noch ehe er der Zuneigung des Mädchens gewiß war.

In solch seelischem Zwiespalt eröffnete er sein Herz einem Freunde, welcher schon seit langem sein volles Vertrauen genoß, und dessen Rat er nunmehr mit ehrlicherer Sorge entgegenbangte, als dies bei derlei Anlässen gemeinhin der Fall zu sein pflegt. Nicht die Billigung der eignen Meinung war's ja, nach der es ihn verlangte, sondern das unparteiische Urteil eines Menschen, der über den Dingen stand. Bonarmo – dies der Name des Freundes –, wie wenig immer er für das Amt eines Ratgebers taugen mochte, hielt denn auch mit seiner Meinung nicht zurück. Um festzustellen, ob Ellena den Bemühungen Vivaldis zugänglich sei, schlug er vor, man solle ihr doch nach landesüblicher Gepflogenheit eine Serenade darbringen und machte geltend, die solcherart Geehrte werde, falls sie dem Freunde nicht abgeneigt sei, es an irgend einem Zeichen der Zustimmung nicht fehlen lassen, im umgekehrten Falle jedoch stumm und unsichtbar bleiben. Vivaldi erhob zunächst allerlei Einwendungen gegen diese plumpe, so wenig angemessene Art, seiner geheiligten Liebe Ausdruck zu verleihen. Auch war seine Meinung von Ellenas Geist und Feingefühl eine viel zu hohe, als daß er hätte glauben mögen, solch banale Huldigung könnte ihrer Eigenliebe schmeicheln oder das Mädchen gar zu seinen Gunsten einnehmen. Und selbst wenn dies der Fall sein mochte – er konnte einfach nicht glauben, daß sie auch nur das geringste Zeichen ihrer Zustimmung geben werde.

Dem Freunde aber nötigten derlei Skrupel bloß ein Lachen ab, und er machte sich lustig über etwas, das er eine dermaßen schwärmerische Verschrobenheit nannte, daß dieselbe bloß durch Vivaldis Unkenntnis der Welt entschuldigt werden könne. Dieser aber setzte den Hänseleien kurzerhand ein Ende, indem er dem Freunde bedeutete, er gestatte ihm weder auf solche Weise von Ellena zu sprechen, noch auch, eine so zarte Herzensneigung bloß als Schwärmerei abzutun. Dennoch bestand Bonarmo weiterhin auf seiner Serenade, in der er ein zumindest mögliches Mittel sah, sich über Ellenas Hinneigung zu seinem Freunde klarzuwerden, ehe dieser in aller Form um des Mädchens Hand anhielte. So kam es, daß Vivaldi, verstört und durcheinander wie er war vor Angst und Ungeduld, dem gegenwärtigen Hangen und Bangen ein Ende zu machen, und nicht so sehr des Freundes Überredungskunst sondern vielmehr den eignen Schwierigkeiten erliegend, sich schließlich bereit erklärte, das Wagnis solcher Serenade schon in der kommenden Nacht auf sich zu nehmen. Doch ward solches Unterfangen weniger in der Hoffnung auf dessen erfolgreichen Ausgang beschlossen, als in dem Bestreben, der verzweifelten Niedergeschlagenheit zu entgehen, denn Vivaldi glaubte ja noch immer nicht daran, daß Ellena ihm einen Fingerzeig geben und damit seiner Ungewißheit ein Ende setzen werde.

So sehen wir in der darauffolgenden Nacht die beiden Freunde verhüllten Antlitzes und mit den unter ihren Mänteln verborgenen Musikinstrumenten der Villa Altieri zustreben. Es war ein schweigsamer Gang, und sie hatten soeben jenen Torbogen durchschritten, darin in der voraufgegangenen Nacht der Unbekannte sich gezeigt und Vivaldi angehalten, als der Letztere plötzlich ein Rascheln neben sich vernahm und, aus seinem Mantel aufblickend, sich aufs neue der nämlichen Gestalt gegenübersah! Doch noch ehe er Zeit gefunden, einen Ausruf zu tun, war der Fremde ihm zum andernmal in den Weg getreten. »Geht nicht zur Villa Altieri«, sagte er in bedeutsamem Ernste, »auf daß Euch nicht ein Los widerfahre, vor dem Ihr zittern müßtet!«

»Welches Los?« frug Vivaldi, indem er einen Schritt zurückwich. »So redet – ich beschwör' Euch!«

Doch der Mönch war schon verschwunden, und das Dunkel der Nacht machte es unmöglich, die Richtung festzustellen, welche er genommen.

»Dio mi guardi!« rief Bonarmo aus. »Dies ist ja nahezu unglaublich! Laßt uns umkehren und nach Neapel zurückeilen. Solch abermalige Warnung dürfen wir keinesfalls in den Wind schlagen!«

»Dies ist ja nahezu unerträglich!« rief dagegen Vivaldi. »Welchen Weg hat er genommen?«

»Er ist an mir vorbeigehuscht«, versetzte Bonarmo, »und war verschwunden, ehe ich ihm in den Weg treten konnte.«

»So will ich sogleich das Äußerste dransetzen«, sagte Vivaldi. »Habe ich tatsächlich einen Nebenbuhler, so ist's das beste, mit ihm handgemein zu werden. Vorwärts denn, gehen wir!«

Bonarmo aber erhob Einwendungen und wies auf die ernste Gefahr hin, die aus so unbesonnenem Schritt erwachsen mochte. »Es liegt auf der Hand, daß Ihr einen Nebenbuhler habt«, so meinte er, »doch nicht minder klar ist, daß all Eure Beherztheit nichts gegen jene Mordbuben vermag, die Euch etwa auflauern könnten.« Die Erwähnung eines Nebenbuhlers hatte Vivaldis Blut in

Wallung gebracht. »Falls Ihr's für zu gefährlich haltet, weiterzugehen, so will ich's alleine tun«, sagte er.

Von solchem Tadel im Innersten getroffen, blieb Bonarmo schweigend an des Freundes Seite, und so erreichten die beiden unangefochten die Gartenhecke. Vivaldi schritt voran bis zu der Stelle, an der er in der vorigen Nacht in den Garten eingedrungen war, und man betrat denselben, ohne von jemandem gehindert zu werden.

»Nun, wo sind diese schrecklichen Mordbuben, vor denen Ihr mich gewarnt?« frug Vivaldi in sarkastischem Triumph.

»Sprecht leise«, versetzte der Freund. »Mag sein, daß wir uns eben jetzt in ihrer Reichweite befinden.«

»Oder sie in der unsern!« entgegnete Vivaldi.

Schließlich gelangten unsre wagemutigen Freunde zur Orangerie, die sich in unmittelbarer Nähe des Hauses befand. Vom Aufstieg ermüdet, hielten sie ein wenig Rast, auf daß sie wieder zu Atem kämen und ihre Instrumente für die Serenade vorbereiteten. Die Nacht war vollkommen still, und die beiden vernahmen nun erstmals das Stimmengewirr einer sehr fernen Menschenmenge. Alsbald jedoch zerriß das plötzliche Aufzucken eines Feuerwerks die Dunkelheit des nächtlichen Himmels. Es wurde vor einer Villa am westlichen Ufer der Bucht zu Ehren der Geburt eines königlichen Prinzen abgebrannt, und die mannigfaltigen Petarden zischten empor zu unermeßlichen Höhen. Sobald aber ihr Glanz sich dort oben in aller Lautlosigkeit entfaltete, warf er seinen Schein auf die zu Tausenden himmelwärts gerichteten Gesichter der schaulustigen Menge, illuminierte die Wasser der Bucht zusamt all den Booten und Lustbarken, welche darüber hinglitten, ja hob das gesamte Rund der aus dem Wasser steigenden Küste sowie das stattliche, weithin an den Hängen sich breitende Neapel mit seinen hinaufgestuften, von Gaffern besetzten Dächern und dem von vielerlei Karossen und fackeltragendem Volke belebten Corso scharf aus der Finsternis.

Dieweil Bonarmo solch großartige Szenerie in sich aufnahm, wandte Vivaldi sein Augenmerk Ellenas Domizil zu, welches aus dem umgebenden Baumdickicht eben noch hervorlugte. Er hoffte ja, das nächtliche Schauspiel werde auch ihre Aufmerksamkeit erregen und die Schöne auf den Balkon locken. Allein, es zeigte sich weder das Mädchen, noch auch ein Lichtschimmer, der ihr Kommen angekündigt hätte.

Während unsre beiden Freunde noch immer auf dem Rasen des Orangenhaines ruhten, vernahmen sie ein plötzliches Rascheln im Laubwerk, als bahnte sich jemand seinen Weg durchs Gezweig. Sogleich ließ Vivaldi seinen Wer da-Ruf erschallen, erhielt aber keinerlei Antwort. Nur undurchdringliches Schweigen hüllte die Lauscher ein.

»Man spioniert uns nach«, sagte Bonarmo schließlich. »Vielleicht sind wir eben jetzt vom Dolch eines Mörders bedroht! Sehn wir zu, von hier fortzukommen!«

»Oh, daß mein Herz so sicher wär' vor Amors mörderischen Pfeilen, wie es das Eure vor jenen Mordbuben ist!« rief Vivaldi. »Mein Freund, Euch plagt wohl allzusehr die Langeweile, da Ihr so viel Muße habt, Euch Euren Ängsten hinzugeben.«

»Meine Sorge entspringt der Vorsicht und nicht der Feigheit«, versetzte Bonarmo nicht ohne Schärfe. »Doch könnt' es sein, daß Ihr recht unliebsam erlebt, wie fremd mir alle Feigheit ist!«

»Ich hab' verstanden«, gab Vivaldi zurück. »So laßt uns dies Geschäft zu Ende führen, und Ihr sollt Eure Genugtuung haben, im Fall Ihr Euch beleidigt glaubt. Mir liegt nicht minder dran, eine Kränkung wiedergutzumachen, die ich jemandem zugefügt, denn eine, die mir selber widerfahren ist!«

»Wohlan!« sagte Bonarmo. »Ihr würdet, was Ihr Eurem Freunde zugefügt, mit dessen Blut wieder abwaschen.«

»Nimmermehr!« rief da Vivaldi und sank dem Gefährten an die Brust. »Vergebt mir meinen unbedachten Zorn und haltet ihn meiner Aufgewühltheit zugute!«

Bonarmo erwiderte die Umarmung. »Genug – kein weitres Wort!« so sprach er. »Wir wollen nicht mehr drüber reden! Ich drück' aufs neue einen Freund ans Herz!«

Unter solchen Reden verließen sie den Orangenhain und näherten sich den Mauern der Villa, woselbst sie unter jenem Balkone Halt machten, welcher sich über das Gitterfenster schob, durch das Vivaldi in der voraufgegangnen Nacht Ellena erblickt hatte. Sie stimmten ihre Instrumente und eröffneten die Serenade mit einem Zweigesang.

Vivaldi verfügte über eine angenehme Tenorstimme, wobei die nämliche Empfindsamkeit, welche ihn alle Musik so leidenschaftlich lieben ließ, es ihm ermöglichte, seine Intonationen mit der exquisitesten Zartheit zu modulieren und die Akzente mit dem schlichtesten und gefühlvollsten Ausdruck zu setzen. Es war, als schmölze seine Seele hin in jener zarten, flehenden und doch so fordernden Melodie. Dazu kam, daß die Begeisterung dieser Nacht ihn hinriß zu der vielleicht höchsten Ausdruckskraft, derer Musik überhaupt fähig ist. Bis zu welchem Grade dieselbe auf Ellena wirken mochte, konnt' er freilich nicht beurteilen, dieweil der Gegenstand solcher Huldigung sich weder auf dem Balkone noch am Fenstergitter zeigen mochte und auch keinerlei beifälliges Zeichen von sich gab. Kein Laut ward im Schweigen der Nacht vernehmbar – kein einziger bis auf die Weise jener Serenade, und auch kein Lichtstrahl brach aus dem undurchdringlichen Dunkel, das im Hause herrschte. Tatsächlich vermeinte Bonarmo nur ein einziges Mal während einer Pause ein Geflüster in der Nähe zu unterscheiden, als wäre da eine heimliche Unterredung im Gange. Er strengte sein Gehör an, vermochte aber nicht, sich schlüssig zu werden. Bisweilen klang's ganz deutlich an sein Ohr, doch nur, um gleich darauf einer totenhaften Stille zu weichen. Vivaldi hingegen hielt das ganze für nichts denn das Stimmengewirr jener weit unten am Strande versammelten Menschenmenge, eine Erklärung, von der Bonarmo sich nicht so leicht überzeugen ließ.

Da sie mit ihrem ersten Versuch keinerlei Aufmerksamkeit zu erregen vermocht, begaben unsre beiden Musikanten sich zur entgegengesetzten Seite des Hauses, wo sie vor dem Säulenportale Aufstellung nahmen, freilich ohne damit einen größeren Erfolg denn vorhin zu erzielen. Nachdem sie mehr als eine Stunde hindurch ihre musikalischen Fähigkeiten und die Ausdauer ihrer Geduld unter Beweis gestellt hatten, ließen sie von jeder weiteren Anstrengung ab, die halsstarrige Schöne für sich einzunehmen. Vivaldi litt, unerachtet der geringen Hoffnung, die er in das Erscheinen der Angebeteten gesetzt, freilich alle Qualen der Enttäuschung, und Bonarmo, welcher ob der möglichen Folgen solcher Verzweiflung nachgerade ernstlich in Besorgnis geriet, war nun ebenso eifrig bestrebt, dem Freunde jenen vermeintlichen Nebenbuhler auszureden, wie er ihm denselben zuvor einreden gewollt.

Schließlich verließen sie den Garten, wobei Vivaldi schwur, er werde nicht rasten noch ruhn, ehe er jenen Unbekannten nicht aufgespürt und gezwungen hätte, ihm die dunklen Warnungen aufzuklären, mit denen er unsres Verliebten Seelenfrieden so mutwillig zerstört hatte. Bonarmo aber hielt diesem Entschluß das Unbedachte und die Schwierigkeiten solcher Suche entgegen, ja führte dem aufgebrachten Freund vor Augen, daß sein Vorgehen jene Herzensneigung, deren Entdeckung er so sehr fürchtete, möglicherweise erst recht ruchbar machen werde.

Vivaldi aber hatte für derlei Vorhaltungen und Bedenken nur ein taubes Ohr. »Wir werden sehn«, so sagte er, »ob dieser Teufel in der Mönchsvermummung mich am bewußten Ort aufs neue molestiert. Tut er es, so soll er meinem Zugriff nicht entrinnen – und tut er's nicht, so will nicht minder scharf ich auf sein Kommen passen, wie er, so scheint es, auf das meine paßte! Auflauern will ich ihm im Schatten der Ruine, erwarten will ich ihn, und wär's auch bis zum Tode!«

Bonarmo ward ob der Leidenschaft, mit der Vivaldi diese letzten Worte hervorgestoßen, zutiefst bestürzt, doch widersetzte er sich dem Vorhaben des Freundes nicht länger, sondern bat ihn lediglich, zu erwägen, ob er gut genug bewaffnet sei. »Nämlich«, so fügte er hinzu, »es wär' ja möglich, daß Ihr dort Eurer Waffen bedürft, wiewohl Euch dieselben bei der Villa Altieri von keinerlei Nutzen gewesen. Denkt daran, daß der Fremde Euch mitgeteilt, Eure Schritte würden überwacht!«

»Ich habe meinen Degen«, versetzte Vivaldi, »sowie den Dolch, den ich beständig mit mir führe. Indes, ich muß Euch fragen, wie's denn um *Eure* Bewaffnung steht!«

»Schscht«, bedeutete Bonarmo dem Frager, während sie einen die Straße überhängenden Felsen umrundeten. »Wir nah'n uns dem bewußten Ort! Dort ist schon der Torbogen!« Und in der Tat: schon tauchte derselbe verschwommen an der nächsten Wegkrümmung auf, zwischen zwei Felsenklippen, deren eine die Überreste jenes römischen Kastells trug, zu welchem das Tor gehörte, wogegen die andre von schattenden Pinien bekrönt und bis herab von einem Eichendickicht überwuchert war.

Schweigend schritten die beiden Freunde voran, auf leisen Sohlen, und immer wieder voll Argwohn in die Runde spähend, in jedem Momente gewärtig, den Mönch aus einer der Felsspalten auftauchen zu sehen. Doch sie kamen unangefochten an den Torbogen heran. »Nun denn, so sind wir *vor* dem Kerl eingetroffen«, sagte Vivaldi, sobald sie in die Verschattung getreten waren. »Sprecht leise, Freund«, ermahnte ihn Bonarmo. »Außer uns mögen auch noch andre sich in dieser Finsternis verbergen. Mich dünkt der Ort so gar nicht geheuer.«

»Wer sollte außer uns solch trübseliges Refugium sich zum Verstecke wählen?« raunte Vivaldi. »Es wäre denn, wir hätten es wahrhaftig mit Banditen zu tun. Die Wildheit solchen Orts würd' in der Tat nicht übel zu deren Wesen passen – und paßt nicht minder gut zu meiner eignen Stimmung!«

»Auch ihrer mörderischen Absicht käm' sie nicht minder zupaß«, warf Bonarmo ein. »Laßt uns aus diesem schwarzen Schatten treten auf den offneren Weg, wo wir ebensogut sehen können, wer hier vorbeikommt.«

Vivaldi aber gab zu bedenken, daß man draußen auf dem Wege selber gesehen würde. »Und sobald mein unbekannter Quälgeist uns erblickt, ist es um unsern Plan geschehen, denn entweder kommt der Fremde ganz unvermutet, oder überhaupt nicht, dieweil er ja fürchten muß, daß wir bereitstehn, ihn dingfest zu machen.«

Dies sagend, postierte Vivaldi sich im undurchdringlichsten Dunkel des Torbogens, der recht tief war und sich in unmittelbarer Nähe eines in den Fels gehauenen, zum alten Kastell hinaufführenden Treppenaufgangs befand. Der Freund trat nun gleichfalls herzu und sagte nach einer Weile, während derer er seinen Gedanken nachgehangen, dieweil Vivaldi ungeduldig Ausschau gehalten: »Glaubt Ihr wahrhaftig, daß irgendeine Anstrengung, ihn dingfest zu machen, zum Erfolg führen könnte? Er ist mit einer so sonderbaren Leichtigkeit an mir vorbeigehuscht – so rasch, wie es kein Sterblicher vermöchte!«

»Was wollt Ihr damit sagen?« forschte Vivaldi.

»Nun denn, ich dächt', es ist, um abergläubisch zu werden. Vielleicht liegt es an diesem Ort, daß mir mein Gemüt dermaßen verdüstert ist, denn eben jetzt ist's mir ums Herz, als wär' kein Aberglaube schwarz genug, als daß ich ihm nicht dennoch zum Opfer fallen könnte.«

Vivaldi konnte sich eines Lächelns nicht erwehren. »Auch müßt Ihr zugeben«, fuhr Bonarmo fort, »daß jener Unbekannte unter recht befremdlichen Umständen in Erscheinung getreten ist. Woher nur konnt' er Euren Namen wissen, mit welchem, wie Ihr mir gesagt, er Euch beim ersten Male angeredet? Wie konnt' er wissen, woher Ihr kamt und wohin Ihr zurückzukehren dachtet? Durch welchen Zauber konnt' er hinter Eure Pläne kommen?«

»Ich bin gar nicht so sicher, daß er sie kennt«, warf Vivaldi ein. »Doch kennt er sie, so war gewißlich kein Zauber vonnöten, sie in Erfahrung zu bringen!«

»Der Ablauf dieser Nacht muß Euch zweifelsfrei überzeugt haben, daß er mit Euren Absichten vertraut ist«, sagte Bonarmo. »Oder haltet Ihr es für möglich, daß Ellena Eurem Werben fühllos gegenübergestanden, im Falle ihr Herz noch frei gewesen wäre – daß sie sich nicht am Gitter ihres Fensters gezeigt hätte?«

»Ihr kennt Ellena nicht«, erwiderte Vivaldi, »und deshalb sei Euch solch ungebührlicher Ton zum andernmal vergeben. Und dennoch – wäre sie willens gewesen, mein Werben zu erhören, dann hätt' sie sicherlich ein Zeichen ihrer Zustimmung –« er ließ den Satz unvollendet.

»Der Unbekannte warnte Euch, die Villa Altieri aufzusuchen«, gab jetzt Bonarmo zu bedenken. »Er schien um den Empfang zu wissen, der Euch dort erwartete, und überdies um eine Gefahr, der Ihr bislang zum Glück entgangen seid.«

»Ja, er hat jenen Empfang nur allzu gut vorausgesehen«, sagte Vivaldi, indem er alle Vorsicht vergaß und seinem Unmut in einem schallenden Ausruf Luft machte. »Und vielleicht ist er selber jener Nebenbuhler, vor dem auf der Hut zu sein er mir eingeschärft! Hat eine Verkleidung gewählt, welche so recht dazu angetan war, meine Gutgläubigkeit zu täuschen, auf daß ich mich von meinem Werben um Ellena abhalten ließe! Was soll's mir nun, hier zahm und geduldig auf sein Erscheinen zu warten? Soll ich denn wie ein schuldbeladner Mordbube dem Rivalen auflauern?«

»Um Himmels willen!« raunte Bonarmo beschwichtigend. »Bemeistert Eure Aufgewühltheit! Bedenkt den Ort, an dem Ihr Euch befindet! Der Argwohn, den Ihr hegt, ist ja im höchsten Grade unwahrscheinlich!« Und er begründete diese Meinung, ja vermochte Vivaldi zu überzeugen, so daß derselbe sich bewegen ließ, weiterhin Geduld zu üben.

Sie waren schon geraume Zeit wachsam und lautlos auf der Lauer gelegen, als Bonarmo eine Gestalt bemerkte, welche die zur Villa Altieri führende Öffnung des Torweges betrat. Doch war's nicht das Geräusch von Schritten gewesen, was Bonarmos Augenmerk auf sich gezogen, sondern die huschende Bewegung, mit der jene schattenhafte Figur in den Torbogen getreten, an eben der Stelle, wo das nächtliche Dämmerlicht jener strahlenden Breiten den Boden noch auf mehrere Schritte hin erhellte. Vivaldi hielt mittlerweile den Blick auf das in Richtung Neapel führende Wegstück geheftet, und so gewahrte er nichts von dem, was Bonarmos Aufmerksamkeit wachgerufen hatte. Dieser hinwiederum, aus Furcht vor des Freundes Übereiltheit, unterließ es zunächst, ihm die gemachte Beobachtung mitzuteilen. Er hielt es für klüger, auf die weiteren Schritte jenes Unbekannten zu achten, um sich zu vergewissern, ob es denn in der Tat der Mönch sei, den man da vor sich hatte. Die Größe der Gestalt sowie das faltenreiche, dunkle Gewand, in das sie gehüllt schien, bewog ihn schließlich, sie für den Erwarteten zu halten, und so faßte er nach Vivaldis Arm, um des Freundes Augenmerk auf den Fremden zu lenken. Im nämlichen Momente aber bewegte die Gestalt sich lautlos voran und verschwand in der Düsternis des Durchgangs, doch hatte Vivaldi schon die Ursache von seines Freundes vielsagend-stummer Geste erkannt. Keiner der beiden vernahm irgendwelche vorbeischleichenden Schritte, und so verharrten unsre Freunde, überzeugt davon, daß der Fremde, wer immer er sein mochte, den Torbogen noch nicht verlassen habe, weiterhin in lautloser Wachsamkeit auf ihrem Platze. Jetzt aber hörten sie das Rascheln eines Gewandes ganz nahebei, so daß Vivaldi, der seine Ungeduld nicht länger bemeistern konnte, aus seinem Verstecke sprang, mit ausgebreiteten Armen den Durchgang verstellte und »Wer da?« rief.

Der Ruf verhallte, doch es erfolgte keine Antwort. Bonarmo zog vom Leder und schwur, er werde so lange blindlings drauflosstechen, bis er den unbekannten Schleicher erwischt habe, daß diesem aber, im Fall er sich meldete, kein Leids geschehen solle. Solchem Versprechen schloß sich Vivaldi sogleich an, doch ward auch jetzt keinerlei Antwort hörbar. Während unsre beiden Gefährten aber auf den Klang einer Stimme lauschten, war es ihnen, als wär' soeben jemand an ihnen vorbeigehuscht! Der Torweg war jedoch nicht schmal genug, als daß man dies verhindern hätte können. Vivaldi sprang mitten in den Durchgang, konnte aber niemanden erblicken, der aus der dunklen Wölbung hinaus auf den Weg getreten wäre, wo das Dämmerlicht der Nacht ihn mit hinlänglicher Deutlichkeit hätte zeigen müssen.

»Ganz gewiß ist da jemand vorbeigehuscht«, raunte Bonarmo. »Und mir ist's, als hört' ich ihn von jener Treppe, die zum Kastell hinaufführt.«

»Ihm nach!« rief Vivaldi und war schon unterwegs, die Stufen zu erklimmen.

»Halt – um Himmels willen, haltet ein!« rief Bonarmo. »Bedenkt, was Ihr da tut! Begebt Euch nicht in die pechschwarze Finsternis dieser Ruinen! Folgt nicht dem Meuchelmörder bis in dessen Höhle!«

»Es ist der Mönch!« rief Vivaldi und hastete weiter die Treppe hinauf. »Er soll mir nicht entkommen!«

Bonarmo verharrte noch am Fuße des Treppenaufgangs, indes der Freund schon dort oben verschwand. Unschlüssig, was er tun solle, und gleichzeitig beschämt, den andern in der Gefahr alleinzulassen, überwand der Zurückgebliebene sich, gleichfalls die verfallnen Stufen hinaufzueilen, was ihm einige Schwierigkeiten bereitete.

Auf der Felsenhöhle angelangt, fand er sich auf einem Wehrgange, der einstmals über den Torbogen hinweggeführt und mit Brustwehren versehen gewesen, so daß er die Straße gesperrt und deren Engpaß nach beiden Seiten hin beherrscht hatte. Überreste der mächtigen Mauern, an denen noch die Schießscharten für die Bogenschützen erkennbar waren, bildeten den einzigen Hinweis auf den einstigen Zweck dieses Ganges. Er führte zu einem von dichten Pinien nahezu verdeckten Wachtturm auf dem gegenüberliegenden Felsen und hatte dergestalt nicht nur eine mächtige Straßensperre gebildet, sondern auch als Verbindung zwischen dem Kastell und jenem Außenwerk gedient.

Bonarmo hielt vergeblich nach dem Freunde Ausschau, und seinen wiederholten Rufen ward nur das von den Felsen zurückgeworfne Echo zur Antwort. Nach einigem Zögern, ob er nun in das Innere des Hauptwerkes eindringen oder zum Wachtturme hinübereilen solle, entschloß er sich für die erstgenannte Möglichkeit und betrat nun ein verfallenes Areal, dessen Mauern der Abschüssigkeit des Geländes angepaßt gewesen und nun kaum mehr aufzuspüren waren. Der runde, wuchtige Turm, der einstmals die Zitadelle gebildet, sowie etwelche eingestürzte, römische Torbögen nahebei – sie waren als einziges von dem vor Zeiten so bedeutenden Kastell geblieben, wenn man von jenem Trümmerwerke am Rande des Felsens absah, dessen Anlage nicht mehr vermuten ließ, zu welchem Zweck es errichtet worden.

Bonarmo betrat nun das mächtige Mauerwerk der Zitadelle, doch die darin herrschende, pechschwarze Finsternis machte ein weiteres Vordringen unmöglich, so daß er sich darauf beschränkte, aus Leibeskräften nach Vivaldi zu rufen, wonach er wieder das Freie suchte.

Während er noch auf jenes Trümmerwerk zuschritt, dessen sonderbare Form seine Neugierde erregt hatte, vermeinte er, gedämpften Stimmenlärm zu vernehmen, und dieweil er noch angstvoll lauschend dastand, schoß mit gezognem Degen eine Gestalt aus einem der Ruinengänge hervor. Es war Vivaldi! Bonarmo sprang auf ihn zu, doch der Freund war totenbleich und so sehr außer Atem, daß er zunächst keines Wortes mächtig war, ja nicht einmal die wiederholt an ihn gerichteten Fragen zu hören schien.

»Fort«, brachte er schließlich hervor, »nur fort von hier!«

»Mit tausend Freuden!« versetzte Bonarmo. »Allein, wo waret Ihr und wen habt Ihr gesehen, daß Ihr dermaßen aus der Fassung seid?«

»Fragt mich jetzt nicht – nur fort von hier!« wiederholte Vivaldi.

Zusammen stiegen sie den Fels hinab. Doch als Bonarmo, wieder unterm Torbogen angelangt, halb scherzhaft fragte, ob man sich vielleicht noch länger auf die Lauer legen solle, antwortete ihm der Freund mit einem

»Nein!«, dessen Tonfall den Frager zutiefst erschreckte. So machte man sich denn in aller Eile auf den Weg nach Neapel, wobei Bonarmo immer wieder Fragen stellte, welche Vivaldi nur ausweichend beantwortete, so daß der Frager sich nicht nur ob so plötzlicher Zurückhaltung verwunderte, sondern nicht minder begierig war, zu erfahren, wen Vivaldi nun eigentlich gesehen hatte.

»Ist's denn der Mönch gewesen«, fragte Bonarmo, »und habt Ihr ihn zuletzt doch noch gestellt?«

»Ich weiß nicht, was ich davon halten soll«, versetzte Vivaldi. »Ihr seht mich ärger bestürzt denn zuvor.«

»So ist er Euch entschlüpft?«

»Darüber wollen wir zu einem spätern Zeitpunkt reden«, sagte Vivaldi. »Allein, wie dem auch sein mag, unser Geschäft hier oben ist noch nicht zu Ende. Schon in der kommenden Nacht will ich mit einer Fackel zur Stelle sein. Wagt Ihr's, dies Abenteuer mitzumachen?«

»Ich weiß nicht, ob ich es tun soll«, entgegnete Bonarmo, »da man mir ja nicht sagt, zu welchem Ende.«

»So will ich nicht länger in Euch dringen«, gab Vivaldi zur Antwort, »dieweil Euch mein Vorhaben ja gut genug bekannt ist.«

»Also habt Ihr jenen Unbekannten wirklich verfehlt – seid noch immer im Zweifel, mit wem Ihr es zu tun gehabt?«

»Ich habe meine Zweifel – doch sollen sie, dies hoff' ich, schon morgen nacht behoben sein.«

»Dies ist wohl sonderbar genug!« rief da Bonarmo. »Noch eben vorhin war ich Zeuge des Entsetzens, mit welchem Ihr die Burgruinen von Paluzzi verlassen, und doch tragt Ihr Euch schon mit dem Gedanken, dorthin zurückzukehren! Allein, weshalb bei Nacht – warum denn nicht bei Tage, wo Euch weit weniger Gefahr bedrohte?«

»In diesem Punkte bin ich nicht so sicher«, versetzte Vivaldi. »Ihr müßt bedenken, daß jener Ort, zu dem ich vorgedrungen, dem Licht des Tags entrückt ist. Wir müssen ihn mit Fackeln untersuchen, ganz gleich, ob's draußen Tag ist oder Nacht.«

»Wenn dem so ist«, sagte Bonarmo, »wie kommt es dann, daß Ihr Euren Weg in vollkommener Finsternis gefunden habt?«

»Ich war zu abgelenkt, als daß ich auf dergleichen hätte achten können – es war, als hätt' mich eine unsichtbare Hand geführt.«

»Nun, unerachtet dessen«, warf Bonarmo ein, »müssen wir, wenn schon nicht bei Tageslicht, so doch bei Tage gehen im Fall Ihr darauf Wert legt, daß ich Euch begleite. Es käme ja dem Wahnwitz gleich, zum andernmal um Mitternacht einen Ort aufzusuchen, der allerlei Raubgesindel zum Unterschlupf dienen mag!«

»Ich will an der gewohnten Stelle mich auf die Lauer legen«, erwiderte Vivaldi, »bevor ich zu meinem allerletzten Mittel greife. Dies aber kann ich nimmermehr bei Tage tun, und überdies ist's nötig, daß ich mich an die Stunde halte, zu welcher nach Gewohnheit unser Mönch erschienen ist.«

»So ist er Euch entkommen«, frug Bonarmo, »und Ihr wißt noch immer nicht, wer er in Wahrheit ist?«

Allein, Vivaldi antwortete bloß mit der Gegenfrage, ob der Freund ihn nun begleiten wolle oder nicht. »Wenn nicht«, so fügte er hinzu, »so muß ich hoffen, einen andern Gefährten aufzutreiben.«

Daraufhin sagte Bonarmo, er wolle sich den Vorschlag erst noch durch den Kopf gehen lassen, werde den Freund aber bis zum kommenden Abend von seinem Entschluß in Kenntnis setzen.

Während sie diese Absprache trafen, schritten sie schon durch die Gassen von Neapel und standen kurz danach vor den Toren des Vivaldi-Palastes, woselbst sie für den Rest der Nacht von einander schieden.

Zweites Kapitel

Olivia: Nun wohl, was tätet Ihr?
Viola: Ich baut' an Eurer Tür ein Weidenhüttchen
Und riefe meiner Seel im Hause zu,
Schrieb' fromme Lieder der verschmähten Liebe
Und sänge laut sie durch die stille Nacht,
Ließ' Euern Namen an die Hügel hallen,
Daß die vertraute Schwätzerin der Luft
»Olivia!« schriee! Oh, Ihr solltet mir
Nicht Ruh genießen zwischen Erd und Himmel,
Bevor Ihr Euch erbarmt!

Shakespeare, *Was ihr wollt*

Da Vivaldi sich auf die Worte des Mönchs keinen Reim machen konnte, faßte er den Entschluß, in der Villa Altieri vorzusprechen, dortselbst seine Absichten kundzutun und sich dergestalt von den nagenden Zweifeln zu befreien, welche der Gedanke an einen möglichen Nebenbuhler in ihm ausgelöst. So begab er sich denn gleich am Morgen jener abenteuerlichen Nacht zu Ellenas Domizil, mußte aber auf seine Frage nach der Signora erfahren, dieselbe könne keine Besuche empfangen. Nur mit vieler Mühe bewog er die alte Haushälterin zur Übermittlung seiner Bitte, ob er der Signora nicht doch für einen Moment seine Aufwartung machen dürfe. Dies ward unserm jungen Mann gestattet, und alsbald sah er sich in jenes Zimmer geleitet, darin er vor wenigen Tagen Ellena von Angesicht erblickt hatte. Jetzt war es leer, und man bedeutete dem Jüngling, die Signora Bianchi werde in Bälde erscheinen.

Während der Wartefrist fand Vivaldi sich abwechselnd als Beute einer stürmischen Ungeduld und einer nicht minder stürmischen Freude: bald starrte er auf den Altar, von welchem er Ellena sich erheben gesehen und vor dem er sie noch immer knieen wähnte – bald blickte er auf all die andern Dinge, auf denen vor so kurzer Zeit noch der Geliebten Auge geruht. Insgesamt hatten die ihr vertrauten Gegenstände für Vivaldi etwas von jener Weihe angenommen, wie sie durch das Mädchen auch seinem Herzen eingepflanzt worden, und rührten ihm die Seele beinahe ebenso tief, als wäre Ellena leibhaftig vor ihn hingetreten. Ein Zittern kam ihn an, als er die Laute in die Hand nahm, auf der sie nach Gewohnheit gespielt, und sobald er einige Akkorde darauf anschlug, war es ihm, als vernähm' er die Stimme der Geliebten. Auf einer Staffelei stand ein unvollendetes Bild, das eine tanzende Nymphe zum Vorwurf hatte, und sogleich verstand sich's für unsern Liebenden von selbst, daß *ihre* Hand diese Linien gezogen. Es war eine Kopie nach den Gemälden aus Herculaneum, wies aber dessenungeachtet alle Vorzüge eines Originals auf. Fast konnte man meinen, die Nymphe würd' sich schon im nächsten Momente leichtfüßig weiterbewegen, so zart und luftig war ihre Anmut zu Papier gebracht. Vivaldi erkannte, daß diese unvollendete Arbeit zu einer Reihe weiterer gehörte, die das Gemach schmückten und stellte voll Überraschung fest, daß er es hier mit den nämlichen Bildvorwürfen zu tun hatte, welche auch in seines Vaters Zimmer hingen und von denen er geglaubt, sie seien die einzigen Kopien, die mit Genehmigung der Königlichen Kunstsammlungen hergestellt worden waren.

Jedwedes Ding, auf dem sein Auge sich verweilte, schien der Geliebten Gegenwart zu atmen, und noch die Blumen, welche das Zimmer so farbenfroh belebten, verströmten einen Duft, der des Jünglings Sinne betörte und seine Einbildungskraft anstachelte. So kam es, daß noch vor dem Erscheinen der Signora Bianchi seine Begier wie seine Befürchtungen ein Ausmaß angenommen hatten, welches ihn, der nicht länger glaubte, vor der alten Dame bestehen zu können, mehrere Male nahe daran brachte, dem Hause den Rücken zu kehren. Und als er schließlich von draußen die Schritte der Herannahenden vernahm, wollte ihm schier der Atem versagen. Nun war aber die Erscheinung der Signora Bianchi durchaus nicht dazu angetan, Bewunderung zu erwekken, und so hätte ein heimlicher Beobachter lächeln müssen ob der Verwirrtheit, mit welcher Vivaldi unsichern Schritts und angstvollen Blickes auf die ehrwürdige Matrone zutrat, um ihr die welke Hand zu küssen und danach der quengelnden Stimme zu lauschen. Die alte Dame begegnete ihrem Besucher ja mit aller Reserviertheit, und so verstrich einige Zeit, bis derselbe sich hinreichend gesammelt hatte, um ihr den Anlaß für seine Aufwartung darlegen zu können. Indes, die gemachten Eröffnungen schienen die Signora nicht sonderlich zu überraschen: vielmehr nahm sie die in Ansehung ihrer Nichte vorgebrachten Beteuerungen mit unbewegter, wenngleich gestrenger Miene entgegen, hörte auch noch die Bitte an, sie möge des Jünglings Werben bei Ellena unterstützen, und sagte dann: »Ich kann nicht darüber hinwegsehen, Signor, daß eine Familie vom Range der Euren keinesfalls der Vereinigung mit einer vom Range der meinen zustimmen würde. Auch ist mir nicht unbekannt, daß ein ausgeprägtes Standesbewußtsein zu den hervorstechenden Wesenszügen sowohl des Marchese als auch der Marchesa di Vivaldi gehört. So muß dieser Heiratsantrag Euren Eltern höchst unwillkommen sein, wenn er nicht gar ohne deren Wissen erfolgt. Dennoch muß ich Euch sagen, Signor, daß die Signora di Rosalba zwar nicht an hoher Abkunft, sehr wohl aber an Stolz Euren Eltern ebenbürtig ist.«

Vivaldi, obschon alle Ausflüchte von Natur aus verabscheuend, hatte Mühe, mit solch abrupt geäußerter Wahrheit fertigzuwerden. Indes, die offene Art, mit der er dies schließlich zuwegebrachte, im Verein mit einer Leidenschaft, welche zu beredt war, als daß man sie hätte mißdeuten können, besänftigte Signora Bianchis Befürchtungen ein wenig, und überdies gewannen nach und nach andere Erwägungen in ihr die Oberhand. In Ansehung ihres Alters und ihrer Gebrechlichkeit dachte sie ja daran, wie bald der Tod sie dahinraffen mochte, und wie sie Ellena dann als eine junge und schutzlose Waise zurücklassen würde, bar aller Freunde und noch im gegenwärtigen Zeitpunkte zum Teil auf den Arbeitsfleiß der Tante, zur Gänze aber auf deren Umsicht und Besonnenheit angewiesen. Die große Schönheit und geringe Weltkenntnis des Mädchens ließen der liebevollen Signora Bianchi die Gefahren der Zukunft in den lebhaftesten Farben erscheinen, so daß sie insgeheim schon leise erwog, ob es nicht geraten wäre, gewisse unter anderen Umständen durchaus löbliche Bedenken hintanzustellen, um dergestalt der Nichte zu einem schützenden und ehrenhaften Ehegemahl zu verhelfen. Wenn also die Tante im obwaltenden Falle von jener stolzen Rechtlichkeit abwich, die ihr jedwede Zustimmung zu einer heimlichen Einheirat Ellenas hätte untersagen müssen, so mag uns ihr mütterlich besorgtes Herz bewegen, den Tadel, den sie ob solchen Verhaltens verdient, ein wenig zu entschärfen.

Doch bevor sie eine diesbezügliche Entscheidung treffen konnte, war es vonnöten, sich zu vergewissern, ob denn unser Jüngling solch großen Vertrauens auch wahrhaft würdig wäre. Und um überdies noch die Beständigkeit seiner Herzensneigung auf die Probe zu stellen, sagte die alte Dame nichts, was sein Hoffen im gegenwärtigen Momente allzusehr bestärken hätte können. Seine Bitte, Ellena von Angesicht gegenübertreten zu dürfen, schlug sie rundweg ab mit der Begründung, sie müsse sich seinen Heiratsantrag erst noch gründlich durch den Kopf gehen lassen, und auf sein drängendes Forschen, ob er etwa mit einem Nebenbuhler zu rechnen habe, und wenn, ob dann Ellena geneigt wäre, ihm, Vivaldi, den Vorzug einzuräumen, beantwortete sie ausweichend in dem Bewußtsein, daß ihr eindeutiger Bescheid die Hoffnungen des Jünglings stärker ermutigt hätte, als dies im Nachhinein wünschenswert sein mochte.

Schließlich nahm Vivaldi Urlaub von der alten Dame, zwar erlöst aus der tiefsten Hoffnungslosigkeit, doch kaum zu irgendwelchen greifbaren Hoffnungen ermuntert. Noch immer wußte er nicht, ob er nun einen Nebenbuhler habe, und noch immer mußte er zweifeln, ob ihm Ellena auch nur ein Fünkchen Wertschätzung entgegenbrachte.

Zwar war es ihm gestattet worden, der Signora Bianchi an einem der kommenden Tage neuerlich seine Aufwartung zu machen, doch schien die Zeit bis zur Heraufkunft jenes Tages nicht verstreichen zu wollen. Da es unsern Jüngling aber schlechterdings unmöglich dünkte, die Qualen solcher Wartefrist zu ertragen, war, dieweil er Neapel zuschritt, sein ganzes Sinnen und Trachten darauf gerichtet, ein Mittel zu finden, das imstande wäre, solchen Martern ein Ende zu setzen. Unter derlei Gedanken langte er an dem wohlbekannten Torweg an und hielt, obschon er keinerlei diesbezügliche Hoffnung hegte, Ausschau nach seinem unbekannten Quälgeiste. Doch der Fremde zeigte sich nicht, und so schritt Vivaldi weiterhin voran, fest entschlossen, den Ort zur Nacht aufs neue aufzusuchen und auch in aller Heimlichkeit zur Villa Altieri zurückzukehren, weil er sich von solch neuerlichem Besuche einige Erleichterung von seinen gegenwärtigen Besorgnissen versprach.

Bei seinem Eintreffen im Palaste fand er eine Nachricht des Marchese vor, welcher wünschte, daß der Sohn ihn erwarten möge. Vivaldi gehorchte, doch der Tag verstrich, ohne daß der Marchese im Palaste eingetroffen wäre. Die Marchesa, als sie des Jünglings ansichtig wurde, fragte ihn unter vielsagenden Blicken, mit welchen Dingen er denn neulich beschäftigt gewesen und machte danach all seine Pläne für den Abend zunichte, indem sie ihm auftrug, sie nach Portici zu begleiten. Dergestalt sah Vivaldi sich sowohl daran gehindert, Bonarmos Bescheid abzuwarten, als auch sich bei Paluzzi auf die Lauer zu legen und danach Ellenas Wohnsitz aufzusuchen.

Er verbrachte den gesamten Abend in Portici, und da bei der Rückkehr sein Vater noch immer nicht im Palast erschienen war, blieb der Jüngling weiterhin in Unkenntnis des Gegenstandes der gewünschten Unterredung. Bonarmo sandte ihm ein paar Zeilen, darin er es abschlug, den Freund neuerlich zur Burgruine zu begleiten, sondern ihn vielmehr beschwor, von solch gefährlichem Besuche abzustehen. Da Vivaldi nunmehr über keinen Gefährten für sein geplantes Wagestück verfügte, es ohne einen solchen aber nicht unternehmen wollte, verschob er sein Vorhaben auf eine spätere Nacht. Keinerlei Erwägungen aber vermochten ihn von einem Besuch der

Villa Altieri abzuhalten. Nicht gewillt, einen Freund, der ihm schon die erste Bitte abgeschlagen, um Begleitung anzugehen, wählte er seine Laute zum einzigen Gefährten und traf noch vor der gewohnten Stunde an der Gartenhecke ein.

Die Sonne war schon vor Stundenfrist untergegangen, doch am Horizont hielt sich noch immer ein Abglanz safranfarbenen Lichts, und die gesamte Himmelswölbung erstrahlte in einer Transparenz, wie sie nur jenen zauberhaften Breiten eignet – in einem durchsichtigen Schimmer, welcher die vom Tage ermattete Welt mit ruhevollem Dämmer in Schlaf zu wiegen schien. Fern gegen Südosten hin hoben sich die Konturen des Vesuv noch deutlich vorm heraufziehenden Dunkel ab, doch der Berg selbst lag so lautlos wie düster.

Vivaldi vernahm nichts als den raschen und lebhaften Wortwechsel einiger Lazzaroni unten am Strand, welche sich über ihrem simplen Maro-Spiele ereiferten. Aus den laubüberhangenen Gittern eines im Orangenhaine errichteten Pavillons schimmerte Licht, und die plötzlich geweckte Hoffnung, Ellena zu sehen, wollte den Liebenden schier übermannen. Es war ihm schlechterdings unmöglich, solcher Gelegenheit zu widerstehen – und doch verhielt er trotz aller Ungeduld den Schritt und fragte sich, ob er es wohl mit seiner Ehre vereinbaren könne, sich in des Mädchens Zurückgezogenheit einzuschleichen wie ein Dieb in der Nacht, um zum heimlichen Belauscher ihrer verborgnen Gedanken zu werden. Allein, die Versuchung war zu übermächtig für dies ehrenhafte Zaudern: nur einen Atem lang hielt Vivaldi inne – und näherte sich gleich danach auf leisen Sohlen dem Pavillon. Dort postierte er sich so vorsichtig an einem der offenen Gitter, daß er vom Gezweig eines Orangenbaumes vor aller Entdeckung geschützt war, wogegen sich ihm ein unbehinderter Blick ins Innre des Gemaches bot. Ellena war allein. Sie saß und sann, hielt die Laute umfaßt, entlockte ihr jedoch keine Töne. Nichts von ihrer Umgebung schien sie wahrzunehmen, und auf ihren Zügen lag eine zarte Empfindsamkeit, die unserm Lauscher sogleich verriet, daß des Mädchens Gedanken mit einem fesselnden Gegenstande befaßt waren. Dem Jüngling ging es durch den Sinn, daß die Geliebte, als er sie zum vorigen Mal in ähnlich gedankenvoller Pose gesehen, seinen Namen ausgesprochen, und schon stand er im Begriff, sich ihr zu entdecken und zu Füßen zu werfen, als des Mädchens Worte ihm Einhalt geboten.

»Oh über den törichten Dünkel einer hohen Abkunft!« rief sie aus. »Oh eingebildetes Vorurteil, das unsern Seelenfrieden zerstört! Nimmer würde ich einwilligen, in eine Familie zu heiraten, welche sich meiner Aufnahme widersetzt! So mögen sie zumindest sehen, daß es mir nicht an Seelenadel gebricht! Ach! Vivaldi! Wäre doch nicht dies unselige Vorurteil! –«

In Anhörung solcher Worte stand unser Jüngling wie erstarrt. Ihm war's, als träumte er. Erst der Klang der Laute rief ihn ins Leben zurück, und nun hörte er das Mädchen die erste Strophe derjenigen Weise singen, mit der er einige Nächte zuvor seine Serenade eröffnet hatte! Und sie sang mit solch leidenschaftlicher Wärme, wie sie der Komponist empfunden haben mochte, als er die Melodie im Rausch der Inspiration zu Papier gebracht.

Die Sängerin, nachdem sie die Strophe zu Ende gesungen, setzte ein wenig aus, und dies benützte Vivaldi, überwältigt von der Versuchung solcher Gelegenheit, seine Leidenschaft zu bekunden, um sogleich die Saiten des eigenen Instrumentes erklingen zu lassen und mit der zweiten Strophe zu respondieren. Dabei erhöhte das Beben seiner Stimme, obgleich es deren Wohlklang beeinträchtigte, des Sängers Ausdruckskraft. Ellena schien die Stimme sogleich wiederzuerkennen: bald erbleichte sie, bald schoß ihr eine tiefe Röte in die Wangen, und noch ehe die Strophe beendet war, schien das Mädchen von all ihren Sinnen verlassen zu sein. Schon war Vivaldi im Begriff, den Pavillon zu betreten, als sein Erscheinen die Leblose wieder zu sich brachte. Sie winkte ihm hastig ab und hätte das Zimmer gewißlich verlassen, wär' er ihr nicht in den Weg getreten, um sie anzuflehen, ihm einen Atem lang Gehör zu schenken.

»Dies kann nicht sein«, versetzte Ellena.

»So laßt mich bloß aus Eurem Munde hören, daß ich Euch nicht verächtlich bin!« entgegnete Vivaldi. »Sagt, daß dies Eindringen mich nicht jener Wertschätzung beraubt hat, mit der Ihr mich bis zu diesem Augenblick bedacht, nein beehrt habt – «

»Oh, niemals nimmermehr!« fiel ihm Ellena hastig ins Wort. »Vergeßt, daß ich dies je getan! Vergeßt, daß Ihr es je gehört! Ich weiß nicht, was ich sagte!«

»Ach – schönste Ellena! So haltet Ihr für möglich, daß ich dies je vergessen könnte? Vergessen? Dies Labsal meiner einsamen Stunden, diese einzige Hoffnung, so mich noch aufrecht hält? –«

»Ich kann mich nicht länger aufhalten lassen, Signor«, unterbrach ihn Ellena in noch größrer Verwirrung, »noch auch mir selber vergeben, solche Unterredung geduldet zu haben.« Doch ein unwillkürliches Lächeln schien diese Worte Lügen zu strafen, und Vivaldi mochte lieber solchem Lächeln als den Worten trauen. Doch noch bevor er der raschen Freude so innerer Gewißheit Ausdruck verleihen konnte, hatte das Mädchen den Pavillon verlassen. Er eilte ihr nach in den Garten – doch sie war verschwunden.

Von diesem Augenblick an schien es Vivaldi, als fände er sich in einem völlig neuen Leben: die ganze Welt, sie dünkte ihn ein Paradies, und jenes Lächeln schien ihm auf ewiglich ins Herz gebrannt. Im Überschwang so plötzlichen Entzückens wähnte er's unmöglich, daß er jemals wieder unglücklich sein könnte, und voll Trotz bot er noch der bösesten Unbill künftigen Geschicks die Stirn. Leicht wie die Luft erschien ihm jeder Schritt, dieweil er nach Neapel zurückkehrte, und nicht einmal des alten Warners gedachte er auf seinem Weg.

Da er weder den Marchese noch die Mutter zu Hause antraf, fand er Muße genug, in der verzückten Erinnerung zu schwelgen, die ihm als eine süße Last auf der Seele lag und von der er keine Sekunde zu lassen gewillt war. Die ganze Nacht verbrachte er darüber, seine Zimmerflucht zu durchmessen in einer Aufgewühltheit, welche aufs Haar derjenigen seiner bisher ausgestandenen Ängste glich, oder aber Briefe an Ellena aufzusetzen, die er gleich nach deren Konzeption wieder zerriß, weil er ihnen bald zuviel, bald zuwenig anvertraut zu haben glaubte. Auch erwog er all das, was zu sagen ihn unbedingt nötig dünkte, beklagte den kalten Ausdruck seiner Leidenschaft und kam zu dem Schlusse, daß keine Sprache ihr gerecht werden könne.

Dennoch hatte er um die Zeit, da die Domestiken an ihr Tagwerk gingen, einen Brief zustande gebracht, der um etliches mehr nach des Schreibers Sinne gediehen war, und den er durch einen verläßlichen Diener nach der Villa Altieri bringen ließ. Kaum aber hatte derselbe den Palast verlassen, als unserm Briefsteller schon wieder neue Argumente einfielen, die zu äußern ihm auf der Seele brannte, neue Wendungen, welche im Hinblick auf seine gegenwärtigen Gefühle von höchster Wichtigkeit waren, so daß er wohl die halbe Welt dafür hingegeben hätte, den Boten zurückrufen zu können.

Mitten aus dem Zustand solcher Aufgewühltheit ward Vivaldi vor den Marchese zitiert, welcher bis dahin zu beschäftigt gewesen, als daß er die festgesetzte Verabredung hätte einhalten können. Nunmehr aber blieb der Jüngling nicht lange im Unklaren über den Gegenstand solcher Unterredung.

»Es war mein Wunsch«, so hub der Marchese voll hochmütiger Strenge an, »mit dir über eine Sache zu sprechen, welche sowohl für deine Ehre als auch für dein Glück von größtem Gewichte ist. Auch lag's mir am Herzen, dir Gelegenheit zu geben, eine Nachrede zu entkräften, die, im Falle sie mir glaubhaft erschiene, meine ärgste Mißbilligung hervorrufen müßte. Zum großen Glück aber setze ich zuviel Vertrauen in meinen Sohn, als daß ich dergleichen für bare Münze hätte nehmen können, und habe versichert, derselbe wisse zu gut, was er dem Ansehen der Familie wie auch dem eigenen Rufe schulde, und werde sich zu keinem Schritt verstehen, der eines von beiden herabwürdigen könnte. So geht's mir in dieser Unterredung zunächst darum, dir ein wenig Zeit zu geben, um eine Verleumdung zu widerlegen, auf welche ich sogleich zu sprechen komme, und ferner um die eigne Rückendeckung, damit ich jenen Personen, die mir dergleichen hinterbracht haben, nach Gebühr entgegentreten kann.«

Voll Ungeduld harrte Vivaldi der Beendigung solcher Präambel und bat danach, der Marchese mög' ihm doch den Inhalt solcher Nachrede zur Kenntnis bringen.

»Es geht das Gerücht«, fuhr derselbe fort, »daß es da ein junges Frauenzimmer gibt, die sich, wenn ich mich recht erinnere, Ellena Rosalba nennt – jawohl, dies war der Name. Kennst du solch eine Person?«

»Ob ich sie *kenne*?« rief Vivaldi. »Doch Vergebung, sprecht weiter, mein Herr Vater.«

Der Marchese hielt inne und musterte den Sohn gestrengen Blickes, doch ohne Verwunderung. »Man erzählt, eine junge Frauensperson dieses Namens habe es mit List fertiggebracht, deine Zuneigung zu gewinnen und –«

»Mein Herr Vater, es ist nur zu wahr, daß Signora Rosalba meine Zuneigung gewonnen hat«, fiel hier Vivaldi dem Sprecher mit ehrlichem Befremden ins Wort. »Doch war dabei keinerlei List im Spiele.«

»Ich wünsche nicht, unterbrochen zu werden«, fiel nun der Marchese seinerseits ins Wort. »Es geht die Rede, sie habe ihr Wesen dem deinen so arglistig angepaßt, daß sie dich mit Hilfe einer Anverwandten, bei der sie lebt, schon zum kniefälligen Freier gemacht.«

»Signora Rosalba, mein Herr Vater, hat mich der Ehre gewürdigt, ihr Freier sein zu dürfen«, versetzte da Vivaldi, der seinen Gefühlen nicht länger zu gebieten vermochte. Schon setzte er zur weitern Rede an, als der Marchese ihm abrupt das Wort abschnitt. »So gibst du also deine Torheit zu!«

»Mein Herr Vater, ich bin stolz auf meine Wahl.«

»Junger Herr«, sprach da der Vater, »dieweil aus dir bloß der Hochmut und die schwärmerische Begeisterung eines Knaben sprechen, will ich dir deine Rede noch einmal vergeben und mich im Zaume halten – doch nur dies eine Mal. Wenn du also deinen Fehltritt einbekennst und dich augenblicklich von deiner neuen Mätresse lossagst –«

»Mein Herr Vater!«

»Im Augenblick mußt du dich von ihr trennen!« wiederholte der Marchese mit noch strengerem Nachdruck. »Doch um dir zu beweisen, daß mein gerechter Sinn noch übertroffen wird von meiner Güte, will ich jener Person ein kleines Jahrgeld aussetzen, als Entschädigung für die Verworfenheit, darein sie sich durch deine Mithilfe gestürzt sieht.«

»Mein Herr Vater!« rief Vivaldi entgeistert und kaum mehr der Stimme mächtig. »Wie sagtet Ihr? Verworfenheit?« Er rang nach Luft. »Wer hat gewagt, des Mädchens fleckenlosen Ruf zu besudeln, indem er solch gemeine Lüge Euch hinterbracht? Nennt mir den Schuft, ich beschwör' Euch, macht ihn mir augenblicklich namhaft, auf daß er von meiner Hand empfange, was er verdient! Verworfenheit – – Ein Jahrgeld – – *Jahrgeld!* Oh Ellena! Ellena!« Und während er den teuren Namen aussprach, mengten sich ihm Tränen der Zärtlichkeit in jene der Entrüstung.

»Junger Herr«, sagte der Marchese, welcher die Heftigkeit solcher Gefühlsaufwallung mit argem Mißvergnügen, ja mit Bestürzung mitangesehn. »Es ist nicht meine Art, dem erstbesten Gerücht blindlings Glauben zu schenken, doch kann ich mir nimmer verstatten, an der Wahrheit dessen zu zweifeln, was ich soeben geäußert. Du bist einer Täuschung zum Opfer gefallen und wirst in deiner törichten Eitelkeit jenem Trugbild weiterhin anhängen, solange ich mich nicht herablasse, von meiner Macht Gebrauch zu machen und dir den Schleier von den Augen zu reißen. So sag dich auf der Stelle los von ihr, und ich will dir Beweise für ihren früheren Lebenswandel beibringen, die sogar *deinen* Glauben wankend machen werden, wie schwärmerisch er immer sein mag!«

»Ich mich lossagen?« wiederholte Vivaldi mit einer so ruhigen, doch unbeirrbaren Entschlossenheit, wie sie der

Vater noch nie an ihm gesehen. »Mein Herr Vater, Ihr habt an meinem Wort noch nie gezweifelt: so verpfände ich Euch nun mein Ehrenwort, daß Ellena ohne Arg ist! Ohne Arg, ich wiederhole es! Oh Himmel, nie hätt' ich gedacht, daß derlei Bekräftigung je vonnöten sein werde, und schon gar nicht, daß ich mich gezwungen sehen könnte, dies Mädchen zu verteidigen!«

»Ich muß es in der Tat beklagen, daß es so weit gekommen ist«, versetzte der Marchese kalt. »Du hast dein Wort verpfändet und ich kann ihm nicht mißtrauen. So bleibt mir nur zu glauben, daß man dich hintergangen hat – daß du unerachtet deiner nächtlichen Besuche jene Person für tugendhaft ansiehst. Und wäre sie es auch, unseliger Knabe: wie machst du die verliebte Narrheit wieder gut, mit der du ihren Ruf befleckt hast? Was wirst –«

»Indem ich vor aller Welt bekunde, mein Herr Vater, daß sie wert ist, mein Ehegemahl zu werden!« versetzte Vivaldi, und die Röte, welche ihm dabei zu Kopfe stieg, sprach für die Furchtlosigkeit und den Jubel dieses ehrenfesten Herzens.

»Dein Ehegemahl!« sprach da der Marchese, und in seinem Blick malte sich eine unaussprechliche Verachtung, die freilich sogleich dem Ärger und der Sorge wich. »Glaubte ich wahrhaftig, daß du so weit vergessen könntest, was du der Ehre deines Hauses schuldest – ich würde dich nicht länger als meinen Sohn betrachten, und dies für alle Zeit!«

»Wie!« rief Vivaldi in aller Seelenqual der widerstreitenden Gefühle. »Aus welchem Grund sollt' ich Gefahr laufen, zu vergessen, was ich dem Vater schulde, da ich doch bloß verfechte, was ich der Unschuld schuldig bin? Da ich bloß diejenige verteidige, die sonst niemanden hat, der für sie einträte? Weshalb soll es mir nicht gestattet sein, die Pflichten eines Sohns und eines Liebenden in meinem Handeln zu vereinen? Sind sie im Grunde nicht ein und dasselbe? Doch komm' es wie es mag – mein Teil ist's, die Bedrängten zu beschützen und stolz zu sein auf jene Tugend, die mich lehrt, daß es der

Menschenpflichten erste ist, in diesem Sinn zu handeln. Ja, mein Herr Vater, wenn es sein muß, will ich unbesehen die kleinern Pflichten opfern um der Größe des Prinzipes willen, das über allen Herzen stehen sollte und hinter jedem Tun. Indem ich solcher Forderung mich unterwerfe, dien' ich am besten der Ehre meines Hauses.«

»Wo gibt es ein Prinzip«, versetzte der Marchese ungeduldig, »das Söhne lehrt, des Vaters Willen zu mißachten? Wo eine Tugend, so dir eingibt, die Familie in den Kot zu zerren?«

»Davon kann keine Rede sein, oh mein Herr Vater, dieweil ja auch kein Laster mit im Spiel ist«, entgegnete Vivaldi. »Doch kann es sein, vergebt, wenn ich dies sage, doch kann es manchmal sein, daß Ungehorsam eine Tugend ist.«

»Solch widersprüchliche Moral«, versetzte der Marchese voll leidenschaftlicher Mißbilligung, »und solche schwärmerische Sprache verraten mir genugsam vom Wesen deiner Freunde und von der Reinheit jenes Frauenzimmers, das du so ritterlich verteidigst. Muß ich, Signor, Euch erst noch sagen, daß der Familie Ihr Euch zu *beugen* habt anstatt ihr zu gebieten? Und daß Ihr nichts seid denn der Hüter ihrer Ehre, der nicht nach Laune über sich verfügen kann? Kein Wort mehr – meine Langmut ist erschöpft!«

Nun, auch Vivaldis Langmut konnte solch wiederholte Anwürfe gegen Ellenas Ehre nicht länger ertragen. Doch wiewohl der Jüngling sich weiterhin für des Mädchens Unschuld verbürgte, tat er dies mit jener Mäßigung, welche in Gegenwart des Vaters geboten schien, und obschon er seine Unabhängigkeit mannhaft zu wahren wußte, blieb er doch peinlich darauf bedacht, seine Sohnespflichten nicht zu verletzen. Zum großen Unglück aber wich die Meinung des Marchese über die zu wahrenden Grenzen ganz erheblich von derjenigen seines Sohnes ab: der erstgenannte wollte nur passiven Gehorsam dulden, der zweite hingegen sah jene Grenzen dort gesetzt, wo das eheliche Lebensglück eines Menschen auf dem Spiele stand. So schied man denn in wechselseitigem Groll: Vivaldi hatte den Vater nicht dazu gebracht, den Namen jenes infamen Gewährsmannes preiszugeben, und war auch nicht imstande gewesen, Ellenas Tugendhaftigkeit genugsam zu erhärten; der Marchese hingegen war nicht minder erfolglos geblieben in seinem Bestreben, dem Sohne das Versprechen abzunötigen, die Geliebte nicht mehr zu besuchen.

So war denn Vivaldi, der noch wenige Stunden zuvor alle Freuden der höchsten Glückseligkeit ausgekostet, Freuden, welche nicht nur alles Vergangne, sondern auch sämtliche Gedanken an die Zukunft in ihm ausgelöscht hatten, so daß er es nimmer für möglich gehalten, jemals wieder vom Becher des Leides kosten zu müssen – so war denn auch er, dem der Augenblick seines Glükkes zur Ewigkeit geworden, er, der sich von allen andern losgelöst gefühlt, nur zu bald in die Zeit und das Leid zurückgefallen.

Der Zwiespalt, in den er sich gestürzt sah, schien kein Absehn zu haben: er liebte seinen Vater ja und wäre ob des Ärgers, den er ihm nun bereitete, noch tiefer verstört gewesen, hätte der Marchese nicht ein solches Maß an Verachtung für Ellena an den Tag gelegt. Vivaldi vergötterte Ellena und war, abgesehen von der Unmöglichkeit, seinen Hoffnungen zu entsagen, zutiefst entrüstet ob der üblen Nachrede, durch welche des Mädchens Name befleckt worden, und nicht minder begierig, solche Schmach an deren Urheber zu rächen.

Wiewohl der junge Mann den Unmut seines Vaters ob solcher Heiratsabsichten vorausgesehen, traf ihn die Wirklichkeit tiefer und schmerzlicher, als er es befürchtet hatte, dieweil ja der Schimpf, welcher Ellena dadurch angetan worden, so unerwartet wie unerträglich war. Eben dieser Umstand aber lieferte Vivaldi einen weiteren Grund, sich erneut an die Geliebte zu wenden, denn wäre es ihm auch möglich gewesen, von seiner Liebe zu lassen, so hatte er nunmehr auch seine Ehre für das Mädchen in die Schanze geschlagen. Und da er überdies auch noch derjenige gewesen, der ihren Ruf besudelt hatte, sah er es für seine erste Pflicht an, denselben wiederherzustellen. Indem er also nur zu gern dem Gebot so einleuchtender Verpflichtungen folgte, beschloß er, auf dem einmal gefaßten Plan zu beharren. Freilich mußten seine ersten Schritte der Entdeckung jenes Verleumders gelten. So überschlug er nun zum andernmal die Worte des Marchese und stellte dabei voll Überraschung fest, daß dessen eingestandenes Wissen um jene abendlichen Besuche bei der Villa Altieri die dunklen Warnungen des Mönches erklärte. Nichts lag näher als anzunehmen, jener Kerl habe sowohl Vivaldis Schritten nachspioniert als auch dessen Liebe in den Kot gezerrt. Allein, die Unvereinbarkeit solcher Handlungsweise mit den offensichtlich gutgemeinten Warnungen irritierte Vivaldi und ließ ihn schließlich zur gegenteiligen Ansicht kommen.

Mittlerweile war es um Ellenas Herzensruhe nicht viel besser bestellt. Das Mädchen fand sich hin- und hergerissen zwischen ihrem Stolz und ihrer Liebe. Hätte sie aber um die letzte Unterredung des Marchese mit Vivaldi gewußt – sie wäre aller Zweifel ledig gewesen und hätte sich in gehöriger Einschätzung der eigenen Würde sogleich veranlaßt gesehen, ihrer kindlichen Herzensneigung ein Ende zu machen.

Signora Bianchi hatte nämlich ihre Nichte von Vivaldis Anliegen in Kenntnis gesetzt, dabei aber wohlweislich die abträglichen Umstände dieses Heiratsprojektes weniger stark ins Licht gerückt, sondern lediglich erwähnt, es sei wohl nicht sehr wahrscheinlich, daß des Freiers Familie einer Vereinigung mit jemandem zustimmen werde, der ihr an Rang so beträchtlich nachgebe. Die ob solcher Vorstellung aufgebrachte Ellena aber hatte erwidert, falls die Tante dergleichen wirklich glaube, so habe sie nur recht daran getan, solche Werbung abzuweisen. Der Seufzer allerdings, von dem diese Äußerung begleitet war, entging Signora Bianchis Aufmerksamkeit nicht, und so verstieg sie sich zu der Bemerkung, sie habe des Jünglings Werbung nicht *endgültig* abgeschlagen.

Während nun Ellena in der eben geschilderten Unterredung – und auch in späteren – voll innerer Freude ihre geheime Herzensneigung gerechtfertigt sah durch die Billigung der in allen Dingen der Moral so unbestechlichen Tante und nur zu bereitwillig glaubte, jener Umstand, welcher ihren Stolz wachgerufen, sei nicht so demütigend wie sie fürs erste angenommen, war die alte Dame ängstlich darauf bedacht, die wahren Beweggründe zu verbergen, welche sie veranlaßt hatten, Vivaldi Gehör zu schenken. Sie wußte nur zu gut, daß derlei Erwägungen bei Ellena nicht verfangen würden, und daß die Nichte in ihrer Großherzigkeit und geringen Welterfahrung dagegen aufbegehrt hätte, irgendwelche eigensüchtigen Motive mit etwas so Geheiligtem wie einer Heirat zu vermischen. Als aber Signora Bianchi unerachtet solchen Umstands daranging, zufolge ihrer früheren Erwägungen all der Vorteile, die solche Vereinigung für ihre Nichte mit sich bringen mochte, für den Jüngling Partei zu nehmen und den Sinn Ellenas, deren Neigung den Ansichten der Tante ohnedies schon entgegenkam, zu beeinflussen suchte, erwies das Mädchen sich durchaus nicht als so lenksam, wie man hätte erwarten können. Vielmehr zeigte sie sich zutiefst bestürzt ob der Vorstellung, heimlich in Vivaldis Familie einheiraten zu sollen. Die Bianchi aber, deren Gebrechlichkeit solchem Wunsche nur noch stärkeren Antrieb verlieh, war nunmehr schon dermaßen von den Vorteilen der geplanten Verbindung überzeugt, daß sie sich entschloß, der Nichte Widerstand auf jeden Fall zu brechen. Freilch mußte dies auf weitaus geduldigere und behutsamere Weise geschehen, als sie zunächst geglaubt. An jenem Abend, da der junge Mann Ellena im Pavillon überrascht und ihr das Eingeständnis ihrer Liebe abgerungen hatte, war des Mädchens Befangenheit beim Erzählen des Vorgefallenen deutlich genug gewesen und hatte der Signora Bianchi mit hinlänglicher Klarheit gezeigt, wie es im Herzen der Nichte aussah. Und als am darauffolgenden Morgen Vivaldis Brief eingetroffen, darin jedes Wort so einfach, zielbewußt und wahr geklungen, hatte die Tante nicht versäumt, dem Geschriebenen ihre üblichen Kommentare hinzuzufügen.

Vivaldi hingegen verbrachte nach jener letzten Unterredung mit dem Marchese den Rest des Tages über dem Schmieden verschiedener Pläne, die ihm dazu verhelfen sollten, jener Person habhaft zu werden, welche seines Vater Gutgläubigkeit so sehr mißbraucht hatte. Am Abend jedoch begab er sich erneut zur Villa Altieri, diesmal freilich in aller Offenheit, und ebenso offen ließ er unter dem finstern Balkon der Geliebten seine Serenade erklingen, ja sprach auch mit der Signora Bianchi, welche ihn diesmal bei weitem höflicher aufnahm als beim letzten Besuche. Da sie die Besorgnis in des Jünglings Zügen der Ungewißheit zuschrieb, darin er in Hinblick auf die Entscheidung ihrer Nichte schwebte, war sie darob weder verwundert noch beleidigt, sondern verstand sich dazu, dem Besucher ein wenig Linderung zu verschaffen, indem sie ihn in seinen Hoffnungen bestärkte. Schon fürchtete Vivaldi, die alte Dame werde ihn nach den Gefühlen fragen, die seine Familie hegte, doch schonte sie in diesem Punkte sein Feingefühl nicht minder denn das ihre. So verließ er nach einem recht ausführlichen Gespräch die Villa Altieri, das Herz ein wenig besänftigt durch den Zuspruch, den er gefunden, und von neuer Hoffnung beflügelt, wiewohl ihm kein Blick auf Ellena zuteilgeworden. Das Eingeständnis ihrer Empfindungen am voraufgegangenen Abend sowie die Hinweise in Ansehung von Vivaldis Familie – dies alles lastete noch zu schwer auf des Mädchens Gemüt, als daß sie sich für ein Gespräch stark genug gefühlt hätte.

Bald nach seiner Rückkehr in die Stadt ließ die Marchesa unsern Jüngling in ihr Gemach bitten. Erstaunt, sie unbeschäftigt anzutreffen, erlebte er nun eine ganz ähnliche Szene wie die mit seinem Vater, wiewohl die Marchesa ihre Fragen viel geschickter stellte und auch in ihrer Haltung mehr Sanftmut an den Tag legte. Ein weiterer Unterschied bestand darin, daß Vivaldi in keinem einzigen Moment den Anstand zu wahren vergaß, welchen ein Sohn seiner Mutter schuldet. Diese hinwiederum, indem sie seinem leidenschaftlichen Wesen eher nachgab, anstatt es zu reizen, wobei sie ihn über das Ausmaß des Unmuts hinwegtäuschte, den sie im Hinblick auf seine Wahl empfand, blieb auch in ihren Einwürfen und Warnungen maßvoller als der Marchese, wenngleich dies vielleicht nur geschah, weil sie stärker als ihr Gemahl darauf hoffte, das befürchtete Übel noch abwenden zu können.

Vivaldi verließ sie, unüberzeugt von ihren Argumenten, unbeeindruckt von ihren Prophezeiungen und unbeirrt in seinen Absichten. Auch empfand er keine Unruhe, da er das Wesen dieser Frau viel zu wenig kannte, als daß er ihre Machenschaften gefürchtet hätte. Die Marchesa hinwiederum erhoffte sich nichts mehr von dem gewaltsamen Betreiben ihrer Absichten, sondern faßte den Entschluß, sich eines Helfers von einigem Talente zu versichern, eines Menschen nämlich, der nach Wesensart und Ansichten sehr wohl geeignet schien, ihr als ein willfähriges Werkzeug zu dienen. Vielleicht war's bloß die Niedrigkeit des eignen Herzens, nicht aber echte Überlegung oder gar Scharfblick, was diese Frau befähigte, des andern Natur zu durchschauen. Jedenfalls beschloß sie, dieselbe nach ihrem Sinne zurechtzubiegen.

Es lebte nämlich zu Neapel im Dominikanerkloster von Spirito Santo ein Mönch, welcher Pater Schedoni genannt wurde. Er war, wie der Name schon sagt, italiänischer Abstammung, doch wußte man so gut wie nichts über seine Familie, ja gewisse Umstände legten sogar den Schluß nahe, besagter Mönch wünsche sein Herkommen unter einem undurchschaubaren Schleier zu verbergen. Niemand hatte ihn je von einem Anverwandten oder gar von seinem Geburtsorte sprechen hören, und stets hatte der Mönch es aufs listigste verstanden, allen Fragen auszuweichen, welche einen Gegenstand berührten, der durch die Neugierde seiner Mitbrüder bisweilen angeschnitten ward. Dennoch wies so manches auf eine hohe Abkunft unsres Klosterbruders hin, und auch darauf, daß ihm das Leben übel mitgespielt. Auch schien seine Gesinnung, wie sie sich bisweilen unter aller Verstellungskunst bemerkbar machte, eine vornehme zu sein, wiewohl sie nicht so sehr die Aspirationen großherzigen Denkens, als vielmehr den düstern Hochmut eines enttäuschten Geistes verriet. Einige wenige Mitglieder des Konventes, deren Augenmerk er durch seine Erscheinung auf sich gezogen, waren der Meinung, daß alle Ausgefallenheit seines Gehabens, seine strenge Zurückgezogenheit, sein undurchdringliches Schweigen, seine einzigartigen Gewohnheiten und auch die häufigen Kasteiungen auf ein unglückliches Leben zurückzuführen seien, welches an diesem hochmütigen und zerrütteten Geiste nagte. Andere hinwiederum erblickten in der Aufführung des Mönches die Folge irgend eines gräßlichen Verbrechens, welches nunmehr an seinem bösen Gewissen zehrte.

Bisweilen kam es vor, daß er sich tagelang aus der Gesellschaft seiner Mitbrüder zurückzog, oder, falls er in solcher Gemütsverfassung dennoch gezwungen war, in ihrer Mitte zu weilen, nicht zu wissen schien, wo er sich befand und sich in meditierendes Schweigen hüllte, bis er wieder allein war. Auch gab es Zeiten, da keine Menschenseele wußte, wohin er sich verkrochen hatte, wiewohl man jeden seiner Schritte beobachtete und auch seine gewohnten Schlupfwinkel kannte. Niemanden gab's, der je ein Wort der Klage von ihm vernommen hätte, und die bejahrteren Klosterbrüder sagten von ihm, er verfüge über einiges Talent, sprachen ihm aber jede Lernfähigkeit ab. Sie lobten ihn ob des profunden Scharfsinns, den er bisweilen in seinen Argumentationen an den Tag legte, wandten aber ein, daß er einer offensichtlichen Wahrheit häufig genug wie blind gegenüberstehe. Durch all die labyrinthischen Gedankengänge der langatmigsten Abhandlungen vermochte er ihr zu folgen – und sah sie dennoch nicht, sobald sie unverhüllt vor ihm zutage lag. Doch verhielt es sich so, daß ihm nichts an der Wahrheit lag und er sie mit seinen kühnen und breitangelegten Argumentationen gar nicht suchte. Vielmehr liebte er's, seinen Scharfsinn und seine List in allerlei künstlichen Verwicklungen zu erproben. So war's gekommen, daß ob so komplizierten, mißtrauischen Denkens sein verderbter Geist das Einfache und Leichtverständliche nicht mehr für wahr zu halten vermochte.

Von seinen Mitbrüdern liebte ihn keiner, viele begegneten ihm mit Widerwillen, und noch größer war die Zahl derjenigen, welche Furcht vor ihm empfanden. Von Gestalt auffallend, wirkte er alles andere denn einnehmend, da er bei seiner großen Statur und extremen Magerkeit über recht grobschlächtige Gliedmaßen verfügte, so daß den in seine schwarze Ordenstracht Gehüllten beim Einherschreiten ein Anhauch von Entsetzen umwitterte, etwas, das beinahe nicht mehr menschlich war. Auch seine Kapuze, wie sie ihren Schatten auf die fahle Blässe seines Antlitzes warf, vertiefte nur noch dessen Düsternis und verlieh den großen, melancholischen Augen einen Ausdruck, der ans Erschreckende grenzte. Solche Schwermut entsprang aber keinem empfindsamen, verletzten Herzen, sondern ganz augenscheinlich einer düster brütenden Grausamkeit. Etwas Einzigartiges lag in diesen Zügen, das sich aller Beschreibung verschloß. Die Spuren vieler Leidenschaften durchzogen dies Gesicht, hatten es erstarren gemacht und alle Beseeltheit daraus getilgt. Stets lagen Düsterkeit und Strenge auf dem zerfurchten Antlitz, daraus die Augen so bohrend hervorstachen, als vermöchten sie auf den ersten Blick die Menschenherzen zu durchschauen und deren geheimste Gedanken zu lesen. Nur wenige konnten solch prüfendem Blicke standhalten oder ihm ein zweites Mal begegnen. Doch unerachtet all der Düsternis und Strenge mochte es in seltenen Fällen der Anteilnahme vorkommen, daß aus diesen Zügen urplötzlich ein gänzlich anderer sprach, denn unser Mönch besaß die Gabe, sich auf das Wesen und die Leidenschaften derjenigen Personen, die er für sich gewinnen wollte, mit erstaunlicher Leichtigkeit einzustellen, was dann zumeist seinen vollkommenen Triumph zur Folge hatte. Dieser Mönch Schedoni war aber der Beichtiger und geheime Ratgeber der Marchesa di Vivaldi, welche ihn im ersten Aufschäumen beleidigten Stolzes, wie es durch die Entdeckung der von ihrem Sohne geplanten Heirat hervorgerufen worden, zu sich gebeten hatte. Während sie nun mit dem Mönch auf Mittel und Wege gesonnen, solche Heirat zu verhindern, hatte sie alsbald erkannt, daß er alle Voraussetzungen für das Gelingen ihres Vorhabens in sich vereinte. Jedem der beiden war's ja gegeben, den andern aufs wirksamste zu unterstützen: Schedoni verfügte über den nötigen Scharfsinn sowie über den Ehrgeiz, denselben nach Kräften anzuspannen, die Marchesa aber war von unerbittlichem Hochmut besessen und hatte Einfluß bei Hofe. Der Mönch erhoffte sich große Vorteile aus seinen Diensten, und die Marchesa war darauf bedacht, die vermeintliche Würde ihres Hauses zu wahren. Angetrieben von solcherlei Leidenschaften und verlockt von den sich bietenden Aussichten, trafen die beiden insgeheim, ja sogar ohne Wissen des Marchese, alle Vorkehrungen, um ihr abgekartetes Spiel zum gedeihlichen Ende zu bringen.

Vivaldi, als er seine Mutter verlassen hatte, war Schedoni auf dem zu ihrem Gemache führenden Gange begegnet. Da er wußte, daß der Mönch ihr Beichtiger war, überraschte ihn solche Begegnung nicht sonderlich, wiewohl sie zu ungewöhnlicher Stunde erfolgte. Schedoni neigte im Vorüberschreiten das Haupt und nahm eine demütige, salbungsvolle Miene an. Vivaldi aber, der den Mönch durchdringend musterte, schrak unwillkürlich vor ihm zurück. Es war, als hätt' ein schauderndes Vorgefühl dessen, was der Mönch da gegen ihn im Schilde führte, des jungen Mannes Seele angerührt.

Drittes Kapitel

– – – Bist du irgend was?
Bist du ein Gott, ein Engel oder Teufel,
Der starren macht mein Blut, das Haar mir sträubt?
Gib Rede, was du bist.

Shakespeare, *Julius Caesar*

Seit seinem letzten Besuch auf Altieri war Vivaldi ein häufiger Gast der Signora Bianchi, und mit der Zeit ward es auch Ellena verstattet, sich den beiden zu gesellen, zumal da die Konversation ja stets nur um gleichgültige Dinge kreiste. Die alte Dame, welche der Nichte Herzensneigung ebensowohl erkannt hatte wie die Vortrefflichkeit von Vivaldis Denken und Handeln, sagte sich nämlich, daß seine stummen Aufmerksamkeiten ihn eher zum Erfolge führen würden denn jede formelle Erklärung seiner Gefühle. Solch vorzeitige Eröffnung barg ja die Gefahr in sich, daß Ellena, solange ihr Herz noch nicht stärker für den Jüngling schlug, sich über Gebühr erschreckt fühlen und dergestalt alle weiteren Besuche zurückweisen mochte – eine Gefahr, die freilich mit jedem Tage geringer werden mußte, den Vivaldi in unverbindlichem Gespräch mit dem Mädchen verbrachte.

Die Signora hatte Vivaldi mittlerweile bestätigt, daß er keinen Nebenbuhler zu fürchten habe, ja daß Ellena ausnahmslos jeden Bewunderer zurückgewiesen, welcher sie bisher im Schatten ihrer Zurückgezogenheit aufgespürt. Und überdies hatte Signora Bianchi unserm jungen Mann versichert, Ellenas gegenwärtige Reserviertheit erkläre sich aus des Mädchens Erwägungen im Hinblick auf die Vorurteile von Vivaldis Familie, sei aber keinesfalls ein Zeichen der Mißbilligung seiner Person. So enthielt sich denn der Jüngling allen weiteren Drängens bis zu dem Zeitpunkte, da er Ellenas Herz noch stärker an sich gefesselt haben würde, und ward in seinen Hoffnungen durch die Signora Bianchi bestärkt, deren sanfte, zu seinen Gunsten geäußerte Vorhaltungen mit jedem Tage freundlicher und überzeugender wurden.

Auf diese Weise gingen etliche Wochen ins Land, und

schließlich gab Ellena dem beständigen Zureden der Tante und auch den Regungen des eigenen Herzens nach und verstand sich dazu, Vivaldi als ihren Verehrer anzuerkennen, nicht länger der Gefühle seiner Familie zu achten, und wenn, dann in der Hoffnung, dieselben würden sich durch Erwägungen von größerem Gewichte schon noch umstimmen lassen.

In Begleitung der Signora Bianchi und eines Signor Giotto, welcher ein entfernter Anverwandter der alten Dame war, unternahmen die Liebenden häufig Exkursionen in Neapels bezaubernde Umgebung. Vivaldi war ja nicht länger darauf bedacht, seine Liebe vor der Welt geheimzuhalten, sondern vielmehr von dem Wunsche beseelt, durch sein öffentliches Auftreten jedem Gerücht, das der Geliebten hätte Abbruch tun können, zu steuern. Auch trug der Gedanke, daß Ellenas Ruf durch des Jünglings unvorsichtiges Verhalten Schaden gelitten, im Verein mit der arglosen Unschuld und der bezaubernden Süße, mit der das Mädchen ihm begegnete, ihm, welcher die Ursache jener Schädigung gewesen, dazu bei, seiner Liebe ein nahezu geheiligtes Erbarmen zu verleihen, das ihn alle Familienrücksichten vergessen machte und die Geliebte unwiderruflich an sein Herz fesselte.

Besagte Exkursionen führten unsre Gesellschaft bisweilen bis nach Pozzuoli, Baia oder an die bewaldeten Felshänge des Posilippo, wobei, sobald man auf der Rückfahrt über die mondhelle Bucht hinglitt, die Melodik fernher erklingender, italiänischer Weisen der Schönheit solcher Uferlandschaft einen ganz eigenen Zauber verlieh. Zu solch kühler Abendstunde waren ja häufig die dreistimmigen Gesänge der nach des Tages Mühen auf lieblichem Vorgebirge im Schatten der Pappeln ausruhenden Weinbauern zu vernehmen, oder aber das muntre Musizieren der unten am Strande zum Tanz aufspielenden Fischer. Dann ließen die Bootsleute die Ruder ruhen, und unsre Gesellschaft lauschte den Stimmen dort drüben, welchen die Empfindsamkeit der Sänger eine größere Beredtheit verlieh, als dies die bloße Kunstfertigkeit vermag. Zu anderer Stunde aber bewunderte man die leichte, natürliche Anmut, durch welche die Tänze der Bauers- und Fischersleute von Neapel sich vor denjenigen anderer Landstriche auszeichnen. Nicht selten auch begab sich's, daß beim Umfahren eines Vorgebirges, dessen schroffe Felsmassen drohend in die See hinausragten, sich Szenen von so zaubrischer Schönheit dem Auge eröffneten, überdies noch bereichert von Gruppen tanzenden Volkes am jenseitigen Ufer der Bucht, wie sie der Pinsel keines Malers hätte wiedergeben können. Die tiefen, klaren Fluten spiegelten jede Einzelheit der Landschaft wider, jeden der wildzerklüfteten Uferfelsen, die von Gehölzen bekrönt waren, deren schäumendes Laubwerk die steilen Abstürze nicht selten in verschwenderischer Üppigkeit überwucherte – spiegelten da und dort die Überreste eines ehedem an gewagter Stelle erbauten Landsitzes, wie sie durch das Laubdickicht blinkten, spiegelten die gleich Schwalbennestern in den felsigen Schründen hängenden Hütten der Bauern wie auch die tanzenden Gestalten am Ufer, und all dies war in das silbrige Geleucht und die sanften Schatten des Mondlichtes getaucht. Seewärts hingegen erstreckte sich die in stetiger Unruhe glitzernde Linie des Meers und war in ihrer klaren Ferne belebt durch die Segel von vielerlei Schiffen, wie sie lautlos hinausglitten nach allen Weltrichtungen – ein Anblick, dessen Größe es mit der Lieblichkeit der Uferlandschaft leichtlich aufnehmen konnte.

Eines Abends, als Vivaldi mit Ellena und Signora Bianchi in dem nämlichen Pavillon saß, an dessen Gittern er jenes kurze und doch so fesselnde Selbstgespräch belauscht hatte, das ihm die Gewißheit von der Geliebten Wertschätzung gegeben, plädierte er mit größerem Ernste denn je zuvor für eine baldige Heirat. Die alte Dame widersprach seiner Argumentation mit keinem Worte: sie war seit einiger Zeit nicht mehr recht bei Gesundheit und hätte, da sie sich dem Tode nahe fühlte, die Hochzeit schon gerne vollzogen gesehen. Trüben Auges musterte sie die Szenerie, welche sich vor dem Pavillon breitete. Der blendende Glanz, mit dem die scheidende Sonne das Meer übergoß, das von unzähligen buntbemalten Schiffen belebt war, sowie die von Santa Lucia zum Hafen von Neapel heimkehrenden Fischerboote – dies alles vermochte nicht länger, die Kränkelnde aufzumuntern. Auch der römische Turm am Ende der Mole dort unten, vergoldet wie er war von den flach einfallenden Strahlen, und auch die malerischen Gestalten der Fischer, welche rauchend in seinem langen Mauerschatten lagen oder im Sonnenschein am Ufer standen, um die heimkehrenden Gefährten zu erwarten – auch dies lebensvolle Bild erweckte nicht länger die Anteilnahme der Signora. »Ach!« so sprach sie nach langem, gedankenvollem Schweigen, »dies gloriose Leuchten, das all die vielfältige Farbenpracht dieses Küstenstrichs und die Glut seiner majestätischen Berge zum Erstrahlen bringt – ach! Ich fühl's, daß diese Sonne mir nicht mehr lange scheinen wird. Nur zu bald werden meine Lider sich solchem Ausblick für immer verschlossen haben!«

Ellenas sanften Einspruch gegen derlei melancholische Gedanken beantwortete die Tante lediglich mit dem ernsten Wunsche, die Nichte im sicheren Port des Ehestands zu sehen, und sie fügte hinzu, daß dies wohl recht bald geschehen müsse, da sie es andernfalls nicht mehr erleben würde. Ellena, ob solch düstrer Vorahnung ebenso entsetzt wie von der Direktheit, mit welcher sie in Vivaldis Gegenwart die eignen Konditionen erörtert hören mußte, brach in Tränen aus, wogegen der junge Mann, unterstützt von den Wünschen der Signora Bianchi, seinen Heiratsantrag mit noch stärkerem Nachdruck wiederholte.

»Nun ziemt's uns nicht mehr, wählerisch zu sein«, sagte die alte Dame, »dieweil uns die Wahrheit so ernst entgegentritt. Mein liebes Kind, ich will meine Gefühle nicht länger vor dir verbergen: ich weiß, daß ich nicht lange mehr zu leben habe. Erfüll mir also den einzigen Wunsch, der mir am Herzen liegt, und meine Sterbestunde wird eine trostvolle sein.«

Ein wenig später ergriff sie die Hand der Nichte und

sagte: »Kein Zweifel, dies wird für uns beide ein schwerer Abschied und außerdem, Signor« – sie wandte sich Vivaldi zu –, »ein trauriges Hinscheiden, denn Ellena war mir wie eine Tochter, und ich habe wahrhaftig alle Mutterpflichten an ihr erfüllt. Urteilt selbst, welcher Art ihre Gefühle sein werden, wenn ich nicht mehr bin! An Euch wird es dann liegen, des Kindes Leid zu sänftigen.«

Vivaldi blickte auf Ellena und setzte schon zur Rede an, doch die Tante sprach weiter. »Meine eignen Empfindungen aber«, so sagte sie, »würden kaum weniger schmerzliche sein, wüßte ich nicht, daß ich dies Kind einer zärtlichen Obhut anvertraue, welche nimmer abnehmen kann, und daß ich es mit Freuden dem Schutze solchen Ehegemahls übergebe. So leg' ich denn in Eure Hand, Signor, dies Kind als mein Vermächtnis. Wacht über ihr künftiges Geschick, bewahrt sie vor jederlei Unruhe so wachsam, wie ich dies getan, ja haltet nach Möglichkeit alles Ungemach von ihr fern! Noch vieles hätt' ich zu sagen, allein meine Kräfte sind am Ende.«

Während der Jüngling solch hehrem Auftrage lauschte und an die Schmach dachte, welche Ellena allbereits um seinetwillen durch die grausame Ehrenkränkung erdulden gemußt, die der Marchese ihr zugefügt, litt er dermaßen unter seiner großherzigen Entrüstung, daß er deren Ursache kaum verhehlen konnte, und ward gleich danach von einer Zärtlichkeit überkommen, die ihn beinah zu Tränen rührte. So gelobte er sich insgeheim, der Geliebten Ruf zu verteidigen sowie über ihren Seelenfrieden zu wachen, und dies unter Preisgabe sämtlicher andern Erwägungen.

Sobald die Signora Bianchi mit ihrer Mahnrede zu Rande gekommen war, legte sie Ellenas Hand in diejenige Vivaldis, welcher dies teure Angebinde mit einer innern Bewegung entgegennahm, der er einzig durch sein Mienenspiel Ausdruck verleihen konnte, indem er den Blick in feierlicher Inbrunst gen Himmel hob, dergestalt gelobend, daß er nimmermehr dies in ihn gesetzte Vertrauen enttäuschen werde, sondern vielmehr über Ellenas Glückseligkeit so zart, so sorgsam, so unablässig wachen wolle, wie dies die Tante zeit ihres Lebens getan. Und ferner beteuerte er, von Stund an durch Bande an das Mädchen gefesselt zu sein, welche ebenso heilig seien wie diejenigen der Kirche, und daß er Ellena als seine Ehegemahlin verteidigen werde bis zum letzten Atemzug. Und die Wahrheit solcher Worte fand ihre Bekräftigung in seinem gesamten Gehaben.

Ellena, noch immer schluchzend und von vielerlei Gedanken bewegt, sagte kein Wort, sondern schenkte unserm Jüngling, indem sie das Taschentuch von den Augen nahm, unter Tränen ein sanftes, liebevolles, schüchternes und doch vertrauendes Lächeln, das die vielfältigen Empfindungen ihres Herzens widerspiegelte und den Geliebten mit größerer Beredtheit anrief, als die nachdrücklichste Rede es vermocht hätte.

Ehe Vivaldi die Villa verließ, hatte er noch ein weiteres Gespräch mit Signora Bianchi, darin man übereinkam, daß die Hochzeit schon in der kommenden Woche gefeiert werden solle, falls man Ellena dazu bringen könne, so rasch ihre Zustimmung zu geben. Ferner ward abgemacht, daß Vivaldi bei seinem morgigen Besuche vielleicht schon des Mädchens Entscheidung werde erfahren können.

Zum andernmal schritt unser Jüngling nun der Stadt mit dem beflügelten Schritt der Freude zu – einer Freude, welche bei seiner Ankunft freilich um etliches getrübt ward durch eine Botschaft des Marchese, welche den Sohn in des Vaters Privatgemächer beorderte. Vivaldi, den Gegenstand der gewünschten Unterredung schon ahnend, folgte der Anweisung nur widerstrebend.

Er fand seinen Vater dermaßen in Gedanken, daß derselbe den Eintretenden zunächst gar nicht gewahrte. Den Blick vom Boden hebend, wo Unmut und Bestürzung ihn festgehalten zu haben schienen, maß er Vivaldi mit strenger Miene. »Ich muß feststellen«, so sprach er, »daß du weiterhin in jenem unwürdigen Tun verharrst, vor welchem ich dich gewarnt habe. Ich habe dich so lange deinen eigenen Entschlüssen überlassen, weil ich willens war, dir Zeit und Gelegenheit zu geben, jene Erklärung, welche du mir im Hinblick auf deine Prinzipien und Absichten zu machen gewagt, mit Anstand zurückzunehmen. Doch sind derhalben deine Schritte nicht weniger scharf überwacht worden. Ich muß nunmehr erfahren, daß deine Besuche in der Wohnung jenes unseligen jungen Weibes, das schon einmal Gegenstand unsrer Unterredung gewesen, an Häufigkeit nicht abgenommen haben, und auch, daß deine Verblendung nicht minder groß ist denn zuvor.«

»Falls es Signora Rosalba ist, der Eurer Gnaden Worte gelten«, versetzte Vivaldi, »so kann man sie keineswegs als unselig bezeichnen. Auch stehe ich nicht an, einzubekennen, daß ich ihr so herzlich zugetan bin wie eh und je. Weshalb, teuerster Herr Vater«, fuhr er fort, indem er allen Unmut zu bemeistern suchte, welchen jene abschätzige Erwähnung von Ellenas Person in ihm hervorgerufen, »weshalb nur beharrt Ihr weiterhin darauf, Euch dem Glück Eures Sohnes in den Weg zu stellen? Und vollends: weshalb wollt Ihr weiterhin so ungerecht über dies Mädchen urteilen, wo sie doch Eurer Bewunderung nicht minder wert ist denn meiner Liebe?«

»Da ich kein verliebter Fant mehr bin«, versetzte der Marchese, »und das Alter so knabenhafter Leichtgläubigkeit schon hinter mir habe, bin ich durchaus nicht abgeneigt, die Dinge vorher zu prüfen, und lasse mich nur durch Beweise leiten, bevor ich einer Überzeugung nachgebe.«

»Und welche Beweise sind es, mein Herr Vater, die Euch so leichtlich zu überzeugen vermocht?« frug Vivaldi. »Wer ist's, der da nicht abläßt, Euer Vertrauen zu mißbrauchen und meinen Seelenfrieden zu zerstören?«

Voll Hochmut verwies der Marchese seinem Sohn derlei Zweifel und Fragen, worauf eine lange Unterredung folgte, in deren Verlauf jedoch die widerstreitenden Interessen und Meinungen zu keinerlei Ausgleich gelangten. Der Marchese erging sich weiterhin in Anklagen und Drohungen, wogegen Vivaldi daran festhielt,

Ellena zu verteidigen und stets aufs neue die Unumstößlichkeit seiner Liebe und seiner Heiratspläne zu beteuern.

Durch keinerlei Überredungskunst ließ der Marchese sich bestimmen, die von ihm erwähnten Beweise beizubringen, noch auch, den Namen seines Gewährsmannes preiszugeben. Anderseits aber vermochte keine seiner Drohungen, den Sohn zu einem Verzicht auf Ellena zu bewegen. So schied man aufs neue in wechselseitigem Unmut von einander: dem Marchese war's auch diesmal nicht möglich gewesen, seine gewohnte Klugheit und damit seinen Vorteil zu wahren, denn seine Anklagen und Drohungen hatten im Sohne nur Widerspruch und Befremden ausgelöst, wogegen Freundlichkeit und sanfte Vorhaltungen gewiß vermocht hätten, mit dessen Kindesliebe auch einen inneren Zwiespalt zu wecken. Wie aber die Dinge jetzt lagen, war Vivaldis Entschlossenheit durch keinerlei widerstreitende Gefühle in Ansehung irgendwelcher Pflichten geschwächt, und ebensowenig gab es ein Zaudern im Hinblick auf den diskutierten Gegenstand. Vielmehr erblickte er nun in der Person seines Vaters einen hochfahrenden Tyrannen, der es darauf abgesehen hatte, den Sohn seines heiligsten Rechtes zu berauben, ja sah ihn als einen Wüterich, der nichts daran fand, den Namen eines schutzlosen, unschuldigen Mädchens bloß auf das zweifelhafte Zeugnis irgend eines gewissenlosen Denunzianten hin zu beschmutzen sobald erst die eignen Interessen es erforderten. So empfand Vivaldi weder Mitleid noch Reue bei seinem Entschluß, die eigne Unabhängigkeit um jeden Preis zu wahren, ja war noch eifriger denn je zuvor darauf bedacht, eine Heirat zu vollziehen, von der, wie er glaubte, die eigene Glückseligkeit nicht minder abhing denn Ellenas Ehrenrettung.

Aus diesem Grunde kehrte er schon am folgenden Tag zu der Villa Altieri zurück, ungeduldiger denn je, das Ergebnis von Signora Bianchis weiteren Gesprächen mit ihrer Nichte sowie den Tag zu erfahren, an dem nun endlich Hochzeit gefeiert werden sollte. Auf dem Wege zu Ellenas Domizil kreisten seine Gedanken beständig um die Geliebte, und so schritt Vivaldi mechanisch voran, ohne darauf zu achten, wo er sich gerade befand, bis der Schatten, den der wohlbekannte Torbogen über den Weg warf, ihm die örtlichen Gegebenheiten aufs neue ins Gedächtnis rief, und eine Stimme seine Aufmerksamkeit auf sich zog. Es war diejenige des geheimnisvollen Mönches, der soeben wieder vorüberhuschte. »Geht nicht zur Villa Altieri«, erklang's in tiefem Ernste. »Dort ist der Tod zu Gast!«

Noch ehe Vivaldi sich von dem Schrecken erholt hatte, darein solch abrupte Behauptung und plötzliche Erscheinung ihn gestürzt, war der Unbekannte verschwunden. Er war in der Düsternis jenes Ortes untergetaucht, schien buchstäblich von der Finsternis, aus der er so plötzlich gekommen, aufgeschluckt, denn kein Anzeichen ließ erkennen, daß er etwa den Torweg verlassen hätte. Vivaldi rief hinter ihm her, beschwor ihn, sich noch einmal zu zeigen und fragte, wer denn gestorben sei! Doch keinerlei Antwort erfolgte.

Überzeugt, daß der Fremde den Torbogen einzig auf der zum Kastell emporführenden Treppe so unbemerkt hatte verlassen können, machte Vivaldi sich schon daran, die Stufen zu erklimmen, als ihm plötzlich durch den Kopf ging, jene grausige Behauptung ließe sich weit sicherer überprüfen, wenn er sogleich zur Villa Altieri eilte! So ließ er denn die unheilvolle Ruine hinter sich und hastete seinem Ziele entgegen.

Jeder Unbeteiligte hätte die Worte des Mönches wahrscheinlich auf die Signora Bianchi bezogen, deren angegriffene Gesundheit auch einen so plötzlichen Tod als durchaus möglich erscheinen ließ. Vivaldis entsetzenverstörtem Blick aber zeigte sich bloß die im Sterben liegende Ellena. Solche Angst war freilich, ob nun irgendwelche Wahrscheinlichkeit oder das Ereignis als solches sie rechtfertigen mochte, eine natürliche Folge seiner brennenden Zuneigung, doch war sie begleitet von einem Vorgefühl, das so außerordentlich wie grauenvoll war: immer wieder mußt' er daran denken, daß Ellena das Opfer eines Mörders geworden sei. Er sah die tödliche Wunde, aus der die Geliebte sich zu Tode blutete, sah das aschfahle Antlitz mit den brechenden Augen, darin der Lebensfunke schon im Erlöschen war, sah den Blick der Sterbenden so herzzerreißend auf sich gerichtet, als wollte sie ihn anflehen, er möge sie vor so grabesdunklem Los bewahren! Und als der von solcherlei Befürchtungen Gehetzte endlich an der Gartenhecke anlangte, hatte die Angst ihn schon dermaßen überwältigt, daß er am ganzen Leibe zitterte und ein wenig rasten mußte, nicht mehr fähig, den Schauplatz so schrecklicher Gewißheit sogleich zu betreten. Schließlich aber hatte er wieder so weit Mut gefaßt, daß er's dennoch wagte: er schloß die versteckte Pforte auf, zu der er erst vor kurzem den Schlüssel erhalten, da ihm auf diese Weise ein beträchtliches Wegstück auf der Straße nach Neapel erspart blieb, und schritt auf das Gebäude zu. Alles ringsum lag still und verlassen. Die Mehrzahl der Fensterläden war geschlossen, und dem sich Nähernden, der noch dem nebensächlichsten Umstand eine unheilvolle Bedeutung beimaß, sank alsbald vollends der Mut, dieweil ja kurz vorm Betreten des Säulenportales alle Befürchtungen ihre Bestätigung fanden: Vivaldi vernahm von drinnen gedämpfte Klagelaute und gleich danach ein paar Töne jenes feierlichen, besondern Sprechgesangs, den man in manchen Teilen Italiens am Lager eines Sterbenden anzustimmen pflegt. Die Töne erklangen so gedämpft und fern, daß sie des Jünglings Ohr nur als ein Gemurmel trafen. Ohne sich noch weiter zu überzeugen, stürzte er auf das Portal zu und begann aus Leibeskräften gegen die nunmehr versperrte Flügeltür zu hämmern.

Erst nachdem er sich mehrmals auf diese Weise bemerkbar gemacht, erschien Beatrice, die alte Haushälterin. Sie wartete Vivaldis Fragen erst gar nicht ab. »Ach! Signor«, hub sie sogleich an, »was für ein Unglückstag! Wer hätt' erwartet, daß es so kommen würde! Erst gestern abend seid Ihr hier gewesen – da war sie noch so wohlauf wie ich es bin! Wer hätte dran gedacht, daß sie schon heute maustot sein würde?«

»So ist sie wirklich und wahrhaftig *tot!*« rief da Vivaldi, bis ins Mark getroffen. »Tot! Tot!« – und taumelte auf einen Stützpfeiler der Vorhalle zu, um daran Halt zu suchen. Die ob solcher Verzweiflung zutiefst bestürzte Beatrice wollt' ihm zu Hilfe eilen, doch er winkte ab. »Wann – sagt mir, wann sie gestorben ist«, stieß er mühsam und keuchend hervor, »und wie und wo?«

»Ach, Signor! Hier in der Villa war's«, versetzte die weinende Beatrice. »Wer hätt' gedacht, daß ich diesen Tag noch würd' erleben müssen! Wo ich doch immer gehofft hab', meine alten Knochen in Frieden zur letzten Ruh zu betten!«

»Was war schuld an ihrem Tod?« fiel Vivaldi der Lamentierenden ungeduldig ins Wort. »Und *wann* ist sie gestorben?«

»Es war erst heute morgen, so gegen Zwei, Signor. Ja, gegen Zwei muß es gewesen sein. Oh, dieser Unglückstag, und daß ich ihn noch hab' erleben müssen!«

»Nun geht's schon wieder«, sagte Vivaldi und richtete sich auf. »Führt mich in ihr Zimmer – ich muß sie sehen. Macht keine Umstände, sondern führt mich schon!«

»Ach, Signor – es ist ein so schrecklicher Anblick! Warum sie also sehen? Laßt Euch's von mir gesagt sein, bester Signor, und geht erst gar nicht hinein! Wirklich, es ist ein jammervoller Anblick!«

»So führt mich schon zu ihr!« wiederholte Vivaldi streng. »Falls Ihr's aber nicht tun wollt, werd' ich den Weg auch allein zu finden wissen!«

Beatrice, in Schrecken versetzt durch seinen Blick und sein Gehaben, widersprach nicht länger, bat unsern Jüngling aber, er möge sich nur noch so lange gedulden, bis sie ihrer Herrin seine Ankunft gemeldet habe. Vivaldi aber achtete dieser Worte nicht, sondern folgte der Alten treppaufwärts und über einen Gang, welcher am westlichen Hausflügel entlang führte und in eine Zimmerflucht mündete, darin es wegen der geschlossenen Fensterläden recht dunkel war. Er durchschritt die

Räume, um zu dem Zimmer zu gelangen, darin die Tote lag. Der Trauergesang war verstummt, und so störte kein Laut die bedrückende Stille, welche über der Verlassenheit dieser Gemächer lag. Als Vivaldi schließlich vor der Tür des letzten Zimmers stand, hatte seine Erregung dermaßen zugenommen, daß Beatrice, die mit jedem Moment erwartete, den Jüngling hinsinken zu sehen, schon Anstalten traf, ihn mit ihren schwachen Kräften zu stützen. Er aber bedeutete ihr, sie möge sich zurückziehen. Alsbald hatte er seine Fassung wiedererlangt und betrat nun das Sterbezimmer, dessen düstrer Ernst ihn wohl in jeder andren Gemütsverfassung zutiefst beeindruckt hätte. Jetzt aber war dieselbe viel zu sehr von der unmittelbaren Trauer in Mitleidenschaft gezogen, als daß Vivaldi auf den Einfluß solchen Ortes hätte achten mögen. Auf das Lager zutretend, darauf die Leiche gebettet war, hob er den Blick – und sah niemand anderen denn Ellena vor sich! Diese, ob Vivaldis Aufgewühltheit noch ärger bestürzt als durch sein unerwartetes Eindringen, frug mehrmals nach dem Grund so überraschenden Besuches, doch hatte der Jüngling weder die Kraft noch empfand er die Neigung, einen Umstand aufzuklären, der Ellenas Herz zutiefst hätte verletzen müssen, dieweil ja das nämliche Ereignis sie mit Trauer, Vivaldi aber mit Freude erfüllte.

Er störte nicht lange die Heiligkeit solcher Trauer und war während der kurzen Frist seines Aufenthaltes lediglich darauf bedacht, die eigene Gemütsbewegung zu bemeistern und diejenige des Mädchens zu sänftigen.

Nachdem er Ellena verlassen hatte, sprach er noch ein wenig mit Beatricen über den Tod der Signora Bianchi und erfuhr, daß die Verstorbene noch am Abend zuvor, beim Zubettgehen, ganz augenscheinlich bei gewohnter Gesundheit gewesen. »Aber gegen ein Uhr morgens, Signor«, fuhr Beatrice fort, »ich war kaum eingeschlafen, bin ich durch ein Rumoren, welches aus der Schlafkammer meiner Herrin gedrungen, geweckt worden. Nun müßt Ihr wissen, Signor, daß es nichts Ärgeres für mich gibt, als aus dem ersten Schlaf gerissen zu werden, und so war ich – die Heilige Jungfrau mög' mir vergeben! – recht ärgerlich ob solcher Störung und hab' zunächst gar nicht dran gedacht, aufzustehn, sondern mich auf die andere Seite gedreht und versucht, wieder einzuschlafen. Doch weit gefehlt – denn schon war jenes Rumoren wieder da! Nun denn, so sag' ich mir, da ist noch jemand wach im Haus, soviel ist ausgemacht! Kaum aber hatt' ich den Gedanken zu Ende gedacht, als ich auch schon die junge Dame nach mir rufen hörte: ›Beatrice! Beatrice!‹ hat sie geschrien. Du lieber Gott, die Ärmste! Wahrhaftig, sie ist dermaßen außer sich gewesen, wie's ein Mensch nur immer sein kann! Schon ist sie in der Tür gestanden, so bleich wie der Tod, und gezittert hat sie – man möcht' es nicht glauben, Signor! ›Beatrice‹, sagt sie, ›steh auf, steh sogleich auf, meine Tante liegt im Sterben!‹ Sie hat meine Antwort gar nicht erst abgewartet, sondern ist gleich wieder davon. Heilige Muttergottes, steht mir bei! Ich hab' geglaubt, ich müßt' vom Fleck weg in Ohnmacht fallen!«

»Nun gut – aber was war mit Eurer Herrin?« frug Vivaldi, der seine Geduld durch die Weitschweifigkeiten der alten Beatrice recht hart auf die Probe gestellt sah.

»Ach! Meine arme Herrin! Signor, ich hab' schon geglaubt, ich würd' es nimmer zuwegebringen, ihr Zimmer zu erreichen! Und als ich dann doch noch drin gestanden bin – also, ich war fast ebenso tot wie die Signora! – Wie sie nur auf ihrem Bett gelegen ist! Oh, es war ein furchtbarer Anblick! Sie ist dagelegen und hat mich so herzzerreißend angeschaut, daß ich gleich gesehn hab', sie liegt im Sterben. Kein Wort mehr hat sie hervorgebracht, wiewohl sie's immer wieder versucht hat, aber erkannt hat sie noch alles, denn sie hat beständig auf die Signora Ellena geblickt und etwas sagen wollen. Das Herz hätt' einem brechen mögen, so jammervoll war dieser Anblick! Irgendwas muß ihr auf der Seele gelegen haben, und fast bis zum letzten Atemzug hat sie versucht, es loszuwerden. Und dann hat sie die Hand der Signora Ellena genommen und ihrer Nichte so kummervoll ins Gesicht gesehn, daß es schon zum Steinerweichen war. Meine arme, junge Herrin war ganz weg von dem allen und hat geschluchzt, als müßt' ihr schon im nächsten Moment das Herz brechen. Das arme junge Ding! Wahrhaftig, sie hat da eine Freundesseele verloren, wie sie dergleichen nimmer finden wird!«

»Sie wird eine andere finden, die nicht minder treu und liebevoll ist!« rief Vivaldi voll Inbrunst.

»Geb's Gott, daß die Heiligen im Himmel Eure Worte erhören mögen!« versetzte Beatrice voller Zweifel. »Wir haben alles Menschenmögliche für unsre teure Herrin getan«, fuhr sie fort, »allein, es hat nichts mehr helfen wollen. Nicht einmal die Arznei, welche der Medikus ihr eingeben gewollt, hat sie mehr schlucken können. Schwächer und schwächer ist sie geworden, und die ganze Zeit hindurch hat sie so abgrundtiefe Seufzer ausgestoßen und meine Hand gar nicht mehr loslassen wollen! Schließlich hat sie den Blick von der Signora Ellena abgewandt, die Augen sind auf einmal ganz matt geworden und starr – sie hat wohl nimmer sehen können, was um sie vorgegangen ist. Ach du lieber Gott, ich hab's doch gleich gewußt, daß es jetzt zu Ende geht mit ihr. Der Druck ihrer Hand hat auf einmal nachgelassen, und die Finger sind ganz kalt geworden – wie der Tod so kalt! Auch ihr Gesicht hat sich so rasch verändert – das ganze hat nur ein paar Minuten gedauert! Ja, das war so gegen zwei Uhr morgens, und dann ist sie gestorben, bevor noch der Beichtiger da war, um ihr in der Letzten Stunde beizustehn.«

Beatrice verstummte und schluchzte vor sich hin. Auch Vivaldi kam das Weinen an, und erst nach einiger Zeit war er wieder hinlänglich Herr seiner Stimme, um die Alte fragen zu können, welcher Art denn die Anzeichen von Signora Bianchis Leiden gewesen und ob sie schon früher auf ähnliche Weise von demselben befallen worden sei.

»Keine Rede, noch nie, Signor!« versetzte die alte Haushälterin, »und das, obschon sie, um es rundheraus zu sagen, schon recht kränklich war – richtig zusammengegangen ist sie, wie man so sagt, und dennoch –«

»Was wollt Ihr damit sagen?« frug Vivaldi.

»Nun denn, Signor, ich weiß wahrhaftig nicht, was ich vom Tode meiner Herrin halten soll. Rundheraus gesagt, es ist die reine Vermutung, und es mag sein, daß alle Welt mich verspottet, wenn ich dergleichen lautwerden lasse, denn keiner würd' mir Glauben schenken, so sonderbar ist das alles. Aber trotzdem, ich komm' nicht drüber hinweg und mach' mir Gedanken.«

»Heraus jetzt mit der Sprache!« gebot Vivaldi. »Von mir habt Ihr keinerlei Tadel zu befürchten.«

»Nicht von Euch, Signor, doch wenn die Sache ruchbar würde – wenn bekannt werden sollte, daß ich sie unter die Leute gebracht!«

»Von mir soll niemand ein Sterbenswort erfahren«, versetzte Vivaldi mit wachsender Ungeduld. »Sprecht ohne Furcht und haltet mit Eurem Argwohn nicht länger hinter dem Berg.«

»Nun denn, Signor, so will ich frei bekennen, daß mir die Plötzlichkeit von meiner Herrin Tod gar nicht gefallen mag, oh nein, auch nicht die Art und Weise ihres Sterbens, und schon gar nicht ihr Aussehen hinterher!«

»So sagt doch endlich offen, was Ihr denkt, und sprecht zur Sache«, gebot Vivaldi.

»Nicht doch, nicht doch, Signor, es gibt zu viele Leute, die's einem gleich krumm nehmen, wenn man frei von der Leber weg redet – um es rundheraus zu sagen. Aber wenn Ihr's schon unbedingt wissen wollt – ich glaub' nicht, daß sie eines natürlichen Todes gestorben ist!«

»Wie!« rief Vivaldi da. »Und aus welchen Gründen?«

»Fragt mich nicht weiter, Signor, die Gründe hab' ich Euch schon aufgezählt. Hab' ich denn nicht gesagt, daß mir die Plötzlichkeit dieses Todes gar nicht gefallen mag, so wenig wie ihr Aussehen hinterher, und auch –«

»Allmächtiger!« fiel Vivaldi ihr ins Wort. »Ihr denkt doch nicht etwa an Gift!«

»Schweigt stille, Signor, schweigt stille! Dies hab' ich nicht gesagt! Doch hats den Anschein, als wär' sie keines natürlichen Todes gestorben.«

»Wer ist in letzter Zeit im Haus gewesen?« forschte Vivaldi und seine Stimme zitterte.

»Ach du lieber Gott, keine Menschenseele! Sie hat ja so zurückgezogen gelebt, daß sie kaum jemanden empfangen hat.«

»Keinen einzigen Menschen?« frug Vivaldi. »Denkt jetzt gut nach, Beatrice! Hat sie keinerlei Besuch empfangen?«

»Schon seit geraumer Zeit nicht mehr, Signor, keinen einzigen Menschen bis auf Euch und ihren Vetter, den Signor Giotto. Und soweit ich mich zu entsinnen vermag, kommt als einzige dritte Person, und das ist schon viele Wochen her, nur noch die Klosterschwester in Betracht, welche von Zeit zu Zeit die Seidenstickereien abholt, so meine junge Herrin verfertigt.«

»Stickereien! Welches Kloster ist das?«

»Santa Maria della Pietà, dort drüben, Signor. Wenn Ihr hierher ans Fenster kommen mögt, will ich's Euch zeigen. Seht Ihr dort drüben den waldigen Berghang, gleich über den Gärten, die sich bis zur Bucht hinunterziehen? Daneben ist ein Olivenhain, und dann achtet auch auf die Reihe roter und gelblicher Felszacken, Signor, die den Wald überragen und aussehn, als würden sie schon im nächsten Moment auf die alten Türme herniederstürzen! Habt Ihr's gefunden, Signor?«

»Wie lange ist's her, daß jene Schwester hier war?«

»Das ist schon gut drei Wochen her, Signor.«

»Und Ihr seid sicher, daß in der Zwischenzeit kein anderer Mensch hier vorgesprochen hat?«

»Kein anderer, Signor, abgesehen von den Fischersleuten und dem Gärtner, vom Makkaroni-Mann und dergleichen Leuten. Der Weg nach Neapel ist ja so lang, und ich hab' so wenig Zeit.«

»Drei Wochen also, sagt Ihr – das war's doch, drei Wochen, nicht wahr? Und Ihr wißt es ganz sicher?«

»Drei volle Wochen, Signor? Heilige Schmerzensmutter, ja glaubt Ihr denn, Signor, wir hätten drei volle Wochen hindurch fasten können? Wo denkt Ihr hin, fast jeden Tag kommt jemand her!«

»Ich rede von der Nonne«, sagte Vivaldi.

»Ach so, Signor«, versetzte Beatrice. »Ja, ja, damit hat's schon seine Richtigkeit – das ist schon gut drei Wochen her!«

»Seltsam«, sprach Vivaldi nachdenklich. »Ich will ein andermal mit Euch darüber reden. Bis dahin wär's mir lieb, wenn Ihr's einrichten könntet, mir einen Blick auf das Antlitz Eurer verstorbenen Herrin zu ermöglichen, ohne daß Signora Ellena davon erfährt. Und laßt Euch gesagt sein, Beatrice, daß Eure Mutmaßungen im Hinblick auf Signora Bianchis Tod keinesfalls lautwerden dürfen: laßt Euch durch keine Achtlosigkeit dazu hinreißen, Euren Verdacht der jungen Herrin zu verraten! Oder macht sie sich in diesem Punkte ähnliche Gedanken?«

Daraufhin erwiderte Beatrice, sie glaube nicht, daß Ellena irgendwelchen Argwohn hege, und gelobte im übrigen, Vivaldis Einschärfung zu befolgen.

Dies geschehen, verließ der Jüngling die Villa, in Gedanken all das überschlagend, was er soeben erfahren, eingeschlossen die prophetische Behauptung des Mönches, wobei er nicht umhin konnte, zwischen der letzteren und der Ursache von Signora Bianchis plötzlichem Tod einen Zusammenhang zu argwöhnen. Erstmals kam's ihm nun in den Sinn, jener Mönch und geheimnisvolle Unbekannte könnte kein andrer sein denn Schedoni, den er in letzter Zeit häufiger als üblich die Gemächer der Mutter hatte aufsuchen sehen. Fast körperlich durchzuckte Vivaldi das Entsetzen ob des Verdachts, den solche Schlußfolgerung in ihm ausgelöst, und sogleich verwarf er denselben, als wär's ein Gift, das seinen Seelenfrieden für immer zerstören müßte. Doch wiewohl er solchen Argwohn im Augenblick von sich gewiesen, ließ ihm jene Schlußfolgerung keine Ruhe, und so versuchte er, sich Stimme wie Gestalt des Unbekannten heraufzurufen, um sie mit derjenigen des Beichtigers zu vergleichen. Die Stimmen, so wollt' ihm scheinen, hatten verschieden geklungen, und auch an Statur waren die beiden Männer einander nicht ähnlich. Dennoch schloß solcher Vergleich die Vermutung nicht aus, der Fremde könnte ein Werkzeug des Beichtigers sein, ein Spion allenfalls, der des Jünglings Schritte überwachte und Ellenas Ruf diffamierte. Beide aber, falls tatsächlich zwei Personen im Spiele waren, mußten dann im Dienste seiner Eltern stehen. Von brennender Entrüstung erfüllt ob so würdeloser, hinterlistiger Machenschaften, wie er sie gegen sich ins Werk gesetzt wähnte, und begierig, Ellenas Verleumder zu stellen, faßte Vivaldi den Entschluß, nun endlich etwas zur Aufdeckung der Wahrheit zu unternehmen und entweder den Beichtiger zu zwingen, ihm dieselbe zu enthüllen, oder aber jenen Helfershelfer ausfindig zu machen, der, so bildete der Jüngling sich ein, zu Zeiten in den Ruinen von Paluzzi Unterschlupf suchte.

Er bezog auch die Insassinnen jenes Klosters, auf das ihn Beatrice hingewiesen, in seine Erwägungen ein, doch sah er keinen Grund, ausgerechnet dort nach Ellenas Feinden zu suchen, wo man, wie er nun wußte, seit Jahren die freundlichsten Beziehungen mit den beiden Frauen gepflogen. Die Seidenstickereien, von denen die alte Dienerin gesprochen, legten ja mit hinlänglicher Deutlichkeit dar, welcher Art jene Beziehungen gewesen, und da sie überdies auch die näheren Umstände von Ellenas mißlicher Lage enthüllten, erhöhte des Mädchens Lebensführung nur noch die zärtliche Bewunderung, die er der Geliebten bisher entgegengebracht.

Die Andeutungen aber, welche Beatrice im Hinblick auf den Tod ihrer Herrin gemacht hatte, beschäftigten Vivaldis Denken ohne Unterlaß, und es erschien ihm recht sonderbar, ja zuweilen im höchsten Grad unwahrscheinlich, daß irgend jemand ein dermaßen großes Interesse am Tod einer so augenscheinlich untadeligen Frau hätte nehmen sollen, wie dies ein Giftmord voraussetzte! So war's nur um so weniger erklärlich, welches Motiv hinter solch ungeheuerlicher Freveltat stehen mochte. Freilich, die Gesundheit der alten Dame war schon seit langem schlechter und schlechter geworden. Dennoch waren da die Plötzlichkeit ihres Hintritts, die Besonderheit einiger Begleitumstände, welche dem Ereignis voraufgegangen, und auch gewisse Anzeichen, die ihm gefolgt waren. Dies alles zwang unserm Jüngling die Frage nach der Todesursache auf. Indes, er glaubte, durch Besichtigung der Leiche all seinen Zweifel loszuwerden, und Beatrice hatte ihm denn auch zugesagt, sie werde ihm, falls er am Abend, sobald Ellena zur Ruhe gegangen, wieder vorsprechen könne, Zutritt zu der Sterbekammer verschaffen. Etwas in ihm widersetzte sich diesem heimlichen Vorgehen zu solch heiklem Zeitpunkte und noch dazu unter Ellenas Dache, doch schien es vonnöten, auch noch eine medizinische Autorität beizuziehen, auf deren Gutachten in Ansehung der Todesursache er würde bauen können. Und da Vivaldi glaubte, schon in Bälde das Recht zur Verteidigung von Ellenas Ehre zu erwerben, störten ihn derlei Skrupel nicht in dem Maße, als sie es sonst getan hätten. Auch war die Prüfung der Umstände, welche ihn zu der Villa Bianchi rief, viel zu ernst und bedeutsam, als daß man sie so leichtlich hätte unterlassen können. Deshalb hatte Vivaldi Beatricen gesagt, er werde sich pünktlich zu der von ihr festgesetzten Stunde einfinden. Auf diese Weise sah er sich aufs neue daran gehindert, nach dem Mönch zu forschen.

Viertes Kapitel

Enthüllt das unergründliche Geheimnis,
Das Euch in Zwiespalt setzt mit Eurer Seele!
Walpole, *Mysterious Mother*

Sobald Vivaldi wieder in Neapel war, frug er nach der Marchesa, der er etwelche Fragen im Hinblick auf Schedoni zu stellen wünschte, Fragen die, wiewohl er kaum auf eine klare Antwort hoffte, dennoch ein wenig von jener Wahrheit aufdecken mochten, auf die er aus war.

Die Marchesa befand sich in ihrem Gemach, und Vivaldi traf den Beichtiger bei ihr an. »Der Kerl stößt mir auf, als wär's mein böser Geist«, sagte der Jüngling bei sich, dieweil er eintrat. »Indes, noch vor ich diesen Raum verlasse, will ich wissen, ob mein Verdacht zu Recht besteht!«

Schedoni war so sehr von dem Gespräch mit der Marchesa in Anspruch genommen, daß er Vivaldi nicht sogleich gewahrte, welcher an der Tür stehenblieb, um das zerfurchte Antlitz des Mönches nach irgendwelchen besondern Anzeichen zu durchforschen. Derselbe hielt beim Sprechen den Blick gesenkt und trug eine ebenso strenge wie durchtriebene Miene zur Schau. Die Marchesa lauschte seinen Worten mit gespannter Aufmerksamkeit und hielt dabei das Ohr gegen den Sprecher geneigt, als wollte sie noch den leisesten Hauch seiner Stimme erfassen. Sorge und Unmut waren ihr deutlich genug ins Gesicht geschrieben, und so war unschwer zu erkennen, daß man es hier mit einer Beratung, nicht aber mit einer Beichte zu tun hatte.

Erst als Vivaldi auf die beiden zutrat, hob der Mönch den Blick. Seine Miene aber blieb unbewegt, als er den Augen des Jünglings begegnete. Zwar erhob er sich, doch ohne zu gehen, und erwiderte Vivaldis flüchtigen, ja nahezu hochmütigen Gruß mit einem stolzen Neigen des Hauptes, wobei er keinerlei Ärger an den Tag legte, sondern vielmehr eine Unerschütterlichkeit, die schon an Verachtung grenzte.

Die Marchesa hingegen schien vom Anblick ihres Sohnes ein wenig aus der Fassung gebracht, denn ihre bisher vom Unmut nur mäßig gefurchte Stirn verdüsterte sich zusehends. Indes, sie beeilte sich, solch unwillkürliche Gemütsbewegung mit einem Lächeln zu verscheuchen. Vivaldi aber empfand dies Lächeln als noch widerwärtiger denn das Stirnrunzeln.

Schedoni nahm wortlos seinen Platz wieder ein und begann nunmehr, fast mit der Leichtigkeit eines Mannes von Welt, über allgemeine Dinge zu sprechen. Vivaldi hingegen verhielt sich reserviert und wortkarg. Er wußte noch nicht recht, wie ein Gespräch zu beginnen sei, das ihm zu der begehrten Gewißheit verhelfen sollte, und die Marchesa trug nichts dazu bei, ihm aus der Verlegenheit zu helfen. Immerhin konnt' er seine Augen und Ohren zu Rate ziehen und mit ihrer Hilfe zumindest mutmaßen, was ihm an Auskünften nicht zuteil ward. Während er dergestalt dem tiefen Klange von Schedonis Rede lauschte, gelangte er zu dem schon an Gewißheit grenzenden Schluß, daß dies nicht die Stimme jenes unbekannten Ratgebers war, wiewohl es ihm gleichzeitig durch den Sinn schoß, daß es nicht allzu schwierig ist, die Stimme zu verstellen. Von der Statur her ließ sich die Frage schon leichter beantworten, denn Schedoni schien größer zu sein als der Unbekannte, und obzwar irgend etwas an dem Beichtiger unsern Jüngling so stark wie noch nie an jenen Mönch gemahnte, sagte er sich dennoch, daß solche Ähnlichkeit wohl eine künstliche, durch die gleiche Ordenstracht hervorgerufene sein mochte. Was aber die Gesichtszüge anbetraf, so konnt' er sich vollends kein Urteil bilden, dieweil ja der Unbekannte so sehr von seiner Kapuze verhüllt gewesen, daß Vivaldi niemals vermocht hatte, auch nur einen Zug von des andern Antlitz zu erblicken. Schedoni aber trug die Kapuze zurückgeschlagen, so daß nicht einmal ein Vergleich bei *bedecktem* Kopfe möglich war. Als Vivaldi aber daran dachte, wie er an einem der vergangenen Tage den Beichtiger mit verhülltem Haupte sich dem Gemach der Mutter hatte nahen sehen, wollt's ihn bedünken, als ob die nämliche düstere Strenge beide Männer kennzeichnete, und so erstand vor seinem innern Auge nahezu das gleiche Bild, welches er in den Ruinen von Paluzzi gesehen. Doch mocht' auch dieser Eindruck auf künstliche Weise entstanden sein, nämlich durch den düster verschatteten Ausdruck, den eine Kapuze *jedem* Kopfe verleiht. So sah sich Vivaldi zunächst in die äußerste Verwirrung gesetzt, doch war da immerhin ein Umstand, der ein wenig Licht in die Sache zu bringen schien: der Unbekannte war ja in einer Mönchskutte aufgetreten, und falls Vivaldi seinem flüchtigen Eindruck trauen durfte, war jene Kutte von derselben Art gewesen wie diejenige Schedonis. War der Fremde aber Schedoni oder zumindest dessen Helfershelfer, so schien es höchst zweifelhaft, daß er eine Kleidung gewählt haben sollte, welche so leicht zu seiner Entdeckung hätte führen können. Sein ganzes Gehaben hatte ja deutlich gezeigt, wie sehr er darauf bedacht war, nicht erkannt zu werden. Demzufolge mochte jener Mönchshabit nur eine Verkleidung sein und einzig der Irreführung dienen. Dennoch beschloß Vivaldi, einige Fragen an Schedoni zu richten und dabei scharf auf dessen Mienenspiel zu achten. Zum Anlaß nahm er die Ruinendarstellungen, welche das Gemach der Marchesa schmückten, und erwähnte in diesem Zusammenhang, die Ruinen von Paluzzi wären wohl wert, der Reihe solcher Bilder einverleibt zu werden. »Vielleicht habt Ihr Paluzzi erst vor kurzem selber besichtigt, hochwürdiger Vater«, fügte er hinzu und musterte ihn mit durchdringendem Blick.

»Es ist ein eindrucksvolles Zeugnis des heidnischen Altertums«, versetzte der Beichtiger.

»Jener Torbogen«, fuhr Vivaldi fort, wobei er Schedoni nicht aus den Augen ließ, »jener Torbogen, der sich zwischen zwei Felsen spannt, deren einer die alten Kastelltürme trägt, wogegen den andern Pinien und Eichen überschatten, ist von großartiger Wirkung. Indes, ein Bild davon würde der menschlichen Staffage bedürfen – etwa der bizarren Gestalten irgendwelchen Raubgesindels, das in den Ruinen auf der Lauer liegt, um über den nächstbesten Wandersmann herzufallen, oder aber eines Mönches, wie er, eingehüllt in seine schwarze Ordenstracht, sich soeben aus dem Schatten des Torbogens hervorstiehlt, als wär' er ein übernatürlicher Sendbote des Bösen. Erst dies gäb' dem Bilde die rechte Vollendung.«

Schedonis Züge blieben während solcher Rede unbewegt. »In der Tat, Euer Bild ist vollkommen«, sagte er, »und so bleibt mir nur, die Leichtigkeit zu bewundern, mit der Ihr Mönche und Raubgesindel in ein und denselben Topf werft.«

»Vergebung, heiliger Vater«, versetzte Vivaldi, »doch hab ich keinerlei Parallelen gezogen.«

»Oh – was dies betrifft, so fühl' ich mich durchaus nicht angegriffen, Signor«, gab Schedoni mit nahezu geisterhaftem Lächeln zurück.

Während des letzten Teiles der Konversation – falls man dies Gespräch als solche bezeichnen kann – war die Marchesa einer Dienerin gefolgt, welche ihr ein Handschreiben überbracht hatte. Da aber der Beichtiger willens schien, ihre Rückkehr abzuwarten, beschloß Vivaldi, nun mit gröberem Geschütz aufzufahren. »Dennoch hat es den Anschein«, so fuhr er fort, »daß Paluzzi, wenn schon nicht von Banditen, so doch von Geistlichen unsicher gemacht wird. Nämlich, ich bin kaum jemals dort vorbeigekommen, ohne eines solchen ansichtig zu werden, und dieser eine ist jedesmal so unverhofft aufgetaucht und ebenso plötzlich wieder verschwunden, daß man nahezu gezwungen war, an einen Geist zu glauben!«

»Der Konvent der Schwarzen Büßermönche befindet sich ganz nahebei«, warf der Beichtiger ein.

»Gleicht etwa die Ordenstracht jener Mönche der Eurigen, hochwürdiger Vater? Mir ist nämlich aufgefallen, daß der bewußte Mönch gekleidet war wie Ihr – ja, und er hatte auch Eure Statur und glich Euch überhaupt in allen Stücken.«

»Dies mag wohl sein, Signor«, versetzte der Beichtiger ungerührt. »Unzweifelhaft gibt's ja sehr viele Mönche, die einander gleichen wie ein Ei dem andern. Indes, die Bruderschaft der Schwarzen Büßermönche geht in Sackleinen einher, und überdies wär' der Totenkopf auf der Kutte, das besondre Zeichen jenes Ordens, Eurer Aufmerksamkeit nicht entgangen. So kann derjenige, den Ihr gesehen habt, wohl kein Mitglied der genannten Bruderschaft sein.«

»Auch ich bin nicht geneigt, dies anzunehmen«, sagte Vivaldi. »Doch wie dem auch sein mag, jedenfalls hoffe ich, in Bälde nähere Bekanntschaft mit dem Fremden zu schließen und ihm Wahrheiten ins Gesicht zu schleudern, die auch nicht den Schatten eines Mißverständnisses aufkommen lassen werden!«

»Dies ist nur wohlgetan, im Fall Ihr Klage gegen ihn zu führen habt«, warf Schedoni ein.

»Wie – nur dann, wenn ich Klage gegen ihn zu führen habe? Darf denn eine gewichtige Wahrheit nur dann ausgesprochen werden, wenn ein Grund zur Klage vorliegt? Sollen wir nur dann aufrichtig sein, sobald man uns beleidigt hat?« Vivaldi glaubte, nunmehr den Beichtiger festgenagelt zu haben, welcher ja indirekt zugegeben, er wisse davon, daß der Jüngling Klage gegen den Fremden zu führen habe.

»Wollet bedenken, hochwürdiger Vater, daß ich mit keinem Wort gesagt, ich sei beleidigt worden«, fuhr er denn auch fort. »Wenn Ihr trotzdem um solche Beleidigung wißt, so muß dieselbe auf anderem Wege zu Eurer Kenntnis gelangt sein. Ich hab' ja nicht einmal irgendwelche Verstimmung zu erkennen gegeben.«

»Abgesehen von Eurem Tonfall und der Sprache Eurer Augen, Signor«, versetzte Schedoni trocken. »Sobald ein Mensch vehement und konzeptlos spricht, sind wir zumeist geneigt, ihn für verärgert zu halten und zu glauben, er habe Grund zur Klage, ob solcher Grund nun bloß in der Einbildung oder aber zu Recht bestehen mag. Da ich aber nicht die Ehre habe, mit dem Gegenstand, auf welchen Ihr angespielt, vertraut zu sein, kann ich nicht entscheiden, zu welcher Kategorie Euer Fall zählt.«

»In diesem Punkte war ich nie im Zweifel«, sagte Vivaldi hochmütig. »Und wäre ich's gewesen, Vergebung, heiliger Vater, so hätte ich mich nimmermehr an Euch gewandt. Die Schmach, so man mir zugefügt, ach, sie ist nur zu wirklich! Auch glaub' ich jetzt, daß es nur zu gewiß ist, wem ich sie anzukreiden habe, und daß jener geheime Ohrenbläser, welcher sich in eine Familie einschleicht, bloß um deren Frieden zu vergiften, jener üble Zuträger – nein, der gemeine Schmutzfink, welcher die Unschuld beleidigt, in ein und derselben Person vor mir stehen!«

Vivaldi äußerte diese Worte mit einer gezügelten Energie, welche bei aller Würde dennoch so beißend war, daß Schedoni bis ins Mark getroffen schien. Doch ob es nun sein böses Gewissen oder sein Selbstgefühl war, das sich angegriffen fühlte, war nicht mit Sicherheit zu entscheiden. Vivaldi freilich glaubte, das erstere sei der Fall. Eine finstere Bösartigkeit verschattete des Mönches Züge, so daß unser Jüngling vermeinte, einen Menschen vor sich zu haben, den seine Leidenschaften zur Verübung nahezu jeglicher Untat hinreißen konnten, wie gräßlich dieselbe immer sein mochte! So schrak er vor dem Mönch zurück, als wär' er unvermutet auf ein Reptil getreten und starrte ihm mit solcher Spannung ins Gesicht, daß er der eignen Haltung gar nicht mehr inne ward.

Fast im Augenblick hatte Schedoni sich wieder in der Hand. Seine Miene entspannte sich, und ihr düster drohender Ausdruck verflog so rasch wie er gekommen war. Nur die Augen blieben streng und hochmütig, als er sagte: »Signor, wiewohl der Gegenstand Eurer Entrüstung mir nicht bekannt ist, laßt Ihr mich nur zu deutlich merken, daß Euer Unmut sich in gewisser Beziehung gegen mich als dessen vermeintliche Ursache richtet. Dennoch will ich nicht annehmen« – er sagte es mit besonderem Nachdruck –, »daß Ihr Euch unterstanden habt, mich mit jener schandbaren Benennung zu brandmarken, welche Ihr soeben geäußert! Sollte aber –«

»Ich habe von dem Urheber der Schmach gesprochen, die man mir zugefügt«, fiel hier Vivaldi ein. »Ihr, Vater, werdet mir wohl am besten sagen können, ob Ihr Euch dadurch getroffen fühlt!«

»Nun, wenn dem so ist, hab' ich Euch nichts übelzunehmen«, versetzte Schedoni glattzüngig und mit so unerwarteter Ruhe, daß es Vivaldi die Rede verschlug. »Da Ihr bloß den Urheber Eurer Schmach gemeint – welcher Art sie immer sein mag –, bin ich's zufrieden.«

Die nahezu heitere Gelassenheit, mit der diese Worte gesprochen waren, belebte aufs neue Vivaldis Zweifel. Der Jüngling hielt es ja kaum für möglich, daß ein schuldbeladner Mensch unter den Augen seines Anklägers ein so ruhiges und würdevolles Gehaben an den Tag legen könne, wie der Beichtiger es nun zur Schau trug. So begann Vivaldi sich Vorwürfe zu machen ob der leidenschaftlichen Unbesonnenheit, mit der er den Mönch verdammt hatte, ja sich vor sich selbst zu entsetzen ob der Unschicklichkeit, mit der er einem Manne von Schedonis Alter und geheiligtem Stande entgegengetreten. Jenes Mienenspiel, welches den Jüngling so sehr alarmiert hatte – nun war er geneigt, es für den Ausdruck einer eifersüchtig und hochmütig gehüteten Ehre zu nehmen, und so vergaß er über dem Kummer, sich dermaßen bloßgestellt zu haben, fast jener Bösartigkeit, die sich in Schedonis stolzem Auftreten bemerkbar gemacht. In seinem gegenwärtigen Bedauern nicht minder überstürzt denn in seinem Grimme, und allzusehr der Leidenschaft des Augenblicks vertrauend, war Vivaldi nun ebenso eifrig bedacht, seinen Fehler wiedergutzumachen, wie er eilfertig gewesen, ihn zu begehen. Der Freimut, mit welchem er die Ungehörigkeit seines Verhaltens eingestand und beklagte, hätte dem jungen Mann leichtlich die Vergebung jedes edelmütigen Herzens erwirkt. Schedoni aber lauschte mit einer scheinbaren Gelassenheit, die bloß dazu diente, seine geheime Verachtung zu verdecken. Er sah Vivaldi für einen jungen Heißsporn an, der sich bloß von seinen Leidenschaften leiten ließ, und blickte voll tiefer Mißbilligung auf alle unguten Wesenszüge des Jünglings, wogegen er weder Achtung noch Wohlwollen für dessen gute Seiten empfand, also für die Aufrichtigkeit, Gerechtigkeitsliebe und edle Gesinnung Vivaldis, die noch dessen Mängel in versöhnlicherem Lichte erscheinen ließen. Schedoni sah ja in jedem Menschen stets nur das Schlechte.

Wäre Vivaldi weniger großherzig gewesen, so hätt' er der zufriednen Miene mißtraut, welche der Beichtiger aufgesetzt, und sehr wohl die Verachtung und die Bosheit wahrgenommen, welche hinter einem Lächeln lauerten, das des Mönches wahres Gesicht nur schlecht verdeckte. Derselbe wußte genau um seine Macht und blickte in Vivaldis Wesen, als läg's gleich einer aufgeschlagnen Landkarte vor ihm, darin er jede Linie, jeden

Zug so klar zu lesen vermeinte wie die Proportionen, in denen des Jünglings Energien und Schwächen zu einander standen. Auch glaubte er, noch die Tugenden des jungen Mannes gegen denselben ausspielen zu können, und frohlockte hinter der Maske seines wohlmeinenden Lächelns schon in der Vorwegnahme jenes Augenblicks, welcher den erlittnen Schimpf rächen sollte, den vergessen zu haben er sich den Anschein gab, dieweil noch Vivaldi die begangne Ungehörigkeit so aufrichtig beklagte.

Auf diese Weise führte Schedoni schon Übles gegen Vivaldi im Schilde, während der letztere noch erwog, wie er dem Mönche wohl Genugtuung für die zugefügte Schmach geben könnte, als die Marchesa in das Zimmer zurückkehrte und in des Sohnes offnen Zügen etwelche Anzeichen der eben durchlebten Erregung gewahrte. Sein Antlitz war von Röte übergossen, die Stirn noch von den Falten des Unmuts gezeichnet. Schedonis Miene hingegen zeigte nichts denn Gelassenheit, und nur gelegentlich blinkte es unter halbgeschlossenen Lidern hervor wie Heimtücke, zumindest aber wie Arglist, die darauf bedacht ist, den aufgebrachten Hochmut zu verdecken.

Die Marchesa, welche sich voll Mißbilligung an ihren Sohn wandte, forschte nach dem Grunde seiner Aufgewühltheit. Er aber, schuldbewußt ob des Verhaltens, das er gegen den Mönch an den Tag gelegt, brachte es weder über sich, eine Erklärung zu geben, noch auch, länger in Gegenwart der Mutter zu verweilen. So sagte er bloß, er lege seine Ehre in die Hände dieses heiligen Mannes, der nur zu günstig über die begangne Verfehlung sprechen werde, und verließ ungesäumt das Zimmer.

Sobald der Jüngling gegangen war, gab Schedoni unter scheinbarem Widerstreben die von der Marchesa gewünschte Erklärung, war aber bedacht, nicht allzu günstig von Vivaldis Aufführung zu sprechen, sondern stellte dieselbe als noch viel beleidigender hin, als sie es in Wahrheit gewesen. Während er also des Jünglings Anwürfe noch kränkender erscheinen ließ, hütete er sich, dessen Offenheit und Zerknirschung zu erwähnen, welche den Beleidigungen gefolgt waren. Indes, er brachte dies auf so künstliche Weise zuwege, daß es den Anschein erweckte, als beschönigte er Vivaldis Verfehlung und beklagte dessen hitziges Temperament, ja als plädierte er, die erzürnte Mutter möge dem Sohne vergeben. »Er ist ja noch so jung«, fügte der Mönch hinzu, sobald er inne geworden, daß er die Marchesa nunmehr genugsam gegen Vivaldi aufgebracht hatte. »Wirklich, er ist noch sehr jung, und die Jugend ist nun einmal hitzig in ihren Leidenschaften und überstürzt in ihrem Urteil. Überdies war er unzweifelhaft ein wenig eifersüchtig ob der Freundschaft, derer Ihr mich zu würdigen geruht, und es ist ja auch nur zu natürlich, daß ein Sohn eifersüchtig über die Zuneigung solcher Mutter wacht.«

»Ihr seid wirklich zu gut, Vater«, versetzte die Marchesa, wobei ihr Groll gegen Vivaldi in dem Maße zunahm, als Schedoni seine scheinheilige Aufrichtigkeit und Demut in Szene setzte.

»Es ist wohl wahr«, fuhr jetzt der Beichtiger fort, »daß ich mir all der Unzukömmlichkeiten bewußt bin, denen mich die Ergebenheit, oder besser gesagt, das Pflichtgefühl, so ich Eurer Familie entgegenbringe, aussetzt. Doch nehme ich dergleichen gern auf mich, dieweil's ja durchaus möglich scheint, daß mein Rat dazu beitragen könnte, die Ehre Eures Hauses vor Befleckung und den unbedachten Jüngling vor künftigem Ungemach und fruchtloser Reue zu bewahren.«

Ob der Wärme solcher gemeinsamen Entrüstung brachten die Marchesa und Schedoni es wechselseitig zuwege, nicht länger jener unwürdigen Beweggründe zu gedenken, von denen ein jeder den andern besessen wußte, und auch des Ekels zu vergessen, wie er bei denjenigen, die sich zu bösem Zweck zusammengetan, nur selten verfehlt, sich gegen den Partner zu richten. Die Marchesa, indem sie sich auf Treu und Glauben dem Mönche anvertraute, dachte nicht länger an dessen Ambitionen und an die eigenen Versprechungen im Hinblick auf eine fette Pfründe, wogegen der Beichtiger ihr die Sorge um des Sohnes untadelige Führung als ein echtes Interesse an dessen Wohlergehen anrechnete und nicht als Angst um die eigene Würde. Nachdem man noch etwelche Komplimente getauscht, erging man sich in langwierigen Erörterungen von Vivaldis Zukunft und kam schließlich überein, daß die gemeinsamen Anstrengungen zugunsten dessen, was man seine Bewahrung vor dem Übel nannte, nunmehr nicht länger auf bloße Vorhaltungen beschränkt bleiben dürften.

Fünftes Kapitel

Wie? wär' es Gift, das mir mit schlauer Kunst
Der Mönch bereitet? – – –
Shakespeare, *Romeo und Julia*

Vivaldi, sobald er sein erstes Bedauern, seine ersten Gewissensbisse ob der Beleidigung eines bejahrten Mannes und Mitglieds so geheiligten Standes überwunden hatte, so daß er unbefangnen Auges auf einige Umstände in des Beichtigers Aufführung zu blicken vermochte, sah sich aufs neue vom Argwohn überkommen. Doch indem er solchen Verdacht bloß für ein Zeichen der eigenen Schwachheit nahm, nicht aber als einen Hinweis auf die Wahrheit, suchte er in großherziger Geringschätzung jederlei Mutmaßung zu unterdrücken, welche Schedoni in unvorteilhaftes Licht gerückt hätte.

Mit Heraufkunft des Abends brach der Jüngling eilends nach der Villa Altieri auf und setzte, nachdem er außerhalb der Stadt vereinbarungsgemäß mit einem Medikus zusammengetroffen, gemeinsam mit ihm, auf dessen Ehrenhaftigkeit und Urteilskraft er bauen zu können glaubte, seinen Weg fort. Vivaldi hatte in der Verwirrung seines letzten Gespräches mit Ellena vergessen, den Schlüssel zu der engen Seitenpforte zurückzugeben, und so betrat er den Garten auf dem üblichen Weg, obschon er bei dem Gedanken, mitten in der Nacht so verstohlen das Domizil der Geliebten aufzusuchen, sich eines gewissen Widerstrebens nicht erwehren konnte. Allein, der Medikus, dessen Urteil für des Jünglings Seelenfrieden so unerläßlich war, konnte auf keine andere Weise ins Haus gebracht werden, sollte Ellena von einem Verdachte verschont bleiben, der sie vielleicht auf Lebenszeit unglücklich gemacht hätte.

Beatrice, die unsre beiden unterm Säulenportal erwartete, führte sie in die Kammer, darin der Leichnam aufgebahrt lag, und Vivaldi, obschon bei seinem Eintreten von einer beträchtlichen Gemütsbewegung befallen, hatte sich alsbald so weit in der Hand, daß er auf der einen Seite des Bettes Aufstellung nehmen konnte, wogegen der Medikus an die andere Seite trat. Nicht willens, sich seine Aufgewühltheit von einem Dienstboten anmerken zu lassen, und darauf bedacht, sich mit dem Arzte unter vier Augen zu bereden, nahm der Jüngling Beatricen die Lampe ab und hieß die Dienerin, den Raum zu verlassen. Sobald aber der Lichtschein auf das totenbleiche Antlitz der Verstorbenen fiel, starrte Vivaldi in trauervoller Bestürzung darauf nieder und mußte sich gewaltsam zur Vernunft rufen, ehe er in solcher Starrheit das Antlitz derjenigen wiedererkannte, welche noch am Abend zuvor so lebensvoll gewesen wie er selbst, unter Tränen auf ihn geblickt, in der zärtlichsten Fürsorge das Lebensglück der Nichte seiner Obhut anvertraut und – ach! – die eigene Auflösung so richtig vorhergesagt hatte! Alle Einzelheiten jener Szene, nun stiegen sie gleich einer Vision vor ihm herauf und griffen ihm ans Herz. Er ward der ganzen Tragweite jenes Vertrauens inne, welches in ihn gesetzt worden, und dieweil er sich nun über die bleiche, entseelte Gestalt der Toten beugte, erneuerte er wortlos das feierliche Gelöbnis, welches er Ellena gegeben, nämlich, sich des Vertrauens ihrer dahingegangenen Tante nicht als unwürdig zu erweisen.

Noch ehe Vivaldi genügend Mut gefaßt hatte, den Medikus, welcher das Antlitz der Dahingeschiednen noch immer voll ernster Aufmerksamkeit und mit mißbilligender Miene examinierte, nach dessen Meinung zu fragen, ward sein eigener Argwohn durch etwelche Einzelheiten im Erscheinungsbilde der Toten bestärkt. Sonderlich die schwärzliche Tönung, welche ihr Antlitz angenommen, schien ihm für einen Giftmord zu sprechen. Doch fürchtete er, ein Schweigen zu brechen, durch das seine Hoffnung auf den gegenteiligen Fall, wie schwach dieselbe auch sein mochte, noch aufrechterhalten ward. Der Arzt aber, vielleicht in Sorge ob der Folgen, welche die Äußerung seiner wahren Meinung nach ziehen mochte, blieb stumm.

»Ich sehe Euch an, was Ihr denkt«, sagte Vivaldi schließlich. »Es deckt sich mit meinen eigenen Gedanken.«

»In diesem Punkte bin ich nicht so sicher, Signor«, versetzte der Medikus, »wiewohl ich Eure Meinung zu kennen glaube. Der Leichnam sieht recht ungut aus, doch mag ich's nicht auf meine Kappe nehmen, Euren Argwohn zu bestätigen. Es gibt auch andere Ursachen, welche dies Aussehen hätten hervorrufen können.« Dies gesagt, legte er die Gründe für seine Behauptung dar, welche auch unserm Jüngling einleuchteten, und schloß mit dem Wunsch, er wolle auch noch mit Beatricen sprechen, »dieweil ich ganz genau wissen möchte, in welcher Verfassung sich die Dame in den letzten Stunden vor ihrem Tode befunden hat«.

Nachdem er sich des langen und breiten mit Beatricen unterredet hatte, beharrte er, was immer er aus seinem Verhöre schließen mochte, weiterhin auf seiner eingangs geäußerten Behauptung, indem er geltend machte, es seien so viele widersprüchliche Gesichtspunkte aufgetaucht, daß er sich gänzlich außerstande sehe, zu entscheiden, ob die Signora Bianchi nun durch Gift oder durch eine andere Ursache den Tod gefunden. Zum andernmal und mit noch größerer Ausführlichkeit legte er die Gründe dar, die es jedem Arzte unmöglich machten, hier zu einer zweifelsfreien Entscheidung zu gelangen. Doch ob's nun die Furcht vor einem Gutachten sein mochte, das einen Menschen des Mordes bezichtigt hätte, oder ob er in Wahrheit dazu neigte, an einen natürlichen Tod der alten Dame zu glauben – jedenfalls ließ er sich von der zweiten Auffassung leiten und tat alles, um Vivaldis Argwohn zu zerstreuen, was ihm in der Tat so weitgehend gelang, daß unser Jüngling zu der Überzeugung kam, es wäre müßig, die diesbezüglichen Nachforschungen weiterzutreiben, dieweil ihm ja der Arzt den Glauben nachgerade aufzwang, die Signora Bianchi sei auf ganz natürliche Weise ums Leben gekommen.

Vivaldi, nachdem er noch eine Zeitlang untätig am Totenbette der alten Dame verweilt und letzten Abschied von ihrer sterblichen Hülle genommen hatte, verließ Kammer und Haus so leise wie er gekommen war und – so glaubte er zumindest – ohne von Ellena oder einem sonstigen Späher gesehen worden zu sein. Als er den Garten betrat, dämmerte schon der Morgen überm Meer, und ein paar Fischersleute, welche sich am Strande herumtrieben oder sich mühten, ihre kleinen Boote flottzumachen, waren die einzigen Gestalten, die sich um so frühe Tagesstunde zeigten. Dennoch, die Zeit war vorüber, welche Vivaldi einer neuerlichen Durchforschung der Ruinen von Paluzzi hätte widmen können, und die heraufsteigende Sonne machte ihn vollends von solchem Vorhaben abstehen. So kehrte er nach Neapel zurück, das Gemüt ein wenig besänftigt durch den vagen Hoffnungsschimmer, die Signora Bianchi habe vielleicht doch nicht vor der Zeit ihren Tod gefunden, sowie durch die Gewißheit, daß Ellena wohlauf war. Auf dem Wege zur Stadt kam er an dem Kastell vorüber, ohne daß sich jemand gezeigt hätte, und ward, nachdem er sich von dem Medikus verabschiedet hatte, durch einen vertrauten Diener in des Vaters Palast eingelassen.

Sechstes Kapitel

> – – – Es waren da
> Sechs oder sieben, die ihr Angesicht
> Auch noch bei Nacht verhüllten.
> Shakespeare

Ellena, nach dem so plötzlichen Verlust ihrer Tante und einzigen Anverwandten, ja der Freundin, von der sie durch ihr ganzes bisheriges Leben geleitet worden, hatte das Gefühl, nun gänzlich allein in der Welt zu stehen. Solche Empfindung war freilich nicht aus dem ersten Schmerz erwachsen, denn solange des Mädchens Herz von Liebe, Mitleid und dem frischen, alles überwältigenden Kummer erfüllt gewesen, war ihr die eigne Verlassenheit zunächst gar nicht zu Bewußtsein gekommen.

Die Tote sollte in der Klosterkirche von Santa Maria della Pietà beigesetzt werden. Der nach Landessitte herausgeputzte und mit Blumen geschmückte Leichnam ward auf offener Bahre zum Orte der Beisetzung gebracht, einzig von Priestern und Fackelträgern geleitet. Ellena aber, die es nicht ertragen konnte, so rasch von den sterblichen Überresten der geliebten Freundin Abschied zu nehmen, hatte sich, da ja die herrschende Gepflogenheit ihr verbot, der Verstorbenen das letzte Geleit zu geben, schon vorher im Kloster eingefunden, um daselbst der Totenmesse beizuwohnen. Zwar erlaubte der Kummer dem Mädchen nicht, in die Choräle der Nonnen einzustimmen, doch sänftigte deren weihevolle Feierlichkeit ihr das Gemüt, und die Tränen, welche sie in Anhörung der getragenen Töne vergoß, nahmen dem Schmerz seinen ärgsten Stachel.

Sobald der Gottesdienst zu Ende war, begab Ellena sich in das Sprechzimmer der Äbtissin, welche ihren Trostreden immer wieder die Bitte einflocht, das Mädchen mög' fürs erste doch im Konvente Zuflucht suchen, und bei der Größe von Ellenas Jammer bedurfte es nicht vieler Überredungskunst: das Mädchen wünschte ja von sich aus, hierherzukommen und Asyl zu suchen innerhalb dieser Mauern, welche nicht nur den besonderen äußeren Gegebenheiten, sondern in noch höherem Maße dem Gemütszustand der Trauernden entsprachen. Sie glaubte ja, hier weit eher ihren Verlust verwinden und den verlornen Seelenfrieden wiedererlangen zu können denn an einem Ort, welcher der Frömmigkeit nicht so sehr geweiht war wie dieser. So kam man, bevor Ellena von der Äbtissin Abschied nahm, überein, das Mädchen werde als Zögling im Konvente Aufnahme finden. Dies beschlossen, kehrte Ellena eigentlich nur mehr nach der Villa zurück, um Vivaldi von ihrer Absicht in Kenntnis zu setzen. Die Liebe und Wertschätzung, welche sie dem Jüngling entgegenbrachte, war nach und nach zu solcher Stärke angewachsen, daß nunmehr das Wohl oder Wehe von Ellenas künftigem Leben davon abhing. Der Tante Zustimmung zu dieser Wahl und insonderheit der feierliche Ernst, mit welchem sie am Vorabend ihres Todes das Schicksal der Nichte in Vivaldis Hände gelegt, hatte Ellena den Jüngling nur noch teurer gemacht und ihrer Herzensbindung eine Weihe verliehen, die es mit sich brachte, daß die Hilflose nunmehr zu Vivaldi als zu ihrem Hüter und einzigen Beschützer aufblickte. Je inniger sie den Verlust ihrer verstorbnen Anverwandten beklagte, desto zärtlicher dachte sie an den Geliebten, und ihre Liebe zu diesem hing so untrennbar mit ihrer Zuneigung zu jener zusammen, daß die beiden Empfindungen einander unablässig bestärkten und steigerten.

Nach der Beerdigung traf man auf Altieri zusammen.

Vivaldi verriet weder Bestürzung noch widersetzte er sich Ellenas Absicht, eine Zeitlang im Kloster Zuflucht zu suchen. Es entsprach ja durchaus der Schicklichkeit, sich für die Frist der Trauer aus einer Behausung zurückzuziehen, wo man nicht länger auf die Beschützerin zählen konnte. So bedang der Jüngling sich lediglich aus, Ellena im Sprechzimmer des Klosters besuchen und nach Ablauf der vom Wohlanstand vorgeschriebenen Frist um jene Hand anhalten zu dürfen, welche ihm von der Signora Bianchi zugedacht worden.

Wenn Vivaldi auch ohne viel Klagen der getroffenen Vereinbarung zustimmte, so tat er es dennoch nicht ohne

Bedenken. Sobald aber Ellena ihm die Untadeligkeit der Äbtissin von Santa Maria della Pietà vor Augen geführt, versuchte er, die Stimme seines Herzens durch Argumente der Vernunft zum Schweigen zu bringen.

Die ganze Zeit hindurch konnte er jedoch den tiefen Eindruck nicht verwinden, den sein unbekannter Quälmeister, eben jener nächtliche Mönch, namentlich durch die Voraussage von Signora Bianchis Tod auf ihn geübt, und so faßte er von neuem den Entschluß, sich wenn irgend möglich der wahren Natur jenes unheimlichen Fremden sowie der Beweggründe zu vergewissern, welche den Unbekannten veranlaßten, sich dermaßen an seine, Vivaldis, Fersen zu heften und seinen Seelenfrieden zu stören. Die Umstände, unter welchen der vermeintliche Mönch aufgetreten war, hatten unserm Jüngling Furcht eingeflößt: er dachte an die Plötzlichkeit solchen Erscheinens und Verschwindens, an die Wahrhaftigkeit der Prophezeiungen und vor allem an das solenne Ereignis, welches den allerletzten Warnungen recht gegeben. So hatten Verwunderung und quälende Neugier des Jünglings Imagination dermaßen angestachelt, daß dieselbe sich nunmehr schon außerhalb aller hergebrachten Mutmaßungen und jenseits der Bereiche menschlichen Wirkens bewegte. Sein Verstand war freilich klar genug, um ihn die ringsum herrschenden Irrtümer und falschen Meinungen erkennen und den landläufigen Aberglauben verachten zu lassen, ja hätt' er sich im gewohnten Gemütszustand befunden, so wäre ihm der besagte Gegenstand wohl kaum eines Atemzugs der Überlegung wert gewesen. Nunmehr aber war seine Leidenschaft in das Geschehen einbezogen, war seine Phantasie angeregt worden, und wiewohl ihm sein innerstes Wünschen gar nicht bewußt sein mochte, wär' er vielleicht doch ein wenig enttäuscht gewesen, aus jener Region sublimer Ängste und furchterregender Schatten, zu der er sich in Gedanken schon erhoben hatte, unversehens und zufolge einer ganz banalen, natürlichen Erklärung wieder auf die tagtäglich begangene Erde herabsteigen zu müssen.

Er trug sich mit der Absicht, das Kastell von Paluzzi abermals um Mitternacht aufzusuchen, dortselbst aber nicht auf das Erscheinen des Fremden zu lauern, sondern mit Fackellicht in jeden Winkel der Ruinen zu leuchten, um zumindest dahinterzukommen, ob sie auch noch von anderen Menschen als ihm selbst bevölkert sei. Die Hauptschwierigkeit, welche ihn bisher an seinem Vorhaben gehindert hatte, bestand im Ausfindigmachen eines vertrauenswürdigen Gefährten, welcher ihn auf solch nächtlicher Expedition begleiten sollte, dieweil ja sein vormaliges Abenteuer ihn belehrt hatte, derlei Versuch nimmermehr allein zu unternehmen. Bonarmo war auf keine Weise zu gewinnen, und vielleicht war sein Widerstand in diesem Punkte recht weise. Da aber Vivaldi mit niemand anderem gut genug bekannt war, als daß er ihm so viel verraten hätte mögen, wie zur Erlangung einer Zusage unerläßlich schien, verfiel er schließlich darauf, seinen Diener Paolo zum Begleiter zu wählen.

Am Vorabend des Tags von Ellenas Übersiedlung nach Santa Maria della Pietà begab Vivaldi sich nach Altieri, um der Geliebten Lebewohl zu sagen. Während die beiden sich unterredeten, war sein Gemüt tiefer bedrückt als gewöhnlich, und wiewohl er wußte, daß die Geliebte ja nur für kurze Zeit im Kloster Obdach suchte, und er der Unwandelbarkeit ihrer Liebe so sehr vertraute, wie dies einem Liebenden eben möglich ist, hatte der Jüngling das Gefühl, für immer Abschied zu nehmen. Eine Unzahl vager und angstvoller Mutmaßungen, wie er sie sich bis zu diesem Augenblicke niemals eingestanden, befiel ihn nun, und unter ihnen schien's ihm die wahrscheinlichste zu sein, die Nonnen könnten es mit List zuwegebringen, Ellena der Welt zu entfremden und für das Klosterleben zu gewinnen. In ihrem gegenwärtigen, jammervollen Zustand schien dies sogar mehr als wahrscheinlich, und so vermochten auch des Mädchens aufrichtigste Beteuerungen es nicht – und sie sprach in diesen Abschiedsmomenten weniger zurückhaltend, als sie dies bisher getan –, Vivaldi vollständig zu beruhigen. »Wenn meine angstvolle Vorahnung recht behält«, entfuhr es ihm wider Willen, »so scheide ich in diesem Moment für immer von Euch. Eine Zentnerlast liegt mir auf dem Herzen, und ich kann sie nicht abschütteln. Dennoch stimme ich zu, daß Ihr für eine Weile in jenem Kloster Zuflucht nehmt, dieweil ich ja von der Schicklichkeit solchen Schrittes überzeugt bin. Doch sollte ich nicht minder überzeugt von Eurer baldigen Rückkehr sein, sowie davon, daß ich Euch in Bälde aus jenen Mauern als mein Ehegemahl heimführen werde, um Euch nimmermehr aus meiner Obhut und Zärtlichkeit zu entlassen. Alles dessen müßt' ich mich eigentlich sicher fühlen, und doch macht meine Furcht mich so anfällig, daß ich nicht dem Wahrscheinlichen trauen kann, sondern vielmehr das Mögliche fürchten muß. Und was wiegt die Wahrscheinlichkeit, Euch auf immer zu besitzen, gegen die Möglichkeit, Euch zu verlieren? Wie – und unter solchen Auspizien sollt' ich Eurer Übersiedlung in jenes Kloster so einfach zustimmen? Weshalb hab' ich Euch nicht gedrängt, mir sogleich die Hand zu jenem unauflöslichen Bunde zu reichen, den keine menschliche Gewalt mehr zu zerreißen vermag? Wie konnt' ich meinen Seelenfrieden dem ungewissen Ausgang einer Möglichkeit überantworten, die zu beseitigen in meiner Macht gelegen hatte, jawohl, einzig und allein in *meiner* Macht? – Nun ist's zu spät – doch nein, vielleicht noch nicht! Oh Ellena – so opfre die strenge Lebensführung, welche die herkömmlichen Sitten dir auferlegen – gib sie hin um meines Glückes willen! Und wenn du nach Santa Maria gehst, so nur, um mit mir vor den Altar zu treten!«

Vivaldi hatte seine klagende Ergießung so rasch hervorgesprudelt, daß Ellena keine Zeit gefunden, ihn zu unterbrechen. Doch sobald er damit zu Rande gekommen war, verwies sie ihm's mit sanftem Tadel, daß er an der Unwandelbarkeit ihrer Gefühle zu zweifeln gewagt, und versuchte, seine Befürchtungen zu besänftigen. Allein, seiner Bitte schenkte sie kein Gehör, sondern machte geltend, daß nicht nur ihr Gemütszustand jenen

Klosteraufenthalt erfordere, sondern auch der Respekt, den sie dem Gedenken ihrer Tante schulde. Und in feierlichem Ernste fügte sie hinzu, daß Vivaldi, falls er so wenig Vertrauen in ihren unbeirrbaren Sinn setze und an der Beständigkeit ihrer Liebe zweifle, noch dazu in einem Augenblick, da nur noch so kurze Zeit ihn von ihrem Jawort trenne, übel daran getan habe, sie zur Gefährtin für ein ganzes, langes Leben zu erwählen.

Der ob seiner an den Tag gelegten Schwachheit beschämte Jüngling erflehte daraufhin der Geliebten Vergebung und versuchte, sich jene Befürchtungen auszureden, welche lediglich aus seiner Leidenschaft erklärbar waren und keiner vernünftigen Überlegung standhielten. Dessen unerachtet konnte er weder seine Ruhe noch sein Vertrauen wiedererlangen, und auch Ellena, obschon von der Richtigkeit ihres Fühlens gestützt und ermutigt, vermochte nicht, jenen Druck auf ihr Gemüt loszuwerden, den sie schon fast seit dem ersten Momente dieses Gesprächs empfunden hatte. So nahm man denn tränenreichen Abschied, und Vivaldi, ehe er endgültig Urlaub nahm, kehrte noch oftmals zurück, um der Geliebten ein weiteres Versprechen abzunehmen oder irgendwelche Versicherungen zu geben, bis Ellena schließlich unter gezwungenem Lächeln bemerkte, dies sei ja wahrhaftig ein Abschied für die Ewigkeit und nicht für ein paar lächerliche Tage. Indes, diese Bemerkung erneuerte Vivaldis sämtliche Befürchtungen und bot ihm einen weiteren Vorwand, seinen Aufenthalt noch länger hinauszuziehen. Schließlich aber riß er sich von der Geliebten los und verließ die Villa Altieri. Da es aber für die geplante Durchforschung der Ruinen von Paluzzi noch zu früh am Tage war, kehrte er zunächst nach Neapel zurück.

Ellena, die mittlerweile bemüht war, ihre melancholischen Anwandlungen durch allerlei Beschäftigung zu zerstreuen, widmete sich bis in die späte Nacht den Vorbereitungen für ihre Übersiedlung, welche schon am nächsten Tag erfolgen sollte. Der Gedanke, das Heim nun verlassen zu sollen, darin sie, so weit sie sich zurückerinnern konnte, fast jeden Tag ihres Lebens verbracht hatte, stimmte sie schwermütig, wenn nicht sogar ein wenig feierlich. Indem sie dieser wohlvertrauten Umgebung nun den Rücken kehrte, wo gewissermaßen der Schatten der verstorbenen Anverwandten noch immer umzugehen schien, ließ sie auch den letzten Abglanz ihrer erst vor kurzem empfundenen Glückseligkeit, jedes Merkmal der früheren Jahre, jedes Anzeichen gegenwärtigen Trostes zurück. So war es ihr ums Herz, als schritte sie nunmehr hinein in eine gänzlich neue Welt ohne jedes Obdach. Ihre Bindung an das bisherige Heim nahm in dem Maße zu, als die noch verbleibende Zeit kürzer ward, und so wollt' es dem Mädchen scheinen, daß erst der Augenblick des endgültigen Abschieds ihre Liebe zur Villa Altieri auf den Gipfelpunkt treiben werde.

Geraume Zeit verweilte sie untätig in ihren Lieblingsgemächern, gab sich in jenem Zimmer, darin man am Vorabend von Signora Bianchis Tode zu Abend gegessen, den zärtlichsten und tränenreichsten Betrachtungen hin und wär' ihnen wohl noch viel länger nachgehangen, hätte nicht ein plötzliches Rascheln im Laubwerk vorm Fenster ihre Aufmerksamkeit wachgerufen. Den Blick erhebend, glaubte sie, jemanden draußen vorübereilen zu sehen. Die Läden standen nach Gewohnheit offen, um der kühlen, von der Bucht heraufstreichenden Brise freien Zutritt zu lassen, doch nunmehr erhob sich das beunruhigte Mädchen, um das Fenster zu schließen. Dies kaum getan, vernahm sie von ferne, wie gegen die Eingangstür gehämmert wurde, und gleich darauf gellte Beatricens Hilfegeschrei durch das Haus!

Wiewohl zutiefst erschrocken, brachte Ellena doch die Beherztheit auf, der alten Dienerin zu Hilfe zu eilen. Als sie aber den zur Eingangshalle führenden Korridor betrat, tauchten an dessen fernem Ende drei maskierte, in lange Umhänge vermummte Gestalten auf, welche die ins Gemach Zurückfliehende verfolgten und alsbald umstellt hatten. Außer Atem und von allem Mut verlassen, suchte Ellena sich dennoch zu fassen und fragte so ruhig wie's ihr möglich war nach dem Begehr der fremden Eindringlinge. Dieselben ließen aber kein Wort verlauten, sondern schlangen dem Mädchen einen Schleier um den Kopf, faßten sie von beiden Seiten unter und zerrten die nahezu Widerstandslose in Richtung des Ausgangs, ohne ihres Flehens zu achten.

In der Eingangshalle gewahrte Ellena die an einem Pfeiler festgebundene Beatrice und neben ihr einen weiteren maskierten Banditen, der die Alte bewachte und dabei allerlei drohende Gebärden vollführte, ohne indes ein Wort zu verlieren. Ellenas Geschrei – das Mädchen flehte ja nicht minder für die alte Dienerin denn für sich selbst um Gnade – schien die fast reglose Beatrice wieder ins Leben zu rufen. Doch alles Bitten erwies sich als fruchtlos, und Ellena ward aus dem Haus und weiter durch den Garten geschleppt. Dabei schwanden ihr die Sinne, und als sie wieder zu sich kam, fand sie sich in einem Wagen, welcher mit großer Schnelligkeit dahinfuhr. Ihre Arme waren noch immer von mehreren Männern umklammert, in denen sie, je mehr sie sich erholte, diejenigen wiederzuerkennen glaubte, welche sie aus der Villa geschleppt hatten. In der herrschenden Finsternis konnte sie aber die Gesichter nicht wahrnehmen, und alles Fragen und flehentliche Bitten stieß bloß auf ein tödliches Schweigen.

Der Wagen fuhr die ganze Nacht mit höchster Schnelligkeit dahin und hielt nur an, wenn die Pferde gewechselt wurden. Während dieser kurzen Aufenthalte versuchte Ellena, durch ihr Geschrei das Mitleid der in der Poststation befindlichen Leute zu erwecken. Es war ihr ja nicht möglich, sich auf andere Weise bemerkbar zu machen, denn die Wagenblenden waren zugezogen. Doch konnte kein Zweifel bestehen, daß die Postillons den leichtgläubigen Menschen da draußen, welche dem Geschrei ungerührt lauschten, allerlei vormachten, und überdies beraubten die Wächter das Mädchen nur zu bald der einzig verbliebenen Möglichkeit, sein Elend der Außenwelt kundzutun.

Während der ersten Stunden solcher Fahrt war Ellenas Geist eine Beute des Schreckens und der Bestürzung, doch je mehr sie wieder zu Sinnen kam, desto stärker mischten sich Gram und Verzweiflung in ihre Furcht. Sie erkannte ja, daß man im Begriffe war, sie vielleicht auf immer von Vivaldi zu trennen, und sie fürchtete, daß jene mächtige, unsichtbare Hand, welche ihr diesen Weg vorschrieb, ihren Zugriff erst lösen werde, sobald die Entfernung zum Geliebten eine unüberbrückbare geworden war. Von Zeit zu Zeit fühlte das Mädchen sich von der unwiderstehlichen, alle anderen Erwägungen und Gefühle auslöschenden Gewißheit überkommen, sie werde Vivaldi niemals wiedersehen. In solchen Augenblicken verlor sie alle Angst vor dem Ort ihrer Bestimmung und alle Furcht um ihr persönliches Wohlergehen.

Mit Anbruch des Morgens wurden wegen der zunehmenden Hitze die Blenden ein wenig geöffnet, um frische Luft ins Wageninnere zu lassen, und so gewahrte Ellena, daß bloß zwei der Männer, welche in Altieri eingedrungen waren, sich im Wagen befanden. Sie hatten ihre Masken und Umhänge noch immer nicht abgelegt. Auch ließ keinerlei Anhaltspunkt auf die Gegend schließen, die man soeben durchfuhr, denn durch die schmalen Schlitze, welche die geöffneten Blenden freiließen, waren bloß die Gipfel hoher Berge zu erkennen und nur ab und an ein geäderter Felsvorsprung oder ein verfilztes Dickicht, wie sie gelegentlich die Straße überhingen.

Der großen Hitze zufolge mußte es schon auf Mittag gehen, als der Wagen neuerlich an einer Poststation Halt machte, und eisgekühltes Wasser durchs Fenster hereingereicht wurde. Zu diesem Zwecke mußte man die Blenden vollends öffnen, und so ward Ellena einer weithin sich dehnenden, flachen Einöde ansichtig, welche in der Ferne von Bergen und Wäldern umschlossen war. Die am Eingang der Poststation herumlungernden Einheimischen schienen »des eignen wie des fremden Mitleids bar«. Das hohlwangige, bleiche Antlitz der Not starrte aus all diesen knochendürren Gestalten, und die ewige Unzufriedenheit hatte tiefe Furchen in jedes Einzelnen

Wangen gegraben. So schenkte man Ellena kaum einen neugierigen Blick, obschon das tiefe Leid, welches aus des Mädchens Augen sprach, nahezu jedes Herz hätte rühren müssen, sofern dasselbe nicht vom eignen Elend zerfressen war. Aber auch die maskierten Gesichter der Begleiter stießen kaum auf größeres Interesse.

Ellena nahm den dargereichten kühlen Erfrischungstrunk an – es war der erste, den sie auf dieser Fahrt erhielt. Nachdem auch ihre Begleiter die Gläser geleert hatten, zog man die Blenden wieder vor, wonach man unerachtet der mörderischen Mittagshitze die Reise fortsetzte. Das Mädchen, vor Hitze fast schon von Sinnen, flehte die Männer an, sie mögen die Fenster doch öffnen, und die Begleiter willfahrten solchem Wunsche, doch war's wohl nur, weil sie selber nicht minder des kühlenden Lufthauchs bedurften. So hatte Ellena nun zwar Gelegenheit, durch den Fensterspalt einen Blick auf die erhabene Gebirgsregion dort draußen zu erhaschen, konnte aber keinerlei Merkzeichen entdecken, aus denen sie hätte schließen können, wo man sich befand. Was sie sah, waren lediglich Felszinnen und ungeheure Abstürze von verschiedenfarbenem Marmor, in deren Spalten und Schründen eine dürftige Vegetation aus krüppeligen Kiefern, Zwergeichen und Stechpalmen ihr kümmerliches Dasein fristete, das vielfarbige Felsgestein mit dunklen Flecken durchsetzte und bisweilen in dunkelschattenden Massen sich bis in die Tiefe der Täler erstreckte, welche sich in gewundenem Verlauf den Blikken entzogen, ganz als wollten sie Neugierde erwecken nach den dahinter sich auftuenden Szenerien. Unterhalb der Steilhänge aber breitete sich die düstere Region der Olivenbäume, und noch weiter unten lief das Gebirge in felsigen Stufen in die Ebene mit ihren Weingärten aus, deren künstlich angelegte Terrassen oft genug befestigt waren mit Wacholder-, Granatapfel- und Oleandergestrüpp.

Dergestalt fand Ellena, nachdem sie so lange der Finsternis und dem brütenden Nachsinnen über solch beängstigende Umstände ausgesetzt gewesen, eine zeitweilige, wenngleich nur schwache Erleichterung im Angesichte der draußen sich breitenden Natur, bis schließlich ihre Lebensgeister von der Gewalt solcher Szenerie wieder so weit befeuert waren, daß sie zu sich sagen konnte: »War's mir wahrhaftig beschieden, im Unglück leben zu müssen, so könnt' ich dasselbe inmitten solch wilden Landstrichs mit größerer Seelenstärke ertragen denn in lieblicheren, weniger packenden Gefilden der Natur! Hier ist's ja, als teilten unsrer Seele alle Dinge etwas von der ihnen eigenen Kraft und Feierlichkeit mit, so daß die Last des Unglücks uns, die wir gleichsam mit der Gottheit durch deren überwältigende Werke wandeln, wohl nimmermehr niederbeugen kann!«

Kaum aber war's ihr in den Sinn gekommen, Vivaldi könnte schlecht von ihr denken, ward sie aufs neue eine Beute ihrer Tränen. Indes, diese Schwäche war nur von kurzer Dauer, und während der ganzen übrigen Fahrt bewahrte Ellena eine gleichbleibende Seelenruhe.

Erst als die Hitze und das Tageslicht schon im Schwinden begriffen waren, fuhr der Wagen in einen felsigen Engpaß ein, durch den man wie durch ein verkehrtherum gehaltnes Perspektiv ein fernes Flachland und dahinter eine weitere, im Purpurglanze des Sonnenuntergangs erstrahlende Gebirgskette wahrnahm. Das tiefeingeschnittene, verschattete Felsental ward von einem brausenden Flusse durchtost, dessen Wasser von steiler Felsenhöh' herniederstürzten, in ihrem schäumenden Falle das dunkle Gestein höhlten und hernach in quellklarem, langsamem Strome auf den nächsten Abgrund zuglitten, um mit donnernder Wucht in neue Schlünde hinabzustürzen, wobei der Wasserstaub sich gleich Nebelschleiern hoch in die Lüfte schwang, als erhöb' er den alleinigen Herrschaftsanspruch über solch wildzerklüftete Ödnis. Das Flußbett nahm die volle Breite der Felsenkluft ein, die aus einem Aufruhr der Erde geboren schien und nicht einmal Raum gab für den schmalsten Fahrweg längs des Ufers. Deshalb führte die Straße oben zwischen jenen Felsen dahin, die den Fluß überhingen und den Eindruck erweckten, als schwebten sie frei in der Luft, wogegen die Düsternis und Maßlosigkeit der Abstürze, welche sich ins Bodenlose öffneten oder gen Himmel türmten, im Verein mit der entsetzlichen Gewalt und dem Getöse der fallenden Wasser den Engpaß fürchterlicher erscheinen ließen, als dies der Stift des Malers zu schildern oder die Sprache des Dichters auszudrücken vermöchte. So fand Ellena sich höher und höher emporgetragen, doch war es nicht stumpfe Gleichgültigkeit, sondern riefe Ruhe, was ihr das Gemüt dabei erfüllte, ja sie empfand sogar etwas wie Freude an der Furcht, mit der sie hinabsah auf die unwiderstehlich voranschäumenden Fluten. Derlei Empfindungen wandelten sich freilich zur Angst vor der Übermacht aller Natur, als das Mädchen gewahr wurde, daß die Straße auf eine gebrechliche Brücke zulief, die, indem sie zwei ungeheure Felsklippen miteinander verband, sich über den gähnenden Abgrund spannte, darin die Wasser in tosenden Katarakten zu Tale stürzten. Die Brücke aber, welche bloß durch ein schwaches Geländer gesichert war, schien inmitten der Wolken zu hängen, und so kam es, daß Ellena bei solcher Überquerung beinah ihres Unglücks vergaß. Nachdem man dergestalt die gegenüberliegende Seite der Schlucht erreicht hatte, führte die Straße etwa eine halbe Meile bergab, bis sich plötzlich der volle Ausblick auf jene Ebenen und fernen Bergmassive auftat, die als sonnbeglänzte Landschaft schon seit langem das Ende dieses tiefverschatteten Engpasses gebildet hatten. Solch unerwarteter Übertritt gemahnte an das Entzücken der Ewigkeit, wie wir's nach dem Durchschreiten des engen Todestales empfinden mögen, doch beschäftigten derlei Vergleichungen Ellenas Denken nicht allzu lange, denn hoch oben zwischen dem Gefels eines Berges, den man sehr wohl für das Kieferende jenes eben durchmessenen, fürchterlichen Schlundes ansehen konnte – wie er ja überhaupt einer der höchsten Gipfel dieser Gebirgskette war –, zeigten sich nunmehr die Türme und breit hinaufgestuften Mauern eines Klosters. Alsbald hatte das Mädchen begriffen, daß man nunmehr am Ziel der Reise war.

Am Fuße jenes Berges stiegen die Begleiter aus und zwangen Ellena, es ihnen gleichzutun, dieweil ja der Aufstieg zu steil und unregelmäßig war, als daß ein Wagen ihn hätte bewältigen können. Ellena leistete keinen Widerstand, sondern ließ sich gleich einem Opferlamme den Pfad hinanführen, welcher sich zwischen den Felsen emporwand, immer wieder kühl überschattet von Mandel- und Feigenbäumen, von der breitblättrigen Myrte, von immergrünem Rosengesträuch, das untermischt war von Erdbeerbäumen, die aufs schönste in Frucht und Blüte standen, sowie vom gelben Jasmin, von der wunderbaren *acacia mimosa* und einer Fülle weiterer, üppig gedeihender Gewächse. Von Zeit zu Zeit gewährte solch überlaubter Aufstieg einen Blick auf das tief unten in strahlender Helle sich breitende Land, ja bisweilen eröffnete sich dem staunenden Auge das gesamte Panorama bis hinaus zu den fernen, schneebedeckten Gipfeln der Abruzzen. Jeder weitere Schritt brachte Dinge zum Vorschein, welche ein ruhiges Gemüt mit Entzücken erfüllt hätten. Die wundersame Äderung der den Pfad überhängenden Marmorfelsen, ihre vielfältig gebrochenen Formen, die von Moosen und Blüten in allen Farben des Regenbogens überwuchert waren, die Schönheit der Gesträuche, welche den Felsengrund durchsetzten, und die hoheitsvolle Anmut der Palmen, die ihn überwehten, hätten nahezu jedes Auge bezaubert. Indes, das in seine Besorgnisse verstrickte Mädchen hatte keinen Blick für solche Umgebung, ebensowenig wie die Begleiter, deren Herzen für jedes Gefühl erstorben waren. Dann und wann zeigten sich zwischen den Bäumen nun auch schon Teile jenes ungeheuern Bauwerks, dem man sich näherte: bald tauchte das mächtige Westfenster zusamt den darüber hinausragenden Türmen der Klosterkirche auf, bald waren es die steilen Dächer der andern Gebäude, welche sich dem Auge darboten. Dann wiederum wurden Kanten und Nischen des unersteiglichen Mauerwerkes sichtbar, welches den Klostergarten gegen die Felsabstürze begrenzte, und schließlich zeigte sich auch noch das düstre, zum Haupthofe des Klosters führende Portal. Und all dies zusammengenommen, wie es nach und nach zwischen dem dunkelnden Grün der Zypressen und den breitverzweigten Zedern auftauchte, schien der unseligen Ellena schon drohende Hinweise auf ihre künftigen Leiden geben zu wollen. Man kam jetzt an Altären und Bildstöcken vorüber, die von Felsen und Gesträuch nahezu verdeckt waren, und als man dem Kloster schon ganz nahe war, hielten die Begleiter vor einer kleinen Kapelle, welche den Pfad säumte, brachten zu Ellenas Verwunderung etwelche Papiere zum Vorschein, blätterten darin und wandten sich zur Seite, als müßten sie sich über des Mädchens Schicksal erst noch beratschlagen. Doch fand die Unterredung in so gedämpftem Tone statt, daß Ellena keine einzige Silbe verstehen konnte. Hätte sie die Männer aber verstanden, so wäre sie sich aus deren Worten wohl kaum über die Örtlichkeit klargeworden, an der man sich befand. Es war das tiefe Schweigen, das die Männer bisher beobachtet hatten, welches Ellenas Neugier nun, da sie endlich redeten, so sehr verstärkte.

Bald darauf verließ einer der beiden die Kapelle und schritt auf das Kloster zu, Ellena der Obhut des andern Schurken überlassend, an dessen Mitleid das Mädchen nunmehr appellierte, freilich ohne allzuviel Hoffnung auf Erfolg. All ihre Bitten beantwortete der Kerl denn auch mit weggewendetem Gesicht und abwinkenden Gebärden. So versuchte sie, dem unabwendbaren Übel mit Seelenstärke zu begegnen und es in Geduld auf sich zu nehmen. Der Ort, an dem sie der Rückkehr jenes üblen Gesellen harrte, war ja gar nicht dazu angetan, schwermütige Empfindungen zu wecken, sie wären denn von jener schwelgerischen Melancholie gewesen, wie der Anblick des Überwältigenden sie in uns hervorruft. Man konnte nämlich von diesem Punkte aus die gesamte Ebene dort unten überschauen, von der bislang immer nur Teile sichtbar geworden, und auch die lange Kette jener Berge, welche die üppige Landschaft gleich einem unübersteiglichen Wall zu umschließen schienen. Die fernhin zu bizarren Formen sich auftürmenden und im abendlichen Dämmer ineinander verschmelzenden Gipfel glichen spitz zulaufenden Flammenzungen und bildeten insgesamt ein Schauspiel der Erhabenheit, dieweil ja um solch abendliche Dämmerstunde jede untergeordnete Einzelheit dieser Landschaft mit den großen, massiven Formen verschmolz, denen die ungewisse Tönung und feierliche Dunkelheit, welche nun stärker und stärker in Erscheinung trat, noch mehr Kraft und Hoheit verlieh denn bisher. Das Schweigen und die tiefe Unbewegtheit solcher Landschaft taten ein übriges, die Wesenszüge der Natur dem ehrfürchtigen Herzen einzuprägen, und während Ellena in derlei Gedanken verstrickt dasaß, drangen von der Klosterkirche herab die Töne der Vesperandacht an ihr Ohr. Es war dies eine Musik, welche durch ihre Verhaltenheit noch an Wirkung gewann und vollkommen mit des Mädchens Gemütsverfassung übereinstimmte. In weihevollen, tiefen Klängen schwoll sie zu feierlichem Brausen an, um sich gleich darauf in ein fernes Gemurmel zu verlieren, dem man unwillkürlich mit gespanntester Aufmerksamkeit lauschte, um auch nicht des leisesten Tones verlustig zu gehen, der sich da den abendlichen Lüften vermählte. Ellenas Herz nahm die Gewalt solch hoher Sangeskunst voll und ganz in sich auf, und während für wenige Augenblicke die wohltönenderen Stimmen der Nonnen in den Chorgesang einfielen, gab sie insgeheim der Hoffnung Raum, jene weiblichen Wesen würden den Leiden einer Gefangenen nicht gänzlich fühllos gegenüberstehen, so daß mit einigem Troste zu rechnen sei in Ansehung einer so zarten Teilnahme, wie jene sanft hingehauchten Klänge sie anzukündigen schienen.

Fast eine halbe Stunde lang hatte Ellena schon auf dem rasenbewachsenen Hang vor der Kapelle geruht, als sie im abendlichen Dämmerlichte zwei Mönche vom Kloster herab auf sich zukommen sah. Bei deren Herannahen erkannte sie die graufarbnen Kutten und Kapuzen sowie die kahlgeschornen Häupter, um die man bloß einen Kranz weißen Haars stehengelassen. Auch die Ordensinsignien waren nun schon zu erkennen, und bald darauf hielten die beiden vor der Kapelle und wandten sich an den Begleiter des Mädchens. Zum erstenmal vernahm nun Ellena dessen Stimme, und obwohl der Mann nur gedämpft sprach, konnte sie sich dieselbe genugsam einprägen. Der zweite Begleiter ließ sich zwar nicht blicken, doch lag's auf der Hand, daß die beiden Mönche das Kloster erst auf seine Nachricht hin verlassen hatten. So oft Ellena aber auf den größeren der beiden blickte, bildete sie sich ein, in ihm den abwesenden Schurken wiederzuerkennen, und solcher Argwohn ward mit jedem genaueren Hinsehen stärker. An Körperbau und Größe glich ja der Mönch jenem Entführer nur zu sehr, und auch die finstre Schwerfälligkeit, welche nicht einmal dessen Mantel zur Gänze hatte verdecken können, war unter der faltenreichen Kutte des Klosterbruders zu spüren. Mochte man vollends den Gesichtszügen trauen, so hatte man in der Person dieses Mönches einen ausgekochten Schurken vor sich, dessen scharfes und arglistiges Auge nach Gewohnheit auf Beute aus war. Der andre Ordensbruder hingegen wies nach Antlitz und Gehaben keinerlei besondere Merkmale auf.

Nachdem man sich eine Zeitlang unterredet hatte, traten die Mönche auf Ellena zu und bedeuteten ihr, sie müsse mit ihnen ins Kloster kommen. Der maskierte Begleiter hingegen, nachdem er das Mädchen den beiden übergeben hatte, machte sogleich kehrt und stieg den Berg hinunter.

Keiner sprach ein Wort, als man die steile Wegstrecke hinanschritt, welche auf dies weltentlegene Bauwerk zuführte, dessen Tor nunmehr von einem Laienbruder aufgetan ward. Ellena betrat einen geräumigen Hof, der von drei Seiten durch stattliche Gebäude eingeschlossen war, welche auch den Kreuzgang enthielten, wogegen die vierte von dem Garten gebildet wurde, dessen Wege vom melancholischen Grün der Zypressen überschattet waren und der sich bis an die Klosterkirche erstreckte, deren maßwerkverzierte Fenster und Türme nach dieser Seite hin den Abschluß bildeten. Weitere große, für sich stehende Gebäude begrenzten den Garten zur Linken, wogegen sich zu seiner Rechten ausgedehnte Olivenhaine und Weingärten bis zu dem Felsabsturz erstreckten, welcher den Klostergrund nach der andern Richtung hin abschloß.

Der vor Ellena hergehende Mönch schritt über den Hof auf den Nordflügel zu. Nachdem er einen Klingelzug betätigt hatte, ward eine Pforte geöffnet, und eine Nonne zeigte sich darin, welcher man Ellena überantwortete. Mönch und Schwester tauschten einen bedeutsamen Blick, ließen aber kein Wort verlauten. Dann machte der Klosterbruder sich davon, und die schweigsame Nonne führte ihre Schutzbefohlene durch viele verlassene Gänge, darin kein Laut vernehmbar ward, nicht einmal das Geräusch ferner Schritte. Die Wände waren mit groben Darstellungen versehen, welche sämtlich den hier herrschenden, tiefen Aberglauben dokumentierten und ganz dazu angetan waren, nichts denn Schwermut und Bedrückung hervorzurufen. Ellenas Hoffnung auf Mitgefühl schwand denn auch rasch dahin angesichts solcher Symbolik des Geistes, der in diesen Mauern herrschte, und erlosch vollends beim Anblick der Miene jener Nonne, die in unheilverkündender Düsternis darauf bedacht zu sein schien, anderen etwas von jenem Ungemach zuzufügen, an dem sie selber zu leiden hatte. Wie sie da lautlos durch die feierlichen Gänge schritt, glich sie in ihrem wallenden weißen Habit und mit dem durch die mitgetragne Kerze nur unzulänglich und flackernd erhellten, hohlwangigen Gesicht viel eher einem aus dem Grabe auferstandenen Gespenst denn einem Wesen von Fleisch und Bein. Der Weg durch all die Gänge führte schließlich zum Sprechzimmer der Äbtissin. Die Nonne blieb darin stehen, wandte sich zu Ellena herum und sagte: »Es ist jetzt die Zeit der Vesperandacht. Wartet hier, bis unsre Oberin aus der Kirche zurückkommt – sie wünscht mit Euch zu sprechen.«

»Welchem Heiligen ist dies Kloster geweiht«, frug Ellena, »und wer ist's, Schwester, der ihm vorsteht?«

Die Nonne gab keine Antwort, sondern beäugte die hilflose Fremde bloß voll boshafter Neugier, wonach sie den Raum verließ. Unsre unglückliche Ellena blieb indes nicht lange den eigenen Mutmaßungen überlassen, denn alsbald trat die Äbtissin ein. Sie war eine Dame von stattlichem Äußeren, die offensichtlich von der Bedeutung ihrer Person durchdrungen war und es darauf anlegte, ihrem Gast mit Strenge und anmaßendem Hochmut zu begegnen. Besagte Äbtissin, selber von einigem Stande, hielt ja nächst dem Sakrileg die Verletzung der Anstandspflichten im Hinblick auf höhergestellte Personen für das unverzeihlichste Verbrechen. So mag es uns nicht wundernehmen, daß sie in Ansehung Ellenas, die ja noch jung war, aus keiner hochgebornen Familie stammte und dennoch versucht hatte, sich heimlich in das Adelsgeschlecht der Vivaldi einzudrängen, nicht nur Verachtung, sondern auch Entrüstung empfand und nur allzu gern bereit war, neben der Bestrafung solchen Vergehens auch dafür zu sorgen, den alten Adel der solcherart Beleidigten in Hinkunft vor ähnlichen Versuchen zu bewahren.

»Ich nehme an«, sprach die Äbtissin, bei deren Eintritt sich die erschrockne Ellena erhoben hatte, »ich nehme an«, wiederholte sie, ohne indes dem Mädchen zu bedeuten, es könne sich wieder setzen, »daß Ihr jene junge Person seid, welche aus Neapel hierhergekommen ist.«

»Ich heiße Ellena di Rosalba«, versetzte die Angeredete, indem sie ein wenig Mut schöpfte angesichts eines Gehabens, das in Wirklichkeit darauf abzielte, ihr allen Mut zu nehmen.

»Euer Name wurde mir nicht genannt«, verwies ihr's die Oberin. »Was ich weiß, ist lediglich, daß man Euch hierhergesandt hat, auf daß Ihr mit Eurer Person und Euren Pflichten ins reine kommt. Während der Frist, für die Ihr in meine Obhut gegeben seid, werde ich all den Verpflichtungen, welche mir meine Achtung vor der Ehre einer hochgebornen Familie auferlegt, aufs gewissenhafteste nachkommen.«

In Anhörung solcher Worte erkannte Ellena sogleich

den Urheber und die Beweggründe solch befremdlichen Handels, und ein paar Atemzüge lang fand sie sich von dem plötzlich auf sie einstürzenden Entsetzen nachgerade überwältigt. Reglos und ohne ein Wort stand sie da, abwechselnd von Angst, Beschämung und Entrüstung überkommen. Der Anwurf gegen ihre Ehre, der Verdacht, sich vorsätzlich in den Frieden einer fremden Familie eingedrängt, ja die Einheirat in eine solche gesucht zu haben, noch dazu in eine, von der sie verachtet wurde – dies alles traf sie zutiefst ins Herz, bis sie sich voll Stolz des eignen Wertes aufs neue bewußt ward und, abermals ihren Mut zusammennehmend, die Äbtissin fragte, durch wessen Willen sie aus ihrem Heim gerissen worden und durch wessen Machtbefugnis sie sich nun, wie es scheine, als Gefangene zu betrachten habe.

Der Äbtissin, die es nicht gewohnt war, auf Widerspruch zu stoßen oder ihr Wort in Frage gestellt zu sehen, verschlug es zunächst vor Entrüstung die Rede, und Ellena, nunmehr schon ohne Furcht, sah das Unwetter sich zusammenballen, welches schon im nächsten Moment über sie hereinbrechen mußte. »*Ich* bin es ja, die beleidigt worden ist«, sprach sie bei sich. »Soll denn der schuldbeladne Unterdrücker triumphieren und die unschuldige Dulderin einer Schmach erliegen, welche einzig der Schuld gebührt? Nimmermehr will ich so verächtlicher Schwäche nachgeben! Das Bewußtsein eigner Verdienstlichkeit wird mir den Geist schon wachhalten, so daß er mir jederzeit das Wesen meiner Unterdrücker an ihren Taten zeigen und mich dergestalt befähigen mag, auch ihrer Macht zu spotten.«

»Ich muß Euch dran gemahnen«, brachte die Äbtissin schließlich hervor, »daß es Euch nicht zukommt, in Eurer gegenwärtigen Lage Fragen zu stellen, und daß Zerknirschung und Demut noch am ehesten dazu angetan sind, die Schwere Eures Fehltritts zu mindern. Ihr könnt nun gehen.«

»Wahr gesprochen«, versetzte Ellena und neigte vor der Oberin würdevoll das Haupt. »So überlass' ich jene Eigenschaften nur zu gerne meinen Unterdrückern.«

Ellena versagte sich's, noch weitere Fragen zu stellen oder Einwendungen zu erheben und gehorchte unverzüglich dem Gebot der Oberin, da sie einsah, daß alle Vorwürfe nicht nur fruchtlos, sondern auch erniedrigend sein würden. So verließ sie das Zimmer, fest entschlossen, ihr Leid, da sie nun einmal leiden sollte, nach Möglichkeit starkmütig und voll Würde auf sich zu nehmen.

Sie ward von der nämlichen Nonne, durch welche sie eingelassen worden, aus dem Sprechzimmer geleitet. Beim Durchschreiten des Refektoriums, wo die soeben von der Vesper zurückgekehrten Nonnen versammelt waren, verrieten Ellena deren neugierige Blicke und eifriges Getuschel, daß man ihr nicht nur mit Wißbegier, sondern auch voll Argwohn gegenüberstand, und daß recht wenig Mitgefühl zu erwarten war von Herzen, welche nicht einmal durch stündliche Andachtsübung von jener boshaften Begier gereinigt worden, ob der Demütigung anderer Menschen zu frohlocken.

Die kleine Kammer, in die man Ellena führte und wo man sie zu ihrer großen Erleichterung alleinließ, verdiente viel eher den Namen einer Zelle, denn sie war, ganz wie die Zellen der Nonnen, bloß mit einem winzigen Gitterfenster versehen. Auch gab es hier bloß einen Strohsack, einen Stuhl und einen Tisch mit Kruzifix und Gebetbuch. Während das Mädchen solch traurige Behausung in Augenschein nahm, mußte sie einen aufsteigenden Seufzer unterdrücken, allein, sie konnte sich einer innern Bewegung nicht entschlagen bei dem Gedanken, wie sehr ihr Leben sich nunmehr gewandelt hatte. Auch vermochte sie nicht ohne bittre Tränen an den fernen Vivaldi zu denken, von dem sie vielleicht auf immer getrennt war, und der womöglich gar nichts von ihrem Schicksal wußte. Doch der unvermeidlich sich aufdrängende Gedanke an die Marchesa bewirkte, daß Ellena solche Tränen eilends hinwegwischte, dieweil sie in diesem Momente von Gefühlen überkommen ward, die mit Kummer nichts mehr gemein hatten. Es war ja niemand andrer denn jenes Weib, dem sie die Schuld an der gegenwärtigen Lage zuschrieb, wie ja nunmehr alles darauf hindeutete, daß die Vivaldis nicht nur Bedenken gegen eine Verbindung mit Ellenas Familie gehegt, sondern sich derselben mit allen Mitteln widersetzt hatten, ganz im Gegensatz zu den Vermutungen der Signora Bianchi, welch letztere geltend gemacht, man müsse bei jenen Leuten zwar auf die Mißbilligung solcher Heirat gefaßt sein, doch würden sie sich schließlich abfinden mit einer vollzogenen Tatsache, die sich auch durch die hochmütigste Abweisung nicht mehr aus der Welt schaffen ließe. Solches Gewahrwerden einer absoluten Zurückweisung weckte in Ellena sogleich all den ehrlichen Stolz, den ihrer Tante mißleitete Klugheit und des Mädchens Gefühle für den jungen Vivaldi eingeschläfert hatten, und so litt sie nunmehr unter dem heftigsten Ärger und der bittersten Reue ob der Schwachheit, jemals einer heimlichen Einheirat zugestimmt zu haben. All die vermeintlichen Ehren solcher Verbindung, sie waren im Augenblick dahin, sobald man nur die Bedingungen überschlug, unter denen man ihrer teilhaft geworden wäre. Jetzt, da Ellenas gesunder Menschenverstand sich selbst überlassen war, blickte sie auf den gewerblichen Kunstfleiß, welcher sie bislang von allen anderen Leuten unabhängig gemacht, mit unermeßlich größerem Stolz denn auf jene Auszeichnung, wie sie ihr bloß unter Widerstreben gewährt worden wäre. Das Bewußtsein eigener Schuldlosigkeit, durch welches Ellena in Gegenwart der Äbtissin noch gestützt worden, nun ward es mehr und mehr schwankend. »Sie hat ja gar nicht so unrecht gehabt«, sagte sich das Mädchen. »Ich verdiene, bestraft zu werden, auch, wenn ich mich nur einen Moment lang so weit erniedrigt habe, einer Vereinigung zu begehren, von der ich hätte wissen müssen, daß sie nur widerwillig gestattet würde. Allein, noch ist es nicht zu spät, meine Selbstachtung wiederzugewinnen: ich brauche ja bloß meine Unabhängigkeit zu wahren, indem ich für immer der Liebe Vivaldis entsage! Wie – *seiner* Liebe entsagen? Denjenigen verlassen, der mich so innig liebt? Verlassen und ins Elend stürzen *ihn*, an den ich nicht einmal zu *denken* vermag, ohne Tränen zu vergießen? Dem ich mich in feierlichem Verlöbnis anheimgegeben, und der ein Recht auf mich besitzt kraft des geheiligten Angedenkens meiner sterbenden Wohltäterin? Verlassen *ihn*, dem ich mein Herz geweiht? Oh erbärmliche Wahl! Daß ich nicht länger rechtens handeln kann denn um den Preis meines künftigen Glückes! Sagte ich ›rechtens‹? Und wär's denn rechtens, ihn zu verlassen, ihn, der da willens ist, um meinetwillen alles hinzugeben? Ihn zu verlassen und einem Jammer auszuliefern, der nimmer enden mag, bloß, um dem Dünkel solcher Eltern nachzugeben?«

So mußte denn die arme Ellena erkennen, daß es ihr nicht mehr möglich war, dem Gebot ihres gerechten Stolzes zu gehorchen, ohne in ihrem Herzen einen Widerstand zu wecken, wie sie ihn noch nie zuvor erfahren. Ihre Hinneigung zu Vivaldi war nun schon viel zu tief und beraubte sie aller Seelenstärke, jenen Schritt zu tun, den sie andernfalls auch um den Preis langen Leidens getan hätte. Der Gedanke, auf Vivaldi verzichten zu müssen, war ihr so arg, daß sie ihn nicht einen Atem lang erwägen mochte. Gedachte sie aber der Familie, so wollt' ihr scheinen, daß sie nimmermehr einwilligen könnte, solchem Hause anzugehören. Am liebsten hätte sie das falsche Urteil der Signora Bianchi, deren Überredungskünste so viel dazu beigetragen, Ellena in die gegenwärtige Kalamität zu bringen, aufs gröbste getadelt, hätte nicht das zärtliche Gedenken, welches sie für die Verstorbne hegte, ihr dies unmöglich gemacht. So blieb ihr nichts denn der Versuch, die gegenwärtige Zwangslage, gegen die sie nichts unternehmen konnte, mit Geduld zu ertragen, dieweil es ihr als ebenso unmöglich erschien, um den Preis der Freiheit auf Vivaldi zu verzichten, falls ihr die Freiheit zu solcher Bedingung angeboten würde, wie ihm gegen allen Stolz und alle Ehre ihr Jawort zu geben, sollte er's bewerkstelligen können, ihre Entlassung aus diesen Mauern zu erwirken. Sobald es ihr aber in den Sinn kam, daß es dem Jüngling nimmer möglich sein könnte, ihren Aufenthalt zu entdecken, ward sie von ihrer Seelenpein belehrt, wieviel mehr sie fürchtete, Vivaldi zu verlieren denn sein Eigen zu werden, und daß es, wie immer man's auch wenden mochte, die *Liebe* war, welche ihr das Herz so schwer machte.

Siebentes Kapitel

So schlug die Uhr denn Eins!
Shakespeare

Vivaldi, unkundig der Vorgänge in der Villa Altieri, begab sich mittlerweile, ganz wie er sich's vorgenommen, in Begleitung seines Dieners Paolo nach dem Kastell von Paluzzi. Es herrschte schon tiefe Nacht, als er Neapel verließ, doch war der Jüngling so sehr darauf bedacht, von niemandem gesehen zu werden, daß er Paolo anwies, die mitgenommene Fackel erst anzuzünden, sobald man einige Zeit im Innern des bewußten Torbogens auf der Lauer gelegen, um den unbekannten Ratgeber vielleicht doch noch zu stellen. Erst später wollte man die Ruinen durchsuchen.

Der Diener Paolo war ein echter Sohn Neapels: gewitzt, stets auf Neuigkeiten aus, einnehmend und von großer Gewandtheit. Wohlbewandert in jeglichem Ränkespiel, war er auch recht humorbegabt, was indes nicht so sehr in seiner Rede, als vielmehr in Gehaben und Mienenspiel, in der Durchtriebenheit seines dunkelblitzenden, scharfen Auges sowie in der vollkommenen Übereinstimmung von Denken und Gebärde zum Ausdruck kam. Mit seinem Herrn stand er auf bemerkenswert vertrautem Fuß, denn Vivaldi, wenn er schon selber des Humors entbehrte, wußte denselben bei anderen überaus zu schätzen, dieweil unser Jüngling ja in besonderem Maße mit Mutterwitz und all dessen lebhaften Begleiterscheinungen begabt war. So fand sich Vivaldi durch das natürliche Wesen und den Humor dieses Mannes dermaßen eingenommen, daß mit ihm ein Gespräch von ungewöhnlicher Vertraulichkeit begann. Auf dem Wege nach Paluzzi entdeckte er nämlich Paolo so viel von dem dort erlebten Abenteuer, wie er zur Weckung der Neugierde und Wachsamkeit des Dieners für nötig erachtete. Sein Bericht bewirkte denn auch beides. Paolo, ein von Natur beherzter Bursche, war aber von keinerlei abergläubischen Vorstellungen angekränkelt und begann, nachdem er ziemlich rasch erkannt hatte, daß sein Herr sehr wohl dazu neigte, den außergewöhnlichen Begebnissen auf Paluzzi eine übernatürliche Ursache beizumessen, diesen damit aufzuziehen. Unserm Jüngling indes war keineswegs nach derlei Späßen zumute. Vielmehr befand er sich in ernster, ja feierlicher Stimmung, welche bewirkte, daß er, wenn auch widerstrebend, jenem Grauen nachgab, das ihn in Abständen immer wieder mit zaubrischer Macht anwandelte, wobei es Vivaldis sämtliche Fähigkeiten zu düsterster Erwartung anspannte. So war er denn auch kaum auf der Hut vor irgendwelchem Angriff von Menschenhand, wogegen sein Diener sich einzig gegen einen solchen wappnete und seinem Herrn recht eindringlich vor Augen hielt, wie unvorsichtig es sei, Paluzzi inmitten solcher Finsternis aufzusuchen. Der Jüngling aber gab zu bedenken, daß man jenem Mönch nur im Dunkeln auflauern könne, weil der Fackelschein ihn ja sogleich abschrecken würde, und daß im übrigen besondere Gründe dafür sprächen, sich vor dem Durchsuchen der Ruinen auf die Lauer zu legen. Nach dem Verstreichen einiger Zeit, so fügte er hinzu, könne man die Fackel ja in einer unweit gelegenen Hütte entzünden. Da aber Paolo dem Gesagten entgegensetzte, derjenige, um dessentwillen man sich auf die Lauer gelegt, könnte sich in der Zwischenzeit davonmachen, verstand Vivaldi sich zu einem Kompromiß: die Fackel ward zwar angezündet, doch verbarg man sie in einer Höhlung zwischen den die Straße säumenden Felsen, und unsre beiden Wächter bezogen ihre Posten in der Finsternis innerhalb des tiefen Torbogens, ganz nahe der Stelle, wo Vivaldi auch schon mit Bonarmo dem Unbekannten aufgelauert hatte. Während man diese Vorkehrungen traf, verkündete eine ferne Klosterglocke die Mitternachtsstunde. Der Klang rief Vivaldi die Worte Schedonis ins Gedächtnis, der Konvent der *Schwarzen Büßermönche* liege nicht weit von Paluzzi, und so fragte er Paolo, ob dies denn die Glocke besagten Klosters gewesen sei? Paolo bejahte und fügte hinzu, ein bemerkenswerter Umstand habe ihn gelehrt, der *Santa del Pianto* oder *Weinenden Muttergottes* zu gedenken. »Der Ort, Signor, würd' Euer Interesse finden«, sagte er, »denn man erzählt sich allerlei merkwürdige Dinge über ihn, und ich möchte fast glauben, daß der unbekannte Mönch jenem Orden angehört, dieweil seine Aufführung gar zu sonderbar anmutet.«

»So glaubst du denn, ich sei geneigt, etwas auf Wundergeschichten zu geben?« frug Vivaldi lächelnd. »Was also ist's, das du an Außergewöhnlichem über jenes Kloster gehört hast? Doch sprich leise, auf daß wir nicht entdeckt werden!«

»Nun, Signor, die Geschichte ist nie unter die Leute gekommen«, versetzte Paolo flüsternd. »Auch hab' ich halb und halb versprochen, sie niemals weiterzuerzählen.«

»Im Falle du irgend Stillschweigen gelobt hast, untersag' ich dir ausdrücklich, diese wunderbare Begebenheit zu berichten, wiewohl sie dir offenbar allzusehr zu schaffen macht, als daß du sie bei dir behalten könntest.«

»Die Geschichte könnt' sehr wohl mit der Euren zu tun haben«, sagte Paolo, »und da ich kein unverbrüchliches Stillschweigen gelobt habe, will ich sie Euch gern enthüllen.«

»So fang denn an«, versetzte Vivaldi. »Doch sei nochmals gewarnt und sprich leise!«

»Dies soll geschehen, Signor. Ihr müßt nämlich wissen, *Maestro*, daß am Vorabend des Namensfestes von *Santo Marco* – es mag etwa sechs Jahre her sein –«

»Still!« fiel Vivaldi dem Sprecher ins Wort. Beide schwiegen und lauschten. Da aber kein Laut vernehmbar ward, wagte Paolo nach einiger Zeit, in noch leiserem Flüstertone fortzufahren. »Es war am Vorabend des *Santo Marco*-Festes. Soeben war der letzte Glockenton verklungen, als eine Person –« Er hielt abermals inne, da sich ganz nahebei ein Rascheln vernehmbar gemacht hatte.

»Ihr kommt zu spät«, erklang's gleich darauf unmittelbar neben Vivaldi, der alsbald das durchdringende Raunen des Mönches wiedererkannte. »Nun ist's schon Zwölf vorbei. Seit einer Stunde ist sie auf der Reise. Habt acht auf Eure Schritte!«

Obschon ihm die wohlbekannte Stimme durch Mark und Bein gedrungen, gab Vivaldi seinem Schrecken nicht weiter nach, unterdrückte auch die nur zu natürliche Frage, wer denn und welche Reise da gemeint sei, und tat einen Sprung, um des nächtlichen Störenfrieds habhaft zu werden, wogegen Paolo in der ersten Bestürzung seine Pistole abfeuerte und sich eilte, die Fackel zu holen. Vivaldi aber war so sicher, genau an jene Stelle gesprungen zu sein, von der die Stimme erklungen war, daß er den Ort mit gebreiteten Armen absuchte, jeden Moment gewärtig, den unsichtbaren Widersacher in den Griff zu bekommen. Doch abermals machte ihm die Finsternis einen Strich durch die Rechnung.

»Ihr seid erkannt«, rief Vivaldi, »und werdet mich demnächst in *Santa del Pianto* wiedersehn! So mach doch schon, Paolo! Die Fackel! Die Fackel!«

Mit Windeseile war der Gerufne zur Stelle. »Jene Felsenstufen ist er hinauf, Signor! Ich hab' den letzten Zipfel seiner Kutte eben noch verschwinden sehen!«

»Nun denn, mir nach!« rief Vivaldi, die Treppe schon erklimmend. »Nur zu, nur zu, *Maestro*«, versetzte Paolo ungeduldig. »Doch sprecht um Himmels willen nicht mehr den Namen *Santa del Pianto* aus – es könnt' sonst sein, daß es das Leben gilt!«

Er folgte seinem Herrn bis hinauf zum Felsplateau, wo Vivaldi mit hocherhobner Fackel nach dem Mönche Ausschau hielt. Allein, der Platz, so weit er ihn zu überblicken vermochte, lag lautlos und verlassen. Der Fakkelschein erhellte lediglich die rohgefügten Mauern der Zitadelle, einige Zacken des Felsabsturzes und ein paar hohe Pinien, ließ aber nur allzu viele Ruinenwinkel sowie das verfilzte Dickicht, welches in den Felsen wucherte, in ungewissem Dunkel.

»Siehst du jemanden, Paolo?« frug Vivaldi und schwenkte die Fackel, um durch den Luftzug deren Flamme stärker anzufachen. »Dort, unter jenen Mauerbögen zur Linken, Signor, die eben noch hinter der Zitadelle erkennbar sind – dort glaub' ich, ist eine schattenhafte Gestalt entlanggehuscht. Von ihrer Lautlosigkeit müßte ich auf ein Gespenst schließen, *Maestro*. Doch schien sie von einem durchaus menschlichen Selbsterhaltungstrieb beseelt zu sein und über so flinke Sohlen zu verfügen, wie sie ein neapolitanischer Lazzarone sich nur wünschen mag, sobald's erst gilt, sich beizeiten aus dem Staub zu machen!«

»Spar dir die vielen Worte – sei lieber auf der Hut«, mahnte Vivaldi, indem er die Fackel senkte und nach der angegebenen Richtung streckte. »Halt die Augen offen und tritt leise auf!«

»Soll geschehen, Signor. Indes, wenn schon die Ohren unsrer Widersacher versagen, so werden ihnen doch ihre Augen unsern Standort mit hinlänglicher Deutlichkeit verraten, dieweil wir uns ja auf unserm Weg voranleuchten müssen!«

»Genug der Possen!« gebot Vivaldi, nun schon schärfer werdend. »Schweig still und folg mir – doch sei auf deiner Hut!«

Paolo gehorchte, und so schritt man auf die Mauerbögen zu, welche zu jenem Bauwerk gehörten, dessen sonderbare Anlage schon Bonarmos Augenmerk auf sich gezogen hatte, und aus welchem Vivaldi damals mit so unerwarteter Schnelligkeit und Bestürzung geflohen war.

Beim Anblick des Ortes, dem man sich da näherte, verhielt der Jüngling unwillkürlich den Schritt, so daß Paolo, der Unruhe seines Herrn gewahr werdend und keinen rechten Geschmack an solchem Abenteuer findend, es unternahm, Vivaldi von allen weiteren Nachforschungen abzubringen. »Wir wissen ja nicht, wer an so finstrem Ort Unterschlupf gesucht haben mag, und auch die Zahl unsrer möglichen Gegner ist uns unbekannt. Wir aber sind in jedem Fall nur zwei. Überdies, Signor, war's mir soeben, als hätt' ich in jener Toröffnung« – und er wies auf den nämlichen Ausgang, aus dem Vivaldi beim erstenmal so angstgepeitscht das Freie gesucht – »etwas vorüberhuschen sehen!«

»Bist du dessen sicher?« frug Vivaldi in wachsender Erregung. »Wie hat es ausgesehn?«

»Es war so verschwommen in jener Düsternis, *Maestro,* daß ich's nicht genau wahrnehmen konnte.«

Während Vivaldi den Blick auf das Bauwerk geheftet hielt, schien seine Seele eine Beute der widerstreitendsten Empfindungen zu sein. Doch schon nach wenigen Sekunden hatte er seinen Entschluß gefaßt. »Ich will nachsehen«, sagte er, »und um jeden Preis dieser unerträglichen Angst und Spannung ein Ende machen! Paolo, wart ein wenig und geh mit dir zu Rate, ob du dich auf deinen Mut verlassen kannst, dieweil er auf eine harte Probe gestellt werden mag. Bist du deiner sicher, so steig mit mir hinunter, doch ohne ein Wort! Und nochmals: sei auf der Hut! Traust du dir's aber nicht zu, so will ich ohne dich gehen.«

»Für derlei Fragen ist es nun zu spät, Signor«, entgegnete Paolo mit allem schuldigen Respekt. »Hätt' ich mich nicht schon längst dazu entschlossen, so wär' ich Euch nicht einmal bis hierher gefolgt. Auch habt Ihr, Signor, meinen Mut bisher noch nie bezweifelt.«

»Nun denn, so komm!« sagte Vivaldi. Er zog vom Leder, und als man die enge Toröffnung betrat, zeigte sich im Schein der Fackel, die der Jüngling nunmehr dem Diener übergeben hatte, ein gemauerter Gang, der indes kein Ende zu haben schien.

Während man voranschritt, stellte Paolo insgeheim fest, daß die Wände an manchen Stellen Flecken aufwiesen, welche an Blut gemahnten, vermied es aber wohlweislich, dies seinem Herrn mitzuteilen, dieweil er sich ja streng an die Einschärfung hielt, kein Wort verlauten zu lassen.

Vivaldi bewegte sich mit der größten Behutsamkeit voran, hielt häufig inne um zu lauschen, wonach er jedesmal seine Schritte beschleunigte und dem Diener durch Zeichen zu verstehen gab, derselbe möge ihm folgen und die Augen offenhalten. Der Gang mündete schließlich an einem Treppenschachte, welcher zu den unteren Gewölben zu führen schien. Vivaldi gedachte des Lichtscheins, der sich beim erstenmal dort gezeigt hatte, und ward dermaßen stark von der Erinnerung überkommen, daß er in seinem Vorhaben schwankend wurde.

Abermals blieb er stehen, warf einen Blick auf den hinter ihm stehenden Paolo und war eben wieder im Begriff, voranzuschreiten, als der Diener ihn am Arm packte. »Haltet ein, Signor!« raunte er. »Seht Ihr denn nicht jene Gestalt dort hinten in der Finsternis?«

Vivaldi blickte nach vorn und gewahrte die verschwommenen Umrisse von etwas, das an eine menschliche Figur gemahnte, aber keinerlei Laut oder Bewegung verriet. Es stand am äußersten, noch im Finstern liegenden Ende des Ganges, ganz nahe an jenem Treppenschacht. Die Gewandung der Gestalt, falls es eine Gewandung war, schien dunkel zu sein, doch war alles so undeutlich, daß man unmöglich mit Gewißheit sagen konnte, den Mönch vor sich zu haben. Vivaldi ergriff die Fackel und hielt sie in Richtung der Erscheinung, bestrebt, sie genauer wahrzunehmen, ehe er sich noch weiter vorwagte. Allein, solcher Versuch erwies sich als nutzlos, und so reichte der Jüngling die Fackel dem Diener und eilte auf das Ende des Ganges zu. Sobald er aber den Treppenschacht erreicht hatte, war die Erscheinung, wer immer sie sein mochte, verschwunden, obwohl Vivaldi keinerlei Schritte vernommen hatte. Paolo zeigte seinem Herrn nun die genaue Stelle, an der die Gestalt gestanden, doch fanden sich keine Fußspuren. Auch Vivaldis lautes Rufen nach dem Mönch ward lediglich von dem langhin durch die unteren Gewölbe forthallenden Echo beantwortet, und so entschloß unser Jüngling sich nach einigem Zögern, die Treppe hinabzusteigen.

Paolo war seinem Herrn erst wenige Stufen gefolgt, als er ausrief: »Dort ist es wieder, Signor! Nun seh' ich es abermals! Und jetzt schlüpft es durch das Tor zu den Gewölben!«

Vivaldi nahm so rasch die Verfolgung auf, daß Paolo mit der Fackel kaum Schritt halten konnte, und als der Jüngling schließlich innehielt um wieder zu Atem zu kommen, fand er sich in der nämlichen geräumigen Kammer, in der er schon beim erstenmal gewesen. Dies war der Moment, da Paolo eine Veränderung in seines Herrn Zügen wahrnahm. »Ihr seid ja krank, Signor«, sagte er. »Bei der Heiligen Jungfrau, laßt uns diesen gräßlichen Ort verlassen! Seine Bewohner führen Übles im Schilde, und es bedeutet nichts Gutes, hier noch länger zu verweilen!«

Vivaldi erwiderte nichts. Er vermochte nur unter großer Mühe zu atmen und hielt den Blick zu Boden geheftet, bis ein Geräusch wie von schweren, knarrenden Türangeln ihm von fern ans Ohr drang. Auch Paolo fuhr nach der Richtung herum, aus der jener Laut gekommen, und beide gewahrten, wie eine Tür im Gemäuer langsam aufschwang und sich gleich darauf wieder schloß, als fürchtete der Dahinterstehende, entdeckt zu werden. Herr wie Diener glaubten aber, bei aller Flüchtigkeit ihres Eindrucks doch die Gestalt wiedererkannt zu haben, welche sich oben am Treppenschachte gezeigt hatte, und hielten sie für den geheimnisvollen Mönch. Neubeseelt von solchem Glauben, gewann Vivaldi sogleich seine alte Spannkraft wieder und stürzte auf die Tür zu, welche nicht versperrt war und dem gewaltsamen Druck seiner Hand sogleich nachgab. »Nun sollst du mich nicht länger zum Narren halten!« schrie er, indem er eintrat. »Paolo, postier dich an der Tür!«

Danach hielt er Umschau in dem zweiten Gewölbe, darin er sich nun befand, doch niemand zeigte sich. Er untersuchte den Raum aufs genaueste, besonders dessen

Mauern, vermochte aber keinerlei Öffnung zu entdekken, weder Tür noch Fenster, durch die jene Gestalt den Ort hätte verlassen können. Nur eine starkvergitterte Luke oben an der Decke diente als Luftzufuhr und bei Tage wohl auch als Lichtquelle. Vivaldi war starr vor Staunen! »Hast du irgend etwas vorüberhuschen sehen?« frug er Paolo.

»Nichts, *Maestro*«, versetzte der Diener.

»Dies grenzt ans Unglaubliche!« rief der Jüngling. »Also kann die Gestalt kein Mensch sein, soviel ist nun ausgemacht!«

»Wenn dem *so* ist, Signor«, warf Paolo ein, »weshalb sollte sie dann Angst vor uns haben, was ja unzweifelhaft der Fall ist? Warum sollte sie dann vor uns geflohen sein?«

»Das ist nicht so sicher«, versetzte Vivaldi. »Sie mag ja bloß geflohen sein, um uns ins Unheil zu locken. Doch bring die Fackel hierher: da ist etwas in der Wand, das ich untersuchen möchte!«

Paolo gehorchte, doch war's bloß eine Unebenheit in der Steinmauer und keine Türfuge, was Vivaldis Wißbegier geweckt hatte. »Dies spottet aller Erklärung!« rief er nach längerem Schweigen. »Welcher Beweggrund könnte ein menschliches Wesen dazu bringen, mich auf solche Weise zu peinigen?«

»Und wenn's ein außermenschliches Wesen wäre, Signor?« fragte Paolo.

»Man warnt mich vor drohender Unbill«, fuhr Vivaldi gedankenvoll fort, »vor Ereignissen, die dann pünktlich eintreten. Das Wesen, welches mich warnt, kreuzt unaufhörlich meinen Weg, und dennoch, mit der Geschicklichkeit eines Dämons entwindet sich's beständig meinem Zugriff und spottet aller Verfolgung! Es ist unfaßlich, auf welche Weise es sich meinem Blick entzieht und sich, noch eh' ich bei ihm bin, auflöst als wär' es leere Luft! Immer wieder kommt's in meine Nähe und ist doch niemals zu fassen!«

»Dies ist nur zu wahr, Signor«, versetzte Paolo. »Niemals ist's zu fassen, und derhalben gewährt mir die

Bitte und laßt von Eurer Verfolgung ab! Der Ort ist ganz dazu angetan, einen an die sämtlichen Schrecknisse des Fegefeuers glauben zu machen! So laßt uns gehn, Signor!«

»Was hätte dies Gewölbe so geheimnisvoll verlassen können, wenn nicht ein Geist?« fuhr Vivaldi fort, ohne der Worte des Dieners zu achten. »Was, wenn nicht ein Geist –«

»Ich hätt' nicht übel Lust«, versetzte dieser, »die Probe aufs Exempel zu machen und Euch zu zeigen, daß ein Mensch von Fleisch und Bein dies ebensogut fertigbringt! Ja, nur zu gern würd' ich durch jene Tür verduften!«

Er hatte diese Worte kaum gesprochen, als auch schon unter donnerähnlichem, durch all die Gewölbe forthallendem Getöse die Tür ins Schloß fiel! Sekundenlang standen Vivaldi und Paolo wie vom Schlag gerührt! Dann aber eilten sie, das Weite zu suchen! Allein, wir können uns die Bestürzung leicht vorstellen, von der sie befallen wurden, sobald sie erkennen gemußt, daß die Tür allen Anstrengungen spottete! Das dicke Holz war ja mit festem Bandeisen beschlagen und dergestalt von so unüberwindlicher Stärke, daß es einzig dafür gemacht schien, das zu verschließen, was ehedem den Arrest oder Kerker des alten Kastells gebildet hatte.

»Hoho, *Signor mio!*« rief Paolo. »Wenn dies ein Geist war, so liegt's auf der Hand, daß er uns nicht für seinesgleichen gehalten, dieweil er uns hierhergelockt hat! Könnten wir nur für einen Moment unsre Natur mit der seinen tauschen, da mir's ja durchaus dunkel ist, auf welche Weise wir als gewöhnliche Sterbliche uns jemals aus dieser Klemme quetschen sollen! Mit Verlaub, *Maestro,* doch *dies* gehört wohl kaum zu jener Unbill, vor der er Euch gewarnt hat! Und hat er's dennoch, so war's durch meinen Mund, denn *ich* bin es gewesen, der Euch beständig in den Ohren gelegen, beizeiten von hier zu ver–«

»Gebt Frieden, bester Signor *Buffo!*« versetzte Vivaldi. »Hör auf mit deinen Narrenpossen und hilf mir lieber, unsre Flucht ins Werk zu setzen!«

Abermals machte Vivaldi sich an die Untersuchung des Gemäuers, doch blieben seine Bemühungen nicht minder erfolglos denn beim erstenmal. Indes, in einer Ecke des Gewölbes lag etwas, das vom Los eines Menschen zu künden schien, der schon früher hier eingeschlossen gewesen. Nicht minder war's ein Hinweis auf Vivaldis und Paolos Schicksal, denn es war nichts anderes als ein blutbesudeltes Gewand. Die beiden entdeckten es zur gleichen Zeit, und ein entsetzliches Vorgefühl des eigenen Endes bannte sie für kurze Zeit an der Stelle fest, wo sie sich im Augenblick solcher Entdeckung befunden. Es war Vivaldi, der als erster wieder zu sich kam, indem er, statt der Verzweiflung nachzugeben, all seine Fähigkeiten anspannte, um ein Mittel zur Flucht zu ersinnen. Paolos Hoffnungen aber schienen unter dem fürchterlichen Kleiderbündel, daran sein Blick noch immer hing, ein für allemal begraben zu sein. »Ach, mein bester Signor!« so sagte er schließlich mit unsichrer Stimme, »wer wollte wagen, dies Gewand dort aufzuheben? Wie, wenn es noch den zerfleischten Körper bedeckte, von dessen Blut es besudelt ist?«

Erschaudernd wandte Vivaldi sich herum, um einen neuerlichen Blick darauf zu werfen.

»Es bewegt sich!« schrie Paolo in diesem Moment. »Ich sehe, wie es sich bewegt!« Und noch während er dies hervorstieß, flüchtete er sich in die entfernteste Ecke des Verlieses. Auch Vivaldi fuhr ein paar Schritte zurück, trat indes sogleich wieder auf das Bündel zu: fest entschlossen, der Sache unverweilt auf den Grund zu gehen, spießte er jenes Gewand auf seinen Degen, hob es von seinem Platz – und erblickte darunter weitere Überreste von Kleidungsstücken, welche da zuhauf lagen inmitten einer Lache geronnenen Blutes!

In der Annahme, Paolo habe sich von seiner Angst täuschen lassen, hielt Vivaldi den Blick eine Zeitlang auf dies fürchterliche Schaustück geheftet, konnte aber nicht die leiseste Regung daran wahrnehmen. So gelangte er zu der Überzeugung, daß sich keinerlei Leben unter diesem Haufen verbarg, sondern daß derselbe lediglich aus den Überresten von Kleidung bestand, die irgend einem Unglücklichen gehört haben mochte, den man wohl zum Zwecke der Ausplünderung hierhergelockt und danach ermordet hatte. Diese Annahme und der Widerwille, den er angesichts so grausiger Relikte empfand, ließen ihn von jeder weitern Untersuchung abstehen, und so wandte Vivaldi sich einem andern Teil des Gewölbes zu. Die Überzeugung, daß sein eigenes sowie das Schicksal des Dieners besiegelt seien, erfüllte ihn eine Zeitlang mit Verzweiflung. Es hatte ja den Anschein, als wäre er einer Räuberbande ins Garn gegangen, wiewohl solche Mutmaßung viel an Wahrscheinlichkeit verlor, sobald er die Umstände überschlug, unter denen er in die Ruine eingedrungen, oder wenn er jener sonderbaren Begegnungen draußen im Torweg gedachte. Nein, es entbehrte jeder Logik, daß die Räuber ihn erst lange hierhergelockt haben sollten, wo sie ihr Opfer doch ebensogut draußen hätten festnehmen können! Und noch unwahrscheinlicher schien es, daß sie ihr Vorhaben so lange Zeit hinausgezögert hatten. Doch vollends unglaublich war's, daß sie, nachdem er sich schon einmal in ihrer Gewalt befunden, ihres Vorteils nicht wahrgenommen und ihr Opfer unbehelligt aus den Ruinen entlassen hätten! Doch gesetzt, dies wäre bei aller Unwahrscheinlichkeit dennoch möglich gewesen, so konnten die feierlichen Warnungen und Voraussagen des Mönches, so oftmals geäußert und getreulich in Erfüllung gegangen, nichts mit den Plänen der mutmaßlichen Banditen gemein haben. Vielmehr schien alles dafür zu sprechen, daß Vivaldi sich nicht in den Händen von Räubern befand, oder daß, wenn dies dennoch der Fall war, der Mönch zumindest nicht mit ihnen in Verbindung stand. Dennoch war da die Tatsache, daß der Jüngling erst vor kurzem dessen Stimme unterm Torbogen vernommen hatte und daß Paolo darauf schwor, die Kutte über die Felsentreppe nach oben verschwinden gesehen zu haben! Auch hatten sowohl Vivaldi als auch der Diener Grund genug zu der Annahme, es sei der Mönch gewesen, den sie bis in das

Gewölbe verfolgt hatten, darin sie sich nun eingeschlossen fanden!

Indem unser Jüngling all diese Umstände erwog, nahm seine Bestürzung fortwährend zu, und so neigte er mehr und mehr zu dem Glauben, die Gestalt, welche man für den Mönch angesehen, sei in Wahrheit ein übernatürliches Wesen.

»Wenn aber dies Wesen bloß eine *Erscheinung* war«, sprach er bei sich, »so geh' ich vielleicht nicht fehl, in ihm den aufgestörten Geist desjenigen zu sehen, der hier unzweifelhaft ermordet worden ist. So hat solcher Geist mich an den Ort jenes Verbrechens geführt, um mich dasselbe entdecken zu lassen, auf daß die Gebeine des Opfers in geweihter Erde bestattet würden. Indes, jener Mönch oder was immer er sein mag, er war ja weder stumm noch zeigte er irgendwelche Besorgnis im Hinblick auf die eigene Person, sondern sprach lediglich von Ereignissen, welche mit meinem eigenen Frieden zusammenhängen, und sagte die Zukunft voraus oder wies mich auf Vergangnes hin! Hätt' er auf sein eigenes Schicksal verwiesen, ja sich bloß der Worte enthalten, so wäre dies genug gewesen, mich angesichts seiner Erscheinung und des sonderbaren, ausweichenden Gehabens an die Schauermärchen unsrer Altvordern glauben zu machen, so daß ich ihn für das Gespenst eines Ermordeten gehalten hätte.«

Ob auch Vivaldi auf diese Weise seinen Unglauben in Worte faßte, so wandte er sich doch wieder dem Kleiderbündel zu, um es aufs neue zu examinieren. Kaum aber hatte er begonnen, es mit dem Degen auseinanderzustochern, als er etwas bemerkte, was seiner Aufmerksamkeit vorhin entgangen war: unter all den Kleidungsstücken befand sich nämlich auch einiges von schwärzlichem Tuche! Nachdem er es gleichfalls auf den Degen gespießt, stellte er fest, daß es zu einem Ordensgewand gehörte! Solche Entdeckung machte ihn zusammenfahren, als hätte er die Erscheinung, welche ihn so lange in Zweifel gehalten, von Angesicht erblickt! Dies war ja nichts andres denn ein Habit und ein

Skapulier, wenngleich zerfetzt und blutbesudelt! Einen Atem lang starrte Vivaldi darauf nieder, bevor er's zu den übrigen Kleiderfetzen fallen ließ. Paolo aber, der schweigend zugesehen hatte, rief plötzlich aus:

»Signor! Das muß das Gewand jenes Teufels sein, der uns hierhergelockt hat! Ist es nun ein Leichentuch für uns, *Maestro?* Oder war's ein solches bloß für denjenigen, der's auch im Leben angehabt?«

»Nicht für uns, so will ich hoffen!« versetzte Vivaldi, der versuchte, seiner Verstörung Herr zu werden, indem er sich von den grausigen Überresten abwandte. »Darum will ich sogleich noch einen Versuch machen, unsre Befreiung ins Werk zu setzen!«

Allein, solches Vorhaben erwies sich als undurchführbar. Nachdem Vivaldi sich vergebens an der schweren Tür versucht hatte, hob er Paolo zu der vergitterten Luke hinauf und schrie aus Leibeskräften um Hilfe, wobei er von dem Diener aufs eifrigste unterstützt ward. Dies geschehen, ließ der Jüngling fürs erste von allen weiteren Versuchen ab und warf sich müde und verzweifelt auf den Boden des Verlieses.

Paolo beklagte nun aufs bitterste die Überstürztheit, mit der sein Herr an diesen abgelegenen Ort vorgedrungen war, und gab seiner Befürchtung, man werde hier Hungers sterben müssen, beredten Ausdruck.

»Denn gesetzt, Signor, daß man uns nicht hierhergelockt hat, um uns auszurauben und hinterher abzuschlachten, und gesetzt, daß es keine bösen Geister sind, in deren Gewalt wir uns befinden, was für unmöglich zu halten mir freilich der Heilige Januarius verbietet – gesetzt, all dem wäre so, Signor: so bleibt doch noch immer die nahezu unumstößliche Gewißheit unsres Hungertods! Denn auf welche Weise sollt' es möglich sein, daß irgend jemand unser Hilfegeschrei vernehmen könnte an einem so entlegenen Ort, von dem man ja nachgerade sagen kann, daß wir an ihm so gut wie begraben sind!«

»Das nenn' ich mir einen exzellenten Tröster!« stöhnte Vivaldi.

»Mit Verlaub, Signor, so sind wir quitt«, versetzte

Paolo, »dieweil Ihr ein nicht minder exzellenter Führer seid!«

Vivaldi erwiderte nichts, sondern blieb liegen wo er lag und gab sich seinen Todesgedanken hin. Nun hatte er Muße genug, den letzten Worten des Mönches nachzuhängen und sich seinen Reim darauf zu machen: er war ja so recht in der Stimmung, das Ärgste zu mutmaßen, nämlich, daß jene Worte nicht bloß allgemein auf Ellena gemünzt, sondern daß der Ausspruch »Seit einer Stunde ist sie auf der Reise« eine Umschreibung für den Zeitpunkt ihres Todes gewesen sei! Solche Schlußfolgerung zerstreute sogleich alle Befürchtungen hinsichtlich der eigenen Person, und so sprang Vivaldi auf die Beine, um gehetzten und verstörten Schrittes seinen Kerker immer wieder zu durchmessen. Nicht länger drückte bloße Hoffnungslosigkeit ihn nieder, sondern jetzt war's die nackte Angst, welche ihn peinigte und mit den Qualen der Ungewißheit auch diejenigen der leidenschaftlichen Ungeduld und des Entsetzens in Ansehung von Ellenas Los mit sich brachte. Je länger Vivaldi an die Möglichkeit ihres Todes dachte, als desto wahrscheinlicher stellte sich ihm dieselbe dar. Jener Mönch – hatte er nicht auch Signora Bianchis Tod richtig vorausgesagt? Und sobald unser Jüngling die verdächtigen Begleitumstände solchen Sterbens überschlug, ward sein Entsetzen im Hinblick auf Ellena nur noch größer. Je mehr er seinen Empfindungen nachgab, desto heftiger wurden sie, bis schließlich seine nicht mehr zu bändigende Unruhe und Besorgnis sich beinahe zum Aberwitz steigerten.

So kam es, daß Paolo über den weit größeren Leiden seines Herrn für eine Weile der eigenen Lage vergaß und nunmehr in allem Ernste daranging, der Rolle eines Trösters gerecht zu werden, indem er's unternahm, Vivaldi das Gemüt zu beruhigen und ihm den trostlosen Sachverhalt in den günstigsten Farben zu malen, wobei er die schlimmsten Möglichkeiten entweder gänzlich außer acht ließ, oder doch nur in aller Flüchtigkeit erwähnte. Indes, sein Herr blieb allen Trostreden unzugänglich, bis Paolo zum andernmal auf den Konvent del Pianto zu sprechen kam. Erst dieser Gegenstand, dieweil er ja verbunden schien mit dem Mönch, der auf Ellenas Schicksal hingewiesen, vermochte die Anteilnahme des unglücklichen Vivaldi zu wecken, so daß er für eine Weile von den eigenen Reflexionen abgebracht ward, um einer Erzählung zu lauschen, welche ihm in seinen Mutmaßungen weiterhelfen mochte.

Paolo stimmte dem Verlangen seines Herrn nicht ohne Widerstreben zu. Er musterte das leere Gewölbe, als hätte er Angst, jemand könnte den Erzähler in der Dunkelheit belauern, um ihm am Ende gar ins Wort zu fallen.

»Wir sind hier so sehr von aller Welt abgesondert, Signor«, sagte er, indem er sich zu sammeln suchte, »daß wir es wagen können, von geheimen Dingen zu reden, ohne eine Entdeckung fürchten zu müssen. Dennoch, *Maestro,* wollen wir so sicher als möglich gehen: setzt Euch derhalben hier auf den Boden, und ich will ganz nahe herantreten und Euch alles berichten, was ich über den Konvent von *Santa Maria del Pianto* weiß, wiewohl es im ganzen ja nicht allzu viel ist.«

Nachdem Vivaldi Platz genommen und den Diener geheißen hatte, es ihm gleichzutun, begann derselbe in raunendem Tone mit seiner Erzählung. »Es war am Vorabend des *Santo Marco*-Festes, der Hall der Vesperglocke war soeben verklungen – Ihr seid wohl noch niemals in *Santa Maria del Pianto* gewesen, Signor, sonst wüßtet Ihr, wie düster dort die alte Kirche ist. Nun, es war in einem Beichtstuhl in einem der Seitenschiffe des Gotteshauses, und gleich nachdem der letzte Glockenschlag verhallt war, trat eine dermaßen vermummte Gestalt auf, daß man weder Gesicht noch Körperformen zu erkennen vermochte, und erstieg die Stufen zu dem einen der beiden Abteile für die bußfertigen Sünder. Indes, wär' der Unbekannte auch so luftig wie Ihr gekleidet gewesen, so hätt' man ihn ebensowenig zu erkennen vermocht, dieweil ja jenes düstre Seitenschiff bloß von einer einzigen Lampe erhellt wird, welche ganz am Ende vor dem gemalten Fenster hängt. Ein wenig heller ist's dort nur, wenn auch die Kerzen am Altar des Heiligen Antonius brennen, der sich am andern Ende besagten Seitenschiffs befindet, doch auch dann ist's darin fast ebenso düster wie in diesem Gewölbe hier. Doch ist solch zweckdienliche Finsternis ganz ohne Zweifel eine beabsichtigte, auf daß die Leute beim Bekennen ihrer Sünden nicht auch noch erröten müssen, und, meiner Treu, dies ist ein Entgegenkommen, das dem Opferstock ein Gutteil mehr an Geldspenden eintragen mag, dieweil ja die Mönche ein scharfes Auge darauf haben, daß –«

»Du hast den Faden deiner Geschichte verloren«, warf Vivaldi ein.

»Wahrhaftig, Signor, Ihr habt recht! So laßt mich nachdenken, wo ich ihn verloren habe – ach ja, es war bei den Stufen zu jenem Beichtstuhl! Nun also, jener Fremde kniete darauf nieder und bekannte dem Beichtiger seine Sünden unter solchem Ächzen und Stöhnen, daß man's im gesamten Kirchenschiff vernehmen konnte. Nun müßt Ihr wissen, Signor, daß die Bruderschaft von *Santa del Pianto* dem Orden der *Schwarzen Büßermönche* angehört, und daß alle diejenigen, welche ein Übermaß an Sünden zu bekennen haben, bisweilen dorthin gehen, um mit dem Bußpriester Rates zu pflegen, was denn in ihrem Falle zu geschehen habe. Nun ergab sich's an jenem Abend, daß Pater Ansaldo, welcher ja der Hauptbeichtiger des Konventes war, in jenem Beichtstuhl saß, wie dies eben am Vorabend des *Santo Marco*-Festes der Brauch ist. Mit sanfter Stimme verwies er dem Fremden dessen lautes Klagen und drang in ihn, er möge doch wieder Mut fassen. Dies ward indes bloß von einem noch tieferen Stöhnen beantwortet, wiewohl dasselbe nun schon leiser klang. Danach fuhr der Fremde in seinem Sündenregister fort. Was er nun eigentlich bekannt hat, Signor, weiß ich freilich nicht zu sagen, dieweil es ja dem Beichtiger mit Ausnahme ganz besondrer Fälle untersagt ist, das Beichtgeheimnis zu lüften. Allein, es muß etwas ganz Absonderliches und Entsetzliches gewesen sein, denn der Priester stürzte urplötzlich aus dem Beichtstuhl und verfiel, noch ehe er den Kreuzgang erreicht hatte, in schwere Konvulsionen. Nachdem er sich von denselben erholt hatte, frug er die Umstehenden, ob denn jener Bußfertige, welcher den und den Beichtstuhl – er bezeichnete denselben ganz genau – aufgesucht, die Kirche schon verlassen habe, und fügte hinzu, man möge diesen Menschen, im Fall er sich noch im Gotteshause aufhielte, unverzüglich dingfest machen. Danach gab er, so gut er es vermochte, eine Beschreibung der Person dessen, den er vor dem Betreten des Beichtstuhls ja nur undeutlich wahrgenommen, schien aber bei dem neuerlichen Gedanken an jenen Fremdling nahe daran, in seine eben überwundenen Konvulsionen zurückzufallen. Einer der Patres, welcher auf dem Weg zum Kreuzgang das Kirchenschiff eben durchschritten hatte, entsann sich angesichts Ansaldos erster Verstörung, daß eine Person, auf welche des Beichtigers Beschreibung paßte, in aller Hast an ihm vorübergeeilt sei. Soviel er sehen gekonnt, war der Fremde von hoher Statur und in den Habit eines Karmelitermönchs gehüllt gewesen. Er hatte das Kirchenschiff raschen Schrittes in Richtung jenes Ausgangs durchmessen, der zum äußern Hof des Klosters führt. Indes, der Pater war zu sehr in Gedanken vertieft gewesen, als daß er dem Fremden mehr denn ein flüchtiges Augenmerk gewidmet hätte. Dennoch war Pater Ansaldo der Meinung, dies müsse der Betreffende gewesen sein. So ward der Bruder Pförtner herbeigerufen und befragt, ob er solch eine Person das Kloster habe verlassen sehen? Der Befragte aber behauptete steif und fest, er habe innerhalb der letzten Viertelstunde überhaupt niemanden bemerkt, der das Tor durchschritten hätte. Dies mochte freilich der Wahrheit entsprechen, nicht wahr, Signor, im Falle der Schelm seinen Posten verlassen gehabt. Indes, er wußte auch zu vermelden, während des ganzen Abends habe niemand das Kloster betreten, der so weiß gekleidet gewesen wäre wie man ihm den Fremden beschrieben. Dergestalt erwies der

Pförtner sich als ein recht aufmerksamer Wächter, der sich wahrlich eines gesegneten Schlafs erfreuen mußte, denn auf welch andere Weise hätte jener Unbekannte das Kloster unbemerkt betreten und wieder verlassen können?«

»In Weiß war er, sagst du?« frug Vivaldi. »Hätt' er eine schwarze Kutte angehabt, so könnt' ich glauben, dies sei mein Mönch und Quälmeister gewesen.«

»Nun denn, Signor, daran hab' ich schon vorhin gedacht«, warf Paolo ein. »Und wenn es weiter nichts ist – die Kleider sind bald gewechselt.«

»Fahr fort«, gebot Vivaldi.

»In Anhörung der Worte des Pförtners«, erzählte Paolo weiter, »kamen die Patres allesamt zu der Annahme, der Fremde müsse sich innerhalb des Klosters verborgen halten. So machte man sich denn an eine Durchsuchung des gesamten Konventes, wobei man auch die Klausur nicht außer acht ließ. Allein, es ließ sich niemand aufspüren.«

»So muß es wahrhaftig unser Mönch gewesen sein«, sagte Vivaldi, »und zwar unerachtet der anderen Gewandung. Unmöglich, daß es zwei Wesen auf dieser Erde geben sollte, welche sich auf die nämliche mysteriöse Weise aufführen könnten!«

Seine Rede ward unterbrochen durch einen kaum vernehmbaren Laut, der in Vivaldis aufgestörter Einbildungskraft dem Stöhnen eines Sterbenden zu gleichen schien. Auch Paolo hatte es vernommen: er sprang auf, und die beiden Gefährten lauschten nun mit atemloser, ja kaum mehr erträglicher Spannung.

»Ach!« sagte Paolo schließlich. »Es war bloß der Wind!«

»Du magst recht haben, mehr ist's nicht gewesen«, pflichtete Vivaldi bei. »So erzähl denn weiter!«

»Seit jener sonderbaren Beichte«, fuhr Paolo in seiner Geschichte fort, »konnte Pater Ansaldo nimmer zu sich selbst finden. Er –«

»Dies war unzweifelhaft eine Folge jenes im Beichtstuhl bekannten Verbrechens«, bemerkte Vivaldi.

»Wo denkt Ihr hin, Signor! Nein, niemals hab' ich gehört, daß es dies gewesen ist! Außerdem schienen die bemerkenswerten Ereignisse, die sich in der Folge zugetragen, auf ganz anderes hinzudeuten. Denn etwa einen Monat nach dem Zeitpunkt, von dem ich gesprochen, am Ende eines drückenden und schwülen Tags, die Mönche kamen eben von der Abendandacht zurück –«

»Horch!« rief da Vivaldi.

»Da flüstert doch jemand«, raunte Paolo.

Sie lauschten voll Spannung und vernahmen ein Gemurmel wie von fernen Stimmen, vermochten aber nicht festzustellen, ob solcher Laut aus dem angrenzenden Gewölbe drang, oder aber aus demjenigen, über welchem sie sich befanden. Das Geraune machte sich in Abständen vernehmbar, und die beteiligten Personen, wer immer sie sein mochten, schienen ihre Stimmen zu dämpfen, als fürchteten sie, gehört zu werden. Vivaldi ging mit sich zu Rate, ob es nun besser wäre, sich durch Hilferufe bemerkbar zu machen, oder aber, sich still zu verhalten.

»Bedenkt, Signor«, sagte Paolo, »daß wir den sichern Hungertod vor Augen haben, falls wir's nicht wagen wollen, uns jenen Leuten oder was immer sie sein mögen zu entdecken.«

»Was heißt hier ›wagen‹?« rief Vivaldi. »Was hätte solch ein Elender wie ich noch zu fürchten? Ach, Ellena! Ellena!«

Schon im nächsten Augenblick schrie er aus Leibeskräften, um sich jener Person, die er gehört zu haben glaubte, bemerkbar zu machen, und ward darin von Paolo aufs tüchtigste unterstützt. Allein, das andauernde Hilfegeschrei der beiden zeitigte keinerlei Wirkung: es erfolgte keine Antwort, ja nicht einmal die undeutlichen Laute, welche die Aufmerksamkeit unsrer beiden erregt hatten, waren noch länger zu hören.

Von ihrer Anstrengung erschöpft, legten Vivaldi und Paolo sich wieder auf den Kerkerboden und ließen von allen weiteren Fluchtversuchen ab, um zu warten, ob das Licht des Morgens ihnen einen Weg weisen würde.

Vivaldi war nun nicht mehr in der Laune, Paolo nach dem Ausgang von dessen Geschichte zu fragen. Angesichts des eignen Loses nahezu verzweifelnd, vermochte er fremdem Schicksal gegenüber keinerlei Anteilnahme mehr aufzubringen. Er hatte ja schon erkannt, daß Paolos Bericht ihm keinen Hinweis liefern konnte, der mit Ellena zusammenhing. Und auch Paolo, der sich heisergebrüllt hatte, war nur allzu froh, den Mund nimmer auftun zu müssen.

Achtes Kapitel

Die da so lautlos durchs Gewölbe wandelt,
Wer ist sie, die dem gold'nen Abendstrahl
Ein holdes Antlitz unbewußt entschleiert,
Darin sich reinen Sinns die Tugend malt?

Für die Dauer mehrer Tage nach ihrer Ankunft in dem Kloster von San Stefano war es Ellena nicht verstattet, ihr Gemach zu verlassen. Die Tür ward hinter ihr verschlossen, und keine Menschenseele zeigte sich mehr, mit Ausnahme der Nonne, welche ihr die kärglichen Mahlzeiten brachte und im übrigen die nämliche war, durch die unsere Dulderin zu der Äbtissin geleitet worden.

Erst am vierten Tage, vielleicht in der Annahme, daß ihr Geist durch die Gefangenschaft sowie durch die Erfahrung jener Leiden, welche Ellena im Falle ihres Widerstands zu gewärtigen hatte, nunmehr hinlänglich gebrochen sei, ward sie ins Sprechzimmer beordert. Die Äbtissin war allein, und die strenge Miene, mit der sie auf Ellena blickte, ließ die Letztere all ihre Kraft zusammennehmen.

Nach einer einleitenden Standpauke über das Schandbare von Ellenas Verfehlung und die Notwendigkeit, Maßnahmen zu ergreifen, um Frieden und Würde eines Adelshauses zu schützen, die durch des Mädchens Verhalten so schweren Schaden gelitten, teilte die Äbtissin ihr mit, Ellena müsse sich entscheiden, entweder den Schleier zu nehmen, oder aber diejenige Person zum Ehegemahl zu nehmen, welche die Marchesa di Vivaldi in ihrer übergroßen Güte für sie ausgewählt habe.

»Euer Dank ob der Großherzigkeit der Marchesa kann gar nicht innig genug sein«, fügte die Äbtissin dem Gesagten hinzu, »dieweil sie Euch ja die Möglichkeit der Wahl offenläßt. Nach der schweren Beleidigung, die Ihr der Familie zuzufügen gewagt, hättet Ihr auf keinerlei Duldsamkeit mehr rechnen können. Vielmehr verstand sich's nahezu von selbst, daß die Marchesa Euch aufs schwerste bestrafen würde. Statt dessen aber gewährt sie Euch die Gnade, in unsre Gemeinschaft eintreten zu dürfen, oder sie erlaubt Euch, im Falle Ihr nicht genug innere Festigkeit aufbringt, der sündigen Welt dort draußen zu entsagen, in dieselbe zurückzukehren, ja sie gibt Euch einen standesgemäßen Gefährten bei, auf daß Euch derselbe in des Lebens Müh' und Plage an die Hand gehe – einen Gefährten, der um vieles besser zu Euren kleinen Verhältnissen paßt denn derjenige, zu welchem den Blick zu erheben Ihr die Tollkühnheit besessen.«

Ellena ward von tiefer Röte übergossen ob so gröblichen Angriffs auf ihr Selbstgefühl und verharrte in verachtungsvollem Schweigen. Dem Unrecht auf solche Weise das Mäntelchen der Gnade umgehängt, ja eine tyrannische Handlungsweise in den beschönigenden Farben der Großherzigkeit dargestellt zu sehen – dies erregte des Mädchens ehrliche Entrüstung. Dennoch geriet sie ob der Entdeckung solcher gegen sie gerichteter Ränke nicht aus der Fassung, dieweil sie ja seit ihrer Ankunft auf San Stefano etwas Fürchterlichem entgegengesehen und sich innerlich gewappnet hatte, ihm mit Festigkeit zu begegnen. Sie glaubte ja, solchermaßen gerüstet werde es ihr gelingen, den bösen Willen ihrer Feinde zuschanden zu machen und dergestalt über alle Unbill zu triumphieren. Einzig bei dem Gedanken an Vivaldi fand sie sich von allem Mut verlassen und hatte das Gefühl, die ihr zugefügte Schmach sei allzu schwer, als daß man sie auf die Dauer würde ertragen können.

»Ihr redet nichts?« frug die Äbtissin, nachdem sie eine Zeitlang erwartungsvoll gelauscht hatte. »So wär's denn möglich, daß Ihr der Marchesa all die Großmut mit schnödem Undank lohnt? Indes, mögt Ihr im Augenblick auch noch so verstockt sein im Angesichte solcher Güte, so will ich mir's dennoch versagen, aus Eurer Unbesonnenheit Vorteil zu ziehen, sondern Euch weiterhin die Freiheit der Wahl einräumen. Ihr könnt Euch jetzt zurückziehn auf Eure Kammer, um daselbst mit Euch zu Rate zu gehen und einen Entschluß zu fassen. Doch denkt daran, daß Ihr an der einmal getroffnen Entscheidung festzuhalten habt, und daß Ihr gegen die beiden Möglichkeiten, so man Euch nun bietet, nicht berufen könnt! Weist Ihr den Schleier zurück, so müßt Ihr den Mann, der Euch präsentiert ist, zum Gemahl nehmen.«

»Es ist müßig«, versetzte Ellena voll ruhiger Würde, »mich erst noch auf mein Gemach zu schicken und mir Bedenkzeit zu gewähren, dieweil ja mein Entschluß schon gefaßt ist und ich beide mir gebotnen Möglichkeiten verwerfe. Weder will ich mich zum Klosterleben verurteilen, noch auch zu der Erniedrigung, mit der man mich auf der andern Seite bedroht. Indem ich dies sage, bin ich bereit, all die Qualen auf mich zu nehmen, welche Ihr über mich zu verhängen gedenkt. Doch laßt Euch gesagt sein, daß ich aus eigenem Antrieb nimmermehr die Übeltaten gutheißen werde, denen man mich unterwerfen mag, und daß die nimmer ersterbende Gerechtigkeitsliebe, welche mir das Herz erfüllt, meinen Mut ebenso befeuern wird wie der Sinn für das, was ich mir schuldig bin! Ihr seid nunmehr bekanntgemacht mit meinen Empfindungen und Entschlüssen, und so werde ich kein Wort mehr darüber verlieren.«

Die Äbtissin, der die Überraschung die Sprache geraubt hatte, so daß es Ellena möglich gewesen, dies alles ungehindert zu sagen, maß das Mädchen noch immer mit strengem Blick, als sie schließlich erwiderte: »Wo habt Ihr nur all diese Überschwenglichkeiten gelernt, und wo die Unbesonnenheit, die Euch veranlaßt, dergleichen Reden zu führen? Jene Kühnheit, die es Euch möglich macht, Eure Oberin, die ja eine Priesterin Eurer Heiligen Religion ist, noch an deren geweihter Stätte zu beleidigen?«

»Diese geweihte Stätte ist profaniert«, versetzte Ellena in stolzer Gelassenheit. »Nun ist sie zum Kerkerloche geworden. Und nur, wenn die Oberin nicht länger der Gebote der Heiligen Religion achtet, jener Gebote, die sie doch eigentlich Gerechtigkeit und Wohlwollen lehren, nur dann wird man auch die Oberin nimmer achten können. Die nämliche Empfindung, welche uns gebietet, die sanften und wohlmeinenden Gebote zu ehren, sie heißt uns nicht minder, denjenigen zu verwerfen, welcher sie übertritt. So Ihr mir also befehlt, die Religion zu ehren, zwingt Ihr mich im nämlichen Atem, Euch zu verdammen!«

»Hinaus!« rief da die Äbtissin, indem sie aus ihrem Stuhl emporfuhr. »Die Mahnrede, welche Ihr auf so schickliche Weise dargebracht, sie soll Euch nimmermehr vergessen sein!«

Ellena gehorchte voll Bereitwilligkeit und ward aufs neue in ihre Zelle gebracht, wo sie gedankenvoll Platz nahm und ihr Verhalten überschlug. Sie billigte den Freimut, mit welchem sie für ihre Rechte eingetreten, und nicht minder hieß sie die Festigkeit gut, mit der sie einem Weibe die Meinung gesagt, das sich unterstanden hatte, von dem Opfer seiner Grausamkeit und Unterdrückung auch noch Respekt zu heischen! Ja, Ellena war um so mehr mit sich zufrieden, als sie der eignen Würde stets eingedenk gewesen und sich dergestalt zu keiner Bekundung ihrer Leidenschaft oder gar Angst hatte hinreißen lassen. Sie war von der Schlechtigkeit der Äbtissin viel zu fest überzeugt, als daß sie in deren Gegenwart aus der Fassung geraten wäre, und überdies maß sie einem Tadel nur dann Bedeutung bei, wenn er von seiten des Guten erfolgte – jenes Guten, auf das sie seit je in aller bebenden Sorgfalt bedacht gewesen, wogegen die Vorhaltungen des Lasters bei ihr auf nichts denn taube Ohren stießen.

Nachdem Ellena ihre Handlungsweise dergestalt vor sich selbst bekräftigt hatte, faßte sie den Entschluß, in Hinkunft nach Möglichkeit jedwede Wiederholung der soeben stattgehabten Szene zu vermeiden, und aller Schmach, welche man ihr noch zufügen mochte, mit Schweigen zu begegnen. Sie wußte, daß sie zu leiden verurteilt war, und nahm sich vor, im Leide auszuharren. Von den drei Übeln, denen sie sich gegenübersah, schien die Zellenhaft zusamt ihren tristen Begleitumständen noch bei weitem erträglicher denn die angedrohte Heirat oder gar das Gelübde, der Welt auf immer zu entsagen. Von den beiden letzteren würde ja ein jedes sie auf Lebenszeit ins Unglück gestürzt haben, und dies durch ihr eignes Hinzutun! So war ihr die Wahl nicht schwergeworden, und so lag der Weg, den zu gehen sie entschlossen war, in aller Deutlichkeit vor ihr. Brachte sie es überdies fertig, die unvermeidliche Beschwernis mit Ruhe auf sich zu nehmen, so mochte sie bloß deren halbe Last zu spüren bekommen. So war Ellena nunmehr aufs eifrigste darauf bedacht, zu jener Seelenstärke zu gelangen, welche für solchen Gleichmut unerläßlich war.

Während mehrer Tage nach ihrer letzten Unterredung mit der Äbtissin wurde sie in strengem Gewahrsam gehalten. Den fünften Abend jedoch ward ihr verstattet, der Vesper-Andacht beizuwohnen. Während sie dergestalt durch den Garten zur Kirche wandelte, dünkten sie, die so lange von den jedermann zugänglichen Segnungen der Natur ausgeschlossen gewesen, die frische Luft sowie das Grün der Bäume und Sträucher ein wahres Labsal zu sein. Sie folgte den Nonnen zu einer Kapelle, wo diese für gewöhnlich ihre Andacht verrichteten, und ward daselbst geheißen, bei den Novizinnen Platz zu nehmen. Das Weihevolle der Andacht, namentlich jener Teile, die von Musik begleitet waren, ergriff sie im innersten Herzen und sänftigte, ja erhob ihr das Gemüt.

Unter den Stimmen der Chorsängerinnen war eine, welche sogleich Ellenas Aufmerksamkeit auf sich zog. Es schien ihr ja, als schwänge in jenen Tönen eine reinere Frömmigkeit, welche moduliert war von der Schwermut eines Herzens, das seit langem von der Welt da draußen Abschied genommen. Ob solcher Gesang nun mit dem Erbrausen der Orgel anschwoll, oder aber in leisen und zitternden Tönen mit dem ersterbenden Chorgesang verschmolz – stets hatte Ellena das Gefühl, die Empfindungen der Sängerin zu verstehen. So blickte sie hinauf zu der Empore, wo die Nonnen versammelt waren, und versuchte, dort ein Gesicht zu entdecken, welches im Einklang stünde mit dem Gefühlsreichtum, der sich in solcher Stimme verraten hatte. Da nun außer den Schwestern niemand das Gotteshaus betreten durfte, hatten einige von ihnen den Schleier zurückgeschlagen. Allein, Ellena erblickte kein Gesicht, das sie sonderlich gefesselt hätte. Vielmehr waren's Gestalt und Haltung einer abseits von den andern unter einer Ampel knienden Nonne, deren Haupt von dem schrägen Lichte gestreift ward, welche mit der Vorstellung, die Ellena sich von der Sängerin gebildet, voll und ganz übereinstimmten. Auch der Gesang schien ja aus der betreffenden Richtung gekommen zu sein. Das Antlitz war freilich unter einem schwarzen Schleier verborgen, doch war derselbe dünn genug, um die Schönheit der Züge durchschimmern zu lassen, und vollends waren es die Neigung des Hauptes und das Auffallende des Verhaltens – jene Nonne verharrte ja als einzige in kniender Stellung –, welche die tiefe Inbrunst und Bußfertigkeit, die in der Singstimme zum Ausdruck gekommen, mit hinlänglicher Deutlichkeit anzeigten.

Sobald das Kirchenlied verklungen war, erhob die Nonne sich von den Knien, und gleich darauf erblickte Ellena, indem die andere den Schleier zurückschlug, im Schein der Ampel, welche nun ihr volles Licht über jene Züge ergoß, ein Antlitz, das des Mädchens Mutmaßung sogleich bestätigte: dies Gesicht war ja gezeichnet von der Schwermut endgültiger Entsagung, wiewohl es noch immer der Gram zu sein schien, welcher solche Blässe und Mattigkeit darauf hervorrief – eine Mattigkeit, die bloß verschwand, wenn eine neue Welle der Andacht den Geist der Beterin über dies irdische Jammertal zu erheben schien, so daß ihr Antlitz in nahezu seraphischem Glanz erstrahlte. In solchen Momenten hielt sie die blauen Augen himmelwärts gewendet in so demütiger und doch brennender Hingabe, in dermaßen sublimer Inbrunst, wie wir sie nur auf manchen Gemälden des Guido Reni gewahren und wie sie nun in Ellena den nämlichen, berückenden Effekt hervorrief, den vorhin der Knienden Stimme auf sie geübt.

Während Ellena jene Nonne mit einer Anteilnahme betrachtete, welche unsere Beobachterin blind machte für alles, was sonst noch in der Kapelle vor sich ging, glaubte sie, in der Ruhe solchen Antlitzes eher diejenige der Hoffnungslosigkeit, nicht aber der Entsagung zu erkennen: sobald nämlich die Gedanken jener Nonne nicht von der Andacht beflügelt waren, nahmen die Augen eine Starrheit an, welche sich weder durch gewöhnliches Leid erklären ließ, noch auch durch jene innere Veranlagung, die zu vollkommener Entsagung führen mag. Dennoch lag in solchem Blicke etwas, das Ellenas Anteilnahme weckte und auf eine gleichgestimmte Seele schließen ließ. So fühlte das Mädchen sich nicht nur gesänftigt, sondern auch ein wenig getröstet im Angesicht solcher Leidensgefährtin, welch selbstsüchtige Regung aber verzeihlich erscheinen mag, sobald wir in Betracht ziehen, daß Ellena ja erst in jenem Augenblick zumindest *eine* Menschenseele in dem Kloster gewahrte, die des Mitleids fähig und auch willens schien, unsrer Dulderin Trost zu spenden. So wagte sie's, den Blick der andern zu suchen, um derselben die eigne Wertschätzung und auch das eigne Elend mitzuteilen. Allein, die Nonne war so sehr in Andacht versunken, daß sie nichts von alledem bemerkte.

Beim Verlassen der Kapelle jedoch schritt sie ganz nahe an Ellena vorüber, welche ihren Schleier zurückschlug und der andern einen so flehentlichen und beredten Blick zuwarf, daß sie innehielt und die vermeintliche Novizin ansah: doch war es nicht Verwundrung, sondern ein Gemisch aus Neugierde und Mitleid, was sich in solchem Blicke malte. Eine zarte Röte überhauchte der Nonne Wangen, das Gemüt schien ihr bewegt, und nur ungern mochte sie den Blick von Ellena wenden. Doch war es unerläßlich wegen des geordneten Fortganges der Prozession, und so schenkte die Vorüberwandelnde der mit den Augen an ihr Hängenden ein Abschiedslächeln voll unaussprechlichen Erbarmens, ehe sie hinausschritt in den Klosterhof. Ellena aber ließ den Blick nicht von der Vorangehenden, welche alsbald in dem zur Äbtissin führenden Gange verschwand, und hatte das eigne Gemach fast schon erreicht, ehe ihr der Kopf wieder klar genug war, um ihr die Frage nach dem Namen der Unbekannten zu erlauben.

»Vielleicht ist es die Schwester Olivia, welche Ihr meint«, versetzte die Führerin.

»Sie ist sehr schön«, sagte Ellena.

»Nun, das sind viele unsrer Schwestern«, bemerkte Margaritone pikiert.

»Zweifellos«, sagte Ellena. »Aber diejenige, welche ich meine, hat ein ganz besonders ausdrucksvolles Gesicht: so aufrichtig, edel und gefühlvoll – und in ihrem Blick ist eine sanfte Schwermut, die jeden Beschauer sogleich in ihren Bann schlägt.«

Die von jener anziehenden Nonne so sehr gefesselte Ellena bemerkte gar nicht, daß sie ja zu einer Person sprach, deren verhärtetes Herz sie fühllos machte gegen jederlei Antlitz, das gebietende der Äbtissin vielleicht ausgenommen, so daß ihr eine Schilderung dessen, was Ellena empfand, so unverständlich bleiben mußte wie eine arabische Inschrift.

»Freilich, der Jugend erste Blüte hat sie schon hinter sich«, fuhr Ellena fort, noch immer bemüht, sich verständlich zu machen, »doch hat sie sich deren bezaubernde Anmut noch immer bewahrt und bereichert dieselbe nun mit der Würde des –«

»Falls Ihr damit sagen wollt, daß sie nicht mehr die

Jüngste ist«, fiel ihr die sauertöpfische Margaritone ins Wort, »so ist es gewißlich die Schwester Olivia, von der Ihr sprecht, dieweil wir ja allesamt jünger sind denn sie.«

Ellena, den Blick nahezu unbewußt zu der Sprecherin erhebend, gewahrte das gelblich-fahle, abgezehrte Antlitz einer augenscheinlich seit fünf Jahrzehnten auf dieser Erde Wandelnden, und vermochte kaum, ihre Verwunderung zu bemeistern angesichts so erbärmlicher Eitelkeit, wie sie da unter den kalten Leidenschaften eines widerwärtigen Äußeren dahinvegetierte inmitten der Weltabgeschiedenheit dieses Klosters. Doch die ob des Olivien gespendeten Lobes noch immer eifersüchtige Margaritone ließ sich auf keine weiteren Fragen mehr ein und schloß Ellena, nachdem sie diese zu ihrer Zelle geleitet hatte, für die Dauer der Nacht ein.

Den folgenden Abend war es Ellena neuerlich gestattet, der Vesper beizuwohnen, und so beflügelte auf dem Weg zur Kapelle die Hoffnung, jene Lieblingsnonne wiederzusehen, des Mädchens Lebensgeister. Und in der Tat: auch an diesem Abend zeigte die Erwartete sich wie am Vortage in ihr Gebet versunken unter der Ampel, dieweil der Gottesdienst ja noch nicht begonnen hatte.

Ellena suchte die Ungeduld zu bemeistern, mit welcher sie der Beendigung jenes Gebetes harrte, auf daß sie sich der Beterin bemerkbar machen und den Gefühlen, welche sie ihr entgegenbrachte, Ausdruck verleihen könnte. Sobald die Nonne sich erhob und Ellena bemerkte, lüftete sie den Schleier und bedachte das Mädchen, während sie es abermals mit prüfendem Blicke maß, mit so mitleidsvollem und verständnisinnigem Lächeln, daß Ellena, aller Schicklichkeitsrücksichten des geweihten Ortes vergessend, ihren Platz verließ, um sich dem Gegenstand ihrer Verehrung zu nähern. Es schien ihr ja, als wär' die Seele, welche aus jenem Lächeln gestrahlt, der ihren schon seit langem vertraut. Da sie aber auf die Nonne zuschritt, ließ dieselbe ihren Schleier wieder fallen, ein Hinweis, den Ellena sogleich verstand, weshalb sie sich zu ihrem Sitz zurückbegab. Allein, während der gesamten Andacht wandte sie den Blick nicht mehr von jener Nonne.

Als sie aber nach Beendigung des Gottesdienstes beim Verlassen der Kapelle Olivia an sich vorübergehen sah, ohne von ihr mit einem Blick bedacht zu werden, konnte sie sich der Tränen kaum erwehren und kehrte in tiefer Niedergeschlagenheit zu ihrer Zelle zurück. Der Anblick jener Nonne bereitete ihr nicht nur Freude, sondern war ihr ein Herzensbedürfnis, und so dachte Ellena mit der zärtlichsten Beharrlichkeit jenes so beredten Lächelns, welches ihr inmitten der Gefangenschaft als ein tröstliches Licht erschienen war.

Solche Versonnenheit ward indes alsbald unterbrochen von dem leisen Geräusch herannahender Schritte, und schon im nächsten Augenblick wurde die Zellentür aufgeschlossen. Doch wer eintrat, war niemand anderer denn Olivia! Tiefbewegt erhob sich Ellena, um den Gast zu empfangen, während die Nonne dem Mädchen schon die Hand entgegenstreckte.

»Ihr seid an dies abgeschlossne Dasein noch nicht gewöhnt«, sagte sie, indem sie mit trauriger Miene einen Knicks machte und dabei ein Körbchen mit Eßwaren auf den Tisch stellte. »Und was unsre kärgliche Kost anbetrifft –«

»Ich versteh' Euch nur zu gut«, versetzte Ellena dankerfüllten Blickes. »Ihr habt ein Herz, das noch des Mitleids fähig ist, wiewohl Ihr in diesen Mauern haust. Auch habt Ihr schweres Leid durchlebt und wißt um das köstliche Gefühl, die Leiden anderer sänftigen zu können durch jederlei Aufmerksamkeit, welche ihnen Eure Anteilnahme bekundet. Ach! Könnt' ich's nur in Worte fassen, wie tief solch edle Denkungsart mich bewegt!«

Die Tränen erstickten ihr die Stimme. Olivia aber drückte Ellenas Hand, blickte ihr unverwandt ins Antlitz und schien selber bewegt, hatte aber alsbald ihre Ruhe wiedergewonnen, denn sie sagte mit ernstem Lächeln: »Ihr beurteilt meine Empfindungen ganz richtig,

Schwester, und auch in Ansehung meiner Leiden geht Ihr nicht fehl. Mein Herz ist dem Mitleid nicht verschlossen, und auch Euch ist es aufgetan, mein Kind. Ihr waret glücklicheren Tagen vorbehalten als Ihr sie innerhalb dieser Gewölbe finden könnt!«

Sie hielt inne, als hätte sie schon zuviel gesagt, und fügte dann hinzu: »Doch mögt Ihr dennoch Euren Frieden finden, und wenn es Euch Erleichterung schafft, eine Freundin in Eurer Nähe zu wissen, so glaubt getrost, daß ich diese Freundin bin – doch redet zu niemandem darüber. Ich will Euch besuchen, wann immer mir dies gestattet ist – doch fragt nicht länger nach mir. Und falls meine Besuche nur kurz sind, so dringt nicht in mich, sie auszudehnen.«

»Wie wohl das tut!« sagte Ellena mit schwankender Stimme. »Und wie süß dies Wissen ist! Ihr werdet mich besuchen, und ich darf auf Euer Mitleid zählen!«

»Schweigt still!« versetzte da die Nonne bedeutsam. »Kein Wort weiter! Es mag ja sein, daß man mir nachspioniert. Und nun Gute Nacht, Schwester, und möge Euer Schlummer ein sanfter sein!«

Ellenas Herz betrübte sich. Sie war nicht mehr imstande, den Gutenachtgruß zu erwidern, doch ihr tränenfeuchter Blick war beredter denn alle Worte. Die Nonne wandte den ihren hastig ab, drückte dem Mädchen schweigend die Hand und schritt aus der Zelle. Ellena jedoch, die in Gegenwart der Äbtissin so ruhig und gefaßt gewesen, ward nunmehr ob der Freundlichkeit solcher Gefährtin zu Tränen gerührt. Diese sanften Tränen aber waren ihrem seit langem bedrückten Gemüt ein echtes Labsal, und so gab sie sich ihnen widerstandslos hin. Auch des fernen Vivaldi vermochte sie nun mit größerer Fassung zu gedenken als seit dem Zeitpunkt, da sie die Villa Altieri verlassen, und etwas wie neues Hoffen begann ihr das Herz zu beleben, wiewohl solches Gefühl durch keinerlei Überlegung bestärkt ward.

Den folgenden Morgen gewahrte sie, daß man die Zellentür nicht versperrt hatte. Hastig erhob sie sich und trat nicht ohne leise Freiheitshoffnung aus dem Gemach. Dieses mündete auf einen kurzen Korridor, welcher zum Hauptgebäude führte, jedoch durch eine weitere Tür verschlossen und von nahezu allen anderen Gemächern abgesondert war. So fand Ellena sich ebenso gefangen wie vorher, und alles schien dafür zu sprechen, daß die Nonne die Zellentür bloß offengelassen hatte, um dem Mädchen etwas mehr Bewegungsfreiheit zu verschaffen. Dennoch war Ellena dankbar über solche Aufmerksamkeit, und dies Gefühl nahm noch zu, als sie nach dem Durchmessen jenes Ganges gewahrte, daß sein anderes Ende in einen engen Treppenschacht mündete, welcher zu weiteren Gemächern führen mochte.

Hastig machte sie sich daran, die Wendeltreppe zu erklimmen und entdeckte, daß deren Stufen zu einer weiteren Tür führten, welche sich in eine kleine Kammer öffnete, darin es nichts Bemerkenswertes zu sehen gab, bis Ellena an die Fenster trat und einen horizontweiten Ausblick vor sich liegen hatte, eine fernhin sich breitende Landschaft, deren Unermeßlichkeit ihr das Herz höher schlagen machte! Alles Bewußtsein ihrer Gefangenschaft, nun fiel es von ihr ab, während ihr Auge die weite und feierliche Freiheit dort draußen durchforschte. Nun erst wurde sie gewahr, daß sie sich im Zimmer eines der Ecktürme befand, in einem Turmzimmer, das frei in der Luft zu schweben schien, hoch über den ungeheuern, granitnen Felsabstürzen, aus denen der Klosterberg sich zum Gutteil aufbaute. Diese Abstürze bestanden aus schroffen Klippenformationen, welche da und dort weit in die Lüfte hinausragten oder sich nahezu lotrecht bis zu den von ihnen getragenen Klostermauern emportürmten. Mit schauderndem Entzücken sah Ellena hinab in die gähnenden Schlüfte, darin Lärchen wurzelten oder gewaltige Pinien mit ihrem Astwerk die Felsenriffe verdunkelten, und ließ den Blick schließlich auf den dichten Kastanienwäldern ruhen, welche die vielgestaltigen Ausläufer des Felsenberges bedeckten und in ihrem sanften Abfall einen Ausgleich zu bilden schienen zwischen der Vielfalt des Pflanzenwuchses in der Ebene dort draußen und der erschrekkenden Wildheit all der zerklüfteten Felsen. In fernem Rund um das weithin sich breitende Flachland aber türmten sich neuerlich und in mannigfachster Gestalt jene Gebirgszüge auf, welche Ellena schon auf dem Wege nach San Stefano so sehr bewundert hatte. Manche der Hänge waren verdunkelt vom ernsten Grün der Oliven- und Mandelhaine, doch zum größeren Teil diente ihre Grasnarbe bloß den Schafherden, welche sich sommersüber all der würzigen Kräuter erlabten und vor Hereinbruch des Winters in die geschützten Ebenen des *Tavogliere di Puglia* hinabgetrieben wurden.

Zur Linken tat sich der fürchterliche Engpaß auf, den man durchfahren hatte und dessen donnerndes Wassergetöse jetzt nur mehr als ein fernes Gemurmel herüberdrang. Die Vielzahl übereinander sich auftürmender Felszacken und -spitzen, wie sie insgesamt solch düstre Perspektive bildeten, schloß sich zu einem Anblick von so erhabner Größe, daß er alles übertraf, was Ellena beim Durchqueren des Passes gesehen hatte.

Für das Mädchen, dessen Gemüt sich ja durch die Schauspiele der Natur ebenso leicht erheben wie sänftigen ließ, war die Entdeckung dieses Ecktürmchens von großer Bedeutung. Hierher konnte sie nunmehr kommen, um sich im Angesicht solchen Ausblicks die Seele zu laben und neue Kräfte zu sammeln, welche ihr helfen mochten, voll Gleichmut all die Verfolgungen auf sich zu nehmen, welche ihrer harrten. Hier, im Angesicht der ringsum sich breitenden, ungeheuern Szenerie konnte sie gewissermaßen durch den ehrfurchtgebietenden Schleier blicken, welcher die Züge der Gottheit gemeiniglich verdunkelt und den Augen ihrer Geschöpfe entrückt, und in Gegenwart des Schöpfers inmitten seiner sublimen Werke verweilen. Wie unbedeutend würden ihr in Hinkunft bei dergestalt erhobner Seele der Lauf und die Leiden dieser Welt erscheinen! Wie erbärmlich die angemaßte Macht der Menschen, wo doch der Sturz eines einzigen Felsens sie zu Tausenden in der Ebene dort unten zermalmen konnte! Was würde es ihnen nützen, gerüstet zu sein für den Kampf und bewaffnet mit aller Gerätschaft der Zerstörung, wie sie menschliche Erfindungsgabe jemals ersonnen? So würde der Mensch, dieser Riese, in dessen Gewalt sich Ellena nunmehr befand, zur Winzigkeit einer Märchenfigur zusammenschrumpfen, und so würde das Mädchen an sich selbst erfahren, daß alle Macht ihres Kerkermeisters nicht hinreichte, ihr die Seele zu fesseln oder ihr Furcht einzuflößen, dieweil er ja bar aller Tugend war.

Ellena ward aus ihrer hingegebnen Schau gerissen durch ein Geräusch, welches aus dem Innern des Gebäudes heraufdrang, und alsbald hörte sie, wie der Schlüssel im Schloß zur Gangtür sich drehte. Fürchtend, es könnte Schwester Margaritone sein, die durch Ellenas Abwesenheit auf dies tröstliche Turmzimmer aufmerksam werden und dasselbe vielleicht für immer versperren mochte, eilte Ellena klopfenden Herzens die Treppe hinunter und traf besagte Nonne tatsächlich in der Zelle an. Überraschung und Strenge sprachen nur zu deutlich aus der Besucherin Zügen, als sie das Mädchen fragte, auf welche Weise es die Tür aufgeschlossen habe und wo es gewesen sei.

Ellena gebrauchte keinerlei Ausflüchte, sondern gab an, sie habe die Tür unverschlossen vorgefunden und sich danach im Turme umgesehen, äußerte jedoch keinerlei Wunsch, wieder dahin zurückzukehren, da sie ja annahm, damit gewißlich eine Verschärfung ihrer Haft zu bewirken. Nachdem Margaritone sie ernstlich ob ihres Spionierens ausgescholten und das Frühstück auf den Tisch gestellt hatte, verließ sie das Gemach, dessen Tür sorgsam abzuschließen sie diesmal nicht vergaß. Dergestalt sah Ellena sich unversehens des harmlosen Trostes beraubt, welchen das reizende Turmzimmer ihr geboten.

Für die Dauer mehrer Tage bekam sie nun, außer bei den Vesper-Andachten, einzig jene gestrenge Nonne zu Gesicht. Aber auch in der Kapelle stand sie unter dermaßen scharfer Beobachtung, daß sie sich nicht einmal durch Blicke mit Olivia zu verständigen wagte. Diese hingegen sah oftmals nach dem Mädchen herüber und bedachte es mit Blicken, deren Ausdruck Ellena, so oft sie es wagte, den Kopf in die betreffende Richtung zu wenden, sich nicht zu deuten wußte. Es war nicht bloß Mitleid, was aus solchen Blicken sprach, sondern besorgte Neugier, ja sogar etwas wie Angst. Bisweilen huschte eine Röte über Olivias Wange, ward aber sogleich gefolgt von ungewöhnlicher Blässe und dem Anschein solcher Mattigkeit, wie dergleichen sonst nur einer Ohnmacht voranzugehen pflegt. Doch immer wieder schienen die Andachtsübungen unsre Beterin mit neuer Kraft sowie mit Hoffnung und Mut zu erfüllen.

Sobald Ellena die Kapelle verließ, bekam sie neuerdings Olivia nicht mehr zu Gesicht. Eines Morgens aber erschien die Schwester in des Mädchens Zelle und brachte das Frühstück. Dabei war ihre Stirn von einer ganz besonderen Traurigkeit gezeichnet.

»Oh! Wie bin ich froh, Euch zu sehen!« rief Ellena. »Und wie sehr hab' ich Eure lange Abwesenheit beklagt! Beständig mußte ich an Eure Einschärfung denken, ich dürfe nimmer nach Euch fragen.«

Die Antwort war von trübem Lächeln begleitet. »Ich komme in Befolgung des Gebotes der Äbtissin«, sagte die Nonne, während sie auf Ellenas Strohlager Platz nahm.

»So kommt Ihr gegen Euren Wunsch?« frug Ellena niedergeschlagen.

»Durchaus nicht. Es war mein Wunsch, zu kommen«, versetzte Olivia. »Indes –« Sie hielt inne.

»Was soll dann dies Zögern?« forschte Ellena.

Olivia schwieg.

»So bringt Ihr mir schlechte Nachricht«, sagte Ellena, »und zögert bloß, weil Ihr mich nicht betrüben mögt!«

»Es ist ganz so, wie Ihr sagt«, versetzte Olivia. »Ich zögre bloß, weil ich Euch nicht betrüben mag. Und ich fürchte, Ihr seid noch durch zu vieles mit der Welt verbunden, als daß Ihr ohne Kummer vernehmen könntet, was ich Euch mitzuteilen habe. Nämlich, man hat mir aufgetragen, Euch auf die Gelübde vorzubereiten und

Euch zu sagen, daß Ihr nach Zurückweisung des Euch vorbestimmten Gemahls den Schleier nehmen müßt, daß dabei viele der sonst üblichen Gepflogenheiten zu unterbleiben haben und daß derhalben die Zeremonie, darin Ihr den schwarzen Schleier erhaltet, unverzüglich nach der Annahme des weißen erfolgen wird.«

Die Nonne schwieg, Ellena aber sagte: »Ihr überbringt mir solch grausame Botschaft nur ungern, und so gilt meine Antwort bloß der Oberin, wenn ich Euch nunmehr erkläre, daß ich keinerlei Schleier, weder den weißen noch den schwarzen, jemals anzunehmen gedenke. Man kann mich zwar gewaltsam zum Altare schleifen, doch nimmermehr mich zwingen, ein Gelübde über die Lippen zu bringen, das ich von ganzem Herzen verabscheue. Falls man mich aber trotzdem vor den Altar schleppen sollte, so wird man mich nur gegen der Äbtissin Gewaltakt protestieren hören sowie gegen die Form, in welcher derselbe auch noch verbrieft und gesiegelt werden soll!«

Olivia mißfiel solche Antwort durchaus nicht, ja es hatte den Anschein, als wäre sie darüber zutiefst befriedigt.

»Ich wage es nicht, Euren Entschluß gutzuheißen«, sagte sie, »doch ebensowenig mag ich ihn verdammen. Unzweifelhaft verfügt Ihr noch über Verbindungen zu jener Welt da draußen, die abzuschneiden Euch aufs tiefste betrüben müßte. Sind's Anverwandte, Freundinnen, von denen zu scheiden Euch so schrecklich ist?«

»Nichts von alledem«, versetzte Ellena seufzend.

»Nichts? Ist's denn die Möglichkeit? Und dennoch mögt Ihr jener Welt nicht entsagen?«

»Ich habe einen Freund – einen einzigen nur«, sagte Ellena, »und er ist es, von dem man mich hinwegreißen will!«

»Vergebt mir, meine Liebe, die Dreistigkeit meiner Fragen«, sprach da Olivia. »Doch dieweil ich um Vergebung bitte, bin ich schon drauf und dran, Euch eine weitere zu stellen, und zwar diejenige nach Eurem Namen.«

»Die will ich Euch sogleich beantworten: ich heiße Ellena di Rosalba.«

»Wie?« frug Olivia, wobei ihr etwas durch den Sinn zu gehen schien. »Ellena di –«

»Di Rosalba«, wiederholte die Gefragte. »Doch erlaubt mir, nach dem Grund Eurer Frage zu forschen: kennt Ihr denn irgend jemanden meines Namens?«

»Nein«, versetzte die Nonne traurig. »Doch Eure Züge gemahnen mich an eine Freundin, die ich vorlängst besessen.«

Während sie dies sagte, vermochte die Sprecherin ihre Aufgewühltheit nicht länger zu verbergen, und so erhob sie sich, um zu gehen. »Ich darf meinen Besuch nicht über Gebühr ausdehnen, auf daß man mir nicht untersage, denselben zu wiederholen«, sprach sie. »Welche Antwort soll ich der Äbtissin nun überbringen? Falls Ihr in der Tat entschlossen seid, den Schleier zurückzuweisen, so laßt Euch von mir raten und sänftigt solche Weigrung, soweit es Euch möglich ist. Vielleicht kenne ich der Oberin Wesen besser denn Ihr, und, ach, meine Schwester! Ich möcht' Euch nicht vor Gram vergehen sehn in dieser abgeschlossenen Zelle!«

»Wie bin ich Euch dankbar um der Teilnahme willen, die Ihr an meinem Wohlergehen nehmt«, sagte Ellena, »und für die Ratschläge, die Ihr mir gebt! Ich will in diesem Punkte mein Urteil ganz dem Euren unterwerfen, und so mögt Ihr meine Zurückweisung in jene Worte kleiden, die Euch als schicklich erscheinen. Doch denkt daran, daß meine Weigrung eine unbedingte sein muß, und achtet darauf, daß die Äbtissin nicht etwa Sanftheit für Unentschlossenheit nehme!«

»Ihr könnt Vertrauen haben. Ich will in allem, was Euch anbetrifft, mit der größten Umsicht zu Werke gehen«, versprach Olivia. »Doch nun lebt wohl! Ich will, wenn möglich, noch diesen Abend wiederkommen. Bis dahin bleibt Eure Tür geöffnet, so daß Ihr beßre Luft und eine weitere Schau genießen mögt, als diese Zelle Euch gewähren kann. Die Treppe draußen führt zu einem hübschen Stübchen.«

»Ich war schon oben«, versetzte Ellena, »und muß Euch für die Güte danken, die mir's ermöglicht hat. Dorthin zu gehen, wird viel zur Sänftigung meines Gemüts beitragen, und hätte ich überdies noch das eine oder andre Buch sowie meine Zeichenstifte zur Hand, so könnt' ich meines Kummers fast vergessen.«

»Wahrhaftig?« frug die Nonne mit liebevollem Lächeln. »Nun denn, Gott befohlen! Ich will versuchen, am Abend wieder hier zu sein. Kehrt aber Schwester Margaritone zurück, so seid auf der Hut und fragt weder nach mir noch nach der kleinen Verstattung, die ich Euch gewähren kann!«

Damit schritt Olivia aus der Zelle, und Ellena begab sich wieder nach oben, woselbst sie angesichts der großartigen Szenerie, welche sich vor den Fenstern breitete, für eine Weile allen Kummer von sich streifte.

Zur Mittagszeit scheuchte Margaritonens Schritt das Mädchen aus seinem Refugium, doch stellte Ellena voll Überraschung fest, daß ihre neuerliche Abwesenheit keinen Tadel mehr hervorrief. Margaritone bedeutete ihr bloß, durch der Äbtissin Güte sei es ihr verstattet, das Mittagmahl in Gesellschaft der Novizinnen einzunehmen, und so sei sie gekommen, Ellena zu Tische zu führen.

Diese war ob solcher Erlaubnis nichts weniger denn erfreut, da sie viel lieber in der Einsamkeit des Turmzimmers verblieben wäre und sich nicht gern den zudringlichen Blicken so vieler Fremder ausgesetzt sah. Betrübt folgte sie ihrer Führerin durch all die stillen Gänge bis zu dem Raum, darin die anderen schon versammelt saßen. Sie war nicht minder überrascht denn in Verlegenheit gesetzt, als sie erkennen mußte, daß den Manieren dieser jungen Klosterzöglinge durchaus jenes Dekorum ermangelte, das unter seiner Züchtigkeit all die Anmut vereinigt, welche dem Wesen des Weibes zur Zierde gereichen sollte, ganz wie der Schleier dem Auftreten die Würde und den Gesichtszügen die Sanftheit verleiht. Sobald Ellena den Raum betreten hatte, hefteten sich aller Augen sogleich auf sie, die jungen

Damen begannen zu tuscheln und zu kichern, kurz, sie zeigten auf alle nur mögliche Weise, daß die Eingetretne der Gegenstand solcher Unterhaltung war und daß man das Mädchen einer recht kritischen Betrachtung unterzog. Niemand traf Anstalten, sie zu begrüßen oder zu ermutigen, sie bei Tische willkommen zu heißen oder wenigstens eine der zahllosen Gesten zu tun, mit denen Großherzigkeit und Taktgefühl die Bescheidnen und Unglücklichen zu erfreuen lieben.

Schweigend nahm Ellena auf einem Stuhle Platz. Doch wiewohl sie sich zunächst völlig verlassen gefühlt hatte und in Verlegenheit gesetzt durch die Unverfrorenheit ihrer Tischgenossinnen, gewann mit der Zeit doch das Gefühl der Unschuld in ihr die Oberhand und befähigte sie, eine Würde an den Tag zu legen, welche all die vorlaute Anmaßung ringsum alsbald in die Schranken wies. Zum erstenmal kehrte Ellena gern in ihre Zelle zurück. Margaritone schloß die Tür nicht ab, sondern widmete diese Sorgfalt bloß dem Eingang zum Korridor. Doch auch diese kleine Verstattung gewährte sie mit einem Widerstreben, als täte sie's bloß auf das Gebot einer höhergestellten Person. Sobald sie gegangen war, stieg Ellena wieder zu dem hübschen Turmgemach hinauf, woselbst nach dem unfreundlichen Verhalten der Novizinnen ihre Dankbarkeit nur um so lebhafter war, als sie der zarten Aufmerksamkeit jener geliebten Nonne ansichtig wurde: dieselbe hatte ganz augenscheinlich während Ellenas Fernsein dem Stübchen einen Besuch abgestattet und veranlaßt, daß ein Tisch und ein Stuhl hierhergebracht würden. Der Tisch aber trug einen Stoß Bücher und ein Gebinde duftender Blumen. Ellena wehrte nicht den Tränen der Dankbarkeit, welche Olivias hochherzige Gefühle in ihr auslösten, ja sie versagte sich's fürs erste sogar, in jenen Büchern zu blättern, auf daß die angenehmen Empfindungen, denen sie sich hingab, nicht unterbrochen würden.

Als sie aber ein wenig später jene Bücher aufschlug, gewahrte sie, daß einige von mystischen Dingen handelten. Enttäuscht legte sie die Bände auf den Tisch zurück.

Doch in den anderen entdeckte sie etwelche von Italiens größten Poeten, und auch zwei Bände von Guicciardinis Geschichtswerk waren darunter. Ellena verwunderte sich, daß diese Poeten ihren Weg in den Bücherschatz einer Klosterfrau gefunden hatten, war aber von solcher Entdeckung viel zu sehr angetan, als daß sie sich lange über derlei Fragen verweilt hätte.

Nachdem sie die Bücher geordnet und auch die Möbel nach ihrem Geschmack zurechtgerückt hatte, setzte sie sich an eines der Fenster und versuchte, über der Lektüre des Tasso sich allen schmerzlichen Gedenkens zu entschlagen. Sie fuhr fort, sich in der Welt des Dichters zu ergehen, bis das schwindende Tageslicht sie in die Wirklichkeit zurückrief. Die Sonne war schon untergegangen, doch die Gipfel der Berge erglänzten noch immer im Strahl des scheidenden Gestirns. Der westliche Himmel brannte in purpurnem Leuchten, und auch die schneebedeckten Bergspitzen, welche den Horizont säumten, wurden davon ergriffen. Das ruhevolle Schweigen der unermeßlichen Szenerie beförderte die sanfte Schwermut, von welcher Ellenas Herz befallen war. Weinend mußte sie an Vivaldi denken – an Vivaldi, den sie vielleicht niemals wiedersehen würde, wiewohl sie überzeugt war, daß er in seinen Nachforschungen nicht erlahmen werde. Wort für Wort kam ihr das letzte Zwiegespräch in den Sinn, darin er die bevorstehende Trennung so bitter beklagt und doch für angemessen erachtet hatte. Und während sie im Geiste den Kummer und die Verstörtheit zu sehen glaubte, welche ihr mysteriöses Verschwinden ihm verursacht haben mußte, erlag die Seelenstärke, mit der sie bislang den Leiden widerstanden, dem Bilde, das Ellena sich von den seinen machte.

Schließlich aber ward sie von der Vesperglocke an die Vorbereitungen zur Abendandacht gemahnt, und so stieg Ellena in ihre Zelle hinab, um die Ankunft der Führerin abzuwarten. Alsbald erschien denn auch Margaritone, doch in der Kapelle erblickte Ellena wie immer auch Olivia, von welcher sie nach Beendigung des Gottesdienstes zu einem Spaziergang im Klostergarten eingeladen ward. Dort, im Dahinwandeln unter den schwermütigen Zypressen, welche zu Seiten der langhin sich erstreckenden Wege einen majestätischen Baldachin bildeten und das abendliche Dämmerlicht fast nicht mehr eindringen ließen, redete Olivia von ernsten, jedoch allgemeinen Dingen, wobei sie mit Vorbedacht vermied, die Person der Äbtissin oder Ellenas Angelegenheit zur Sprache zu bringen. Das Mädchen aber, begierig, die Wirkung zu erfahren, die ihre wiederholte Zurückweisung des Schleiers auf die Oberin geübt, setzte zu ein paar diesbezüglichen Fragen an, fand aber kein Gehör bei der Nonne, welche auch der jungen Freundin dankbare Herzensergießungen ob der ihr erwiesenen Aufmerksamkeiten mit kurzen Worten abtat.

Olivia begleitete Ellena bis zu deren Zelle. Erst dort stand sie nicht länger an, die Jüngere aus all der Ungewißheit zu erlösen. In einer Mischung aus Freimut und Zurückhaltung berichtete sie Ellena so viel von dem stattgehabten Gespräch mit der Äbtissin, wie sie für nötig befand. Daraus ging hervor, daß der Letzteren Hartnäckigkeit in dem bewußten Punkte nicht geringer war denn Ellenas Widerstand.

»Wie auch immer Euer Entschluß ausfallen mag«, fügte die Nonne dem Gesagten hinzu, »jedenfalls rate ich Euch ernstlich, die Oberin nicht aller Hoffnung in Verfolgung ihrer Pläne zu berauben, auf daß sie nicht zum Äußersten ihre Zuflucht nehme.«

»Und welches Äußerste könnte schrecklicher sein«, versetzte Ellena, »als jeder der beiden Schritte, zu denen sie mich zwingen will? Weshalb sollte ich mich zur Heuchelei erniedrigen?«

»Um Euch vor unverdienten Leiden zu bewahren«, gab Olivia traurig zur Antwort.

»Nun ja, doch würd' ich mich damit erst recht den wohlverdienten aussetzen«, warf Ellena ein, »und einen Seelenfrieden verwirken, den mir meine Unterdrücker nimmer zurückgeben könnten.«

Bei diesen Worten sah sie enttäuschten Blickes und mit sanftem Vorwurf auf die Nonne.

»Die Rechtlichkeit Eures Empfindens hat meinen vollen Beifall«, versetzte Olivia, indem sie der Jüngeren Blick mit zärtlichem Mitleid begegnete. »Ach! Daß so edelmütiger Sinn der Gewalt des Unrechts und der Verderbtheit unterworfen werden soll!«

»Unterworfen – mitnichten!« sagte Ellena. »Gebrauchet nicht dieses Wort! Ich hab' mich damit abgefunden, die mir zugedachten Leiden auf mich zu nehmen, und habe unter den Übeln, welche man mir zur Wahl gestellt, das geringste erwählt. Nun will ich es mit Festigkeit ertragen. Könnt Ihr da sagen, ich sei unterworfen?«

»Ach, Schwester! Ihr wißt nicht, was Ihr da gelobt!« erwiderte Olivia. »Ihr kennt ja nicht die Leiden, welche Euch zugedacht sind!«

Bei diesen Worten füllten ihre Augen sich mit Tränen, und sie wandte den Blick von Ellena, die voll Bestürzung ob der Kümmernis in der Gefährtin Antlitz sogleich nach einer Erklärung verlangte.

»In diesem Punkte weiß ich nichts Gewisses«, sagte Olivia. »Und wüßte ich's, so würde ich nicht wagen, mich Euch zu erklären.«

»Nicht wagen!« wiederholte Ellena betrübt. »Kann denn ein Wohlwollen wie das Eure der Furcht erliegen, wo's doch des Muts bedarf, ein Übel abzuwenden?«

»Dringt nicht weiter in mich!« gebot Olivia, doch ward sie darüber nicht rot, da sie sich keines Doppelspiels bewußt war. »Es sei Euch genug, um die entsetzlichen Folgen offener Auflehnung zu wissen, und alles zu tun, dieselben zu vermeiden.«

»Wie das, geliebte Freundin, ohne sich Folgen auszusetzen, die, so fürchte ich, weit schlimmer wären denn das abgewendete Übel? Wie es vermeiden, ohne sich entweder der verhaßten Heirat zu unterwerfen, oder aber den Schleier zu nehmen? Beides wär' mir schrecklicher denn alles, was mir sonst noch drohen mag!«

»Dies muß nicht sein«, versetzte die Nonne. »Die Imagination reicht ja nicht hin, uns die Schrecken auszumalen, welche -- Doch laßt Euch, Schwester, noch einmal gesagt sein, daß mir's am Herzen liegt, Euch zu retten! Oh, wie gern würd' ich Euch vor dem Übel bewahren, das da auf Euch zukommt! Und glaubt mir, die Möglichkeit dazu bietet sich uns nur, wenn Ihr es über Euch bringt, zumindest den *Anschein* von Widerstand zu unterdrücken.«

»Eure Freundlichkeit rührt mich zutiefst«, sagte Ellena, »und so hab ich Angst, Ihr könntet glauben, ich stehe ihr fühllos gegenüber, wenn ich Euren Rat nun zurückweise. Allein, ich kann mich nicht dazu verstehen. Schon die Heuchelei aus purer Notwehr – sie könnt' mich ins Verderben stürzen.«

Dies gesagt und den Blick auf die Nonne gerichtet, ward Ellena plötzlich von dem unerklärlichen Argwohn überkommen, Olivia könnte es nicht ehrlich mit ihr meinen und versuchen, durch ihren Rat zur Heuchelei das Opfer in eine Schlinge zu locken, welche von der Äbtissin gelegt worden. Fast ward ihr übel bei so schrecklichem Verdacht, und so verwarf sie denselben, ohne ihn erst lange auf seine Stichhaltigkeit geprüft zu haben. Daß Olivia, von der sie schon so viele Guttat empfangen, Olivia, deren Antlitz und Gehaben so reine Denkungsart verrieten, ja der Ellena solche Wertschätzung und Zuneigung entgegenbrachte – daß Olivia eine grausame Verräterin sein sollte, dies war ein Argwohn, der das Mädchen tiefer schmerzte denn die Gefangenschaft, zu der man sie verurteilt hatte! So wurde ihr, da sie erneut in dieses Antlitz blickte, die tröstliche Gewißheit, daß Olivia zu keinerlei Gemeinheit fähig war.

»Und wär' ich gleich imstande, mich zu jener Heuchelei zu verstehen«, hub Ellena nach längerem Schweigen an, »was könnt' sie mir schon nützen? Ich bin zur Gänze in der Äbtissin Hand gegeben, und nur zu bald würd' man mich auf Herz und Nieren prüfen! Was also, wenn die Entdeckung meines Doppelspiels bloß ihre Rache heraufbeschwören und dazu führen würde, daß man mich bestraft, nur weil ich dem Unrecht entgehen gewollt?«

»Falls Heuchelei überhaupt entschuldbar ist«, versetzte Olivia fast gegen ihren Willen, »so ist sie's, sobald die Notwehr uns dazu zwingt. Es gibt ganz seltene Fälle, in denen man zu ihr Zuflucht nehmen darf, ohne damit Schmach auf sich zu laden, und Euer Fall, er ist ein solcher. Doch geb' ich gerne zu, daß alles Gute, das ich mir erwarte, aus der Verzögrung kommt, die Ihr erzielen mögt, sobald Ihr Euren Mantel nach dem Winde hängt. Ist nämlich die Oberin erst des Glaubens, es gäbe einen Weg, Eure freiwillige Zustimmung zu ihren Plänen zu erlangen, so mag sie einwilligen, Euch die volle Frist einzuräumen, welche den Gelübden und dem Schleier gemeiniglich voraufgeht. Mittlerweile aber mag ein Ereignis eintreten, das Euch aus der gegenwärtigen Bedrängnis hilft.«

»Oh! Könnt' ich daran glauben!« rief Ellena. »Doch ach! Welche Macht sollt' mich von hier befreien? Ich hab' ja keinen einzigen Anverwandten, solchen Versuch auch nur zu wagen. Welche Möglichkeit also ist es, auf die Ihr anspielt?«

»Nun, die Marchesa könnte einlenken.«

»So setzt Ihr Eure Hoffnung bloß auf ihre Person, teuerste Freundin? Wenn dem so ist, so seht Ihr mich aufs neue der Verzweiflung erliegen! Um solchen Vorteils willen wär's wohl nicht klug, der eignen Rechtschaffenheit zu entsagen!

»Es gibt noch andere Möglichkeiten, Schwester«, warf Olivia ein. »Doch horch! Was hat dies Geläut zu bedeuten? Es ist die Glocke, welche uns Nonnen ins Gemach der Äbtissin ruft, wo sie uns ihren abendlichen Segen spendet. Mein Fehlen wird bemerkt werden! Gute Nacht denn, Schwester! Und gedenkt des Rates, den ich Euch gegeben – vergeßt auch nicht, ich bitt' Euch, die Folgen zu erwägen, die Eure Entscheidung nach sich ziehen muß! Sie könnten ernst, ja verhängnisvoll sein!«

Die Nonne sagte dies mit solchem Nachdruck in Stimme und Blick, daß Ellena sogleich noch mehr erfahren wollte und doch vor solchem Wissen zurückschrak. Aber noch ehe sie sich von ihrer Bestürzung erholt hatte, war Olivia aus dem Zimmer.

Neuntes Kapitel

– – – Wie einem, welcher
ein Geisterschloß bewohnt, stand ihm der Horror
schon aus Gewohnheit im Gesicht.

Walpole, Mysterious Mother

Der wagemutige Vivaldi und sein Diener Paolo, nachdem sie die Nacht von Ellenas Entführung in einem der unterirdischen Gewölbe des Kastells von Paluzzi verbracht und dabei schließlich ihrer Erschöpfung nachgegeben hatten, erwachten voll Entsetzen in undurchdringlicher Schwärze, da die Fackel inzwischen ausgebrannt war. Sobald den beiden die Erinnerung an die Vorfälle des Abends wiederkehrte, erneuten sie voll brennenden Eifers ihre Fluchtanstrengungen. Abermals ward die vergitterte Luke einer eingehenden Prüfung unterzogen, doch als man feststellen mußte, daß sie bloß auf einen abgeschlossenen Festungshof führte, schien auch die letzte Hoffnung auf ein Entkommen zunichte geworden.

Während Vivaldi das Geschehene nochmals überschlug, kamen ihm auch die Worte des Mönches in den Sinn, und angstgefoltert dachte der Jüngling daran, daß Ellena möglicherweise nicht mehr unter den Lebenden weilte. Paolo aber, der seinen Herrn weder zu trösten noch zu beruhigen vermochte, setzte sich bekümmert an dessen Seite. Der Diener hatte ja nichts Hoffnungsversprechendes mehr vorzuschlagen, noch auch war ihm ein Scherz zur Hand, der den Gebieter auf andere Gedanken gebracht hätte. Auch konnte er sich weder des ernstlichen Hinweises enthalten, daß der Hungertod zu den gräßlichsten Arten des Umkommens zähle, noch auch der Klagen ob der Unüberlegtheit, mit welcher man sich einer so tristen Möglichkeit ausgeliefert hatte.

Allein, mitten in seinen kläglichen Tiraden, von denen sein Herr und Meister freilich kein Wort wahrnahm, dieweil er viel zu sehr in die eigenen düstern Gedanken verstrickt war – inmitten solcher Tiraden verstummte Paolo, sprang auf die Beine und rief: »Signor, was ist das dort drüben? Seht Ihr's denn nicht?«

Vivaldi blickte rundum.

»Das ist ein Lichtschimmer!« fuhr Paolo fort. »Und ich will mich sogleich überzeugen, woher er kommt!«

Dies gesagt, sprang er auch schon auf die Stelle zu, und seine Überraschung war kaum geringer denn seine Freude, als er entdeckte, daß jener Lichtstrahl durch den Spalt der nur mehr angelehnten Gewölbetür drang! Er wagte kaum, seinen Sinnen zu trauen, dieweil jene Tür ja während der ganzen Nacht versperrt gewesen, und kein Laut das Zurückschieben der schweren Verriegelung angezeigt hatte. Jetzt aber stieß Paolo die Tür sperrangelweit auf, hielt jedoch inne, um erst noch in das angrenzende Gewölbe zu spähen ehe er sich weiter vorwagte. In diesem Moment aber schoß Vivaldi an ihm vorüber, gebot dem Zögernden, ihm auf dem Fuß zu folgen – und eilte Hals über Kopf dem Tageslicht entgegen. Die Höfe des Kastells lagen leer und verlassen, und Vivaldi erreichte den Torbogen, ohne auch nur die Spur eines Menschen entdeckt zu haben. Völlig außer Atem, wagte er kaum zu glauben, daß er wieder in Freiheit war.

Erst im Torweg blieb er stehen, um wieder zu Atem zu kommen und zu überlegen, ob er nun sogleich nach Neapel zurückkehren oder aber zur Villa Altieri eilen solle, denn es war noch zeitig am Morgen und deshalb höchst unwahrscheinlich, daß man zu so früher Stunde bei Ellena schon aus den Federn sein werde. Die Angst, das Mädchen könnte gestorben sein, bedrückte nicht länger des Jünglings wiederbelebten Geist, wie aus seinem Zögern leichtlich zu ersehen war. Doch währte dies Zögern nur kurz, und alsbald bewog ihn eine neuerliche Unruhe, nach der Villa Altieri aufzubrechen, und zwar ohne Rücksicht auf die unpassende Stunde, denn er konnte ja Ellenas Wohnsitz zumindest von außen rekognoszieren und sich so lange in dessen Umgebung verweilen, bis irgend ein Zeichen ihm ankündigen würde, daß man im Hause schon wach war.

»Mit Verlaub, Signor«, meldete sich Paolo, während sein Herr noch überlegte, »aber laßt uns hier nicht länger herumstehen, auf daß der Feind sich nicht zum andern Male zeige! Und wollet, Signor, doch den kürzesten Weg zu irgend einem Hause nehmen, wo wir ein Frühstück erhalten können, dieweil ja die Angst vorm Hungertod sich mir dermaßen auf den Magen geschlagen hat, daß mir nachgerade zumut ist, als wär' ich allbereits verhungert!«

Sogleich machte Vivaldi sich auf den Weg zur Villa Altieri, und Paolo, welcher vergnügt neben seinem Herrn einhersprang, gab in beredten Worten seiner Verblüffung Ausdruck ob der zuletzt erlebten Einschließung und Flucht. Vivaldi jedoch, der nunmehr Muße hatte, die Affäre in Ruhe zu erwägen, konnte ihm mit keinerlei Erklärung aufwarten. Die einzige Gewißheit war wohl die, daß man nicht von Räubern eingeschlossen worden war. Wer aber ein Interesse daran nehmen mochte, den Jüngling für die Dauer der Nacht festzusetzen, bloß um ihn am darauffolgenden Morgen wieder ziehen zu lassen, blieb ein unlösbares Rätsel.

Beim Betreten des Gartens von Altieri war Vivaldi überrascht, mehrere Fensterläden im Erdgeschoß geöffnet vorzufinden. Seine Überraschung aber ward zum Entsetzen, als er, vorm Säulenportal angelangt, ein aus der Vorhalle dringendes Wimmern vernahm, und sein lautes Rufen von Beatricens Hilfegeschrei beantwortet ward. Die Tür zur Eingangshalle war verriegelt, und da Beatrice sie nicht öffnen konnte, schwang sich Vivaldi, gefolgt von seinem Diener, durch eins der offenstehenden Fenster in das Innere des Hauses. In der Vorhalle angelangt, erblickte er die an einen Pfeiler gefesselte Wirtschafterin und mußte nun erfahren, daß Ellena während der Nacht von bewaffneten Männern entführt worden war!

Sekundenlang stand er wie vor den Kopf geschlagen von dem jähen Schrecken solcher Nachricht, doch gleich darauf überschüttete er Beatricen mit einem Schwall von Fragen, ohne der Ärmsten jedoch Zeit für eine Antwort zu lassen. Erst als er die Geduld zum Zuhören aufbrachte, erfuhr er, daß die Schurken zu vieren und sämtlich maskiert gewesen waren, daß zwei von ihnen Ellena durch den Garten davongeschleppt, wogegen die beiden andern, nachdem sie Beatricen an dem Pfeiler festgebunden, ihr unter Todesandrohung verboten hatten, Lärm zu schlagen, und so lange bei ihr ausharrten, bis die zwei andern Spießgesellen mit ihrer Beute über alle Berge waren. Erst dann hatte man die gefesselte Alte ihrem Schicksal überlassen. Mehr wußte Beatrice über Ellenas Los nicht zu vermelden.

Sobald Vivaldi wieder klar zu denken vermochte, glaubte er, nunmehr die Anstifter und den zugrundeliegenden Plan des gesamten Komplotts erkannt zu haben, sowie auch den Grund für seine nächtliche Einkerkerung. Alles sprach ja dafür, daß man Ellena auf Geheiß seiner Familie fortgeschafft hatte, um die beabsichtigte Heirat zu verhindern, und daß er deshalb in das Kastell von Paluzzi gelockt und darin festgesetzt worden war, auf daß er jenes Vorhaben nicht durchkreuzen könnte, was ja bei seinem Erscheinen in der Villa Altieri unzweifelhaft der Fall gewesen wäre. Er selbst hatte sein erstes Abenteuer auf Paluzzi ausgeplaudert, und so deutete vieles darauf hin, daß die Familie sich seine Neugierde zunutze gemacht und ihn in die Gewölbe hatte locken lassen. Die Ausführung solchen Anschlags schien um so sicherer, als ja das Kastell unmittelbar an der Straße nach Altieri lag und Vivaldi sich nicht zur Villa begeben konnte, ohne von den Kreaturen der Marchesa gesehen zu werden. Dieselben aber konnten ihn durch ein hinterlistiges Manöver durchaus zu ihrem Gefangenen gemacht haben, ohne erst Gewalt anwenden zu müssen.

Während Vivaldi dergestalt die einzelnen Umstände zum Gesamtbilde fügte, schien es ihm nicht minder gewiß, daß kein andrer als der Pater Schedoni jener Mönch war, der sich so lange an des Jünglings Fersen geheftet, ja daß man in ihm auch den heimlichen Ratgeber der Marchesa zu sehen hatte sowie einen der Urheber jener vorhergesagten Unglücksfälle, für deren Bewerkstelligung ihm nur allzu sichere Mittel zu Gebote stehen mochten! Dennoch: während Vivaldi die Wahrscheinlichkeit dieser Punkte erwog, dachte er voll Verwunderung an das Gehaben Schedonis während jener Unterredung im Gemach der Mutter – dachte er an die würdevolle Unschuldsmiene, mit welcher der andre den Anklagen des Jünglings begegnet war, und an jene augenscheinliche Unbefangenheit, mit der Schedoni über den Unbekannten gesprochen, wiewohl jedes Wort des Gesagten sich auch gegen den Sprecher kehren mochte. All dies bewirkte, daß Vivaldi in Ansehung von Schedonis Doppelzüngigkeit abermals schwankend wurde. »Und doch, wer sonst«, so frug er sich, »hätte mit meinen Angelegenheiten dermaßen vertraut sein oder ein hinlänglich großes Interesse daran nehmen können, um so unermüdlich meine Schritte zu durchkreuzen, wenn nicht meiner Mutter Beichtiger, dem ja solche Beharrlichkeit unzweifelhaft recht einträglich vergolten wird? Nein, jener Mönch kann niemand andrer denn Schedoni sein, wiewohl's mich recht sonderbar dünkt, daß er sich aller Verkleidung enthalten haben und bei seinem mysteriösen Geschäft in dem nämlichen Habit aufgetreten sein sollte, den er tagtäglich trägt!«

Doch wie auch immer es sich mit Schedoni verhalten mochte, es lag auf der Hand, daß Ellena auf das Geheiß von Vivaldis Familie entführt worden war. Also begab unser Jüngling sich sogleich nach Neapel, um das Mädchen von den Eltern zurückzufordern. Freilich unternahm er dies ohne jede Hoffnung auf Erfolg, doch in dem Glauben, man werde ihm, ohne es zu wollen, einige Hinweise in dieser Sache liefern. Sollte er aber auch darin erfolglos und weiterhin im unklaren über der Geliebten Reiseroute bleiben, so war er entschlossen, Schedoni aufzusuchen, ihn der schurkischen Handlungsweise zu bezichtigen, eine restlose Aufklärung der dunklen Machenschaften zu fordern und, wenn möglich, den Ort von Ellenas Gewahrsam zu erfahren.

Als er endlich Gelegenheit zu einer Unterredung mit dem Marchese erhielt und ihn kniefällig anflehte, man möge Ellena doch wieder in ihr Heim zurückbringen, erfüllte die ungerührte Verwunderung des Vaters ihn mit Staunen und Verzweiflung. Aussehen und Gehaben des Marchese waren über jeden Zweifel erhaben, und Vivaldi gewann die Überzeugung, sein Vater wisse nichts von jenen Schritten, die man gegen Ellena unternommen hatte.

»Wie ungebührlich immer du dich betragen hast«, sprach der Marchese, »so sei dir dennoch kundgetan, daß meine Ehre noch nie durch Doppelzüngigkeit befleckt worden ist. Und wenn ich auch die unwürdige Verbindung, welche du eingegangen, abzubrechen wünschte, so hätte ich mich doch nimmermehr der Hinterlist bedient, die ich verachte. Ist's wirklich deine Absicht, jene Person zu ehelichen, so werde ich nichts weiter zur Verhütung solchen Bundes tun als dir die Folgen deiner Handlungsweise vor Augen zu führen: ich würde dich nicht länger als meinen Sohn betrachten.«

Dies gesagt, verließ der Marchese das Zimmer, und Vivaldi tat nichts, ihn zurückzuhalten. Er hatte nicht viel mehr erfahren als er ohnehin schon wußte, doch war er bestürzt ob der unerbittlichen Drohung, welche nun ausgesprochen war. Dennoch erwies die Leidenschaft seines Herzens sich als stärker als des Vaters Worte. Der Zeitpunkt, da er fürchten mußte, den Gegenstand seiner heißesten Zuneigung unwiderruflich verloren zu haben, war ja nichts weniger denn geeignet, fernerliegenden Übeln nachzuhängen oder die Auswirkungen eines Unglücks abzuschätzen, das niemals eintreten mochte. Was ihm das Gemüt bedrückte, waren nähere Interessen, und so vermochte er nichts andres zu empfinden als den Verlust seiner geliebten Ellena.

Das darauffolgende Gespräch mit der Mutter war von gänzlich andrer Art als jenes mit dem Marchese. Der spitze Pfeil des Argwohns, geschärft wie er war durch Liebe und Verzweiflung, durchdrang alsbald den Schleier jenes Doppelspiels, und so hatte Vivaldi der Mutter Heuchlertum ebenso rasch aufgedeckt wie er sich von der Ehrenhaftigkeit des Marchese hatte überzeugen lassen. Doch war der Jüngling nun mit seiner Macht am Ende, dieweil er über keinerlei Mittel verfügte, das Mitleid der Marchesa zu wecken oder ihren Gerechtigkeitssinn anzuspornen. So ward ihm nicht der kleinste Hinweis zuteil, der ihm bei seinen Nachforschungen hätte dienlich sein können.

Immerhin war da noch Schedoni, bei dem man es versuchen konnte. Vivaldi zweifelte nicht länger, daß der Mönch mit der Marchesa jene Kabale ausgesonnen und seine Hand bei Ellenas Entführung im Spiele gehabt. Ob er auch derjenige war, welcher die Ruinen von Paluzzi unsicher machte, mußte sich erst erweisen, dieweil ja einiges recht sehr dafür sprach, andere, nicht minder plausible Argumente jedoch das Gegenteil zu erhärten schienen.

Nachdem er das Gemach der Marchesa verlassen hatte, begab Vivaldi sich sogleich nach dem Konvent von *Spirito Santo* und begehrte daselbst eine Unterredung mit Pater Schedoni. Der Laienbruder, welcher das Tor aufgetan, sagte dem Jüngling, der Pater befinde sich in seiner Zelle, und so betrat Vivaldi hastig den Hof und verlangte, daß man ihn nach jener Zelle geleite.

»Ich wage es nicht, das Tor zu verlassen, Signor«, versetzte der Bruder Pförtner. »Doch wenn Ihr den Hof überquert und die Treppe nehmt, welche Ihr dort drüben hinter jenem Durchgang zur Rechten seht, so gelangt Ihr auf einen Gang, dessen dritte Tür zur Zelle des Paters Schedoni führt.«

Vivaldi schritt voran, ohne eines Menschen ansichtig zu werden. Auch störte kein Laut die Stille dieses Heiligtums, und erst auf der Treppe scholl vom Gang herunter ein schwacher, wohl von einem reuigen Beichtkinde herrührender Klagelaut an des Jünglings Ohr.

Der erhaltenen Anweisung folgend, blieb er vor der dritten Tür stehen und klopfte leise, erhielt jedoch keinerlei Antwort. So pochte er abermals, doch mit dem nämlichen Mißerfolg. Schließlich wagte er's, die Tür zu öffnen. Wiewohl sich in der Düsternis solcher Zelle niemand zeigte, sah Vivaldi sich dennoch darin um, da er gewärtig war, doch noch jemanden zu entdecken. Die Kammer enthielt kaum mehr denn einen Strohsack, einen Stuhl und Tisch sowie ein Kruzifix. Auf dem Tisch lagen Andachtsbücher, von denen manche in fremdartiger Schrift abgefaßt waren, und daneben bemerkte Vivaldi mehrere Folterwerkzeuge. Der Jüngling erschauderte, als er den Blick darübergleiten ließ, wiewohl er nichts von der Art ihrer Anwendung wußte. Danach verließ er die Zelle, ohne etwas weiteres gesehen zu haben, und stieg wieder hinab in den Hof. Dort sagte ihm der Pförtner, daß, wenn Pater Schedoni nicht in seiner Zelle sei, er vielleicht in der Kirche oder im Garten anzutreffen wäre, dieweil er heute morgen das Tor noch nicht durchschritten habe.

»Auch gestern abend nicht?« frug Vivaldi gespannt.

»Oh ja – er ist zur Vesper-Andacht zurückgekommen«, versetzte der Pförtner verwundert.

»Seid Ihr in diesem Punkte wirklich so sicher, mein Freund?« forschte Vivaldi. »Und seid Ihr gewiß, daß er die vergangne Nacht innerhalb der Klostermauern zugebracht hat?«

»Herr, wer seid Ihr, daß Ihr so fragen dürft?« rief da der Laienbruder mißbilligend. »Und mit welchem Rechte stellt Ihr solche Frage? Ihr kennt wohl nicht die Regeln unsres Hauses, sonst würdet Ihr die Müßigkeit Eurer Worte schon vorher eingesehen haben! Jedes Mitglied unsrer Bruderschaft würde der schwersten Bestrafung anheimfallen, wenn es auch nur eine einzige Nacht außerhalb dieser Mauern verbrächte, und Pater Schedoni wäre gewißlich der allerletzte, sich solchen Verstoßes schuldig zu machen! Er ist ja der Frömmsten einer in dieser Bruderschaft, und nur wenige bringen den Mut auf, es seinem harten Beispiel gleichzutun. Seine freiwilligen Kasteiungen würden hinreichen, einen Heiligen aus ihm zu machen! Und dieser Mann sollte auch nur eine Nacht außer Hause verbringen? Geht, Signor, dort drüben ist die Kirche – vielleicht, daß Ihr ihn daselbst antrefft!«

Vivaldi verlor keine Zeit, sich mit dem Bruder auf

einen Disput einzulassen. »Dieser Heuchler!« sprach er bei sich, während er zur Kirche hinüberschritt, welche den quadratischen Hof nach der einen Seit hin abschloß. »Indes, ich will ihm die Maske bald genug vom Gesicht gerissen haben!«

Die Kirche erwies sich als ebenso leer und lautlos wie der Klosterhof es gewesen. »Wohin nur mögen die Bewohner dieses Ortes sich zurückgezogen haben?« frug sich der Jüngling. »Wohin immer ich komme, ich höre einzig den Nachhall meiner Schritte! Dies ist ja nachgerade, als regierte hier allenthalben der Tod! Doch vielleicht ist's eine Stunde der allgemeinen Meditation, und die Mönche befinden sich sämtlich in ihren Zellen.«

Während er die langen Kirchenschiffe durchmaß, ließ ein Geräusch, welches die hohen Wölbungen durchhallte, ihn den Schritt anhalten. Allein, es mochte bloß das Schließen einer fernen Tür gewesen sein. Dennoch spähte Vivaldi immer wieder nach vorn in die weihevolle, von den gemalten Fenstern verbreitete Düsternis, da er beständig erwartete, einen der Mönche zu erblicken. Diese Erwartung sollte nicht enttäuscht werden, denn alsbald zeigte sich eine Gestalt, welche schweigend in einem finstern Teil des Kreuzganges verharrte. Sie war in den Ordenshabit der Bruderschaft gehüllt, und so trat Vivaldi auf sie zu.

Der Mönch ging dem Jüngling nicht aus dem Wege, ja wandte nicht einmal den Kopf, um zu sehen, wer denn da auf ihn zukomme. Vielmehr verharrte er statuengleich in seiner Reglosigkeit. Die hochgewachsene, hagere Gestalt hatte schon von ferne an diejenige Schedonis gemahnt, und als Vivaldi nunmehr einen Blick unter die Kapuze tat, gewahrte er tatsächlich des Beichtigers geisterhafte Züge.

»Hab' ich Euch doch noch aufgespürt?« sprach der Jüngling. »Ich würde gern unter vier Augen mit Euch sprechen, Vater. Dies hier ist aber nicht der Ort für eine Unterredung, wie wir sie zu führen haben.«

Schedoni erwiderte nichts, und Vivaldi, nachdem er den Mönch zum andernmal ins Auge gefaßt, gewahrte, daß seine Züge starr und die Augen auf den Boden geheftet blieben. Des Jünglings Worte schienen des andern Gehör gar nicht erreicht zu haben und übten auch sonst keinerlei Wirkung.

Auch, als er sie in lauterem Ton wiederholte, riefen sie keine Veränderung in Schedonis Zügen hervor. »Was soll die Komödie!« rief Vivaldi schließlich, da er mit seiner Geduld am Ende war und sein Unmut zunahm. »Solch elende Ausflucht kann Euch nicht länger schützen – Ihr seid erkannt und Eure Machenschaften sind durchschaut! Bringt Ellena di Rosalba in ihr Heim zurück oder bekennt, an welchem Ort Ihr sie verborgen haltet!«

Noch immer verharrte Schedoni reglos und ohne ein Wort. Der Respekt vor dem Alter und geistlichen Stand seines Gegners hielt Vivaldi davon ab, denselben zu packen und zur Antwort zu zwingen. Doch die Qual, welche Ungeduld und Entrüstung ihm verursachten, setzte den Jüngling in lauten Konstrast zu des Mönches totenhafter Apathie. »Auch erkenn' ich nun in Euch meinen Quälmeister aus Paluzzi wieder, jenen Wahrsager all der Übel, welche Ihr nur allzu pünktlich habt in Erfüllung gehen lassen, und den Prophezeier des Todes der Signora Bianchi!« Hier runzelte Schedoni die Stirn. »Und ebenso habt Ihr Ellenas Entführung vorhergesagt und seid nicht minder das Gespenst, das mich in die Verliese von Paluzzi gelockt hat! Kurz, Ihr seid der Prophet und auch der Urheber meines Unglücks!«

Der Mönch erhob den Blick und starrte mit unheilverkündendem Ausdruck auf Vivaldi, blieb aber weiterhin stumm.

»Jawohl, Vater«, fuhr der Jüngling fort. »Ich habe Euch erkannt und will dies aller Welt kund und zu wissen tun! Ich will Euch die heuchlerische Maske abreißen, hinter der Ihr Euch verbergt! Will Eure sämtlichen Mitbrüder in Kenntnis setzen von der abscheulichen Hinterlist, die Ihr angewendet, und von dem Elend, das Ihr verursacht habt! Euer Charakter soll aufs vernehmlichste angeprangert werden!«

Während Vivaldi dies dem Mönche vorhielt, wandte derselbe die Augen ab und blickte neuerlich zu Boden. Auch hatte seine Miene wieder den gewohnten Ausdruck angenommen.

»Nichtswürdiger Schurke! Gib mir Ellena di Rosalba zurück!« schrie da Vivaldi in einer plötzlichen Aufwallung erneuter Verzweiflung. »Sag mir zumindest, wo sie zu finden ist, oder man wird dich zu zwingen wissen! Wohin, sprich, wohin hast du sie schaffen lassen?«

Als Vivaldi dies in lautem und leidenschaftlichem Ton hervorstieß, kamen mehrere Geistliche durch den Kreuzgang und wollten eben die Kirche betreten, als des Jünglings aufgeregtes Lärmen ihre Aufmerksamkeit auf sich zog. Sie hielten inne und schritten, nachdem sie Schedonis sonderbare Haltung und Vivaldis ungestüme Gesten bemerkt hatten, eilends auf die beiden zu. »Wahrt Eure Zunge!« sprach einer der Neuangekommnen und packte Vivaldi am Mantel. »Seht Ihr denn nicht, an welchem Ort Ihr Euch befindet?«

»Was ich sehe ist bloß, daß ich einen Heuchler vor mir habe!« versetzte Vivaldi und tat einen Schritt zurück, um sich aus des Sprechers Zugriff zu befreien. »Was ich sehe, ist der Zerstörer jenes Friedens, den zu bewahren seine Pflicht gewesen wäre! Was ich –«

»Bemeistert Euren Ungestüm«, mahnte der Priester, »auf daß er nicht die gerechte Strafe des Himmels auf Euch herabbeschwöre! Seht Ihr denn nicht die Heiligkeit dieser Büßerandacht?« Er wies auf den Mönch. »Verlaßt dies Gotteshaus, solang Euch dies noch unangefochten verstattet ist! Ihr habt ja keine Ahnung von der Strafe, die Euch droht!«

»Ich weiche nicht, bevor ich Antwort habe auf meine Fragen«, sagte Vivaldi, weiterhin an Schedoni gewendet und den Priester nicht einmal eines Blickes würdigend. »Nochmals: wo ist Ellena di Rosalba?«

Der Beichtiger aber blieb reglos und stumm. »Dies ist unglaublich und nicht länger zu ertragen«, fuhr Vivaldi fort. »Heraus mit der Sprache! Antwortet mir oder fürchtet meine Enthüllungen! Doch still! Kennt Ihr das

Kloster *del Pianto?* Kennt Ihr den Beichtstuhl der *Schwarzen Büßermönche?«*

Vivaldi glaubte, in des Mönches Miene ein Zucken gesehen zu haben. »Gedenkt Ihr noch der fürchterlichen Nacht«, setzte er hinzu, »da auf den Stufen jenes Beichtstuhls ein grausiges Bekenntnis abgelegt ward?«

Schedoni hob den Blick und starrte den Jüngling an, als wollt' er ihn zu Boden strecken. »Hinweg!« schrie er mit fürchterlicher Stimme. »Heb dich hinweg, du lästerlicher Knabe! Und zittre vor den Folgen deiner aberwitzigen Gottlosigkeit!«

Dies gerufen, gab er plötzlich seine Starrheit auf, huschte gleich einem schwarzen Schatten den Kreuzgang hinunter und war im nächsten Augenblick verschwunden. Vivaldi aber, der dem Flüchtenden nachsetzen wollte, wurde von den ihn umringenden Mönchen ergriffen. Unkundig seiner Leiden und aufgebracht ob der erhobnen Anschuldigungen, drohten sie, man werde ihn, falls er nicht auf der Stelle das Kloster verlasse, hinter Schloß und Riegel setzen und jener schweren Bestrafung zuführen, die er verdiene ob der Störung, ja Beleidigung eines sich kasteienden Ordensbruders.

»Er bedarf solcher Kasteiung nur zu sehr«, versetzte daraufhin Vivaldi. »Ob aber dieselbe jenes Glück wiederherstellen kann, das er durch seine Verräterei zerstört hat? Euer Orden, hochwürdige Väter, er ist besudelt und geschändet durch solchen Ordensbruder, und Euer –«

»Gebt Frieden jetzt!« schrie da einer der Mönche. »Er ist der Stolz unsres Hauses! Er nimmt's mit seiner Frömmigkeit genau und übertrifft mit seiner Kasteiung sogar noch die – Allein, dies ist ja doch nur in den Wind gesprochen! Ich rede da zu einem, dem es nicht gegeben ist, das heilige Geheimnis unsrer Exerzitien zu verstehen, geschweige denn ihren wahren Wert zu erkennen!«

»Fort mit ihm zum *Padre Abbate!*« rief ein wutentbrannter Priester. »Und dann hinunter mit ihm in den Kerker!«

»Fort mit ihm, fort!« wiederholten seine Gefährten

und schickten sich an, Vivaldi mit sich durch den Kreuzgang zu zerren. Allein, die plötzliche Kraft, welche Stolz und Entrüstung unserm Jüngling verliehen, befähigte ihn, sich aus dem Zugriff der aufgebrachten Mönche loszureißen und die Kirche durch eine auf die Straße führende Seitentür zu verlassen.

Vivaldi kehrte in einer Gemütsverfassung nach Hause zurück, welche das Mitleid jedes noch nicht in Vorurteil und Eigensucht erstarrten Herzens erregt hätte. Dem Vater ging er aus dem Wege und suchte die Marchesa auf, die jedoch im Triumph ob ihres geglückten Planes den Leiden des Sohnes weiterhin fühllos gegenüberstand.

Als man nämlich der Marchesa von ihres Sohnes herannahender Heirat Mitteilung gemacht, hatte sie sich nach Gewohnheit mit ihrem Beichtiger beraten, auf welche Weise dem wohl vorzubeugen wäre, und dieser hatte ihr den Plan entwickelt, den sie sich zu eigen gemacht – einen Plan, der um so leichter ins Werk zu setzen gewesen, als die Marchesa in ihren Mädchenjahren die Äbtissin von San Stefano gekannt hatte und deshalb über deren Charakter und Veranlagung genugsam unterrichtet war, um die Behandlung solch wichtigen Gegenstandes ohne Zögern ihrer Diskretion anzuvertrauen. Der Äbtissin Antwort auf den Vorschlag der Marchesa fiel denn auch nicht nur zustimmend sondern geradezu enthusiastisch aus, und es hatte den Anschein, als wäre die andre nur zu begierig, das in sie gesetzte Vertrauen zu rechtfertigen. So stand nunmehr, nach der erfolgreichen Ausführung jenes Plans, nicht mehr zu hoffen, die Marchesa werde sich durch die Tränen, Ängste und mannigfachen Leiden ihres Sohnes überreden lassen, von solchem Plane abzustehen. Vivaldi machte sich denn auch die schwersten Vorwürfe ob der eigenen Vertrauensseligkeit, die er in Ansehung solcher Hoffnungen gehegt, und verließ der Mutter Gemach in einer Mutlosigkeit, die schon an Verzweiflung grenzte.

Der treue Paolo oblag zwar getreulich den überstürzten Aufträgen seines Herrn, hatte aber bislang noch keinerlei Nachrichten über Ellena in Erfahrung zu bringen vermocht. Vivaldi jedoch, nachdem er den Diener mit neuerlichen Nachforschungen betraut hatte, zog sich in seine Gemächer zurück, woselbst das Übermaß seines Kummers und die leise Hoffnung, doch noch ein erfolgverheißendes Hilfsmittel aussinnen zu können, ihn bald mit neuem Lebensmut, bald mit Trostlosigkeit erfüllten.

Am Abend verließ er, ruhelos und der Abwechslung bedürftig wie er war, den Palast, wiewohl er kaum wußte, wohin er seine Schritte lenken sollte, und schlenderte hinunter an den Strand. Dort standen nur einige wenige Fischer und Lazzaroni herum – wohl in Erwartung der von Santa Lucia heimkehrenden Boote. Vivaldi, den Hut tief ins Gesicht gezogen, auf daß man ihm seinen Kummer nicht anmerke, hielt die Arme verschränkt und schritt am Wasser auf und nieder, lauschte dem Heranrauschen der sanft ihm zu Füßen sich brechenden Wogen und labte das Auge an ihrer welligen Schönheit, während sein ganzes Sinnen und Trachten aufging in der Melancholie einer Träumerei, welche einzig der Person Ellenas galt. Das Haus, darin sie noch vor so kurzer Zeit gewohnt, grüßte von der fernen Steilküste herüber, und er dachte daran, wie oft man sich dort oben selbander dem Zauber dieses Küstenstrichs hingegeben. Nunmehr aber hatten die Züge der Landschaft allen Zauber verloren, waren farblos und gleichgültig geworden oder erweckten höchstens trübselige Gedanken. Die im Strahl der scheidenden Sonne ruhelos schimmernde See, die lange Mole mit dem ins letzte Licht getauchten Leuchtturm, die im Schatten ausruhenden Fischersleute, die kleinen Boote, welche über die sanften, von den Rudern kaum geteilten Fluten dahinglitten – dies alles rief in dem Jüngling jenen herzbewegenden Abend herauf, da er dort oben zum letztenmal solchen Anblicks teilhaft geworden: man war in der Orangerie beisammengesessen – Ellena, er selbst und die Signora Bianchi –, und es war der Vorabend von der letzteren Tod gewesen, jener Abend, an dem Ellena so feierlich seiner Obhut übergeben worden war und so liebevoll in den letzten Wunsch der Tante eingewilligt hatte, welche ihren Tod schon herannahen gefühlt. Die Erinnerung an solche Szene überfiel Vivaldi mit aller Macht ihrer Gegensätzlichkeit und erneute die Bangnis seiner Verzweiflung. So schritt er den Sandstrand rascher auf und nieder, wobei sich immer wieder ein tiefes Stöhnen seinem Herzen entrang. Er klagte sich der Gleichgültigkeit, ja Untätigkeit an, dieweil er es bislang noch nicht fertiggebracht, auch nur den geringsten Hinweis aufzuspüren, der ihm bei seiner Suche hätte dienlich sein können, und beschloß, wiewohl er nicht wußte, wohin er sich wenden solle, sogleich von Neapel aufzubrechen und erst in seines Vaters Haus zurückzukehren, wenn er Ellena befreit hatte.

So wandte er sich an eine Gruppe schwatzender Fischer mit der Frage, ob sie ihm nicht eines ihrer Boote überlassen könnten. Er wollte darin die Küste der Bucht entlangrudern, denn es lag durchaus im Bereich der Möglichkeit, daß man Ellena auf dem Wasserwege aus Altieri nach einem der Orte oder Klöster geschafft hatte, welche an der Küste lagen. Das Unauffällige und die Leichtigkeit solchen Transportes mochten ja den Absichten der Feinde zupaß gekommen sein.

»Ich habe nur ein einziges Boot, Signor«, sagte einer der Fischer, »und das brauch' ich nur zu oft, um von hier nach Santa Lucia und wieder zurück zu gelangen. Aber vielleicht kann Euch mein Freund helfen: He, Carlo, kannst du dem Signor nicht das kleinere deiner Boote überlassen? Das große, ich weiß schon, brauchst du fürs Geschäft.«

Der Angeredete jedoch war viel zu sehr in das Gespräch mit drei oder vier weiteren, ihm aufmerksam lauschenden Männern vertieft, als daß er Zeit zu einer Antwort gefunden hätte. Vivaldi, der schon auf ihn zutrat, um die Frage zu wiederholen, war sowohl von dem Eifer als auch von den ausfahrenden Gesten beeindruckt, mit denen der Fischer seine Geschichte zum Besten gab. So hörte er ihm eine Weile zu. Einer der andern schien irgend etwas bezweifelt zu haben, denn soeben antwortete ihm der Erzähler: »Ich sag' dir ja, daß ich ihnen zwei bis dreimal die Woche Fisch geliefert habe, und es waren wirklich sehr nette Leute – zu ihren Zeiten hab' ich so manchen guten Dukaten an ihnen verdient! Aber, wie ich gesagt hab', wie ich beim letztenmal hinaufkomm' und an die Haustür klopfe, hör' ich auf einmal ein fürchterliches Stöhnen, und gleich danach die Stimme der alten Wirtschafterin, wie sie um Hilfe ruft! Ich hab' ihr aber nicht helfen können, denn das Tor war ja verriegelt. Und wie ich schon hinunterrenne zum alten Bartoli, er hat seine Hütte gleich an der Straße nach Neapel hinunter – ja, also, ich nichts wie zum alten Bartoli hinunter, aber da kommt auf einmal ein Signor daher, schwingt sich durchs Fenster und bindet die Alte los! Nun denn, so habe ich dann die ganze Geschichte erfahren.«

»Welche Geschichte?« frug Vivaldi. »Und wer ist's, von dem Ihr da redet?«

»Eins nach dem andern, *Maestro*, Ihr sollt es sogleich hören«, versetzte der Fischer, fügte aber, nachdem er den Frager kurz gemustert hatte, hinzu: »Wie, Signor, das seid doch Ihr selbst, den ich dort oben gesehn hab' – natürlich, Ihr selber habt Beatricen losgebunden!«

Vivaldi, der schon vorher so gut wie sicher gewesen, daß es die Villa Altieri war, von welcher der Fischer erzählte, überschüttete diesen sogleich mit einem Schwall von Fragen in Ansehung der Route, welche Ellenas Entführer genommen, sah aber seine Begierde in keiner Weise zufriedengestellt.

»Es sollte mich nicht wundern«, warf jetzt ein Lazzarone ein, der gleichfalls zugehört hatte, »es sollte mich nicht wundern, wenn die Kutsche, welche den nämlichen Morgen in aller Herrgottsfrühe durch Bracelli gekommen ist, mit zugezognen Blenden, wiewohl es so heiß war, daß man nicht einmal im Freien genug Luft bekommen hat – wenn also besagte Kutsche sich als diejenige herausstellen sollte, darin man die junge Dame entführt hat!«

Dieser Hinweis genügte, um Vivaldi sogleich mit der alten Spannkraft zu erfüllen. Er fragte den Lazzarone nach allem und jedem, was dieser zu berichten wußte, wenngleich er nicht viel mehr aus ihm herausbrachte, als daß der Kerl eine Kutsche der beschriebnen Art gesehen hatte, wie sie im Höllentempo durch Bracelli gerast sei, ganz früh an jenem Morgen, welchen man als denjenigen der Entführung von Signora di Rosalba angegeben. Vivaldi aber zweifelte nun nicht länger, daß man es hier tatsächlich mit der bewußten Kutsche zu tun habe, und so beschloß er, sogleich nach jenem Ort aufzubrechen, woselbst er, wie er hoffte, von dem dortigen Postmeister Aufschlüsse über die weitere Reiseroute erhalten würde.

In dieser Absicht kehrte er abermals nach seines Vaters Residenz zurück, doch nicht etwa, um denselben von seinen Absichten in Kenntnis zu setzen oder ihm Lebewohl zu sagen, sondern bloß, um die Rückkehr seines Dieners Paolo abzuwarten, welcher ihn auf der bevorstehenden Suche begleiten sollte. Vivaldis Geist war ja nunmehr von neuer Hoffnung belebt, wie dürftig die Einzelheiten auch sein mochten, aus denen sie gespeist ward. Und da unser Jüngling glaubte, sein Vorhaben werde bei denen, die es auf die Durchkreuzung seiner Schritte abgesehen hatten, keinerlei Argwohn erwecken, achtete er weder der Maßnahmen, welche seinen Aufbruch aus Neapel verhindern, noch auch derjenigen, die ihn unterwegs erreichen mochten.

Zehntes Kapitel

Der Viper Stich, du wolltst ihn zweimal dulden?
Shakespeare

Die Marchesa, in Unruhe versetzt durch Andeutungen, die Vivaldi im Verlaufe der letzten Unterredung fallengelassen, sowie durch gewisse Besonderheiten, die er in seinem Gehaben neuerdings an den Tag gelegt, rief ihren vertrauten Ratgeber Schedoni zu sich. Der Mönch, welcher die ihm in der Kirche von *Spirito Santo* widerfahrene Beleidigung noch immer nicht verwunden hatte, gehorchte solchem Rufe zwar verdrossen und voll Widerstreben, doch nicht ohne die heimliche Hoffnung, eine Möglichkeit zur Vergeltung der ihm angetanen Schmach zu finden. Diese Schmach, durch welche sein Heuchlertum bloßgestellt und die fromme Versunkenheit, so er an den Tag gelegt, der Lächerlichkeit preisgegeben worden war, hatte ihn bis ins Innerste getroffen und seine schlimmsten Leidenschaften aufgewühlt, so daß Schedoni nun über den fürchterlichsten Racheplänen brütete. Er sah sich ja durch Vivaldi zum Gegenstand mannigfacher Demütigungen gemacht. Nun zählte aber der Ehrgeiz, wie wir schon gesehen haben, zu den stärksten Antrieben seines Handelns, und so hatte der Mönch sein heiligmäßiges Gehaben, das er nun schon seit langer Zeit zur Schau trug, bloß um seines Emporkommens willen angenommen. Er war ja in der Bruderschaft, welcher er angehörte, durchaus nicht beliebt, und viele seiner Mitbrüder, die bemüht gewesen, seine Anschauungen zu entkräften und seine Irrtümer aufzudecken, ja die ihn um seines Hochmuts willen sogar verabscheuten und ihm dennoch seinen heiligmäßigen Ruf neideten, triumphierten nun ob der Demütigung, welche ihm widerfahren war, und trachteten sich solchen Umstand zunutze zu machen. Um ihrem Triumph Ausdruck zu verleihen, waren sie nicht einmal vor Unterstellungen, höhnischen Anzüglichkeiten, ja Rufmord zurückgeschrocken, und Schedoni, wiewohl er solche Verachtung nur zu sehr verdiente, war nicht der Mann, dergleichen auf die Dauer hinzunehmen.

Mehr als alles andere jedoch beunruhigten ihn Vivaldis in der Kirche gemachte Anspielungen auf die Vergangenheit. Sie auch hatten den Mönch so rasch aus dem Gotteshaus vertrieben, ja hatten ihn so sehr in Schrekken versetzt, daß er um der Bewahrung seines Geheimnisses willen Vivaldis Leben nicht geschont hätte, wäre er durch die Furcht vor der Rache der Familie nicht von solchem Vorhaben abgehalten worden. Seit jenem Auftritt in der Kirche hatte er keinen Frieden mehr gefunden, und auch der Schlaf hatte ihn geflohen. Ja sogar das Essen war ihm nun vergällt, und so lag er fast ununterbrochen vor den Stufen des Hochaltars auf den Knien. Seine Anhänger, sobald sie ihn erblickten, hielten inne und bewunderten ihn darob, wogegen diejenigen Mitbrüder, welche ihm voll Abneigung gegenüberstanden, höhnisch die Miene verzogen und weitergingen, ohne seiner zu achten. Schedoni aber schien unempfindlich gegen beides zu sein: es war, als gehörte er dieser Welt nicht länger an und bereitete sich für eine höhere vor.

Die Seelenqualen, unter denen er litt, sowie die schweren Kasteiungen, denen er sich unterwarf, hatten einen bestürzenden Wandel in seinem Erscheinungsbilde bewirkt, und so glich er nun eher einem Gespenst denn einem Wesen von Fleisch und Bein. Sein Antlitz war bleich und abgezehrt, die nahezu erstorbnen Augen lagen tief in ihren Höhlen, ja in seinem Gehaben verriet sich eine Energie von solcher Wildheit, daß sie nicht mehr dieser Erde anzugehören schien.

Als er zu der Marchesa gerufen worden, hatte die Stimme seines Gewissens ihm zugeraunt, dies sei die Folge jenes Sachverhalts, welchen Vivaldi der Mutter enthüllt habe, und so hatte Schedoni zunächst beschlossen, dem Ruf nicht Folge zu leisten. Nachdem er aber erwogen hatte, daß gerade in solchem Falle seine Weigerung den Argwohn der Marchesa nur bekräftigen würde, beschloß er, sich auf seinen gewohnten Scharfsinn zu verlassen, der ihm schon aus der Schlinge helfen würde.

Mit derlei Befürchtungen, welche freilich von seiner Hoffnung gezügelt waren, betrat er das Gemach der Marchesa. Dieselbe wäre bei seinem Anblick fast aufgesprungen und vermochte den Blick kaum von des Mönches verändertem Antlitz zu wenden, wogegen Schedoni nur schwer die Unruhe zu verbergen wußte, welche solch prüfende Musterung in ihm ausgelöst. »Der

Friede sei mit Euch, Tochter!« sprach er und nahm Platz, hielt aber den Blick auf den Boden geheftet.

»Ich habe, Vater, mit Euch über Dinge von großem Gewichte zu sprechen«, sagte die Marchesa mit ernster Miene, »über Dinge, die Euch vielleicht nicht unbekannt sein dürften.« Sie hielt inne, und Schedoni neigte das Haupt, wobei er in angstvoller Erwartung des Kommenden harrte.

»Ihr schweigt, Vater?« sagte die Marchesa nach einiger Zeit. »Was hat dies Schweigen zu bedeuten?«

»Daß man Euch Falsches hinterbracht hat«, versetzte Schedoni, dessen schlechtes Gewissen ihn alle Verschwiegenheit vergessen machte.

»Vergebt«, erwiderte die Marchesa, »doch bin ich nur zu gut unterrichtet und hätte, falls ich in dieser Sache noch den geringsten Zweifel hegte, nicht nach Euch gesandt.«

»Signora! Seht Euch vor, eh' Ihr dem nächstbesten Gerüchte Glauben schenkt«, versetzte der Beichtiger hastig. »Ihr kennt nicht die Folgen übereilter Leichtgläubigkeit!«

»Ich wollte, es wäre nichts andres!« gab die Marchesa zur Antwort. »Allein – wir sind verraten!«

»Verraten – *wir?*« wiederholte der Mönch, der seine Fassung nun wiedergewann. »Was ist geschehn?«

Die Marchesa unterrichtete ihn nunmehr von Vivaldis Verschwinden und folgerte aus der langen Dauer solcher Abwesenheit – es waren ja seit des Jünglings Abreise schon mehre Tage vergangen –, er müsse gewißlich sowohl den Ort von Ellenas Gefangenschaft als auch die Urheber des Komplotts entdeckt haben.

Schedoni neigte nicht zu dieser Ansicht, wies aber darauf hin, daß man von der Jugend keinen Gehorsam erwarten könne, solange man nicht zu schärferen Mitteln griffe.

»Zu *noch* schärferen!« rief die Marchesa. »Bester Vater, ist's denn nicht scharf genug, das Mädchen auf Lebenszeit aus der Welt zu verbannen?«

»Ich sagte dies im Hinblick auf Euren Sohn, oh Herrin«, versetzte Schedoni. »Sobald nämlich ein Jüngling so sehr aller Ehrfurcht vor dem Geistlichen Stande vergißt, daß er dessen Vertreter öffentlich beleidigt, ja schlimmer noch – daß er sie in Ausübung ihrer religiösen Pflichten schmäht, so wär's wohl an der Zeit, ihn schärfer anzufassen. Nun ist es durchaus nicht meine Gewohnheit, immer gleich zu scharfen Maßnahmen zu raten, doch Signor Vivaldis Aufführung ist von einer Art, welche nach denselben schreit! Der öffentliche Wohlanstand ist's, der dies gebietet! Ich selber hätte freilich all die Schmach, mit welcher ich überschüttet worden, schweigend auf mich genommen als eine heilsame Demütigung und als eine der Prüfungen, welche die Seele von jenem Hochmut reinigen, den auch der Frömmste ganz unbewußt im Busen nähren mag. Indes, mir ist's nicht länger verstattet, nur auf die eigene Person zu blicken. Vielmehr ist es das öffentliche Wohl, welches gebieterisch fordert, daß ein Exempel statuiert werde ob der furchtbaren Gottlosigkeit, die Euer Sohn – es schmerzt mich, Tochter, dies sagen zu müssen – die Euer Sohn, der nicht wert ist, solche Mutter sein Eigen zu nennen, begangen hat!«

Wir erkennen unschwer, daß Schedoni zumindest in der Art und Weise solcher Anschuldigung sich von seinen Rachegefühlen leiten ließ, nicht aber von der ihm gemeiniglich zu Gebote stehenden Listigkeit und sanften Ohrenbläserei.

»Was ist's, auf das Ihr anspielt, ehrwürdiger Vater?« frug die Marchesa erstaunt. »Für welche Gottlosigkeit und Schmähung hätte mein Sohn sich zu verantworten? Sprecht klar und deutlich, ich bitt' Euch, auf daß ich Euch beweise, wie sehr ich über der Strenge meines Richteramts mein Mutterherz verleugnen kann!«

»Diese Worte sind ein Zeugnis für die Großherzigkeit, welche Euch schon immer vor allen anderen Frauen ausgezeichnet hat, oh Tochter! Nur starke Seelen wissen ja, daß Rechtlichkeit die höchste aller sittlichen Eigenschaften ist, wogegen Mitleid bloß die Schwachen ziert.«

Schedoni hatte es mit solcher Schönrednerei ja auf

weit mehr abgesehen, als die Marchesa bloß in ihrer gegenwärtigen Festigkeit zu bestärken. Vielmehr wünschte er, sie für Maßnahmen zu gewinnen, welche in der Folge zur Kühlung seiner Rache vonnöten sein mochten, und er wußte nur zu gut, daß es in Ansehung solchen Zieles das Beste war, ihrer Eitelkeit zu schmeicheln. So pries er sie um jener Eigenschaften willen, von denen er wünschte, die Marchesa könnte sich in Wahrheit ihrer rühmen, ja ermutigte sie, den allgemein geltenden Meinungen abzuschwören, indem er dies voll Bewunderung als ein Merkmal der überlegenen Geistigkeit darstellte, jener anpassungsfähigen Moralität, von der sie sich gelegentlich leiten ließ. Indem er dergestalt Strenge für Gerechtigkeit setzte, pries er als Seelenstärke, was lediglich fühllose Herzensverhärtung war.

Dies getan, schilderte er ihr Vivaldis Auftreten in der Kirche von *Spirito Santo,* übertrieb dabei weidlich die beleidigenden Umstände, erfand weitere hinzu und blähte die Begebenheit zu einem Vorfall der monströsesten Gottlosigkeit und völlig unverschuldeten Ehrenkränkung auf.

Die Marchesa lauschte solchem Bericht mit ebensoviel Abscheu wie Bestürzung, und ihre Bereitwilligkeit, des Beichtigers Ratschläge zu beherzigen, erlaubte es dem Letzteren, mit gestärktem Selbstbewußtsein und triumphierenden Hoffnungen von ihr Urlaub zu nehmen.

Der Marchese blieb mittlerweile in Unkenntnis des Gegenstandes dieser Unterredung. Man hatte seine Meinung ja schon früher eingeholt, dabei aber erkennen müssen, daß er gegen all die dunklen Machenschaften war, welche man für angebracht hielt. Deshalb war er in Ansehung des jungen Vivaldi nie mehr um Rat gefragt worden. Da aber der Letztere sich schon seit Tagen nicht mehr hatte blicken lassen, sah sich der Marchese von väterlicher Sorge und Zuneigung überkommen, denn im Innersten liebte er ja seinen Sohn, und dies unerachtet aller eifersüchtigen Bedachtnahme auf den Rang der Familie. Doch wiewohl er niemals wirklich geglaubt, der Jüngling werde sich einer Person vermählen, die der

Vater für so wenig ebenbürtig hielt, waren ihm in den letzten Tagen doch gewisse Zweifel aufgestiegen, die ihm beträchtliches Unbehagen bereiteten. Solches Unbehagen ward durch die gegenwärtige, ganz und gar ungewöhnliche Abwesenheit Vivaldis nur noch geschürt: der Vater befürchtete ja, daß, im Falle Ellena gerade jetzt entdeckt würde, zu einem Zeitpunkte also, da die Angst, sie für immer zu verlieren, sowie die Verzweiflung, welche die vielfältigen familiären Zwistigkeiten im Sohne hervorgerufen, dessen Leidenschaften auf die Spitze getrieben hatten – daß all dies den vorschnellen Jüngling dazu bringen könnte, sich der Geliebten durch die unauflöslichen Bande der Ehe zu versichern. Anderseits befürchtete der Marchese die Folgen von Vivaldis Verzweiflung, falls dieser in seinen Nachforschungen erfolglos bleiben sollte. Indem er also dergestalt schon im nächsten Augenblick erhoffte, was er eben noch gefürchtet hatte, ward der Marchese die Beute einer inneren Aufgewühltheit, welche lediglich von derjenigen seines Sohnes übertroffen wurde.

Die Anweisungen, welche er jenen Dienern mit auf den Weg gegeben, die er hinter Vivaldi hergejagt hatte, waren denn auch so widersprüchlich, daß kaum einer wußte, was er nun eigentlich zu tun hätte, und da die Marchesa ihrem Gemahl wohlweislich die Kenntnis von Ellenas Aufenthaltsort vorenthalten hatte, war es demselben nicht in den Sinn gekommen, jemanden in Richtung *San Stefano* zu senden.

Während also der Marchese zu Neapel dergestalt in Anspruch genommen war, Schedoni aber weitere Pläne gegen Ellena schmiedete, irrte Vivaldi von Dorf zu Dorf und von Stadt zu Stadt, auf der Suche nach derjenigen, welche er trotz allen Anstrengungen bislang nicht aufzuspüren vermocht hatte. Die wenigen Auskünfte, welche ihm in der Poststation zu Bracelli zuteil geworden, halfen ihm kaum weiter. Man hatte dort nur zu berichten gewußt, daß eine Kutsche von jener Art, wie man sie Vivaldi schon beschrieben, mit zugezognen Blenden an eben dem Morgen, welcher, wie der Jüngling sich entsann, Ellenas Entführung gefolgt war, die Pferde gewechselt und hernach die Fahrt auf der Straße nach Morgagni fortgesetzt hatte.

Als aber Vivaldi dortselbst eintraf, mußte er feststellen, daß er am Ende von Ellenas Spuren angelangt war: der Postmeister vermochte sich keines einzigen Umstandes zu entsinnen, welcher mit jenen Reisenden zusammenhing, und hätte er sich entsonnen, so wäre dies Vivaldis Zwecken nicht weiter dienlich gewesen ohne einen Hinweis auf die Richtung, welche die Kutsche genommen. Nämlich, von jenem Orte führten ja mehrere Straßen in die verschiedensten Landesteile, und so blieb Vivaldi nichts anderes übrig, als auf gut Glück der nächstbesten zu folgen. Da es aber im Bereich der Wahrscheinlichkeit lag, daß die Marchesa das Mädchen in ein Kloster hatte schaffen lassen, beschloß er, in jedem derselben, das ihm unterwegs aufstoßen würde, Nachforschungen anzustellen.

Nun hatte er schon etwelche der unwegsamsten Gebiete des Apennin durchstreift, Gebiete, welche von der gesitteten Gesellschaft dem wegelagernden Raubgesindel überlassen zu sein schienen, das in dieser Gebirgsgegend Unterschlupf gesucht haben mochte. Doch selbst in solch beinahe unzugänglicher Wildnis war er auf Klöster und deren zugehörige Weiler gestoßen, wie sie, abgeschlossen von der Welt da draußen durch Waldesdickicht und Bergeinsamkeit, dennoch und wider Erwarten sich so manchen weltlichen Wohllebens erfreuten, ja im Verborgenen recht mannigfache Annehmlichkeit zu bieten hatten. Vivaldi, der auf seiner Suche nach Ellena schon in einigen dieser Klöster vorgesprochen, war stets überrascht gewesen ob der erlesnen Lebensart und Gastfreundschaft, mit welcher er sich aufgenommen sah.

Es war am siebten Tage seiner Reise, daß er gegen Sonnenuntergang in den Wäldern von Rugieri stand und nicht mehr weiterwußte. Man hatte ihm die Richtung nach einer Straße gewiesen, die ihn nach einem mehrere Meilen entfernten Dorfe hätte führen sollen, und er war diesem Hinweis bisher vertrauensvoll gefolgt. Nunmehr aber verzweigte sich der Fußpfad zwischen den Bäumen nach verschiedenen Richtungen. Da der Tag schon zur Neige ging, sank Vivaldi der Mut, jedoch der unbeschwerte und immer frohgemute Paolo wies auf den kühlen Schatten und die angenehme Frische der Wälder hin und gab zu bedenken, falls sein Herr den Weg verloren habe und gezwungen sei, das Nachtlager im Freien aufzuschlagen, wäre dies Unglück nicht gar so schlimm, denn man könne ja das Geäst eines der Kastanienbäume erklimmen und dort eine angenehmere und vor allem luftigere Unterkunft finden, als jeder Gasthof sie zu bieten vermöchte.

Während Paolo dergestalt bemüht war, das Beste aus der gegenwärtigen Notlage zu machen, Vivaldi aber seinen Gedanken nachhing, vernahmen die beiden plötzlich den fernen Klang von Instrumenten und Singstimmen. Die unter den Bäumen herrschende Düsternis gestattete aber nicht, die Dinge auf größere Entfernung hin zu unterscheiden. Auch war keine Menschenseele zu erblicken, und auch Spuren menschlicher Arbeit waren nicht zu sehen. So lauschten unsre verirrten Reisenden den fernen Tönen, um festzustellen, aus welcher Richtung sie wohl kämen, und vernahmen den von einigen Instrumenten begleiteten Stimmenchor einer Abendandacht.

»Wir sind in der Nähe eines Klosters, Signor«, sagte Paolo. »So hört doch nur – dies ist ein Gottesdienst!«

»Du hast recht«, versetzte Vivaldi. »Nun, so wollen wir uns bemühen, dorthin zu gelangen.«

»Wahr gesprochen, Signor! Und ich muß sagen, wenn wir hier so gute Aufnahme finden wie letzthin bei den Kapuzinern, so werden wir keinen Grund haben, unsren *al-fresco*-Betten in der Kastanienkrone nachzuweinen!«

»Kannst du irgendwelche Mauern oder Türme durch das Laubwerk sehen?« frug der voranschreitende Vivaldi.

»Nichts dergleichen, Signor«, versetzte Paolo. »Doch wir kommen den Klängen näher. Oh, Signor – hört

Ihr diesen Ton? Wie er dahinstirbt! Und die Harmonie dieser Musik! So musizieren keine Bauern! Das kommt gewißlich aus einem Kloster, wiewohl wir's noch nicht sehen können!«

Dennoch, wie rüstig sie auch ausschritten, es zeigte sich keinerlei Mauerwerk, und auch die Musik verstummte schon nach kurzer Zeit. Doch waren da noch andere Geräusche, die Vivaldi den Weg nach einer angenehmeren Waldesgegend wiesen, wo er, sobald die Bäume ein wenig auseinandertraten, einer im Grase lagernden Pilgerschar ansichtig wurde. Allenthalben herrschte Lachen und Fröhlichkeit, dieweil jedermann damit befaßt war, das der Pilgertasche entnommene Abendbrot vor sich auszubreiten, während derjenige, welcher der Geistliche Reiseleiter dieser Schar zu sein schien, mit jovialer Behäbigkeit inmitten seiner Herde Platz genommen hatte, allerlei Schnurren und Späße von sich gab und dafür von den Pilgersleuten aufs reichlichste verköstigt ward. Schon standen die verschiedensten Sorten Weines vor ihm aufgebaut, denen er recht wacker zusprach, wobei er keinen der dargebotenen Leckerbissen ausschlug.

Vivaldi, dessen Befürchtungen alsbald beschwichtigt waren, verweilte ein wenig, um die Gruppe zu beobachten, deren fröhliche, von den schräg unter den Wolken einfallenden Sonnenstrahlen erhellte Gesichter viel eher auf eine ausgelassne Picknickgesellschaft denn auf eine fromme Wallfahrt hätten schließen lassen. Der Pater Reiseleiter und seine geistliche Herde schienen einander denn auch ganz ausgezeichnet zu verstehen, denn der erstere hatte allen weihevollen Ernst seines Standes abgelegt und gestattete der Gesellschaft, es sich so wohl wie nur möglich sein zu lassen, auf daß nur ja recht viel vom Besten ihres Proviants für ihn abfiele. Dennoch entbehrte seine Leutseligkeit nicht einer gewissen Würde, welche bewirkte, daß man sogar seinen Späßen mit einer Spur Ehrerbietung lauschte, und wenn man darüber lachte, so war's vielleicht nicht so sehr des Witzes halber, sondern weil man dergleichen für Gunstbezeigungen nahm.

Indem er sich an den Superior wandte, bat Vivaldi, man möge ihm doch behilflich sein, den rechten Weg wiederzufinden. Der Pater musterte den Jüngling, ehe er zur Antwort ansetzte, doch sobald er der eleganten Kleidung und des distinguierten Äußeren ansichtig geworden und auch festgestellt hatte, daß Paolo der Diener des jungen Herrn war, sagte er seine Hilfe zu und lud den Jüngling ein, zu seiner Rechten Platz zu nehmen und das Abendbrot mit ihm zu teilen.

Vivaldi, der alsbald begriff, daß der Pilgerzug den nämlichen Weg hatte wie er, nahm die Einladung an, und Paolo, nachdem er die Pferde an einem der Stämme festgebunden, machte sich sogleich an die Zubereitung des Mahles. Während nun Vivaldi sich mit dem Pater unterredete, zog Paolo die Aufmerksamkeit aller nahebei sitzenden Pilger auf sich. Dieselben versicherten, er sei wohl der klügste und launigste Bursche, den sie ihr Lebtag zu Gesicht bekommen hätten, und äußerten zu wiederholten Malen den Wunsch, er möge doch mit ihnen bis zum Ziel ihrer Wallfahrt ziehen, nämlich zu dem Heiligtum in dem Karmeliterkloster, zu welchem man unterwegs war. Sobald Vivaldi vernommen hatte, daß jene Pilgerstätte sich in der Kirche eines Klosters befand, das zum Teil von Nonnen bewohnt war, und daß dies Kloster keine zwei Meilen von hier sich befinde, beschloß er, den Pilgerzug dahin zu begleiten, dieweil es ja ebensogut wie bei jedem anderen Kloster möglich war, daß man Ellena dort gefangenhielt. Und *daß* man sie in einem Kloster gefangenhielt, daran zweifelte er um so weniger, je mehr er seiner Mutter Wesensartung und Ansichten bei sich erwog. So machte er sich denn mit den Pilgern auf den Weg, und zwar zu Fuß, da er sein Pferd dem wandermüden Pater überlassen hatte.

Noch ehe man in dem Dorf angelangt war, darin man zu übernachten gedachte, brach die Finsternis herein. Indes, man verkürzte sich den Weg mit Singen und Geschichtenerzählen, wobei man nur ab und zu innehielt, um auf des Paters Geheiß ein Gebet herzusagen oder ein frommes Lied anzustimmen. Sobald man aber in die Nähe des Dorfes am Fuß jenes Berges kam, wo das Heiligtum errichtet war, hielt man an, um sich zur Prozession zu formieren. Der Superior, welcher sich mitten in einem seiner besten Späße unterbrochen hatte, stieg von Vivaldis Pferd, stellte sich an die Spitze des Zuges, und so zog man, nachdem eine laute Litanei angestimmt worden, unter allgemeinem Singen und Beten in die Ortschaft ein.

Die Dörfler, solch schallenden Gesang vernehmend, kamen herbeigeeilt, die Pilger einzuholen und zu den Hütten zu geleiten. Zwar war der Ort von Wallfahrern schon übervoll, doch trafen die armen Teufel, welche zu den Pilgern voll Liebe und Verehrung emporblickten, alle erdenklichen Anstalten, jedem Neuankömmling zu einem Quartier zu verhelfen, und dies unerachtet der Tatsache, daß Paolo, bald nachdem er es sich auf seinem Strohlager bequem gemacht, mehr als nur einen Grund anzuführen wußte für das Bedauern, mit welchem er des luftigen Kastanienbettes gedachte.

Vivaldi verbrachte eine unruhige, von Bangnis erfüllte Nacht. Voll Ungeduld harrte er dem Heraufdämmern des Tages entgegen, der ihm Ellena wiederschenken mochte! Und indem er überlegte, daß ein Pilgergewand ihn nicht nur unverdächtig erscheinen lassen, sondern ihm auch das Spionieren erleichtern würde, was ja in seinen eigenen Kleidern gänzlich unmöglich war, trug er Paolo auf, ihm einen Pilgerhabit zu besorgen. Paolos diesbezügliche Unternehmung, unterstützt von einem klingenden Dukaten, trug alsbald ihre Früchte, und so machte Vivaldi sich schon zu früher Stunde auf seinen Erkundungsgang.

Elftes Kapitel

> Bringt Rosen, Veilchen, kühle Anemonen,
> Betränte Schönheit bringet, sie zu streuen
> dem Fuß der frommen Schwester.

Nur wenige Pilger waren schon unterwegs, den Berg zu erklimmen, doch auch von diesen hielt Vivaldi sich fern, indem er einen abgelegenen Pfad einschlug. Dem kühlen Hauch des Morgens indes, wie er das den Pfad überwölbende Laubwerk durchseufzte, sowie dem hohlen Brausen der fernen Wasser lauschte er voll Hingabe, denn solche Laute waren seinem schwermutsvollen Sinn Antrieb und Lindrung zugleich. Bisweilen hielt er inne, um die Szenerie ringsum in sich aufzunehmen, denn auch sie stimmte trefflich zu seiner Gemütsverfassung. Enttäuschung hatte ja nunmehr seine heftigeren Leidenschaften zum Erliegen gebracht und in dem Jüngling ein feierliches, ja weihevolles Gefühl hervorgerufen. Voll wohliger Schwermut blickte er auf all die dunklen Felsen und Abstürze, auf die düster sich türmenden Berge und gewaltigen Einöden, welche ihn hier umgaben, und auch die gemauerte Wucht des Konventes, dem er sich nunmehr nahte, fügte sich in ihrer majestätischen Erscheinung voll und ganz dem hehren Landschaftsbilde ein, je deutlicher nun das graue Steinwerk der zinnen- und türmchenbekrönten Bastionen hinter all dem düstern Strauch- und Baumgewirr in des Jünglings Blickfeld trat. »Ach! Wenn dies Bauwerk sie umfinge!« sprach er bei sich, während er des großen Saales ansichtig wurde. »Doch fort, du eitle Hoffnung! Ich will mich deines Blendwerks nimmer freuen – will nicht aufs neue mich den Qualen der Enttäuschung überliefern! So will ich Nachschau halten, doch nimmer hoffen. Und dennoch – wenn sie hier zu finden wäre!«

Am Tore des Klosters angelangt, trat er eilenden Schrittes in den Hof, und seine Aufgewühltheit ward noch vertieft, als er innehielt und den Blick rundum über den lautlos daliegenden Kreuzgang schweifen ließ.

Sobald aber der Bruder Pförtner sich zeigte, zog Vivaldi die Kapuze übers Haupt, auf daß er nicht als ein falscher Pilgersmann erkannt würde, hüllte sich noch enger in sein Gewand, verschränkte darüber die Arme und schritt wortlos voran, wiewohl er keine Ahnung hatte, welcher der vor ihm sich auftuenden Wege nun zu dem Heiligtume führte. So wandte er sich denn geradenwegs nach der Kirche, deren stattlicher Bau sich in einiger Entfernung von den Klostergebäuden erhob. Die hochgewölbten, in dämmriger Perspektive sich langhin erstreckenden Schiffe, darin nur dann und wann die Gestalt eines her- oder hinwandelnden Mönches sichtbar ward, um gleich darauf wie ein Schatten zu verschwinden, die allgemeine Stille solchen Orts, das Flackern der vor dem Hochaltar brennenden Wachsstöcke und all der Lampen, welche jedem Seitenaltar einen prunkvoll düstern Glanz verliehen – all dies wirkte zusammen, um des Jünglings Herz mit heiliger Ehrfurcht zu erfüllen.

Er folgte einer Gruppe von Gläubigen durch das Seitenschiff bis zu einem Hof, der von einem ungeheuern Felsen überhangen war, darein sich eine Höhle öffnete, die das Heiligtum *Unsrer Lieben Frau vom Berge Karmel* enthielt. Der Hof war fast zur Gänze eingeschlossen von jenem Felsen und dem Chor der Kirche, bis auf eine schmale Öffnung, die den Blick freigab auf einen Streifen der tief unten sich breitenden Landschaft, welche, durch die Düsternis solch felsigen Schlundes gesehen, nur um so freier und luftiger wirkte, wie sie da in farbenfroher Anmut auslief in den verblauenden Dunst der fernen Berge.

Vivaldi betrat die Höhle, worin hinter dem Filigranwerk eines goldnen Gitters das mit Blumen geschmückte und vom Schein unzähliger Wachslichte und Öllampen erhellte Gnadenbild zur Schau gestellt war. Auf den Stufen des Heiligtums drängten sich die knieenden Pilger, und Vivaldi, der jedes Aufsehen vermeiden wollte, ließ sich gleichfalls auf die Knie nieder und verharrte in dieser Haltung, bis ein fernher brausender Orgelton und die Klänge tiefen Chorgesangs ihm ankündigten, daß die Frühmesse begonnen hatte. So verließ er die Höhle, um sich zurück in die Kirche zu begeben, wo er sich am Ende des einen Seitenschiffs verweilte, um eine Zeitlang den feierlich die Wölbung durchhallenden, an- und abschwellenden Harmonien zu lauschen. Es war dies eine so volltönende und hinreißende Musik, wie sie an hohen Festtagen häufig Siziliens Kirchen durchbraust, ganz dazu angetan, jene Verzückung hervorzurufen, welche denn auch oft genug die Gemüter der Zuhörerschaft allem Irdischen entrückt. Vivaldi, nicht länger fähig, dem Übermaß der Empfindungen standzuhalten, welches diese Musik in ihm hervorrief, war schon drauf und dran, die Kirche zu verlassen, als jene Klänge plötzlich erstarben und an ihrer statt das Geläut einer Glocke hörbar ward. Es schien die Totenglocke zu sein, welche da ertönte, und so vermeinte er, einem Sterbenden würden soeben die Letzten Sakramente gespendet. Doch mit einemmal machte das entfernte Singen weiblicher Stimmen sich vernehmbar, darein die tieferen Töne eines Mönchsgesangs klangen, immer noch begleitet von dem hohlen, in Abständen erschallenden Glockenton. Und zu so klagender Süße stieg diese Weise an, daß sowohl die Lauscher als auch die Sänger von einem Leid ergriffen wurden, als hätten sie den Hintritt eines Freundes zu betrauern.

Eilends begab Vivaldi sich nach vorn in den Chor, dessen Steinfliesen mit Palmwedeln und frischen Blumen bestreut waren. Ein Bahrtuch von schwarzem Sammet lag über die Stufen des Altars gebreitet, vor welchem in schweigender Erwartung mehrere Geistliche standen. Ringsum war alles in feierlichem Prunke für eine weihevolle Zeremonie bereitet, und auf aller Mienen lag eine lauschende Stille. Mittlerweile waren die Klänge nähergekommen, und Vivaldi gewahrte nunmehr eine Nonnenprozession, welche sich aus dem anderen Seitenschiff auf den Chor zubewegte.

Bei deren Herannahen vermocht' er die den Zug anführende Äbtissin zu unterscheiden, welche mit ihrem bischöflichen Ordensstaat und der Mitra angetan war, und nicht minder deutlich bemerkte er, wie feierlich gemessen sie voranschritt, ganz im Takt mit den langsamen Gesängen, und welch stolze und doch anmutsvolle Würde sie als Kennzeichen ihrer hohen Stellung zur Schau trug. Danach folgten, nach Rangordnung gereiht, die Nonnen, und zuletzt kamen die Novizinnen, brennende Wachsstöcke in Händen und von weiteren Nonnen umgeben, die sich durch eine besondere Tracht von den anderen unterschieden.

Nachdem der Zug jenen Teil der Kirche erreicht hatte, der für die Zeremonie ausersehen war, formierte die Prozession sich neu. Vivaldi aber forschte mit pochendem Herzen nach dem Grunde solchen Weiheaktes und ward beschieden, eine Nonne sei im Begriff, Profeß zu tun.

»Zweifellos wißt Ihr, Bruder«, fügte der Prior hinzu, von dem die Antwort gekommen, »daß es am Morgen unsres Hohen Festes, am Tage *Unsrer Lieben Frau,* für diejenigen, welche sich dem Dienste des Himmels geweiht haben, der Brauch ist, den Schleier zu empfangen. Verweilt Euch noch ein wenig, und Ihr werdet der Feier beiwohnen können.«

»Wie heißt die Novizin, die heute den Schleier erhalten soll?« frug Vivaldi mit vor Erregung bebender Stimme.

Der Mönch maß den Frager mit prüfendem Blick, wobei er antwortete: »Ich kenne ihren Namen nicht, doch wenn Ihr um ein weniges hier herübertreten mögt, so will ich sie Euch weisen.«

Vivaldi, die Kapuze übers Antlitz streifend, gehorchte schweigend.

»Sie steht zur Rechten der Äbtissin«, sagte der Mönch. »Seht Ihr, eben stützt sie sich auf den Arm einer Nonne! Auch trägt sie einen weißen Schleier und ist größer als ihre Gefährtinnen.«

Angstvollen Blickes beobachtete Vivaldi die Beschriebene, und wiewohl er sah, daß es nicht Ellena war, vermeinte er doch, eine Ähnlichkeit feststellen zu müssen – ob nun die Phantasie ihm diesen Streich spielte, oder ein warnendes Vorgefühl der Wahrheit ihn anwandelte. So fragte er, wie lange sich denn diese Novizin schon im Kloster befinde, und wollte noch vielerlei anderes wissen, lauter Dinge, die der Mönch entweder nicht wußte, oder aber nicht zu beantworten wagte.

Wer vermöchte es, die angstvolle Sorge zu schildern, mit der Vivaldi versuchte, durch die Schleier all der Nonnen zu spähen, um festzustellen, ob nicht Ellena sich hinter einem davon verberge, Ellena, von der er nachgerade schon glaubte, die unmenschliche Handlungsweise seiner Mutter habe sie bereits zum Klosterleben verdammt! Und mit noch größerer Angst trachtete er, einen Blick auf die Züge der Novizinnen zu erhaschen. Deren Gesichter aber waren von Kapuzen verdeckt, und die weißen Schleier, obschon halb zurückgeschlagen, waren so kunstreich drapiert, daß ihre Trägerinnen ebenso darunter verborgen blieben wie die Nonnen unter ihren herabgelassenen Batistschleiern.

Die Zeremonie begann mit der Mahnpredigt des Abtes, welche von demselben mit kraftvoller Feierlichkeit gehalten ward. Danach legte die vor ihm knieende Novizin ihre Gelübde ab, auf deren Wortlaut Vivaldi mit höchster Anspannung merkte. Indes, die Worte waren in so leisem und bebendem Ton gesprochen, daß unser Jüngling nicht einmal die Stimme zu erkennen vermochte. Doch während des Hymnengesanges, der die weitere Abfolge der Zeremonie begleitete, vermeinte Vivaldi, aufs neue Ellenas Stimme herauszuhören, jene rührende und wohlvertraute Stimme, welche zum erstenmal in der Kirche von San Lorenzo seine Aufmerksamkeit auf sich gezogen. So lauschte er und wagte kaum Atem zu schöpfen, auf daß ihm nur ja keine Note entginge. Und abermals bildete er sich ein, in den klagenden, halb gesprochenen Responsorien der Nonnen Ellenas Stimme wiederzuerkennen!

Vivaldi versuchte, seine Aufgewühltheit zu bemeistern und geduldig die weitere Enthüllung der Wahrheit abzuwarten. Als aber der Priester daranging, der Novizin den weißen Schleier abzunehmen um ihr den schwarzen überzuwerfen, überfiel unsern Jüngling die schreckliche Angst, es sei Ellena, der dies widerfahre, und er mußte an sich halten, um nicht vorzustürzen und sich sogleich zu erkennen zu geben!

Schließlich aber hatte man den Schleier fortgenommen und ein überaus liebliches Antlitz kam darunter zum Vorschein, doch waren es nicht Ellenas Züge, die Vivaldi erblickte, und so konnte er wieder aufatmen und dem weitern Verlauf der Zeremonie mit leidlicher Fassung beiwohnen. Allein, in dem feierlichen Chorgesang, welcher der Verleihung des schwarzen Schleiers folgte, vernahm er aufs neue jene Stimme, von der er nun schon überzeugt war, es sei diejenige seiner Ellena! Zwar erklang sie nur leise, traurig und zitternd, doch sein Herz unterlag sogleich ihrem unerklärlichen Zauber.

Mit dem Ende der einen Zeremonie hub eine neue an, und man bedeutete Vivaldi, es handle sich nunmehr um eine Noviziation. Ein von zwei Nonnen gestütztes junges Wesen trat auf den Altar zu, und Vivaldi glaubte, Ellena vor sich zu sehen! Schon hatte der Priester mit der üblichen geistlichen Ermahnung begonnen, als die Angeredete ihren Halbschleier hob und ein Antlitz enthüllte, darauf sanfter Kummer sich mit himmlischer Süße paarte. Das Mädchen hob die tränennassen, blauen Augen und machte eine abwinkende Gebärde, als begehrte sie zu sprechen: es war Ellena!

Der Priester wollte in seiner Rede fortfahren.

»Ich protestiere in Gegenwart dieser Schwesternschaft«, sprach da Ellena feierlich, »ich protestiere dagegen, daß man mich hierhergeschleppt hat, um mir Gelübde abzupressen. Ich protestiere –«

Ein Durcheinander aufgeregter Stimmen unterbrach die Sprecherin, welche im nämlichen Momente Vivaldi erblickte, der sich seinen Weg zum Altar bahnte. Einen Atem lang starrte Ellena ihn an, streckte ihm flehend die Hände entgegen, schloß die Augen und sank in die Arme der Umstehenden, welche sich vergebens mühten, den Jüngling zurückzudrängen und von seiner Hilfeleistung abzuhalten. Die Seelenpein, mit der er sich über des Mädchens leblose Gestalt beugte, um sie wieder und wieder beim Namen zu nennen, erweckte sogar das Mitgefühl der Nonnen, namentlich dasjenige Olivias, welche am allergeschäftigsten war, ihre junge Freundin wieder ins Leben zurückzurufen.

Sobald Ellena die Lider hob und im Emporschauen abermals Vivaldi erblickte, verriet ihm der Ausdruck ihrer Augen sogleich, daß dies Herz noch immer ihm gehörte und daß die Geliebte alles Elend der Gefangenschaft für nichts erachtete, solange er bei ihr war. Sie begehrte, aus der Kirche gebracht zu werden und befand sich, gestützt von Vivaldi und Olivia, schon auf dem Weg zum Ausgang, als die Äbtissin gebot, das Mädchen solle einzig von den Nonnen geleitet werden. Und indem auch sie den Altar verließ, gab sie Anweisung, man möge den jungen Fremdling sogleich in das Sprechzimmer des Konventes führen.

Vivaldi, der sich zunächst weigerte, solch herrischem Gebot zu gehorchen, fügte sich schließlich Ellenas Bitten sowie den sanften Vorhaltungen Olivias und begab sich, nachdem er für kurze Zeit von Ellena Urlaub genommen, nach dem Sprechzimmer der Oberin. Dabei hegte er einige Hoffnung, deren Gerechtigkeitssinn oder Mitgefühl wecken zu können, mußte jedoch feststellen, daß der Äbtissin Rechtsempfinden unerbittlich gegen ihn gerichtet war, ja daß Hochmut und Entrüstung über ihre sämtlichen andern Gefühle triumphierten. Sie begann ihre Rede, indem sie auf die innige Freundschaft hinwies, durch welche sie seit langem mit der Marchesa verbunden sei, setzte dann fort mit der Klage, daß der Sohn einer von ihr so hochgeschätzten Freundin nicht nur seiner Kindespflichten vergessen habe, sondern auch des Gehorsams, welchen er der Würde seines Hauses schulde, indem er so weit gegangen, zärtliche Bande zu einer Person vom niedrigen Stande der Ellena di Rosalba anzuknüpfen. Und sie schloß mit einem scharfen Tadel ob der Verletzung des Klosterfriedens und kirchlichen Dekorums, derer Vivaldi sich durch sein Eindringen schuldig gemacht habe.

Der Jüngling lauschte voll ergebener Geduld solcher Erwähnung von Moral und Dekorum aus dem Munde eines Weibes, das sich mit der größten Selbstgerechtigkeit über die einfachsten Grundregeln ihres Hauses, nämlich über diejenigen der Menschlichkeit und des Rechts, hinwegsetzte, und das sich nicht gescheut hatte, durch verschwörerische Machenschaften ein verwaistes Menschenkind aus seinem Zuhause zu reißen in der Absicht, dies arme Opfer auf Lebenszeit seiner Freiheit und all ihrer Segnungen zu berauben. Als die Sprecherin aber anhub, mit der Schärfe schwerster Mißbilligung über Ellena herzuziehen und auf die Strafe hinzuweisen, der das Mädchen sich durch die öffentliche Zurückweisung der Gelübde ausgesetzt habe, war Vivaldis Geduld erschöpft. Entrüstet und verachtungsvoll begehrte er gegen die Äbtissin auf und entwarf ihr das Bild ihrer Person in den schonungslosen Farben der Wahrheit. Indes, ein Gemüt, das taub war gegen die Stimme des Mitleids, ließ sich auch durch Vernunftgründe nicht erweichen. Zu sehr war es von Eigensucht verhärtet, als daß es sich durch derlei Vorhaltungen hätte beeinflussen lassen. Die Äbtissin fühlte sich ja einzig in ihrem Stolz gekränkt und vergalt deshalb die erlittne Demütigung mit einem Schwall von Drohungen und Anklagen.

So blieb unserm Jüngling, nachdem er der Oberin Gemach verlassen hatte, nur mehr der Ausweg, sich an den *Abate* zu wenden, dessen Einfluß, wenn schon nicht Autorität, die Schärfe ihres Machtworts lindern mochte. Allein, die milde Wesensart und das sanfte Gehaben dieses Abtes waren von geringerem Wert, als dies bei solchen Personen gemeiniglich und zu Recht der Fall ist. Besagte Eigenschaften waren nämlich mit einem schwächlichen Gemüte gepaart und deshalb bloß für ruhige Zeiten gut, stellten sich jedoch beim geringsten Auftreten von Schwierigkeiten durchaus nicht als jene Vorzüge heraus, welche ihren Träger bewogen hätten, demjenigen beizustehen, dessen Partei er innerlich ergriffen haben mochte. So kam es, daß der Abt, wiewohl nach Temperament und Veranlagung das genaue Gegenteil der harten und heftigen Äbtissin, nicht minder selbstsüchtig war als sie und nahezu ebenso tadelnswert, dieweil er ja, indem er das Übel duldete, an Verwerflichkeit demjenigen nicht um vieles nachstand, der es geplant hatte. Trägheit und Furchtsamkeit – die letztere als Folge eines Mangels an klarer Vorstellungskraft – beraubten ihn aller Charakterstärke. Dergestalt war er eher klug denn weise zu nennen und schwebte beständig in solcher Angst, man könnte ihn des Unrechts verdächtigen, daß er nur selten das Rechte tat.

Nachdem er voll Geduld Vivaldis maßvollen Vorhaltungen und ernstlichen Bitten gelauscht, er möge für Ellenas Befreiung doch von seiner geistlichen Autorität Gebrauch machen, ja nachdem er die Bedrängnis ihrer Lage anerkannt sowie die unseligen Zwistigkeiten in des Jünglings Familie nach Gebühr beklagt hatte, schlug er es rundweg ab, in solch delikater Affäre auch nur den geringsten Schritt zu unternehmen. Signora di Rosalba, so sagte er, befinde sich in der Obhut der Äbtissin, deren klösterliche Gepflogenheiten zu überwachen er nicht das Recht habe. Daraufhin flehte Vivaldi den Abt an, er möge, auch ohne geistliche Autorität, sich zumindest ins Mittel legen und Einwendungen erheben gegen die unrechtmäßige Gefangenhaltung des Mädchens, ja möge ihr behilflich sein, nach jenem Heim zurückzukehren, daraus man sie entführt habe.

»Auch dies«, so versetzte der Abt, »untersteht nicht meiner Jurisdiktion, und überhaupt, ich habe es mir zur Lebensregel gemacht, niemals in die Rechtsprechung einer andern Person einzugreifen.«

»So könnt Ihr, heiliger Vater«, rief da Vivaldi, »solch himmelschreienden Akt der Ungerechtigkeit mitansehn ohne auch nur den Versuch, ihm entgegenzutreten? Keinen einzigen Schritt wollt Ihr tun zur Befreiung des armen Opfers – nicht einmal im Angesicht der Vorbereitungen, die man zu seinem Verderben trifft?«

»Ich kann nur wiederholen, daß ich mich niemals der Autorität anderer entgegenstelle«, versetzte der Superior. »Da ich die eigene befestigt habe, geb' ich derjenigen der andern auf ihrem Gebiete nach und gestehe ihnen den nämlichen Gehorsam zu, welchen ich in meinem Wirkungsbereich fordere.«

»So wäre denn Macht«, rief Vivaldi, »ein untrüglicher Prüfstein der Gerechtigkeit? So wär' es denn moralisch, zu gehorchen, auch wenn die Weisung zum Verbrechen führte? Es hat die ganze Welt ein Recht darauf, Entschlußkraft und entschlossnes Handeln von denen zu erwarten, die sich in Eurer Lage sehn: nämlich vor der Entscheidung, ein Unrecht stumm zu dulden, oder sich ihm in den Weg zu stellen und es abzuwenden! Wollte Gott, Euer Herz käm' solcher Welt entgegen, hochwürdiger Vater!«

»Wollte Gott, die ganze Welt setzte sich ins Unrecht, auf daß Euch der Ruhm zuteil würde, sie nach Eurem Rechte einzurichten«, versetzte lächelnd der Abt. »Junger Herr, Ihr seid ein Schwärmer, und ich vergebe Euch. Ihr seid ein wackrer Streiter der Ritterlichkeit, der durch die ganze weite Welt ziehn und mit jedermann die Klinge kreuzen würde, bloß um die eigne Rechtlichkeit nach Kräften zu erhärten. Welch großes Unglück, daß Ihr ein wenig spät zur Welt gekommen seid!«

»Wie – Schwärmerei, sagt Ihr, wo's doch um die Sache der Menschlichkeit geht?« hub Vivaldi an, sprach jedoch nicht weiter. Und indem er daran verzweifelte, ein durch Eigenliebe so sehr verhärtetes Herz rühren zu können, verließ er den Abt ohne ein weiteres Wort, zutiefst entrüstet ob einer Gleichgültigkeit, die so verwerfliche Folgen nach sich ziehen mußte. Jetzt sah er sich gezwungen, zu einem weiteren Mittel zu greifen – zu einem Winkelzug, welchen sein offener, vornehmer Sinn verabscheute. Allein, er hatte ja schon jede andre Möglichkeit erprobt, das schuldlose Opfer des Vorurteils und Hochmuts der Marchesa zu befreien, und keinerlei Erfolg damit erzielt.

Mittlerweile hatte Ellena sich wieder in ihre Zelle begeben, aufgewühlt von den unterschiedlichsten Erwägungen und widersprüchlichsten Gefühlen, unter denen jedoch Freude und Zärtlichkeit am längsten vorhielten.

Erst später meldeten sich der Stolz und die Sorge, die Furcht und der Zweifel, um sich in des Mädchens Herz zu teilen und dasselbe zu peinigen. Gewiß, Vivaldi hatte Ellenas Gefängnis entdeckt – doch wäre es selbst möglich gewesen, sie von hier fortzubringen, so bedurfte es doch ihrer Zustimmung zu solchem Schritt, vor dem sie, die so sehr auf Schicklichkeit bedacht war, zurückschrak, wiewohl er sie mit einem Schlag aus der Gefangenschaft erlösen würde. Wie aber hätte sie in Ansehung des hochmütigen Marchese di Vivaldi, der herrschsüchtigen und nachträgerischen Natur seiner Gemahlin, ja mehr noch, der einhelligen Ablehnung, mit welcher die beiden der geplanten Verbindung entgegenstanden – wie hätte sie da auch nur einen Atemzug lang daran denken mögen, sich in solche Familie einzudrängen! Stolz, Feingefühl und gesunder Menschenverstand – sie schienen allesamt vor einem demütigenden Entschluß zu warnen, der so peinliche Folgen nach sich ziehen mußte, ja schienen das Mädchen zu mahnen, durch Wahrung seiner Unabhängigkeit der eignen Würde eingedenk zu bleiben. Indes, die Wertschätzung, Freundschaft und zärtliche Zuneigung, welche sie bisher für Vivaldi empfunden – all dies machte sie zaudern, ja nahezu entsetzt zurückscheuen vor der ewigen Entsagung, wie so hochherzige Wahl sie erforderte. Und obgleich die Billigung der verblichnen Anverwandten solche Verbindung gewissermaßen zu heiligen schien, ein Umstand, der Ellenas beunruhigtes Feingefühl nicht unbeträchtlich sänftigte, reichte solche Billigung doch nicht hin, die eignen Bedenken zum Schweigen zu bringen, so daß die Unschlüssige ihren mißleiteten Eifer, welcher so sehr dazu beigetragen, sie in die gegenwärtige Zwangslage zu bringen, wohl recht heftig beklagt hätte, wären ihr das Andenken der Tante und die Liebe zu Vivaldi weniger teuer gewesen. So kam es, daß die Glückseligkeit, welche durch des Geliebten Erscheinen in ihr hervorgerufen und durch ihr Wissen um sein Nahesein wachgehalten worden, zwar nicht ausgelöscht, jedoch von allerlei sorgenvollen Erwägungen oft genug verdunkelt ward. Dergestalt war Ellena mit ebenso begieriger wie unbedachter Sorge darauf aus, sich jeden Blick, ja noch jeden Tonfall heraufzurufen, dem sie entnommen hatte, daß des Jünglings Herz in unverminderter Liebe für sie schlug, und suchte in eifervoller Widersprüchlichkeit nach Beweisen für eben die Zärtlichkeit, die zu beklagen, ja der zu entsagen ihr noch eben als ein Gebot der Vernunft, wenn nicht sogar als eine Unabweislichkeit geschienen.

So erwartete sie in größter Unruhe das Erscheinen Olivias, die möglicherweise nicht nur um das Ergebnis von Vivaldis Unterredung mit der Äbtissin wußte, sondern auch, ob der Geliebte sich noch im Kloster aufhielt.

Olivia jedoch erschien erst gegen Abend, hatte aber nichts Gutes zu vermelden. So kam es, daß Ellena, nachdem sie von der Äbtissin unbeugsamer Haltung sowie von der darauffolgenden Abreise Vivaldis erfahren hatte, all ihren Mut sowie die kaum gefaßten Entschlüsse, welche sie in Ansehung von des Geliebten Familie erwogen, wankend werden und entschwinden sah. Einzig ihres Kummers und ihrer Verzweiflung bewußt, erkannte sie zum erstenmal das Ausmaß ihrer Liebe und das Bedrohliche ihrer Situation. Auch sah sie nunmehr ein, daß jenes Unrecht, welches ihr zugefügt worden, sie jeglicher Rücksichtnahme auf die Mißbilligung anderer überhob, nicht aber derjenigen auf die eigene Person. Allein, vielleicht war's nun schon nutzlos, sich dies einzugestehen!

Olivia zeigte nicht nur die zärtlichste Anteilnahme an Ellenas Wohlergehen, sondern schien von des Mädchens mißlicher Lage zutiefst betroffen: und ob es nun an einer Ähnlichkeit des eignen Unglücks mit demjenigen der Leidensgefährtin lag, oder aber an irgendwelchen anderen Dingen – jedenfalls sei angemerkt, daß Olivias Augen, während sie auf die junge Freundin blickten, oftmals in Tränen schwammen, ja daß die Nonne eine innere Bewegung an den Tag legte, die Ellena in Erstaunen setzte. Indes, sie war zu zartfühlend und auch viel zu sehr mit näherliegenden Dingen befaßt, als daß sie diesbezüglich irgendwelche Neugierde bekundet oder sich länger bei dem Gegenstande verweilt hätte.

Sobald Olivia gegangen war, suchte Ellena Zuflucht in ihrem Turmgemach, auf daß sie sich das Gemüt sänftigte im Anblick des hoheitsvollen Friedens der Natur, welch letzterer ja nur selten verfehlte, ihr den Geist zu erheben und sie die Unbill des Schicksals leichter ertragen zu lassen. Dann war's ihr jedesmal, als gäbe ihr eine süße und feierliche Melodie den Seelenfrieden wieder, ja als wär es der Geist aus dem Poem des großen Milton,

> Der da mit Flötenton und sanftem Lied
> Die wilden Winde wohl zu stillen wußt'
> Wie auch der Wälder Rauschen.

Dieweil nun Ellena, an einem der Turmfenster sitzend, dem langsamen Heraufwandern des letzten Abendscheines folgte, wie er das Tal mehr und mehr den Schatten der Nacht überließ und die fernen Gipfel in nebelhaften Purpur tauchte, erklang aus dem Gefels unterhalb der Mauern ein Flötenton, der nicht minder süß doch um vieles wirklicher war denn derjenige aus Miltons Dichtung. Instrument wie Melodie waren von einer Art, die Ellena in den Mauern von San Stefano bisher noch nie vernommen hatte, und solcher Klang, er brachte so süße Schwermut über des Mädchens Gemüt, daß sie nicht anders konnte als voll Hingerissenheit zu lauschen. Die schwebenden Töne, wie sie bebend heranwehten und dahinstarben, sie schienen ja der Niederschlag höchst ungewöhnlicher Empfindungen zu sein, und der erlesene Geschmack, mit welchem die klagende Weise immer wieder angestimmt ward, überzeugte Ellena nachgerade, daß solcher Spielmann niemand andrer sein konnte als Vivaldi.

Indem sie durch das Gitter spähte, erblickte sie eine auf der Felsenklippe unterhalb des Fensters kauernde Gestalt, und zwar an einer Stelle, die jedem menschlichen Fuße so gut wie unerreichbar schien, so daß der Kletterer einzig durch ein krüppeliges, am Rande des Abgrunds wurzelndes Gestrüpp vor dem drohenden Sturz in die Tiefe bewahrt blieb. Das abendliche Dämmerlicht erlaubte es Ellena nicht, sich sogleich zu vergewissern, ob sie tatsächlich Vivaldi vor sich habe, doch sah das ganze dermaßen gefährlich aus, daß sie hoffte, es möge ein anderer sein. Indes, ihre Zweifel wurden zerstreut, als der Kletterer, zum Fenster emporblickend, die Geliebte erkannte und zu sprechen anhub: es war die wohlvertraute Stimme!

Von einem durch Paolo bestochenen Laienbruder, der bei seiner täglichen Gartenarbeit bisweilen der schönen Gefangenen an ihrem Fenster ansichtig geworden, hatte Vivaldi erfahren, daß Ellena sich in jenem entlegenen Eckturm aufzuhalten pflegte. So war er, des eignen Lebens nicht achtend, bis zu diesem gefahrvollen Punkte vorgedrungen in der Hoffnung, sich mit der Geliebten unterreden zu können.

Ellena, in Angst versetzt durch die gräßliche Todesgefahr, in der sie den Geliebten wähnte, weigerte sich, ihm Gehör zu schenken. Er aber wollte sich nicht zurückziehen, bevor er ihr seinen Fluchtplan entdeckt hatte, und flehte sie an, sie möge sich seiner Obhut anvertrauen. Überdies versprach er hoch und heilig, er werde sie an jedweden Ort geleiten, der ihr schicklich schiene. Allem Anschein nach hatte jener Laienbruder zugestimmt, Vivaldi Vorschub zu leisten und ihm, wohl im Hinblick auf eine fette Belohnung, noch am nämlichen Abend Zutritt zu dem Kloster zu verschaffen, wo der Jüngling unterm Schutz seines Pilgerhabits Gelegenheit finden mochte, Ellena wiederzusehen. So beschwor er sie, wenn möglich während des Abendbrots im Sprechzimmer zu erscheinen, erklärte ihr in knappen Worten den Grund für diese Bitte und schilderte ihr das Wesentliche des im folgenden wiedergegebenen Sachverhalts:

Die Äbtissin, einem an den Hohen Festtagen geübten Brauche folgend, wollte nämlich den *Padre-abate* und diejenigen Priester zu Gaste laden, welche bei den Vesperandachten der Nonnen zugegen gewesen. Auch etwelche Fremde von Rang und Namen sowie eine Anzahl Pilger würden an der Kurzweil solch nächtlichen Festes teilhaben, in dessen Verlauf von den Nonnen auch ein Konzert zur Aufführung gebracht werden sollte. Das voraufgehende Abendessen bot nun Gelegenheit, mit einer Fülle von Leckerbissen aufzuwarten, welche von den Schwestern angerichtet wurden. Seit Tagen waren ja die Nonnen mit der Zubereitung all des Back- und Zuckerwerks befaßt gewesen, für dessen Herstellung die Klosterfrauen ebenso berühmt sind wie für ihre Stickereien und anderen kunstreichen Handarbeiten. Besagte Abendtafel sollte im äußeren Sprechzimmer der Äbtissin aufgebaut werden, wogegen die Oberin in Gesellschaft der höhergestellten und auch einiger von ihr bevorzugter Nonnen im innern Gemach zu Tische sitzen wollte, wo man, von der geladnen Gesellschaft nur durch das Sprechgitter getrennt, an der Unterhaltung der geistlichen Väter teilhaben konnte. Die Tische sollten nicht nur mit künstlichen Blumen, sondern auch mit einer Vielfalt anderen ausgeklügelten Zierats geschmückt sein, den zu ersinnen und zu verfertigen die Schwestern nicht müde geworden, wie sie ja überhaupt viel Eitelkeit an die Zurüstung dieser Festivitäten wandten, ja auf allerlei Zerstreuung inmitten der düstern Monotonie ihres klösterlichen Alltags hofften, und dies mit einer nicht geringeren eifervollen Begierde, wie eine junge Schöne ihrem ersten Ball entgegenfiebern mag.

Deshalb stand für diesen Abend zu erwarten, daß jegliches Mitglied der Klostergemeinschaft entweder von den gebotnen Vergnügungen oder aber von den dazu erforderlichen Arbeiten in Anspruch genommen sein werde, so daß es für Vivaldi, der sich all dieser Umstände aufs eingehendste versichert hatte, ein Leichtes sein mußte, mit Hilfe jenes Laienbruders Zutritt zu erhalten und, als Pilgersmann verkleidet, sich unter die Menge der Schaulustigen zu mischen. Dies war der Grund für sein drängendes Bitten, Ellena möge einwilligen, am Abend in den Gemächern der Äbtissin zu erscheinen. Dort wollte er versuchen, die Geliebte von den weiteren Einzelheiten seines Fluchtplans in Kenntnis zu setzen. Am Fuße des Klosterberges würden schon die

Maultiere bereitstehen, welche das Mädchen nach der Villa Altieri oder in den benachbarten Konvent der *Santa della Pietà* bringen sollten. Insgeheim hoffte Vivaldi ja, Ellena überreden zu können, ihm nach der Flucht aus San Stefano die Hand zum Lebensbund zu reichen, doch versagte er sich's, solche Hoffnung lautwerden zu lassen, auf daß sie von der Geliebten nicht für eine Bedingung angesehen würde. Es mochte ja sein, daß Ellena in solchem Falle seine Hilfe ausgeschlagen, oder, falls sie dennoch Gebrauch davon gemacht, sich für verpflichtet gehalten hätte, in eine rasche Heirat zu willigen.

Als Vivaldi von Flucht sprach, lauschte das Mädchen ihm mit widerstreitenden Empfindungen: bald war es hoffnungsvolle Freude, welche diese einzige Möglichkeit zur Befreiung aus der vielleicht auf Lebenszeit geplanten Gefangenschaft und zur Wiedervereinigung mit dem Geliebten in ihr hervorrief, bald schrak sie vor dem Gedanken an eine gemeinsame Flucht zurück, da ja Vivaldis Familie sich so entschieden einer Heirat widersetzte. Dergestalt war das Mädchen nicht fähig, im Augenblick einen Entschluß zu fassen, sondern flehte den Jüngling bloß an, er möge die halsbrecherische Klippe verlassen, ehe noch die hereinbrechende Dämmerung die Gefahr des Absturzes erhöhen werde, und ergänzte diese Bitte durch das Versprechen, sie wolle versuchen, Zutritt zum Sprechzimmer der Äbtissin zu erlangen, um dem Geliebten dann ihren endgültigen Entschluß mitzuteilen. Vivaldi verstand diese Gewissensbedenken nur zu wohl und empfand, obgleich ihn dies alles tief bedrückte, die größte Hochachtung vor dem verständigen Sinn, ja gerechten Stolz, der solche Skrupel ausgelöst.

Er verweilte sich auf dem Felsen, bis das Tageslicht vollends erloschen war, sagte dann der Geliebten mit hoffnungsbangem und dennoch angstpochendem Herzen Lebewohl und machte sich an den Abstieg. Sie aber verfolgte vom Fenster aus seinen Weg durch das lautlose Dunkel, sah die schattenhafte Gestalt von Vorsprung zu Vorsprung gleiten und über dem Abgrund sich von Felsen zu Felsen voranarbeiten auf dem kühnen Kletterpfad in die Tiefe, bis schließlich das verfilzte Dickicht den Geliebten ihren Augen entrückte. Noch immer verharrte sie angstvoll am Gitter, konnte den Jüngling aber nicht mehr zu Gesicht bekommen. Kein Aufschrei kündigte Unheil an, und so kehrte sie schließlich in ihre Zelle zurück, um über die geplante Flucht nachzudenken und mit sich ins reine zu kommen.

Ihre Erwägungen wurden von Olivia unterbrochen, deren Gehaben etwas Besonderes vermuten ließ. Die gewohnte Ruhe war ja aus ihrem Antlitz gewichen und hatte einem gram-, ja angstvollen Ausdruck Platz gemacht. Ehe sie zu sprechen anhub, spähte sie hinaus auf den Gang und blickte danach argwöhnisch in der Zelle umher. »Es ist gekommen, wie ich gefürchtet habe«, begann sie unvermittelt. »Mein Verdacht hat sich bewahrheitet, und Ihr, mein Kind, werdet geopfert, falls es Euch nicht möglich ist, das Kloster noch in dieser Nacht zu verlassen.«

»Was wollt Ihr damit sagen?« frug Ellena erschrokken.

»Soeben hab' ich erfahren«, fuhr die Nonne fort, »daß Eure Aufführung von heute morgen, welche man für eine vorsätzliche Beleidigung der Äbtissin ansieht, mit etwas bestraft werden soll, was sie Kerkerhaft nennen. Doch ach! Weshalb der Wahrheit ihren Stachel nehmen? Diese Strafe ist ja gleichbedeutend mit dem Tod, dieweil ich niemanden weiß, der lebend aus jener Schreckenskammer zurückgekehrt wäre!«

»Mit dem Tod?« wiederholte Ellena entgeistert. »Grundgütiger Himmel! Womit hätt' ich den Tod verdient?«

»Danach zu fragen ist in diesem Augenblick müßig, meine Tochter. Vielmehr geht es darum, wie solchem Lose vorzubeugen wäre. Nämlich in den tiefsten Gewölben unsres Klosters gibt es eine Felsenkammer, welche durch eiserne Türen gesichert ist und darin man gelegentlich diejenigen aus der Schwesternschaft einkerkert, welche sich eines abscheulichen Vergehens schuldig gemacht haben. Solches Urteil kennt nicht Aufschub noch Begnadigung. Die unselige Gefangene ist dazu verdammt, in Ketten und Finsternis zu schmachten, einzig bei Wasser und Brot, einer Nahrung, die eben noch hinreicht, all die Leiden zu verlängern bis zu dem Punkte, da schließlich der Körper, welcher unter so unerträglicher Last schwächer und schwächer geworden, im Tod Erlösung findet. In unsrer Chronik sind einige Fälle dieser entsetzlichen Bestrafung verzeichnet, wie sie gemeiniglich über jene Nonnen verhängt worden ist, die einem Leben entfliehen gewollt, das sie entweder in Verblendung selbst gewählt hatten, oder zu dem sie durch Strenge und Geiz der Eltern gezwungen worden waren.«

Olivia hielt inne, fuhr aber, da Ellena sich in Schweigen hüllte, nach einiger Zeit fort: »Einen dieser beklagenswerten Fälle solch unbarmherziger Strenge habe ich selber miterlebt. Ich habe das elende Opfer mit eigenen Augen jene Kammer betreten, doch dieselbe nimmermehr lebend verlassen sehen! Und ferner habe ich gesehen, wie man die sterblichen Überreste im Klostergarten verscharrt hat! Fast zwei Jahre lang hatte die Bedauernswerte auf ihrem Strohlager schmachten müssen, noch des armseligen Trostes beraubt, sich durchs Gitter mit jenen Schwestern unterreden zu dürfen, die Mitleid mit ihr empfanden. Und wer von uns hätte kein Mitleid gehabt? Indes, schwere Strafen waren denjenigen angedroht, welche sich etwa der Ärmsten in barmherziger Absicht nähern mochten. Gottlob – ich habe mich solcher Bestrafung ausgesetzt und sie mit innerlichem Triumph auf mich genommen.«

Ein Schimmer der Befriedigung huschte während dieser Worte über Olivias Antlitz, und es war der holdeste, welchen Ellena jemals an der Gefährtin wahrgenommen. In innigem Einverständnis warf sie sich der Nonne an den Busen und brach in Tränen aus. Eine Zeitlang brachte keine der beiden ein Wort hervor. Schließlich aber sprach Olivia: »Meint Ihr nicht, mein Kind, daß die rasch beleidigte Äbtissin sich Euren Ungehorsam sogleich zunutze machen und ihn zum Vorwand nehmen wird, Euch in jener Schreckenskammer einzukerkern? So würden der Marchesa Wünsche ja gewißlich erfüllt sein, ohne daß man Euch erst lange die Gelübde abpressen müßte! Ach! Nur zu unwiderlegliche Beweise solcher Absicht habe ich erhalten, und so weiß ich nun, daß Euer Opfergang auf den morgigen Tag festgesetzt ist! Mag sein, daß Ihr es bloß den Zurüstungen zu unsrem Fest zu danken habt, die Erfüllung des Urteilsspruchs auf morgen verschoben zu sehen.«

Ellenas Antwort war lediglich ein Stöhnen. Noch immer hielt sie das Haupt an die Schulter der Nonne gelehnt. Nun war es nicht länger der Zweifel, ob sie Vivaldis Hilfe annehmen solle oder nicht, sondern die nackte Verzweiflung bei dem Gedanken, daß all seine Anstrengungen vergeblich sein könnten.

Olivia aber, den Grund von Ellenas Schweigen mißdeutend, redete weiter. »Ich könnte Euch noch weitere Hinweise geben, welche so gewichtig wie fürchterlich sind, doch will ich mich ihrer enthalten. Sagt mir lieber, wie ich Euch helfen kann! Ich will ja gern eine neuerliche Bestrafung auf mich nehmen, wenn es mir nur gelingt, abermals einer Leidenden ihre Qualen zu lindern!«

In Anhörung solch weiteren Beweises von Olivias Großherzigkeit begannen Ellenas Tränen rascher zu fließen. »Doch wenn entdeckt würde, daß Ihr mir geholfen habt, aus dem Kloster zu entkommen«, sprach sie mit vor Dankbarkeit stockender Stimme. »Oh! Wenn man dahinterkäme, daß Ihr es wart, die –«

»Ich weiß um das Ausmaß der Strafe«, versetzte Olivia standhaft, »und ich hab' keine Furcht, sie auf mich zu nehmen.«

»Wie edel und großmütig Ihr seid!« schluchzte Ellena. »Oh nein – ich darf's nicht leiden, daß Ihr Eurer so wenig achtet!«

»Was ich vorhabe, ist nicht ganz uneigennützig«, machte die Nonne bescheiden geltend, »dieweil ich ja glaube, jedwede Strafe mit größerer Seelenstärke ertragen zu können denn die herzzerreißenden Qualen, welche ich mitansehn müßte und deren Zeugin ich schon einmal gewesen bin. Was zählt aller körperliche Schmerz, verglichen mit den tückischen und ausgesuchten Martern der Seele! Der Himmel weiß, daß ich die eignen Leiden durchzustehn vermag – doch nimmermehr den Anblick fremder Qual, sobald sie Menschenmaß erst übersteigt! Der Folter, glaub' ich, könnt' ich widerstehen, sobald die Seele mir gestärkt wär' durch das Wissen um ein edles Ziel. Doch Mitleid zerrt an einem Nerv, der mir das Herz durchbohrt und allen Widerstand zunichte macht. Oh ja, mein Kind, die Seelenpein des Mitleids ist schneidender, ist tiefer denn irgend eine andre Qual, diejenige der Reue ausgenommen, und selbst in unsrer Reue ist's vielleicht die Müßigkeit des Mitleids, die uns am meisten schmerzt. Indes, dieweil ich mich in Selbstbespiegelung verliere, mag die Gefahren ich vergrößern, die abzuwenden ich gekommen bin!«

Ellena, ermutigt durch Olivias großherzige Anteilnahme, erwähnte nun Vivaldis für den nämlichen Abend beabsichtigten Besuch und beriet sich mit der Gefährtin, ob ihr dieselbe etwa Zutritt zu der Äbtissin Sprechzimmer verschaffen könnte. Durch solche Nachricht von neuem Mut beseelt, riet ihr Olivia, sie solle nicht nur den Speiseraum aufsuchen, sondern auch dem Konzerte beiwohnen, bei dem etliche Fremde zugegen sein würden, unter denen sich möglicherweise auch Vivaldi befinden könnte. Dies vernommen, äußerte Ellena die Befürchtung, daß, falls die wachsame Äbtissin etwas merken sollte, solche Entdeckung wohl unverzüglich die Festnahme und Separation nach sich ziehen werde. Olivia beschwichtigte diese Bedenken, indem sie Ellena zur Verkleidung einen schwarzen Nonnenschleier anbot und ihr überdies versprach, sie nicht nur in das betreffende Gemach zu geleiten, sondern ihr auch jeden möglichen Vorschub zur Flucht zu leisten.

»Inmitten all der Nonnen, welche das geräumige Gemach bevölkern werden«, fügte sie hinzu, »ist es höchst unwahrscheinlich, daß man Euch erkennt, auch wenn die Schwestern nicht so sehr von ihren Zerstreuungen in Anspruch genommen wären, und die Äbtissin Muße fände, sich genauer umzusehen. Wie die Dinge liegen, lauft Ihr kaum Gefahr, entdeckt zu werden. Und falls die Oberin Eurer überhaupt gedenken sollte, wird sie Euch noch immer in der Zelle eingeschlossen wähnen. Allein, der Abend ist von zu großem Gewichte für ihre Eitelkeit, als daß sie irgendwelche Vermutungen anstellen würde, die ihre Aufmerksamkeit von dem Feste ablenken könnten. Deshalb, mein Kind, mag die Hoffnung Euch Stab und Stecken sein, und überdies solltet Ihr ein paar Zeilen vorbereiten, darin Ihr Vivaldi von Eurer Einwilligung wie auch von der Bedrängnis Eurer Lage in Kenntnis setzt. Mag sein, daß Ihr Gelegenheit findet, ihm das Blatt durchs Gitter zuzustecken.«

Die beiden waren noch immer mit diesem Gegenstand befaßt, als jene besondre Glocke ertönte, welche die Nonnen in den Konzertsaal rief. Sogleich eilte Olivia, den schwarzen Schleier zu besorgen, während Ellena die wenigen für Vivaldi bestimmten Zeilen aufs Papier warf.

Zweites Buch

Erstes Kapitel

Der Schleier deckt die Schöne
gleichwie der leichten Wolke Silberdunst
den zagen Mond: glaubt ihr, daß ihn dies schützt
vorm Blick der Neugier?

Gehüllt in Olivias Schleier, stieg Ellena zum Konzertsaal hinab und gesellte sich daselbst den Nonnen, welche schon innerhalb des Sprechgitters versammelt waren. Unter den Mönchen und Pilgern jenseits des Gitters befanden sich etwelche Fremde, die auf landesübliche Weise gekleidet waren, doch erblickte das Mädchen niemanden, der sie an Vivaldi gemahnt hätte. So erwog sie bei sich, daß der Geliebte, wäre er gleich gegenwärtig, nicht wagen würde, sich zu erkennen zu geben, da ja der Schleier, den sie trug, sie nicht minder vor den Blicken des Jünglings als vor denjenigen der Äbtissin verbarg. Deshalb schien es geboten, auf eine Gelegenheit zu lauern und den Schleier im passenden Moment am Gitter zu lüften – ein Hilfsmittel, durch das sie gewißlich die Augen der Fremden auf sich ziehen würde.

Indes, die Ankunft der Äbtissin machte das Mädchen, welches allzusehr fürchtete, entdeckt zu werden, gänzlich fühllos gegen jederlei andere Erwägung. Sie bildete sich ja ein, die Augen der Oberin direkt auf sich gerichtet zu sehen, und der Schleier bot nur unzulänglich Schutz vor solch durchdringendem Blick! So kam's, daß sie beinahe die Sinne verließen, dermaßen entsetzte sie sich davor, schon im nächsten Atem der Entdeckung anheimzufallen.

Dessen ungeachtet schritt aber die Äbtissin vorüber und nahm, nachdem sie noch ein wenig mit dem *Padre Abate* sowie etwelchen hochgestellten Besuchern geplaudert, ihren Sitz ein. Dies geschehen, wurde das Konzert sogleich eröffnet mit einer jener getragenen und herzbewegenden Weisen, wie die italiänischen Klosterfrauen sie mit so viel Anmut und Süße vorzutragen wissen. Sogar Ellena fühlte sich für kurze Zeit aller Gefahr entrückt und überließ sich zur Gänze der rings sie umgebenden Szenerie, deren Anblick in der Tat so ergreifend wie großartig war. In dem weitläufigen, überwölbten Gemach, das von unzähligen Wachslichtern erhellt war, und dessen ein wenig pompöse Ausschmückung sich dennoch dem feierlichen Ernste dieses Gemeinwesens aufs trefflichste einfügte, hatte sich etwa ein halbes Hundert Nonnen versammelt, die in der kleidsamen Tracht ihres Ordens ein Schauspiel der anmutigsten Schlichtheit boten. Die Feinheit ihres Aussehens im Verein mit der durch all die Schleier fast nur erratbaren Schönheit, sie fand ihren Gegensatz in der gestrengen Hoheit der Mutter Oberin, welche, thronend auf erhöhtem Sitz und in einigem Abstand von der übrigen Zuhörerschaft, den Anschein einer Herrscherin erweckte, und in den ehrwürdigen Gestalten des Vaters *Abate* und der ihn umgebenden Mönche, welche nicht von jener Wand aus Drahtgeflecht verdeckt waren, die man gemeiniglich das Sprechgitter nennt. Neben dem Pater Superior hatten sich die Fremden von Rang und Namen postiert, gekleidet in die prächtige, neapolitanische Mode, deren lebhafte Farben und luftige Eleganz sich aufs schönste von den dunklen, faltenreichen Gewändern der Geistlichkeit abhoben. Die Federhüte überragten die halb unter den Kapuzen verborgenen, grauhaarigen Häupter der Mönche, und auch die Gegensätzlichkeit der Mienen war nicht weniger fesselnd: Ernst, Strenge, Feierlichkeit und Düsternis mischten sich dergestalt mit Helle, blühendem Aussehn und heiterer Anmut, kurz, sämtliche Temperamente waren hier versammelt, welche das Leben entweder zum Segen oder zur Last machen und, wie durch einen Zauberspruch, diese Welt zum vergänglichen Paradies oder aber zum Fegfeuer zu wandeln vermögen. Im Hintergrund der Szene aber standen mehrere

Pilger, die nun nicht mehr so freudig dreinblickten wie am Vortag auf der Landstraße, sondern ein ernstes Wesen zur Schau trugen. In ihrer Gesellschaft befanden sich etliche niedere Brüder und Dienstboten des Konventes. Es war dieser Teil des Gemachs, welchem Ellena besonders häufig ihr Augenmerk zuwandte, doch konnte sie nicht erkennen, ob Vivaldi sich bei der Gruppe befand. Und wiewohl sie ganz nahe beim Sprechgitter Aufstellung genommen, brachte sie nicht den Mut für die Unziemlichkeit auf, im Angesicht so vieler Fremder den Schleier zu heben. Auf diese Weise aber, auch wenn Vivaldi sich im Gemach befunden hätte, stand nicht zu erwarten, daß er es wagen würde, näherzutreten.

Das Konzert ging zu Ende, ohne daß Ellena den Geliebten erspäht hatte, und so begab sie sich in jenes Gemach, darin man den Imbiß aufgetragen und woselbst die Äbtissin zusamt den geladenen Gästen alsbald erschien. Doch kaum dort angelangt, gewahrte Ellena, daß ein Fremder im Pilgerhabit sich ganz nahe am Sprechgitter postierte! Sein Antlitz war zum Teil von dem weiten Umhang verhüllt, und er schien eher ein Schaulustiger zu sein, nicht aber ein Teilnehmer an dem Gelage.

Ellena, welche den Fremdling für Vivaldi ansah, wartete begierig darauf, sich dem Gitter nähern zu können, ohne von der Äbtissin bemerkt zu werden. Da dieselbe in ein Gespräch mit den sie umstehenden Damen vertieft war, sah das Mädchen seinen Wunsch alsbald erfüllt. Hastig trat es aufs Gitter zu und hob sekundenlang den Schleier. Als aber der Fremde daraufhin den Umhang vom Gesicht nahm, um Ellena mit beredtem Blick für solche Vergünstigung zu danken, mußt' sie gewahren, daß dies ja gar nicht Vivaldi war! Zutiefst erschrocken ob der Auslegung, welche solch scheinbar ungehörige Aufführung finden mochte, und nicht minder bestürzt ob der Enttäuschung, jemand anderen als den Geliebten vor sich zu sehen, wollte das Mädchen sich schon hastig zurückziehn, als ein zweiter Fremdling eiligen Schrittes herzutrat, dessen geistvolles, anmutiges Äußere sie sogleich an Vivaldi gemahnte. Da Ellena sich aber kein zweites Mal einem möglichen Irrtum aussetzen wollte, wartete sie auf ein Zeichen und hob ihren Schleier noch nicht. Ein paar Atemzüge lang hielt der Fremde den Blick unverwandt und voll Ernst auf sie geheftet, schlug dann den Umhang zur Seite – und präsentierte sich als der Geliebte in Person!

Da Ellena sich erkannt sah, hob sie erst gar nicht den Schleier, sondern trat raschen Schrittes auf das Gitter zu. Vivaldi aber ließ dort ein winzig zusammengefaltetes Papier fallen und hatte sich, noch ehe das Mädchen Zeit gefunden, ihm die eigene Botschaft zuzustecken, schon wieder in die Menge der Schaulustigen zurückgezogen. Als jedoch Ellena sich des Papiers bemächtigen wollte, sah sie, daß eine andre Nonne hastig darauf zukam, und hielt in ihrem Vorhaben inne. Vom Luftzug des Gewandes aber ward der Brief halb aus seinem Verstecke geweht, und als Ellena vollends gewahren mußte, daß jene Nonne den Fuß darauf gesetzt hatte, vermochte sie kaum, ihre Herzensangst noch länger zu bemeistern.

Ein Mönch, welcher von außerhalb des Gitters jene Nonne anredete, schien ihr eine recht ernste, offenbar geheime Nachricht zuzuraunen, und so befürchtete Ellena schon, er habe Vivaldis Schritt mitangesehn und teile der Nonne nun seinen Verdacht mit. Jetzt und jetzt, so erwartete das Mädchen, werde die Benachrichtigte das Papier aufheben und der Äbtissin übergeben!

Indes, von solch unmittelbarer Angst sah Ellena sich befreit, sobald jene Schwester den Zettel mit dem Fuß leicht zur Seite streifte, ohne ihm näheres Augenmerk zu widmen. Dieser Umstand erleichterte das Mädchen nicht minder als er sie erstaunte. Als aber nach Beendigung jenes Gesprächs der Mönch aus dem Gemach eilte, um sich aufs neue der Menge zu gesellen, jene Schwester aber auf die Oberin zutrat und ihr etwas ins Ohr flüsterte, war die alte Angst mit einem Schlag wieder da! Ellena zweifelte nicht länger, daß Vivaldi entdeckt worden war, und daß man seinen Brief mit voller Absicht hatte liegen lassen, damit die Empfängerin an solchem Köder sich selbst verriete. Zitternd, voll Bestürzung und nahezu schon von Sinnen vor Angst, beobachtete Ellena, wie jene Nonne noch immer auf die Äbtissin einsprach, und glaubte schon, das eigne Schicksal abzulesen von der finstern Stirn der Oberin.

Was immer aber der Äbtissin Absichten sein und wie immer ihre Anweisungen lauten mochten – zunächst ward keinerlei erkennbare Maßnahme getroffen. Nachdem die Nonne Bescheid erhalten, trat sie schweigend zu ihren Mitschwestern, und auch die Äbtissin sah wieder aus wie sonst. Ellena aber, welche sich nunmehr unter Beobachtung wähnte, wagte nicht, sich jenes Papiers zu bemächtigen, wiewohl sie annahm, es enthalte Anweisungen für ihre nächsten Schritte, ja befürchtete, die kostbare Zeit für ihre Befreiung werde nun ungenutzt verstreichen. Doch so oft sie es riskierte, sich umzublicken, glaubte sie den Blick der Äbtissin auf sich gerichtet zu sehen, und auch von jener Nonne, deren Antlitz ja vom Schleier verhüllt war, wähnte sie sich nicht aus den Augen gelassen.

So ging denn mehr als eine Stunde beständigen Hangens und Bangens dahin, bis schließlich das Mahl beendet war und die Gesellschaft Anstalten zum Aufbruch traf. Jetzt erst, inmitten des allgemeinen Durcheinanders, brachte Ellena den Mut auf, ans Gitter zu treten und sich der Botschaft zu versichern. Während sie den Zettel im Gewand verbarg, wagte sie kaum, sich durch einen verstohlenen Blick zu überzeugen, ob sie dabei beobachtet worden, und wäre sogleich davongeeilt, sich von dem Inhalt zu überzeugen, hätte nicht im nämlichen Moment die Äbtissin den Raum verlassen. Auch jene Nonne war nun nicht mehr da, wie Ellena jetzt feststellen konnte.

Weit hinten erst gesellte das Mädchen sich dem Gefolge der Äbtissin. Sobald sie Olivias ansichtig geworden, gab sie derselben ein Zeichen und schritt weiter zu ihrer Zelle. Daselbst angelangt und endlich wieder allein, schloß sie die Tür und setzte sich, um Vivaldis

Nachricht zu lesen. Dabei suchte sie ihre Ungeduld zu bemeistern und den Sinn der Zeilen, über welche ihr Auge voll Hast hinwegglitt, auch zu verstehen. Allein, beim allzu eifrigen Umwenden des Blattes stieß sie die Lampe vom Tisch und fand sich plötzlich im Finstern! Ihr Kummer darüber grenzte nun schon an Verzweiflung! Anderswo im Kloster um Licht zu bitten, war ja ganz und gar unmöglich, denn damit wär' ja offenkundig geworden, daß sie nicht länger hinter Schloß und Riegel saß! Nicht nur Olivia hätte die Folgen ihrer nachsichtigen Handlungsweise zu erleiden gehabt, sondern Ellena wäre sogleich wieder eingeschlossen worden. So blieb ihr nur, auf Olivias rechtzeitige Ankunft zu hoffen, auf daß es nicht zu spät würde, Vivaldis Anweisungen in die Tat umzusetzen, falls dies überhaupt noch möglich war. Mit flehentlicher Inbrunst lauschte Ellena auf das Geräusch sich nahender Schritte und hielt dabei jene Nachricht in Händen, deren Inhalt sie noch immer nicht kannte, wie entscheidend er auch sein mochte für ihr künftiges Los! Wohl tausendmal wendete sie das schicksalsschwere Blatt um und um, ja suchte sogar, dessen Zeilen mit Fingern zu fühlen, um dergestalt die ihr verschlossene Botschaft zu enträtseln. Und sie erfuhr an sich alle die Qualen, welche das Bewußtsein über uns verhängt, sobald wir uns im Besitz einer Nachricht wissen, die wir nicht entziffern können, obschon von deren rechtzeitiger Kenntnisnahme vielleicht unser Leben abhängt!

Jetzt aber vernahm sie, daß Schritte sich näherten! Auch schimmerte von draußen Licht durch die Ritzen der Tür. Ellena aber dachte gar nicht daran, daß jemand andrer denn Olivia kommen könnte und es derhalben gut wäre, das Papier zu verbergen. Und als sie daran dachte, war's schon zu spät, denn bevor sie das raschelnde Blatt noch hätte verstecken können, betrat jene Person schon die Zelle – und war tatsächlich die Freundin! Bleich, zitternd und wortlos nahm Ellena ihr die Lampe ab und vertiefte sich in Vivaldis Zeilen. Jetzt erst erfuhr sie, daß seit dem Zeitpunkt dieser Niederschrift Bruder Jeronimo draußen vor der Pforte zum Garten der Nonnen darauf wartete, Ellena in Befolgung von Vivaldis Plan auf verschwiegenen Wegen aus dem Kloster zu geleiten. Am Fuße des Klosterberges, so war noch hinzugefügt, ständen Pferde bereit, um die Geliebte an jeden ihr schicklich erscheinenden Ort zu tragen. Das Schreiben schloß mit der beschwörenden Bitte um unverzügliches Handeln, da eben jetzt, abgesehen von der allgemeinen Betriebsamkeit der Nonnen, die Umstände für ein Entkommen ganz besonders günstig wären.

Das verzweifelnde und nahezu schreckensgelähmte Mädchen reichte Olivia den Brief und bat sie, denselben in aller Hast zu lesen und ihr dann zu raten, was denn nun zu tun sei. Eineinhalb Stunden waren ja seit dem Zeitpunkt verstrichen, da Vivaldi geschrieben, das Gelingen hänge einzig und allein von der größten Eile ab, und da er vielleicht schon an dem vereinbarten Orte bereitgestanden. Wie vieles konnte inzwischen eingetreten sein, das geeignet war, jede Möglichkeit einer Flucht zunichte zu machen, die nun gewißlich nicht mehr durch die Geschäftigkeit der Äbtissin und ihrer Nonnen begünstigt war!

Die großherzige Olivia aber, nachdem sie die Nachricht gelesen, nahm von Herzen Anteil an dem Mißgeschick ihrer jungen Schutzbefohlenen und zeigte sich willens, ganz wie Ellena so angstvoll gewünscht, die Gelegenheit zur Flucht auf jede Gefahr hin wahrzunehmen.

Selbst im Momente so lähmender Furcht empfand das Mädchen heiße Dankbarkeit für solche Güte. Nach einer Pause angestrengten Überlegens aber sagte Olivia: »Wir müssen nun gewärtig sein, in jeder Klosterpassage etwelchen Nonnen zu begegnen. Mein Schleier jedoch, so dünn er auch ist, hat Euch bisher vor Entdeckung bewahrt, und so müssen wir hoffen, daß er auch weiterhin Eurer Entweichung förderlich sein wird. Indes, es wird vonnöten sein, durchs Refektorium zu gehen, wo derzeit jene Schwestern, welche bei dem Mahle nicht zugegen gewesen, zum Abendbrot versammelt sind. Und sie werden dort versammelt bleiben, bis die erste Abendandacht sie zur Kapelle ruft. Warten wir aber jenen Zeitpunkt ab, so steht zu befürchten, daß es keinen Sinn mehr haben wird, überhaupt noch zu gehen.«

Ellenas Befürchtungen stimmten mit denjenigen Olivias vollkommen überein, und unter ihrer flehentlichen Bitte, keinen weitern Moment mehr zu zögern, sondern den Garten der Schwestern sogleich aufzusuchen, verließ man gemeinsam die Zelle.

Während die beiden zum Refektorium hinunterschritten, begegneten ihnen mehrere der Schwestern, nahmen jedoch von Ellena nicht weiter Notiz. Diese, sobald man sich dem gefahrdrohenden Saale näherte, hüllte sich fester in ihren Schleier und lehnte sich noch schwerer als bisher auf den Arm der getreuen Freundin. An der Tür trat ihnen die Äbtissin entgegen, welche soeben einen Blick auf die zum Abendbrot versammelten Nonnen geworfen, dabei Olivia vermißt und nach ihr gefragt hatte. Ellena wich zurück, um nicht bemerkt zu werden und der Äbtissin den Weg freizugeben. Olivia aber mußte Rede und Antwort stehen. Indes, nachdem sie den Schleier gehoben, ward ihr verstattet, weiterzugehen, und Ellena, welche sich zu den Nonnen gesellt hatte, die ihre Oberin umdrängten, und dergestalt einer Entdeckung mit knapper Not entronnen war, folgte der Freundin unsichern Schritts durchs Refektorium. Zum großen Glück waren die Nonnen allesamt noch zu sehr mit der stattgehabten Veranstaltung beschäftigt, als daß sie viel auf ihre Umgebung geachtet hätten, und so erreichte unsre Fliehende die gegenüberliegende Tür, ohne irgendwelchen Argwohn erregt zu haben.

In dem Saal, zu dem sie nunmehr hinabstiegen, liefen unsren wagemutigen Freundinnen häufig Dienstboten über den Weg, welche Teller vom Refektorium zur Küche trugen. Und im Augenblick des Öffnens der Gartenpforte kam eine Schwester herzu, die es gesehen, und erkundigte sich, ob dies denn bedeute, daß es schon zur Abendandacht geläutet habe?

In Schrecken versetzt ob so gefahrvoller Anrede, drückte Ellena Olivias Arm zum Zeichen des Schweigens und zog die Gefährtin hastig mit sich. Diese aber bewies weit größere Umsicht, indem sie stehenblieb und mit ruhiger Stimme antwortete. So konnten die beiden ungehindert ihren Weg fortsetzen.

Während sie durch den Garten auf die Außenpforte zuschritten, nahm Ellenas Angst, Vivaldi könnte gezwungen worden sein, den vereinbarten Platz zu verlassen, dermaßen zu, daß sie kaum noch weiterzugehen vermochte. »Oh, wenn mich die Kräfte verließen, noch eh' ich am Tor bin!« raunte sie Olivia zu. »Oder wenn ich's am Ende zu spät erreichte!«

Olivia suchte ihr Mut zuzusprechen und wies in Richtung des Tors, das im Lichte des Monds lag. »Nur noch dies kurze Stück«, so sprach sie. »Seht doch, dort wo der Baumschatten auseinandertritt, sind wir am Ziel!«

Ermutigt durch solchen Anblick, durchmaß Ellena leichteren Schrittes die Baum-Allee. Indes, das Tor schien ihres Nahens zu spotten und sich zurückzuziehn! Von Müdigkeit überwunden auf diesem langen Weg, sah sie sich noch vor Erreichen des heißersehnten Ortes gezwungen, aufs neue atemlos und erschöpft innezuhalten, so daß sie zum andernmal in aller Seelenangst ihres erschrocknen Gemütes ausrief: »Oh, wenn mich die Kräfte verließen, noch eh' ich am Tor bin! Oh, wenn ich in Ohnmacht sänke, dieweil ich's von fern erblicke!«

Doch ihr kurzes Innehalten befähigte sie, weiter voranzuschreiten, und sie blieb nun nimmermehr stehen, bis sie am Tore angelangt war. In diesem Moment aber gab Olivia zu bedenken, es wäre klug, sich zu vergewissern, wer denn da draußen stehe, und die Antwort auf das von Vivaldi vorgeschlagne Zeichen abzuwarten, eh' man sich selber zu erkennen gäbe. Dies gesagt, pochte sie gegen das Holz, und in der darauffolgenden, angstvollen Stille vernahmen die beiden von draußen flüsternde Stimmen. Doch keinerlei Zeichen beantwortete dasjenige der Nonne.

»Wir sind verraten!« sprach Ellena leise. »Nun, so

will ich das Schlimmste lieber sogleich erfahren!« Und wiederholte das Klopfzeichen. Allein, zu ihrer unaussprechlichen Freude ward es nun beantwortet von einem dreimaligen, derben Pochen gegen das Tor. Olivia, von größerem Mißtrauen erfüllt, hätte noch einen weitern Beweis abwarten mögen, doch ihre Vorsicht kam zu spät: schon drehte der Schlüssel sich im Schloß – schon tat das Tor sich auf – schon traten zwei dunkelgewandete Gestalten herein! Hastig fuhr Ellena zurück, hörte sich aber von einer wohlvertrauten Stimme gerufen und erblickte im Schimmer der von Jeronimo gehaltnen, abgeblendeten Laterne ihren Vivaldi leibhaftig vor sich!

»Oh Himmel!« rief er aus, und seine Stimme bebte vor Entzücken, als er der Geliebten Hand ergriff. »Ist's möglich, daß ich dich aufs neue mein Eigen nennen darf? Ach, wüßtest du, was alles ich in dieser letzten Stunde erlitten habe!« – Dann, Oliviens ansichtig werdend, schrak er zurück, doch Ellena beteuerte ihm, wie tief sie dieser Nonne zu Dank verpflichtet sei.

»Wir haben keine Zeit mehr zu verlieren«, sagte Jeronimo mürrisch. »Schon viel zu lange stehn wir hier herum, wie Ihr vielleicht noch merken werdet!«

»So lebt denn wohl, teuerste Ellena«, sprach Olivia. »Und mög' der Schutz des Himmels Euch immerdar begleiten!«

Ellenas Ängste, nun wichen sie einer liebevollen Bekümmernis. Tränen vergießend am Busen der Nonne, sagte sie: »Lebt wohl, oh, lebt auch Ihr wohl, meine teure, zärtliche Freundin! Ich darf Euch nimmer, nimmer wiedersehn, doch allzeit will ich Euer in Lieb' gedenken! Auch habt Ihr mir versprochen, daß ich von Euch hören werde. So seid denn eingedenk des Klosters della Pietà!«

»Dies hättet Ihr Euch besser drinnen ausgemacht«, sagte Jeronimo. »Zwei Stunden lang stehn wir hier schon herum!«

»Ach, Ellena«, sprach jetzt Vivaldi, während er die Geliebte sanft aus den Armen der Nonne löste. »So komm' ich erst an zweiter Stelle in deinem Herzen?«

Ellena aber, sich die Tränen hinwegwischend, hatte für solche Worte nur ein Lächeln, das freilich beredter war denn jede Erwiderung. Und nachdem sie Olivia wieder und wieder Lebewohl gesagt, reichte sie dem Jüngling die Hand und verließ das Tor.

»Der Mond scheint hell genug«, sagte Vivaldi, »was braucht's da die Laterne – sie könnte uns verraten!«

»Wir werden sie noch in der Kirche brauchen«, versetzte jener. »Und auch auf mehreren Umwegen, die wir zu nehmen haben, dieweil ich, wie Ihr wißt, mich nicht getraue, Euch durch das Große Tor zu führen.«

»Geht denn voran«, sprach da Vivaldi, und so kam man zu einer der Zypressen-Alleen, welche zur Kirche führten. Doch ehe man dieselbe erreicht hatte, blieb Ellena stehen und blickte zurück zum Gartentor, um Olivia noch einen letzten Blick zuzuwerfen. Die Nonne stand noch immer dort, und Ellena sah undeutlich im Mondlicht, wie die Gefährtin ihr ein letztes Lebewohl winkte. Weinend und aus übervollem Herzen erwiderte sie den Gruß und verweilte sich, bis Vivaldi mit sanfter Gewalt sie mit sich zog.

»Ich neide deiner Freundin diese Tränen«, sagte er, »und eifre ob der Zärtlichkeit, von welcher sie hervorgerufen sind. So wein nicht länger, meine Ellena.«

»Ach, kenntest du Oliviens Wert«, versetzte da das Mädchen, »und wüßtest du, was alles ich ihr schulde!« Seufzer erstickten ihr die Stimme, und wortlos drückte unser Jüngling Ellena die Hand.

Während sie den düstern Weg entlangschritten, der auf die Kirche zuführte, frug Vivaldi: »Seid Ihr sicher, Vater, daß nicht etwelche Klosterbrüder Buße tun vor den Altären auf unserem Weg?«

»Buße an einem Festtag, Signor? Viel wahrscheinlicher ist es, daß sie um diese Stunde mit dem Abräumen der Ausschmückung beschäftigt sind.«

»Dies wäre nicht minder fatal für uns«, versetzte Vivaldi. »Müssen wir denn unbedingt unsern Weg durch die Kirche nehmen, Vater?«

Doch Jeronimo versicherte, dies sei unerläßlich, und

so betrat man alsbald eines der verlassenen Seitenschiffe. Die Laterne ward aus ihrer Umhüllung genommen, denn die Wachslichte, von denen zu früherer Stunde die vielen Altäre in gleißendes Licht getaucht gewesen, waren nunmehr erloschen mit Ausnahme von denjenigen am Hochaltar, deren Schein aber schon viel weiter vorne im Dunkel der Kirche verdämmerte. Da und dort warf freilich noch eine ausbrennende Lampe ihr zitterndes Licht auf den dazugehörigen Altar, blakte auf, um alsbald wieder zu verlöschen, und war dergestalt bloß dazu gut, die Abstände von Säule zu Säule der langhin sich erstreckenden Arkadur erkennen zu lassen, nicht aber, die düstre Einsamkeit des Kirchenschiffs zu erhellen. Kein Laut, nicht einmal ein Geflüster, war übers Kirchenpflaster her zu vernehmen.

Die drei schritten hinüber zu einer Seitenpforte, welche hinausführte auf den Hof und weiter zu dem Felsen, welcher das Gnadenbild *Unsrer Lieben Frau vom Berge Karmel* umschloß. Der aus der Höhlung dringende Kerzenschimmer, welchem sich unsre Flüchtlinge urplötzlich gegenübersahen, machte sie zurückschrecken, doch Jeronimo trat vor, um einen Blick ins Innre der Höhle zu werfen, und versicherte dann, daß nichts auf die Anwesenheit eines Menschen hindeute, daß vielmehr vor dem Heiligtum bei Tage wie bei Nacht die Kerzen brennten.

Neubelebt durch solche Erklärung, folgten unsre beiden dem Klosterbruder in die Höhle, wo derselbe einen Teil der zum Schutze des Gnadenbildes errichteten Drahtumzäunung beseitigte, um unsre Freunde bis zum letzten, untersten Ende der Felsenkammer zu führen, wo eine winzige Pforte in die Wand eingelassen war. Während Ellena vor Angst erbebte, brachte Jeronimo einen Schlüssel zum Vorschein und steckte ihn ins Schloß. Alsbald tat sich vor den Flüchtlingen ein schmaler, gewundener Gang auf, der sich im Felsgestein verlor. Der Mönch schritt voran, doch Vivaldi, welcher Ellenas Argwohn teilte, blieb im Eingang stehen und fragte, wohin der Bruder sie denn zu führen gedächte?

»Zum Orte Eurer *Bestimmung*«, versetzte der Gefragte in gruftdunklem Ton. Solche Antwort jagte Ellena Entsetzen ein und stellte auch Vivaldi nicht zufrieden. »Ich hab' mich Eurer Führung anvertraut«, sagte der Jüngling denn auch, »und in Eure Hände gelegt, was mir teurer ist denn das eigene Leben. Das Eure aber«, und er wies auf den kurzen, unterm Pilgerhabit verborgenen Degen, »darauf mögt Ihr Euch verlassen, soll mir büßen für Euren Verrat! Falls Ihr auf Übles sinnt, so bleibt ein wenig stehen und ändert Euren Plan, oder Ihr werdet diesen Gang nimmermehr lebend verlassen!«

»Wie – Ihr droht mir?« versetzte da der Klosterbruder, und das Blut schoß ihm zu Kopfe. »Wozu sollt' Euch mein Tod denn dienlich sein? Wißt Ihr denn nicht, daß alle meine Mitbrüder aufstehn würden wie ein Mann, um mich zu rächen?«

»Ich weiß bloß, daß ich mich des Verräters versichern werde, falls da einer ist«, erwiderte Vivaldi, »und daß ich diese Dame gegen ein Heer von Mönchen verteidigen würde. Und da nunmehr auch Ihr dies wißt, verhaltet Euch danach und führt uns weiter!«

Weil es aber in diesem Momente Ellena scheinen wollte, der verdächtige Gang führe möglicherweise zu jener Kerkerzelle, welche nach Oliviens Beschreibung tief unter dem Konvent in den Felsen gehauen war, und da sie argwöhnte, Jeronimo sei gewißlich ein Verräter, weigerte sie sich, ihm zu folgen. »Falls Ihr es ehrlich mit uns meint«, so sprach sie, »weshalb führt Ihr uns dann nicht durch eins der Klostertore? Weshalb werden wir in dies unterirdische Labyrinth geschleppt?«

»Außer dem Hauptportal gibt es kein weiteres Tor in das Kloster«, versetzte Jeronimo. »Unser Weg ist der einzige, welcher aus diesen Mauern hinausführt.«

»Und weshalb können wir nicht durchs Hauptportal gehen?« frug jetzt Vivaldi.

»Weil dort alles voll ist von Pilgern und Laienbrüdern«, erwiderte Jeronimo. »Und wenn auch Ihr selbst unangefochten hindurchgehen könntet – was sollte aus der Dame werden? Doch habt Ihr dies alles schon vorher gewußt, Signor, und waret willens, mir zu vertrauen. Dieser Gang hier mündet in einiger Entfernung zwischen den Felsen ins Freie. Ich habe nun schon genug aufs Spiel gesetzt und mag nicht noch mehr Zeit verlieren! Mögt Ihr mir also nicht mehr weiter folgen, so will ich Euch verlassen, und Ihr müßt selber sehen, wie Ihr weiterkommt.«

Er schloß seine Worte mit einem spöttischen Lachen und machte sich daran, die Tür zu versperren. Vivaldi aber, der die möglichen Folgen von des Mönches Verärgerung fürchtete und auch erkannt hatte, daß es nicht viel zu besagen habe, ob man diesem Gange folgte oder nicht, suchte den Mönch zu beruhigen und Ellena Mut zuzusprechen. Beides gelang ihm.

Während er dem Mönch wortlos durch den finsteren Gang folgte, waren seine Zweifel freilich nicht so restlos beseitigt, daß er nicht auf der Hut vor einem Hinterhalt gewesen wäre. So geleitete er mit der einen Hand die Geliebte, hielt aber den Degen stoßbereit in der andern.

Der Gang war von beträchtlicher Länge, und noch bevor sie sein Ende erreicht hatten, vernahmen sie ferne Musik durch die Felsen herniedertönen. »Horch!« schrie Ellena auf. »Woher kommt solcher Klang? So hört doch!«

»Aus der Höhle, durch welche wir eingedrungen«, versetzte Jeronimo. »Und er sagt uns, daß es nun Mitternacht ist. Es ist der letzte Pilgergesang vorm Heiligtume Unsrer Lieben Frau. Beeilt Euch, Signor, man wird nach mir rufen!«

Unsre Flüchtlinge erkannten nunmehr, daß ihnen jeder Rückweg abgeschnitten war, und daß sie, hätten sie sich nur ein wenig länger in jener Höhle verweilt, von den Gläubigen überrascht worden wären. Doch mocht' es auch sein, daß einige von ihnen in diesen Gang eindrangen und noch jetzt die geplante Flucht durchkreuzten. Als aber Vivaldi diese Befürchtung äußerte, hatte Jeronimo nur ein durchtriebenes Grinsen dafür, wobei er versicherte, in dieser Hinsicht bestehe keine Gefahr. »Denn der Gang«, so fügte er hinzu, »ist einzig uns Klosterbrüdern bekannt.«

Vivaldis Argwohn ward vollends zerstreut, als er begriffen hatte, daß dieser Gang bloß von den Felsen draußen zu der Höhle führte und einzig dazu diente, heimlich all das ins Heiligtum zu schaffen, was man für nötig hielt, den Aberglauben der Pilger zu nähren.

Während er in gedankenvollem Schweigen voranschritt, klang durch all die Felsenkammern fernes Glokkengeläut hohltönend an sein Ohr. »Man ruft schon zur Matutin!« sagte Jeronimo sichtlich erschrocken. »Und ich muß daran teilnehmen! Signora, beschleunigt Eure Schritte!« Dies aber hätte er nicht erst zu verlangen brauchen, denn Ellena eilte ohnedem schon dahin, so rasch sie es vermochte. Erleichtert atmete sie auf, sobald sie an der nächsten Biegung des Ganges endlich jene Pforte erblickte, die sich, so glaubte sie, in die Freiheit auftun werde. Aber der Gang, dies sah sie nur zu bald, erstreckte sich weiter, und durch die Pforte, welche spaltbreit offenstand, sah Ellena nur in eine dürftig erhellte Felsenkammer.

Vivaldi, beunruhigt durch das Licht, fragte, nachdem man daran vorübergeschritten, ob sich denn jemand in der Kammer aufhielte, und ward von Jeronimo recht zweideutig beschieden. Indes, bald danach wies der Klosterbruder auf ein gewölbtes Tor, an welchem der Gang endete. Nun ging es schon leichteren Schrittes voran, denn die Herzen waren von Hoffnung geschwellt, und als man an dem Tore anlangte, war alle Furcht geschwunden. Jeronimo reichte Vivaldi die Laterne und begann, die Tür zu entriegeln und aufzuschließen. Schon griff Vivaldi nach dem Geldbeutel, um den Mönch für dessen Ehrlichkeit zu belohnen, als sich herausstellte, daß die Tür nicht nachgeben wollte! Ein entsetzlicher Gedanke überkam den Jüngling. Jeronimo aber wandte sich gelassen herum und sagte: »Ich fürchte, wir sind verraten. Das zweite Schloß ist versperrt, und ich habe nur den Schlüssel für das erste.«

»Nun wohl, wir sind verraten«, versetzte Vivaldi in grimmiger Entschlossenheit. »Doch braucht Ihr nicht zu glauben, daß Eure Verstellungskunst Euch helfen wird! Ich seh' schon, wer da der Verräter ist! Denkt an meine Worte und erwägt in Eurem Herzen, ob es Euch zum Vorteil ausschlägt, uns hier aufzuhalten!«

»Bester Signor«, erwiderte Jeronimo. »Es ist keinerlei Täuschung, wenn ich bei unsrer Heiligen Jungfrau schwöre, daß nicht ich dies Tor versperrt habe, und daß ich's öffnen würde, wenn ich könnte! Vor einer Stunde war das Schloß noch nicht versperrt. Und ich bin darob um so ärger bestürzt, als dieser Ort auch von unsern heiligsten Brüdern nur selten aufgesucht wird. So fürchte ich, daß derjenige, welcher hiergewesen, vom Argwohn gelenkt war und Eure Flucht verhindern will.«

»Eure schlaue Erklärung, oh Bruder, mag ja für kleinere Anlässe hinreichen, doch nicht für diesen«, versetzte Vivaldi. »So schließt nun entweder diese Tür auf, oder macht Euch aufs ärgste gefaßt! Und wisset, daß, wie wenig ich immer des eignen Lebens achten mag, ich dennoch diese Dame niemals den Schrecken ausliefern werde, welche in Eurem Kloster für sie schon bereitstehen mögen!«

Ellena, sich nach Kräften zusammennehmend, versuchte, Vivaldis Unmut zu zügeln, um die Folgen seines Mißtrauens abzuwenden, und tat alles, um Jeronimo zum Aufschließen der Tür zu übermögen. Doch alle ihre Anstrengungen hatten bloß ein langes Wortgefecht zur Folge. Schließlich aber gelang es der Schlauheit oder auch Unschuld des Klosterbruders, Vivaldi zu besänftigen, welcher nun selber versuchte, das Tor aufzubekommen, während Jeronimo ihm vergebens die Stärke des Holzes vor Augen hielt und beteuerte, es wäre ganz gewiß sein Ruin, falls man dahinterkäme, daß er selber an solchem Zerstörungswerke teilgenommen.

Allein, die Tür erwies sich als unbezwinglich. Da aber kein andrer Fluchtweg mehr verblieb, ließ Vivaldi sich nicht so leicht von seinem Vorhaben abbringen. Eine Rückkehr war ja nicht mehr möglich, denn Kirche wie

Höhle waren nun voll von den Gläubigen, welche der Frühmette beiwohnten.

Indes, Jeronimo schien die Hoffnung auf ein schließliches Gelingen noch nicht aufgegeben zu haben, denn er sagte lediglich, die beiden würden möglicherweise gezwungen sein, die ganze Nacht und vielleicht auch noch den nächsten Tag in diesem finsteren Gang zu verbringen. Schließlich kam man überein, er solle in die Kirche zurückkehren und dort feststellen, ob noch eine Möglichkeit sich biete, ungesehen durchs Hauptportal zu gelangen. Nachdem dergestalt der Klosterbruder die beiden in jene Kammer geführt, darein sie im Vorübergehen einen Blick geworfen, begab er sich auf den Rückweg nach dem Heiligtum.

Die Hoffnung der beiden Zurückgelassenen hielt noch beträchtliche Zeit nach Jeronimos Weggange vor. Je länger aber die Rückkunft des Bruders auf sich warten ließ, desto mehr schwand solches Zutraun dahin, und schließlich wandelte all die Ungewißheit sich zu nacktem Entsetzen. Einzig Vivaldis wegen gab Ellena sich den Anschein der Ruhe und verbarg vor ihm aufs sorgfältigste ihr Wissen um das besondere Schicksal, welches sie im Konvent zu erwarten hatte. Wie glaubwürdig Jeronimos Worte auch geklungen hatten – mehr und mehr drängte sich ihr nun wieder der Argwohn auf, er könnte dennoch ein Verräter sein. Die kalte und feuchtmuffige Luft dieser Kammer gemahnte ja an eine Totengruft! Und sobald Ellena um sich blickte, schien dies Gemach in allen Punkten Oliviens Beschreibung der Kerkerzelle zu entsprechen, darin jene Nonne so lange geschmachtet hatte, bevor sie eines elendiglichen Tods gestorben war. Wände und Gewölbe bestanden aus gewachsenem Fels, eine kleine, vergitterte Öffnung in der Decke diente der Durchlüftung, und keinerlei Möbelstücke waren da, bis auf einen Tisch, eine Bank und die Lampe, welche das Gemach nur dürftig erhellte. Daß man an solch entlegenem, einsamem Ort eine brennende Lampe vorgefunden, erstaunte das Mädchen erst recht, sobald sie an Jeronimos Worte dachte – nämlich, daß dieser Ort auch von den heiligsten Brüdern nur selten aufgesucht werde, und sobald sie erwog, daß der Mönch trotz solcher Versicherung keinerlei Erstaunen bekundet hatte ob dieses ungewöhnlichen Umstands. Abermals wollt' es ihr scheinen, sie sei verraten und nunmehr in das nämliche Gefängnis gebracht worden, das die Äbtissin für sie ausersehen. Das Entsetzen, welches Ellena bei dieser Mutmaßung befiel, war so stark, daß sie drauf und dran war, Vivaldi alles zu enthüllen. Doch die Furcht vor der Raserei, die solche Mitteilung bei dem Jüngling hervorrufen mochte, verschloß ihr die Lippen.

Während das Mädchen sich derlei Erwägungen hingab, wobei ihr die nackte Gewißheit weniger schmerzvoll gewesen wäre denn dies beständige Hangen und Bangen, ließ sie den Blick immer wieder durch das Felsengemach schweifen, auf der Suche nach irgend einem Gegenstande, der ihren Argwohn, dies sei die Sterbekammer jener unseligen Nonne, widerlegen oder aber bekräftigen mochte. Doch nichts dergleichen war zu sehen. Als sie aber in nahezu aberwitzigem Verlangen weiterhin umherspähte, ward sie in der hintersten Ecke eines Schattenflecks auf dem Fußboden ansichtig und entdeckte beim Hinzutreten als ein entsetzliches Omen einen Strohsack, welchen sie sogleich für das Totenbett jener bedauernswerten Nonne ansah. Ja mehr noch – die darauf hinterlassene Vertiefung mußte vom Körper der Unseligen herrühren!

Dieweil aber Vivaldi in die Fassungslose drang, sie möge ihm doch sagen, was ihr solches Entsetzen verursache, ward beider Aufmerksamkeit abgelenkt von einem hohlen Seufzen, welches ganz nahebei erklungen war. Unwillkürlich klammerte Ellena sich an des Jünglings Arm und lauschte entgeistert auf eine Wiederholung jenes Lauts. Doch alles blieb still.

»Es war ganz gewiß keine Einbildung«, sagte Vivaldi nach langem Schweigen. »Du hast es ja gleichfalls gehört?«

»Oh ja!« versetzte Ellena.

»Das war doch ein Seufzen – oder nicht?«

»Und welch ein Seufzen!«

»So muß hier jemand mit uns eingeschlossen sein«, stellte Vivaldi fest, indem er um sich blickte. »Doch fürchte dich nicht, Ellena – ich hab' ja den Degen!«

»Den Degen – ach! Du weißt ja nicht – doch still! Da ist es wieder!«

»Das war ganz in der Nähe!« sagte Vivaldi. »Wenn nur die Lampe nicht so trübe brennte!« Er nahm sie an sich und hielt sie hoch, um auch den entlegensten Winkel zu erhellen. »Ha – wer ist das dort?« rief er aus und schritt plötzlich voran. Doch niemand zeigte sich, nur Grabesstille folgte seinem Ruf.

»Seid Ihr in Bedrängnis, so sprecht!« rief Vivaldi schließlich. »Von Euren Leidgenossen habt Ihr nur Mitgefühl zu erwarten. Führt Ihr aber Arges im Schilde, so zittert um Euer Leben, denn Ihr werdet in mir einen verzweifelten Gegner finden!«

Doch noch immer erfolgte keinerlei Antwort. So schritt Vivaldi, die Lampe in Händen, nach dem anderen Ende des Gelasses und erblickte daselbst eine enge Tür im Felsen.

Und im nämlichen Moment vernahm er von drinnen einen gedämpften, zitternden Laut, als läge dort jemand im Gebet oder in äußerster Seelenpein. Er stemmte sich gegen die Tür, die zu seiner Überraschung sogleich nachgab, und hatte eine Gestalt vor Augen, welche vor einem Kruzifix kniete und so sehr ins Gebet vertieft war, daß sie der Gegenwart eines Fremden erst inne ward, als Vivaldi zu sprechen anhub. Auf des Jünglings Worte hin erhob sich der Beter und wies im Herumwenden die silbernen Schläfenhaare und bleichen Gesichtszüge eines betagten Klosterbruders. Der sanfte und kummervolle Ausdruck dieser Züge sowie das Funkeln der Augen, welche noch immer das Feuer einstiger Spannkraft zu bewahren schienen, fesselten den Jüngling, und auch Ellena, welche ihm gefolgt war, fühlte sich wieder ermutigt.

Auf des Mönches Antlitz malte sich ehrliche Überraschung. Vivaldi jedoch, unerachtet der einnehmenden

Güte solcher Züge, scheute sich zunächst, die Fragen des Alten zu beantworten. Erst als der Pater darauf hinwies, daß schon um seiner eignen Sicherheit willen eine Erklärung unerläßlich sei, begann der Jüngling, nicht so sehr durch jenen Hinweis eingeschüchtert als durch des Fragers Gehaben ermutigt und in Erkenntnis der eigenen verzweifelten Lage, ihm seine Verlegenheit in großen Zügen anzuvertrauen.

Der Mönch lauschte Vivaldis Worten mit tiefer Anteilnahme und blickte voll Mitgefühl abwechselnd auf den Sprecher und auf Ellena, wobei irgend ein quälender Zweifel das Mitleid zu beeinträchtigen schien, welches ihm gebot, den Fremden beizustehen. Schließlich frug er, wie lange Jeronimo schon fort sei, und schüttelte vielsagend das Haupt, als er vernommen, die Außenpforte sei durch ein zwiefaches Schloß versperrt. »Ihr seid verraten, Kinder«, sagte er. »Habt mit dem geraden Sinn eurer Jugend der Hinterlist des Alters zu sehr vertraut!«

Die entsetzliche Gewißheit löste bei Ellena eine Tränenflut aus. Vivaldi aber, fast nicht mehr fähig, dem Grimm zu gebieten, den solche Verräterei in ihm ausgelöst, vermochte die Geliebte nicht länger zu trösten.

»Dich, meine Tochter, habe ich doch heute morgen in der Kirche gesehen«, sagte jetzt der Mönch. »Auch entsinn' ich mich, daß du gegen die Gelübde Einspruch erhobst, welche du ablegen gesollt. Ach, Kind! Warst du dir auch der Folgen solcher Handlungsweise bewußt?«

»Ich hatte nur zwischen zwei Übeln zu wählen«, versetzte Ellena.

»Hochwürdiger Vater«, sprach da Vivaldi. »Ich mag nicht glauben, daß Ihr zu denen gehört, die entweder mitgeholfen haben bei der Verfolgung einer Unschuldigen, oder aber solchen Akt gutheißen. Wäret Ihr vertraut mit dem Mißgeschick dieser Dame, Ihr würdet sie zutiefst beklagen und ihr behilflich sein zu ihrer Rettung! Doch bleibt uns keine Zeit für Einzelheiten, und so kann ich Euch nur beschwören, kann Euch nur bei allem, was Euch heilig ist, anflehen, ihr zur Flucht aus diesem Kloster zu verhelfen! Hätten wir Muße genug, Euch von den verwerflichen Mitteln zu berichten, derer man sich bedient hat, die Unglückliche hinter diese Mauern zu schaffen, ja wüßtet Ihr, daß man ein Waisenkind um Mitternacht aus seinem Heim gerissen, daß bewaffnete Schurken sie hierhergeschleppt auf das Geheiß von völlig fremden Leuten – wüßtet Ihr, daß sie keinen einzigen Anverwandten mehr besitzt, der für ihre Unabhängigkeit eintreten oder sie ihren Verfolgern abverlangen könnte: Hochwürdiger Vater, wüßtet Ihr all das, Ihr würdet...« Doch Vivaldi war nicht mehr fähig, weiterzusprechen.

Abermals blickte der Mönch voll Mitleid auf Ellena, doch verharrte er weiterhin in gedankenvollem Schweigen. »Dies alles mag nur zu wahr sein«, sagte er schließlich. »Allein ...« Und er zögerte, fortzufahren.

»Ich kenne Eure Bedenken, Vater«, sagte Vivaldi. »Ihr wollt Beweise hören. Wie aber könnt' ich Euch an diesem Ort Beweise liefern? So müßt Ihr der Ehrenhaftigkeit meines Wortes vertrauen! Und falls Ihr Neigung verspürt, uns zu helfen, so muß solche Hilfe im Augenblick erfolgen! Dieweil Ihr noch zögert, kann unser Untergang besiegelt sein! Schon glaub' ich ja, Jeronimos Schritte zu hören!«

Er trat leise an die Tür der Kammer und lauschte. Noch aber war nichts zu vernehmen. Auch der Mönch horchte nach draußen, doch überlegte er noch immer. Ellena aber, die Hände ineinander verkrampft und nichts im Blick denn flehentliche Verzweiflung, harrte angstvoll seiner Entscheidung.

»Noch höre ich niemanden kommen«, sagte Vivaldi. »Noch ist es nicht zu spät! – Bester Vater! Falls Ihr uns helfen wollt, so tut es!«

»Oh arme Unschuld!« sprach da der Mönch vor sich hin. »In dieser Felsenkammer – an diesem Schreckensort!«

»In dieser Felsenkammer!« rief Ellena in Vorwegnahme der unheilvollen Bedeutung solcher Worte. »So war's denn hier, wo jene Nonne verderben und sterben gemußt? Und mich, nun zweifle ich nicht länger – mich hat man hierher gebracht, das gleiche Schicksal zu erleiden!«

»In dieser Felsenkammer«, wiederholte nun auch Vivaldi voll Verzweiflung. »Hochwürdiger Vater, falls Ihr uns wirklich helfen wollt, so laßt uns handeln in diesem Augenblick! Der nächste schon, er mag vielleicht all unsre Müh' zunichte machen!«

Der Mönch, welcher bei der Erwähnung jener Nonne in höchster Verwundrung auf Ellena geblickt, wandte sich nun von dem Mädchen ab. Etwelche Tränen rannen ihm über die Wangen, doch er wischte sie hastig hinweg und schien nun gegen einen Kummer anzukämpfen, der ihm tief im Herzen saß.

Vivaldi, der sah, daß sein drängendes Bitten des Mönches Entscheidung nicht beschleunigen konnte, und erwartete, schon im nächsten Moment die Schritte Jeronimos zu vernehmen, durchmaß verstört das enge Gelaß, bald lauschend an der Tür innehaltend, bald in aller Hoffnungslosigkeit des Mönches Erbarmnis anrufend, während Ellena, die sich in schauderndem Entsetzen wieder und wieder in dem Kerker umsah, beständig wiederholte: »In dieser Felsenkammer – an diesem Unheilsort! Oh, welches Leid haben diese Mauern mitangesehn! Und welches Leid steht ihnen noch bevor!«

Jetzt erst versuchte Vivaldi, Ellenas aufgestörtes Gemüt zu sänftigen, und drang dann erneut in den Mönch, derselbe möge doch den kritischen Augenblick zu des Mädchens Errettung nützen. »Beim Himmel!« so sprach er. »Wird sie hier entdeckt, so ist ihr Schicksal besiegelt!«

»Ich wag' es nicht zu sagen, was ihr Los sein würde«, fiel ihm da der Pater ins Wort, »oder auch das meine, sollte ich Eurer Bitte willfahren. Doch wiewohl ich alt bin, habe ich mir noch immer ein Herz für fremdes Leid bewahrt! Und ob man mir die letzten Jahre meines Lebens auch vergällen mag – die Tage Eurer Jugend sollen blühen. Und *werden* blühen, Kinder, soweit's in meinen

Kräften steht! Folgt mir zu jener Tür! Wir wollen sehn, ob nicht mein Schlüssel ihre Schlösser öffnet!«

Sogleich schritten Vivaldi und Ellena hinter dem voraushumpelnden Alten her, der immer wieder stehenblieb, um auf die Schritte Jeronimos oder jener Mönche zu lauschen, denen der ungetreue Klosterbruder Ellenas Los verraten haben mochte. Doch keinerlei Laut scholl durch den verlassenen Gang. Erst als unsre drei das Tor erreicht hatten, wurden ferne Schritte vernehmbar.

»Sie kommen, Vater!« flüsterte Ellena. »Oh, wenn Euer Schlüssel diese Schlösser nicht sogleich aufschließt, sind wir verloren! Still! Nun hör' ich schon die Stimmen – sie rufen meinen Namen! Man hat entdeckt, daß wir die Felsenkammer verlassen haben!«

Und dieweil der Mönch mit zitternden Händen den Schlüssel ins Schloß steckte, versuchte Vivaldi, ihm nach Kräften beizustehn und gleichzeitig Ellena Mut zuzusprechen. Der Schlüssel sperrte! Sogleich tat das Tor sich auf und gab den Blick frei auf die im Mondlicht rings sich breitende Bergwelt! Aufs neue vernahm Ellena in aller Freude der wiedergewonnenen Freiheit den mitternächtigen Wind durch die hängenden Palmwedel streichen, welche die rauhe Felsenplattform vor dem Tor so luftig überschatteten. Und das Gesträuch in den Felswänden weiter drüben gab solchem Rauschen mit feinem Geraschel Antwort.

»Spart euch euren Dank, Kinder – dazu ist keine Zeit«, sagte der Mönch, als die beiden schon den Mund auftaten. »Ich schließe das Tor wieder ab und will versuchen, eure Verfolger aufzuhalten, damit ihr Zeit gewinnt, euch aus dem Staub zu machen. Mein Segen ist mit euch!«

Ellena und Vivaldi fanden eben noch Zeit, ihm »Lebt wohl!« zu sagen, denn schon schloß er das Tor, und der Jüngling, die Geliebte am Arm fassend, eilte nach jener Stelle, an die er Paolo mit den Pferden beordert hatte. Doch als er um eine Ecke der Klostermauer biegen wollte, erblickte er einen langen Pilgerzug, der soeben aus dem unweit gelegnen Hauptportale hervorquoll.

Vivaldi fuhr zurück. Dennoch verspürte er nicht übel Lust, auf jede Gefahr hin weiterzueilen, denn er fürchtete ja, bei längerem Verweilen an der Klostermauer schon im nächsten Moment Jeronimos Stimme oder diejenige anderer Verfolger hören zu müssen! Der einzig gangbare Pfad aber, der zum Fuße des Klosterberges führte, war nun durch jenen Pilgerzug verlegt, und sich unter die Pilger zu mischen, hieß soviel wie sich der Vernichtung anheimzugeben. Das gleißende Mondlicht hob jede Gestalt mit vollkommener Deutlichkeit aus dem Dunkel, und so hielten die Flüchtlinge sich im Schatten der Mauer, bis sie, gewarnt von herannahenden Schritten, zu den Felsen hinüberschlichen, welche sich zur Rechten über einigen palmenbestandenen Hügeln erhoben und mit ihren tiefverschatteten Rissen ein wenig Schutz gewährten. Und dieweil die beiden auf leisen Sohlen längs der vor- und zurückspringenden Felsen entlangschlichen, bildete die Ruhe der dort unten sich breitenden Landschaft einen bestürzenden Gegensatz zu dem Aufruhr und Schrecken in den Gemütern der Fliehenden.

Doch da sie sich nunmehr in einigem Abstand von dem Kloster befanden, rasteten sie im Schatten der Felsen und warteten ab, bis die Prozession jener Glaubensfanatiker, welche bei ihrem Abstieg immer wieder inmitten des Dickichts und der Höhlungen des Klosterberges zum Vorschein kam, in genügender Entfernung sein werde. Nur zu oft blickten unsre zwei Flüchtlinge dabei auf das Kloster zurück in der Erwartung, aus dem Geheimgang oder am Hauptportale Lichter auftauchen zu sehen, und harrten in wortloser Angst des dumpfen Stimmengewirrs der Verfolger. Doch kein Laut ward von dem nächtlichen Wind an ihr Ohr geweht, und auch keinerlei Laternenschein verriet, daß etwa ein Späher auf dem Wege hierher sei.

Zuletzt, als die unmittelbare Erwartungsangst von Ellena abgefallen war, lauschte das Mädchen den geistlichen Hymnen des Pilgerzugs, welche herauftönten durch die lautlose Luft und emporstiegen in den wolkenlosen Himmel. Kein anderer Klang mischte sich in die heilige Weise, und auch in den gemessenen Pausen solchen Gesangs war bloß das Rascheln des zitternden Blattwerks zu vernehmen. Die respondierenden Stimmen, wie sie hinstarben in der Ferne und in neubelebtem Schwalle herangeweht wurden auf den Flügeln des Nachtwinds, gemahnten an die Musik von Geistern, wie sie etwa zur Nacht auf den Berggipfeln Wache halten und einander mit himmlischen Stimmen zurufen mochten auf ihrem Wandeln in luftiger Höh', von wo aus sie hinblickten über die schlafende Welt.

»Wie oft, oh Ellena«, sprach Vivaldi, »bin ich um eben diese Stunde um deine Behausung gestrichen und habe Trost gesucht in der Gewißheit, dir nah zu sein! In diesen Mauern, so sagt' ich mir, in diesen Mauern ruht sie nun. Sie sind es, die meine Welt umschließen, und alles andere ringsum bedeutet mir nichts denn Leere und Ödnis. Nun aber bin ich ganz bei dir! Oh Ellena! Jetzt, da du mir aufs neue geschenkt bist, leid es nicht abermals, um einer Laune willen von mir getrennt zu werden! Vielmehr laß dich von mir geleiten zum nächstbesten Altar, auf daß davor der Bund besiegelt werde!«

Vivaldi, in der Begierde solchen Wunsches, hatte des diskreten Schweigens vollkommen vergessen, das er sich auferlegen gewollt, bis Ellena an einen sichern Ort gebracht wäre.

»Dies ist nicht der Moment«, versetzte sie zögernd, »derlei Gespräche zu pflegen. Unsre Lage ist noch immer voll von Gefahren, deren Nähe uns erbeben macht.«

Sogleich erhob sich der Jüngling. »In welch dräuende Fährnis«, so sagte er, »hat meine törichte Eigensucht dich beinahe gestürzt! Da verweilen wir uns in solch beunruhigender Nachbarschaft, wiewohl das Leiserwerden des Gesangs uns längst schon anzeigt, daß der Pilgerzug nun weit genug für unsern Aufbruch ist!«

Noch während dieser Worte machte er sich behutsam an den Abstieg zwischen den Felsen, wobei er immer wieder auf das Kloster zurückblickte. Doch zeigte sich dort keinerlei Licht bis auf dasjenige des Mondes, welcher all die Türme und hohen Fenster der Kathedrale in seine Strahlen tauchte. Einen Atemzug lang glaubte Ellena, in ihrem Lieblingsturme den Schein einer Kerze zu erkennen, und der Gedanke, daß dort nunmehr die Nonnen, ja vielleicht sogar die Äbtissin nach ihr suchten, erfüllte sie mit neuem Schrecken und beflügelte ihren Fuß. Doch war's lediglich der Mond, welcher durch die gegenüberliegende Fensterfront in die Gemächer schien. So langten unsre Flüchtlinge ohne weitere Behelligung am Fuße des Klosterberges an, woselbst Paolo sich mit den Pferden zeigte. »Ach, mein bester Signor!« sagte er. »Wie froh bin ich, Euch so wohlbehalten und munter wiederzusehn! Ich hatte schon gefürchtet, dieweil Ihr solange ausbliebt, die Mönche droben hätten Euch gefaßt, und Ihr müßtet Buße tun auf Lebenszeit! Was bin ich froh, Euch nun vor mir zu sehn, *Maestro!*«

»Nicht froher denn *ich* es bin, *dich* wiederzusehn, mein guter Paolo! Doch wo ist der Pilgerhabit, den ich dir mitzubringen gebot?«

Paolo entfaltete das Gewand, und nachdem Vivaldi das Mädchen darein gehüllt und ihr aufs Pferd geholfen hatte, schlug man selbander die Straße nach Neapel ein, da ja Ellena Zuflucht nehmen wollte im Kloster della Pietà. Vivaldi aber, welcher fürchtete, man werde auf eben dieser Straße nach ihnen suchen, schlug vor, sie sobald wie möglich zu verlassen und auf Umwegen zur Villa Altieri zurückzukehren.

Bald danach gelangte man an jenen schwindelerregenden Paßübergang, durch welchen Ellena nach dem Kloster geschafft worden war, und dessen Schrecknisse zu solch düsterer Stunde noch ärger zu sein schienen denn bei Tage. Das Mondlicht stahl sich ja nur dann und wann bis in die Tiefen jenes Schlundes, und oftmals lag der Abgrund, an dessen Rand die Straße entlangführte, im schwarzen Schatten der Felsen und waldigen Vorsprünge, welche sich darüber erhoben. Paolo aber, dessen heitere Gemütsart nur selten dem Einfluß irgendwelcher Örtlichkeit erlag, trabte munter voran und beglückwünschte seinen Herrn und auch sich selbst immer wieder zu der gelungenen Flucht, ja äffte das in den Felsen widerhallende Echo nach, bis Vivaldi, der die möglichen Folgen solch geräuschvoller Heiterkeit zu fürchten begann, ihm dergleichen Späße verwies.

»Ach, bester Signor, so muß ich Euch denn gehorchen!« sprach da der Diener. »Allein, mein Lebtag ist mir das Herz nicht so voll gewesen! Am liebsten würd' ich laut hinaussingen, um meiner Freude ein wenig Luft zu machen! Die Klemme in jenem Verlies – wie heißt der Ort doch gleich? – war ja schlimm genug, doch war sie das reine Kinderspiel gegen dies letzte Abenteuer, von dem ich ja so gut wie ausgeschlossen blieb! Und Ihr, *Maestro*, hättet hundertmal ermordet sein können, während ich, an nichts weiter denkend, am Fuß des Berges im Mondlicht umherspazierte.

Allein, was ist das dort drüben am Himmel, Signor? Das sieht doch ganz so aus, als wär' es eine Brücke! Doch spannt sie sich so hoch oben, daß man denken möchte, sie diene lediglich dazu, die Wolken miteinander zu verbinden! Kein Mensch würde in solcher Höhe eine Brücke bauen, geschweige sich die Mühe machen, dort hinauf zu klettern, bloß um sie benützen zu können!«

Vivaldi blickte in die gewiesene Richtung, und auch Ellena gewahrte nunmehr jene Gebirgsbrücke, welche sie schon einmal voll Herzensangst passieren gemußt. Im Mondlicht spannte das Bauwerk sich luftig zwischen zwei ungeheuren Felsen, und tief unten schäumte der Fluß durch den steinigen Abgrund. Der eine der beiden Felsen zusamt einem Teil der Brücke lag in tiefem Schatten, doch der andere, welcher von allerlei Blätterwerk begrünt war, und zu dessen Füßen die stürzenden Wasser schäumten, lag im hellsten Mondlicht. Das gischtnasse Dickicht aber bildete einen funkelnden Kontrast zu dem schwärzlich überhängenden Felsgestein. Jenseits des Brückenbogens verschwamm das langgezogne Tal in nebeligem Schimmer.

»Nun denn!« rief Paolo, »da sieht man, was die Neugier vermag! Ich will mich doch gleich lebendig braten lassen, wenn da nicht schon ein paar Leute auf jener Brücke stehen!«

Auch Vivaldi gewahrte nunmehr etwelche Gestalten auf dem schlanken Brückenbogen, doch war es nicht bloß Verwunderung, die ihn überkam angesichts der im Scheine des Monds langsam vorangleitenden, undeutlichen Figuren: es mochten ja Pilger sein auf dem Wege zum Heiligtum Unsrer Lieben Frau, die Nachricht geben konnten von dem Weg, welchen unsre Flüchtlinge genommen! Allein, es bestand keinerlei Möglichkeit, ein Zusammentreffen zu vermeiden, denn zur einen Seite stiegen die Felswände gen Himmel, zur andern gähnte der Abgrund, und die Straße selber war so schmal, daß sie zwei Reitern eben noch erlaubte, aneinander vorbeizukommen.

»Jetzt sind sie schon alle über der Brücke, ohne sich den Hals gebrochen zu haben«, sagte Paolo. »Ich frag' mich bloß, wohin sie jetzt wohl gehen werden? Nun, Signor, gewißlich führt diese Straße nicht dort hinauf – wir wollen doch nicht etwa gleichfalls unsern Weg durch die Lüfte nehmen? Mir schwindelt schon genug von dem Getöse des Wassers dort unten, und die Felsen hier sind so schwarz als wie die Mitternacht und scheinen über uns zusammenzustürzen! Schon ihr bloßer Anblick kann einen zur Verzweiflung treiben – Ihr hättet meiner Heiterkeit nicht erst gebieten müssen, Signor!«

»Gern würd' ich deiner Geschwätzigkeit gebieten«, versetzte Vivaldi. »So schweig doch endlich still, mein guter Paolo! Sei vielmehr auf der Hut, denn jene Leute können schon ganz nah sein, wiewohl wir sie noch nicht erblicken!«

»So führt die Straße wirklich zu der Brücke, Signor?« frug Paolo schmerzlich. »Doch seht! Dort sind sie wieder! Kommen eben um den Felsen auf uns zu!«

»Still, sag' ich! Es sind Pilger«, flüsterte Vivaldi. »Wir wollen in den Schatten dieses Felsens treten und sie vorüberlassen. Und denk daran, Paolo, ein einziges unbedachtes Wort, es kann verderblich sein! Falls man uns grüßen sollte, bin's *ich*, der Antwort gibt!«

»Ganz wie Ihr wollt, Signor.«

Die Flüchtlinge hielten sich nahe an der Felswand und ritten langsam voran, während die Worte jener Pilgersleute nun schon hörbar wurden.

»'s ist doch ein rechter Trost«, hub da Paolo an, »an einem Ort wie diesem so munteres Geplauder zu vernehmen. Gott segne diese unbesorgten Herzen! Wie fröhlich ist doch solche Pilgerschaft! Doch wird sie schon noch ernster werden, dafür verbürg' ich mich! Am liebsten würd' ich –«

»Paolo – so rasch hast du vergessen?« fuhr ihn Vivaldi an.

Beim Anblick unserer Reiter verstummten die Pilger, doch als man aneinander vorüberkam, rief derjenige, welcher der geistliche Führer der Gesellschaft zu sein schien: »Heil im Namen *Unsrer Lieben Frau vom Berge Karmel!*« Und die andern sprachen's ihm im Chore nach.

»Heil!« rief auch Vivaldi. »Die Frühmette ist schon gelesen!« Und setzte seinen Weg fort.

»Doch wenn ihr euch beeilt, kommt ihr zur zweiten Messe noch zurecht«, sagte der hinterhertrabende Paolo.

»So habt ihr erst vor kurzem das Heiligtum verlassen?« frug einer aus dem Zug. »Und könnt uns sagen –«

»Wir sind nur arme Pilger so wie ihr«, versetzte da Paolo, »und können gar nichts sagen. Und damit Guten Morgen, Väter, denn drüben wird's schon hell!«

Dies gesagt, holte er seinen Herrn wieder ein, welcher inzwischen mit Ellena vorangeeilt war und nun Paolo ob dessen Leichtfertigkeit ernstlich ausscholt, während hinter ihnen das Singen der Karmel-Pilger verklang, welche ein frommes Morgenlied angestimmt hatten. Dann senkte sich wieder die Stille der Einsamkeit über die felsige Schlucht.

»Dem Himmel sei Dank! Dies Abenteuer wär' nun überstanden!« sagte Vivaldi.

»Und jetzt müssen wir bloß noch jene Brücke hinter uns bringen«, versetzte Paolo. »Dann sind wir, so hoff' ich, allesamt in Sicherheit!«

Sie befanden sich nun knapp vor der Brücke. Als sie jedoch über die schwingenden Bohlen ritten und in die Schlucht zurückblickten, tauchten auf der eben verlassenen Straße etwelche Gestalten auf, und der Gesang neuer Stimmen mischte sich in das Tosen des Wassers.

Ellena, abermals in Schrecken versetzt, trieb das Reittier an, und auch Vivaldi, obschon er ihre Befürchtungen zu zerstreuen suchte, ermunterte das Mädchen zu noch größrer Eile.

»Das sind ja bloß ein paar weitere Pilger, Signora«, sagte Paolo. »Wo nicht, so würden sie nicht solchen Lärm schlagen. Können sich ja denken, daß wir sie hören müssen!«

Unsre Gesellschaft trabte so rasch voran, wie die halsbrecherische Straße es erlaubte, und gelangte alsbald außer Hörweite jener Stimmen. Als aber Paolo sich wandte, um festzustellen, ob die Schar noch zu sehen sei, gewahrte er zwei in Mäntel gehüllte Gestalten, welche unter den überhängenden Felsen voraneilten und sich seinem Pferd an die Fersen geheftet hatten. Noch ehe Paolo seinem Herrn hätte Mitteilung machen können, waren sie an des Dieners Seite.

»Seid Ihr auf dem Rückweg vom Heiligtum *Unsrer Lieben Frau?*« frug der eine.

Vivaldi, aufgeschreckt durch diese Frage, blickte zurück und erkundigte sich, wer denn der Frager sei?

»Ein Pilgersmann so wie Ihr«, versetzte der Fremde. »Einer, der sich diesen steilen Felsenpfad emporgequält hat, so daß ihn seine müden Glieder nimmer weitertragen wollen. Ach, daß Ihr Euch seiner doch erbarmtet und ihn aufs Pferd steigen ließet!«

Doch wie mitleidsvoll immer Vivaldi den Leiden anderer gegenüberstand: dies war nicht der Augenblick, solcher Neigung nachzugeben, ohne daß man Ellenas Sicherheit in Gefahr gebracht hätte. Auch bildete er sich ein, der Fremde rede mit verstellter Stimme. Solcher Argwohn ward noch verstärkt, als der andre, sich nicht abweisen lassend, nach dem Weg fragte, den unsre drei zu nehmen gedächten, und den Wunsch äußerte, sich ihnen anzuschließen. »Denn dies Gebirge, so heißt es, steckt voll von Wegelagrern und Banditen«, fügte er noch hinzu, »und so ist eine große Gesellschaft sicherer vor ihren Überfällen denn eine kleine.«

»Wenn Ihr wirklich so sehr ermattet seid, mein Freund«, warf Vivaldi ein, »wie ist's dann möglich, daß Ihr Schritt zu halten vermögt mit unsren Pferden? Ein wahres Wunder, daß Ihr uns eingeholt!«

»Die Angst vor den Banditen«, versetzte da der Fremde. »Sie war es, die uns dermaßen angetrieben hat.«

»Ihr habt von Räubern gar nichts zu befürchten«, sagte Vivaldi, »im Fall Ihr Eure Schritte mäßigen wollt. Ein großer Pilgerzug kommt nämlich hinter uns und wird Euch alsbald eingeholt haben.«

Damit machte er dem Gespräch ein Ende, schlug seinem Pferd die Sporen in die Flanken und sprengte davon. Die Unvereinbarkeit ihrer vorgeblichen Ermattung mit der Schnelligkeit, welche die Fremdlinge entwickelt hatten, und überhaupt ihr gesamtes Gehaben – dies alles hatte die Fliehenden ernstlich beunruhigt. Doch sobald sie den beiden aus den Augen waren, fiel auch alle Angst von ihnen ab, und als sie schließlich den Engpaß hinter sich hatten, verließen sie die nach Neapel führende Hauptstraße und schlugen einen einsamen Nebenweg ein, der westwärts in Richtung Aquila führte.

Zweites Kapitel

So sang der schlichte Hirt zur Morgenstunde
Den Bäumen vor. Der Tag schritt grau zutal.
Dann strahlten alle Berge in der Runde,
Dann lag die Bucht im ersten Sonnenstrahl.
Milton

Vom Gipfel eines Berges erblickte unsre Reisegesellschaft im Morgenlichte den fernen See von Celano, wie er zu Füßen anderer, ragender Apenninberge von Süden herüberglänzte. Vivaldi erachtete es für weise, den Weg dorthin zu nehmen, denn der See lag so sehr abseits von der Hauptstraße nach Neapel und von der Nachbarschaft San Stefanos, daß man hoffen durfte, an seinem Gestade sichere Zuflucht zu finden. Auch erwog der Jüngling, ob man nicht in einem der Klöster, welche längs der Seeufer verstreut liegen, unschwer einen Priester ausfindig machen könnte, der willens wäre, die feierliche Trauung zu vollziehen, falls Ellena einer raschen Heirat zustimmen sollte.

Unsre Gesellschaft ritt nun zwischen Olivenhainen abwärts und ward alsbald von einigen Bauern, die ihre Felder bestellten, nach jener Straße gewiesen, welche von Aquila nach dem Städtchen Celano geht und zu den wenigen zählt, die in die Bergwildnis führen, welche den See nach allen Seiten hin von der Umwelt abschließt. Als man sich den tiefergelegenen Regionen näherte, durchzog das Aroma blühender Orangenbäume stärker und stärker die morgendliche Luft, und auch die würzige Myrte verströmte ihren Duft von all den Felsen herab, darauf sie in dichten Büscheln wucherte. Immer häufiger kam man nun an Zitronen- und Orangenhainen vorüber, und Vivaldi hoffte, in der Hütte eines der Bauern, welche die Gärten bestellten, Labung und Obdach für Ellena zu finden.

Indes, alle Hütten, in denen Paolo vorsprach, waren verlassen, dieweil deren Eigentümer ihrer Feldarbeit nachgingen, und so fand unsre Gesellschaft sich auf dem jetzt aufwärts führenden Pfad alsbald wieder inmitten einer bloß von Schaf- und Ziegenherden bevölkerten Gebirgswelt, darin der Orangenduft dem Aroma der Bergwiesen gewichen war.

»Signor!« rief da plötzlich Paolo, »ist dies nicht eine Hirtenschalmei in der Ferne? Wenn ja, so mag die Signora recht bald zu ihrer Erfrischung kommen!«

Während Vivaldi lauschte, erklang nun das Spiel einer Oboe und einer Hirtentrommel schon aus größerer Nähe.

Man folgte der Richtung querfeldein und sah alsbald eine Hütte vor sich liegen, welche von einer Gruppe Mandelbäume überschattet war. Es war dies die Almhütte mehrerer Schafhirten, welche in einiger Entfernung ihre Herden hüteten und, ausgestreckt im Schatten der Kastanienbäume, sich mit dem Spiele ihrer ländlichen Instrumente vergnügten – ein arkadisches Bild, wie man ihm in den Abruzzen auch heutzutage noch recht häufig begegnet. Indes, die Einfachheit der äußern Erscheinung jener Hirten, welche schon an Wildheit grenzte, ward gesänftigt durch einen gastfreien Sinn. Ein ehrwürdiger Alter – augenscheinlich der Oberhirt – trat auf die Fremden zu und geleitete sie, nachdem er von ihrem Mangel erfahren, in seine kühle Hütte, woselbst er seine Gäste alsbald mit Rahm und Ziegenkäse sowie mit köstlichem Kräuterhonig und getrockneten Feigen bewirtete.

Ellena, mehr noch von der überstandenen Angst denn durch die Reise ermüdet, zog sich nach dem Imbiß zurück, um ein Stündchen zu ruhen, wogegen Vivaldi es sich auf der Bank vor der Hütte bequem machte. Paolo aber genoß sein Frühstück im Bewußtsein des überstandenen Schreckens und im Schatten der Mandelbäume.

Sobald Ellena aus der Hütte trat, schlug Vivaldi vor, man solle an diesem Ort die ärgste Mittagshitze abwarten, und wagte sich danach, da er den Rastplatz für sicher genug hielt, aufs neue an jenen Gegenstand, welcher seinem Herzen am nächsten lag. Abermals führte er der Geliebten das Unheil vor Augen, welches noch immer hereinbrechen könne, und drang auf einen raschen Vollzug der Heirat.

Gedankenverloren und betrübt lauschte Ellena eine Zeitlang schweigend den Argumenten und Bitten des Jünglings. Insgeheim anerkannte sie die Billigkeit seiner Vorhaltungen – und schrak dennoch mehr denn je zurück vor der Takt-, ja Würdelosigkeit, als welche sie das Eindringen in eine fremde Familie empfand, in eine Familie überdies, von der das Mädchen nicht nur Beweise stärkster Ablehnung erfahren hatte, sondern auch schweres Unrecht und die Androhung noch ärgerer Grausamkeit. Diese letzteren Umstände überhoben sie freilich jedweder weitern Verpflichtung zu Taktgefühl oder Großherzigkeit, soweit die Urheber ihrer Leiden davon betroffen waren, und so hätte Ellena nur mehr auf das Glück des Geliebten sowie auf ihr eignes bedacht sein müssen. Dennoch brachte sie es nicht übers Herz, dermaßen überstürzt eine Entscheidung zu treffen in einer Sache, welche ihr ganzes künftiges Lebensglück einschloß, und mochte Vivaldi gegenüber, wie zärtlich und dankbar sie ihn immer liebte, auch nicht die Umstände verschweigen, welche ihr eine Entscheidung so schwer machten.

»Sag doch selbst«, so sprach sie, »ob ich dir meine Hand reichen darf, da doch deine Familie – deine Mutter –« Errötend hielt sie inne und brach in Tränen aus.

»Erlaß mir diese Tränen«, rief da Vivaldi, »und auch das Gedenken an all das, was sie hervorruft! Oh laß mich nicht an meine Mutter denken im Angesichte deiner Tränen! Gemahn mich nicht daran, daß es ihr ungerechter Sinn ist, ihre Grausamkeit, was dich ins Unglück stürzen möchte!«

Vivaldis Züge verkrampften sich, während er dies rief. Er fuhr empor, durchmaß mit raschem Schritt die Hütte und verließ sie, um im Schatten der davorstehenden Bäume auf und ab zu gehen. Doch schon nach wenigen Augenblicken hatte er sich wieder in der Gewalt und kam zurück. Abermals nahm er auf der Bank neben Ellena Platz, ergriff des Mädchens Hand und sprach mit feierlicher, gefühlvoller Stimme: »Ellena, seit langem siehst du, wie teuer du mir bist. So kannst du meine Liebe nicht bezweifeln. Seit langem auch hast du gelobt – hast feierlich versprochen in Gegenwart der Einen, die nun nimmer unter uns weilt, doch deren Geist in diesem Augenblick auf uns herniederschauen mag – in Gegenwart von ihr, die meiner liebevollsten Obhut dich anvertraut hat, daß du mir angehören willst für immer! Bei dieser heiligen Wahrheit, bei dieser teuersten Erinnerung beschwör' ich dich, mich nimmer der Verzweiflung auszuliefern und nicht der grausamen und falschen Politik der Mutter den Sohn zu opfern in einer Anwandlung gerechten Zornes! Ach, keiner von uns beiden weiß um die Machenschaften, die da drohn, sobald man erst erfährt, daß du nicht mehr in San Stefano bist. Verzögern wir noch länger unsre Bindung, so bist du – ach, ich weiß es, fühl es! – auf ewig mir verloren!«

Ellena war tief gerührt und zunächst keiner Erwiderung fähig. Schließlich aber, ihre Tränen hinwegwischend, versetzte sie zärtlich: »Kein Ärger kann mich wankend machen in dem, was ich für dich empfinde. Ich glaube, ich zürne der Marchesa gar nicht – sie ist ja deine Mutter! Doch hat der Stolz, wenn er beleidigt wurde, das Recht, uns zu gebieten, und seiner Stimme müssen wir gehorchen. So mag vielleicht die Zeit gekommen sein, da ich, will ich mich selber achten, dir entsagen muß.« –

»Wie! Mir entsagen!« rief Vivaldi. »Mir entsagen! So wär's denn möglich, daß du mir entsagtest?« Er starrte die Geliebte voll Eifer und Bestürzung an. »Sprich, Ellena – so wär's denn wirklich möglich?«

»Ich fürchte, nein«, versetzte sie.

»Du fürchtest? Ach! Denn wenn du's *fürchtest*, so ist's nur allzu möglich, und ich hab' dich schon verloren! So sag, daß du es *hoffst*, oh sag ›ich *hoffe*, nein!‹, auf daß auch mir die Hoffnung wiederkehre!«

Der Schmerz, mit dem er dies hervorstieß, rief in der Angesprochnen alle Zärtlichkeit herauf, und so sagte sie, aller selbstauferlegten Reserve völlig vergessend und den halb schon gefaßten Entschluß verwerfend, mit unaussprechlich holdem Lächeln: »Im Augenblicke will ich's fürchten nicht noch hoffen, sondern einzig dem Gebot der Dankbarkeit und Neigung folgen, indem ich *glauben* will, ich könnt' dir nicht entsagen, solange du der alte bleibst.«

»Glauben!« wiederholte da Vivaldi. »Also nur glauben! Und weshalb die Erwähnung der schnöden Dankbarkeit? Was sollen diese müßigen Vorbehalte? Und selbst noch dieses Ja, zu schwach, um meine Hoffnungen zu stützen, selbst dies noch ist erzwungen! Du siehst mein Elend – und Mitleid, *Dankbarkeit*, nicht Liebe sollt' es lindern? Auch willst du weder fürchten, noch auch hoffen! Ach, Ellena! Ward je geliebt ganz ohne Furcht – und ohne Hoffnung? Oh niemals, nimmermehr! Als Liebender schweb' ich beständig zwischen Furcht und Hoffnung! Ein jedes Wort, ein jeder deiner Blicke nährt mir eins von beiden, und unablässig quält mich meine Angst! Weshalb dann diese kalte, herzbrechende Erwähnung deiner Dankbarkeit? Nein, Ellena! Du liebst mich nicht, dies ist nur zu gewiß! – Die Strenge meiner Mutter hat mir dein Herz entfremdet!«

»Oh welch ein Irrtum!« rief da Ellena. »Hab' ich dir meine Wertschätzung nicht viele Male schon bezeigt auf heilige Weise? Doch wenn du meine Lauterkeit bezweifelst, dann vergib, daß meine Selbstachtung mir nicht gestattet, dich um Glauben anzuflehn.«

»Wie ruhig du bist, wie gleichgültig, wie klug und wie bedachtsam!« rief Vivaldi schmerzlich und voll Vorwurf. »Indes, ich will dich nicht betrüben! Vergib mir, daß ich abermals zur Unzeit von diesem Gegenstande angefangen! Ich wollt' ja erst an einem Orte davon reden, der sichrer ist als dieser, doch war zu schweigen mir nicht länger möglich, dieweil die Angst das Herz mir abzudrücken drohte. Allein, was hab' durchs Reden ich gewonnen? Nur neuen Kummer – neue Zweifel – neue Angst!«

»So laß doch ab davon, dich selbst zu quälen!« versetzte Ellena. »Ich leid' es – ich ertrag' es nicht, daß du auch nur sekundenlang an meiner Liebe zweifelst! Wie kannst du's nur für möglich halten, daß ich mit taubem Herzen dir begegnen, ja daß ich je vergessen könnte der drohenden Gefahr, darein du freien Willens dich gestürzt, um mir zur Freiheit zu verhelfen? Wie könnt' ich im Gedenken solcher Tat des heißen Danks vergessen, welchen ich dir schulde?«

»Dies ist das Wort, das mehr mich quält denn alle andern Worte!« rief Vivaldi. »So ist's denn nur Verpflichtung, die dich an mich bindet? Dann wär' dein Haß mir lieber denn diese kalte, pflichtgetreue, engbegrenzte Dankbarkeit, an der all meine Hoffnungen zuschanden werden!«

»Und doch hat dieses Wort für mich weit mehr Bedeutung«, versetzte lächelnd Ellena. »Für mich schließt's alles ein, was zärtlich ist und edelmütig in der Liebe. Und was als pflichtgetreu und kalt du abgetan – es zählt wohl zu den süßesten, den heiligsten Gefühlen, die unser menschlich Herz empfinden mag.«

»Ach, Ellena! Zu gern laß ich mich täuschen, als daß ich deine Worte ernsthaft prüfen möchte! Dein Lächeln ist's, nicht ihre Richtigkeit, was mich Vertrauen fassen läßt in deine Liebe. So will ich dir denn glauben, daß deine Dankbarkeit so zärtlich ist und allumfassend, wie du sagst! Doch bitt' ich dich, führ sie nicht mehr im Munde! Der Klang des Worts durchzuckt mich wie der Schlag des Zitterrochens, und all mein Glaube ist erschüttert, sogar, wenn ich es selber spreche!«

Paolos Eintreten machte dem Gespräch ein Ende. Mit geheimnisvoller, ja erschrockner Miene kam er herzu und raunte:

»Signor! Während ich Wache gehalten unter den Mandelbäumen – wen habe ich die Straße vom Tale heraufkommen sehn? Niemand andern denn die zwei barfüßigen Karmeliter, welche uns im Chiari-Paß eingeholt haben! Nun sind sie mir in den Wäldern aus den Augen gekommen, doch stehe ich nicht an, zu behaupten, daß sie auf dem Wege hierher sind. Haben sie diese Hütte erst erspäht, so werden sie sich sagen, daß es hier was zu holen gibt, und die Hirten werden um das Leben ihrer Herden fürchten, im Falle man die beiden nicht –«

»Jetzt sehe ich sie auch – soeben kommen sie aus dem Walde hervor«, sagte Vivaldi. »Und jetzt verlassen sie die Straße und kommen auf uns zu! Wo ist nur unser Wirt, Paolo?«

»Dort draußen steht er, gar nicht weit vom Haus. Soll ich ihn holen, Signor?«

»Ja«, sprach Vivaldi, »hol ihn her – nein, warte! Ich werde selber gehn. Indes, wenn man mich sieht –«

»Ganz recht, Signor, dasselbe ist's mit mir! So können im Moment wir gar nichts tun, denn holen wir den Wirt, verraten wir uns selber – und holen wir ihn nicht, verrät *er uns*. So oder so – nun finden uns die beiden!«

»Schweig still, gib Frieden, laß mich überlegen«, fiel Vivaldi ihm ins Wort. Und während er sich noch bedachte, sah sich Paolo um nach einem Versteck für den Fall, daß man eines solchen bedürftig wäre.

»So lauf und hol sogleich den Wirt«, befahl Vivaldi jetzt. »Ich hab' mit ihm zu reden.«

»Soeben kommt er an das Gitterfenster«, sagte Ellena.

Paolo ging, und gleich danach trat der Gerufne ein.

»Mein guter Freund«, sprach jetzt Vivaldi, »ich muß Euch bitten, jene beiden Klosterbrüder, die dort des Weges kommen, nicht aufzunehmen. Auch dürfen sie nicht wissen, wen Ihr zu Gaste habt. Die beiden waren schon recht lästig auf der Straße. Indes, ich will Euch den Verlust schon lohnen, den Ihr durch solche Abweisung erleidet.«

»Nun, was dies betrifft, mein Freund«, beteuerte Paolo, »so ist es einzig ihr *Besuch*, aus dem Euch Schaden kommen könnte. Doch wenn sie gehn, wird niemand Schaden leiden. Und um es – mit Verlaub, Signor – ganz rundheraus zu sagen, dieweil mein Herr dies nimmer sagen würde, so mußten wir ein scharfes Aug' auf unsre Sachen haben, solange jene beiden mit uns waren. Im andern Falle wären unsre Taschen wohl schon um einiges erleichtert! Es sind recht absichtsvolle

Leute, glaubt mir dies – vielleicht sogar verkleidete Banditen! Die Kutte eines Karmeliters würde ihren finstern Plänen nicht übel anstehn um diese Zeit der Pilgerschaft! So seid hübsch barsch zu ihnen, im Fall sie in die Hütte kommen wollen. Und wenn sie fort sind, wird es gut sein, jemand hinterherzuschicken, der achtgibt, welchen Weg die beiden nehmen, und der sich überzeugt, ob sie auch wirklich gehen, damit Ihr nicht am Ende noch ein Lamm verliert, das sich verlaufen hat!«

Der alte Schafhirt hob den Blick und auch die Hände. »Wie das nur zugeht in der Welt!« so sagte er. »Doch dank' ich Euch, Maestro, für Eure Warnung. Die beiden sollen meine Schwelle nicht betreten, wie heiligmäßig immer sie aussehn mögen, und wenn es auch zum ersten Mal in meinem Leben ist, daß ich solch einem Kuttenträger was verweigre. Und dieses Leben dauert schon geraume Zeit, wie Ihr vielleicht an meinen Zügen seht. Wie alt, Signor, mag ich wohl sein? Ich garantier' Euch, daß Ihr Euch verschätzt und mich für jünger anseht als ich bin, denn hier, in diesen Bergen –«

»Gern will ich Euer Alter schätzen, guter Mann, doch erst, wenn jene beiden fort sind«, fiel Vivaldi ihm ins Wort. »Reicht ihnen draußen einen Labetrunk, sie müssen fast schon hier sein – so macht doch schon, mein Freund!«

»Und wenn sie mich bedrohn, sobald ich sie nicht in die Hütte lasse«, frug der Alte, »so werdet Ihr mir beistehn? Denn die Gefährten sind zu weit entfernt!«

Vivaldi sicherte ihm Hilfe zu, und so trat der Alte aus der Hütte.

Paolo wagte sich ans Gitterfenster und überzeugte sich, was draußen vorging. »Jetzt sind sie wohl ums Haus gegangen und müssen an der Tür sein«, sagte er, »denn sie sind nicht mehr zu sehen! Wie dumm, kein Fenster an der Tür zu haben! Doch laßt mich horchen!«

Auf Zehenspitzen schlich er sich zur Tür und hielt das Ohr daran.

»Gewißlich sind's Spione aus dem Kloster«, wandte Ellena sich an Vivaldi. »Sonst blieben sie uns nicht so nahe auf den Fersen! Denn wären's Pilger, so würden ihren Weg sie nicht durch diese öde Gegend nehmen, und täten sie's, so reisten sie in größerer Gesellschaft! Nach der Entdeckung meiner Flucht hat man, ich zweifle nicht, die beiden ausgesandt, nach mir zu suchen, und da sie jene Pilger trafen, denen auch wir begegnet sind, so konnten sie uns ohne Schwierigkeiten folgen!«

»Wir werden gut dran tun, dies anzunehmen«, bestätigte Vivaldi. »Allein, wiewohl auch ich geneigt bin, sie für Spione anzusehen, wär' es dennoch möglich, daß es nur schlichte Karmelitermönche sind, auf ihrem Weg zu irgendeinem Kloster am Ufer des Celano-Sees.«

»Signor, ich höre keine Silbe!« sagte Paolo. »Ich bitt' Euch, hört doch selber! Und keine Ritze gibt's in dieser Tür, durch die man etwas sehen könnte! Wahrhaftig, sollt' ich jemals eine Hütte bauen, so will des Fensters an der Tür ich nicht –«

»Horch!« fiel Vivaldi ihm ins Wort.

»Kein einziges Wort, Signor!« rief Paolo bald darauf. »Ich hör' auch keine Stimme! – Doch halt – jetzt kommen Schritte an die Tür. Allein, es wird nicht leicht sein, sie zu öffnen«, fügte er hinzu und stemmte sich dagegen. »Ja, ja, nun magst du immer klopfen, Freund, bis dich die Knöchel schmerzen – tritt nur dagegen, schlag um dich – dies macht uns gar nichts aus!«

»Schweig still – wir wollen wissen, wer es ist!« gebot Vivaldi, und gleich darauf ließ sich die Stimme des alten Schafhirten vernehmen: »Sie sind schon fort, Signor – Ihr könnt die Tür nun wieder öffnen!«

»Wohin sind sie gegangen?« frug Vivaldi, sobald der Alte eingetreten war. »Signor, darüber kann ich gar nichts sagen – ich hab' ja niemand zu Gesicht bekommen, wiewohl ich mich nach allen Seiten umgesehn.«

»Das wäre! Ich hab' mit eignen Augen sie gesehn – sie kamen querfeldein vom Wald herüber!« rief Paolo.

»Und da ist kein Versteck von hier bis an den Wald«, bestätigte Vivaldi. »Wie mag das zugehn mit den beiden?«

»Vielleicht sind sie zurückgegangen in den Wald«, meinte der alte Schafhirt.

Paolo sah bedeutungsvoll auf seinen Herrn und sagte: »Dies ist nur zu wahrscheinlich, alter Freund! Ihr könnt Euch drauf verlassen, daß sie nun dort drüben auf der Lauer liegen – und zu keinem guten Zweck! Schickt ihnen jemand nach, der soll sich umtun nach den beiden, sonst könnt es Euren Herden an den Kragen gehn! Verlaßt Euch drauf, die beiden sind auf Arges aus!«

»Bei uns sind wir an solche Leute nicht gewöhnt«, versetzte da der Schäfer. »Doch sobald sie Böses im Schilde führen, wird man sich zu helfen wissen!« Dies gesagt, nahm er ein Horn, das unterm Dach gehangen, und entlockte ihm einen durchdringenden Ton, der von den Bergen widerhallte. Sogleich begaben die jüngeren Hirten sich eilends auf den Weg zur Hütte.

»Habt keine Furcht, mein Freund«, sprach jetzt Vivaldi. »Die beiden Wandrer meinen es nicht bös mit Euch, was immer *uns* von ihnen drohen mag. Indes, ich traue ihnen nicht und möchte sie nicht überholen auf unsrem Weg. So will ich's einem Eurer Burschen lohnen, wenn Ihr ihn auf die Straße schicken mögt, die nach Celano führt, auf daß er Nachschau halte, ob uns die beiden etwa dort erwarten.«

Der Alte stimmte zu, und als die jungen Hirten zu der Hütte kamen, ward einer von Vivaldi angewiesen, die Straße zu erkunden.

»Und daß du nicht zurückkommst, bevor du sie gefunden hast«, schärfte Paolo ihm noch ein.

»Nein, Herr«, versetzte da der Bursche. »Ich will sie sicher hergeleiten, Ihr könnt Euch drauf verlassen!«

»Wenn du das tust, Freund, wirst du eins übern Schädel kriegen! Du sollst bloß Nachschau halten wo sie sind und welchen Weg sie nehmen!«

Schließlich machte Vivaldi dem Hirtenknaben verständlich, was man von ihm begehre, wonach der Bursche sich trollte, wogegen der alte Schafhirt vor die Hütte trat, um Ausschau zu halten.

Während er draußen war, ergab sich unsre Gesellschaft den mannigfachsten Mutmaßungen in Ansehung der beiden Karmeliter. Noch immer neigte Vivaldi der

Meinung zu, sie wären rechtschaffne, auf dem Heimweg befindliche Pilger, doch Paolo widersprach ihm in allen Stücken. »Sie lauern uns am Wege auf, verlaßt Euch drauf, Signor«, beteuerte er immer wieder. »Ihr könnt gewiß sein, daß sie einen argen Plan verfolgen, sonst wären sie der Hütte nicht aus dem Weg gegangen, nach der sie spionierten. Und daß sie spionierten, ist gewiß!«

»Allein, wenn sie tatsächlich jenen argen Plan verfolgen, den du meinst«, gab nun Vivaldi zu bedenken, »so haben sie schon früher, auf jener Nebenstraße uns verfolgt. Also mußten sie, sobald sie unsre Hütte inmitten solcher Einsamkeit gesehn, auf den Gedanken kommen, daß wir vielleicht darin zu finden wären. Und dennoch sind sie nicht hereingekommen! Dies aber scheint dafür zu sprechen, daß sie nichts im Schilde führen gegen uns. Was sagst du nun, Paolo? Fast bin ich sicher, daß die Ängste der Signora di Rosalba unbegründet sind.«

»Wie! Glaubt Ihr wirklich, Signor, die beiden würden uns anfallen unter sichrem Obdach? Noch dazu, wo uns die braven Hirten Beistand leisten könnten? Oh nein, Signor, sie hätten sich am liebsten nicht gezeigt! Und da sie sicher waren, uns hier vorzufinden, haben sie sich seitwärts in den Wald verdrückt und lauern uns nun an der Straße auf, die wir benützen müssen, weil es keine andre gibt!«

»Wie aber hätten sie uns hier entdecken sollen?« frug nun Ellena. »Sie haben diese Hütte ja nicht untersucht!«

»Die beiden sind ihr nah genug gekommen, Signora. In Wahrheit ist es so, daß sie am Gitter mich gesehen haben!«

»Nun, nun«, sprach da Vivaldi. »Du bist mir schon ein neunmalkluger Quälgeist, wirklich, Paolo! Glaubst du, sie haben dein Gesicht so scharf gesehen beim Schein des Monds in jener düstern Schlucht, daß sie es nun auf fünfzig Schritt Entfernung erkennen konnten? Kopf hoch, oh Ellena, ich glaube, alles spricht zu unsern Gunsten!«

»Ach, könnt' ich es nur glauben!« seufzte sie.

»Nun, was das betrifft, Signora«, versetzte Paolo, »so braucht Ihr nichts zu fürchten! Es soll den beiden sauer werden, uns zu überfallen!«

»Was wir zu fürchten haben, ist kein offner Angriff«, sagte Ellena. »Vielmehr sind es die Schlingen, die man uns legen wird, und da hilft keine Gegenwehr.«

Ob auch Vivaldi diesen Worten zustimmen mochte – er ließ es sich nicht anmerken, sondern versuchte, derlei Befürchtungen durch Lachen zu zerstreuen. Und auch Paolo schwieg, weil ihn sein Herr bedeutsam angeblickt.

Früher als erwartet, stellte der Hirtenknabe sich wieder ein, doch hatte er sich vielleicht nur die Mühe des Weges sparen wollen, denn er brachte keinerlei Nachricht in Ansehung der Karmeliter. »Ich hab' nach ihnen Ausschau gehalten im Walde zu seiten der Straße und auch in der Senke dahinter«, berichtete der Bursche. »Dann bin ich auf den Berg gestiegen, der noch weiter draußen liegt, hab' aber weit und breit nirgendwo etwas entdecken können. Keine Menschenseele ist zu sehen, bis auf unsre Ziegen, und manche von denen verirren sich weit genug! Das gibt oft eine rechte Plage. Bisweilen, Signor, waren sie schon bis hinaus zum Monte Nuvola verstreut, ja sind sogar auf den Gipfel geklettert bis hinauf zu den Wolken und zwischen die schroffen Felsen, wo ich den Hals gebrochen hätte, wär' ich ihnen dorthin gefolgt! Und die Bestien scheinen das gewußt zu haben, dieweil sie, sobald sie mich herankeuchen gesehn, in ihren Freudensprüngen innehielten und dermaßen schlau und hinterhältig über den Klippenrand herniederblickten, daß man hätt' glauben mögen, sie machten sich lustig über mich, ja wollten mir zurufen, ›So fang uns doch, wenn du kannst!‹«

Vivaldi, der gegen Ende dieses Geschwätzes sich mit Ellena beratschlagt hatte, wohin man zunächst die Schritte lenken solle, stellte nun dem Hirtenknaben etwelche weitere Fragen im Hinblick auf die beiden Karmeliter. Nachdem er die Überzeugung gewonnen, daß die beiden entweder die Straße nach Celano gar nicht genommen hatten oder auf derselben schon weit genug voraus waren, schlug er vor, man möge nun aufbrechen und in aller Gemächlichkeit die Reise fortsetzen. »Denn ich befürchte nicht mehr viel von jenen beiden. Weit mehr bin ich besorgt, daß uns die Nacht nicht überfällt, eh' wir am Ziel sind, denn der Weg ist rauh und bergig und überdies uns gänzlich unvertraut.«

Nachdem Ellena dem Plane zugestimmt hatte, nahm unsre Gesellschaft Urlaub von dem wackern Hirten, der sich nur mit Mühe zur Annahme eines Entgelts überreden ließ und den Reisenden noch weitre, die Straße betreffende Anweisungen mit auf den Weg gab. Und noch lange tönte ihnen durch die Bergwildnis der Klang der Handtrommel und der süße Schall der Oboe nach.

Als unsre drei in die waldige Senke hinabritten, derer der Knabe Erwähnung getan, sandte Ellena so manchen angstvollen Blick in die tiefe Verschattung des Dickichts, wogegen Paolo, bald schweigend, bald pfeifend und laut vor sich hinsingend, als wollte er damit seine Angst vertreiben, unter jeden die Straße überwölbenden Ast blickte in der Erwartung, die im Düster lauernden Karmeliter zu entdecken.

Nachdem man auch diese Senke hinter sich hatte, führte die Straße durch eine Bergwildnis, welche übersät war von Herdenvieh. Um diese Zeit des Jahres hatten die Schafe und Ziegen das apulische Flachland schon verlassen und nährten sich nun von den Kräutern, um derentwillen die Gegend berühmt ist. Es ging schon auf Sonnenuntergang, als unsre Gesellschaft den letzten Gipfel erreichte und von dort aus den gesamten See von Celano zusamt dem Kranz der ihn umgebenden Berge erblickte. Dies alles brach gleichsam in einem einzigen Schwalle über unsre Reisenden herein.

»Ach, Signor!« rief jetzt Paolo. »Welch ein Anblick, welche Szenerie! Und wie sie mich erinnert an zu Hause! Dies kommt ja an Schönheit nahezu der Bucht von Neapel gleich! Jedennoch, so wie sie könnt' ich diese Landschaft nimmer lieben, und wäre sie gleich hundertmal so schön!«

Die Reiter hielten inne, um die Landschaft zu bewundern und den Pferden Rast zu gönnen nach dem mühevollen Aufstieg. Die Strahlen der Abendsonne, schräg einfallend auf die klare, weithin sich dehnende Wasserfläche, deren Umfang wohl an die zwanzig Meilen messen mochte, tauchten all die Städte und Dörfer, die turmbekrönten Burgen und die vieltürmigen Klöster, von welchen die steil ansteigenden Ufer belebt waren, in ein schimmerndes Licht, brachten die vielfältigen Farbtöne solcher Kulturlandschaft zur vollen Geltung und färbten den majestätischen Gebirgshintergrund nach beiden Seiten hin mit strahlendem Purpur. Vivaldi wies der Geliebten den mächtigen Velino im Norden, jenen Grenzberg zwischen den Territorien Roms und Neapels. Der scharfgezackte Gipfel überragte bei weitem die Spitzen der benachbarten Berge, und seine weißlich schimmernden Felsabstürze standen im Kontrast zu den grünenden, schneebekrönten Spitzen der Majellaberge, die ihm an Höhe kaum nachgaben und gern von den Herden aufgesucht wurden. Nach Westen hin, hinter einer Reihe bewaldeter Berge, stieg unmittelbar aus dem Wasser der Monte Salviano, ganz überwuchert von wildem Salbei, wie ja der Name schon sagt, und ehedem prächtig im Schmuck der Kastanienwälder. Ein Ausläufer des Apennin vereinte sich ihm. »Schau hin!« sprach Vivaldi. »Wie schurkisch doch der Monte-Corno dort steht, wie mächtig und drohend und häßlich! Und nach Süden hinaus, wie dort der mürrische San Nicolo sich emportürmt, so steinig und öd! Und sieh, wie dahinter die Bergketten des Apennin weithin den östlichen Horizont verdunkeln, um sich von Norden her dem Velino zu nähern!«

»Und seht auch«, fiel nun Ellena ein, »wie herrlich die Ufer und welligen Ebnen zu Füßen der Berge sich breiten! Welch ein Bild der Schönheit und Eleganz sie der ringsum sich türmenden, schrecklichen Großartigkeit entgegensetzen! Seht auch die prächtigen Talgründe, welche sich wasserwärts auftun mit Reis- und Getreidefeldern, und überschattet sind von Mandelgehölzen weit drinnen zwischen den Bergen! Ach, und wie fröhlich die Wein- und Olivengärten in buntem Wechsel die Hänge beleben, und wie anmutsvoll sich die Palmen erheben über den höheren Felsen!«

»Wahrhaftig, Signora«, rief nun Paolo. »Und habt auch die Güte, der Fischerboote zu achten, welche dort unten auf jenen Weiler zusegeln – wie sehr sie den Booten gleichen in der Bucht von Neapel! Die sämtliche andere Aussicht wiegen sie auf, mit Ausnahme dieser herrlichen Wasserfläche, die fast so schön ist wie die bei Neapel, und jenes Berges mit seinem gezackten Gipfel, der an den Vesuv gemahnte, wenn er nur Rauch ausstieße und Feuer!«

»Nun, solch einen Berg werden wir hier wohl nicht finden, Paolo«, versetzte Vivaldi und konnte eines Lächelns sich nicht erwehren ob solch nationaler Begeistrung. »Wiewohl recht viele von denen, die wir da sehen, einstmals vulkanisch gewesen sein mögen.«

»Dies macht sie mir um so teurer, Signor, und so blick' ich doppelt zufrieden auf sie. Allein, unser Berg bei Neapel ist der einzige wahre Berg auf der Welt! Ach – in finsterer Nacht ihn zu sehen! Welch ein Feuerwerk er von sich gibt, hinauf bis zu welchen Höhn! Und wie sehr er das Meer erhellt! Kein anderer Berg kann dergleichen bewirken – es ist, als wären die Wogen entflammt. Bis nach Capri hinaus hab' ich die Spieglung hinzittern sehn über die Bucht, so daß jedes Fahrzeug so deutlich sich ausgenommen wie unter der Mittagssonne! Jawohl, und auch jeder Schiffer an Deck! So was habt Ihr noch nicht gesehen, Signor!«

»Nun, du scheinst wirklich vergessen zu haben, daß ich dergleichen des öftern mitangesehn, mein guter Paolo! Und auch, welches Unheil ein Feuerberg anrichten kann! Doch zurück nun zu dem, was vor uns sich da breitet: dort drüben, höchstens zwei Meilen landeinwärts, erhebt sich die Stadt Celano, das Ziel unsrer Reise.«

Die Klarheit der italiänischen Luft verstattete ihm, auch noch die geringsten Züge der Landschaft auf große Entfernung hin zu erkennen. Auf einer Erhebung inmitten eines nach Westen sich öffnenden Tals bot sich vor dem schimmernden Horizont die Neustadt von Alba zu Füßen der Trümmer des alten Kastells, dieses Kerkers und Grabes so manches Fürsten, der da, »abgestürzt aus Macht und Glanz«, aus dem kaiserlichen Rom hierher verbannt worden war, die traurige Kehrseite seiner Tage zu Ende zu leben und hinter den Gittern seines Turmes auf Einsamkeiten zu starren, deren Großartigkeit oder Anmut ihm keine Lindrung verschaffte: ihm, der sein Leben genossen inmitten des Ränkespieles der Welt und dem hitzigen Streit von Gier und Enttäuschung – ihm, der voll Reue in die Vergangenheit blickte, doch in die Zukunft voller Verzweiflung, – ihm, dem »kein flacher Strahl der Sonne mehr das düstre Rot des Lebensabends hellte«.

»Und in solche Landschaft«, sagte Vivaldi, »ist ein römischer Kaiser gekommen, einzig in der Absicht, einem barbarischen Schauspiele beizuwohnen und in grausamster Entzückung zu schwelgen! Kaiser Claudius war es, der hier den Abschluß seines schwierigen Werks, der die Vollendung jenes Tunnels feierte, durch welchen die überschüssigen Wasser des Celano nach Rom gelenkt werden sollten. Und er feierte solchen Triumph mit einem Seegefecht, darin Hunderte armseliger Sklaven den Tod fanden, einzig zur Ergötzung ihres Herrschers! Damals war die klare und spiegelnde Fläche getrübt vom Blute der Menschen und aufgewühlt von den ins Wasser stürzenden Leibern Erschlagner, während die goldnen Galeeren des Kaisers frohgemut dahintrieben, und die herrlichen Ufer widerhallten von einem Beifallsgeschrei, das der Furien würdig gewesen!«

»Wir wagen der Historie kaum zu glauben, wenn sie uns die Natur des Menschen zeigt«, versetzte Ellena.

»Signor«, rief Paolo, »mir ist eingefallen, es könnten, während wir uns müßig hier verweilen, jene Karmeliter uns belauern aus irgend einem Felsenloch, das wir nicht kennen, um plötzlich herzufallen über uns, noch eh' wir dazu kommen, uns zur Wehr zu setzen! Sollten wir nicht lieber weiterreiten?«

»Mag sein, daß unsre Pferde nun genug gerastet haben«, sprach Vivaldi. »Indes, hätt' meinen Argwohn ich nicht seit langem aufgegeben, so hätten wir erst gar nicht hier gehalten!«

»Ach bitte, laß uns weiterreiten«, sagte Ellena.

»Ganz recht, Signora! Am besten ist's, sich auf nichts einzulassen«, warf Paolo ein. »Dort unten liegt Celano, und ich hoffe, ein sichres Obdach überm Kopf zu haben, bevor die Nacht hereinbricht, dieweil uns hier kein Feuerberg den Weg erhellen kann! Ja – wenn wir zwanzig Meilen vor Neapel stünden und der Vesuv die Nacht zum Tage machte!«

Während man den Hang hinabritt, überließ die betrübte Ellena sich schweigend ihren Gedanken. Zu sehr waren ihr die Schwierigkeiten der gegenwärtigen Lage bewußt – zu sehr fürchtete sie die Folgen einer Entscheidung, welche ihr ganzes künftiges Leben beeinflussen mußte, als daß sie sich ihrer Entweichung aus dem Kerker von San Stefano und der Gegenwart des geliebten Befreiers und Beschützers von Herzen hätte freuen können. Vivaldi aber bemerkte solche Niedergeschlagenheit voll Kummer und legte sich, da er des Mädchens Gewissensnöte nicht verstand, dessen Zurückhaltung als Gleichgültigkeit in Ansehung der eignen Person aus. Doch versagte er es sich abermals, seiner Zweifel und Ängste Erwähnung zu tun, sondern beschloß, nicht mehr auf die Erfüllung seiner vordem geäußerten Bitte zu drängen, solange er die Geliebte nicht an einem sicheren Zufluchtsort untergebracht hätte, wo Ellena in vollkommener Freiheit entscheiden konnte, ob sie Vivaldis Vorschlag nun zustimmen oder denselben zurückweisen wolle. Indem er sich so taktvoll und ehrenhaft verhielt, versicherte er sich, ohne es zu wissen, der nur noch größeren Wertschätzung und Dankbarkeit des geliebten Wesens, und verdiente solchen Dank um so mehr, als er ja fürchten mußte, Ellena durch den Aufschub der Heirat am Ende doch noch zu verlieren.

Sie erreichten Celano noch vor Hereinbruch des Abends, und Ellena drang in Vivaldi, er möge nach einem Kloster forschen, woselbst sie die Nacht verbringen könne. So ließ er das Mädchen unter Paolos Schutze in einem Gasthof zurück und machte sich auf die Suche. Die erste Pforte, daran er klopfen wollte, gehörte zu einem Karmeliterkloster. Da es nun möglich war, daß die beiden Ordensbrüder, welche ihn dermaßen beunruhigt hatten, zu diesem Konvente gehörten, oder aber, im Falle sie wirklich Spione aus San Stefano waren, höchstwahrscheinlich im Haus ihres eignenen Ordens einsprechen würden, hielt es Vivaldi für klüger, sich hier gar nicht erst blicken zu lassen, sondern lieber gleich zu verschwinden. So schritt er denn weiter und gelangte alsbald zu einem Kloster der Dominikaner, wo er beschieden ward, es gebe nur zwei Nonnenklöster in ganz Celano, und die nähmen überdies nur solche Gäste auf, welche für längere Zeit zu bleiben gedächten.

Mit solcher Nachricht kehrte Vivaldi zu der Geliebten zurück, und diese versuchte nach Kräften, sich mit dem Gedanken auszusöhnen, nun in dem Gasthofe verbleiben zu müssen. Paolo aber, voll geschäftigen Eifers wie stets, hatte in Erfahrung gebracht, es gebe ein wenig weiter draußen in einem Fischerort am Ufer des Sees ein Kloster der Ursulinerinnen, das bekannt sei um seiner Gastlichkeit willen. Die Abgelegenheit solchen Ortes war ein weiterer Grund, ihm vor Celano den Vorzug zu geben, und als Vivaldi nun anregte, man möge sich dorthin begeben, falls Ellena nicht schon zu müde sei, stimmte sie bereitwillig zu.

»Gottlob ist's eine klare Nacht«, sagte Paolo, als man Celano verließ, »so können wir nicht gut vom Wege abkommen. Überdies sagen die Leute, es gibt nur den einen. Die Ortschaft, die wir suchen, liegt ein wenig abseits vom Seeufer, eine gute Meile landeinwärts. Ich glaube, ich seh' dort schon zwei graue Türme, ein wenig zur Rechten des Walds, wo das Wasser so schimmert!«

»Mitnichten, mein guter Paolo«, versetzte Vivaldi, nachdem er aufmerksam Ausschau gehalten. »Jetzt seh' ich es selber. Indes, das sind keine Turmhelme, sondern bloß die Wipfel von hohen Zypressen.«

»Vergebung, Signor, aber für Bäume sind sie zu spitz! Nein, ganz gewiß, dies muß der Ort sein! Indes, die Straße führt uns von selber ans Ziel, denn es gibt, wie gesagt, keine andre, die uns abbringen könnte vom richtigen Weg.«

»Wie die kühle, balsamische Luft mich erfrischt«, sagte das Mädchen. »Und welch wohltuendes Dunkel liegt nun über allem! Wie gesänftigt und dennoch so klar zeigt sich uns nun alle Nähe, und wie köstlich verschwimmt uns ins Ungewisse die Weite! Und wie erhaben die fernen Berge sich zeigen vorm schimmernden Horizont!«

»Und sieh nur«, sagte Vivaldi, »wie ihre gezackten Gipfel im scheidenden Strahl der für uns schon versunkenen Sonne sich zu Türmen und Festungen formen, zu zinnenbekrönten Mauern, als hätt' man sie auferbaut zum Schutz gegen jene Feinde, die da aus den Wolken hervorbrechen könnten!«

»Oh ja«, versetzte das Mädchen. »Von einer Erhabenheit sind jene Berge, die einer höheren Welt zugehört! Und ihre Belagrer, sie können nimmer von dieser Welt, sie müssen die Geister der Lüfte sein!«

»Jawohl, so ist's und nicht anders, Signora«, bekräftigte Paolo. »Denn nichts auf Erden reicht an jene Berge hinan. So seht doch – sie haben ja selber etwas von Euren Geistern an sich! Seht, wie sie die Formen und Farben wechseln im sterbenden Sonnenlicht! Und wie grau und trüb sie nun werden. Und seht, wie rasch sie nunmehr verschwinden!«

»Nun ist alles zur Ruhe gegangen«, sagte Vivaldi. »Wer wollte da gerne reisen bei Tage, wenn Italien Nächte wie diese hat!«

»Signor, und es *ist* die Ortschaft dort vorn!« sagte Paolo. »Ich kann schon ganz deutlich die Türme des Klosters erkennen. Und jetzt wird es licht da drüben! Ha ha – und da läutet ja auch schon die Glocke von einem der Türme! Die Mönche gehen zur Messe – ach, gingen wir doch schon zum Abendessen, Signor!«

»Die Glocke ist näher als der Ort, nach welchem du

zeigst, Paolo, und ich zweifle, ob der Klang aus derselben Richtung kommt.«

»So horcht doch, Signor – die Luft verweht ja den Klang! Jetzt ist er verstummt!«

»Ja, ich glaub', du hast recht, mein guter Paolo, und wir haben nun nicht mehr weit.«

Unsre Gesellschaft ritt nun die sanften Hänge zum Ufer hinab, und Paolo, ein wenig später, rief aus: »So seht doch, Signor – dort ist noch ein zweites Licht! Es gleitet vorüber und ist gespiegelt im See!«

»Nun hör' ich auch schon das sanfte Plätschern der Wellen«, sagte das Mädchen, »und auch etwas wie Ruderschlag. Siehst du, Paolo, das Licht gehört nicht zu der Ortschaft, sondern treibt auf dem Wasser in jenem Kahn!«

»Nun scheint es sich zu entfernen und verzittert über den Wellen«, sagte Vivaldi. »Zu sehr haben wir unsrem Wunsche geglaubt – der Weg ist noch weit!«

Das Ufer, dem sie sich nahten, bildete eine geräumige Bucht. Es war von dunklen Gehölzen bestanden und stieg mit bebauten Hängen gegen die Berge an. Ab und zu war der weißliche Kalkstein der das Wasser überhängenden Felsklippen im Dämmerlicht unterscheidbar. Landeinwärts ward nun die Ortschaft nach und nach zu erkennen. Lichter blinkten zwischen den Bäumen hervor, kamen und gingen gleich Sternen in wolkenverhangener Nacht, und schließlich vernahm man das melancholische Singen der Rudrer, die draußen, nicht weit vom Ufer, dem Fischfang oblagen.

Auch andre Geräusche wurden nun hörbar: »Oh, welch lustige Weisen!« rief Paolo erfreut. »Gleich wird mir das Herz im Leibe zu hüpfen beginnen! Und seht nur, Signora, dort jene Schar hinter den Bäumen am Ufer, wie fröhlich sie tanzt zu solcher Musik! Welch herzerfreuendes Bild! – Oh, könnte ich dort drüben sein – das heißt, wenn Ihr, *Maestro,* und auch die Signora, nicht hier wärt!«

»Nicht übel aus der Schlinge gezogen, Paolo!«

»Ich glaube, man feiert ein Fest«, bemerkte Vivaldi.

»Die Landleute hier am See verstehen, so scheint's, die Zeit sich nicht minder froh zu vertreiben denn die lebenslustigen Städter.«

»Oh, wie fröhlich man aufspielt!« wiederholte Paolo. »Ach – wie oft hab' ich ebenso lustig getanzt an der Bucht von Neapel nach dem Sinken der Sonne, wenn die Nacht so schön war wie heut'! Und wie kühl und erfrischend hat dann der Nachtwind geweht! Ach! Es geht doch nichts über neapolitanische Fischer, wenn sie im Mondlichte tanzen! Und wie leichtfüßig sie dann sind! Oh, wie gern wär' ich dort – das heißt, wenn auch Ihr, *Maestro,* und auch die Signora, mit mir wärt. Oh, welch lustige Weisen!«

»Seid bedankt, mein guter Signor Paolo«, versetzte Vivaldi. »Ich bin sicher, wir werden in Bälde allesamt dort sein, und dann kannst du tanzen nach Herzenslust und es den Besten dort drüben gleichtun!«

Es währte nicht lange, und unsre drei erreichten die Ortschaft, die nur eine einzige Straße aufwies, welche gewunden dem Seeufer folgte. Und sobald man nach dem Konvente der Ursulinerinnen gefragt, ward man zu dessen Toren gewiesen. Nach dem Ziehen der Klingel tauchte die Pförtnerin auf, überbrachte ihrer Äbtissin die Botschaft und kehrte alsbald mit deren Einladung an das Tor zurück. So saß das Mädchen denn ab und folgte der Nonne ins Sprechzimmer, während Vivaldi am Tore verblieb, um abzuwarten, ob der Geliebten dies neue Quartier zusage. Doch eine zweite Einladung veranlaßte auch ihn, vom Pferde zu steigen. Er ward ans Sprechgitter geleitet, woselbst man ihm eine Erfrischung anbot, die er jedoch standhaft ausschlug mit der Begründung, er müsse sich noch um ein Obdach umsehn für die Nacht. Darauf wies die Äbtissin ihn freundlich zu der benachbarten Benediktinerabtei und empfahl ihm, sich beim Abte auf sie zu berufen.

So nahm denn Vivaldi Urlaub von Ellena und verließ sie, wiewohl's nur auf Stunden war, recht niedergeschlagen und nicht frei von Befürchtungen, derer er sich, obschon alle Umstände dagegen sprachen, nicht erwehren konnte. Auch Ellena war betrübt, doch teilte sie nicht die Ängste Vivaldis. Dann schloß sich das Tor hinter ihm, und abermals fand sich das Mädchen in fremder Umgebung. Die Verlorenheit ihrer Gefühle konnte nicht zur Gänze wettgemacht werden durch die Freundlichkeit der Äbtissin. Auch lag eine Neugier, ja Aufmerksamkeit im Blick mancher Nonnen, die das übliche Maß überstieg. So entzog sich das Mädchen alsbald den prüfenden Blicken, indem sie sich in die ihr angewiesene Zelle zurückzog, um jener Ruhe zu pflegen, von der man sie so lange abgehalten.

Inzwischen hatte Vivaldi gastliche Aufnahme bei den Benediktinern gefunden, deren weltabgeschiedene Lage den Besuch eines Fremden ihnen zur hochwillkommenen Abwechslung machte. So saßen der Abt und mehrere Brüder bis spät in die Nacht mit Vivaldi beisammen in eifriger Unterhaltung und genossen die Annehmlichkeit, welche dem Geist aus der Belebung von Gedanken erwächst, die so lange im Unbewußten geschlummert. Doch als man's am Ende zuließ, daß der Gast sich zurückzog, ward dessen Denken von anderen Dingen beschäftigt als jenen, die den Gastgeber gefesselt hatten, und so überschlug nun Vivaldi Mittel und Wege, das Elend abzuwenden, welches ihm drohte aus der ernstlichen Trennung von Ellena. Nun, da die Geliebte eine achtbare Zuflucht gefunden, bestand ja kein Grund mehr zu weiterem Schweigen. So beschloß der Jüngling bei sich, schon am folgenden Morgen seine sämtlichen Argumente und all seine Überredungskunst aufzubieten und auf alsbaldige Heirat zu dringen. Denn er zweifelte nicht, daß unter den Benediktinermönchen sich einer bereitfinden werde zum Vollzug jener Trauung, welche, so glaubte der Jüngling, sein Glück und Ellenas Frieden befestigen würde, noch ehe das Übelwollen der Gegner erneut zum verderblichen Zuge kam.

Drittes Kapitel

Mit glatter Miene, wie zu gutem Zweck,
Und süßen, wohlgesetzten Schmeichelworten,
Geködert mit vernünftigen Argumenten,
Umgarn' ich sacht das Herz des gläubigen Toren
Und zieh' die Schlinge zu.

Milton

Während der Jüngling und Ellena noch gegen Celano ritten, war der Marchese Vivaldi aufs höchste beunruhigt in Ansehung seines Sohnes. Und auch die Marchesa machte sich Sorgen, doch galt ihre Angst der Entdekkung von Ellenas Aufenthaltsort. Indes vermochte dies nicht, sie von der Teilnahme an den sämtlichen Lustbarkeiten Neapels abzuhalten. Ihre Gesellschaften waren, ganz wie sonst auch, die glanzvollsten dieser vergnügungssüchtigen Stadt, und eifervoll wie bisher begünstigte die Gräfin das Schaffen ihres Lieblingskompositeurs. Doch unerachtet all der beständigen Zerstreuung schweiften der Marchesa Gedanken immer wieder ab und beschäftigten sich mit der düsteren Vorahnung gedemütigten Stolzes.

Was sie für derlei Gedanken besonders empfänglich machte, waren gewisse Heiratspläne, die dem Marchese erst kürzlich vom Vater einer Dame eröffnet worden waren, welche in allen Stücken als standesgemäße Partie galt, und die auch reich genug war, um solche Vereinigung als höchst wünschenswert erscheinen zu lassen zu einem Zeitpunkte, da die Haushaltsführung, welche der Eitelkeit unsrer Marchesa entsprach, mehr Mittel zu verschlingen begann, als der Marchese trotz aller Wohlhabenheit aufzubringen vermochte.

So war der Marchesa Laune recht düster beim Gedanken an die Aufführung ihres Sohnes in einer Affäre, der in Vermögensfragen so große Bedeutung zukam, und auch, wie sie glaubte, in Sachen der Familienehre. Und als vollends ein reitender Bote aus San Stefano eintraf mit der Nachricht der Äbtissin, Ellena sei mit Vivaldis Hilfe aus dem Kloster entwichen, geriet die Marchesa in eine Verfassung, darin die Enttäuschung sich zu schäumendem Grimm steigerte. So verwirkte sie durch die Wutausbrüche, denen sie sich hingab, all das Mitleid, das einer Mutter rechtens zukommt, welche glaubt, ihr Sohn habe die Familie und sich selbst einer unwürdigen Leidenschaft geopfert. Die Marchesa vermeinte ja nichts andres, als daß Vivaldi schon vermählt und dergestalt unwiederbringlich verloren sei! Fast nicht mehr fähig, die Pein solcher Überzeugung zu ertragen, sandte sie nach ihrem alten Ratgeber Schedoni, auf daß ihr durch ihn zumindest die Erleichterung zuteil würde, sich ihre Gefühle von der Seele reden zu können. Auch galt es zu prüfen, ob sich eine Möglichkeit zur Auflösung dieser so lange befürchteten Verbindung biete. Doch ließ die Marchesa sich vom Sturm ihrer Leidenschaft nicht etwa hinreißen, ihren Gemahl mit dem Inhalt des Schreibens der Äbtissin vertraut zu machen, ehe sie sich mit dem Beichtiger beratschlagt hatte. Sie wußte ja, daß die Prinzipien des Marchese dermaßen moralische waren, daß er den Schritten nimmermehr zugestimmt hätte, welche sich nunmehr als notwendig erweisen mochten. So unterließ sie es, ihn von der vermeintlichen Heirat des Sohnes in Kenntnis zu setzen, ehe nicht alle nötigen Gegenmaßnahmen eingeleitet und vollzogen waren, wie verzweifelt dieselben immer sein mochten.

Schedoni war nirgendwo aufzufinden. Nun genügen aber, in einer Gemütsverfassung wie diejenige der Marchesa es war, die unbedeutendsten Dinge, um jemand zur Raserei zu bringen, und so vermeinte die Gräfin, solche Verzögerung der Gelegenheit, ihr Herz vor Schedoni auszuschütten, nicht länger ertragen zu können. So ward denn Bote um Bote ausgesandt, dem Beichtiger Nachricht zu bringen.

»Meine Herrin muß eine arge Todsünde begangen haben«, sagte denn auch der Diener, welcher während der letzten halben Stunde schon zu zweien Malen in dem Konvente vorgesprochen. »Wahrhaftig, das muß ihr schwer auf der Seele liegen, da sie nicht einmal eine halbe Stunde zu warten vermag! Nun denn! Die Reichen haben immerhin den Trost, sich mit einem funkelnden Dukaten loskaufen zu können, wie schwer ihre Schuld auch wiegen mag! Nur der Arme darf sich wochenlang um seine Entsühnung schinden, ja es mag wohl ein ganzer Monat hingehn voll der ärgsten Kasteiung!«

Erst in den Abendstunden tauchte Schedoni auf, doch war's nur, um die ärgsten Befürchtungen der Marchesa zu befestigen. Auch er hatte ja von Ellenas Flucht erfahren und wußte bereits, daß sie sich nunmehr am See von Celano aufhielt, und zwar als Vivaldis Gemahlin! Doch woher er diese Nachricht hatte, das mochte er durchaus nicht sagen, wiewohl er vieles erzählte, was deren Richtigkeit zu erhärten schien. Auch wirkte Schedoni dermaßen überzeugt von allem, was er zu berichten wußte, daß die Marchesa seine Überzeugung zu teilen begann, und ihre Leidenschaft und Verzweiflung jedes Maß überstiegen.

Schedoni beobachtete solche Aufgewühltheit mit wortloser, finstrer Genugtuung und stellte insgeheim fest, daß nunmehr der Moment gekommen war, sich dies alles nutzbar zu machen für die eigenen Zwecke, indem er seinen Beistand als unerläßlich für der Marchesa Seelenruhe hinstellte. Vielleicht auch trieb ihn der Wunsch, die langgehegten Rachegelüste an Vivaldi zu kühlen, ohne darüber die Gunst der Marchesa aufs Spiel setzen zu müssen. So war er weit davon entfernt, ihre Leiden zu sänftigen, sondern fuhr vielmehr fort, ihre Entrüstung anzustacheln und ihren beleidigten Stolz noch ärger zu reizen. Doch tat er dies in einer Art, welche den Eindruck erweckte, als wollte er Vivaldis Aufführung auf jede Weise beschönigen und wäre einzig bestrebt, der gebrochenen Mutter Trost zuzusprechen.

»Gewißlich ist's ein übereilter Schritt gewesen«, sagte der Beichtiger. »Allein, Euer Sohn ist jung, sehr jung sogar, und mag derhalben die Folgen noch nicht überblicken, zu denen seine Handlungsweise führt. Er nimmt nicht wahr, wie schwer dadurch Würde und Ansehn seiner Familie gekränkt – in welchem Maße sein Einfluß bei Hofe und auch seine Geltung unter den gleichrangigen Edelleuten herabgemindert werden, ja wie er sogar noch bei jenen Plebejern an Gesicht verliert, mit denen zu verbinden er sich herabgelassen. Berauscht von der raschen Leidenschaft der Jugend, gelten ihm jene Segnungen für nichts, welche erst die Weisheit des reiferen Alters nach Gebühr zu würdigen weiß. Doch verwirft er dergleichen bloß, weil er dessen Einfluß auf die Gesellschaft noch nicht erkennt, und solch leichtherziger Verzicht ist's ja recht eigentlich, welcher ihn im Angesichte nahezu jedes Menschen herabsetzen muß. Unseliger Jüngling! Er verdient nicht weniger Mitleid denn Tadel!«

»Eure entschuldigenden Worte, Hochwürdiger Vater«, versetzte die gemarterte Mutter, »sind ein schöner Beweis für Eure Herzensgüte. Doch zeigen sie im nämlichen Atem so recht die innerliche Verderbtheit meines Sohnes und schildern bis ins kleinste die schrecklichen Folgen, welche dieselbe auf unsre Familie herabbeschwört. So ist's mir kein Trost, zu wissen, daß derlei Entwürdigung nicht so sehr aus seinem Herzen denn aus seinem Hirne kommt. Es ist ja genug, daß er sie bewirkt hat, und daß uns nun keinerlei Möglichkeit bleibt, das Unheil ungeschehen zu machen.«

»Und wenn Eure Worte zu voreilig wären?« warf da Schedoni ein.

»Wie meint Ihr das, Vater?« frug die Marchesa.

»Vielleicht gibt's doch noch eine Möglichkeit!«

»So nennt sie mir, bester Vater – ich sehe sie nicht!«

»Nun denn, Gnädigste Gräfin«, versetzte der schlaue Schedoni, sich verbessernd. »Ich bin keineswegs sicher, daß solche Möglichkeit ernstlich besteht. Indes macht meine Sorge um Euren Seelenfrieden und um die Ehre Eures Hauses mich so wenig willens, alle Hoffnung aufzugeben, daß jene günstige Möglichkeit bloß meiner Einbildung entspringen mag. Doch laßt mich nachdenken. –– Ach! Das Unheil, so schwer es auch ist, muß wohl in Kauf genommen werden. – Nein, es gibt kein Mittel dagegen.«

»Wie grausam von Euch, oh Vater, ungerechtfertigte

Hoffnungen in mir zu erwecken!« rief jetzt die Marchesa.

»So vergebt mir meine übergroße Sorge«, versetzte der Beichtiger. »Doch ist's mir fast unmöglich, ohne die kummervollste Enttäuschung mitansehn zu müssen, wie eine Familie von so ehrwürdigem Range in solche Lage gebracht wird! Wie ihre Ehre verdirbt an der Torheit eines gedankenlosen Knaben! So kam's, daß ich Ausschau gehalten nach einem verzweifelten Mittel, solche Unehre doch noch abzuwenden.« Er schwieg.

»Unehre!« rief die Marchesa. »Vater, Ihr -- Unehre, sagt Ihr! Wahrlich, ein hartes Wort, doch ach – Ihr gebraucht es zu Recht!«

»Es gibt keinen Ausweg«, versetzte Schedoni kalt.

»Grundgütiger Himmel!« rief da die Marchesa. »Daß es denn gar kein Gesetz gibt, solch verbrecherische Heiraten abzuwenden oder zum wenigsten zu ahnden!«

»Dies ist zutiefst beklagenswert«, stimmte Schedoni bei.

»Ein Frauenzimmer, welches sich einer Familie aufzwingt, um dieselbe zu entehren«, fuhr die Marchesa fort, »verdiente es fast, als eine Staatsverbrecherin bestraft zu werden, weil sie ja diejenigen beleidigt, welche den Staat recht eigentlich tragen! Man sollte mit ihr fast so verfahren wie mit –«

»Nicht nur fast, sondern ganz genau so«, fiel der Beichtiger ihr da ins Wort. »Sie verdient den Tod und sonst nichts!«

Er schwieg eine Zeitlang still, ehe er fortfuhr: »Denn einzig der Tod ist's, der die Entwürdigung wettmachen kann, derer sie schuldig geworden. Einzig der Tod solchen Weibes kann den alten Glanz eines Hauses wiederherstellen, das sie so sehr besudelt hat.«

Abermals schwieg er, fuhr aber, da die Marchesa stumm blieb, alsbald in seiner Rede fort: »Schon oftmals hab' ich mich ob des Umstands verwundert, daß unsre Gesetzgeber das Gerechte, ja die Notwendigkeit solcher Bestrafung übersehen haben.«

»In der Tat, es ist erstaunlich«, bekräftigte die Marchesa gedankenvoll, »daß nicht einmal der Blick auf die eigene Ehre ihnen dergleichen nahegelegt!«

»Doch gibt's die Gerechtigkeit auch, wenn ihre Gesetze vernachlässigt werden«, bemerkte Schedoni. »Ein Sinn für das, was sie erfordert, wohnt uns ja in der Brust. Sobald wir aber solch innere Stimme mißachten, geben wir nicht unserer Tugend, sondern vielmehr unserer Schwäche nach.«

»Ganz gewiß«, versetzte da die Marchesa. »Diese Wahrheit steht seit je außer Zweifel.«

»Vergebt mir, wenn ich in diesem Punkte nicht so sicher bin«, sagte der Beichtiger. »Kommt nämlich das Recht dem Vorurteil in die Quere, so sind wir nur zu bereitwillig geneigt, ihm kein Gehör zu schenken. Wenn, wie in unserm Falle, das Recht den Tod jenes Mädchens erfordert, die Gesetze dies aber nicht zulassen, so haltet selbst Ihr, meine Tochter, die Ihr mit dem Verstand eines Mannes begabt seid, Milde für ein Verdienst und nicht für die Folge der Angst!«

»Ha!« raunte da die Marchesa. »Das also ist's, worauf Ihr hinauswollt! Nun denn, so sollt Ihr finden, daß auch der *Mut* eines Mannes mir im Busen wohnt!«

»Ich spreche ganz offen«, versetzte Schedoni. »Meine Meinung kann aller Verkleidung entraten.«

Die Marchesa versank in Gedanken und erwiderte nichts.

»Ich habe meine Pflicht getan«, sagte Schedoni schließlich. »Ich hab' Euch den einzigen Weg angezeigt, der Euch noch verbleibt, die Familienehre zu retten. Mag auch mein Eifer verletzend sein – ich habe einzig meine Pflicht erfüllt.«

»Oh, sprecht nicht so, bester Vater!« rief die Marchesa. »Ihr mißversteht den Grund meiner Aufgewühltheit! Ihr habt mir ja neue Ideen und neue Perspektiven aufgetan! Dies allein ist's, was mich verwirrt. Noch ist ja mein Geist nicht stark genug, dem allen ins Auge zu sehn. Noch immer ist ja mein Herz nicht frei von fraulicher Schwachheit.«

»So vergebt mir den unbesonnenen Eifer«, sagte Schedoni in scheinbarer Demut. »Ich habe Tadel verdient. Und wenn Ihr von Schwachheit redet, so ist's eine liebenswerte, die nicht entmutigt, sondern gepflegt werden sollte.«

»Wie, Vater? Sollt' sie ermutigt werden, so wär's ja Tugend und keineswegs Schwachheit!«

»Es sei wie Ihr sagt«, versetzte Schedoni kühl. »Die Anteilnahme, die ich genommen an solchem Gegenstand, mag mir das Urteil getrübt und mich ungerecht gemacht haben. So denkt nicht länger daran, oder, wenn Ihr dran denkt, so nur, um den Eifer mir zu vergeben, den ich an den Tag gelegt.«

»Er verdient Dank, nicht Vergebung«, beteuerte die Marchesa. »Und nicht nur Dank allein, sondern auch Lohn! Bester Vater, ich hoffe von Herzen, Euch eines Tags meine Erkenntlichkeit zeigen zu können!«

Der Beichtiger neigte das Haupt.

»Ich hoffe zuversichtlich«, fuhr die Marchesa fort, »daß die Dienste, welche Ihr mir erwiesen habt, aufs dankbarste abgegolten werden. Ob sie freilich nach Gebühr belohnt werden können, wage ich nicht zu hoffen, denn welche Pfründe könnte einen so unermeßlichen Dienst abgelten, den meiner Familie zu erweisen vielleicht in Eurer Macht steht! Welche Belohnung kann die gerettete Ehre eines alten Adelshauses aufwiegen!«

»Eure Güte übersteigt nicht minder meinen Dank denn mein Verdienst«, sagte Schedoni und schwieg still.

Die Marchesa wünschte insgeheim, er möge sie wieder auf jenen Punkt des Gespräches bringen, von dem sie abgewichen war, wogegen der Mönch entschlossen schien, sich von *ihr* dorthin bringen zu lassen. So verharrte sie unschlüssig und tief in Gedanken versunken. Ihr Gemüt war mit solch grausiger Schuld noch nicht zur Genüge vertraut, und so ward es beunruhigt von dem Verbrechen, auf welches Schedoni angespielt hatte. Sie fürchtete, daran zu denken, und schon gar, es beim Namen zu nennen. Doch war ihr verletzter Stolz so empfänglich, ihre Entrüstung dermaßen grimmig und ihr Rachebedürfnis so groß, daß ihr Gemüt dem schwanken

Kahne glich auf sturmzerwühltem Ozean, bis schließlich dies Übermaß an entsetzlichen Empfindungen den kümmerlichen Rest Menschlichkeit in ihrem Herzen zu überwältigen drohte. Schedoni beobachtete dies alles Zug um Zug und lag gleich einem hungrigen Tiger auf der Lauer, bereit zum Sprung, sobald erst die Gelegenheit sich als günstig erweisen mochte.

»So ratet Ihr mir also, Vater«, hub die Marchesa nach langem Schweigen an, »so meint Ihr, daß man Ellena –« Sie hielt abwartend inne, begehrend, daß Schedoni das von ihr gemeinte Wort aussprechen solle. Er aber hielt's für klüger, auf das eigne Zartgefühl bedacht zu sein und nicht auf das der Gräfin.

»Nicht wahr, Ihr meint, dies tückische Geschöpf verdiene –« Abermals schwieg sie, doch der Beichtiger, noch immer stumm, schien bloß voll Ergebung den Worten der Sprecherin zu lauschen.

»Ich wiederhole also, Vater, daß nach Eurem Dafürhalten dies Mädchen schwere Strafe verdient.«

»Unzweifelhaft«, versetzte Schedoni. »Ist dies nicht auch Eure Meinung?«

»Und daß auch die schwerste Strafe nicht zu hart wäre?« beharrte die Marchesa. »Daß sowohl unser Rechtsempfinden als auch die Notwendigkeit verlangen – nun, daß es ihr ans Leben gehe? Dies ist's doch, was Ihr meint?«

»Oh – da muß ich um Vergebung bitten«, sprach jetzt Schedoni. »Vielleicht war ich im Irrtum! Es *war* bloß meine Meinung, und als ich diese Meinung ausgesprochen, hat mich mein Eifer vielleicht ungerecht gemacht. Wenn uns das Herz entbrannt ist, wie sollten wir mit kühlem Kopf ein Urteil fällen können?«

»So ist, oh Vater, dies *nicht* Eure Meinung?« frug die Marchesa voll Mißfallen.

»Dies will ich nicht unbedingt sagen«, versetzte der Beichtiger. »Doch überlass' ich's Eurem bessern Urteil, hier über Recht und Unrecht zu befinden.«

Dies gesagt, erhob er sich, um zu gehen. Die Marchesa, aufgewühlt und bestürzt wie sie war, versuchte ihn zum

Bleiben zu bewegen, Schedoni jedoch entschuldigte sich, indem er vorschützte, um diese Zeit noch eine besondre Messe lesen zu müssen.

»Nun denn, Hochwürdiger Vater, so will ich fürs erste nichts mehr von Eurer kostbaren Zeit in Anspruch nehmen. Indes, Ihr wißt ja, wie hoch ich Euren Rat zu schätzen weiß, und werdet ihn mir nicht versagen, sobald ich seiner künftig bedürfen sollte!«

»Wie könnt' ich solche Ehre von mir weisen!« versetzte der Beichtiger da unter allen Anzeichen der Sanftmut. »Freilich, der Gegenstand, auf welchen Ihr da angespielt, ist ein dermaßen delikater –«

»Und eben deshalb muß ich Eure Ansicht in Rechnung stellen – muß Eure Meinung dazu hören!« beharrte die Marchesa.

»Ach, wolltet Ihr der eigenen vertrauen«, sprach da der Mönch. »Es gibt wohl keinen bessern Ratgeber denn sie.«

»Ihr schmeichelt, Vater!«

»Ich geb' bloß Antwort, meine Tochter.«

»Morgen gegen Abend«, sagte die Marchesa bedeutungsvoll, »will ich zur Vesper in San Nicolo sein. Und will's der Zufall, daß auch Ihr zugegen seid, so könntet Ihr mich nach der Andacht, sobald die Gläubigen fort sind, im nördlichen Kreuzgang treffen. Dort können wir, was meinem Herzen so sehr nahegeht, besprechen – und ohne daß uns jemand sieht! – Lebt wohl!«

»Der Friede sei mit Euch, Tochter. Und Weisheit lenke Euer Denken!« antwortete Schedoni. »Ich werde nicht versäumen, in San Nicolo zu sein.«

Er faltete die Hände vor der Brust, neigte das Haupt und verließ das Gemach mit jenem leisen Schritt, welcher so gut der Ermüdung eigen ist wie der wissentlichen Falschheit.

Die Marchesa verblieb in ihrem Zimmer, geschüttelt von den widersprüchlichsten Leidenschaften und beständig sich wandelnden Meinungen. Unheil sinnend gegen andre, beschwor sie Unheil auf das eigne Haupt.

Viertes Kapitel

Es hallt das Dach in leisem Todesdröhnen,
Und das Gewissen bebt bei solchem Klang;
Schon treibt's heran durchs düstre Kirchenschiff,
Schon hört sie's rätselvoll die Luft durchraunen,
Und fremde Stimme nennt die Missetat,
So ihr in Hirn und tiefster Seele haust.

Die Marchesa, zufolge der von ihr getroffenen Vereinbarung, begab sich in die San Nicolo-Kirche und betrat, nachdem sie die Diener mit dem Wagen an einer Seitenpforte warten geheißen, in Begleitung ihrer Zofe den Chor.

Nach Beendigung der Abendandacht verweilte sie sich im Gotteshause, bis der Chor nahezu menschenleer war, und schritt sodann durch das verlassene Kirchenschiff zum nördlichen Kreuzgang. Das Herz war ihr so schwer wie der Fuß, denn wann wohnen schon Übel und Seelenfriede beieinander? Als sie aber langsamen Schrittes den Kreuzgang durchwandelte, ward sie eines Mönches ansichtig, der zwischen den Pfeilern auf sie zukam. Sobald er heran war, hob er die Kapuze, und die Marchesa erkannte ihren Beichtiger Schedoni.

Sogleich gewahrte derselbe, wie aufgewühlt und unschlüssig die Gräfin noch immer war, ganz gegen seine Erwartung. Indes, der Mönch ließ sich seine Gemütsverdüsterung nicht anmerken, sondern bewahrte eine ernste, sinnende Miene, ja milderte die Schärfe seines Raubvogelblicks, indem er die Lider um ein Weniges senkte.

Die Marchesa gebot nun der Zofe, zur Seite zu treten, dieweil sie sich ungestört mit dem Beichtiger unterreden wollte.

»Dieser unselige Knabe!« begann sie, sobald die Dienerin außer Hörweite war. »Wieviel Leid bringt doch seine Torheit über die ganze Familie! Mein guter Vater, ich bedarf all Eures Rats und all Eurer Tröstung! Beständig geht mir ja mein Unglück durch den Sinn! Ohn' Unterlaß, im Wachen wie im Traum, verfolgt mich dieser undankbare Sohn! Mein Herz kann nur Erleichtrung finden im Gespräch mit Euch, der Ihr mein einziger Ratgeber seid und mein einziger selbstloser Freund.«

Der Beichtiger neigte das Haupt. »Zweifellos ist der Marchese ebenso betrübt wie Ihr«, sagte er. »Doch ist er dessenungeachtet weit mehr berufen denn ich, Euch in dieser delikaten Sache mit Rat und Hilfe beizustehn.«

»Der Marchese, Vater, hat seine Vorurteile, wie Ihr nur zu gut wißt! Er ist ein vernünftiger Mann, doch läßt er sich bisweilen irreleiten und verharrt dann felsenfest in solchem Irrtum. Er hat alle Fehler, welche einem gutwillig gestimmten Gemüt anhaften. So mangelt's ihm an Urteilskraft und an jener Willensstärke, welche ihn zum bedeutenden Manne machen würde. Wär' es nötig, Maßnahmen zu ergreifen, welche auch nur fingerbreit von jener allgemeinen Moral abwichen, die ihm unbesehen und von Kindesbeinen her so teuer ist, so geriet' er alsbald aus der Fassung und wär' zu keiner Tat mehr fähig. Er weiß jene Umstände nicht auseinanderzuhalten, durch welche ein und dieselbe Unternehmung so tugend- wie lasterhaft werden kann. Wie also dürften wir erwarten, Vater, daß er den gewagten Schritten, welche wir erwägen, seine Billigung erteilte?«

»Dies ist nur zu wahr!« stimmte der ränkevolle Schedoni zu, wobei er sich den Anschein der Bewundrung gab. »Derhalben dürfen wir den Grafen erst gar nicht ins Vertrauen ziehn«, fuhr die Marchesa fort, »auf daß er nicht, so wie er's schon getan, sich unsern Plänen widersetzt und Einwendungen macht, denen wir nicht nachgeben können. Was ich mit Euch berede, Vater, ist unverbrüchliches Geheimnis und kommt niemand anderem zu Ohren!«

»So unverbrüchlich wie die Heilige Beichte«, versetzte da Schedoni und bekreuzte sich.

»Indes, ich weiß nicht recht«, sprach die Marchesa zögernd weiter, »ich weiß nicht recht«, fuhr sie im Flüstertone fort, »auf welche Weise man sich des Mädchens – nun, entledigen könnte. Nur dies ist's, was mich so verwirrt.«

»Dies wundert mich über die Maßen«, versetzte Schedoni. »Wie! Mit Eurem Sinn für Rechtlichkeit, mit Eurem akkuraten und doch so kühnen Denken wär's Euch möglich, zu zögern vor dem Schritt, der nötig ist? Ihr werdet, meine Tochter, Euch doch nicht zu jenen zählen, die da nur reden, ohne je zu handeln! Wie nun die Dinge liegen, bleibt Euch nur ein einziger Weg – es ist der nämliche, den Euer Scharfsinn angedeutet, und den Ihr gutzuheißen mich gelehrt. So ist's denn nötig, daß ich *die* überreden muß, die *mich* erst überzeugt hat? Es gibt nur einen Weg!«

»Und über ihn hab' lang ich nachgedacht«, sagte die Marchesa. »Doch soll ich meine Schwachheit einbekennen? Ich kann und kann mich nicht entschließen!«

»Wie, Tochter! Wär's denn möglich, daß es Euch am nötigen Mut gebricht, Euch übers Vorurteil des Pöbels zu erheben, sobald's die Tat gilt, nimmer den Gedanken?« frug Schedoni, der, erkennend, daß es seinen Beistand brauchte, um den schwankenden Sinn der Marchesa zu befestigen, sich nach und nach aus der klugen Reserve hervorwagte, darunter er bisher seine Absichten verborgen.

»Wär' die Person nach Fug und Recht verurteilt«, fuhr er fort, »so würdet Ihr dies Urteil für gerecht ansehn. So aber wagt Ihr nicht – ja wohl, ich muß in aller Demut es Euch sagen – so aber wagt Ihr nicht, von Euch aus Recht zu sprechen!«

Nach einigem Zögern versetzte die Marchesa: »Mich deckt nicht das Gesetz, Hochwürdiger Vater; und auch die kühnste Tugend, sie mag zaudern, wo alle Sicherheit zu Ende ist.«

»Oh, nimmermehr«, entgegnete der Beichtiger mit Wärme. »Die wahre Tugend schrickt vor nichts zurück! Ihr ruhmvollstes Verdienst, ihr schönstes Attribut ist's, über der Gefahr zu stehen, ja, sie zu verachten! An diesem Punkte erst erhebt der gute Vorsatz sich zur echten Tugend.«

Ein Philosoph wäre vielleicht überrascht gewesen, zwei Menschen ernsthaft die Grenzen der Tugend definieren zu hören in einem Momente, da sie das grausamste Verbrechen erwogen. Ein gewöhnliches Weltkind hätte darin freilich nur die bare Heuchelei erblickt, welche Annahme zwar für seine Welterfahrenheit gesprochen, gleichzeitig aber seine völlige Unkenntnis des menschlichen Herzens enthüllt hätte.

Eine Zeitlang hing die Marchesa wortlos ihren Gedanken nach. Dann erst wiederholte sie bedachtsam: »Mich deckt nicht das Gesetz, Hochwürdiger Vater.«

»Die Heilige Kirche aber deckt Euch, Tochter«, versetzte da Schedoni. »Und nicht nur Schutz gewährt sie Euch – sie spricht auch los!«

»Lossprechen, sagt Ihr, Vater? – Muß denn die Tugend, die Gerechtigkeit, erst losgesprochen werden?«

»Wenn ich Lossprechung sagte im Hinblick auf den Schritt, den Ihr für so gerecht und unerläßlich anseht«, sprach da der Beichtiger, »so tat ich's einzig um des Vorurteils der Allgemeinheit willen. Vergebt mir denn, daß ich Euch, dieweil Ihr von der Höhe Eures Geistes herabgestiegen seid und nach der Deckung des Gesetzes ruft – vergebt mir, daß ich Euch zu trösten suchte, indem ich Euch Gewissensdeckung anbot. Allein, genug davon! Laßt uns vernünftig miteinander sprechen! Gesetzt, dies Mädchen wäre dran gehindert, noch weitres Unheil anzurichten, noch weiterhin den Frieden und die Würde eines Adelshauses zu verletzen: gesetzt, man hätt' ihr vor der Zeit zum Ewigen Schlaf verholfen. Wo wär' da ein Verbrechen – wo ein Übel? Im Gegenteil! Ihr seht – und habt ja vorher mich schon überzeugt –, daß solcher Schritt aus purer Notwehr kommt, daß er gerecht ist und sonst nichts!«

Die Marchesa lauschte gespannt, und der Beichtiger fuhr fort: »Sie ist ja nicht unsterblich! Nun, und die wenigen weitern Jahre, die ihr auf Erden zugemessen sind, hat sie zu Recht verwirkt, dieweil sie solche Zeit ja doch nur drauf verwendet hätte, die Ehre eines makellosen Hauses in den Kot zu zerren.«

»Seid leise, Vater«, sagte die Marchesa, wiewohl Schedoni nur im Flüstertone sprach. »Zwar scheint der

Kreuzgang menschenleer zu sein, doch könnte jemand hinter jenen Pfeilern stehen! So ratet mir, wie solcher Schritt ins Werk zu setzen wäre, dieweil ich der besondren Mittel durchaus unkundig bin.«

»Nun, ich gebe zu, der Schritt schließt ein gewisses Wagnis ein«, versetzte unser Mönch. »Ich weiß nicht recht, wen man da ins Vertrauen ziehen könnte. Die sich bezahlen lassen für einen –«

»Still!« raunte die Marchesa und sah im Dämmerlicht um sich. »Ich höre Schritte!«

»Es ist der Klosterbruder dort – er geht zum Chor hinüber«, beruhigte sie Schedoni.

Ein wenig blieben sie noch wachsam, doch dann nahm der Beichtiger das Gespräch wieder auf. »Gedungnen Kreaturen ist nicht zu traun «–

»Indes, wer sonst, wenn nicht gedungne –« fiel die Marchesa ihm ins Wort, doch hielt sogleich sie inne. Die angeschnittne Frage aber war dem Beichtiger nicht entgangen.

»Vergebt mir mein Erstaunen«, sagte er, »in Ansehung der Widersprüchlichkeit – wie sonst soll ich es nennen? – Eurer Meinung! So zweifelt Ihr nach all der Dringlichkeit, die Ihr der Sache beigemessen, noch immer, daß es das Prinzip ist, welches beides vermag: uns die Tat einzugeben und sie auch auszuführen? Weshalb noch zögern, das zu tun, was wir für recht befunden?«

»Ach – Hochwürdiger Vater«, sprach die Marchesa tiefbewegt. »Wo aber jemand finden, der Euch gleicht – wo jemand finden, der die Gerechtigkeit nicht nur erkennt, sondern ihr mit Nachdruck seinen Arm leiht?«

Schedoni schwieg.

»Solch ein Freund wär' wohl das Höchste – doch wo sollen wir ihn suchen?«

»Meine Tochter!« erwiderte der Mönch mit Wärme. »Auch *mein* Eifer für Eure Familie übersteigt alle Grenzen.«

»Bester Vater«, versetzte die Marchesa, den vollen Sinn solcher Antwort sogleich erfassend. »Ich weiß nicht, wie ich Euch danken soll!«

»Bisweilen ist Schweigen beredter denn alle Worte«, sagte Schedoni bedeutungsvoll.

Die Marchesa dachte nach. Auch ihr Gewissen war ja beredt. Zwar versuchte sie, seine Stimme zu überhören, doch machte dieselbe sich allzu vernehmlich bemerkbar und erhob sich bisweilen zu so schrecklicher, überzeugender Stärke, daß es der Gräfin zumut war, als wäre sie aus einem Traume gefahren und stehe nun Aug in Aug mit dem Abgrund an dessen äußerstem Rande. In solchen Momenten staunte sie darüber, sich auch nur im mindesten mit etwas so Grausigem wie Mord beschäftigt zu haben. Die Sophistik ihres Beichtigers im Verein mit der Widersprüchlichkeit, welche er an den Tag gelegt und die der Marchesa schon im Momente des Aussprechens nicht entgangen war, wie wenig die Gräfin auch der eigenen Widersprüche innegeworden – dies alles trat ihr nun immer deutlicher vor Augen, so daß sie beinahe schon willens war, der bedauernswerten Ellena nicht länger nach dem Leben zu trachten. Doch die sich erneuernde Leidenschaft schwemmte gleich der mit verdoppelter Wucht wiederkehrenden Woge all die Schranken hinweg, welche Vernunft und Herz vor solch schwächlichem Gemüte aufzurichten begonnen.

»Das Vertrauen, mit welchem mich zu ehren Ihr die Gewogenheit hattet«, sagte Schedoni schließlich, »und die Tragweite dieser leidigen Affäre –«

»Ja wohl, dieser leidigen Affäre«, fiel ihm die Marchesa hastig ins Wort. »Aber wann, bester Vater, und wo? Da Ihr mich nun überzeugt habt, bin ich begierig, sie ehebaldigst aus der Welt geschafft zu sehn!«

»Dies müssen wir der Gunst des Augenblickes überlassen«, versetzte Schedoni sinnend. »An der Adriaküste, im apulischen Land, nicht weitab von Manfredonia, steht ein Haus, das wär' für den Zweck nicht übel geeignet. Eine einsame Behausung ist's am Strande, und vor den Blicken der Wandrer durch dichte Wälder verborgen, die sich meilenweit am Ufer entlangziehn.«

»Und die Bewohner?« frug die Marchesa.

»Nun denn, meine Tochter – weshalb wohl denk' ich

ans ferne Apulien? Nur ein Mann bewohnt jenes Haus, ein armer Teufel, der sich mehr schlecht denn recht vom Fischfang ernährt. Ich kenn' ihn gut und könnt' Euch die Gründe enthüllen für sein einsames Leben. Allein, was verschlägt's! Es genügt, daß *ich ihn kenne.*«

»Und würdet ihm vertrauen, Vater?«

»Oh ja, gnädigste Gräfin – sofern es das Leben des Mädchens gilt. In Ansehung des eigenen freilich –«

»Wie! Wenn er solch ein Schurke ist – wie könnt Ihr ihm da trauen? So denkt doch weiter! Da habt Ihr mich gewarnt vor käuflichen Subjekten – und jener *ist* ein käufliches Subjekt!«

»Man kann ihm trauen, Tochter – ganz gewiß in solchem Falle. Er ist sicher und verschwiegen. Ich habe Ursach', ihn zu kennen.«

»So nennt mir Eure Gründe, Vater!«

Der Beichtiger blieb stumm, und sein Gesicht verstellte sich auf ganz besondre Weise. Es wirkte noch erschreckender denn sonst in seiner dunklen, kadaverhaften Färbung und unterm Widerstreit von Wut und Schuld. Die Marchesa schrak unwillkürlich davor zurück, sobald durch eins der Fenster der Schein der Abendsonne fiel. Zum ersten Male wär's ihr recht gewesen, der finstren Gewalt des Mönches nicht so gänzlich ausgeliefert zu sein. Allein, die Würfel waren gefallen, und nun war's zu spät, darüber nachzudenken. So frug erneut sie nach Schedonis Gründen.

»Gleichviel«, so sprach er mit erstickter Stimme. »Sie soll des Todes sein!«

»Durch jenes Menschen Hände?« frug die Marchesa zutiefst aufgewühlt. »Bedenkt es wohl, oh Vater!«

Ein jeder schwieg und überlegte, bis die Marchesa anhub: »Vater, ich vertraue voll und ganz in Eure Rechtlichkeit und Vorsicht.« Dabei sprach sie das Wort ›Rechtlichkeit‹ mit besonders schmeichelhafter Betonung. »Doch ich beschwör' Euch, sorgt dafür, daß dies Geschäft so rasch wie möglich beendet werde! Die Ungewißheit ist für mich das Fegefeuer dieser Welt! Und nochmals: legt die Ausführung der Tat nicht in die

Hände eines andern!« Sie schwieg und fügte dann hinzu: »Nur Euch will ich so tief verpflichtet sein – doch keinem andern Menschen!«

»Euer Begehren, Tochter, ich möge dies Geschäft nicht in die Hände eines andern legen«, erwiderte der Mönch mißbilligend, »kann ich nicht teilen. Oder meint Ihr wirklich, daß ich selber –«

»Wie kann ich zweifeln, daß es das Prinzip ist, welches beides vermag: uns die Tat einzugeben und sie auch auszuführen? Weshalb noch zögern, das zu tun, was wir für Recht befunden haben?«

Schedoni drückte sein Unbehagen einzig durch Schweigen aus, und die Marchesa wußte solche Stummheit richtig zu deuten.

»Bedenket, bester Vater«, sagte sie mit Nachdruck, »wie peinvoll es mir wär', mich einem fremden Menschen so tief verpflichtet sehn zu müssen. Und wo nicht fremd, so einem, den ich nimmermehr als Freund so hoch zu schätzen wüßte wie Euch selbst!«

Schedoni, der Bedeutung ihrer Worte innewerdend und vermeintlich solch durchsichtige Schmeichelei verachtend, ward unbewußt befriedigt in seiner Eigenliebe. So neigte er zum Zeichen seiner Billigung das Haupt.

»Vermeidet, wenn es möglich ist, gewaltsam vorzugehn«, fuhr die Marchesa fort, die ihn sogleich verstanden hatte. »Doch macht ein rasches Ende! Die Strafe ist gerecht für dies Verbrechen!«

Bei diesen Worten hob die Gräfin unwillkürlich den Blick zu der Aufschrift auf einem Beichtstuhl, welche in schwarzen Lettern die furchtbaren Worte verkündete: *Gott hört dich!* Und im nämlichen Moment ward solcher Satz zur entsetzlichen Warnung. Die Züge der Marchesa verstellten sich, und sie schien im Innersten getroffen. Schedoni war indes viel zu sehr mit seinen eignen Gedanken beschäftigt, als daß er dies Schweigen bemerkt oder gar richtig gedeutet hätte. Alsbald aber hatte die Gräfin sich wieder gefaßt und nahm für eine gebräuchliche Wendung, was ihr zunächst als besondere Mahnung erschienen war. Dennoch verstrich einige Zeit, ehe sie den Gegenstand ihrer Unterredung erneut aufzunehmen vermochte.

»Ihr habt da einen Ort erwähnt, Vater«, hub sie schließlich an, »Ihr spracht von einem –«

»Oh ja«, murmelte der Beichtiger, noch immer in Gedanken. »Und in einer Kammer jenes Hauses gibt es –«

»Was war das?« unterbrach ihn die Marchesa. Sie lauschten. Ein paar leise und klagende Orgeltöne erklangen von fern und erstarben.

»Was soll diese Trauermusik?« frug die Marchesa mit stockender Stimme. »Mit so zitternder Hand die Orgel zu schlagen! Die Abendandacht ist ja längst zu Ende!«

»Tochter«, sprach Schedoni streng, »Ihr habt Euch Eures Mannesmuts gerühmt, doch ach – nun zeigt das Herz Ihr eines Weibes!«

»Vergebt mir, Vater! Ich kann mir die Gemütsbewegung nicht erklären, doch will ich sie bemeistern. Was ist's mit jener Kammer?«

»Zu jener Kammer«, sprach der Beichtiger, »gibt's eine Geheimtür, die schon vor langer Zeit eingebaut wurde.«

»Und zu welchem Zweck?« frug die besorgte Marchesa.

»Vergebung, Tochter, doch mag's genügen, daß die Tür sich dort befindet. Wir werden den rechten Gebrauch von ihr machen – bei Nacht, wenn das Mädchen schläft –«

»Ich verstehe«, sagte die Marchesa, »ich verstehe! Doch weshalb – denn Ihr habt gewißlich Eure Gründe –, doch weshalb solch eine Geheimtür in einem Hause, das, wie Ihr sagt, so einsam liegt und nur einen einzigen Bewohner hat?«

»Ein Gang führt an die See«, fuhr Schedoni fort, ohne die Frage zu beantworten. »Und dort, am Strand, im Schutz der Dunkelheit ins Wasser geworfen, wird kein Fleck verraten, daß –«

»Horch!« unterbrach ihn die Marchesa erschrocken. »Schon wieder dieser Ton!«

Die Orgelmusik erklang ganz schwach vom Chor herüber und erstarb gleich darauf wie zuvor. Doch schon im nächsten Moment ward ein getragner Chorgesang vernehmbar, zusammen mit der mächtig anschwellenden, feierlich-traurigen Orgelbegleitung.

»Wer ist da gestorben?« frug die Marchesa mit entgeisterter Miene. »Dies ist doch ein Requiem!«

»Möge er ruhen in Frieden!« rief Schedoni und bekreuzte sich. »Friede seiner Seele!«

»So horcht doch auf den Gesang!« sagte die Marchesa mit bebender Stimme. »Es ist ein Erstes Requiem – die Seele hat vor kurzem erst den Leib verlassen!«

Schweigend lauschten die beiden. Die Gräfin war zutiefst aufgewühlt, wechselte alle Augenblicke die Farbe und atmete kurz und stoßweise. Ja sogar etwelche Tränen vergoß sie, doch kamen dieselben nicht so sehr vom Kummer denn aus der Verzweiflung. »Jener Leib, nun ist er schon erkaltet«, sprach sie bei sich, »und war doch noch vor Stundenfrist beseelt und lebenswarm! All diese schönen Sinne, nun sind sie ausgelöscht im Tod! Und in solch grausigen Zustand will ich ein Menschenkind versetzen! Oh unselige Mutter – auf welche Stufe hat die Torheit deines Sohns dich sinken lassen!«

Sie wandte sich von ihrem Beichtiger ab und schritt allein durch den Kreuzgang. Immer stärker ward ihre Aufgewühltheit, und so überließ die Marchesa sich hemmungslos ihren Tränen, da ja der Schleier und das abendliche Düster dieselben hinlänglich verbargen, und auch das Seufzen übertönt wurde von der aus dem Chor herüberschallenden Musik.

Schedoni schien kaum weniger beunruhigt, doch waren es in seinem Falle Furcht und Verachtung, die im Widerstreite lagen. »Siehe da!« so sprach er bei sich, »so ist das Weib! Sklavin ihrer Leidenschaften ist sie und ein Opfer ihrer Sinne! Sobald sich Stolz und Rachedurst in ihrer Brust vereinen, kennt sie keine Hindernisse mehr, und das Verbrechen ist ihr ein Gelächter! Doch betörst du ihr die Sinne, rührst etwa durch Musik ihr eine Herzensfaser, läßt dich auf ihre Hirngespinste ein –

so ist sie, ach, wie ausgewechselt: schrickt vor der Tat zurück, die sie noch eben für verdienstlich angesehn, erliegt nun andern Emotionen und sinkt dahin – das Opfer eines Klanges! Oh schwaches und verachtenswertes Wesen!«

Die Marchesa zumindest schien solche Worte zu rechtfertigen: jene verzweifelten Leidenschaften, welche keiner vernünftigen oder menschlichen Vorhaltung zugänglich gewesen – nun waren sie andern Leidenschaften gewichen, und so ward sie in Anhörung jener traurigen Musik für einen Verstorbnen vom Aberglauben überkommen im nämlichen Momente, da sie auf Mord gesonnen! So gab sie eine Zeitlang dem Einfluß ihrer Angst und ihres Mitleids nach, doch wich darum die Aufgewühltheit nicht von ihr. Dennoch kehrte sie nach einer Weile zu ihrem Beichtiger zurück.

»Wir wollen über dies Geschäft zu einem spätern Zeitpunkt reden«, sagte sie. »Im Augenblick ist mir der Sinn zu sehr verwirrt. Gute Nacht denn, Vater. Vergeßt mich nicht in Euren Gebeten.«

»Geht hin in Frieden, Tochter«, erwiderte der Beichtiger und neigte ernst das Haupt. »Ich will Euer nicht vergessen. Doch seid gefaßt und bleibt Euch treu!«

Die Marchesa winkte ihrer Zofe. Nachdem dieselbe herbeigekommen, zog ihre Herrin den Schleier enger ums Gesicht, stützte sich auf des Mädchens Arm und schritt von dannen. Schedoni verharrte noch ein wenig am Orte und sah den beiden nach, wie sie sich in der Düsternis des langen Ganges verloren. Dann trat er bedachtsamen Schrittes zu einer anderen Tür und verließ den Kreuzgang. Er war enttäuscht, doch nicht entmutigt.

Fünftes Kapitel

Aus Bergeseinsamkeit
Bis hin ans Ufer weit
Hallt nun ein lautes Klagen durch das Land!
Vom Zauberquell im Tal,
Umsäumt von Pappeln fahl,
Ist ja des Abschieds Genius gesandt:
Mit Blumen im zerrauften Haar
Beweint im düstern Dickicht ihn der Nymphen Schar.

Milton

Während die Marchesa und der Mönch auf solche Weise gegen Ellena konspirierten, befand das Mädchen sich noch immer im Konvent der Ursulinerinnen am Ufer des Celano-Sees. Ihre Unpäßlichkeit – eine Folge der langen und schrecklichen Ängste, denen sie ausgesetzt gewesen – zwang sie, im Kloster zu verbleiben. Eine fieberhafte Unruhe hatte ihren Geist, eine allgemeine Erschöpfung ihren Körper befallen, und dieser Zustand ward um so ärger, je mehr Ellena sich bemühte, seiner Herr zu werden. Mit jedem neuen Tage hoffte sie, die Heimreise fortsetzen zu können, und doch fand jeder neue Tag sie ebenso unfähig dazu wie der vergangne. So waren schon nahezu zwei Wochen ins Land gezogen, ehe in der klaren Luft von Celano und der Ruhe solchen Zufluchtsortes Ellena sich zu erholen begann. Vivaldi, der Tag für Tag am Sprechgitter stand und mit der größten Sorge über die Geliebte wachte, hatte bisher davon Abstand genommen, erneut von jenem Gegenstande anzufangen, dessen Erwähnung das Mädchen wohl zu sehr aufgeregt und dergestalt an ihrer schwachen Gesundheit geschädigt hätte. Nun aber, mit zunehmender Genesung, wagte er nach und nach, von seinen Befürchtungen im Hinblick auf die mögliche Entdekkung dieses Zufluchtsorts zu sprechen, und auch davon, daß er Ellena wohl unwiederbringlich verlieren werde, stimmte sie nicht einer baldigen Heirat zu. Mit jedem neuen Besuche bestand er nun stärker auf seinem Verlangen, hielt der Geliebten die Fährnisse vor Augen, von denen man umgeben war, und erneute seine Argumente und drängenden Bitten. Jetzt nämlich, da er glaubte, die Zeit brüte Unheil, konnt' er den taktvollen Bedenken nicht länger nachgeben, die ihn bisher veranlaßt hatten, sich aller diesbezüglichen Bitten zu entschlagen. Ellena aber, wäre sie bloß dem Gebot ihres Herzens gefolgt, hätte Vivaldi um seiner innigen Zuneigung und der erwiesenen Dienste willen durch die aufrichtige Annahme seines Heiratsantrags belohnt. Allein, sie konnte die Einwendungen, welche ihre Vernunft gegen solches Zugeständnis erhob, weder überwinden noch mißachten.

Vivaldi, nachdem er der Geliebten erneut die drohenden Gefahren vor Augen geführt und sich darauf berufen hatte, daß Ellena ihm ja in Gegenwart ihrer verstorbnen Anverwandten, im Beisein der Signora Bianchi, ihre Hand zum Ewigen Bund versprochen hatte, wagte es nunmehr, die Zögernde zu erinnern, daß ja nur ein ebenso plötzliches wie beklagenswertes Ereignis ihre Heirat aufgeschoben habe und daß, wäre Signora Bianchi noch am Leben, Ellena schon seit langem jenes Gelöbnis abgelegt hätte, das er nun noch immer erflehen mußte. Und aufs neue beschwor er sie bei all den heiligen und zärtlichen Erinnerungen, der schrecklichen Ungewißheit solch gemeinsamen Loses ein Ende zu setzen und ihm das Recht zu gewähren, als ihr Beschützer auftreten zu können, noch bevor man sich aus diesem zeitweiligen Refugium hinauswage in die Welt.

Ellena bekannte sich ohne Umschweife zu der Heiligkeit des einstmals gegebenen Versprechens und versicherte dem Jüngling, sie erachte sich so unauflöslich an ihn gebunden, als hätte sie dies Gelöbnis vorm Altare abgelegt. Doch sträubte sie sich dagegen, dies auch in Wirklichkeit zu tun, ehe nicht Vivaldis Familie willens wäre, sie als Tochter anzuerkennen. Dies geschehen, wollte sie alle erlittne Unbill vergessen und einer endgültigen Vereinigung nicht länger widerstreben. Dann fügte sie noch hinzu, Vivaldi solle mit größerem Eifer auf die Würde einer Frau bedacht sein, die er mit solcher

Wertschätzung auszeichne, nicht aber darauf dringen, daß sie noch weitere Konzessionen mache.

Der Jüngling empfand die ganze Schwere dieses flehentlichen Vorwurfs. Voll Seelenpein entsann er sich jener Umstände, derer die Geliebte zum großen Glück unkundig war, die aber dazu beitrugen, ihm die Berechtigung des von ihr geäußerten Tadels noch stärker bewußt zu machen. Und in dem Maße nun die Verleumdungen, welche seine Mutter über die Geliebte ausgegossen, in seinem Gedächtnisse heraufdrängten, ward sein Herz von Stolz und Entrüstung geschwellt, ja überwand er seine Furcht vor allen etwa drohenden Gefahren, so daß er den plötzlichen Entschluß faßte, sämtliche anderen Erwägungen zurückzustellen, einzig auf Ellenas Ehre bedacht zu sein und sie nicht länger zur Heirat zu drängen, ehe nicht seine Familie ihren Irrtum eingesehen und sich willens gezeigt hätte, die Geliebte als Tochter in die Arme zu schließen. Allein, solcher Entschluß, er war zwar einleuchtend, doch ach, nur allzu flüchtig! Andre Bedenken brachen im Verein mit den alten Befürchtungen alsbald über Vivaldi herein. Zu klar stand ihm die Unwahrscheinlichkeit vor Augen, daß seine Familie jemals aus freien Stücken ihren Stolz auf dem Altare seiner Liebe hinopfern werde: ja nicht einmal den Irrtümern, welche aus Vorurteil und Schwäche entstanden waren, würden die Eltern um der Wahrheit und des Rechtes willen entsagen! Inzwischen aber mochten die Pläne weitergedeihen, die darauf gerichtet waren, ihn von Ellena zu trennen, und so konnte es sein, daß er die Geliebte auf immer verlor. So schien es nach wie vor der beste, ja der einzige Weg zu sein, welcher zur Widerlegung der gegen Ellena erhobnen Anwürfe führen konnte, vor aller Welt die hohe Wertschätzung zu bekunden, welche er für das Mädchen empfand, indem er sie den Leuten als seine ihm angetraute Gemahlin präsentierte. Derlei Erwägungen brachten ihn alsbald dazu, in seinen Bemühungen fortzufahren, wiewohl es ihm nicht möglich war, die eigenen Gedanken Ellena mitzuteilen, dieweil ja solche Eröffnung Umstände enthüllt hätte, welche nicht nur des Mädchens Zartgefühl zutiefst verletzt und ihr das Herz durchbohrt, sondern auch dem von ihr gehegten, gerechten Stolz neue Argumente geliefert hätte gegen jeglichen Versuch, in einer Familie Fuß zu fassen, von der sie so gröblich beleidigt worden war.

Dergleichen Gedanken, welche des Jünglings Herz bewegten, konnten auf die Dauer der Aufmerksamkeit Ellenas nicht entgehen. Vivaldis Aufgewühltheit ward ja um so stärker, je länger er auf die Unmöglichkeit blickte, der Geliebten seine Überlegungen zu eröffnen, sowie auf die Aussichtslosigkeit, sie zu überzeugen, er hätte denn neue Argumente gefunden, welche zu seinen Gunsten sprachen. Solch ehrliche Bekümmernis rief indes in Ellena alle Zärtlichkeit und alle Gefühle des Dankes wach, derer sie fähig war, und so fragte sie sich, ob sie denn weiterhin bloß auf ihr eignes Recht bedacht sein dürfe, wenn sie dadurch den Seelenfrieden desjenigen opferte, der um ihretwillen so mannigfache Gefahren auf sich genommen – der sie aus schwerster Bedrängnis errettet, ja der ihr seit langem so viele Beweise seiner innigen Herzensneigung gegeben hatte.

In Erwägung solcher Fragen kam Ellena sich als ein ungerechtes, eigensüchtiges Wesen vor, welches nicht willens war, auch nur das kleinste Opfer zu bringen um der inneren Ruhe desjenigen willen, der ihr unter Hintansetzung des eignen Lebens die Freiheit wiedergegeben hatte. Noch ihre Tugendhaftigkeit – auf solche Spitze getrieben, schien sie dem Mädchen nun fast schon ans Laster zu grenzen. Ihr Bedachtsein auf die eigne Ehre, nun schien's nichts denn erbärmlicher Stolz zu sein, ihr Zartgefühl, nun hielt sie's für Schwäche, ihre zurückgehaltne Liebe sah sie nunmehr für schnöden Undank an, und ihre abwartende Vorsicht für wenig mehr denn nackte Berechnung, ja nahzu schon Gemeinheit.

Vivaldi, ebensosehr bereit, sich der Furcht wie der Hoffnung hinzugeben, gewahrte alsbald, daß Ellena in ihrer Festigkeit schwankend geworden war, und bestürmte sie derhalben erneut mit jedwedem Argumente, welches geeignet schien, die Spröde zu überzeugen. Allein, der Gegenstand war für Ellena allzu bedeutsam, als daß sie sich im Augenblicke hätte entscheiden können. So nahm Vivaldi nur schwach ermutigt Urlaub von dem Mädchen, dieweil ihm ja aufgetragen worden, er möge nicht vor Anbruch des nächsten Tages wiederkehren, zu welchem Zeitpunkt er der Geliebten endgültigen Beschluß erfahren werde.

Solche Wartefrist, sie war vielleicht die peinvollste, welche Vivaldi jemals zu erdulden gehabt! Einsam hinwandelnd am Gestade des Sees, verbrachte er so manche Stunde in der quälenden Ungewißheit zwischen Hoffnung und Angst, unablässig bestrebt, eine Entscheidung vorwegzunehmen, von der sein ganzer künftiger Friede abhing, doch vor solchem Vorausblick zurückscheuend, sobald es ihm in den Sinn kam, die heißersehnte Antwort könnte eine abschlägige sein.

Dabei ließ er die Mauern, die sein Teuerstes umschlossen, kaum aus den Augen. Ihr Anblick nährte seine Hoffnung, und so oft er auf das rauhe Steinwerk starrte, ward ihm von der Phantasie das holde Bildnis der Geliebten vorgegaukelt. Dies ging so lange hin, bis die Begierde, den Entschluß des Mädchens zu erfahren, ihm zur unerträglichen Seelenqual ausschlug, so daß er unverweilt den Ort verließ. Doch wie durch einen gestaltlosen Zauber sah er sich alsbald dahin zurückgeführt, und so fand auch noch der Abend den Jüngling auf der nämlichen Stelle, wie er langsam einherwandelte im Schatten des trübseligen Gemäuers, durch das Ellena seinen Blicken entzogen war.

Doch auch das Mädchen hatte keine ruhige Stunde. Wann immer Klugheit und geziemender Stolz ihr es verboten, ein Mitglied des Hauses Vivaldi zu werden, traten die Dankbarkeit, die Liebe und die unwiderstehliche Zärtlichkeit auf den Plan und verfochten die Sache des Jünglings. Vergangne Tage standen wieder auf, ja noch die Worte der verstorbnen Anverwandten schienen aus dem Grab heraufzutönen und das Mädchen zu gemahnen an jenes Versprechen, welches der Signora Bianchi die Todesstunde erleichtert hatte.

Der folgende Morgen sah Vivaldi schon lange vor der vereinbarten Stunde am Tore des Konvents, wo er in qualvoller Ungeduld verharrte, bis die Glocke das Zeichen zum Einlaß gab.

Ellena befand sich schon im Sprechzimmer. Sie war allein und erhob sich verwirrt beim Anblick des Geliebten. Vivaldi strauchelte, die Stimme versagte ihm, und so fragten einzig seine Augen, die er in verzweifeltem Ernste auf das Mädchen geheftet hielt, nach dessen Entscheidung. Ellena vermerkte die Blässe seiner Züge sowie seine innere Bewegtheit halb bestürzt, halb beifällig. Nun erst gewahrte er ihr Lächeln sowie die ihm entgegengestreckte Hand, und sogleich fielen die Angst, die Sorge und der Zweifel von ihm ab. Unfähig, der Angebeteten zu danken, seufzte er aus tiefster Brust, während er die dargebotne Rechte drückte, und lehnte sich, von Freude überwältigt, an das Gitter, das ihn von der Geliebten trennte.

»So bist du wirklich mir zu eigen!« sagte er, sobald er seiner Stimme wieder mächtig war. »So soll uns künftig nichts mehr trennen – so bist du mein für immer! Allein, du blickst so sonderbar! Grundgütiger Himmel – ich hab' dich doch nicht mißverstanden? So sprich, oh Ellena, ich bitte dich! Entheb mich dieser fürchterlichen Zweifel!«

»Ich bin dein, Vivaldi«, versetzte die Gefragte, »und nimmermehr soll fürderhin Gewalt uns scheiden.«

Sie weinte und bedeckte ihre Augen mit dem Schleier.

»Was sollen diese Tränen«, frug Vivaldi bestürzt. »Ach, Ellena«, fuhr er in sanftem Tone fort, »wenn Tränen solchen Augenblick begleiten, so ist's, als fielen sie mir in das Herz, weil sie mir zeigen, daß dein Einverständnis du nur widerstrebend, nur schmerzlich gibst! Daß deine Liebe schwach ist und daß dein Herz – wahrhaftig, Ellena –, und daß dein Herz nicht länger für mich schlägt!«

»Meine Tränen«, versetzte Ellena, »sollten dir vielmehr beweisen, daß dies Herz nur dir gehört! Daß meine Liebe niemals stärker war denn jetzt, da sie's vermocht hat, all meine Bedenken im Hinblick auf das Haus Vivaldi zu überwinden und mich zu einem Schritte zwingt, der mich in deiner Eltern Augen herabsetzt – und auch in den meinen, fürchte ich!«

»Oh nimm zurück die harten Worte!« fiel da der Jüngling ein. »Herabgesetzt in deinen wie in ihren Augen!« Er war zutiefst erregt. Das Blut stieg ihm zu Kopfe, und eine Würde, wie sie sonst ihm fremd war, straffte die Gestalt.

»Die Zeit wird kommen, Ellena«, so sagte er mit Nachdruck, »da meine Eltern deinen Wert erkennen werden und deine Güte! Oh, wäre ich ein König, auf daß der Welt ich zeigen könnte, wie innig ich dich liebe und verehre!«

Das Mädchen reichte ihm die Hand, entfernte ihren Schleier und lächelte Vivaldi unter Tränen zu – doch waren's Tränen nun der Dankbarkeit und neuerwachten Muts.

Vor der Rückkehr in sein Kloster hatte der Jüngling von Ellena die Erlaubnis erwirkt, mit einem betagten Benediktinermönche, welchen er für seine Sache gewonnen hatte, jenen Zeitpunkt festzusetzen, an dem die Trauung so unauffällig wie möglich vorgenommen werden könne. Der Geistliche beschied ihn, daß er nach Beendigung der Abendandacht für mehre Stunden frei sei, und daß die erste Stunde nach Sonnenuntergang einsamer sei denn alle anderen, da ja die Bruderschaft um diese Zeit im Refektorium versammelt sitze. So werde er um die bewußte Stunde die beiden Liebesleute unten am See in einer unweit des Benediktinerklosters gelegnen Kapelle erwarten und daselbst die Trauung vollziehen.

Mit diesem Vorschlag kehrte Vivaldi sogleich zu Ellena zurück, und man kam überein, zu der von dem Mönche angegebenen Stunde bei der Kapelle zu sein. Ellena, die es für schicklich befunden, die Äbtissin der Ursulinerinnen von dem bevorstehenden Schritte zu unterrichten, sollte mit deren Erlaubnis von einer Laienschwester begleitet werden. Vivaldi wollte außerhalb der Mauern zu der Geliebten stoßen, um sie zum Altar zu führen. Nach vollzogner Trauung wollten sich die Flüchtlinge in einem Kahn einschiffen, der sie, eigens zu solchem Zwecke gemietet, ans andere Seeufer bringen sollte, von wo aus unsre drei die Weiterreise nach Neapel anzutreten gedachten. So ging denn Vivaldi, das Boot zu mieten, während Ellena alle Zurüstungen für die Fortsetzung ihrer Reise traf.

Je näher die angegebne Stunde rückte, desto tiefer sank dem Mädchen der Mut, und sie sah mit trübem Ahnen nach der Sonne, welche sich soeben anschickte, inmitten von Sturmgewölk unterzugehn. Schon verblaßten ihre letzten Strahlen, welche noch eben die Berggipfel vergoldet hatten, und düstres Zwielicht sank nun auf die Landschaft. Ellena verließ nun ihre Kammer, nahm dankerfüllten Herzens Abschied von der gastlichen Äbtissin und trat, begleitet von der Laienschwester, aus der Klosterpforte.

Unmittelbar vor derselben trat Vivaldi herzu, bot der Geliebten den Arm und verwies ihr mit sanftem, vorwurfsvollem Blick ihre Niedergeschlagenheit.

Schweigend schritten sie selbander nach der San Sebastian-Kapelle. Die Szenerie ringsum schien Ellenas Gemütsverfassung widerzuspiegeln. Es war ein düstrer Abend, und der See, welcher mit dunklen Wogen gegen das Ufer brandete, mengte sein hohles Brausen in das Geheul eines Winds, der die hohen Pinien bodenwärts beugte und in wilden Stößen anrannte gegen die Felsen. Voll Angst sah Ellena nach den schweren Gewitterwolken, welche längs der Berghänge herantrieben, und nach den tief überm Wasser kreisenden Vögeln, wie sie davonstoben, um Zuflucht zu suchen in ihren Felsennestern. So wandte sie sich an Vivaldi und sagte, sie wolle, da ein Gewitter im Verzuge sei, lieber nicht über den See setzen. Daraufhin ward Paolo von dem Jüngling angewiesen, das Boot zu entlassen und dafür einen Wagen bereitzuhalten, auf daß man, im Falle das Wetter aufklaren sollte, nicht länger als unbedingt nötig an der Weiterreise gehindert wäre.

Als man sich der Kapelle nahte, heftete Ellena den Blick auf die trauervollen Zypressen, welche den Bau überschatteten, und tat einen schweren Seufzer. »Dies«, so sprach sie, »sind ja Kirchhofsbäume und sollten keinem Traualtar zur Zierde dienen! Vivaldi – ach, fast könnt' ich abergläubisch werden! Glaubst du nicht auch, daß sie uns künftiges Unheil künden? Indes, vergib mir meine Schwachheit!«

Vivaldi versuchte, die Geliebte zu beruhigen und verwies ihr aufs zärtlichste die Traurigkeit, welcher sie nachgegeben. Unter derlei Reden betraten sie die Kapelle. Tiefes Schweigen und ein grabesdüstres Licht herrschten darin. Der ehrwürdige Benediktinermönch war schon da, begleitet von einem Klosterbruder, welcher als Brautführer dienen sollte. Die beiden knieten und waren in andächtiges Beten versunken.

Der Jüngling geleitete das zitternde Mädchen zum Altar, vor dem die beiden stehenblieben, um das Gebet der Mönche abzuwarten. Dies waren Augenblicke tiefster Aufgewühltheit. Wieder und wieder spähte Ellena in der dunklen Kapelle umher, voll furchtsamer Erwartung, einen lauernden Beobachter zu erblicken. Und wiewohl sie wußte, wie unwahrscheinlich es war, daß irgend jemand aus der Nachbarschaft darauf bedacht sein könnte, den weihevollen Akt zu stören, erwog sie dennoch diese Möglichkeit. Und in der Tat: einmal, als ihr Blick über eines der Fenster glitt, glaubte sie, ein gegen das Glas gepreßtes Gesicht wahrgenommen zu haben, das die Vorgänge im Innern des Baues zu überwachen schien. Als sie aber schärfer hinsah, war die Erscheinung verschwunden. Doch dessenungeachtet lauschte die Geängstete auf jedes weitere Geräusch von draußen, wie verschwommen es auch sein mochte, und fuhr zusammen bei jedem fernen Wellenschlag, vermeinend, dies wären schon die Schritte und die Stimmen von Männern auf dem Wege zur Kapelle. Indes, sie war bemüht, die Furcht zu unterdrücken, indem sie sich vor

Augen hielt, daß es sich nur um arglose Bewohner handeln könne, die ihrer Neugier folgten und nun vom Kloster zur Kapelle kamen. So gewann das Mädchen seine Fassung wieder, bis sie gewahrte, daß sich das Tor spaltbreit geöffnet hatte, und ein dunkles Antlitz in das Innre spähte! Doch schon im nächsten Augenblick fuhr es zurück, und das Tor ward leise zugedrückt.

Vivaldi, der gewahrte, wie Ellena erbleichte während sie nach seinem Arme faßte, blickte gleichfalls nach dem Tor, sah aber nichts und fragte nach dem Grund ihres Erschreckens.

»Man spioniert uns nach«, sagte Ellena. »Jemand hat sich hinterm Tor gezeigt!«

»Und wär' dem so, Geliebte«, versetzte Vivaldi, »wen gibt es in der Nachbarschaft, dessen Beobachtung wir zu fürchten hätten? Bester Vater, entschließt Euch«, fügte er, an den Priester gewendet, hinzu. »Ihr vergeßt ja, daß wir warten!«

Der Geistliche bedeutete Vivaldi stumm, er werde gleich zu Rande sein mit dem Gebet. Der andre Bruder jedoch erhob sich sogleich und redete mit Vivaldi, welcher begehrte, das Kapellentor möge verriegelt werden, auf daß niemand eintreten könne.

»Wir denken nicht daran, die Tore dieses Gotteshauses zu verriegeln«, versetzte der Benediktiner. »Dies ist ein geweihter Ort, der nimmermehr versperrt sein darf.«

»Doch werdet Ihr mir verstatten, der müßigen Neugierde zu wehren«, sagte Vivaldi, »und nachzusehn, wer dort am Tore lauscht! Soviel zum wenigsten erfordert die Seelenruhe dieser Dame.«

Der Bruder stimmte zu, und Vivaldi schritt zur Tür. Da er aber auf dem dunklen Wege draußen niemanden erblickte, kam er leichtern Fußes zum Altar zurück, von dessen Stufen der Priester sich nunmehr erhob.

»Meine Kinder«, sprach er, »ich hab' euch warten lassen – doch sind die Fürbitten eines betagten Mannes nicht weniger bedeutsam denn die Gelübde eines Jünglings, wiewohl ihr freilich die Wahrheit solcher Worte in diesem Augenblick nicht anerkennen werdet.«

»Ich stimme Euch in allen Stücken bei, bester Vater«, erwiderte Vivaldi, »wenn Ihr nur ohne weiteren Verzug zur Trauung schreiten mögt. Es drängt die Zeit!«

Der ehrwürdige Gottesmann nahm nun Aufstellung vorm Altar und schlug das Buch auf. Vivaldi postierte sich zur Rechten des Priesters und suchte mit besorgten, liebevollen Blicken das Mädchen zu ermutigen, das sich schwer auf den Arm der Laienschwester stützte. Ellena war nur mangelhaft verschleiert, wirkte recht niedergeschlagen und hielt den Blick auf den Boden geheftet. Die Gestalt dieser Schwester und deren schlichte Züge, der hohe Wuchs und das strenge Antlitz des Klosterbruders in dem rauhen Ordenshabit, das Silberhaar und die einnehmende Miene des die Trauung vollziehenden Priesters, welcher im Schein des Altarlämpchens stand, bildeten zu Vivaldis geistvoll-jugendlicher Anmut und Ellenas sanfter, rührender Schönheit einen Kontrast, der würdig gewesen wäre, vom Pinsel eines Malers festgehalten zu werden.

Der Priester hatte schon mit der Zermonie begonnen, als ein Geräusch von draußen Ellena abermals zusammenfahren machte! Aufs neue gewahrte sie, daß das Tor behutsam geöffnet wurde, und daß ein Mann von riesenhafter Gestalt ins Innre der Kapelle spähte. Er trug eine Fackel, deren flackernder Schein beim Aufgehen der Tür eine Gruppe weiterer Personen enthüllte, welche ihrem Vordermanne über die Schulter blickten. Ihr grimmiges Aussehn und die befremdliche Art ihrer Gewandung überzeugten Ellena sogleich, daß man's hier nicht mit Insassen der Benediktinerabtei zu tun hatte, sondern mit irgendwelchen fürchterlichen Botschaftern des Unheils! Des Mädchens halberstickter Aufschrei alarmierte Vivaldi, der die Erschrockne eben noch vorm Sturz bewahren konnte. Da er aber mit dem Rücken zum Tore stand, blieb ihm der Grund für Ellenas Entsetzen verborgen, bis das plötzliche Geräusch sich nähernder Schritte ihn herumfahren machte und er mehrere bewaffnete, sonderbar gekleidete Männer auf den Altar zukommen sah.

»Wer ist's, der den Frieden dieses geweihten Ortes zu stören wagt?« frug er mit fester Stimme, indem er sich halb von der auf den Boden hingestreckten Geliebten erhob.

»Welche lästerlichen Schritte«, rief auch der Priester, »verletzen auf so gröbliche Weise die Weihe dieses Raumes?«

Ellena war in eine Ohnmacht gesunken, und da die Männer nicht stehenblieben, zog Vivaldi vom Leder, um das Mädchen zu beschützen.

Er und der Priester wechselten einige Worte, die indes nicht zu verstehen waren, da in diesem Moment eine Donnerstimme sich erhob und das Geheimnis lüftete.

»Ihr, Vinzentio di Vivaldi aus Neapel«, ertönte es, »und Ihr, Ellena di Rosalba aus der Villa Altieri, seid aufgefordert, Euch zu ergeben im Namen der Hochheiligen Inquisition!«

»Der Inquisition?« rief Vivaldi, der seinen Ohren nicht trauen mochte. »Dies muß ein Irrtum sein!«

Der Offizial wiederholte seine Aufforderung, ohne sich zu einer Antwort herbeizulassen.

Vivaldi, mit noch größerem Erstaunen, fuhr fort: »Bildet Euch nicht ein, Ihr könntet mich glauben machen, ich fiele unter die Befugnisse der Inquisition!«

»Glaubt was Ihr wollt, Signor«, versetzte der Anführer, »doch seid Ihr und die Dame unsre Gefangenen!«

»Pack dich, Betrüger!« schrie Vivaldi da und sprang vom Boden auf, wo er der Geliebten beigestanden. »Wo nicht, so soll mein Degen dich lehren, deine Kühnheit zu bereun!«

»Wie – Gewalt gegen einen Beamten der Inquisition?« rief da der Schurke. »So wird jene Heilige Körperschaft Euch zeigen, was Euch erwartet, wenn Ihr Euch ihrem Gebot widersetzt!«

Jetzt legte der Priester sich ins Mittel. »Seid ihr in Wahrheit Beamte jenes Hohen Tribunals«, sagte er, »so weist euch aus in eurem Amte! Seid eingedenk der Heiligkeit des Ortes und zittert vor den Folgen des Betrugs!

Ihr seid im Irrtum, wenn ihr glaubt, ich würde euch zwei Menschenkinder ans Messer liefern, die hier Asyl gesucht! Zuerst bedarf's des unzweideutigen Befehles jener fürchterlichen Macht!«

»Heraus mit Eurem Pergament«, gebot nun auch Vivaldi in barschem Hochmut.

»Hier ist es», sprach der Offizial und brachte eine schwarze Rolle zum Vorschein, die er dem Priester hinhielt. »Lest und seid zufrieden!«

Schon beim Anblick der Rolle war der Benediktiner erschrocken, doch nahm er sie entgegen und prüfte sie bedächtig. Die Art des Pergaments, seine Siegelung, die besondere Wortstellung, die geheimen Merkzeichen, welche bloß dem Eingeweihten verständlich sind – all das wies darauf hin, daß man es hier in Wahrheit mit einem Haftbefehl des Heiligen Offiziums zu tun hatte. Die Rolle entglitt der Hand des Priesters, welcher nun voll Bestürzung und in wortlosem Mitleid auf Vivaldi blickte. Der Jüngling bückte sich, um des Schriftstückes habhaft zu werden, doch der Offizial kam ihm zuvor.

»Unseliger Jüngling«, sprach der Priester. »Es ist nur allzu wahr! Ihr seid aufgerufen von jener ehrwürdigen Macht, Euch für Euer Verbrechen zu verantworten. Mir aber blieb erspart, einen furchtbaren Fehltritt zu tun.«

Vivaldi stand wie vom Donner gerührt. »Welches Verbrechen ist's, für das ich mich zu verantworten hätte? Dies ist wohl nur ein dreister und hinterlistiger Betrug, dieweil selbst Ihr Euch davon täuschen laßt! Was ist's um dies Verbrechen – diesen Fehltritt?«

»Ich habe nicht geglaubt, daß Ihr so hartgesotten seid«, versetzte da der Priester. »Laßt ab von Eurem Leugnen! Fügt nicht der Unbesonnenheit der Jugend auch noch die Falschheit bei! Ihr wißt nur allzu wohl, was Ihr begangen habt!«

»Falschheit, habt Ihr gesagt?« erwiderte Vivaldi. »Nun wohl, Euch schützen Eure Jahre und die Heiligkeit der Kutte. Was aber diese Schurken anbetrifft, die es gewagt, dies unschuldige Opfer anzugreifen«, – er wies auf Ellena – »so wird sie meine Rache treffen!«

»Laßt ab davon, laßt ab!« rief da der Priester mahnend und ergriff des Jünglings Arm. »Habt Mitleid mit Euch selbst und auch mit ihr! Kennt Ihr denn nicht die Strafe, die auf Widerstand gesetzt ist?«

»Ich kenn' sie nicht, noch scher' ich mich darum!« erwiderte Vivaldi. »Doch will Ellena di Rosalba ich bis zum letzten Atemzug verteidigen. Laßt sie nur kommen, wenn sie's wagen!«

»An ihr, die fühllos Euch zu Füßen liegt«, sprach da der Priester, »werden sie Rache üben für das, was Ihr jetzt sagt. An ihr nur – der Genossin Eurer Schuld!«

»Genossin meiner Schuld?« rief nun Vivaldi, halb erstaunt und halb entrüstet. »Meiner *Schuld,* sagt Ihr?«

»Oh unbedachter Jüngling! Ist's nicht allein der Schleier schon, der sie verrät? Ich wundre mich, daß er mein Augenmerk erst jetzt auf sich zieht!«

»Ihr habt eine Nonne aus ihrem Kloster entführt«, sagte der Anführer jetzt. »Für dies Verbrechen müßt Ihr vor Gericht. Sobald Ihr der heroischen Tiraden müde seid, kommt Ihr mit uns! Wir sind des Spieles nachgerade überdrüssig!«

Zum ersten Mal fiel's nun Vivaldi auf, daß Ellena ja einen Nonnenschleier trug. Es war derjenige, den Olivia ihr geliehen, auf daß die Geliebte sich in der Nacht ihres Entweichens aus San Stefano vor der Äbtissin verbergen könne. In der Hast des Aufbruchs hatte das Mädchen vergessen, Olivia den Schleier zurückzugeben, und seither war ihr Denken zu sehr von andren Sorgen und Ängsten beansprucht gewesen, als daß sie solch geringfügigen Umstands innegeworden wäre. Einige der Ursulinerinnen freilich hatten ihn nur zu wohl bemerkt.

Obschon er sich den Sachverhalt mit dem Schleier nicht zu deuten wußte, ward Vivaldi nun weiterer Umstände inne, welche als Erklärung für die gegen ihn erhobne Anklage dienen konnten, und die ihm zeigten, wie weitgespannt die Schlinge war, welche man ihm gelegt. Auch vermeinte er die Hand Schedonis zu erkennen und argwöhnte, der finstre Mönch sei nun daran, sich für die in der Kirche Spirito Santo erlittne Bloßstellung sowie für alle weiteren Demütigungen zu rächen. Denn Vivaldi, unkundig der ehrgeizigen Hoffnungen, welche die Marchesa in Schedoni erweckt hatte, sah nicht, wie unwahrscheinlich es war, daß der Beichtiger die Gunst der Mutter mit der Festnahme des Sohnes aufs Spiel setzen würde. Und schon gar nicht kam's dem Jüngling bei, zu argwöhnen, daß Schedoni, falls er solchen Schritt dennoch wagen sollte, im Besitz von Geheimnissen sein müsse, welche stärker waren als der Groll der Gräfin und sie zwangen, sich den Schritten des Paters schweigend zu fügen.

Überzeugt, es sei Schedoni, der als treibende Kraft hinter den gegenwärtigen Machenschaften stecke, stand Vivaldi entgeistert da und blickte in unaussprechlicher Seelenangst auf Ellena nieder, die, sobald sie wieder zu Sinnen gekommen, ihm ihre hilflosen Hände entgegenstreckte und ihn um Rettung anflehte. »Verlaß mich nicht«, rief sie in herzzerbrechendem Ton. »Ich fühl' mich sicher nur in deiner Gegenwart!«

Beim Klange von Ellenas Stimme fuhr Vivaldi aus seiner Benommenheit, wandte sich gegen die in düstrer Bereitschaft lauernden Schurken und gebot ihnen, zu verschwinden oder sich auf seinen Grimm gefaßt zu machen. Bei diesen Worten zogen sie allesamt blank, und gleich darauf gingen Ellenas angstvolle Schreie sowie die flehentlichen Bitten des Priesters unter im Geklirre der gekreuzten Klingen.

Vivaldi, dem es zutiefst widerstrebte, Blut zu vergießen, beschränkte sich auf die Verteidigung, bis die Heftigkeit seiner Widersacher ihn zwang, all seine Geschicklichkeit und Kraft aufzubieten. Schließlich stach er einen der Schurken nieder, vermochte aber nicht mehr, sich der beiden andern zu erwehren und war schon nahe daran, der Übermacht zu erliegen, als eilige Schritte sich nahten, und gleich darauf Paolo in die Kapelle stürzte. Seinen Herrn in Bedrängnis sehend, zog auch er sogleich vom Leder und kam ihm in allem Ungestüm zu Hilfe. Er focht mit schier unüberwindlicher Kühnheit und Kraft und war schon drauf und dran, seinem Gegner den Garaus zu machen, als plötzlich Verstärkung in die Kapelle stürmte, so daß Vivaldi und sein treuer Diener blessiert und schließlich entwaffnet wurden.

Ellena, welche abgehalten worden war, sich zwischen die Kämpfenden zu werfen, erneute nun beim Anblick von Vivaldis Wunden ihre Anstrengungen, sich loszureißen, und begleitete solchen Kampf mit so flehentlichen Bitten und Klagen, daß die sie umringenden Schurken beinahe etwas wie Mitleid empfanden.

Entkräftet durch die erlittne Verwundung und überdies von seinen Gegnern festgehalten, fand Vivaldi sich gezwungen, der Geliebten Seelenqual und Gefährdung mitanzusehn, ohne sie daraus befreien zu können. In aberwitziger Verzweiflung rief er dem Priester zu, das Mädchen zu schützen.

»Ich wag' es nicht, mich dem Gebot der Heiligen Inquisition zu widersetzen«, gab der Benediktiner zur Antwort, »selbst wenn ich Kraft genug hätte, ihren Beamten zu trotzen. Wißt Ihr denn nicht, unseliger Jüngling, daß Widerstand soviel wie Tod bedeutet?«

»Tod!« rief da Ellena. »Sagtet Ihr Tod?«

»Jawohl, mein Kind – den sichern Tod!«

»Signor«, sprach nun der eine der Beamten, »Ihr hättet gut daran getan, meinem Rat zu folgen. Nun werdet teuer Ihr bezahlen für das, war Ihr getan.« Bei diesen Worten wies er auf den Schurken, der schwerverletzt in seinem Blute lag.

»Mein Herr wird nicht dafür zu zahlen haben, Freund«, hub nun Paolo an, »denn Ihr müßt wissen, daß dies *mein* Werk ist! Und hätte ich die Arme frei, so wollt' ich gern versuchen, es noch einem zweiten zu besorgen, wie zerhauen ich auch immer sein mag!«

»Gib Frieden, mein guter Paolo! *Ich* bin's, der es getan«, sprach da Vivaldi und fügte, an den Offizial gewendet, hinzu: »An meinem Leben liegt mir nichts – ich hab' nur meine Pflicht getan. Doch blickt auf sie! Könnt Ihr dies Mädchen ohne Mitleid ansehn, so unschuldsvoll und hilflos wie sie ist? Bringt ihr, Barbaren, die ihr seid, es fertig, auch sie hinwegzuschleppen ins Verderben, bloß weil die Falschheit sich zum Kläger aufwirft?«

»Nur wenig würd' ihr unser Mitleid helfen«, erwiderte der Offizial. »Auch wir tun einzig unsre Pflicht. Ob die Beschuldigung nun falsch ist oder nicht – dies Weib muß vor den Richter!«

»Welche Beschuldigung?« fragte Ellena.

»Die Nonnengelübde gebrochen zu haben«, erwiderte der Priester.

Ellena erhob den Blick zum Himmel. »Dies also ist's!« rief sie.

»Hört Ihr's? Nun hat sie ihr Verbrechen einbekannt!« sagte einer aus der Schar der Schergen.

»Mitnichten!« widersprach Vivaldi. »Was sie erkennt, ist nur das Ausmaß jener Bosheit, die ihr nach dem Leben trachtet! Oh Ellena – so muß ich dich in ihre Hände fallen sehn! Muß nun auf immer von dir lassen!«

Solch qualvoller Gedanke gab ihm für einen Augenblick die alte Kraft zurück. Er riß sich aus dem Griff der Offizialen und umarmte die Geliebte, die, der Sprache nimmer mächtig, hemmungslos an seiner Schulter weinte.

Die Schurken respektierten solchen Schmerz und standen fürs erste davon ab, die Liebenden zu trennen.

Indes, Vivaldis Aufbegehren war nur von kurzer Dauer. Geschwächt vom Kummer und vom Blutverlust, konnt' er sich nimmer auf den Beinen halten und war gezwungen, von Ellena zu lassen.

»So gibt's denn keine Hilfe?« frug sie voll Seelenqual. »Wollt ihr ihn hier verderben lassen auf den kalten Steinen?«

Der Priester gab nun Anweisung, man möge Vivaldi nach der Benediktinerabtei schaffen, woselbst seine Wunden untersucht und versorgt werden könnten. Die niedergestochenen Schergen hatte man ja schon dorthin gebracht. Vivaldi aber widersetzte sich solchem Vorhaben, es wäre denn, daß Ellena ihn hätte begleiten dürfen. Nun widersprach es aber den Ordensregeln, ein

Weib in den Konvent aufzunehmen, und so erklärte der zweite Klosterbruder, noch ehe der Priester hätte antworten können, man dürfe nicht wagen, die Gesetze des Klosters zu durchbrechen.

Nun erst ward Ellenas eigene Angst verdrängt von derjenigen um den Geliebten, und so flehte sie ihn an, er möge es doch leiden, daß man ihn ins Kloster bringe. Er aber war nicht zu bewegen, von Ellena zu lassen. Die Offizialen aber trafen nun Anstalten, die Liebenden von einander zu reißen. Vergebens führte Vivaldi ihnen die sinnlose Grausamkeit solcher Trennung vor Augen, da die Geliebte ja, wie gesagt worden war, gleichfalls vors Inquisitionstribunal geschleppt werden sollte. Und ebenso ungehört verhallte seine Frage, wohin man denn Ellena zu bringen gedächte.

»Wir wollen uns ihrer schon auf die rechte Weise annehmen, Signor«, beschied ihn einer der Beamten. »Dies mag Euch genug sein. Und daß Ihr beiden den nämlichen Weg zu gehen habt, bedeutet noch lange nicht, daß dies gemeinsam geschehen muß!«

»Wie – oder habt Ihr jemals vernommen, Signor, daß man Verhaftete beisammen läßt?« frug jetzt ein Zweiter. »Dies gäbe wohl ein artiges Komplott! Die Hand leg' ich ins Feuer, daß sie genau das gleiche vorzubringen wüßten!«

»Dennoch, ihr dürft mich nimmermehr von meinem Herrn und Meister trennen«, schrie nun Paolo. »Vielmehr verlange ich, den Weg zum Teufel oder auch zum Tribunal – es läuft auf eins hinaus – mit ihm gemeinsam anzutreten!«

»Gemach, gemach«, versetzte der Beamte. »*Zuerst* kommt ihr vors Tribunal und *dann* fahrt ihr zum Teufel, denn jedem Urteil geht das Verhör voraus.«

»Genug der Zeitverschwendung«, sprach er zu seinen Helfern, indem er auf Ellena wies. »Schafft dieses Mädchen fort!«

Dies gesagt, hoben sie Ellena vom Boden auf. »Laßt mich los!« schrie Paolo, sobald er das mitansehn mußte. »Loslassen, sag' ich!« Und zerriß in seinem Grimm die

Fesseln, was freilich zu nichts führte, dieweil er von den Schergen sogleich festgehalten ward.

Vivaldi, obschon auf den Tod erschöpft vom Blutverlust und von all der durchlittenen Seelenangst, unternahm dennoch eine letzte Anstrengung, die Geliebte zu retten. Er wollte sich vom Boden aufraffen, doch plötzlich senkte sich's ihm wie ein Schleier über die Augen, und die Sinne schwanden ihm, indes der Name Ellena ihm auf den Lippen erstarb.

Während man das Mädchen aus der Kapelle schaffte, fuhr sie fort, beständig nach Vivaldi zu rufen und die Schergen der Reihe nach anzuflehn, man möge ihr noch einen einzigen Blick auf den Geliebten verstatten, auf daß sie ihm ein letztes Lebewohl entböte. Die Schurken aber waren unerbittlich, und Ellena, wie sehr sie immer nach Vivaldi rief, vernahm kein Wort von ihm, der selber nichts vernehmen konnte – nicht länger einer Antwort fähig war.

»Oh, noch ein Wort!« rief sie verzweiflungsvoll. »Ein allerletztes Wort, oh mein Geliebter! Laß mich noch einmal deine Stimme hören!« Doch nichts als Schweigen folgte solchem Ruf.

Und da man sie aus der Kapelle trug, hielt sie den Blick noch immer auf den Ort geheftet, an welchem der Geliebte lag, und rief in äußerster Verzweiflung: »Leb wohl, Vivaldi! – Ach, auf ewig, ewig – lebe wohl!«

Der Ton, in welchem sie dies letzte ›Lebewohl‹ hervorgestoßen, war so herzzerreißend, daß sogar das unbewegte Gemüt des Priesters sich solchem Rufe nicht verschließen konnte. Doch rasch, noch ehe jemand dessen gewahr werden konnte, wischte er die wenigen Tränen fort, welche sich ihm ins Auge gestohlen. Auch Vivaldi hatte den Ruf vernommen – noch aus dem Tode hätte solche Stimme ihn erweckt! Nun aber war's zum letzten Male, daß er sie vernahm. Zum Tore blickend, sah er eben noch, wie der Geliebten Schleier dort entschwand. All seine Leiden, alle Mühen, aller Widerstand – vergebens waren sie gewesen! Die Schurken schlugen ihn in Fesseln, aus seinen Wunden blutend wie er war, und schafften ihn ins Kloster, zusammen mit dem übel zugerichteten Paolo, der unablässig brüllte: »Ich will mit meinem Herrn vors Tribunal! Ich will mit meinem Herrn vors Tribunal!«

Sechstes Kapitel

An dich hat voll Parteilichkeit die Muse
In Hellas' grauer Vorzeit sich gewendet:
Es lauschten ihren kindlich spröden Worten
So Frau'n wie Jungfrau'n bleich und voll Bestürzung.
Collins, Ode an die Furcht

Die Blessuren von Vivaldi und dessen Diener wurden von dem Benediktinermönche, welcher die beiden untersuchte und verband, für ungefährlich befunden, wogegen der Zustand des einen Schurken zu etwelchem Zweifel an dessen Aufkommen Anlaß gab. Einige wenige aus der Bruderschaft legten in Ansehung der Gefangenen viel Mitgefühl und Freundlichkeit an den Tag, zum größeren Teil aber schraken sie davor zurück, auch nur die geringste Anteilnahme für Personen zu bekunden, welche unter die Zuständigkeit des Heiligen Offiziums geraten waren, und hielten sich deshalb sogar von jener Kammer fern, darin man die Häftlinge untergebracht hatte. Indes sah sich die Bruderschaft nicht lange zu solcher Selbstbeschränkung gezwungen, da ja Vivaldi und Paolo schon nach kurzer Genesungsfrist ihre Fahrt antreten mußten. Zwar setzte man die beiden in denselben Wagen, doch verhinderte die Gegenwart zweier Offizialen jeglichen Gedankenaustausch sowohl in Ansehung von Ellenas Bestimmungsort als auch im Hinblick auf den unmittelbaren Anlaß des erlittnen Mißgeschicks. Doch wagte Paolo es ab und zu, seinem Argwohn Ausdruck zu verleihen sowie zu bekräftigen, daß man den Hauptwidersacher wohl in der Äbtissin von San Stefano sehen müsse, und daß jene beiden Karmelitermönche, von denen die Reisegesellschaft auf offener Landstraße eingeholt worden war, Abgesandte der Oberin gewesen. Die beiden hatten wohl, nachdem sie den Weg der Flüchtlinge ausgekundschaftet, Nachricht von deren Aufenthaltsorte gegeben.

»Von Anfang an hab' ich vermutet, wir würden der Äbtissin nimmer entrinnen können«, sagte Paolo, »wiewohl ich weder Euch, Signor, noch die arme Signora Ellena durch solche Reden beunruhigen gewollt. Allein, was eine rechte Äbtissin ist, das braucht, soweit's die Arglist anbetrifft, den Vergleich mit der Inquisition nicht zu scheuen und ist dermaßen von Herrschsucht besessen, daß es ganz wie die Inquisition ein Menschenkind lieber zum Teufel denn sonstwohin gehen läßt!«

Vivaldi warf Paolo einen warnenden Blick zu, um den Diener von solch unbedachter Redseligkeit abzuhalten, und versank aufs neue in das brütende Schweigen tiefster Bekümmernis. Die Beamten ließen indes kein Wort verlauten, hatten aber ein wachsames Ohr auf alles, was Paolo daherredete. Zwar entging dem Diener solche Wachsamkeit keineswegs, doch da er die beiden als Spione verachtete, glaubte er auch, sie als Feinde verachten zu können, und machte deshalb aus seiner Meinung, die sie als Waffe gegen ihn gebrauchen konnten, nicht nur kein Hehl, sondern setzte vielmehr seinen Stolz darein, die beiden gegen sich aufzubringen, indem er all die Dinge von sich gab, welche geeignet schienen, bis aufs äußerste das Gemüt der Männer zu reizen, die mit den Gefangenen im selben Wagen saßen und dergestalt gezwungen waren, allen Schimpf mitanzuhören, der da über ihre Institution ausgegossen ward. Und so oft Vivaldi, aufgescheucht aus seiner Selbstversunkenheit durch eine gewagte Bemerkung Paolos, dessen Vorwitz zu zügeln suchte, fand der letztere viel Befriedigung in dem Trost, welchen er seinem Herrn unter Mißachtung der eigenen Sicherheit zusprach, indem er etwa sagte: »Es ist *ihre* Schuld, daß sie nun in meiner Gesellschaft reisen müssen! So mögen sie dieselbe auch nach Gebühr genießen! Und sollten sie mich jemals vor ihre hochwürdigen Inquisitoren bringen, dann werden auch die ihre Freude an mir haben. Ich will ihnen zum Tanz aufspielen, wie sie's nicht alle Tage hören! Ich will ihnen die Schellen an ihrer Narrenkappe recht artig zum Erklingen bringen und ihnen ein paar schlichte Wahrheiten ins Gesicht sagen, wie sehr sie mich immer dafür kuranzen mögen!«

Und aufs neue fuhr Vivaldi auf, diesmal ernstlich beunruhigt ob der Folgen, welche der freimütige Paolo da auf sich herabbeschwören mochte. Er bestand nun darauf, daß der Diener den Mund halte, und sah seine Worte endlich befolgt.

Man fuhr die ganze Nacht hindurch und hielt nur an, um die Pferde zu wechseln. An jeder Poststation spähte Vivaldi nach einem zweiten Wagen, darin Ellena sitzen mochte, doch nichts dergleichen zeigte sich, und auch kein Räderrollen ließ vermuten, daß ein zweites Gefährt sich auf dem nämlichen Wege befand.

Mit Heraufkunft des Morgens erblickte der Jüngling die Kuppel des Petersdomes fern über dem Flachlande auftauchen, von welchem Rom umgeben ist. Erstmals erkannte er nun, daß er sich auf dem Weg nach den Kerkern der Inquisition in der Ewigen Stadt befand. Nun ging's hinab in die Campagna, an deren Rande man in einem Städtchen für einige Stunden Rast machte.

Beim neuerlichen Aufbruche gewahrte Vivaldi, daß diesmal auch die Wächter ausgetauscht worden waren, und daß der Beamte, welcher ihm in der Kammer des Gasthofs Gesellschaft geleistet, nunmehr das einzig bekannte Gesicht unter lauter unbekannten war. Die neuen Männer unterschieden sich in Kleidung und Gehaben beträchtlich von den bisherigen Wächtern. Sie legten größere Mäßigung an den Tag, trugen aber eine noch schwärzere Grausamkeit zur Schau im Verein mit einer wohlberechneten Zurückhaltung und einer feierlichen Gewichtigkeit, welche sie sogleich als Angehörige der Heiligen Inquisition auswies. Zumeist hüllten sie sich in undurchdringliches Schweigen, und sprachen sie dennoch einmal, so waren es bloß ein paar salbungsvolle Worte. Paolos zahllose Fragen sowie auch die wenigen ernsthaft-dringlichen seines Herrn, welcher durchaus Ellenas künftigen Aufenthaltsort erfahren wollte, beantworteten sie mit keiner Silbe. Hingegen lauschten sie mit der ernsthaftesten Aufmerksamkeit all den blühenden Tiraden, welche der Diener gegen die Inquisitoren und das Heilige Offizium vorzubringen wußte.

Vivaldi war tief betroffen ob des Umstands, daß man die Wachen gewechselt hatte, doch mehr noch beunruhigte ihn das Aussehen der neuen Wächter. Verglich er das Gehaben der letzteren mit demjenigen der vorigen, so wollte ihm scheinen, die alten Bewacher wären bloß von der Grobheit gewöhnlicher Schurken gewesen, wohingegen die jetzigen mit jener Arglist und Grausamkeit begabt schienen, wie sie die Angehörigen der Inquisition zu kennzeichnen pflegt. So neigte er mehr und mehr zu dem Glauben, er sei einem Winkelzug zum Opfer gefallen und befinde sich erst jetzt recht eigentlich im Gewahrsam des Heiligen Offiziums.

Es ging schon auf Mitternacht, als die Gefangenen durch den *Porto del Popolo* in die Stadt einfuhren. Sogleich fanden sie sich inmitten des in Rom herrschenden Karnevalstreibens. Der *Corso*, über den sie fahren mußten, war überfüllt von fröhlich herausgeputzten Wagen und maskiertem Volke, von Musikaufzügen, Mönchen, Marktschreiern und Quacksalbern. Solche Szenerie präsentierte sich im Schein unzähliger Fackeln und war im übrigen ein brodelnder Hexenkessel, darin sich das Poltern der Räder, die Klänge der Spielleute sowie der fröhliche Stimmenlärm all der mit Zuckerwerk um sich werfenden Zecher zu lärmenden Dissonanzen vermischten. Die herrschende Hitze erlaubte es nicht, die Wagenfenster zu schließen, und so konnten die Gefangenen alles mitansehn, was sich dort draußen begab. Insgesamt war's eine Szene, welche in grausamem Gegensatz stand zu den Empfindungen und der Lage Vivaldis, den man hinweggerissen von der Geliebten, und der in grausiger Ungewißheit ob deren Schicksal auf dem Wege war zu einem Tribunal, dessen undurchsichtige und furchtbare Praktiken auch das tapferste Gemüt mit Entsetzen erfüllen mußten. Es war dies einer der bestürzendsten Kontraste, wie sie das wechselvolle Spiel des Lebens zu bieten und das menschliche Herz zu ertragen vermag. Vivaldi ward von Übelkeit ergriffen beim Anblick der geputzten Menge, durch die der Häftlingswagen langsam dahinrollte. Paolo aber sah sich durch solche Szene an den Karnevals-Korso von Neapel gemahnt und hatte beim Vergleich des gegenwärtigen Bildes mit demjenigen, das die Erinnerung ihm bot, an allem und jedem herumzumäkeln. Die Kostüme, so fand er, waren geschmacklos, den Equipagen ermangelte es am rechten Aufputz, dem Volke gebrach's am nötigen Frohsinn. Dennoch war des Dieners Hang zu allem, was heiter und fröhlich schien, dermaßen stark, daß er für den Augenblick vollkommen vergaß, ein Gefangener auf dem Wege zur Inquisition zu sein. Ja er vergaß sogar, daß er aus Neapel stammte, und wäre, dieweil er den römischen Karneval noch scholt ob dessen Schwerfälligkeit, am liebsten durchs Wagenfenster gesprungen, um sich in das bunte Treiben zu werfen, hätten seine Fesseln und Blessuren ihn nicht daran gehindert. Erst das tiefe Aufseufzen Vivaldis riß Paolo aus solchen Phantasien, und als der Diener vollends die kummervolle Miene seines Herrn bemerkte, war's vorbei mit all seiner inneren Fröhlichkeit.

»*Maestro,* teuerster *Maestro!*« sagte er und wußte nicht, wie er das, was ihm auf dem Herzen lag, zum Ausdruck bringen solle.

In diesem Moment kam man am San Carlo-Theater vorüber, vor dessen Toren sich die Equipagen drängten, während die römischen Damen in festlichen Roben, die Courschneider in ihren phantastischen Kostümen, sowie Masken aller erdenklichen Art ins Opernhaus strömten. Inmitten solch fröhlichen Gedränges, welches den Wagen an der Weiterfahrt hinderte, blickten die Offizialen der Inquisition in feierlichem Schweigen vor sich hin, wobei kein Zug ihrer Mienen auch nur die geringste Anteilnahme an dem Treiben bekundete, wie sie da mit hochgezogenen Brauen in ihrer gewichtigen Bedeutsamkeit verharrten. Und während sie voll innerlicher Verachtung auf all die Menschen blickten, welche so leicht zu erfreuen waren, sah das Volk in vielleicht größerer Weisheit mit ebensolcher Verachtung auf die hochmütige Verdrossenheit, die sich da weigerte, an so harmloser Kurzweil teilzuhaben, und schrak zurück vor Gesichtern, welche einzig den Stempel der Strenge und Grausamkeit trugen. Doch sobald man die Beamtung der Wageninsassen erkannt hatte, drängte der eine Teil der Menge erschrocken zurück, während der andre noch neugierig herzuströmte. Da aber die Zurückdrängenden in der Überzahl blieben, ward Raum für die Weiterfahrt des Wagens, der, nachdem er den Corso hinter sich gebracht hatte, einige Meilen durch düstre und menschenleere Straßen fuhr, darin nur ab und zu eine Lampe hoch oben vor einem Heiligenbilde flackerte inmitten des allgemeinen, trübseligen Schweigens. Bisweilen trat der Mond aus den ziehenden Wolken und erhellte für Augenblicke jene gewaltigen Monumente, denen Rom seinen ewigen Namen verdankt: jene ehrwürdigen Überreste und gigantischen Gerippe, die vor Zeiten einer Seele zur Heimstatt gedient, deren Kraft die Welt beherrscht hatte! Auch Vivaldi konnt' sich der Großartigkeit jener steinernen Zeugen vergangener Epochen nicht entziehn, als die Strahlen des Monds auf die ehrwürdigen Mauern und Säulen fielen, und so durchfuhr er diesen Schauplatz alter Geschichte nicht ohne eine gewisse Ehrfurcht, ja weihevolle Begeisterung, welche ihn eine Zeitlang seine traurige Lage vergessen ließ. Doch hielt solche Täuschung nicht lange vor, denn sein Mißgeschick drückte ihn zu sehr nieder, als daß er seiner auf längere Zeit hätte vergessen können, und so schwand Vivaldis Enthusiasmus dahin gleich dem flüchtigen Lichte des Mondes.

Dessen wiederkehrender Schein beleuchtete bald danach den zerklüfteten, weithin sich dehnenden Schauplatz, welchen der Wagen nun durchfuhr. Das ganze glich zufolge seiner Verlassenheit und der an ihren Rändern verstreuten Ruinen einem Stadtteil, der von seiner gegenwärtigen Einwohnerschaft gänzlich aufgegeben worden war zum Gedenken einstiger Größe. Nicht einmal der Schatten eines Menschen belebte die Ödnis, und auch kein Gebäude zeigte sich, das auf Bewohntheit hätte schließen lassen. Indes, der tiefe Hall einer Glocke zeigte an, daß man den Behausungen der Menschen nicht mehr fern war, und alsbald gewahrte Vivaldi in einigem Abstand ein hohes, von Türmen bekröntes Mauerwerk, das, soweit das nächtliche Dämmerlicht erkennen ließ, den gesamten Horizont einnahm. Der Jüngling hielt dies Gemäuer für die Kerker der Inquisition, und auch Paolo wies im nämlichen Momente darauf hin. »Ah, Signor!« sagte er verzagt. »Das ist der Ort! Und wie mächtig diese Mauern sind! Du lieber Gott, wenn der Marchese sehen könnte, wohin man uns da bringt! Oh weh!«

Er schloß mit einem tiefen Seufzer und sank erneut zurück in jenen Zustand aus Furcht und stummer Erwartung, darin er sich seit Verlassen des Corso befunden.

Nachdem der Wagen vor jenen Mauern angelangt war, folgte er deren gewundnem Verlauf noch eine beträchtliche Strecke. Von gewaltiger Höhe und verstärkt durch zahllose, massive Basteien, wiesen sie keinerlei Fenster oder Gitter auf, sondern präsentierten sich in maßloser, düsterer Leere. Ab und zu nur waren der Mauerkrone runde Türmchen aufgesetzt und belebten das monotone Bild.

Offenbar war es das Hauptportal, durch das die Gefangenen einfuhren – zumindest ließen dessen Großartigkeit und die Höhe der flankierenden Türme dies vermuten. Gleich darauf hielt das Gefährt an einem gewölbten Mauerdurchgang, der schwer vergittert war. Einer der begleitenden Wächter stieg aus und schlug gegen die Eisenstangen, worauf die Torflügel sogleich aufschwangen, und ein fackeltragender Mann auftauchte, dessen Gesichtszüge, als er durchs Gitter blickte, sehr wohl ein Abbild der »harten Miene der Verzweiflung« hätten sein können, von welcher der Dichter spricht.

Kein Wort ward zwischen den beiden gewechselt,

doch öffnete der Mann beim Anblick des wartenden Wagens das Eisentor, und so schritten die Gefangenen, nachdem sie ausgestiegen waren, in Begleitung der zwei Offizialen unter dem Torbogen hindurch, gefolgt von dem fackeltragenden Posten. Danach ging es eine breite Treppe hinunter, an deren unterem Ende ein zweites Eisentor zu einem saalähnlichen Gemach führte. Als solches zumindest erschien es Vivaldi, während er in die sich höhlende Düsternis blickte, welche durch eine von der Deckenmitte herniederhängende Ampel nur unzulänglich erhellt wurde. Niemand zeigte sich, und es herrschte das Schweigen des Todes, denn weder die Offizialen noch der Posten ließen ein Wort verlauten, und auch kein fernes Geräusch widersprach der Vorstellung, man durchschreite nunmehr die Gemächer der Toten. Vivaldi gewann den Eindruck, dies sei eines der Begräbnisgewölbe für die Opfer der Inquisition, und ein eisiger Schrecken durchfuhr ihn. Mehrere Gänge, welche von dem saalartigen Raum abzweigten, schienen nach entlegenen Teilen des ungeheuren Gebäudes zu führen, doch noch immer deutete kein Geräusch von Schritten, keinerlei fernes Stimmengemurmel darauf hin, daß man sich hier in einer Wohnstatt lebender Menschen befinde.

Nachdem man einen der Gänge betreten hatte, sah Vivaldi weit vorne eine ganz in Schwarz gekleidete, einen brennenden Wachsstock tragende Gestalt den Weg überqueren und schloß aus solcher Gewandung sogleich, daß der Betreffende ein Mitglied des schrecklichen Tribunals sein müsse.

Das Geräusch so vieler Schritte schien an die Ohren des Fremden gedrungen zu sein, denn er wandte sich und blieb stehen, während die Offizialen weiterhin voranschritten. Danach machte man einander etwelche Zeichen und wechselte ein paar Worte, die indes weder Vivaldi noch sein Diener verstehen konnten. Der Fremde wies mit seinem Wachsstock nach einem anderen Gang und schritt weiter. Vivaldi blickte ihm nach, bis eine Tür am äußersten Ende sich auftat und der Inquisitor ein

Gemach betrat, daraus eine Fülle Lichtes sich ergoß, in dessen Schein mehrere andre Gestalten von ebensolcher Gewandung den Ankömmling schon zu erwarten schienen. Doch alsbald ward jene Pforte geschlossen, und Vivaldi – ob nun die Einbildung ihm einen Streich gespielt hatte oder ob jene Laute tatsächlich erklungen waren – hätte drauf schwören mögen, beim Schließen der fernen Tür ein halbersticktes Stöhnen vernommen zu haben, wie von einem Menschen, der tödliche Qualen erleidet.

Der Gang, den die Gefangenen nunmehr durchschritten, mündete schließlich in ein Gemach, das ebenso düster war wie das erste, aber noch geräumiger zu sein schien. Die Decke war durch Mauerbögen gestützt, und lange Arkadengänge zweigten von allen vier Seiten des Saales ab, als wäre hier das Zentrum der Anlage. Die Gänge verloren sich in einer Dunkelheit, welche von kleinen Ampeln nur notdürftig erhellt wurde.

Hier ward Halt gemacht, und bald darauf zeigte sich eine Person – anscheinend der Kerkermeister –, dem nun Vivaldi und Paolo übergeben wurden. Nachdem man ein paar geheimnisvolle Worte gewechselt, durchschritt einer der Offizialen den Saal und erstieg eine breite Treppe, wogegen der andre in Gesellschaft des Wächters und des Beschließers bei den Gefangenen verblieb, offensichtlich, um des andern Rückkehr abzuwarten.

Lange Zeit verstrich, während derer die Stille des Ortes bisweilen unterbrochen ward vom Schließen einer Tür oder von andern, nicht unterscheidbaren Geräuschen, in denen aber Vivaldi Jammern und gewaltsam erpreßtes Stöhnen zu erkennen glaubte. Ab und zu tauchten Inquisitoren in ihrer langen, schwarzen Gewandung aus den Gängen auf und durchmaßen den Saal auf dem Wege zu anderen Gängen. Sie blickten neugierig, doch ohne Mitleid auf die Gefangnen. Bis auf wenige Ausnahmen gemahnten ihre Gesichter an Dämonenfratzen. Vivaldi brachte es nicht über sich, die finstre Grausamkeit oder grausame Unduldsamkeit solcher Mienen anzusehn, ohne aus ihnen sogleich das Los eines Mitgeschöpfes zu lesen – ein Los, das zu besiegeln jene Männer auf dem Weg zu sein schienen. Und während sie auf lautlosen Sohlen vorüberschritten, schrak er vor ihnen zurück, als wohnte schon ihrem Blick eine übernatürliche, todbringende Kraft inne. Dennoch sah er hinter den entschwebenden Gestalten her, wie sie da ihrem Schreckensgeschäfte nachgingen – sah hinter ihnen her, bis sie in der Finsternis untertauchten, und hoffte, andere Türen zu andern Gemächern sich auftun zu sehen. Während er nun derlei Schrecknissen nachhing, vergaß Vivaldi zur Gänze des eigenen Schicksals über der staunenden Entrüstung ob jener Leiden, welche der Mensch in seiner aberwitzigen Verderbtheit seinem Mitmenschen anzutun fähig ist, wobei er noch im Momente solcher Zufügung sein Opfer beleidigt durch die Versicherung, wie gerecht und notwendig solcher Vorgang sei. »Ist's denn die Möglichkeit!« sprach Vivaldi bei sich. »Kann ein Mensch denn dergleichen über sich bringen! – Kann solch entsetzliche Verdrehung allen Rechtes denn erlaubt sein? Kann denn der Mensch, welcher sich rühmt, mit Vernunft begabt und dergestalt jedem andren Wesen unermeßlich überlegen zu sein, sich zur Begehung solch entsetzlicher Narrheiten überreden, sich bekennen zu solch eingefleischten Grausamkeiten, welche die Taten der unvernünftigsten und reißendsten Bestien bei weitem übertreffen? Denn die vernunftlose Bestie fällt ihren Artgenossen nicht mit Vorbedacht an. Nur dem Menschen ist's gegeben, ihm, welcher so stolz ist auf das Vorrecht der Vernunft und der sich seines Gerechtigkeitssinnes rühmt – nur ihm ist's vorbehalten, die fürchterlichsten Extreme der Narrheit und Verderbtheit in sich zu vereinen!«

Unserm Jüngling war die Existenz dieses Tribunals nicht fremd gewesen. Schon seit langem hatte er um die Natur solcher Institution gewußt und genug besondre Kunde von ihren Gewohnheiten und Gesetzen erhalten. Doch wiewohl er solchen Berichten geglaubt hatte, war's doch erst jetzt, daß dies Wissen durch die Überzeugung bestärkt ward. Ein gänzlich neuer Aspekt der Menschennatur brach nun mit einem Schlag über Vivaldis Denken herein, und sein Erstaunen wäre um nichts größer gewesen, hätte er nun zum erstenmal vom Bestehen solchen Tribunals vernommen. Sobald er aber an Ellena dachte und sich vor Augen hielt, daß auch sie sich in der Gewalt der nämlichen Institution befand, ja daß es sogar wahrscheinlich war, die Geliebte halte sich eben jetzt innerhalb der nämlichen, furchtbaren Mauern auf – sobald er dies alles erwog, trieben ihn Kummer, Entrüstung und Verzweiflung bis an den Rand der Raserei. Mit einem Mal fühlte er sich von nahezu übernatürlichen Kräften überkommen, so daß er nicht übel Lust verspürte, sogar das Unmögliche für Ellenas Befreiung zu wagen. Nur unter Aufbietung der äußersten Selbstbeherrschung gelang es ihm, sich die Zerreißung und Hinwegwerfung seiner Fesseln zu versagen und von dem verzweifelten Versuche abzustehn, jeden Winkel dieses weitläufigen Gemäuers nach Ellena zu durchsuchen. Indes, die vernünftige Überlegung hatte ihn noch nicht in dem Maße verlassen, daß er die Unmöglichkeit solchen Unterfangens nicht schon im Augenblick von dessen Erwägung eingesehen hätte, und so stand er davon ab, sich in den sichren Untergang zu stürzen. Dergestalt wandelten die unterdrückten Leidenschaften sich zu Tugenden, welche nunmehr seinem Mute und seiner Standhaftigkeit zugute kamen. Die Seele ward ihm gefestigt und trotzte nun der Verzweiflung, und auch sein Antlitz und sein Gehaben nahmen nunmehr eine ruhige Würde an, welche sogar die Wächter ein wenig einzuschüchtern schien. Nicht länger empfand er den Schmerz seiner Wunden, und es gewann den Anschein, als hätte die Kraft seines geistigen Selbst über die Hinfälligkeit des Körpers gesiegt, ja denselben im Momente solcher Erhebung sogar befähigt, sich furchtlos der Tortur zu unterziehen.

Inzwischen verhielt Paolo sich ernst und schweigsam, verfolgte aber aufmerksam all die Vorgänge ringsum. So entging ihm nicht der Umschwung in seines Herrn Gemütsverfassung, und er nahm ihn zunächst voll Kummer und danach voll Überraschung zur Kenntnis. Selber konnte er sich freilich nicht zu jener edlen Seelenstärke aufschwingen, welche Vivaldis Denken nunmehr Gewicht und Festigkeit verlieh, und als Paolo vollends die Düsternis und Macht ringsum und auch auf den Mienen der vorbeigehenden Inquisitoren betrachtete, begann er nachgerade zu bereuen, seine Meinung über dies Tribunal in Gegenwart von dessen Handlangern so freimütig geäußert zu haben, dieweil er ja, falls er vor Gericht die von ihm angedrohte Weise wirklich aufspielte, mit ihr höchstwahrscheinlich seine allerletzte auf diese Welt zum besten geben würde.

Schließlich kam der Oberbeamte die Treppe wieder herab und gebot Vivaldi gleich darauf, mitzukommen. Paolo, schon im Begriff, seinem Herrn zu folgen, sah sich von dem Wächter daran gehindert und ward beschieden, einen anderen Weg zu nehmen. Dies war wohl der Moment seiner schwersten Prüfung, und so beteuerte er, sich nimmermehr von seinem Herrn trennen zu wollen.

»Weshalb hätt' ich denn begehrt, hierhergebracht zu werden«, so schrie er, »wenn nicht, weil ich alles Ungemach mit meinem Herrn zu teilen wünsche? Dies ist, dafür steh' ich gerade, kein Ort, den man zur bloßen Kurzweil aufsucht, und Ihr mögt mir glauben, ich hätte nicht auf hundert Meilen mich ihm genaht, wär's nicht um meines Herrn und Meisters willen!«

Die Wächter unterbrachen ihn barsch und trafen schon Anstalten, Paolo mit sich zu schleppen, als Vivaldis befehlende Stimme ihnen Einhalt gebot. Er trat auf den getreuen Diener zu, um ihm etwelche Trostworte zu spenden und, da man nun einmal getrennt werden sollte, von ihm Abschied zu nehmen.

Paolo aber umklammerte seines Herrn Knie, erklärte weinend und mit vor Schluchzen beinah erstickter Stimme, keine Macht der Welt könne ihn, solange er lebe, von seinem Gebieter hinwegreißen. Und immer von neuem beschwor er die Wächter mit den nämlichen Ausrufen: »Weshalb hab' ich begehrt, an diesen Ort gebracht zu werden? Ist denn jemals ein Mensch nur um der Kurzweil willen hierhergekommen? Mit welchem Recht wollt ihr mich hindern, mit meinem Gebieter dessen Ungemach zu teilen?«

»Wir haben nicht die Absicht, dir solche Kurzweil vorzuenthalten, Freundchen«, versetzte der eine Wächter.

»Wahrhaftig? Nun, dann segne euch der Himmel dafür!« schrie Paolo, sprang von den Knien auf und schüttelte dem Manne mit solcher Heftigkeit die Hand, daß dabei einem weniger robusten Kerl wohl der Arm aus der Schulter gerenkt worden wäre.

»So komm schon mit uns«, fügte jener hinzu und zog den Diener von Vivaldi fort. Da aber ward Paolo zornmütig, begann mit den Wächtern zu raufen, riß sich von ihnen los und fiel erneut seinem Gebieter zu Füßen. Dieser half dem Diener auf die Beine, umarmte ihn und suchte ihn zu überreden, er möge sich doch mit Ruhe in das Unvermeidliche schicken. Auch sprach er ihm Hoffnung und Mut zu.

»Ich bin gewiß, daß unsre Trennung nur von kurzer Dauer ist«, sagte Vivaldi, »und daß wir einander unter glücklicheren Umständen wiedersehen werden! Meine Unschuld muß sich ja nur zu bald herausstellen.«

»Ach, Signor, nimmer, nimmermehr wird es ein Wiedersehen geben auf dieser Welt«, versetzte Paolo und schluchzte heftig. »So braucht Ihr mir nicht erst Hoffnungen darauf zu machen! Die alte Äbtissin weiß nur zu gut, was sie will, als daß sie uns entschlüpfen ließe! Sonst würd' sie uns nicht auf so hinterlistige Weise haben festsetzen lassen! Was zählt da schon unsre Unschuld! Oh, wüßte nur mein alter Gebieter, der Marchese, wo wir uns da befinden!«

Vivaldi schnitt ihm das Wort ab und sprach, zu den Wächtern gewandt: »Ich empfehle meinen getreuen Diener eurem Mitleid, dieweil er ohne Schuld ist. Mag sein, daß ich irgendwann Gelegenheit finde, euch eure Nachsicht zu lohnen, und solche Belohnung soll tausendmal höher ausfallen denn alles, was ihr mir an Guttat erweisen könnt! So leb denn wohl, Paolo! – Ihr da, tut eure Pflicht – ich bin bereit.«

»Oh bleibt – nur einen Augenblick noch bleibt, Signor!« rief Paolo.

»Wir können nicht länger warten«, versetzte der Wächter und zerrte den Diener von neuem mit sich fort, der jammervoll auf Vivaldi blickte und inständig wiederholte: »Lebt wohl, teurer Maestro! Lebt wohl, teuerster Maestro!« und »Weswegen hab' ich begehrt, hierhergebracht zu werden? – Weswegen wohl, wenn nicht, um mit meinem Herrn dessen Leiden zu teilen?« Und rief's, bis Vivaldi ihm aus den Augen und außer Hörweite war.

Dieser, nachdem er dem Beamten über die Treppe nach oben gefolgt, durchschritt nun einen Gang, welcher in einen Vorraum mündete. Dort sah der Gefangene sich der Obhut einiger wartender Personen übergeben, worauf sein Begleiter hinter einer Doppeltür verschwand, die zu einer der inneren Räumlichkeiten führte. Über dieser Tür befand sich eine hebräische Inschrift, deren Zeichen von blutroter Farbe waren. Dantes Inschrift überm Höllentor hätte sehr wohl auch über diesem Orte stehen können, wo sämtliche Umstände und Einzelheiten den nämlichen Wortlaut zu verkünden schienen: *»Der du hier eintrittst, laß alle Hoffnung fahren!«*

Vivaldi vermutete ja, daß man in jener Kammer dabei war, all jene Instrumente bereitzustellen, mit deren Hilfe ihm ein Geständnis abgepreßt werden sollte. Und wiewohl er nur recht wenig von den üblichen Praktiken solchen Tribunals wußte, hatte er stets vernommen, daß der Angeklagte so lange der Tortur unterworfen werde, bis er das Verbrechen, dessen man ihn bezichtigte, eingestanden habe. Bei solchem Vorgehen konnten die Unschuldigen gewiß sein, länger leiden zu müssen denn die Schuldigen, dieweil ja, da sie nichts zu gestehen hatten, der Inquisitor ihre Unschuld für Halsstarrigkeit nahm und mit der Folterung fortfuhr, so daß er die Schuldlosen häufig genug veranlaßte, sich zu Verbrechern zu erklären und ein falsches Geständnis abzulegen, auf daß sie aus der Folter genommen würden, die sie nicht länger zu ertragen vermochten. Vivaldi hielt sich diese Umstände unerschrocken vor Augen: alle Kräfte seiner Seele waren auf Festigkeit und Ausdauer gestellt. Er glaubte ja, das Ausmaß der Anklage zu kennen, welche man gegen ihn erheben würde – einer Anklage, die ebenso falsch war wie die Folgen fürchterlich, welche aus einem scheinbaren Geständnis sowohl für Ellena als auch für ihn selber erwachsen mußten. Indes, man würde wohl die arglistigsten Mittel anwenden, um ihn zu dem Bekenntnis zu bringen, eine Nonne aus dem Kloster entführt zu haben, und ebensogut wußte Vivaldi, daß in Fällen so schwerer Anschuldigung der Kläger und die Zeugen niemals dem Angeklagten gegenübergestellt, ja daß ihm sogar ihre Namen verschwiegen würden, so daß es äußerst schwierig sein mochte, seine Unschuld zu beweisen. Doch zögerte der Jüngling keinen Augenblick, sich für Ellena zu opfern und war entschlossen, lieber unter den gnadenlosen Folterungen der Inquisition sein Leben auszuhauchen, als mit einem falschen Geständnis die Geliebte ins Verderben zu stürzen.

Der Beamte kam nach einiger Zeit zurück und entblößte, nachdem er Vivaldi herangewinkt, dessen Haupt und Arme. Dies getan, führte er den Jüngling durch die Flügeltür in jenes Gemach. Danach entfernte er sich, und die Pforte, welche alle Hoffnung ausschloß, tat sich hinter ihm zu.

Vivaldi fand sich nunmehr in einem großen Raum, darin sich bloß zwei Personen aufhielten, welche hinter einem langen Tische saßen, der die Mitte des Gemaches einnahm. Beide waren sie ganz in Schwarz gekleidet, und der eine, welchen sein durchbohrender Blick und ungewöhnlicher Gesichtsschnitt sofort als den Inquisitor auswiesen, trug das Haupt von einer Art Turban bedeckt, welcher die angeborne Grausamkeit der Miene noch um ein Beträchtliches verstärkte. Der andere war barhäuptig und trug auch die Arme bis an die Ellenbogen entblößt. Vor sich hatte er ein Buch nebst etwelchen sonderbar geformten Werkzeugen liegen, und rings um den

Tisch standen mehrere leere Stühle, deren Lehnen mit bildhaften Zeichen versehen waren. An der Stirnwand des Raumes ragte ein riesiges Kruzifix fast bis zur gewölbten Decke, und am hinteren Ende hing von einem Mauerbogen ein schwarzer Vorhang herab. Doch ob er nun ein Fenster oder aber einen Gegenstand wenn nicht gar eine Person verhüllte, derer der Inquisitor für seine Zwecke bedürfen mochte, war nicht leicht festzustellen. Jedenfalls hing der Vorhang an einem jener Mauerbögen, wie sie bisweilen zu einem Erker oder Alkoven führen.

Der Inquisitor gebot jetzt Vivaldi, näherzutreten, und reichte ihm, sobald er vor dem Tische stand, ein Buch, auf welches der Jüngling schwören sollte, nichts denn die Wahrheit zu sagen, sowie all das für sich zu behalten, was er etwa in diesem Raume zu Gesicht oder zu Gehör bekommen werde.

Vivaldi zögerte, solch uneingeschränktem Gebot zu willfahren. Daraufhin gemahnte der Inquisitor ihn mit unmißverständlichem Blick, an welchem Ort der Jüngling sich hier befinde. Indes, Vivaldi zögerte noch immer. »Soll ich denn meiner Verurteilung von vornherein zustimmen?« fragte er sich. »Die Bosheit dieser Teufel mag ja den harmlosesten Umstand sogleich zu einem Objekt der Anklage verdrehen und dergestalt mein Verderben bewirken. Ich aber wäre gezwungen, jede Frage zu beantworten, die zu stellen man für gut befindet! Und wie soll ich schwören, nichts von dem verlauten zu lassen, was mir in diesem Raume bevorstehen mag, da ich doch weiß, daß die satanischsten Grausamkeiten hier stündlich ins Werk gesetzt werden?«

Abermals gebot nun der Inquisitor, Vivaldi möge den verlangten Eid leisten, und tat's mit einer Stimme, welche jedes weniger gewappnete Herz zum Erzittern gebracht hätte. Und im nämlichen Atem gab er jener Person ein Zeichen, welche am anderen Tischende saß und ein untergeordneter Beamter zu sein schien.

Noch immer ließ Vivaldi kein Wort verlauten, doch begann er zu erwägen, daß er, der sich keines Verbrechens bewußt war, durch die Folter wohl kaum zur Selbstbeschuldigung gezwungen werden könnte, und daß, wie auch immer man mit ihm verfahren mochte, durch den Eid keine Vergeltung abgewendet, kein Übel zurückgehalten würde, dieweil jener Eid ihn ja zur Verschwiegenheit zwang und auch des Jünglings schwerste Anschuldigungen nichts ausrichten könnten gegen die Übermacht solchen Tribunals. Da aber Vivaldi nicht erkennen konnte, welcher Vorteil ihm aus der Verweigerung des Eides erwachsen mochte, sein Widerstand aber die bösesten Folgen nach sich ziehen mußte, stimmte er schließlich zu. Unerachtet dessen aber befielen ihn im nämlichen Augenblick, da er das Buch an die Lippen führte und die schreckliche Eidesformel sprach, aufs neue Widerwille und Zweifel, und eine eisige Kälte stahl sich ihm ins Herz. Er war dermaßen aufgewühlt, daß noch der geringfügigste Umstand seine Einbildungskraft beflügelte. So war es ihm, während er zufällig den Blick zu jenem Vorhang hob, den er bei seinem Eintritte so gleichgültig gemustert, als müßte schon im nächsten Moment jemand dahinter hervortreten – ein weiterer Inquisitor vielleicht, nicht minder schrecklich wie der vor Vivaldi sitzende, oder ein Ankläger von der Bosheit Schedonis.

Nachdem der Inquisitor Vivaldi den Eid abgenommen und der Sekretarius dies in seinem Buche festgehalten hatte, begann man mit der Befragung. Sobald man nach Gepflogenheit Namen und Titel Vivaldis und seiner Familie sowie deren Wohnort ermittelt hatte – lauter Fragen, auf die unser Jüngling bereitwillig Antwort gab –, forschte der Inquisitor, ob Vivaldi sich der Anklage bewußt sei, um derentwillen man ihn festgenommen.

»Ich habe von einer solchen erst durch den Haftbefehl erfahren«, versetzte der Jüngling.

»Überlegt Eure Worte genau«, mahnte der Inquisitor, »und seid eingedenk des Eides, welchen Ihr geschworen! Was also ist die Ursache, um derentwillen Ihr hier steht?«

»Soviel ich ersehen konnte, beschuldigt man mich der Entführung einer Nonne aus ihrem Kloster.«

Etwas wie Erstaunen furchte die Stirn des Inquisitors. »Wie – so gebt Ihr dies also zu?« frug er nach kurzem Schweigen, indem er dem Sekretarius einen Wink gab, worauf dieser Vivaldis Worte zu Protokoll nahm.

»Ich bestreite es aufs feierlichste«, erwiderte Vivaldi. »Diese Beschuldigung ist falsch und nur von bösem Willen diktiert!«

»Seid eingedenk des Eids, den Ihr geschworen!« wiederholte der Inquisitor. »Und ebenso wisset, daß nur der auf Gnade rechnen kann, welcher ein rückhaltloses Geständnis ablegt, daß aber der Folter überantwortet wird, wer so verblendet und halsstarrig ist, die Wahrheit zu verschweigen.«

»Wenn Ihr mich foltert, bis ich die Rechtmäßigkeit solcher Anschuldigung zugebe«, versetzte Vivaldi, »so werd' ich unter Euren Händen mein Leben aushauchen, denn keine Qualen können mich dazu bringen, jemals eine Falschheit zu bezeugen. Was Ihr sucht, es ist mitnichten die Wahrheit, und den Ihr bestraft, er ist keineswegs der Übeltäter! Die Unschuldigen, so da kein Verbrechen zu bekennen haben – *sie* sind die Opfer Eurer Grausamkeit, oder werden zu Verbrechern, indem sie, um der Marter zu entgehn, zur Lüge Zuflucht nehmen!«

»Wahrt Eure Zunge und bedenkt«, mahnte der Inquisitor streng, »daß man Euch nicht hierhergebracht, damit Ihr anklagt, sondern weil Ihr Euch der Anklage zu stellen habt! Ihr beteuert, frei von Schuld zu sein, und gebt dennoch zu, den Gegenstand der Anklage zu kennen, die man gegen Euch erhebt! Woher aber wollt Ihr ihn kennen, wenn nicht durch die Stimme Eures schlechten Gewissens?«

»Aus dem Wortlaut Eures Haftbefehls«, erwiderte Vivaldi, »und auch aus dem, was die Offizialen geäußert, welche mich festgenommen.«

»Wie!« rief da der Inquisitor. »Bringt dies zu Papier«, wies er den Schreiber an. »Aus dem Wortlaut unsres Haftbefehls, hat er gesagt. – Nun denn, wir wissen aber, daß Ihr denselben niemals zu Gesicht bekommen habt! – Und weiters behauptet er, aus dem, was die Offizialen geäußert. – Dies zeigt uns, daß Ihr den Sachverhalt nicht kennt: der Tod wäre die Folge solchen Vertrauensbruches!«

»Es ist wahr, ich selber hab' den Haftbefehl nicht gelesen«, versetzte Vivaldi. »Und ebenso wahr ist, daß ich dergleichen auch niemals behauptet habe! Der Klosterbruder sagte mir, wessen man mich bezichtigt, und die Offizialen haben seine Worte bestätigt.«

»Genug der Doppelzüngigkeit!« rief der Inquisitor. »Gebt Antwort auf unsre Frage und sonst nichts!«

»Ich leid' es nicht, daß meine Rede mir im Mund verdreht wird«, sprach Vivaldi, »noch auch, daß man jedes meiner Worte zur Waffe gegen mich verwendet! Ich hab' geschworen, nichts zu sagen denn die Wahrheit. Doch wenn Ihr glaubt, ich breche meinen Eid – wenn Ihr mein grades, schlichtes Wort in Zweifel zieht, so will ab nun ich lieber schweigen.«

Der Inquisitor erhob sich halb von seinem Sitz und seine Miene wurde zornesbleich. »Vermessner Ketzer!« rief er. »Willst du die Gebote unsres Hochheiligen Tribunals in Frage stellen, ja mißachten und mit Füßen treten? Man wird dich lehren, welche Folgen solche Ruchlosigkeit nach sich zieht! – Auf die Folter mit ihm!«

Ein grimmiges Lächeln stand auf Vivaldis Zügen. Er hielt den Blick auf den Inquisitor geheftet, und seine Haltung war fest und unerschrocken. Der Mut und die kühle Verachtung, welche aus seinen Augen sprachen, schienen den Inquisitor zu beeindrucken, der gewahrte, daß er es hier mit keinem gewöhnlichen Menschen zu tun hatte. Derhalben stand er fürs erste noch von allen Gewaltmethoden ab, nahm sein altes Gehaben wieder an und fuhr in dem Verhöre fort.

»Wo hat man Euch festgnommen?«

»In der San Sebastian-Kapelle am Celano-See.«

»Seid Ihr dessen sicher?« frug der Inquisitor. »Wißt Ihr ganz gewiß, daß es nicht im Dorf Legano war, an der Heerstraße zwischen Celano und Rom?«

Während Vivaldi seine Aussage bekräftigte, schoß es ihm durch den Sinn, daß es ja in Legano gewesen, wo man die Wächter ausgetauscht hatte. So erwähnte er diesen Umstand. Der Inquisitor aber fuhr in der Befragung fort, ohne des Einwurfes zu achten. »Ist noch jemand mit Euch festgenommen worden?«

»Ihr könnt doch nicht in Unkenntnis des Umstandes sein«, erwiderte Vivaldi, »daß gleichzeitig mit mir auch Signora di Rosalba festgenommen wurde, und zwar unter der falschen Anklage, sie sei eine Nonne, welche ihre Gelübde gebrochen habe und aus dem Kloster entwichen sei. Auch muß Euch bekannt sein, daß man Paolo Mendrico, meinen treuen Diener, mit mir gefangengenommen hat – unter welchem Vorwand, weiß ich freilich nicht.«

Der Inquisitor verharrte eine Zeitlang in nachdenklichem Schweigen und stellte danach etwelche Fragen nach Ellenas Wohnort und Familie. Vivaldi, fürchtend, mit seinen Aussagen der Geliebten zu schaden, verwies aber den Frager an sie. Indes, die Fragen wurden wiederholt.

»Sie befindet sich derzeit in diesen Mauern«, versetzte Vivaldi in der Hoffnung, aus dem Gehaben des Inquisitors ersehen zu können, ob solche Befürchtung zutraf, »und kann diese Fragen gewißlich besser beantworten denn ich.«

Daraufhin gebot der Inquisitor dem Sekretarius, dieser möge Ellenas Namen notieren, und versank für eine Weile in Gedanken. Schließlich fragte er: »Wißt Ihr, an welchem Ort Ihr Euch befindet?«

Vivaldi, der sich eines Lächelns ob solcher Frage nicht erwehren konnte, erwiderte: »Soviel ich weiß, bin ich hier zu Rom in den Kerkern der Inquisition.«

»Wißt Ihr, welcher Art die Verbrechen sind, die unter die Gerichtsbarkeit des Heiligen Offiziums fallen?«

Vivaldi schwieg.

»Euer Gewissen sagt *Euch*, Euer Schweigen *mir* das nötige. So laßt Euch zum andernmal ermahnen, ein volles Schuldbekenntnis abzulegen. Denkt daran, daß dies ein gnädiges Tribunal ist, milde gegen jeden, der seine Verbrechen einbekennt.«

Vivaldi lächelte, doch der Inquisitor fuhr in seiner Mahnrede fort.

»Es gleicht mitnichten jenen strengen, wenngleich gerechten Gerichtshöfen, bei denen der Strafvollzug dem Geständnis auf dem Fuße folgt. Im Gegenteil! Dies Tribunal ist barmherzig und wendet, wiewohl es die Schuld bestraft, nur dann die Folter an, wenn dies nötig ist – wenn das hartnäckige Schweigen des Gefangnen solch eine Maßnahme erfordert. Ihr seht nun, was Euch bevorsteht und wie Ihr es vermeiden könnt.«

»Wenn aber der Gefangene nichts zu bekennen hat?« frug Vivaldi. »Kann ihn dann Eure Folter schuldig machen? Beim Schwächling mag sie's tun, indem sie ihn zur Lüge zwingt. Um der Pein des Augenblickes zu entgehn, mag sich ein Mensch wohl unversehns aus eigenem zum Tod verdammen. Indes, Ihr werdet finden, daß ich kein solcher Schwächling bin!«

»Junger Mann«, versetzte der Inquisitor. »Ihr werdet nur zu bald begreifen, daß wir niemals handeln, eh' wir nicht sämtliche Beweise in Händen haben. Und werdet zu spät wünschen, ein ehrliches Geständnis abgelegt zu haben. Euer Schweigen ändert nichts an unserm Wissen um das, was Ihr begangen! Die Tatsachen sind uns bekannt, und solche Wahrheit kann Euer Schweigen uns nicht entreißen, noch auch kann es sie ins Gegenteil verkehren. Eure heimlichsten Vergehen, schon sind sie verzeichnet auf den Tafeln des Heiligen Offiziums! Das eigene Gewissen kann nicht gerechter sein! – So zittert vor ihm und erweist ihm die schuldige Ehrfurcht! Doch wohlgemerkt, wir fordern ein Geständnis, so sehr erwiesen Eure Schuld auch ist! Und die Strafe für Eure Halsstarrigkeit ist Euch so gewiß wie für jedes andere Verbrechen!« Vivaldi erwiderte nichts, und so fügte der Inquisitor nach einer Pause dem Gesagten hinzu: »Seid Ihr jemals in der Spirito Santo-Kirche zu Neapel gewesen?«

»Bevor ich Antwort geb' auf diese Frage«, sprach Vivaldi, »will ich den Namen meines Klägers hören!«

»Ihr sollt stets eingedenk sein, daß Ihr kein Recht habt, an diesem Ort mit Fragen uns zu kommen«, warf jetzt der Inquisitor ein. »Ihr wißt so gut wie wir, daß der Name des Gewährsmanns vor dem Angeklagten stets geheimgehalten wird. Wer wollte wagen, seine Pflicht zu tun, wenn sein Name preisgegeben würde der Rache des Verbrechers, gegen den er Zeugnis abgelegt? Nur in ganz besondren Fällen tritt auch der Kläger vor das Tribunal.«

»Und die Namen der Zeugen?« frug Vivaldi.

»Auch die kommen nicht zur Kenntnis des Angeklagten«, versetzte der Inquisitor.

»So gibt's denn gar keine Gerechtigkeit für ihn?« rief da der Jüngling. »Man schleppt ihn vor Gericht und man verurteilt ihn, ohne jemals ihn dem Kläger und den Zeugen gegenübergestellt zu haben?«

»Ihr fragt zuviel«, versetzte der Inquisitor, »und antwortet zu wenig. Der Gewährsmann ist nicht zugleich der Kläger. Das Heilige Offizium, das er informiert hat, tritt als Kläger auf und als Vertreter des Gesetzes. Sein Öffentlicher Ankläger legt alle nähern Umstände sowie die Aussagen der Zeugen dem Tribunale vor. Doch nun genug davon!«

»Wie!« rief Vivaldi. »So ist das Tribunal Ankläger, Zeuge und Richter in einem? Kann sich geheime Bosheit mehr noch wünschen denn solchen Gerichtshof, vor den sie ihren Feind ganz nach Belieben bringen kann? Der Dolch des Meuchelmörders stößt nicht so sicher zu und trifft die Unschuld nicht so tödlich! Nun sehe ich, daß es mir gar nichts hilft, schuldlos zu sein! Ein einziger Feind genügt, mich zu vernichten!«

»So habt Ihr einen Feind?« frug da der Inquisitor.

Vivaldi war nur zu sehr überzeugt, einen solchen zu haben, doch hatte er zu wenig Beweise in Händen, als daß er Schedoni hätte namhaft machen können. Und der Umstand, daß auch Ellena verhaftet worden war, hätte ihm den Argwohn nahegelegt, daß noch eine zweite Person hinter den finstren Machenschaften des Beichtigers stehe, wäre des Jünglings Gutgläubigkeit nicht zurückgeschrocken vor der Annahme, die Rachsucht der Mutter könnte den Sohn an die Inquisition ausgeliefert haben. Freilich hatte sie einer Fremden gegenüber, welche die Pläne dieser Mutter in Ansehung des Sohnes zu durchkreuzen gewagt, die unbarmherzigste Grausamkeit an den Tag gelegt.

»So habt Ihr einen Feind?« wiederholte der Inquisitor.

»Daß ich hier stehe, beweist es zur Genüge«, versetzte Vivaldi. »Ich selber jedoch bin so wenig jemandes Feind, daß ich nicht weiß, wen ich den meinen nennen soll.«

»So ist's erwiesen, daß Ihr keinen Feind habt«, bemerkte der tückische Inquisitor, »und daß dergestalt die gegen Euch erhobne Klage von einem Freund der Wahrheit und treuem Diener der Römischen Kirche kommt.«

Vivaldi war zutiefst betroffen im Angesichte solcher Hinterlist, die ihn zu einer scheinbar so harmlosen Erklärung verleitet hatte, nur um dieselbe sogleich mit der grausamsten Geschicklichkeit gegen ihn zu wenden. So konnte er dem verräterischen Inquisitor nur mit hochmütigem, verachtungsvollem Schweigen begegnen – ihm, auf dessen Miene sich nun ein triumphierend-selbstgefälliges Lächeln malte, und dem das Leben eines Mitgeschöpfes nichts, ein geglückter Winkelzug aber alles galt – und dies in einer Kunst, für die er sich am meisten schätzte: in derjenigen seiner Profession.

Der Inquisitor setzte nun das Verhör fort: »So bleibt Ihr dabei, mit der Wahrheit nicht herauszurücken?« Er hielt inne, sprach aber, da Vivaldi nichts verlauten ließ, alsbald weiter:

»Dieweil es nach Euren eignen Worten als erwiesen gelten kann, daß Ihr keinen Feind habt, den etwa heimliche Rachsucht veranlaßt haben könnte, Euch zu verklagen, und dieweil verschiedne Anzeichen in Eurem Gehaben darauf schließen lassen, daß Ihr mehr wißt als Ihr einbekannt habt, gewinnt es den Anschein, als bestünde die gegen Euch erhobne Klage zu Recht und wäre keine boshafte Verleumdung. Deshalb ermahne ich Euch, ja beschwöre Euch zum andernmal bei unsrer Heiligen

Religion, ein offenes Bekenntnis all Eurer Verfehlungen abzulegen und Euch dergestalt vor jenen Mitteln zu bewahren, welche wir im andern Falle notgedrungen anwenden müßten, um jenes Geständnis von Euch zu erzwingen, ohne das die Verhandlung nicht fortgesetzt werden kann. Und nicht minder beschwöre ich Euch, in Erwägung zu ziehen, daß Ihr nur durch solche Offenheit Gnade finden könnt und ein mildes Urteil vor diesem allgerechten Tribunal.«

Vivaldi, der einsah, daß er nun wohl oder übel antworten müsse, beteuerte abermals und aufs feierlichste, sich jenes Verbrechens, von dem im Haftbefehl die Rede sei, nicht schuldig gemacht zu haben, und sich auch keiner anderen Handlung bewußt zu sein, wie sie etwa zu Recht das Augenmerk des Heiligen Offiziums auf ihn hätte lenken können.

Der Inquisitor fragte nun aufs neue nach dem in Rede stehenden Verbrechen und gebot, nachdem Vivaldi die gegen ihn erhobne Anklage wiederholt hatte, dem Sekretarius, dies zu Papier zu bringen. Während solches vor sich ging, glaubte Vivaldi, über des Schreibers Gesicht eine boshafte Freude huschen zu sehn, die er sich nicht erklären konnte. Sobald der Sekretarius mit seinem Geschäft zu Rande war, hieß man Vivaldi, das Schriftstück mit Namen und Titel zu unterzeichnen. Der Jüngling gehorchte.

Danach schärfte der Inquisitor ihm ein, er möge sich die erhaltene Mahnung durch den Kopf gehen lassen und sich darauf vorbereiten, entweder am nächsten Tag das erforderliche Geständnis abzulegen, oder sich der Peinlichen Befragung zu unterziehen. Dies gesagt, gab der Vernehmende ein Zeichen, worauf sogleich der nämliche Beamte erschien, welcher Vivaldi in den Verhörsraum gebracht hatte.

»Ihr kennt Eure Weisungen«, sagte der Inquisitor. »Nehmt den Gefangenen mit Euch und seht zu, daß sie befolgt werden!«

Der Offizial verneigte sich und schritt voran. Vivaldi folgte ihm in düstrem Schweigen.

Siebentes Kapitel

Oh ruf den Geist des Ozeans, gebiet ihm,
Die Stürme zu entfesseln! Sieh die Wogen,
Wie sie sich kräuseln erst, dann schäumend heben,
Um weißlich übers dunkle Meer zu branden
Im schwarzen Sturmgeheul. Von Wolkennacht
Umhüllt, sinnt nun die Schreckensgöttin Unheil,
Zeigt sich verschwommen, schwindet wieder hin,
Als wär's des Todes Schatten, wenn er sich
Dem Düster einer Gruft vermählt, zu brüten
In leerem Schweigen. Doch wach sind ihre Geister
Und tun, was sie gebietet! Horch – ein Schrei!
Die Küste hört ihn – tönt ihn wider!

Unterdessen hatte man Ellena, nachdem man sie aus der San Sebastian-Kapelle gebracht, auf ein bereitstehendes Pferd gesetzt und in Begleitung der beiden Männer, von denen sie festgenommen worden, auf eine Reise geschickt, welche mit wenigen Unterbrechungen zwei Nächte und zwei Tage währte. Das Mädchen konnte nicht erkennen, wohin man sie brachte, und horchte vergebens auf Hufgetrappel und die Stimme Vivaldis, der, wie man ihr versichert hatte, auf der nämlichen Straße hinterherkomme.

Nur selten störten die Schritte von Wandrern die Stille dieser Regionen, und so traf man während der Reise bloß auf ein paar Leute, welche zum Markt ins Nachbarstädtchen unterwegs waren, sowie dann und wann einige Weinbauern oder Arbeiter aus den Olivenhainen. Schließlich ging es hinab in das weite, apulische Flachland, und noch immer wußte Ellena nicht, was man nun eigentlich mit ihr vorhatte. Einmal belebte ein Feldlager – nicht von Soldaten, sondern von Hirten, welche mit ihren Herden zu den Abruzzenbergen unterwegs waren – einen schmalen Streifen des in Stufen abfallenden Landes, das im Norden und Osten eingefaßt war durch die Garganus-Bergkette, die sich vom Apennin zur Adriaküste erstreckt.

Das Aussehen jener Hirten war fast so verwegen und wild wie dasjenige der Männer, welche Ellena mit sich führten. Indes, die Klänge der ländlichen Instrumente – der kleinen Flöten und Tamburine – sprachen eine sanftere Sprache und tönten einschmeichelnd durch all die Ödnis hin. Ellenas Wächter machten Rast und stärkten sich an einem Trunk Ziegenmilch, an Gerstenfladen und Mandeln, wobei das Gehaben der Hirten sich, ähnlich wie bei jenen, die man schon auf der Reise nach Celano angetroffen, als gastfreundlicher erwies denn ihr Aussehen.

Nach dem Verlassen dieses ländlichen Lagers zeigte sich auf eine Strecke von mehreren Meilen keine Spur einer menschlichen Besiedelung, mit Ausnahme der weithin verstreuten, halb vom Wald verdeckten Türme alter zerfallener Kastelle, denen man sich näherte. Doch erst gegen Abend des zweiten Reisetages ritten die Wächter auf jenen Waldstrich zu, den Ellena schon seit langem aus der Ferne vor Augen gehabt, wie er sich über die vielen Steilhänge der Garganus-Berge erstreckte. Auf einer Karrenspur – denn Straße konnte man's nicht nennen – ging's in den Wald hinein, und diese Spur führte zwischen Eichen und riesigen, offenbar jahrhundertealten Kastanienbäumen dahin, deren Gezweig so dicht ineinander verflochten war, daß es einen Baldachin bildete, durch den nur ab und zu der Himmel hereinsah. Die düstre Verschattung sowie das üppig wuchernde Dickicht aus Zistrosen, Wacholder und Lenticus verliehen der Szenerie einen furchterweckenden, wildromantischen Anstrich.

Sobald man eine Anhöhe erreicht hatte, wo die Bäume ein wenig schütterer standen, konnte Ellena sehen, daß der Wald sich nach allen Seiten hin über Berge und Täler erstreckte, bis hinunter zur Adriaküste, welche weit draußen das Landschaftsbild begrenzte. Die ferne Küste bildete eine Bucht und war steinig und steil. Hohe Felszinnen, die fast bis zu ihren Gipfeln bewaldet waren, türmten sich überm Ufer, und nackte Marmorklippen, deren Ausmaß selbst auf solche Entfernung hin beeindruckend wirkte, ragten weit in die schäumenden Wogen hinaus und boten dem ewigen Ansturm des Elements ihre Brust. Hinter der Küste aber, so weit das Auge blicken konnte, erstreckten sich Kette um Kette in endloser Folge die spitzen, dunkelbewaldeten Berge. Ellena, solch wilde Szenerie überschauend, vermeinte plötzlich, sich auf dem Weg in die ewige Verbannung aus aller Gesellschaft der Menschen zu befinden. Zwar war sie ruhig, doch war's die Ruhe erschöpften Kummers, nicht aber die der Entsagung. Zurückblickend auf das Vergangne, sah sie der Zukunft mit nahezu atemloser Verzweiflung entgegen.

Etliche Meilen war's nun schon durch die Wälder dahingegangen, wobei die Wächter einander nur ab und an eine Frage zugeworfen oder eine Bemerkung im Hinblick auf den Wandel, der mit der Umgebung vor sich gegangen, als die Nacht sich herniederzusenken begann. Nur aus dem Brausen der Brandung an der felsigen Küste konnte Ellena entnehmen, daß man sich nunmehr der See näherte, und erst als man eine Anhöhe erreicht hatte, welche indes nur den Fuß zweier bewaldeter, dahinter sich türmender Berge bildete, erblickte sie undeutlich den grauen Wasserspiegel der unten sich breitenden Bucht. Nun erst wagte sie die Frage, wie weit man sie noch fortzuschaffen gedenke und ob sie etwa an Bord eines der kleinen Fischerboote gebracht werden solle, die dort unten vor Anker lagen.

»Ihr habt jetzt nicht mehr weit«, versetzte der eine Wächter schroff. »Eure Reise ist bald zu Ende, und die Ruhe nicht mehr fern.«

Sie ritten nun zum Strand hinunter und fanden sich alsbald vor einer einsamen Behausung, welche so dicht am Wasser stand, daß die Wellen beinahe schon dagegenschlugen. Kein Lichtschimmer zeigte sich hinter den Fenstergittern, und die Stille im Haus ließ auf dessen Unbewohntheit schließen. Vielleicht aber wußten die Wächter es besser, denn sie hielten vor der Haustür an und begannen aus Leibeskräften zu rufen. Indes, niemand gab Antwort. Während aber die beiden in ihrer Bemühung fortfuhren, die Bewohner zu wecken, musterte Ellena angstvoll das Gebäude, soweit das Dämmerlicht ihr dies gestattete. Das Haus schien sehr alt zu sein und zeigte etliche Besonderheiten: wiewohl ganz offenkundig nicht als Landsitz erbaut, schien's dennoch kein gewöhnliches Bauernhaus zu sein.

Die Mauern, aus unbehauenen Marmorsteinen gefügt, waren hoch und durch Bastionen verstärkt. An den Ecken wies das Gebäude Türme auf, welche gleich dem Säulenportal und dem abschüssigen Dach alle Anzeichen des Verfalls erkennen ließen. Insgesamt war das Bauwerk mit seinen nachtschwarzen Fenstern und lautlosen Zugängen von einer Verlorenheit, welche nachgerade bestürzend wirkte. Eine hohe Mauer umschloß den kleinen Hof, auf welchem es stand. Sie mochte ehedem zu Verteidigungszwecken gedient haben. Jetzt aber taten die Torflügel, welche einstmals dem Eindringen gewehrt hatten, nicht länger ihren Dienst: der eine war niedergebrochen und lag nun auf dem Boden, fast schon zur Gänze überwuchert vom Unkraut, und auch der zweite knarrte schon bei jedem Windstoß in den Angeln und schien drauf und dran, es seinem Gefährten gleichzutun.

Die wiederholten Rufe der Wächter fanden schließlich doch noch Antwort aus dem Innern des Hauses: plötzlich wurde die Verriegelung des Portals träge gelöst und die Tür von einem Mann geöffnet, dessen Züge von Entbehrung dermaßen gezeichnet waren, daß Ellena, wiewohl genugsam in die eigenen Nöte verstrickt, nicht ohne Mitgefühl darauf blicken konnte. Die Lampe, welche er in Händen hielt, warf ihren Schein schräg über sein Antlitz und hob dergestalt die vom Hunger grausam abgezehrte Miene, der die tiefverschatteten Augenhöhlen einen Anstrich besonderer Wildheit gaben, noch stärker hervor. Ellena schrak vor dem Anblick zurück. Noch nie hatte sie Schurkerei und Elend auf solche Weise in ein und demselben Gesicht vereinigt gesehen, und so betrachtete sie dessen Besitzer mit einer bebenden Neugier, welche für den Augenblick jeden Gedanken an das Unheil ausschloß, das etwa von solchem Menschen zu erwarten stand.

Ganz offenkundig war dies Haus nicht für seinen

gegenwärtigen Bewohner erbaut worden, und so schloß Ellena, sie habe es hier mit einem Dienstboten irgend eines grausamen Handlangers der Marchesa di Vivaldi zu tun.

Vom Portale ging's in einen altersdunklen, verfallenen und aller Möbelstücke entratenden Vorraum. Derselbe war nicht sehr geräumig, doch hoch, denn er schien bis unters Dach zu reichen, wogegen die Räume des Oberstocks auf einen die Halle umlaufenden, offenen Gang mündeten.

Nachdem der eine Wächter ein paar mürrische Begrüßungsworte mit dem Fremden ausgetauscht – er nannte ihn Spalatro –, betrat man eine Kammer, darin der letztere allem Anschein nach auf dem in der Ecke liegenden Strohsack geschlafen hatte. Sonst befanden sich an Möbelstücken nur ein paar ramponierte Stühle nebst einem Tisch in dem Raum. Der Fremde musterte Ellena scharf unter zusammengezogenen Brauen hervor und warf dem Wächter einen bedeutsamen Blick zu, wobei er jedoch nichts weiter verlauten ließ. Schließlich aber forderte er seine Gäste auf, sie mögen doch Platz nehmen und fügte hinzu, er wolle ein wenig Fisch fürs Abendbrot zubereiten. Ellena ersah daraus, daß er der Herr und anscheinend auch einzige Bewohner dieses Hauses war, und als der Wächter ihr bald darauf mitteilte, man befinde sich nun am Ziel der Reise, bestätigte er damit des Mädchens schlimmste Befürchtungen. Alle Anstrengung, den Kopf hochzuhalten, nun fruchtete sie nichts mehr: es hatte ja den Anschein, sie sei durch jene Schufte hierhergebracht worden als Opfer eines unerbittlichen Stolzes und gnadenlosen Rachedursts, um ihre Tage in dem einsamen Haus an der Küste zu beschließen, das bewohnt war von einem Menschen, dem Zug für Zug der Schurke ins Gesicht geschrieben stand! In Erwägung solcher Umstände und auch der Worte, man sei hier am Ziel der Reise angelangt, fuhr Ellena die Gewißheit gleich einem Blitzstrahl bis ins innerste Herz: in allem Ernste glaubend, man habe sie bloß hierhergebracht, um sie meuchlings zu morden, ward sie von eisigem Entsetzen überwältigt, und die Sinne schwanden ihr.

Wieder zu sich gekommen, fand sie sich von den Wächtern und dem Fremden umstanden und hätte die drei am liebsten um Mitleid angefleht, wäre sie nicht besorgt gewesen, die Männer durch den solchermaßen geäußerten Argwohn gegen sich aufzubringen. So klagte sie bloß über Müdigkeit und begehrte, man möge ihr ein Zimmer weisen. Die Männer blickten einander an, zögerten und luden das Mädchen schließlich ein, an dem Abendbrot teilzunehmen, das bald fertig sein werde. Als aber Ellena diese Einladung mit so guter Miene ausgeschlagen wie's ihr eben möglich war, stimmten die drei zu, daß sie sich zurückzöge. Spalatro ergriff die Lampe und leuchtete dem Mädchen durch den Vorraum sowie zur Galerie hinauf, wo er eine Tür zu einer Kammer öffnete, die er als ihren Schlafraum bezeichnete.

»Wo ist mein Bett?« frug die Betrübte angstvoll, während sie in der Kammer umherblickte.

»Dort – auf dem Boden«, versetzte Spalatro und wies auf einen elenden Strohsack, der von den zerlumpten Resten eines einstigen Baldachins überhangen war. »Wenn Ihr die Lampe haben wollt, so laß ich sie Euch da und hol' sie mir ein wenig später.«

»Mögt Ihr mir die Lampe denn nicht für die ganze Nacht hierlassen?« sprach Ellena in schüchtern flehendem Ton.

»Wie – für die ganze Nacht?« versetzte der Kerl schroff. »Vielleicht, um Feuer an das Haus zu legen?«

Doch Ellena ließ nicht ab, um den Trost eines Lichtes zu bitten.

»Nun, nun«, sagte Spalatro und warf Ellena einen Blick zu, den sie sich nicht zu deuten wußte. »Das wär' Euch wahrhaftig ein rechter Trost! Ihr wißt ja nicht, was Ihr da verlangt!«

»Wovon redet Ihr?« frug Ellena angstvoll. »Ich beschwör' Euch im Namen unsrer Heiligen Kirche, sagt es mir!«

Abrupt trat Spalatro zurück und starrte die Sprecherin überrascht an, ohne indes ein Wort verlauten zu lassen.

»So habt doch Erbarmen mit mir«, bat Ellena, die ob solchen Gehabens zutiefst beunruhigt war. »Ich habe keine Freunde und stehe ohne Hilfe in der Welt!«

»Wovor fürchtet Ihr Euch?« entgegnete der Kerl, seine Fassung wiedergewinnend, und setzte, ohne des Mädchens Antwort abzuwarten, hinzu: »Ist es denn eine so erbarmungslose Handlung, die Lampe mitzunehmen?«

Ellena, abermals fürchtend, ihren Argwohn zu verraten, beschränkte sich darauf, zu sagen, es wäre barmherzig, das Licht hierzulassen, da sie trübe gestimmt sei und die Lampe ihr in dem neuen Quartier helfen werde, solche Trübsal zu verjagen.

»Auf derlei Grillen lassen wir uns hier gar nicht erst ein«, versetzte Spalatro. »Bei uns geht es um andre Dinge. Und überdies, es ist die einzige Lampe im Haus, und die Gefährten sitzen im Dunkeln, während ich hier oben meine Zeit verliere. Ich will Euch das Licht für zwei Minuten dalassen, aber nicht länger!« Daraufhin bedeutete ihm Ellena, er möge die Lampe auf den Boden stellen. Nachdem der Kerl die Kammer verlassen hatte, hörte sie, wie er draußen den Riegel vorschob.

Sie nützte die zwei Minuten, um ihre Kammer eingehend zu mustern und sich nach etwa vorhandenen Fluchtmöglichkeiten umzutun. Der Raum war recht groß, wies keinerlei Möbel auf und war seit Jahren nicht gesäubert worden, wie die unzähligen Spinnweben verrieten. Außer der Tür, durch welche Ellena eingetreten war, ließ sich keine weitere entdecken, und das einzige Fenster war vergittert. Solche Vorkehrungen gegen jedes Entweichen ließen erahnen, wieviel Anlaß zur Flucht hier bestand.

Sobald sie den Raum untersucht und auch die Festigkeit der Gitterstäbe probiert hatte, ohne indes etwas Hoffnungversprechendes vorzufinden, suchte sie vergebens nach einem Riegel, den man von innen hätte vorschieben können. So stellte sie die Lampe auf den Boden und harrte der Rückkehr Spalatros, der denn auch alsbald erschien und ihr einen Becher sauren Weines sowie eine Scheibe Brot mitbrachte. Durch solche Aufmerksamkeit ein wenig beruhigt, mochte Ellena diese Stärkung nicht zurückweisen.

Spalatro verließ nun zum andernmal die Kammer und verriegelte aufs neue die Tür. Abermals alleingelassen, suchte Ellena ihrer Ängste im Gebete Herr zu werden. Nachdem sie ihre Abendandacht brennenden Herzens verrichtet hatte, fühlte sie denn auch ihr Vertrauen zurückkehren und fand ein wenig Trost.

Dennoch, es war ihr unmöglich, der gefahrvollen Lage so weit zu vergessen, daß sie hätte Schlaf finden können, wie müde Ellena auch war. Die Tür blieb ja weiterhin ungesichert gegen das Eindringen der Schurken dort unten, und so beschloß das Mädchen, die Nacht wachend zu verbringen. Dergestalt dem Dunkel und der Einsamkeit ausgeliefert, setzte sie sich auf den Strohsack, um der Wiederkehr des Morgens entgegenzuharren, und verlor sich alsbald in den trübseligsten Reflexionen. Die geringfügigsten Begebenheiten des vergangenen Tags und jeder Zug im Gehaben der Wächter – all das zog nun an ihrem Blick vorüber, und indem sie auch noch die Umstände der gegenwärtigen Lage erwog, blieb ihr kaum ein Zweifel in Ansehung des Loses, welches sie hier zu gewärtigen hatte. Es schien ihr höchst unwahrscheinlich, daß die Marchesa di Vivaldi sie lediglich hatte hierherbringen lassen, um sie gefangenzuhalten, was ja in einem Kloster viel leichter möglich gewesen wäre. Und als noch weniger wahrscheinlich stellte solcher Sachverhalt sich dar, sobald Ellena den Charakter der Marchesa in Erwägung zog, wie sie ihn ja schon hinlänglich kennengelernt. Das Erscheinungsbild dieses Hauses und auch seines Bewohners, im Verein mit dem Umstand, daß kein weibliches Wesen hier zu finden war – kurz, alles und jedes deutete darauf hin, daß Ellena hier keine lange Gefangenschaft bevorstand, sondern der Tod. Und wie sehr sie sich auch um Seelenstärke und Entsagung bemühte, sie vermochte weder die kalten Schauder zu unterdrücken noch das Herzweh, die Schwäche und das alles überschwemmende Entsetzen, von welchem sie überkommen ward. Wieder und wieder, unter so entsetzens- wie kummervollen Tränen, rief sie nach Vivaldi um Rettung – nach ihm, der, ach! in weiter Ferne weilte! Und ebenso oft rief sie voll Seelenpein, daß sie ihn nie, nie wieder sehen werde!

Freilich blieb ihr der Schrecken erspart, Vivaldi in den Klauen der Inquisition zu wissen. Nachdem Ellena nämlich den Betrug entdeckt hatte, den man an ihr begangen, und nachdem sie erkannt, daß sie sich weder auf dem Wege zum Heiligen Offizium, noch in den Händen von dessen Schergen befand, schloß sie, Vivaldis Festnahme sei von der Marchesa lediglich als ein Vorwand geplant worden, um den Sohn so lange festsetzen zu können, bis Ellena an einen sicheren Ort außerhalb der Reichweite des Jünglings gebracht wäre. Derhalben gab sie sich der Hoffnung hin, man habe Vivaldi lediglich auf einen privaten Wohnsitz der Familie geschafft, von wo man ihn, sobald Ellenas Schicksal erst entschieden wäre, entlassen würde, so daß sie als alleiniges Opfer auf der Strecke bliebe. Es war dies die einzige Erwägung, die Ellena einige Linderung ihrer Leiden verschaffte.

Die Gesellschaft im Erdgeschoß saß bis spät in die Nacht beisammen. Immer wieder lauschte Ellena auf den gedämpften Stimmenlärm, welcher in den Pausen des hohlen Brausens hörbar ward, mit welchem die Brandung gegen die Küste schlug. Und so oft sich die Zimmertür dort unten kreischend in ihren Angeln bewegte, fürchtete das Mädchen, man sei schon auf dem Wege zu ihr. Doch schließlich gewann sie den Eindruck, man sei aus dem Zimmer gegangen oder liege schon in Schlaf, denn so oft das Geräusch der Wogen aussetzte, herrschte nun eine abgründige Stille im Hause. Indes, Ellena blieb nicht lange im Zweifel, denn während sie noch lauschte, machten sich leise Tritte vernehmbar, welche die Treppe zum Korridor heraufkamen. Danach hörte das Mädchen, wie sie sich der Kammer nahten und vor deren Tür anhielten. Auch unterschied sie nun

Stimmengeflüster, als beriete man sich draußen, was nun geschehen solle, und so wagte sie kaum zu atmen, während sie ihr Gehör anstrengte. Allein, sie konnte kein Wort jener Reden verstehen, bis einer von den beiden wieder nach unten ging und ihm der andre im Flüstertone nachrief: »Es liegt unten auf dem Tisch, in meinem Gürtel – mach schnell!« Bald darauf kam der Mann zurück und raunte dem vor der Tür Wartenden etwas zu, worauf dieser erwiderte, »sie schläft«, falls Ellena nicht durch die Zischlaute anderer Worte getäuscht worden war. Dann schlich der erste wieder die Treppe hinab, und nach ein paar Minuten folgte ihm auch sein Gefährte nach unten. Ellena lauschte auf die sich entfernenden Schritte, bis an ihrer statt nur mehr das Rauschen der See zu vernehmen war.

Doch das Entsetzen wich nur kurz von dem Mädchen. Indem sie der Bedeutung jener Worte nachsann, wollt's ihr nämlich scheinen, der Mann, welcher zuerst hinuntergegangen, habe das Stilett des andern geholt, welches ja üblicherweise im Gürtel getragen wird, und der Versicherung »sie schläft« entnahm sie, daß der andere gefürchtet hatte, seine Worte seien gehört worden. So lauschte sie nun abermals auf das Geräusch von Schritten, doch nichts mehr regte sich.

Zum großen Glück für ihre Seelenruhe wußte das Mädchen nicht, daß noch ein zweiter Eingang in diese Kammer führte, so beschaffen, daß er vollkommen lautlos geöffnet werden und einen Meuchelmörder zu jeder Nachtstunde ganz unerwartet hier einlassen konnte. Nunmehr aber glaubte Ellena, die Bewohner des Hauses hätten sich endgültig schlafen gelegt, und so schöpfte sie neue Hoffnung und neuen Mut. Dennoch blieb sie wach und auf der Hut, schritt in der Kammer her und hin und schrak zusammen, so oft ein Dielenbrett mit stöhnendem Knarren unter dem Fuße nachgab. Oft auch blieb sie stehen und lauschte, ob auf dem Gange draußen noch alles ruhig sei. Der Schein, welchen der aufgehende Mond nun durchs Fenstergitter warf, enthüllte allerlei schattenhafte Gebilde in der Kammer, von denen Ellena bei Lampenlicht nichts gesehen hatte. Mehr denn einmal vermeinte sie, etwas nach dem Orte huschen zu sehn, an dem ihr Strohsack lag, und stand, vor Entsetzen nahezu starr, um zu beobachten. Allein, sobald das Mondlicht wich, war auch die Sinnestäuschung, wenn es eine solche gewesen, wieder verschwunden, und nicht einmal die Furcht vermochte dergleichen aufs neue hervorzuzaubern. Hätte Ellena nicht gewußt, daß die Tür noch immer verriegelt war, so hätte sie geglaubt, ein Meuchelmörder stehle sich zu ihrer Schlafstatt, wo er sein Opfer im Schlummer wähnte. Erst jetzt schoß ihr dieser Gedanke durch den Sinn, und wie vage er immer war, so jagte er ihr doch ein nahezu tödliches Entsetzen durchs Herz, und sie erwog, daß ihre gegenwärtige Lage nicht weniger gefahrvoll war als diejenige, welche sie sich noch eben eingebildet. Abermals lauschte sie und wagte kaum zu atmen. Doch nicht das leiseste Geräusch ließ sich in den Pausen der Brandung vernehmen, und so gelangte Ellena schließlich doch noch zu der Überzeugung, daß niemand außer ihr sich in der Kammer befinde. Daß sie sich in diesem Punkte hatte täuschen lassen, kam wohl von ihrem Widerwillen, sich dem Strohsack zu nähern, solange er noch im Bereich des Schattens lag. Unfähig, solche Abneigung zu überwinden, stellte sie sich ans Fenster, bis das stärker gewordene Mondlicht ihr die Kammer deutlicher zeigen und dergestalt zu des Mädchens Beruhigung beitragen würde. So blickte sie hinaus auf die nach und nach klarer werdende Szenerie. Der überm Meere aufsteigende Mond zeigte nun dessen ruhlos schimmernde Fläche bis hinaus zum fernen Horizont, und schon auch waren die schäumend an der Küste sich brechenden und weithin zurückflutenden Wogen erkennbar. Ellena lauschte dem regelmäßigen, feierlichen Heranrauschen und verharrte am Fenstergitter, einigermaßen beruhigt durch die einsame Großartigkeit des sich bietenden Ausblicks, bis der Mond hoch genug am Himmel stand, ja bis der erste Dämmerschein des Morgens die Wolken im Osten purpurn zu färben begann.

Erst im Lichte des grauenden Tags kehrte sie zu ihrem Strohsack zurück, wo ihre Angst nach und nach der Müdigkeit wich, so daß Ellena in einen kurzen Schlummer sank.

Achtes Kapitel

Und dennoch fürcht' ich dich, denn du bist schrecklich,
Wenn so dein Auge rollt. – – –
– – –
Ach, warum nagst du so die Unterlippe?
Dein ganzer Bau erbebt in blut'ger Wut.
Das sind Vorzeichen; doch ich hoff', ich hoffe,
Sie deuten nicht auf mich.

Shakespeare, Othello

Ellena wurde aus ihrem tiefen Schlaf gerissen durch lautes Gepolter an der Kammertür. Sobald sie von ihrem Strohsack auffuhr, blickte sie bestürzt und erschrokken um sich, und alles Erlebte fiel ihr nach und nach wieder ein. Jetzt vernahm sie, wie die eiserne Verriegelung zurückgezogen wurde, und unmittelbar danach erblickte sie Spalatros Gesicht in der Türöffnung, noch ehe sie sich recht vergegenwärtigt hatte, daß sie ja in einem einsamen Haus an der Küste gefangensaß, und daß dieser Mensch ihr Kerkermeister war. Als ihr dies aber mit voller Stärke zu Bewußtsein kam, ward ihr so elend ums Herz und fühlte sie sich so sehr von Schwäche und Entsetzen überkommen, daß sie erneut auf den Strohsack zurücksank, ohne erst nach dem Grunde solch plötzlichen Eindringens zu fragen.

»Ich habe Euch da ein Frühstück gebracht«, sagte Spalatro, »für den Fall, daß Ihr schon wach genug seid, es zu Euch zu nehmen. Aber Ihr seid ja noch ganz verschlafen! Dabei habt Ihr genügend Zeit gehabt – seid früh genug zu Bett gegangen!«

Ellena gab keine Antwort, sondern blickte in trauriger Erkennung ihrer Lage den Mann nur flehend an.

Dieser trat nun mit einem Haferfladen und einer Schüssel Milch in das Schlafgemach. »Wohin soll ich das Zeug stellen?« frug er. »Ihr müßt ja froh sein, etwas zu bekommen, dieweil Ihr kein Abendbrot genossen habt!«

Ellena dankte ihm und bat, er mög' das Essen auf den Boden stellen, da ja weder Tisch noch Sessel vorhanden waren. Während der Mann tat, wie ihm geheißen worden, ward Ellena vom Anblick seiner Züge zutiefst betroffen, dieweil sie nichts denn Hinterlist und Bosheit ausdrückten. Der Kerl schien sich auf seine Findigkeit viel zugute zu halten und im Vorgefühl eines üblen Triumphes zu leben. Ellena war von ihm dermaßen gefesselt, daß sie ihn während seiner Anwesenheit nicht aus den Augen ließ. Als aber sein Blick zufällig dem ihren begegnete, wandte er hastig den Kopf ab, als wäre er sich seiner bösen Absichten bewußt und fürchtete, darüber ertappt zu werden. Und blickte nicht mehr auf, bis er die Kammer eilig verlassen hatte und abermals von außen den Riegel vorschob.

Der Eindruck, welchen sein Anblick in Ellena hinterlassen, nahm ihr Denken so sehr in Anspruch, daß beträchtliche Zeit verstrich, ehe sie sich entsann, der Kerl habe ihr ja die so dringend nötige Stärkung gebracht! Doch als sie die Schüssel nun an die Lippen hob, machte ein fürchterlicher Argwohn sie innehalten! Freilich geschah dies erst, nachdem sie schon ein wenig von der Milch getrunken. Denn der Blick Spalatros, welcher das Mädchen mit solcher Bestürzung erfüllt hatte, war beim Absetzen des Frühstück erfolgt, und so kam's der Gefangenen bei, ob die Milch nicht etwa vergiftet wäre? So sah sie sich gezwungen, der so dringend nötigen Stärkung zu entsagen, ja wagte nicht einmal, von dem Haferfladen zu kosten, da ja Spalatro ihn ihr gebracht. Das bißchen Milch, das sie unwillkürlich zu sich genommen, war indes so wenig, daß sie darob keine Besorgnis empfand.

Dennoch ging der Tag in Furcht und Schrecken, ja nahezu in Hoffnungslosigkeit dahin. Es bestand ja weder ein Zweifel, zu welchem Ende man sie hierhergebracht hatte, noch ließ sich eine Möglichkeit zur Flucht entdecken. Indes, jene Bereitschaft zur Hoffnung, welche auch in den schwersten Stunden der Heimsuchung niemals aus dem menschlichen Herzen schwindet, hielt Ellenas fast schon vergehenden Mut noch am Leben.

Während jener grausigen Stunden aus Alleinsein und Ungewißheit bestand des Mädchens einziger Trost inmitten aller Leiden in der Annahme, daß Vivaldi in Sicherheit sei: zwar nicht vor seinem Kummer, aber doch vor aller Gefahr. Doch kannte Ellena die Winkelzüge und Machenschaften der Marchesa nun schon zu gut, als daß sie hätte glauben mögen, der Jüngling könne deren Absichten zuvorkommen und seiner Geliebten abermals zur Freiheit verhelfen.

Den ganzen Tag hindurch stand Ellena entweder in Träume versunken gegen die Gitterstäbe des Fensters gelehnt, den geistesabwesenden Blick auf das Meer gerichtet, dessen Rauschen sie nicht wahrnahm, oder sie lauschte auf irgendwelche Geräusche im Innern des Hauses, um aus ihnen auf die Anzahl seiner gegenwärtigen Bewohner oder auf deren Tätigkeit schließen zu können. Doch alles blieb vollkommen still. Manchmal nur waren schlendernde Schritte auf entlegenem Gang oder das Schließen einer Tür zu vernehmen. Doch keinerlei Stimmen ertönten aus den unteren Räumen, und nichts deutete auf die Anwesenheit von mehr als der einen Person hin. Wiewohl Ellena ihre beiden Wächter nicht hatte fortreiten hören, schien es doch gewiß, daß sie nicht mehr da waren, und daß die Gefangene sich nunmehr allein mit Spalatro im Hause befand. Zu welchem Zwecke dies geschah, wußte Ellena nicht zu sagen. Falls man beabsichtigte, sie umzubringen, so schien es sonderbar, daß man bloß einer einzigen Person das Wagnis solcher Tat überlassen hatte, wo doch dreie viel sicherer gewesen wären. Allein, die Verwunderung schwand, sobald Ellena wieder an das vermutete Gift dachte. Es war ja denkbar, daß die Männer ihren Plan schon für vollendet angesehen hatten und fortgeritten waren, um Ellena allein in der Kammer umkommen zu lassen. Sich der sterblichen Überreste anzunehmen, dazu genügte Spalatro. All die Ungereimtheiten im Gehaben der Männer, nun schienen sie sich bruchlos einzufügen in ein und denselben Plan: nämlich, das Opfer mit Gift auf die Seite zu schaffen, indem man dies Gift der Mahlzeit beimengte! Ob nun solche Überzeugung dermaßen stark war, daß sie der Einbildung nachhalf, oder ob dies alles den Tatsachen entsprach – jedenfalls ward Ellena beim Gedanken an die genossene Milch von einem allgemeinen Zittern überkommen und dachte, nun schon die Wirkung des Giftes zu verspüren, wie wenig immer sie davon zu sich genommen.

Inmitten solcher Aufgewühltheit aber vernahm sie schleichende Schritte vor der Tür! Sie lauschte gespannt und gewann so die Überzeugung, jemand befinde sich auf dem Gang! Die Schritte waren sehr behutsam, hielten manchesmal inne, als horchte dort draußen jemand, und entfernten sich schließlich.

»Gewißlich ist's Spalatro«, sprach Ellena bei sich. »Er glaubt ja, ich hätte das Gift genommen, und kommt nun, das Seufzen und Klagen der Sterbenden zu hören! Ach! Vielleicht ist er nur ein wenig zu früh gekommen!«

Beim Aufsteigen so schrecklichen Argwohns ward das Mädchen von einem noch heftigeren Zittern überkommen und sank fast von Sinnen auf den Strohsack hin. Indes, der Anfall war nicht von langer Dauer. Sobald er nachgelassen und Ellena sich wieder gefaßt hatte, fiel's ihr ein, daß es klug wäre, Spalatro glauben zu machen, sie habe das Gift genommen, welches er ihr gebracht, dieweil er dadurch von weiteren Anschlägen abgehalten würde, und jede solche Verzögerung die Hoffnung erhöhte, welche dem Mädchen noch verblieben war. So trat sie ans Fenster und goß den Rest der Milch durchs Gitter ins Freie.

Es war schon Abend, als Ellena neuerlich glaubte, schleichende Schritte an der Tür zu vernehmen, und solcher Argwohn ward bestätigt, als sie, herumfahrend, am unteren Türspalt einen Schatten gewahrte, der von einem Draußenstehenden herrühren mußte. Jetzt glitt der Schatten zur Seite, und gleich danach wurde das Geräusch behutsam sich entfernender Schritt hörbar.

»Er ist's!« sagte sich Ellena. »Er lauscht auf mein Ächzen und Stöhnen!«

Diese neuerliche Bestätigung seiner Absichten machte ihr fast ebenso zu schaffen wie beim erstenmal. Als aber Ellena voll Angst neuerlich zur Tür blickte, zeigte der Schatten sich abermals, doch wurden diesmal keine Schritte hörbar. Ellena beobachtete ihn mit angstvoller Spannung, wobei sie fürchtete, Spalatro könnte schon im nächsten Augenblick eintreten und so allen Zweifeln ein Ende setzen. »Und ach! wenn er entdeckt, daß ich noch lebe!« dachte sie. »Was mag nicht alles von seiner ersten Enttäuschung zu erwarten stehen! Wohl der sofortige Tod!«

Nachdem der Schatten während mehrer Minuten reglos verharrt hatte, bewegte er sich ein wenig und verschwand dann wie beim erstenmal. Alsbald aber kehrte er wieder zurück, und gleich darauf ließ sich ein leises Geräusch hören, als versuchte jemand, die Verriegelung unmerklich zurückzuschieben. Ellena vernahm ganz deutlich, wie erst der eine, dann der andre Riegel leise entfernt wurde, und sah danach die Tür langsam aufgehen und Spalatros Gesicht erscheinen. Ohne sogleich einzutreten, blickte er zunächst in der Kammer umher, als wollte er sich eines bestimmten Umstandes vergewissern, ehe er sich weiter vorwagte. Sein Blick war noch verstörter denn sonst, als er sich auf Ellena heftete, welche zum Schein auf ihrem Strohsack ruhte.

Nachdem er sie sekundenlang angestarrt hatte, trat Spalatro raschen Schritts auf das Lager zu. Seine Miene war gezeichnet von Ungeduld, Bestürzung und Schuldbewußtsein. Als er schon ganz nahe war, fuhr Ellena empor, und der Kerl schrak zurück, als hätt' ihm ein Gespenst den Weg verstellt! Die ungewöhnliche Verstörtheit und Blässe seines Aussehens im Verein mit seinem Gehaben schien Ellenas schlimmsten Argwohn zu bestätigen, so daß sie, als er sie mit rauher Stimme fragte, wie es ihr gehe, nicht geistesgegenwärtig genug war, sich krank zu stellen. Eine Zeitlang betrachtete Spalatro sie mit ernster, mürrischer Aufmerksamkeit, bis ein verschlagen-forschender Blick ihr verriet, daß er sich überzeugen wollte, ob sie das Gift genommen habe. Sobald er die leere Schüssel bemerkt hatte, nahm er sie vom Boden auf, und Ellena glaubte, einen Schimmer der Befriedigung über seine Züge huschen zu sehen.

»Ihr habt kein Mittagsmahl gehabt«, sagte er. »Ich hab' Euch ganz vergessen. Aber das Abendbrot ist bald fertig, und nachher könnt Ihr ein wenig am Strand spazierengehen, wenn Ihr mögt.«

Ellena, aufs höchste überrascht, ja betroffen ob solch scheinbarer Verstattung, wußte nicht, ob sie dieselbe annehmen oder zurückweisen solle. Sie argwöhnte ja, es stecke irgendwelche Verräterei dahinter. Das Anerbieten schien ja bloß eine Kriegslist zu sein, um sie ins Verderben zu locken, und so beschloß sie, es auszuschlagen. Doch dann erwog sie, daß man sie um ihrer Ermordung willen ja nicht fortbringen müßte aus dieser Kammer, wo sie sich ohnedem schon in der Gewalt ihrer Widersacher befand. Ihre Lage konnte ja nicht mehr verzweifelter werden als sie gegenwärtig schon war, ja jede Veränderung mußte dieselbe eher erleichtern.

Als Ellena die Treppe hinabschritt und den unteren Teil des Hauses durchmaß, zeigte sich keine Menschenseele außer dem vorangehenden Spalatro, und so wagte das Mädchen die Frage, ob die Männer, welche sie hierhergebracht hatten, schon fort seien? Der Gefragte gab aber keine Antwort, sondern schritt weiter bis in den Hof und vor dessen Tor, wies gegen Westen und sagte, dies sei der Weg, den Ellena nehmen könne.

Sie lenkte ihre Schritte hinunter an die »brausenden Gestade«, wobei ihr Spalatro auf dem Fuße folgte. Gedankenverloren wandelte sie die gewundene Küste entlang, ohne den sie umgebenden Dingen viel Beachtung zu schenken. Als sie aber am Fuß eines Felsens vorüberkam, hob sie den Blick, um die dahinter sich breitende Szenerie in sich aufzunehmen, und gewahrte in der Ferne ein paar verstreute Hütten, welche offenbar Fischersleuten zur Wohnstatt dienten. Doch konnte sie nichts weiter unterscheiden als die dunklen Segel einiger Kähne, welche soeben die Klippen umrundeten und in die kleine Bucht einfuhren, deren Ufer von jenem Weiler gesäumt waren. Doch wiewohl Ellena sah, daß die Segel gerefft wurden und die Boote sich zur Landung anschickten, konnte sie infolge der großen Entfernung die Insassen nicht wahrnehmen. Dennoch erweckte der Anblick so ferner Behausung in Ellena einen winzigen Hoffnungsschimmer, ja sogar etwas wie Freude, denn sie hatte ja geglaubt, daß bis auf ihr Gefängnis keinerlei Wohnstatt die ungeheure Einöde dieses Wald- und Küstenstrichs belebe. Sie sah zurück, ob Spalatro in der Nähe sei. Er war nur wenige Schritte entfernt, und so fühlte Ellena, während sie einen sehnsuchtsvollen Blick auf die fernen Hütten warf, sich aufs neue von aller Hoffnung verlassen.

Es war ein unwirtlicher Abend, und die See war dunkel und ging hoch. Auch das Geschrei der Wasservögel, welche zwischen den Wolken kreisten und ihre Nester hoch in den Felsen aufsuchten, schien das Herannahen eines Sturmes anzuzeigen. Ellena war von ihrem eigenen Elend nicht so sehr in Anspruch genommen, als daß sie nicht Mitleid empfunden hätte mit demjenigen anderer Menschen, und so freute sie sich an dem Gedanken, daß jene Fischer, deren Boote sie gesehen hatte, dem drohenden Unheil eben noch entronnen waren, und daß die Wackern nun geborgen in ihrer bescheidnen Behausung saßen, woselbst sie in Anhörung der gegen die Küste donnernden Wogen mit um so größerer Freude auf den trauten Familienkreis und die Behaglichkeit des eigenen Herdes blicken konnten. Doch wie freundlich solche Erwägungen auch waren, sie vermochten nicht, das Mädchen auf die Dauer von dem Bewußtsein der eignen, verzweifelten und hilflosen Lage abzubringen.

»Ach!« sprach sie bei sich. »Nicht länger darf ich ein Heim mein eigen nennen, nicht länger empfangen mich darin die freundlichen Blicke meiner Lieben! Und auch der letzte Freund ist mir genommen – er, der mir Beistand leisten, mir Rettung bringen könnte! Verurteilt bin ich, in Elend und Einsamkeit an dieser fremden Küste hinzuwandeln, von niemandem gefolgt denn vielleicht von jenem Meuchelmörder, der in eben diesem Augenblicke in stummer Wachsamkeit nach seinem Opfer spähen mag, Ausschau haltend nach dem günstigsten Momente, um es abzuschlachten!«

Bei diesen Worten erschauderte das Mädchen und wandte sich abermals, um festzustellen, ob Spalatro in der Nähe sei. Doch diesmal war nichts von ihm zu sehen. Aber dieweil Ellena sich noch verwunderte, ja beglückt war ob solcher Möglichkeit zur Flucht, ward sie der Gestalt eines Mönches ansichtig, welcher schweigend des Weges kam unter den dunkel die Bucht überhängenden Felsen. Eine schwarze Kutte verhüllte ihn, dessen Antlitz bodenwärts gewendet war, als wäre er in tiefes Meditieren versunken.

»Dies sind ganz ohne Zweifel heilige Betrachtungen!« sprach Ellena bei sich, während sie halb überrascht, halb hoffnungsfroh den Mönch betrachtete. »An solchen Ordensbruder kann ich mich furchtlos wenden. Gewißlich ist's sein Wunsch und seine Pflicht, den Unglücklichen Beistand zu leisten! Wer hätte zu hoffen gewagt, an dieser gottverlassnen Küste solch heiligen Beschützer anzutreffen! Sein Kloster kann nicht fern sein!«

Der Mönch kam näher. Er blickte noch immer zu Boden, und Ellena ging ihm zagen Schrittes entgegen. Als er schon ganz nahe war, blickte er seitlich herüber, ohne indes das Haupt zu heben. Ellena aber sah die großen Augen aus der Verschattung der Kapuze hervorspähen und erkannte den oberen Teil der ungewöhnlichen Gesichtszüge. Damit aber schwand auch schon ihr Zutrauen dahin, die Sprache versagte ihr, und sie wagte kaum, dem Mönch in die Augen zu sehn. Dieser schritt schweigend vorüber, hielt die untre Gesichtspartie weiterhin verhüllt und warf Ellena einen Blick zu, darin weder Neugier noch Überraschung erkennbar waren.

Das Mädchen hielt inne und erwog, ob sie nicht,

nachdem der Mönch fern genug wäre, lieber nach jenem Weiler eilen und sich der Menschlichkeit seiner Bewohner anvertrauen solle, anstatt das Mitleid dieses abstoßenden Fremdlings zu erflehen. Doch gleich danach vernahm sie hinterrücks Schritte und erblickte, sich umwendend, den aufs neue sich nähernden Mönch. Ganz wie vorhin schritt er an ihr vorüber, doch warf er dem Mädchen nun aus den Augenwinkeln einen verstohlen prüfenden Blick zu. Gesicht wie Gehaben des Ordensbruders wirkten gleicherweise widerwärtig, und so brachte Ellena noch immer nicht den Mut auf, an sein Mitleid zu appellieren, sondern schrak zurück, als hätte sie's mit einem Feinde zu tun. Etwas Erschreckendes haftete der dahinschreitenden, hochgewachsenen Gestalt an – etwas, das an Macht und Verrat gemahnte. Langsam ging der Fremde weiter und verschwand in einiger Entfernung zwischen den Klippen.

Abermals wandte Ellena sich in der Absicht, auf den fernen Weiler zuzueilen, noch ehe Spalatro solchen Fluchtversuches gewahr würde – er, über dessen plötzliche Abwesenheit nachzudenken sie keine Zeit fand. Indes, sie war noch nicht weit gekommen, als sie den Mönch zum drittenmal neben sich auftauchen sah. Sie schrak zusammen und hätte beinahe aufgeschrien, wogegen er sie mit noch größerer Aufmerksamkeit denn bisher betrachtete. Jetzt blieb er stehen und schien zu zögern – doch nahm er gleich danach seinen Weg wieder auf, ohne ein Wort gesprochen zu haben. Er folgte nunmehr jenem Pfad, den auch Ellena hatte nehmen wollen. Dieser Umstand trug übrigens zu des Mädchens Verzweiflung bei, denn solchem Menschen zu folgen, fürchtete sie nicht weniger als die Rückkehr in ihr Gefängnis. Doch schon kehrte der Mönch aufs neue um und schritt an ihr vorüber, und so machte Ellena sich eilends daran, jenen Weiler nun doch noch zu erreichen. Als sie aber zurückblickte, um zu sehen, ob man hinter ihr her sei, sah sie den Mönch mit Spalatro im Gespräch! Die beiden schienen sich zu beratschlagen und schritten geruhsam dahin, bis Spalatro, der Ellenas Eile bemerkt haben mochte, ihr mit hallender Stimme zurief, sie möge stehenbleiben. Dies Gebot war in einem Ton erfolgt, der keinerlei Widerspruch zuließ, und so blickte Ellena hoffnungslos nach dem noch immer fernen Weiler und verlangsamte ihre Schritte. Alsbald kam der Mönch wieder an ihr vorüber, wogegen Spalatro sich nicht mehr zeigte. Das Stirnrunzeln, mit welchem der erstere nunmehr Ellena musterte, war so erschreckend, daß sie zitternd zurückfuhr, wiewohl sie in dem Mönche noch immer nicht ihren Feind erkannte, dieweil sie ja Schedoni noch niemals von Angesicht begegnet war. Er schien erregt zu sein, und sein Blick war noch finstrer geworden.

»Wohin gehst du?« frug er mit vor Erregung erstickter Stimme.

»Wer ist's, oh Vater, der mir diese Frage stellt?« versetzte Ellena und versuchte, den Anschein der Gefaßtheit zu wahren.

»Wohin gehst du und wer bist du?« wiederholte der Mönch mit noch größerer Strenge.

»Ich bin ein unglückliches Waisenkind«, sprach Ellena unter tiefem Aufseufzen. »Und falls Ihr wirklich seid, was Eure Kutte mich vermuten läßt – falls Ihr ein Freund der Nächstenliebe seid, so werdet Ihr voll Mitleid auf mich blicken.«

Schedoni schwieg eine Weile. Schließlich sagte er: »Vor wem oder wovor fürchtest du dich?«

»Ich fürchte – nun, ich fürchte für mein Leben«, versetzte Ellena zaudernd. Bei diesen Worten bemerkte sie, daß des Mönches Miene sich verdüsterte. »Für dein Leben?« sprach er unter allen Anzeichen der Überraschung. »Wem sollte dein Leben wohl soviel wert sein?«

Ellena war ob solcher Frage zutiefst betroffen.

»Erbärmliches Insekt«, fügte Schedoni hinzu. »Wer wollte dich schon zertreten!«

Ellena gab keine Antwort, sondern hielt den Blick bestürzt auf des Sprechers Antlitz geheftet. Noch mehr denn solche Worte hatte deren Tonfall sie erschreckt. Beunruhigt ob solchen Gehabens und geängstet durch das hereinbrechende Düster und das donnernde Brausen der Brandung, welche gegen die Küste anstürmte, wandte das Mädchen sich schließlich ab und schritt abermals auf jenen fernen Weiler zu.

Alsbald aber hatte der Mönch sie eingeholt. Er packte sie grob am Arm und starrte ihr finster ins Gesicht. »Wer ist es, den du fürchtest?« frug er. »So sag schon, wer es ist!«

»Ich wag' es nicht«, versetzte Ellena, die sich kaum mehr auf den Beinen halten konnte.

»Ha! Dies also ist's!« rief der Mönch, und seine Erregung nahm sichtbarlich zu. Seine Züge verstellten sich zu einer dermaßen scheußlichen Fratze, daß Ellena alle Kraft zusammennahm, ihren Arm aus seinem Zugriff zu befreien, wobei sie den Verfolger anflehte, er möge sie nicht länger festhalten! Er aber sagte nichts, sondern starrte das Mädchen weiterhin an, doch sein Blick, nachdem sie aufgehört hatte, sich zu sträuben, nahm den fixierten, leeren Ausdruck eines selbstversunknen Menschen an, der seine Umgebung nicht länger wahrnimmt.

»Ich bitt' Euch, laßt mich los!« wiederholte das Mädchen. »Es ist schon spät, und ich hab' noch weit nach Hause!«

»Dies ist nur zu wahr«, murmelte Schedoni, Ellenas Arm noch immer umklammert haltend und anscheinend nur zu sich selber redend. »Dies ist nur allzu wahr.«

»Schon bricht die Nacht herein«, fuhr Ellena fort, »und das Unwetter wird mich ereilen!«

Schedoni blickte gedankenverloren vor sich hin und murmelte: »Das Unwetter, sagst du? Nun denn – so laß es kommen!«

Bei diesen Worten ließ er Ellenas Arm sinken, ohne ihn aber freizugeben, und schritt langsam auf das Haus zu. Das Mädchen, dergestalt gezwungen, mit ihm zu kommen, doch noch tiefer beunruhigt durch seine Blicke, seine zusammenhanglosen Antworten und den Weg, den er eingeschlagen, erneute ihre flehentlichen Bitten und Anstrengungen, indem sie aufs jämmerlichste ausrief: »Ich hab' noch weit nach Hause, Vater! Schon bricht die Nacht herein – seht, wie die Felsen schon dunkel werden! Ich hab' noch weit nach Hause und werde dort erwartet!«

»Dies lügst du!« sprach da Schedoni mit Nachdruck. »Und weißt, daß du dies lügst!«

»Ach ja – ich weiß es«, versetzte Ellena halb scham-, halb kummervoll. »Ich habe keine Freunde, die mich erwarten.«

»Was aber verdienen jene, die da aus freien Stücken Lügen äußern?« fuhr der Mönch nun fort. »Die da andre Menschen täuschen und junge Männer ins Verderben locken?«

»Vater!« schrie das bestürzte Mädchen auf.

»Die da den Frieden der Familien stören – und Erben alter Adelshäuser in buhlerischer List umgarnen, und – ha, was verdienen sie?«

Von Staunen und Furcht überkommen, schwieg Ellena still. Jetzt erst erkannte sie, daß Schedoni weit davon entfernt war, ihr Beschützer zu sein, sondern daß sie es vielmehr mit einem Handlanger ihrer ärgsten und, wie sie glaubte, einzigen Feindin zu tun hatte! Die Angst vor der unmittelbaren, entsetzlichen Rache, welche solcher Handlanger zu vollenden willens schien, benahm Ellena die Sinne. Sie wankte und sank auf den Strand. Erst das Gewicht ihres Körpers machte Schedoni, der ihren Arm noch immer gepackt hielt, auf diese Ohnmacht aufmerksam.

Während er auf die hilflose Gestalt niedersah, überfiel ihn die Erregung mit aller Macht. Er ließ Ellena los und begann, hastig auf und ab zu schreiten. Dann trat er wieder zu der Besinnungslosen, beugte sich über sie – und empfand plötzlich etwas wie Mitleid! Schon war er auf dem Weg zum Ufer, schöpfte dort mit hohlen Händen Wasser, kam zurück und benetzte Ellenas Antlitz. Dann aber, sein Tun schon wieder bereuend, stapfte er grimmig die Küste entlang in dem plötzlichen Entschluß, das Weite zu suchen. Sein Gewissen lag in schwerem Kampf mit seiner Absicht – doch vielleicht auch waren es nur die widerstreitenden Leidenschaften. Nicht einmal er, der bisher fühllos gewesen gegen jederlei zärtliche Regung, er, der nur besessen war von Ehrgeiz und Rachsucht, er, der durch seine arglistigen Einflüsterungen beigetragen hatte, den verhängnisvollen Entschluß der Marchesa zu befestigen, und der nur gekommen war, denselben ins Werk zu setzen – nicht einmal er bracht' es nun über sich, auf die unschuldige, erbarmenswerte Ellena zu blicken, ohne der, wie er's nannte, momentanen Schwäche des Mitleids nachzugeben!

Während er noch unfähig war, dieser neuen Regung mithilfe seiner bösen Leidenschaften zu gebieten, verachtete er sich um dessentwillen, was ihn da überkommen hatte. »Soll denn die Schwachheit eines Mädchens«, so sprach er, »über die Entschlossenheit des Mannes siegen? Soll der Anblick ihrer vergänglichen Leiden mein starkes Herz mir schwächen und mich zwingen, jenen hochgespannten, so mühevoll und mit so brennendem Eifer entworfnen Plänen zu entsagen im Augenblick ihrer Verwirklichung? Bin ich nun auf der Hut – lebt noch ein Funke jenes Feuers, das mir so lange in der Brust geschwelt und mir den Seelenfrieden aufgezehrt hat? Oder bin ich zahm geworden und verächtlich wie mein Los? Ha! Wie mein Los! Soll denn der Geist meiner Familie auf immer dem Augenblick erliegen? Die Frage ruft ihn mir herauf, und ich fühl', daß seine Kraft aufs neue mich beseelt!«

Hastig schritt er auf Ellena zu, als fürchtete er, bei neuerlichem Zaudern seiner Entschlossenheit verlustig zu gehen. Er trug einen Dolch unterm Mönchshabit verborgen, und ebenso verhüllte diese Kutte eines Meuchelmörders Herz! Er trug einen Dolch – und zögerte dennoch, Gebrauch davon zu machen, denn das vergossne Blut, es mochte von den Bewohnern des benachbarten Weilers bemerkt werden und dergestalt zur Aufdeckung der Untat führen. So war es sicherer, überlegte er, und überdies auch leichter, die Besinnungslose den Wogen zu übergeben! Die Kälte des Wassers würde das Mädchen zwar ins Leben zurückrufen, doch nur für den Augenblick des Ertrinkens.

Als er sich bückte, um die Leblose aufzuheben, machte ihn der Anblick der unschuldigen Züge erneut in seiner Entschlossenheit wanken. Und in diesem Moment begann das Mädchen sich zu regen! Er fuhr zurück, als hätt' sie sein Vorhaben erkannt und sei daran, sich nun dafür zu rächen! Das Wasser, welches er ihr ins Gesicht gegossen, hatte ihre Lebensgeister nach und nach wieder wachgerufen. Sie öffnete die Augen, erblickte ihn, schrie auf und wollte sich erheben! All seine Entschlossenheit, nun war sie dahin – so angstgeschüttelt ist das Schuldbewußtsein bei der Verübung seiner Grausamkeit! Überwältigt von Furcht und im nämlichen Atem aufgewühlt von Scham und Erbitterung ob solcher Schwäche, starrte er schweigend auf das Mädchen nieder, wandte sich dann hastig ab und eilte davon. Ellena hörte die sich entfernenden Schritte, raffte sich auf und sah den Mönch zwischen den Felsen verschwinden, welche zum Hause führten. Erstaunt ob solchen Verhaltens und überrascht, sich abermals allein zu sehen, erneute sie ihre Anstrengungen, endlich jenen Weiler zu erreichen, auf den ihre Hoffnungen schon den ganzen Abend gerichtet gewesen. Indes, sie hatte erst wenige Schritte getan, als Spalatro auftauchte und eilends herzukam. Auch die äußerste Anstrengung – nun half sie nicht mehr: alsbald sah Ellena sich eingeholt und befand sich erneut in der Gewalt ihres Aufsehers. Der Blick, mit welchem sie sich in ihr Schicksal fügte, erweckte aber in Spalatro keinerlei Mitgefühl. Vielmehr äußerte er auf dem Rückweg zum Gefängnis etwelche höhnende Spottworte ob der Leichtfüßigkeit solcher Flucht und verfiel danach wieder in seine mürrische Wachsamkeit. So betrat Ellena denn zum andernmal das düstre Innre jenes verhängnisvollen Hauses, um es, so glaubte sie, nimmer lebend zu verlassen, und ward bestärkt in solchem Glauben, als sie daran dachte, daß auch jener Mönch, nachdem er fortgegangen, seinen Weg hierhergenommen hatte. Denn wiewohl sie sich sein plötzliches Zurückweichen nicht erklären konnte, stand nicht zu erwarten, daß er noch lange barmherzig sein werde. Doch er ließ sich nicht blicken, als Ellena hinaufstieg zu ihrer Kammer, wo Spalatro sie der Einsamkeit und Angst überließ, und wo sie vernehmen mußte, wie abermals die Riegel sich schlossen vor der schicksalsschweren Tür. Und als die Schritte des sich entfernenden Kerkermeisters verklungen waren, senkte das Schweigen des Grabes sich über das Haus und war wie die tödliche Stille, welche bisweilen den Schrecken des Sturmes voraufgeht.

Neuntes Kapitel

Ich bin fest; gespannt
Zu dieser Schreckenstat ist jeder Nerv.
Shakespeare, Macbeth

Schedoni war in einem Zustande der Verstörung in das Haus zurückgekehrt, der ihn unfähig machte, dem eigenen, sonst so festen Willen zu gebieten. Auf dem Wege hatte er Spalatro getroffen, welchem er, bevor er ihn zu Ellena gesandt, aufs bestimmteste aufgetragen, er möge nicht ungerufen aufs Zimmer kommen.

Sobald der Mönch sein Gemach betreten hatte, verriegelte er die Tür, wiewohl sich außer ihm keine Menschenseele im Hause befand, niemand erwartet wurde, und diejenigen, die er kannte, nicht wagen würden, hier einzudringen. Indes, wäre es möglich gewesen, auch das Wissen um die eigne Person auszusperren – wie gern hätte Schedoni dies getan! Er ließ sich in einen Sessel fallen und verharrte geraume Zeit reglos und in Gedanken versunken, doch heimgesucht von den heftigsten und widersprüchlichsten Emotionen. Noch während sein Herz ihm das Verbrechen vorwarf, welches er ausgesonnen, war es ihm leid um all die ehrgeizigen Pläne, welche er aufgeben mußte, falls es ihm nicht gelang, die Untat ins Werk zu setzen, und er verachtete sich für sein bisheriges Zaudern. Voll Staunen blickte er auf den eignen Charakter, welcher unter den gegenwärtigen

Umständen Wesenszüge an den Tag gelegt, von denen Schedoni bisher nichts geahnt hatte. Er wußte nicht, auf welche Weise er sich solch innere Widersprüche erklären sollte, zu denen es auch gehörte, daß sein Verstand im Augenblick solch gräßlichen Widerstreits der Leidenschaften dennoch fähig blieb, der eignen Natur in kühler, wenngleich kurzer Betrachtung gegenüberzustehen. Indes, seine heimliche Eigenliebe entging solcher Betrachtung noch immer, und so erkannte er nicht, daß sogar in diesem Momente der kritischen Selbstschau die eigentliche Quelle seines Wesens der Hochmut war. Schon in sehr früher Zeit, da sein Charakter sich erst zu formen begonnen, hatte diese Leidenschaft bei jeder sich bietenden Gelegenheit ihren Herrschaftsanspruch geltend gemacht, und sie war es auch gewesen, die zu einigen Hauptbegebnissen seines Lebens geführt hatte.

Der Graf di Marinella – dies der frühere Titel des Beichtigers – war der zweitgeborne Sohn eines alten Adelsgeschlechts, das im Herzogtum Mailand nahe den Tiroler Alpen residiert hatte auf jenen Besitztümern, welche ihm aus den kriegerischen Zeitläuften des vergangenen Jahrhunderts noch verblieben waren. Der Anteil, welchen er nach seines Vaters Tode überkommen, war nicht groß gewesen, doch Schedonis Veranlagung war nicht von jener Art, welche das väterliche Erbteil durch geduldige Arbeit vermehrt oder sich den Beschränkungen und Demütigungen unterwirft, wie eine beengte Finanzlage sie nun einmal mit sich bringt. Vielmehr verabscheute er's, sein geringeres Vermögen vor denjenigen einzubekennen, denen er sich gleichgestellt dünkte, und verfügte, da er allen großherzigen Fühlens und nüchternen Urteils entbehrte, nicht über jene Seelengröße, die da mehr nach innerlicher Hoheit denn nach weltlichen Gütern strebt. Ganz im Gegenteil fand er nur Befriedigung in der prahlerischen Zurschaustellung von Lustbarkeit und Macht, ja beschied sich unerachtet der Folgen solcher Zerstreuung mit den Vergnügungen des Augenblicks so lange, bis seine erschöpften Mittel ihn zwangen, von solchem Lebenswandel abzulassen und auf Neues zu sinnen. Zu spät erst ging's ihm auf, daß er einen Teil seiner Güter veräußern und sich auf das Einkommen aus dem verbleibenden Rest beschränken mußte. Nicht fähig, sich mit Anstand in eine Schmälerung zu schicken, welche von seiner Torheit verschuldet worden, versuchte er nunmehr durch List, sich für seine Genüsse jene Mittel zu verschaffen, welche sein Leichtsinn verschwendet hatte und die weder seine Begabung noch seine Rechtschaffenheit zustandebringen konnten. Jedenfalls zog er sich von seinen Nachbarn zurück, nicht willens, seine veränderten Umstände ihren Blicken preiszugeben.

Von jenem Zeitpunkte an war über die nächsten Jahre seines Lebens so gut wie nichts in Erfahrung zu bringen. Als er wieder aufgetaucht, war's im Spirito Santo-Kloster zu Neapel gewesen, und zwar im Habit eines Mönches unterm angenommenen Namen Schedoni. Sein Aussehen und Gehaben hatten sich nicht minder verändert denn seine Lebensführung: düster und streng war sein Blick geworden, und jener Hochmut, welcher sich schon in die frühere Unbeschwertheit gemischt, zeigte sich nunmehr bisweilen unter der Maske der Demut, doch häufiger noch in schweigsamer Strenge und barbarischer Kasteiung.

Jene Person, von der Schedoni wiedererkannt worden war, hätte sich seiner gewiß nicht erinnert, wäre ihre Aufmerksamkeit nicht von des Mönches ungewöhnlichen Augen auf sich gezogen worden. Erst als der Betreffende Schedonis Züge näher examinierte, erkannte er die schwache Ähnlichkeit mit dem, was einstmals Marinella geheißen, und gab sich dem Grafen zu erkennen.

Der Beichtiger gab indes vor, sich des früheren Bekannten nicht mehr zu entsinnen und versicherte demselben, er müsse einem Irrtume erlegen sein, bis der Fremde so eindringlich auf gewisse Umstände hinwies, daß der Mönch sein wahres Selbst nicht länger verleugnen konnte. So zog er sich unter den Anzeichen einiger Erregung mit dem Fremden zurück und nahm ihm, was immer der Gegenstand solcher Besprechung gewesen sein mochte, noch vor Verlassen des Klosters einen entsetzlichen Eid ab, vor der Bruderschaft kein Sterbenswort über die Kenntnis von Schedonis Familie verlauten zu lassen und dies Wissen auch außerhalb der Klostermauern vor niemandem zu enthüllen. Auf solchem Verlangen hatte der Mönch in einer Weise bestanden, welche den Fremden erstaunt und zugleich mit einer Furcht erfüllt hatte, die ihm aber nicht minder das Ausmaß von Schedonis Besorgnis gezeigt, der ihm angedroht, er müsse vor den Folgen seines Ungehorsams zittern. Und nicht nur dies: auch bei Ablegung jenes Gelöbnisses zitterte der Fremde und hielt sich fortan zumindest an den ersten Teil solchen Schwures. Ob er den zweiten ebenso strikt beobachtete, läßt sich nicht sagen. Nur soviel ist gewiß, daß er zu Neapel niemals mehr gesehen worden, noch auch von sich hören gemacht.

Schedoni, wie eh und je auf Bedeutung und Würde bedacht, paßte sein Gehaben in allen Stücken den Ansichten und Vorurteilen der Bruderschaft an, mit welcher er das Obdach teilte, und wurde dergestalt zum peinlichsten Befolger ihrer äußerlichen Gebräuche, ja beinahe zu einem Wunder an Selbstverleugnung und Selbstdisziplin. Von den Vätern des Konventes ward er den jüngeren Ordensbrüdern als ein leuchtendes Beispiel vor Augen gehalten, zu dem man freilich nicht so sehr um der Nachahmung willen, sondern bloß mit ehrfürchtiger Bewunderung aufblickte. Indes, die Freundschaft, welche man für Schedoni empfand, erschöpfte sich in dergleichen Lobreden. Man fand es schicklich, jenen Kasteiungen Beifall zu spenden, welche man selber lieber nicht auf sich nahm, denn dies verlieh jedermann den Anstrich eines gottgefälligen Lebens, ohne daß man gezwungen gewesen wäre, sich in eigner Person den nämlichen Demütigungen zu unterziehen. Um seines Hochmuts und seiner finsteren Strenge willen aber ward Schedoni zu sehr gehaßt und gefürchtet, als daß man seinem Ehrgeiz mehr denn ein leeres Lob hätte spenden mögen. Dem Orden gehörte er schon seit mehreren Jahren an, ohne indes zu besondren Würden gekommen zu sein, ja unter der beständigen Demütigung, andere, welche seiner Strenge niemals nachgeeifert hatten, in hohe Kirchenämter aufsteigen zu sehen. Ein wenig zu spät hatte er ja erkannt, daß von der Bruderschaft keinerlei wirksame Stütze zu erwarten war, und erst von jenem Zeitpunkt an geschah es, daß sein enttäuschter und ruheloser Sinn sich auf anderen Wegen versuchte. Er war schon seit etlichen Jahren der Beichtiger der Marchesa di Vivaldi gewesen, als die Aufführung von deren Sohne ihm zu gewissen Hoffnungen Anlaß gab, dieweil sie ihm zeigte, daß er sich, vermöge seiner Ratschläge, der Mutter nicht nur als nützlich, sondern auch als unentbehrlich erweisen könnte. Es war ja seine Gewohnheit, zunächst die Charaktere der ihn umgebenden Personen im Hinblick auf jene Schritte zu studieren, durch die solche Personen seinen Absichten dienstbar gemacht werden konnten, und nachdem er sich über die Marchesa im klaren war, sah er sich in seinen Hoffnungen ermutigt. Er hatte die heftigen Leidenschaften der Gräfin ebenso erkannt wie deren schwache Urteilskraft, und wußte nunmehr, daß sein Glück gemacht sein würde, wann immer die Umstände ihn befähigen mochten, die Marchesa ans Ziel eines ihrer Wünsche zu bringen.

Mit der Zeit war's ihm gelungen, sich dermaßen vollständig in ihr Vertrauen einzuschleichen und sich ihren Plänen und Ansichten so unentbehrlich zu machen, daß er seine eignen Bedingungen stellen konnte. Solchen Umstand hatte er nach Kräften ausgenützt, doch war dies unter Beobachtung allen Feingefühls und aller Schlauheit geschehen, ganz wie es solche Situation eben erforderte. Die Marchesa sagte ihm denn auch jenes sehr hohe Kirchenamt zu, nach welchem sein Ehrgeiz bislang vergeblich gestrebt hatte, und sie verfügte über genügend Einfluß, dies Amt für Schedoni auch durchzusetzen. Doch machte sie die Erhaltung ihrer Familienehre – so ihre delikate Formulierung – zur Voraussetzung für alle diesbezüglichen Schritte, und war ängstlich darauf bedacht, Schedoni anzudeuten, daß solche Ehre nur durch Ellenas Tod gerettet werden könne. So stimmt der Mönch mit der Marchesa überein, daß nur der Tod jenes bezaubernden Geschöpfes zu dem gewünschten Ziele führen werde, da andernfalls von Vivaldis Wesensart und Zuneigung alles Üble zu gewärtigen stünde. Der Jüngling würde ja seine Geliebte an jedem Orte ausfindig machen, wie verborgen und unzugänglich derselbe auch sein mochte. Wie lange und mit welch brennendem Eifer der Beichtiger gestrebt, sich die Marchesa zu verpflichten, ist mittlerweile schon deutlich geworden. Nunmehr aber war der letzte Akt angebrochen, und Schedoni stand am Vorabend jener grausamen Tat, welche den Stolz des Hauses Vivaldi sichern und des Mönches Ehrgeiz ebenso stillen sollte wie seinen Rachedurst. Und in eben dem Momente hatte ein gänzlich neues, überraschendes Gefühl ihm den Arm gelähmt und Schedoni in dessen Entschlusse wankend gemacht! Allein, solches Gefühl war nur ein flüchtiges gewesen und mit dem Gegenstand verschwunden, der es hervorgerufen. Jetzt aber, in der Stille und Abgeschlossenheit dieser Kammer, fand unser Mönch die Muße, seine Gedanken zu ordnen, seine Pläne nochmals zu überprüfen, seine Entschlossenheit aufs neue zu beleben und sich zum andernmal ob des Mitleids zu verwundern, welches ihn fast von seinem Vorsatz hatte abstehen lassen. Abermals gewann nun seine alte Hauptleidenschaft Macht über ihn, und so beschloß er, sich jene Würden zu verdienen, welche die Marchesa für ihn bereithielt.

Nach etwelcher kühler Überlegung, doch mehr noch nach heftigen Gefühlsstürmen beschloß er, daß Ellena noch in der nämlichen Nacht ermordet werden solle, und zwar im Schlaf. Danach würd' er sie durch den bewußten Gang an die See schaffen, in deren Wogen der Leichnam zusamt seiner traurigen Geschichte sein Grab finden mochte. Um der eignen Person willen hätte der Mönch ja, wäre dies leicht ins Werk zu setzen gewesen, alles gefahrvolle Blutvergießen vermieden. Doch er hatte zu sehr Grund zu der Annahme, Ellena argwöhne Gift, als daß er es auf einen neuerlichen Versuch hätte ankommen lassen. Abermals haderte er mit sich selbst, einer flüchtigen Regung des Mitleids nachgegeben zu haben: er war ja dadurch der Gelegenheit verlustig gegangen, sein widerstandsloses Opfer sogleich den Wogen der Brandung zu überantworten.

Spalatro, wie schon angedeutet, war ein früherer Vertrauter des Beichtigers, und Schedoni wußte aus eigner Erfahrung nur zu gut, wie verläßlich der Mann war. So hatte er ihn zum Helfer herangezogen und legte nun das Los der unglücklichen Ellena in des Hausbewohners Hände, da er selber zurückschrak vor der entsetzlichen Tat, welche er ausgeführt wissen wollte. Auch beabsichtigte er, Spalatro durch solchen Schritt noch tiefer in Schuld zu verstricken und ihn dergestalt zu zwingen, sein Geheimnis noch sicherer zu bewahren.

Es war schon tiefe Nacht, als Schedoni seinen endgültigen Entschluß faßte und Spalatro ins Zimmer rief, um ihm die nötigen Anweisungen zu erteilen. Er verriegelte die Tür hinter dem Eintretenden, da er völlig vergessen hatte, daß man sich bis auf Ellena allein im Hause befand. Die Ärmste schlief ja dort oben friedvoll auf ihrem Strohsack, aufs äußerste erschöpft von ihren letzten Erlebnissen und unkundig der gegen sie im Gange befindlichen Verschwörung. Schedoni aber trat geräuschlos von der verriegelten Tür zurück, winkte Spalatro heran und redete im Flüstertone auf ihn ein, als fürchtete er, belauscht zu werden. »Hast du vorhin irgend einen Laut aus ihrer Kammer vernommen?« frug er. »Oder glaubst du, daß sie nun schläft?«

»Zumindest hat sich während der letzten Stunde nichts mehr dort oben gerührt«, versetzte Spalatro. »Ich hab' auf dem Gange gelauscht, bis Ihr mich gerufen habt, und hätte jede Bewegung hören müssen, denn die alten Dielenbretter schwingen und knarren beim geringsten Tritt.«

»So hör mich an, Spalatro«, sprach nun der Beichtiger. »Ich hab' dich auf die Probe gestellt und für treu befunden, sonst würd' ich dich bei einem Geschäfte wie diesem nicht ins Vertrauen ziehn. Denk daran, was ich dir heute morgen gesagt habe, und sei so entschlossen und gewandt, wie ich dich stets gefunden!«

Spalatro lauschte mit finsterer Aufmerksamkeit, und der Mönch fuhr fort: »Es ist schon spät. Deshalb geh jetzt hinauf zu ihrer Kammer und vergewissere dich, daß sie schläft. Nimm dies«, fügte er hinzu, »und dies.« Dabei händigte er ihm einen Dolch und einen großen Mantel aus. »Du weißt, was du damit zu tun hast.«

Er schwieg und richtete den Blick durchdringend auf Spalatro, welcher den Dolch wortlos vor sich hielt, die Klinge prüfte und dann ausdrucksloser Blickes darauf niederstarrte, als wüßte er gar nicht, wa er da tue.

»Du kennst nun dein Geschäft«, wiederholte Schedoni in gebietendem Ton. »So mach schon! Die Zeit drängt, und ich muß in der Früh' von hier verschwinden!«

Der Mann erwiderte nichts.

»Schon graut der Morgen«, sprach der Beichtiger in noch drängenderem Ton. »Du zauderst – zitterst gar? Kenn' ich dich denn so wenig?«

Ohne ein Wort steckte Spalatro den Dolch in die Busentasche, warf den Mantel über den Arm und trat schleppenden Schrittes zur Tür.

»So mach schon!« wiederholte der Beichtiger. »Was stehst du noch herum?«

»Ich kann nicht sagen, daß ich diese Art Geschäfte liebe, Signor«, sagte Spalatro unwirsch. »Und ich weiß nicht, weshalb ich immer die schwerste Arbeit tun soll und am wenigsten dafür bekomme!«

»Schmutziger Schurke!« rief Schedoni da. »So bist du nicht zufrieden?«

»Kein größerer Schurke denn Ihr selber, Signor«, erwiderte Spalatro, indem er den Mantel von sich warf. »Ich tu' bloß, was Ihr mich geheißen, und ist da einer schmutzig, so seid es Ihr, dieweil Ihr allen Lohn einstreicht und ich der Dumme bin, der seine Schuldigkeit getan hat! So tut es selber – oder laßt den größern Anteil mir!«

»Genug jetzt!« rief Schedoni. »Und untersteh dich

nimmer, mir die Sucht nach schnödem Mammon vorzuwerfen! Glaubst du denn wirklich, ich hätte mich verkauft? Es ist mein Wille, daß sie stirbt, das muß genügen! Was vollends dich betrifft, so ist der Preis, den du verlangt hast, längst bewilligt!«

»Das ist zu wenig«, erwiderte Spalatro. »Und außerdem – dies Ding gefällt mir nicht! – Was hat das Mädchen mir getan?«

»Seit wann hältst du's so streng mit der Moral?« frug da der Beichtiger. »Und wie lange soll dies feige Zaudern noch währen? Du tust dies nicht zum ersten Mal für mich! Was haben jene andern dir getan? Hast du vergessen, was ich von dir weiß? Vergessen, was du auf dem Kerbholz hast?«

»Oh nein, Signor – ich weiß es nur zu gut! Doch gern würd' ich's vergessen! Ich weiß es nur zu gut. – Seit damals find' ich keinen Frieden mehr – hab' immer nur die blutige Hand vor Augen! Und oftmals, in der Nacht, wenn's draußen tobt von See her und der Sturm das Haus erschüttert, da kommen sie, die ich einst umgebracht, und stehn an meinem Lager! Dann spring' ich aus dem Bett und renn' hinaus ans Meer, um Ruh' zu finden!«

»Genug jetzt!« wiederholte der Beichtiger. »Wo soll das enden? Wohin sollen diese blutigen Visionen führen? Ich hab' geglaubt, zu einem Mann zu sprechen, und finde nun ein kleines Kind, das sich vor Ammenmärchen fürchtet! Nun denn – ich hab' verstanden: du sollst zufrieden sein!«

Falls aber Schedoni wirklich nicht glauben konnte, der andre bringe es nicht über sich, das geplante Unternehmen auszuführen, so hatte er den Mann gründlich mißverstanden. Ob nun Ellenas Unschuld oder ihre Schönheit Spalatro das Herz erweicht hatten, oder ob ihn um der begangnen Untaten willen das Gewissen plagte – jedenfalls beharrte er auf seiner Weigrung, das Mädchen zu ermorden. Dennoch waren solche Gewissensangst oder solches Mitleid von besondrer Art: denn ob Spalatro sich auch weigerte, den Mord mit eignen

Händen auszuführen, so stimmte er doch zu, am Fuß der Hintertreppe, die zu des Mädchens Kammer führte, bereitzustehen und den Leichnam nach vollbrachter Tat zusammen mit Schedoni ans Meer zu schaffen. »Dies ist ein Vergleich zwischen Schuld und Gewissen, der eines Teufels würdig wäre«, murmelte Schedoni, welcher nicht merkte, daß er kaum eine Stunde zuvor den nämlichen Vergleich mit sich selbst geschlossen hatte, und an ihn auch nicht erinnert wurde von seinem Widerstreben, mit eigner Hand zu verüben, was er so bereitwillig einem anderen zugedacht.

Der seines Mörderamtes so plötzlich enthobne Spalatro ließ die zornerstickten Schmähreden des Beichtigers schweigend über sich ergehen und hörte ebenso wortlos mit an, daß er sich, wiewohl er nun vor der Ausführung des gemeinsamen Vorhabens zurückgeschrocken, bei früheren, ähnlichen Geschäften durchaus nicht von den nämlichen Gewissensbissen habe abhalten lassen, und daß nicht nur sein Lebensunterhalt, sondern auch sein Leben als solches von der Gnade des Mönches abhänge. Dies gab Spalatro rückhaltlos zu. Schedoni aber wußte nur zu gut um die Wahrheit dessen, was er dem Manne vorgehalten, als daß er sich von dem geplanten Vorhaben aus Angst hätte abbringen lassen, der Schurke würde es wagen, ihn zu verraten.

»Gib mir den Dolch«, sprach der Beichtiger nach längerem Schweigen. »Doch nimm den Mantel und folg mir an die Treppe. Laß sehn, ob du noch Mut genug hast, dich bis dorthin zu wagen!«

Spalatro händigte dem Mönche das Stilett aus und hing sich den Mantel zum andernmal über den Arm. Der Beichtiger schritt zur Tür und wollte sie öffnen. »Sie ist verriegelt!« rief er bestürzt. »Jemand hat sich eingeschlichen – sie ist verriegelt!«

»Dies mag schon sein, Signor«, versetzte Spalatro ungerührt. »Ich hab' Euch nämlich zugesehn, wie Ihr selber sie verriegelt habt, nachdem ich eingetreten.«

»Wahrhaftig«, sagte Schedoni, sich fassend. »Du hast recht!«

Er schloß die Tür auf und schlich dann über den stillen Gang auf die Hintertreppe zu. Dabei hielt er zu wiederholten Malen inne, um zu lauschen, und schritt dann noch behutsamer voran. Jetzt, im vollen Bewußtsein seiner Schuld, fürchtete der furchtbare Schedoni sich sogar vor der schwachen Ellena! Am Fuß der Treppe angelangt, hielt er aufs neue inne, um zu lauschen. »Hörst du irgend etwas?« hauchte er.

»Ich höre nur die Brandung«, versetzte Spalatro.

»Still! Da ist noch etwas andres!« raunte Schedoni. »Es klingt wie Stimmenlärm!«

Beide horchten. Nach einiger Zeit aber meinte Spalatro höhnisch: »Vielleicht sind's die Geister der Ermordeten, von denen ich vorhin gesprochen, Signor!«

»Den Dolch!« gebot Schedoni.

Doch Spalatro, anstatt zu gehorchen, preßte plötzlich des Beichtigers Arm. Schedoni, erklärungheischend, sah dem Mordgenossen ins Gesicht und gewahrte mit noch größerer Bestürzung, wie bleich und entsetzensverzerrt dessen Züge waren. Mit hervorquellenden Augen schien er hinter etwas auf dem Gange herzustarren, und Schedoni, angesteckt von solchem Entsetzen, fuhr abermals herum, um dessen Ursache zu ergründen, konnte aber nichts erblicken. »Wovor hast du Angst?« frug er.

Spalatros Augen waren noch immer vom Entsetzen geweitet. »Seht Ihr's denn nicht?« raunte er und wies nach vorn. Abermals spähte Schedoni ins Dunkel, konnte aber nichts unterscheiden.

»Nun, nun«, sagte er, beschämt ob der eigenen Schwäche. »Jetzt ist keine Zeit für derlei Phantastereien! Genug geträumt!«

Spalatro wandte den Blick von jenem Punkt, doch die Verstörung wich nicht aus seinen Augen. »Ich *hab'* nicht geträumt«, sagte er mit der Stimme eines auf den Tod gequälten Menschen, der plötzlich wieder aufatmet. »Ich hab' es so deutlich gesehn wie ich Euch vor mir sehe!«

»Alter Narr! *Was* hast du gesehn!« wollte der Beichtiger wissen.

»Ganz plötzlich ist's mir vor Augen gestanden – ganz deutlich und groß!«

»*Was* war ganz deutlich und groß!« wiederholte Schedoni.

»Und dann hat's gewinkt – ja, gewinkt hat es mir, mit jenem blutbefleckten Finger! Und ist winkend den Gang entlanggehuscht – und in der Finsternis untergetaucht!«

»Der pure Wahnsinn!« sagte Schedoni in größter Erregung. »Nimm dich zusammen und sei ein Mann!«

»Ich wollt', es wär' nur Wahnsinn, Signor! Aber ich hab' jene fürchterliche Hand gesehn – und seh' sie schon wieder! Dort ist sie – dort!«

Der entsetzte, gänzlich aus der Fassung geratne und von Spalatros befremdlichen Gefühlen neuerlich angesteckte Schedoni spähte abermals in das Dunkel und erwartete, schon im nächsten Moment ein fürchterliches Wesen zu erblicken. Doch nach wie vor zeigte sich nichts, und so hatte er sich alsbald genugsam in der Gewalt, um den vom bösen Gewissen geplagten Schurken beruhigen zu können. Spalatro aber blieb taub gegen alle Vorhaltungen, und der Beichtiger, fürchtend, daß selbst seine schwache, angsterstickte Stimme das Mädchen wecken könnte, versuchte, ihn mit sich zu ziehen nach jener Kammer, aus der man gekommen war.

»Nicht um alle Reichtümer von San Loretto bringt Ihr mich dazu, jenen Weg zu nehmen, Signor!« versetzte da der bebende Spalatro. »In seine Richtung hat es ja gewiesen, und dort ist es verschwunden!«

Schedonis sämtliche Empfindungen wichen nun der Furcht, daß Ellena, falls sie aufwachen sollte, ihm sein Geschäft noch entsetzlicher machen würde durch den unvermeidlichen Kampf. Und solche Befürchtung nahm mit jedem Momente zu, denn weder Befehle noch Drohungen oder Bitten vermochten Spalatro zur Umkehr zu bewegen, bis der Mönch sich einer Tür hinter der Treppe entsann, durch die man auf anderem Wege in den gegenüberliegenden Trakt des Hauses gelangen konnte. Spalatro stimmte denn auch zu, diesen Weg zu nehmen, und so durchschritten die beiden, nachdem Schedoni eine leere Zimmerflucht aufgeschlossen, zu der er die Schlüssel stets bei sich trug, eine Reihe leerer Gemächer, bis sie zu demjenigen gelangten, das sie erst vor kurzem verlassen hatten.

Hier brauchte Schedoni keine Angst mehr wegen Ellena zu haben und konnte Spalatro freier ins Gewissen reden. Doch half weder Drohen noch Argumentieren: der Mann blieb bei seiner Weigerung, jene Treppe zu betreten, wiewohl er im nämlichen Atem beteuerte, in keinem Teil des Hauses allein bleiben zu wollen. Dies ging so lange, bis der Wein, von dem Schedoni ihm in reichem Maße eingeschenkt, seine Wirkung zu üben und Spalatros aufgestörte Einbildungskraft zu beruhigen begann. Schließlich hatte er so weit Mut gefaßt, daß er zustimmte, seinen Posten wieder zu beziehen und am Fußende der Treppe zu warten, bis Schedoni mit seinem entsetzlichen Geschäft zu Rande wäre. Dies vereinbart, kehrten sie auf demselben Wege, den sie gekommen waren, zur Treppe zurück. Doch der Wein, mit dem auch sich selber zu stärken der Mönch für nötig befunden, vermochte nicht, die Aufregung von ihm abzuhalten, die ihn vor Ellenas Kammer befiel. Indes, Schedoni versuchte, wieder zu sich zu kommen, indem er nach dem Dolche verlangte.

»Ihr habt ihn ja schon, Signor«, versetzte Spalatro.

»Richtig!« sagte der Mönch. »Jetzt leise hinauf, damit unsre Schritte sie nicht wecken!«

»Ihr habt mich aber geheißen, hier unten an der Treppe zu warten, Signor, dieweil Ihr –«

»Gut, gut, gut!« raunte der Beichtiger und war schon auf dem Weg nach oben, als sein Helfer ihn abermals zurückhielt. »Ihr geht ja im Finstern, Signor«, sagte er. »Ihr habt die Lampe vergessen. Hier ist eine andre!«

Verärgert und wortlos nahm Schedoni sie entgegen und machte sich von neuem an den Aufstieg. Doch plötzlich zögerte er und hielt ihnne. »Der Schein wird sie blenden«, sprach er bei sich, »und so ist's wohl besser, im Finstern zu gehen. Indes –« Und er bedachte, daß er ja ohne Licht nicht sicher zustoßen werde können. So behielt er die Lampe, kehrte aber noch einmal um und schärfte Spalatro ein, derselbe möge sich nicht vom Platze rühren, bis er gerufen werde, worauf er sogleich in die Kammer nachkommen solle.

»Dies will ich gerne tun, Signor, falls Ihr mir versprecht, das Zeichen erst zu geben, wenn alles vorüber ist!«

»So sei es drum«, versetzte Schedoni. »Doch nun genug!«

Wieder stieg er hinauf, doch hielt er diesmal erst vor Ellenas Tür, wo er lauschte, ob in der Kammer etwas zu hören sei. Indes, es war alles still, als regierte schon jetzt der Tod dort drinnen. Die abgenutzte Tür ließ sich nur schwer öffnen: in früheren Zeiten hätte sie geräuschlos nachgegeben, jetzt aber fürchtete Schedoni, sie werde bei der geringsten Bewegung in ihren Angeln zu knarren beginnen. Allein, nach anfänglichen Schwierigkeiten ging sie auf, und der Mönch erkannte an der in der Kammer herrschenden Stille, daß er Ellena nicht geweckt hatte. Ein wenig hielt er die Lampe noch im Türschatten, während er einen forschenden Blick ins Innere warf, und als er sich endlich weiter vorwagte, verdeckte er das Licht mit einem Kuttenzipfel, auf daß der Raum nicht zu sehr erhellt würde.

Als Schedoni ans Bett trat, verrieten ihm die ruhigen Atemzüge, daß Ellena noch immer schlief. Schon im nächsten Moment stand er neben ihr. Sie lag in tiefem, friedvollem Schlummer und schien mitten in ihrem Kummer auf den Strohsack hingesunken zu sein, denn die Lider, wiewohl sie fest geschlossen waren, schimmerten tränenfeucht.

Während Schedoni auf die unschuldsvollen Züge starrte, stahl sich ein schwaches Lächeln drüber hin. Er fuhr zurück. »Sie lächelt ihrem Mörder ins Gesicht!« sprach er bei sich, und ein Schauder überlief ihn. »Nun gilt es, rasch zu handeln!«

Er suchte nach dem Dolch, doch seiner zitternden Hand gelang's erst nach geraumer Zeit, denselben aus den Falten der Kutte zu nesteln. Dies getan, trat er zum andernmal an der Schlafenden Lager und schickte sich an, den tödlichen Stoß zu führen. Doch das Gewand des Opfers störte ihn: es mochte den Stoß abfangen, und so beugte Schedoni sich zu der Schlafenden, um zu sehen, ob sich das Kleid nicht zur Seite ziehen ließe, ohne daß die Schlummernde geweckt würde. Als das Lampenlicht auf ihr Gesicht fiel, gewahrte er, daß jenes Lächeln nunmehr gewichen war: die Traumgesichte mußten gewechselt haben, denn jetzt stahlen sich Tränen unter den Lidern hervor, und die Züge waren kaum merklich vom Schmerze gezeichnet. Und nun sprach sie gar! Schedoni fuhr zurück, befürchtend, das Licht habe die Schläferin aufgestört, verhüllte, aufs neue unsicher geworden, die Lampe und verbarg sich hinterm Vorhang, wo er lauschend stehenblieb. Doch die Worte kamen so undeutlich und waren so sehr zu sich selbst gesprochen, daß er die Überzeugung gewann, Ellena schlafe noch immer.

Schedonis Aufgewühltheit sowie sein Widerwille gegen den Dolchstoß wuchsen mit jedem weiteren Zögern. Doch wie oft er sich auch anschickte, den scharfen Stahl in den atmenden Busen zu senken – es hielt ihn ein schauderndes Entsetzen davon ab! Erstaunt ob solcher Gefühlsregung und verärgert über solch memmenhafte Schwachheit, ging er mit sich zu Rate und sprach: »Hab' ich denn nicht erkannt, daß es getan sein muß? Hängt nicht an dieser Tat, was mir noch teurer denn das Leben ist – hängt nicht mein Einfluß, meine Stellung dran? Ist dies Mädchen denn nicht die Geliebte des jungen Vivaldi? Hab' ich den Vorfall in Spirito Santo denn schon vergessen?« Derlei Erwägungen verliehen ihm neue Spannkraft, die Rachsucht stärkte ihm den Arm, und indem er den batistnen Einsatz vom Busen der Schlafenden entfernte, zückte er zum andernmal den Dolch! Indes, ein einziger Blick genügte, und ein neuer Schrekken fuhr ihm durchs Gebein, so daß er ein paar Atemzüge lang entgeistert, ja statuengleich verharrte! Nur kurz und mühsam ging sein Atem, der kalte Angstschweiß brach ihm aus der Stirn, und all sein Denken schien gelähmt zu sein! Nachdem er sich ein wenig gefaßt hatte, beugte er sich abermals über die Schläferin, um einen zweiten Blick auf jenes Medaillon zu werfen, das ihn dermaßen aus der Fassung gebracht und das von dem Batistschleier, welchen er entfernt hatte, verborgen gewesen. Die schreckliche Gewißheit schien nahezu bestätigt, und in seiner atemlosen Ungeduld, der Wahrheit auf den Grund zu kommen, vergaß Schedoni gänzlich, wie unbedacht es war, sich Ellena um diese nächtliche Stunde zu zeigen, noch dazu mit einem Dolch zu Füßen! Er rief mit lauter Stimme: »Wach auf! Wach auf! Oh sag, wie heißt du wirklich? So sprich schon, rasch – oh sprich!«

Ellena, von einer Männerstimme geweckt, fuhr von ihrem Strohsack auf. Im bleichen Lampenschein Schedonis verstörte Züge erblicken, einen Aufschrei tun und aufs Kopfkissen zurücksinken war eins. Indes, sie hatte die Besinnung nicht verloren, sondern flehte, im Glauben, der Mönch sei in mörderischer Absicht gekommen, denselben aufs inständigste um Gnade an. Die Intensität ihres Fühlens befähigte sie, sich zu erheben und Schedoni zu Füßen zu sinken. »Habt Erbarmen, oh Vater! So habt doch Erbarmen!« rief sie mit bebender Stimme.

»Vater, sagst du?« fiel Schedoni ihr ernst ins Wort. Und sobald er sich wieder in der Gewalt hatte, fügte er voll unverstellter Überraschung hinzu: »Weshalb bist du dermaßen entsetzt?« Er hatte ja über seiner neuen Anteilnahme und Aufgewühltheit gänzlich der bösen Absichten und der Besonderheit seiner gegenwärtigen Lage vergessen. »Wovor fürchtest du dich?« wiederholte er.

»Habt Erbarmen, Hochwürdiger Vater!« rief Ellena in tödlicher Angst.

»Weshalb sagst du nicht, wessen Konterfei dies ist?« forschte der Mönch, ohne zu bedenken, daß er diese Frage ja bisher noch gar nicht gestellt hatte.

»Nun, wessen Bildnis ist es?« wiederholte er, nun schon lauter.

»Wessen Bildnis?« sagte Ellena verwundert.

»Ganz recht – wie bist du dazu gekommen? So sprich doch schon – wen stellt es dar?«

»Weshalb wollt Ihr dies wissen?« frug Ellena.

»Gib Antwort auf meine Frage!« wiederholte Schedoni, nun schon mit größerer Strenge.

»Ich kann mich nicht davon trennen, Hochwürdiger Vater«, versetzte Ellena und preßte das Medaillon an den Busen. »Verlangt nicht von mir, daß ich es hergebe!«

»So ist's denn ganz und gar unmöglich, Antwort auf meine Frage zu erhalten?« frug der Mönch in äußerster Verstörung, indem er sich von Ellena abwandte. »Hat denn die Furcht dich so sehr verwirrt?« Und indem er neuerlich auf das Mädchen zutrat und sie am Handgelenk packte, wiederholte er seine Frage in verzweifeltem Ton.

»Ach! Er lebt nicht mehr! Und wär' er noch am Leben, so würd' ich niemand brauchen, der mich schützt«, versetzte Ellena, welche unter Schedonis Zugriff zusammenschrak und zu weinen begann.

»Schon wieder schweifst du ab«, rief Schedoni und maß das Mädchen mit furchtbarem Blick. »Noch einmal: gib Antwort auf meine Frage! Wessen Bildnis ist es, das du am Busen trägst?«

Ellena nahm's in die Hand, blickte darauf nieder, preßte es gegen die Lippen und sagte: »Dies war mein Vater.«

»Dein Vater!« wiederholte der Mönch mit gepreßter Stimme. »Dein Vater!« Sprach's und wandte sich mit Schaudern.

Bestürzt blickte Ellena ihn an. »Nie hab' ich eines Vaters Zärtlichkeit erfahren«, sagte sie, »noch auch hab' ich ihrer bis vor kurzem bedurft. Nun aber –«

»Wie war sein Name?« unterbrach sie der Beichtiger.

»Nun aber«, fuhr Ellena fort, »wenn Ihr nicht wie ein Vater zu mir sein mögt – von wem hätt' ich da Schutz zu erwarten?«

»Wie war sein Name?« wiederholte Schedoni mit stärkerem Nachdruck.

»Der Name ist mir heilig«, versetzte Ellena, »denn er war der eines Unglücklichen.«

»Wie hat er gelautet?« frug der Beichtiger ungestüm.

»Ich hab' gelobt, es niemandem zu sagen, Vater.«

»Bei deinem Leben – ich fordere dich auf, ihn mir zu nennen! Hörst du – bei deinem Leben!«

Das Mädchen erbebte, blieb aber stumm und flehte nur mit den Augen, Schedoni möge nicht weiter in sie dringen. Er aber beharrte so unwiderstehlich auf seiner Frage, daß Ellena schließlich bekannte: »Nun denn, sein Name war – Marinella.«

Aufstöhnend wandte Schedoni sich ab. Doch alsbald, indem er sich mühte, der Aufgewühltheit Herr zu werden, die seinen ganzen Körper durchschütterte, wandte er sich erneut dem Mädchen zu und half der um Erbarmen Flehenden von den Knieen auf.

»Wo hat er gewohnt?« frug der Mönch.

»Weit von hier«, versetzte Ellena. Schedoni aber begehrte eine klare Antwort, und widerstrebend entschloß das Mädchen sich zu einer solchen.

Abermals wandte der Frager sich aufstöhnend zur Seite und durchmaß wortlos die Kammer. Nun war's an Ellena, nach dem Grund seiner Fragen und der Ursache seiner Aufgewühltheit zu forschen. Er aber schien kein einziges ihrer Worte zu vernehmen, blieb zur Gänze seinen Emotionen hingegeben und bewahrte ein unverbrüchliches Schweigen, während er gemessnen Schritts den Raum durchquerte und das von der Kapuze halbverhüllte Antlitz bodenwärts gewendet hielt.

Nach und nach begann Ellenas Verstörtheit dem Erstaunen zu weichen, und solche Empfindung verstärkte sich, sobald sie gewahrte, daß Schedoni, als er wieder herzutrat, tränennasse Augen hatte! Er hielt nun den Blick auf das Mädchen geheftet, und seine Züge waren nicht länger in wilder Verstörung verzerrt. Indes, noch brachte er keine Silbe hervor. Schließlich aber gab er seinem übervollen Herzen nach, und Schedoni, der verhärtete Schedoni – nun weinte und seufzte er bitterlich! Er ließ sich neben Ellena auf deren Strohsack nieder, ergriff des Mädchens Hand, welche sie ihm erschrocken entziehen wollte, und sprach, sobald er seiner Stimme wieder mächtig war: »Unseliges Kind! – Sieh hier vor dir deinen noch viel unseligeren Vater!« Dies gesagt, erstickte ein neuerliches Stöhnen ihm alle weiteren Worte, und so zog er die Kapuze übers Gesicht.

»Meinen Vater«, rief die staunende Ellena voll Zweifel. »Meinen Vater!« und heftete den Blick auf ihn. Schedoni aber gab keine Antwort. Erst ein wenig später hob er das Haupt. »Weshalb dieser vorwurfsvolle Blick?« – frug er schuldbewußt.

»Vorwurfsvoll? – Meinem Vater gegenüber?« sprach da Ellena mit immer zärtlicher werdender Stimme. »Weshalb nur sollt' ich meinem Vater mit Vorwürfen kommen?«

»Weshalb?« rief nun Schedoni und sprang vom Strohsack auf. »Allmächtiger!«

Indes, bei so hastigem Emporfahren strauchelte er über den auf dem Boden liegenden Dolch, und es läßt sich ermessen, wie tief ihm dies in solchem Momente durchs Herz ging. Hastig stieß er den Mordstahl aus Ellenas Sichtbereich. Allein, dieselbe hatte die Waffe gar nicht bemerkt, sondern hing mit ihren Blicken nur an der schweratmenden Brust und dem verstörten Ausdruck des Mönches, sowie an den hastigen Schritten, mit denen er nun die Kammer durchmaß. So frug sie mit der sanftesten Stimme des Mitleids und indem sie Schedoni mit Blicken angstvoller Zärtlichkeit bedachte, was ihn denn so unglücklich mache? Dabei war sie bemüht, seine Leiden zu lindern. Indes, dieselben schienen unter solchen Bemühungen nur noch stärker zu werden: bald hielt Schedoni inne, um das Mädchen anzustarren, bald wandte er sich abrupt von ihr ab.

»Weshalb nur seht Ihr mich so herzzerreißend an, Vater?« frug Ellena schließlich. »Was ist's, das Euch so unglücklich macht? So sagt es mir, auf daß ich Euch trösten kann!«

Solche Aufforderung erneute die Gewalt von Reue und Schmerz: Schedoni preßte das Mädchen an seinen

Busen und netzte ihre Wange mit seinen Tränen. Ellena, von solchem Weinen angesteckt, brach nun selber in Tränen aus, doch nach und nach gewannen ihre Zweifel die Oberhand über das Mitleid, und sie ward mehr und mehr beunruhigt. Welcher Art immer die Beweise sein mochten, durch die Schedoni von dem Verwandtschaftsverhältnis überzeugt worden war – er hatte sie ihr nicht eröffnet! Und wie beredt die Stimme des Blutes sich vor Ellenas Augen auch bemerkbar gemacht, so genügte dies nicht, den Versicherungen Schedonis rückhaltlos Glauben zu schenken und seine Zärtlichkeiten ohne Furcht zu dulden. So schrak sie aufs neue vor ihm zurück und suchte, sich aus seiner Umarmung zu lösen. Solche Beweggründe sogleich erkennend, sagte der Mönch: »Kannst du denn noch Zweifel hegen an der Ursache meiner Aufgewühltheit? An diesen Beweisen väterlicher Liebe?«

»Hab' ich nicht Grund genug, daran zu zweifeln?« frug Ellena verschüchtert. »Ich hab' dergleichen ja noch nie erlebt!«

Er löste seine Umarmung, heftete den Blick in allem Ernste auf das Mädchen und betrachtete sie eine Weile in beredtem Schweigen. »Du arme Unschuld!« sprach er schließlich. »Du weißt ja nicht, was diese deine Worte für mich bedeuten! – Ach, es ist nur zu wahr! Du hast der väterlichen Zärtlichkeit bis auf den heutigen Tag entraten müssen!«

Bei diesen Worten verdüsterte sich seine Miene, und er stand neuerlich von seinem Sitze auf. Ellena indes, erstaunt, erschrocken und bedrückt ob der Vielfalt ihrer Emotionen, fand nicht die Kraft, nach den Gründen jenes Glaubens zu forschen, welcher den Mönch so tief bewegte, noch auch nach einer Erklärung für sein bisheriges Gehaben. So hielt sie sich an das Bildnis und versuchte, etwelche Ähnlichkeiten zwischen ihm und Schedoni herauszufinden, um sich dergestalt über ihre Zweifel schlüssig zu werden. Den Jahren und auch dem Wesen nach waren die Gesichter voneinander grundverschieden. Das Medaillon zeigte ja einen jungen, nahezu hübschen Mann von fröhlicher, ja lächelnder Miene. Doch war dies Lächeln eher ein triumphierendes zu nennen, wie ja das gesamte Antlitz den Stempel selbstbewußter Überlegenheit wenn nicht sogar des Hochmuts trug.

Ganz im Gegensatz dazu war aber Schedoni schon bei Jahren, seine Züge waren von finsterer Härte gezeichnet und vom Denken nicht minder durchfurcht denn vom Hingang der Zeit. Auch waren sie verdüstert von all den krankhaften Leidenschaften, denen er sich hingegeben. Er sah aus, als hätt' er seit Anfertigung jener Miniatur nie wieder gelächelt, so daß man sich des Eindrucks nicht erwehren konnte, der Maler habe in prophetischer Vorausschau von Schedonis künftiger Veranlagung jenes Lächeln lediglich festgehalten, um vor der Zukunft zu erhärten, welche Fröhlichkeit einstmals auf diesen Zügen gelegen.

Doch wiewohl der Ausdruck des früheren und des jetzigen Gesichtes ein so unterschiedlicher war, beherrschte dennoch der nämliche, hochmütige Stolz ein jedes der beiden Antlitze. Auch schien es Ellena, als wiesen beide denselben kühnen Umriß auf, doch reichte auch dieser Umstand nicht hin, sie zu überzeugen, falls sich nicht weitere Beweise dafür finden ließen, daß die so verschiedenen Gesichter ein und derselben Person angehörten, daß also der Beichtiger einstmals jener junge Kavalier gewesen, welchen das Bildnis wiedergab. Im ersten Aufruhr ihres Denkens hatte Ellena nicht Zeit gefunden, sich des befremdlichen Umstands bewußt zu werden, daß Schedoni sie in tiefer Nacht aufgesucht, oder irgendwelche ernsthafte Fragen nach der Echtheit so plötzlicher Verwandtschaft zu stellen. Jetzt aber, nachdem sie ihre Gedanken wieder gesammelt hatte, und auch des Mönches Aussehn nicht mehr so beängstigend war, wagte sie's, nach einer näheren Erklärung all der Umstände sowie nach den Gründen zu fragen, auf die seine ungewöhnliche Beteuerung sich stützte. »Es ist schon nach Mitternacht, Vater«, sprach das Mädchen, »und so mögt Ihr Euch vorstellen, daß ich begierig bin, zu erfahren, was Euch zu so vorgerückter Stunde in meine Kammer geführt?«

Schedoni erwiderte nichts.

»Seid Ihr gekommen, mich vor einer Gefahr zu warnen?« fuhr die Fragerin fort. »Habt Ihr Spalatros finstre Ränke durchschaut? Ach! Als ich Euch heut' abend am Strand um Mitleid angefleht, da wußtet Ihr noch nichts von den Gefahren, die mich hier umdrohn! Im andern Falle hättet Ihr –«

»Dies ist nur zu wahr!« unterbrach der Mönch sie hastig. »Doch nun genug davon! Weshalb willst du immer wieder damit anfangen?«

Solche Worte überraschten Ellena, die auf diesen Gegenstand noch gar nicht angespielt hatte. Indes, die neuerliche Verstörung in Schedonis Miene bewirkte, daß sie dies Thema ängstlich mied, ja nicht einmal auf des Mönches Irrtum hinzuweisen wagte.

Es trat nun eine weitre Pause ein, während derer Schedoni fortfuhr, die Kammer ruhlos zu durchmessen, bald stehen bleibend und den Blick auf Ellena heftend, wobei er sie mit einem Ernste musterte, der schon an Wahnwitz grenzte, bald die Augen düster von ihr wendend, wonach er unter schwerem Seufzen sein Hin- und Hergehn wieder aufnahm. Mittlerweile versuchte das Mädchen, durch solche Aufführung und auch durch ihre eigne Lage in Bestürzung und Staunen versetzt, ja fürchtend, Schedoni mit weiteren Fragen zu beleidigen, all ihren Mut zu sammeln, um jene Erklärung doch noch zu erflehen, die für ihren Seelenfrieden von so großem Gewichte war. Schließlich frug sie, wie sie denn wagen könne, einer so erstaunlichen Eröffnung wie der eben vernommenen Glauben zu schenken, und rief ihm ins Gedächtnis, daß er ihr ja noch immer keinerlei Gründe für solchen Glauben enthüllt habe.

Des Beichtigers Empfindungen meldeten sich allzu stark zu Worte, als daß er sogleich hätte antworten können. Sobald er jedoch seiner Aufgewühltheit genugsam Herr geworden, um zusammenhängend sprechen zu können, erwähnte er etwelche Umstände in Ansehung von Ellenas Familie, welche ihn zumindest als einen nahen Vertrauten des Hauses auswiesen. Auch wußte er von Dingen, die, so hatte das Mädchen geglaubt, einzig ihr selbst und der Signora Bianchi bekannt gewesen. So konnte denn kein Zweifel mehr an des Mönches Vaterschaft bestehen.

Indes, der gegenwärtige Moment war allzusehr beladen mit Gewissensbissen, Entsetzen und auch mit den ersten Regungen der Vaterliebe, als daß Schedoni längere Zeit bei diesem Gegenstande hätte verweilen können. Was seiner Seele nottat, war tiefe Einsamkeit. So wünschte er nichts sehnlicher denn an einem Orte zu sein, woselbst keines Menschen Auge seinen Empfindungen hinderlich wäre oder zum Zeugen seiner Herzensergießungen werden könnte. Sobald er hinlänglich sicher war, daß Ellena in Wahrheit seine Tochter sei, und sobald er ihr beteuert hatte, sie werde schon den folgenden Tag aus diesem Hause hinweg und zurück in ihr Heim gebracht werden, verließ er eilends die Kammer.

Noch während er die Treppe hinabschritt, kam ihm Spalatro mit dem Mantel entgegen, der dazu hätte dienen sollen, Ellenas leblosen Körper zu verhüllen, auf daß man denselben ans Meer schaffe. »Ist's vollbracht?« frug der Schurke mit erstickter Stimme. »Ich bin bereit!« Dies gesagt, entfaltete er den Mantel und schickte sich an, die Treppe zu erklimmen.

»Steh, Schurke! Steh!« rief Schedoni da, indem er zum ersten Male das Haupt hob. »Und wag es nicht, die Kammer zu betreten, wenn dir dein Leben lieb ist!«

»Wie!« rief Spalatro, indem er bestürzt zurückwich. »Ist's Euch denn an dem ihren nicht genug?«

Doch angesichts der veränderten Miene des Beichtigers erbebte er vor den Folgen solcher Rede. Schedoni aber erwiderte nichts. Zu groß war der Aufruhr, der ihn durchtobte, als daß er auch nur eine Silbe hätte hervorbringen können, und so drängte er nur hastig hinab. Spalatro folgte ihm auf dem Fuß. »Seid wenigstens so freundlich, mir zu sagen, was ich nun tun soll!« sprach er, indem er zum andernmal den Mantel bereithielt.

»Hinweg!« schrie da der Mönch, indem er wutentbrannt sich gegen solchen Helfer wandte. »Mir aus den Augen!«

»Wie!« frug Spalatro, der nun selber in Hitze geriet. »So hat auch Euch der Mut verlassen, Signor? Ist's so um Euch bestellt, so will ich Euch beweisen, daß ich keine Memme bin, wiewohl Ihr mich eine solche gescholten! Ich will den Handel selber besorgen!«

»Ruchloser Schurke! Satan!« schrie da der Mönch und fuhr dem Kerl an die Gurgel mit einem Griff, als wollt' er ihn erwürgen. Doch da er sich entsann, daß dieser Bursche ja nur den Instruktionen folgte, die er, Schedoni, ihm erst vor kurzem eingeschärft, verrauchte seine Wut und machte anderen Gefühlen Platz. Er ließ Spalatro langsam los und hieß ihn mit gebrochener, sich sänftigender Stimme, er mög' sich nun zur Ruh begeben. »Morgen«, so fügte er hinzu, »reden wir darüber weiter. Für diese Nacht hab' ich mir's anders überlegt. So geh!«

Spalatro war drauf und dran, einer Entrüstung Ausdruck zu verleihen, welche bis jetzt durch Überraschung und Furcht unterdrückt gewesen, doch sein Brotherr wiederholte mit donnernder Stimme den Befehl und schmetterte die Tür zu seinem Gemach mit solcher Gewalt ins Schloß, als gälte es, sich eines Menschen zu entledigen, dessen Gegenwart ihm verhaßt geworden war. Alleingelassen, fühlte Schedoni sich erleichtert und begann schon freier zu atmen, als ihm plötzlich durch den Sinn schoß, daß sein Komplize sich ja gebrüstet hatte, keine Memme zu sein! So stand zu befürchten, derselbe werde um der Wahrheit solchen Wortes willen das Verbrechen, vor dem er zunächst zurückgeschrokken, doch noch ins Werk setzen! Zutiefst entsetzt ob solcher Möglichkeit, ja ernstlich befürchtend, sie könnte schon verwirklicht worden sein, stürzte Schedoni aus dem Zimmer – und traf Spalatro auf dem Gange an, der zu der Hintertreppe führte! Was immer er dort gesucht haben mochte – sein Aussehen und die besondere Situation waren bedrohlich genug. Bei Schedonis Herannahen wandte er dem Mönch ein mürrisches, auf Übles sinnendes Gesicht zu, ohne indes auf die Frage, was er denn hier zu suchen habe, Antwort zu geben. Nur schleppenden Schritts gehorchte er der Weisung seines Gebieters, sich in seine Kammer zu scheren. Schedoni folgte ihm bis an die Tür und begab sich, nachdem er dieselbe von außen verriegelt hatte, hinauf zu Ellenas Kammer, deren Tür er gegen jedes Eindringen sicherte. Dann erst zog er sich in sein eignes Gemach zurück, doch tat er dies nicht, um Schlaf zu finden, sondern um sich den qualvollsten Gewissensbissen und dem eisigsten Entsetzen zu überlassen. Und ward von Schaudern überkommen wie einer, der zwar im letzten Moment vorm Rand eines Abgrunds zurückgewichen ist, dessen Tiefe aber noch immer zu ermessen sucht.

Zehntes Kapitel

– – – Doch ihr Weg
Führt durch das Labyrinth des finstern Walds,
Der schreckensvoll die Schattenbrauen furcht,
Den irrgegangnen Wandrer zu bedrohn.
Milton

Ellena, sobald Schedoni aus der Kammer war, überschlug noch einmal all die Besonderheiten, welche in Ansehung ihrer Familie zu enthüllen er für gut befunden. Und indem das Mädchen sie mit all jenen Einzelheiten verglich, welche die nunmehr verstorbene Bianchi über den nämlichen Gegenstand zu berichten gewußt, konnte sie keinerlei Widerspruch zwischen den beiden Darstellungen finden. Indes, sie war mit ihrer eignen Geschichte noch zu wenig vertraut, als daß sie hätte verstehen können, weshalb sich die Bianchi über etwelche Punkte, die Ellena erst jetzt erfahren hatte, so beharrlich ausgeschwiegen. Den Reden der Tante war stets nur zu entnehmen gewesen, die Mutter habe einen Edelmann aus dem Herzogtume Mailand geheiratet, und zwar einen Sproß des Hauses Marinella. Die Ehe sei aber eine unglückliche gewesen, und so habe man Ellena noch vor dem Tode der Gräfin in die Obhut der Bianchi gegeben, welche die einzige Schwester der Todgeweihten gewesen. Dieses Ereignisses konnte Ellena sich so wenig entsinnen wie der leiblichen Mutter, da ja die zärtliche Fürsorge der Bianchi sie sowohl den in so früher Kindheit erlittnen Verlust als auch allen anderen Kummer vergessen gemacht. So war Ellena bloß erinnerlich, wie sie aus Zufall nach dem Tode der geliebten Anverwandten in deren Kabinett auf das Medaillon und den Namen des Vaters gestoßen war. So oft das Mädchen früher nach dem Grunde der von der Tante beobachteten Schweigsamkeit geforscht hatte, war sie von ihr beschieden worden, die desolaten Verhältnisse des Elternhauses erforderten solche Verschwiegenheit. Und auf alle weiteren Fragen nach des Mädchens Vater hatte die Bianchi bloß erwidert, derselbe sei gestorben, als Ellena noch im Wickelbette gelegen. Das Medaillon, welches von Ellena entdeckt worden war, hatte die Tante bei den Schmucksachen der verstorbenen Gräfin gefunden und sogleich beschlossen, Ellena dasselbe erst zu zeigen, wenn man ihrer Verschwiegenheit genugsam trauen könne, um ihr die Familiengeschichte zu enthüllen. Mehr war von der Signora Bianchi nicht zu erfahren gewesen, wiewohl es in ihrer Sterbestunde den Anschein gehabt, als wünschte sie, weitere Enthüllungen zu machen. Da aber war's für dergleichen schon zu spät gewesen.

Wiewohl nun Ellena feststellen konnte, daß eine ganze Reihe der von Schedoni berichteten Umstände mit denjenigen aus dem Munde der Signora Bianchi übereinstimmten, ja daß die beiden Versionen einander nur in dem einen Punkte von des Vaters Tode widersprachen, konnte sie ihrer Verwunderung ob solcher Neuigkeit nicht gebieten, noch auch den Zweifeln an deren Wahrheit, welche sich immer wieder erhoben. Schedoni hingegen war nicht im mindesten überrascht gewesen bei Ellenas Beteuerung, sie habe ihren Vater schon seit vielen Jahren für tot gehalten. Als sie aber gefragt, ob auch ihre Mutter noch am Leben sei, hatten sowohl seine Trauer als auch seine Versicherungen den Bericht der Bianchi bestätigt.

Sobald Ellena ruhiger geworden war, fiel ihr aufs neue die ungewöhnliche Stunde auf, zu der Schedoni in ihre Kammer gekommen, und so schweifte ihr Denken unwillkürlich zu jener Szene zurück, welche sich den Abend zuvor am Strande zugetragen. Dabei erschien ihr das Wesen ihres Vaters in allen Stücken dem fürchterlichen eines Handlangers der Marchesa di Vivaldi zu entsprechen. Indes, solcher Argwohn, welchem sie früher nachgegeben, ward nun voll Unbehagen von ihr zurückgewiesen, dieweil Ellena nicht so sehr auf die Wahrheit als vielmehr auf Erlösung von all den fürchterlichen Vermutungen bedacht war. So glaubte sie nur zu bereitwillig, Schedoni habe ihre Wesensart falsch eingeschätzt und nur aus diesem Grunde seine Hand geboten, Ellena aus Vivaldis Umkreis zu entfernen. Und überdies brachte die Findigkeit solcher Hoffnung das Mädchen auf den Gedanken, daß erst etwelche Einzelheiten, welche Schedoni von den Wächtern oder von Spalatro vernommen haben mochte, in ihm den Verdacht auf solche Verwandtschaft geweckt haben könnten, so daß er in der ersten Ungeduld seiner väterlichen Besorgnis der unpassenden Stunde nicht geachtet und um Mitternacht Ellenas Kammer betreten habe, um sich der Wahrheit zu vergewissern.

Während sie sich noch mit solcher Erklärung eines Umstandes, der sie so sehr mit Bestürzung erfüllt hatte, zu beruhigen suchte, gewahrte das Mädchen die unter den Vorhängen hervorstehende Dolchspitze! Solcher Anblick erfüllte sie mit nahezu unerträglichem Entsetzen. Sie nahm das Mordwerkzeug an sich und starrte bebend und entgeistert darauf nieder, denn ein Argwohn in Ansehung von Schedonis wahren Absichten schoß ihr durch den Sinn. Allein, dies währte nur kurz, denn solche Vermutung war allzu schrecklich, als daß man sich des längern über ihr hätte verweilen mögen. So neigte Ellena aufs neue zu der Annahme, daß einzig Spalatro auf ihr Verderben gesonnen, und so dankte sie dem Beichtiger als ihrem Erretter, anstatt vor ihm als einem Meuchelmörder zurückzuschrecken. Sie war ja nunmehr der Meinung, Schedoni sei nach Entdeckung von des Schurken Vorhaben in ihre Kammer geeilt, um ein ihm fremdes Menschenkind vor dem meuchlerischen Dolche zu retten, und habe dabei unversehens die leibliche Tochter vorm Tode bewahrt. Erst danach habe das Medaillon auf ihrem Busen ihn den wahren Sachverhalt erkennen lassen. Sobald Ellena diese Überzeugung gewonnen hatte, flossen ihr die Augen vor Dankbarkeit über, und ihr Herz fand endlich Frieden.

Mittlerweile wurde Schedoni, welcher sich in seinem Zimmer eingeschlossen hatte, von Emotionen gänzlich andrer Art heimgesucht. Sobald deren heftigster Ansturm abgeklungen war und des Mönches Denken sich so weit beruhigt hatte, daß er die Dinge mit kühlerem Blick zu überschauen vermochte, erfüllten ihn die an seinem inneren Auge vorüberziehenden Bilder mit ernstlicher Verwundrung. Indem er nämlich das verbrecherische Betreiben der Marchesa di Vivaldi unterstützt hatte, war er zum Widersacher seines eigenen Kindes geworden! Und indem er dergestalt in die Konspirationen gegen die Unschuld eingewilligt, hatte er letztendlich einzig den Schuldigen bestraft und an seiner eignen Demütigung gewirkt in Ansehung desjenigen Gegenstandes, dem er sein Gewissen aufgeopfert! Jeder Schritt, den er im Hinblick auf seine ehrgeizigen Pläne unternommen hatte, war ein Rückschritt gewesen, und indem er voll Arglist darauf gesonnen, durch Hintertreibung der Verbindung Ellenas mit Vivaldi der Marchesa und sich selber zu nützen, hatte er in allen Stücken seinen eigenen Vorteil durchkreuzt. Eine Verbindung mit dem glänzenden Hause Vivaldi – sie hätte ja seine kühnsten Träume überstiegen, und ausgerechnet solches Ereignis hatte er nahezu vereitelt durch die nämlichen Mittel, welche er unter Hintansetzung aller ehrenhaften Erwägungen angewendet, um eine viel geringere Beförderung zu erlangen. So waren im Zuge einer einzigartigen Vergeltung sämtliche eignen Verbrechen auf des Übeltäters Haupt zurückgefallen.

Schedoni sah sehr wohl die Hindernisse auf dem Wege zur Verwirklichung seiner neuerwachten Hoffnungen und war sich bewußt, wieviel an Widerständen überwunden werden mußte, ehe vor aller Welt jene Vermählung gefeiert werden konnte, die zu befördern er nunmehr begieriger war, als er's vorher gewesen, sie zu verhindern. Die Zustimmung der Marchesa war ja zumindest wünschenswert, denn die Dame gebot über vielerlei Dinge, ohne die, selbst wenn Schedonis Tochter Vivaldis Gemahlin werden sollte, für den Mönch bloß die Ehre solcher Verbindung herausspringen konnte. Nun hatte Schedoni aber etliche spezielle Gründe zu der Annahme, daß der Marchesa Einwilligung zu erwirken wäre, und so entschloß er sich unerachtet allen Risikos, das durch ein Hinauszögern der Heirat heraufbeschworen wurde, dieselbe noch aufzuschieben, da er lieber die Gefahr auf sich nahm, als daß er auf die Gelegenheit verzichtet hätte, die Zustimmung von Vivaldis Mutter zu erwirken. Sollte aber die Marchesa unerbittlich bleiben, so war er entschlossen, ohne deren Kenntnis sein Kind Vivaldi zum Weibe zu geben, dieweil er nur zu gut wußte, wie wenig er durch solchen Schritt Gefahr lief, der Marchesa Rachsucht auf sich zu ziehen, da er ja im Besitze von Geheimnissen war, welche die letztere zwangen, sich gänzlich unparteiisch zu verhalten. Sollte er aber verfehlen, des Marchese Einwilligung zu erwirken, so wollte er ihn nicht erst lange darum bitten, da es ja die Marchesa war, welche über den eigentlichen Einfluß gebot.

Die ersten notwendigen Schritte indes mußten der Entlassung Vivaldis aus dem entsetzlichen Gewahrsam der Inquisition gelten – aus jenem Kerker, darein Schedoni, nicht vorhersehend, wie bald er des Jünglings Befreiung wünschen werde, ihn hatte werfen lassen. Freilich war er von Anfang an der Meinung gewesen, daß der Angeklagte, falls der Kläger es unterließ, vor jenem Gerichtshof gegen ihn auszusagen, früher oder später freigehen werde. Und weiters glaubte er, Vivaldis Freilassung jederzeit erwirken zu können, wann immer er's für angebracht hielt, sich an eine gewisse Person in Neapel zu wenden, die, wie er wußte, in Beziehungen zum *Heiligen Offizium* stand. Wie sehr der Beichtiger sich in diesem Punkte von seinem Wunsch hatte leiten lassen, wird sich im folgenden noch zeigen. Sein wichtigster Beweggrund, Vivaldi auf solche Weise festzusetzen, war ja dem Bedürfnis nach eigener Sicherheit entsprungen. Er hatte die Entdeckung und die Rache gefürchtet, welche dem Verschwinden Ellenas folgen mochten, falls Vivaldi frei wäre und mit seinen Nachforschungen sogleich beginnen könnte. Nach einigen Wochen aber, so hatte der Mönch geglaubt, mußten alle Spuren verwischt sein, und außerdem würden die Leiden, welche Vivaldi im Gewahrsam der Inquisition erwarteten, dem Denken des Jünglings eine andere Richtung geben und so sein Interesse an Ellena untergraben. Doch wie sehr Schedonis Hauptbeweggrund in dem Wunsche nach eigener Sicherheit zu suchen sein mochte – sein zweiter lag gewißlich in der Rachsucht ob der Beleidigung, die er in Spirito Santo hatte hinnehmen müssen, sowie ob aller weiteren Demütigungen, die ihm in der Folge widerfahren waren. Denn so schwarz war sein Haß gewesen, so begierig hatte es ihn nach Vergeltung verlangt, daß die Leiden, welche Vivaldi aus dem Verlust Ellenas erwachsen mußten, ihm noch lange nicht als hinreichend erschienen waren.

Beim Ersinnen so ungewöhnlich harter Strafe, wie es die Einkerkerung durch die Inquisition nun einmal ist, hatte Schedoni sich offenbar von zwei Dingen leiten lassen: einmal von der Schwierigkeit, Vivaldi auf andere Weise so lange festzusetzen wie unbedingt nötig war, um die eigenen Pläne erfolgreich zum Abschluß zu bringen, und zum andern von seinem Begehren, die Folter der Angst anzuwenden. Ermutigt dazu war er noch worden durch seine Entdeckung, daß er sich auf diese

Weise die Marchesa noch stärker verpflichten könnte. Der nämliche Schachzug, welcher von jedem ehrenhaften Menschen als verderblich für des Mönches Interessen angesehen worden wäre, schien ihm für dieselben förderlich zu sein, und dies um so mehr, als er ja glaubte, seine Geschicklichkeit werde alles so einrichten können, daß am Ende die Marchesa ihm als dem Befreier ihres Sohnes danken werde, anstatt ihn als dessen Ankläger zu verfluchen – ein Plan, der noch begünstigt wurde durch die ungerechten und grausamen Regeln jenes Tribunals, an das er sich gewendet, weil dieselben ja auch anonyme Informanten zuließen.

Um Vivaldis Festnahme zu erwirken, hatte es lediglich einer schriftlichen Anschuldigung bedurft, ohne Namen an das *Heilige Offizium* gerichtet, doch unter Angabe des Ortes, wo die beschuldigte Person zu ergreifen sei. Indes, die daraus erfolgenden Leiden gediehen häufig nur bis zur Peinlichen Befragung, dieweil ja, im Falle der Informant es verabsäumte, sich den Inquisitoren zu entdecken, der Gefangene nach einer Reihe von Befragungen auf freien Fuß gesetzt wurde, falls er sich nicht unversehens selber eines Verbrechens bezichtigt hatte. Schedoni aber, der ja nicht beabsichtigte, als Kläger aufzutreten, glaubte deshalb, daß man Vivaldi nach einer gewissen Zeit freilassen werde, und da er es überdies für unmöglich hielt, jemals von dem Jüngling als Denunziant entlarvt zu werden, beschloß er als ein rechter Beichtvater, sich den Anschein zu geben, als wäre er voll Eifer drauf bedacht, die Entlassung des Häftlings zu erwirken. In seiner Rolle als Befreier, dies wußte er, würde er noch besser dastehen, wenn er sich auf eine Person berufen konnte, die offizielle Beziehungen zum *Heiligen Offizium* in Rom unterhielt, und, ohne es zu wissen, seinen bisherigen Plänen schon dienlich gewesen war. Nämlich, in der Wohnung jenes Mannes hatte Schedoni zufällig den Haftbefehl zu Gesicht bekommen, welcher gegen einen der Ketzerei verdächtigten Menschen ausgestellt gewesen. Solcher Anblick hatte unserm Beichtiger nicht nur den seither gefaßten

Plan eingegeben, sondern ihn auch befähigt, denselben ins Werk zu setzen. Zwar hatte er die Pergamentrolle nur kurz gesehen, doch hatte er sich jede Einzelheit eingeprägt und war dergestalt imstande gewesen, das Schriftstück wenigstens so genau zu kopieren, daß die Fälschung hinreichte, den Benediktinerpater zu täuschen, welcher, wenn überhaupt, dergleichen wohl nur selten zu Gesicht bekommen. Schedoni hatte indes diese List nur zu dem Zwecke gebraucht, Vivaldi sogleich festzusetzen, und dies in der Annahme, daß er während der Zeit, in der sich die Inquisitoren noch des langen und breiten über Vivaldis Einkerkerung beraten mochten, unbemerkt aus Celano werde verschwinden können. Falls die Täuschung gelang, würde es ihm auch möglich sein, Ellena ergreifen zu lassen und Vivaldi in Ansehung ihres Bestimmungsortes irrezuleiten. Die Beschuldigung, eine Nonne entführt zu haben, schien ja in vielen Punkten zuzutreffen, und vielleicht hätte Schedoni sich dies zunutze gemacht und echte Anklage erhoben, wäre er nicht besorgt gewesen, dadurch selber in Schwierigkeiten zu geraten, ja Ellena freigehn zu sehen, falls er die einmal erhobne Anklage nicht zu erhärten vermochte. Sein jetziger Plan aber war bis zum gegenwärtigen Zeitpunkt erfolgreich gewesen. Einige der Banditen, welche er für Offizialen angeworben, hatten Vivaldi nach jenem Städtchen gebracht, wo die echten Beamten der Inquisition ihn in Empfang nehmen sollten. Gleichzeitig hatten die anderen Wegelagrer Ellena an die Adriaküste geschafft. Schedoni war ob seiner Pfiffigkeit sehr zufrieden mit sich gewesen, denn es war ihm ja mittels der gefälschten Anklage gelungen, einen undurchdringlichen Schleier über Ellenas Los zu werfen, und sich dergestalt gegen den Argwohn oder die Vergeltung Vivaldis abzusichern, welcher, wie es schien, von nun an nur mehr an der Geliebten Tod glauben konnte, oder aber an ihre Haft in den unergründlichen Kerkern der Inquisition.

Auf solche Weise hatte Schedoni bei seinem versuchten Verrat an Vivaldi sich selber verraten. Nun aber hoffte er, den Jüngling ebenso leicht wieder befreien zu können. Wie weit indes seine Machenschaften dem eigenen Scharfsinn schon über den Kopf gewachsen waren, sollte sich erst noch herausstellen.

Was Schedoni gegenwärtig am meisten zu schaffen machte, war die Schwierigkeit, Ellena wieder nach Neapel zurückzubringen. Da er es nicht für angebracht hielt, jetzt schon als ihr Vater aufzutreten, konnte er sie schicklicherweise nicht dorthin begleiten. Ebensowenig aber konnte er sie einer der Personen anvertrauen, welche ihm in der nähern Umgebung bekannt waren. Dennoch war es nötig, einen raschen Entschluß zu fassen, denn er vermochte weder, einen weiteren Tag in einer Umgebung zu verbringen, die ihm beständig die Schrekken der vergangenen Nacht vor Augen führte, noch war es sein Wunsch, Ellena hier zurückzulassen. Draußen aber begann schon der Morgen zu grauen!

Nachdem er eine Zeitlang überlegt hatte, entschloß er sich, Ellena doch in eigner Person zu begleiten, zumindest durch die Wälder der Garganusberge, um in der ersten Stadt, wo sich Gelegenheit böte, die Mönchskutte gegen ein Laiengewand zu tauschen. Dergestalt verkleidet, wollte er so lange bei dem Mädchen bleiben, bis sich entweder ein anderes Mittel gefunden, sie sicher nach Neapel gelangen zu lassen, oder aber ein zeitweiliges Asyl in einem der am Wege liegenden Klöster.

Dennoch ward ihm der Sinn nicht beruhigt durch solchen Entschluß, und so war es Schedoni nicht vergönnt, ein wenig aufzuatmen. Die Umstände, unter denen die neueste Entdeckung vor sich gegangen, nagten beständig an seinem aufgestörten Gewissen, und dann war da noch die Furcht, Ellena könnte den wahren Grund seines mitternächtlichen Besuches argwöhnen. So formte und verwarf Schedoni in einem fort allerlei plausible Lügen, welche des Mädchens Neugierde stillen und Ellena über ihre Befürchtungen hinwegtäuschen sollten.

Indes, die Stunde des Aufbruchs rückte immer näher, und noch immer war Schedoni sich nicht schlüssig geworden, was er Ellena nun eigentlich sagen solle.

Nachdem er Spalatro aus dessen Kammer gelassen und ihm geboten hatte, im benachbarten Weiler sogleich für Pferde und einen wegekundigen Führer zu sorgen, begab er sich zu Ellenas Gemach, um das Mädchen auf die überstürzte Abreise vorzubereiten. Auf dem Weg nach oben kam ihm indes aufs neue die Absicht in den Sinn, mit welcher er vor kurzem erst diese Gänge durchschritten, und solche Erinnerung griff ihn dermaßen an, daß er plötzlich nicht mehr weiterkonnte, sondern umkehren mußte, um sich in seinem Zimmer wieder einigermaßen in die Hand zu bekommen. Schon nach kurzer Zeit hatte er seine übliche Haltung wiedergewonnen, nicht aber seine innere Ruhe. So nahte er sich aufs neue der Kammer, doch diesmal über den vorderen Gang. Als er die Verriegelung zurückschob, zitterten ihm die Hände, doch beim Betreten des Raumes trug er in Miene und Haltung den alten, feierlichen Ernst zur Schau, und einzig seine Stimme hätte dem aufmerksamen Beobachter verraten, welcher Sturm in des Mönches Busen tobte.

Ellena legte bei Schedonis Anblick beträchtliche Rührung an den Tag, und der Beichtiger musterte eifersüchtigen Auges die Anzeichen ihrer Bewegtheit. Das Lächeln, mit dem sie ihn begrüßte, war voll Zärtlichkeit, doch wich es alsbald von ihren Zügen, ganz wie das vergängliche Leuchten, welches die Spitzen der Berge verklärt, und abermals senkten die Schatten des Zweifels und der Furcht sich auf Ellenas Antlitz. Während der Mönch auf sie zutrat, streckte er ihr die Hand entgegen, doch war's mit solch artiger Geste in dem Augenblicke vorbei, als er des Dolches ansichtig ward, den er in der Kammer zurückgelassen, und seine Miene verstellte sich. Ellena, deren Blick dem seinen gefolgt war, wies nun auf die Mordwaffe, nahm dieselbe auf und trat auf ihn zu mit den Worten: »Diesen Dolch habe ich heute nacht in meiner Kammer gefunden! Ach, Vater, mein Vater –«

»Diesen Dolch?« versetzte Schedoni in vorgeblicher Überraschung.

»Seht ihn Euch an«, fuhr Ellena fort, ihm die Waffe vor Augen haltend. »Wißt Ihr, wem er gehört und wer ihn hierhergebracht hat?«

»Was meinst du damit?« frug Schedoni, erneut von seinen Gefühlen übermannt.

»Und wißt Ihr auch, zu welchem Zweck er hierhergebracht worden?« frug Ellena traurig.

Der Beichtiger antwortete nicht, machte aber den lahmen Versuch, sich des Dolchs zu bemächtigen.

»Ach, ich seh' schon – Ihr wißt es nur zu wohl«, sprach Ellena weiter. »Hier, an dieser Stelle, Vater, habe ich schlafend gelegen –«

»Gib mir den Dolch!« fiel ihr Schedoni mit furchtbarer Stimme ins Wort.

»Oh, ja, mein Vater, ich will ihn Euch geben zum Zeichen meiner Dankbarkeit«, versetzte Ellena. Doch als sie den tränenfeuchten Blick zu dem Mönche erhob, erschauderte sie ob dessen Miene und regloser Haltung, und so setzte sie mit noch zärtlicherer Überredung hinzu: »Mögt Ihr denn die Gabe Eures Kindes nicht annehmen, zum Dank dafür, daß Ihr sie vorm Dolche eines Meuchelmörders errettet habt?«

Schedonis Blick ward noch um einen Schatten dunkler. Schweigend nahm er die Waffe entgegen und schleuderte dieselbe mit äußerster Heftigkeit in die fernste Ecke der Kammer, wobei er die Augen nicht von Ellena wandte. Solche Gewaltsamkeit erfüllte das Mädchen mit Bestürzung. »Oh nein – vergeblich sucht Ihr die Wahrheit vor mir zu verbergen«, fügte sie hinzu und brach in hemmungsloses Schluchzen aus. »All Eure Güte reicht dafür nicht hin – ich weiß alles!«

Diese letzten Worte rissen Schedoni erneut aus aller Benommenheit. Seine Züge verstellten sich, sein Blick begann zornig zu funkeln. »*Was* ist es, das du weißt?« frug er mit gepreßter Stimme, als wäre er drauf und dran, alle Beherrschung zu verlieren.

»Alles, was ich Euch verdanke«, versetzte Ellena. »Ich weiß, daß in der letzten Nacht, während ich auf diesem Strohsacke geschlafen, nicht wissend, was da gegen mich im Gange war – ich weiß, daß da ein Mörder meine Kammer betreten hat, mit dieser Waffe in der Faust, und daß er –«

Schedonis ersticktes Aufstöhnen gebot der Sprecherin Einhalt. Sie gewahrte des Mönches rollende Augen und erbebte. Doch da sie glaubte, solche Aufgewühltheit rühre von der Entrüstung über den Mordbuben her, fuhr sie in ihrer Rede fort: »Weshalb nur haltet Ihr's für nötig, mir die Gefahr zu verbergen, welche mir gedroht, wo es doch Ihr seid, dem ich meine Errettung verdanke? Oh mein Vater, versagt mir nicht die Freude, diese Tränen der Dankbarkeit zu vergießen – weist nicht den Dank von Euch, der Euch gebührt! Da ich auf jenem Lager schlief und ein meuchlerischer Schurke sich schon über meinen Schlummer gebeugt – da waret Ihr's! Wie könnt' ich je vergessen, daß es mein Vater war, der mich errettet hat vor solchem Mordstahl!«

In Anhörung dieser Worte hatten Schedonis Leidenschaften sich gewandelt, doch waren sie darum nicht weniger heftig geworden. Kaum vermocht' er, sie zu bemeistern, als er in bebendem Tone sagte: »Genug davon – kein Wort mehr darüber!« Sprach's, hob Ellena zu sich empor – und wandte sich von ihr, ohne sie umarmt zu haben.

Die Heftigkeit seiner Gefühlsbewegung, während er schweigend ans äußerste Ende der Kammer schritt, erregte Ellenas Überraschung, doch schrieb sie solches Gehaben der Erinnerung an jenen gefährlichen Moment zu, aus dem er sie errettet hatte.

Inzwischen bemühte sich Schedoni, dem solche Dankesbezeigungen gleich Dolchen das Herz durchbohrten, die Gewissensbisse zu unterdrücken, welche sein Innres durchwühlten. Dies nahm ihn dermaßen in Anspruch, daß er eine Zeitlang von seiner Umgebung gar nichts wahrnahm. Er fuhr fort, in düstrem Schweigen die Kammer zu durchmessen, bis Ellena erneut die Saiten seines Gewissens zum Erklingen brachte, indem sie flehend sagte, er möge sich doch freuen, daß es ihm verstattet gewesen, die Tochter zu retten, und solle nicht länger auf die vergangnen Gefahren blicken. Dies brachte ihm seine besondre Lage wieder in Erinnerung, und so gebot er dem Mädchen, sie möge sich sogleich für die bevorstehende Abreise fertigmachen. Dies gesagt, verließ er hastig die Kammer.

In der eitlen Hoffnung, durch das Entweichen vom Schauplatz seines beabsichtigten Verbrechens auch die brennende Erinnerung und die quälenden Gewissensbisse loszuwerden, ward er begieriger denn je, diesem Orte den Rücken zu kehren. Doch sollte dies ja in Begleitung Ellenas geschehen, und ihre unschuldigen Blicke, ihre zärtlichen Dankesbekundungen bereiteten ihm seelische Qualen, die er nur schwer zu ertragen vermochte. Bisweilen brachte ihn die Erwägung, daß des Mädchens Haß, ja ärger noch, ihre Verachtung, leichter zu erdulden wären denn solche Dankbarkeit, fast zu dem Entschluß, ihr in Ansehung seiner ursprünglichen Absichten reinen Wein einzuschenken – doch jedesmal stieß er diesen Gedanken voll Entsetzen von sich und faßte dann doch den Entschluß, es bei Ellenas Auslegung seines ungewöhnlichen, nächtlichen Besuches bewenden zu lassen.

Nach geraumer Zeit kehrte Spalatro aus dem Weiler zurück, zwar mit Pferden versehen, doch ohne jemanden aufgetrieben zu haben, der den Reisenden einen Pfad hätte weisen mögen durch die weithin sich dehnenden Garganus-Wälder, welche man unbedingt durchqueren mußte. Keiner der Einwohner war willens gewesen, solch schwierige Aufgabe zu wagen, und so bot nun der auf allen Wegen und Stegen solch labyrinthischer Gegend wohlbewanderte Spalatro seine Dienste an.

Wiewohl nun Schedoni dieses Mannes Gegenwart nur schwer zu ertragen vermochte, blieb ihm keine andere Wahl, als die gebotnen Dienste anzunehmen, dieweil er ja den Führer, welcher ihn hierhergebracht, schon nach Hause geschickt hatte. Irgendwelche Gewalttätigkeiten fürchtete er freilich nicht, obschon ihm Spalatros schurkische Wesensart nur allzu wohl vertraut war. Allein, er war gesonnen, sich aufs beste mit Waffen zu versehen, dabei aber sicherzugehen, daß der Gefährte nichts dergleichen bei sich trüge. Auch wußte er, daß im Falle eines Kräftemessens seine höhere Statur ihn unschwer befähigen würde, den Gegner zu überwältigen.

Sobald sämtliche Zurüstungen für die Abreise getroffen waren, rief man Ellena herunter, und der Beichtiger geleitete sie in sein eigenes Zimmer, woselbst schon ein leichter Morgenimbiß bereitstand.

Da des Mädchens Lebensgeister durch so hastig ins Werk gesetzte Abreise aufs neue angefacht waren, wollte sie abermals mit ihren Dankesbezeigungen anheben, doch Schedoni kam ihr zuvor, indem er sie herrisch unterbrach und sich jede weitere Erwähnung solcher Dankbarkeit aufs nachdrücklichste verbat.

Beim Betreten des Hofes, wo die Pferde schon ihrer Reiter harrten, erblickte Ellena den reisefertigen Spalatro und schrak vor ihm zurück, indem sie sich schutzsuchend an Schedoni drückte. »Welche Erinnerungen beschwört die Gegenwart dieses Menschen herauf!« rief sie. »Nicht einmal in Eurer Gesellschaft vermag ich's, mich sicher zu fühlen, solang er in der Nähe ist!«

Schedoni erwiderte nichts, bis Ellena ihre Worte wiederholte. »Du hast nichts von ihm zu fürchten«, murmelte er, indem er sie ungeduldig voranschob. »Wir haben nicht die Zeit, uns vagen Vermutungen hinzugeben.«

»Wie!« rief da Ellena. »Ist er denn nicht der Mörder, vor dem Ihr mich errettet habt? Nein, Ihr wißt ganz bestimmt, daß er es ist, doch wollt Ihr solches Wissen mir ersparen!«

»Nun denn, so sei es drum«, versetzte der Beichtiger. »Spalatro, führ die Pferde vor!«

Alsbald ward aufgesessen, und über eine Weile, nachdem man diesen ereignisreichen Schauplatz und auch die Adriaküste verlassen hatte – für immer, wie Ellena hoffte –, ging's hinein in die finstre Wildnis der Garganus-Wälder. So manches Mal wandte das Mädchen sich zurück, um nach dem Hause zu blicken. Sie tat's mit einem Gefühl, darin sich unaussprechliches Entsetzen mit Staunen und Dankbarkeit vermengte, und blickte zurück, solange noch eine Spitze der turmbekrönten Mauern hinter dem düstern Gezweig sichtbar blieb, welches sich allmählich darüber schloß und das Haus endgültig allen Blicken entzog. Indes, die Freude solchen Abschieds ward recht sehr beeinträchtigt durch Spalatros Gegenwart, und immer wieder sah Ellena mit angstvoll fragender Miene auf den Vater, als wollte sie ergründen, wie er denn solche Reisegesellschaft leiden könne.

Allein, es widerstrebte dem Beichtiger, von einem Menschen zu sprechen, dessen bloßes Dasein er am liebsten vergessen hätte. Zwar trieb Ellena ihr Reittier noch näher an dasjenige Schedonis heran, doch da sie nicht wagte, ihre Frage anders als nur durch forschende Blikke zu stellen, erhielt sie keine Antwort und suchte derhalben, ihre Unruhe mit der Erwägung zu stillen, ihr Vater würde den Mann nicht zum Führer genommen haben, falls er ihn nicht für vertrauenswürdig hielte. Doch in dem Maße solche Überlegung die Ängste des Mädchens beschwichtigte, verstärkte sie dessen Verwirrung im Hinblick auf Spalatros in der letzten Nacht bekundete Absichten, und auch die Bestürzung ob des Umstandes, daß Schedoni, falls er diese bösen Absichten als solche erkannt hatte, nun dennoch seine Gegenwart dulden mochte! So oft sie einen verstohlenen Blick auf jenes Menschen finstres Antlitz warf, das durch den Waldesschatten noch finsterer erschien, war es ihr, als stünde »Meuchelmörder« in jedem Zug geschrieben, und es erschien ihr als so gut wie sicher, daß der in der Kammer gefundene Dolch nicht von den Männern stammte, welche sie zu jenem Hause geschleppt hatten, sondern von ihm. Und wann immer sie durch die tiefen Schneisen auf die zu beiden Seiten sich türmenden Waldberge blickte, die jederlei Trost einer Menschenbehausung auszuschließen schienen, und dann wieder ihre Reisegefährten betrachtete, sank ihr aller Mut, und dies unerachtet jener Geborgenheit, welche sie unter ihres Vaters Schutze eigentlich hätte empfinden müssen. Ja sogar dessen Gesichtsausdruck gemahnte sie mehr denn einmal an seine Erscheinung am Meeresstrand und erneute jene Angst-, ja Entsetzensgefühle, von welchen sie dort überkommen worden. In solchen Momenten war's ihr fast nicht mehr möglich, in dem Mönche den leiblichen Vater zu sehen, und so begannen, den letzten Enthüllungen zum Trotz, sonderbare und unerklärliche Zweifel sich in Ellenas Denken zu drängen.

Schedoni aber, in Gedanken versunken, brach mit keinem Worte das tiefe Schweigen der Einsamkeiten, durch welche man dahinritt. Spalatro blieb ebenso stumm, hing nicht minder grüblerisch jenen Überlegungen nach, welche Schedonis plötzlicher Sinneswandel in ihm ausgelöst hatte, und fragte sich verwundert, welche Beweggründe den Mönch wohl dazu gebracht haben mochten, Ellena plötzlich von einem Orte in Sicherheit zu bringen, an dem sie, seinem ausdrücklichen Befehl zufolge, doch hätte getötet werden sollen! Dennoch war er von diesen Dingen nicht so sehr in Anspruch genommen, als daß er sich seiner Lage und der Wahrnehmung seiner Interessen nicht bewußt gewesen wäre, ja daß er nicht darauf gesonnen hätte, Schedoni die in der vergangnen Nacht erfahrene Behandlung heimzuzahlen.

Unter den mannigfachen Erwägungen, welche den Beichtiger quälten, schmerzte ihn nicht zuletzt die Schwierigkeit, Ellena nach Neapel zu bringen, ohne dabei seine Vaterschaft zu verraten. Welche Gründe auch immer solche Gefühle rechtfertigen mochten – seine Angst vor einer unzeitigen Aufdeckung innerhalb der Kreise, in denen er verkehrte, war so groß, daß sie sich in seinen Zügen oft genug aufs heftigste bemerkbar machte, und so war's wohl in solchen Momenten der Aufgewühltheit, daß Schedonis erschreckendes Mienenspiel in Ellena die Erinnrung an die am Strand erlebten Szenen heraufrief. Und nicht geringer war des Mönches Verlegenheit im Hinblick auf die Worte, mit denen er vor der Marchesa das Fehlschlagen seines Auftrags entschuldigen mußte, sowie in Ansehung der Mittel, die nötig waren, Ellena bei ihr in Gunst zu setzen, ja die Gräfin zu bewegen, der Heirat zuzustimmen, ohne daß Schedoni erst die Familienverhältnisse des unglücklichen jungen Weibes vor ihr hätte enthüllen müssen. Im Bewußtsein, wie notwendig es war, noch vor Aufdeckung von Ellenas Herkunft die Voraussetzungen für solche Einwilligung zu schaffen, beschloß er, sich als des Mädchens Vater erst zu erkennen zu geben, sobald für die Marchesa solche Enthüllung annehmbar schiene. Falls es bis dahin nötig werden sollte, von Ellenas Geburt zu sprechen, wollte er lediglich erklären, er habe entdeckt, daß des Mädchens Abkunft eine adelige, und daß die Familie in jedem Punkte würdig sei, eine Verbindung mit dem Hause Vivaldi einzugehen.

Jene Unterredung mit der Marchesa war dem Beichtiger wünschenswert und schrecklich zugleich. Es schauderte ihn ja bei dem Gedanken, mit einem Weibe zusammenzutreffen, das ihn zum Meuchelmord an seinem leiblichen Kinde angestiftet hatte – zu einer Untat, auf deren Ausführung, wiewohl er zum großen Glück davor bewahrt worden, die Marchesa weiterhin bestehen würde. Wie sollte er nun all die Vorwürfe ertragen, welche das Einbekenntnis seines Versagens nach sich ziehen mußte! Wie die Entrüstung seines Vaterherzens, wie die mannigfachen väterlichen Gefühle verbergen, wenn er in Beantworung solchen Tadels Ausflüchte ersinnen und eine Zerknirschung heucheln sollte, die ihm in der Seele zuwider war! Dies mochte wohl die härteste Probe sein, auf die seine Verstellungskünste je gestellt worden waren, denn sie übertraf sogar jene der vergangenen Nacht. Und auch die härteste Strafe würd' es für ihn sein, der Marchesa dergestalt gegenübertreten zu müssen. Beim Gedanken an das, was da auf ihn zukam, entsetzte der sonst so kalt berechnende Schedoni sich so sehr, daß er beinahe schon entschlossen war, solcher Unterredung auf jede Gefahr hin aus dem Wege zu gehn und Vivaldi mit Ellena insgeheim zu vereinen, ohne erst der Marchesa Zustimmung erbeten zu haben.

Indes, solchem Plane stand des Mönches Begierde

nach dem baldigen, für seinen Hochmut so unerläßlichen Aufstieg entgegen, und dies brachte ihn schließlich dazu, lieber jede ehrenhafte Regung in sich zu ersticken, ja jede Gemeinheit, wie lästerlich sie immer sein mochte, auf sich zu nehmen, als den Lieblingsgegenstand seines irregeleiteten Ehrgeizes fallen zu lassen. Und es war wohl im Momente solcher Erwägung, daß die unnatürliche Gemeinschaft von Stolz und Niedertracht so stark hervortrat wie noch nie.

Während unsre Reisenden wortlos dahinritten, schweiften Ellenas Gedanken immer wieder zu Vivaldi, und sie erwog voll bebender Sorge die Folgen, welche die neueste Enthüllung für ihr künftiges Leben mit dem Geliebten wohl mit sich bringen mochte. Es schien ihr ja, als müßte Schedoni einer Verbindung zustimmen, welche seinem Vaterstolze dermaßen schmeichelte, wiewohl er einer heimlichen Heirat seine Einwilligung vielleicht versagen würde. Und wenn Ellena weiterhin den Umschwung bedachte, den das Wissen um ihre Herkunft im Denken der Vivaldis hervorrufen mochte, schienen die bisher so trüben Aussichten heller zu werden, und alle diesbezüglichen Befürchtungen sich aufzulösen. Da aber Ellena glaubte, Schedoni wisse um Vivaldis gegenwärtige Lage, war sie beständig versucht, dessen Namen zu erwähnen, doch ebenso beständig daran gehindert von ihrer Schüchternheit, derer sie freilich sogleich Herr geworden wäre, hätt' sie den Jüngling ernsthaft in den Klauen der Inquisition vermutet. Wie aber die Dinge lagen, glaubte sie bloß, der Geliebte sei, ganz wie sie, von den als Offizialen verkleideten Helfershelfern der Marchesa getäuscht worden, und schloß daraus, wie wir schon gesehen haben, Vivaldi werde auf Befehl seiner Mutter bloß vorübergehend auf irgend einem der Familienwohnsitze gefangengehalten. Als aber Schedoni, aus seinen Grübeleien erwachend, den teuren Namen aussprach, ward Ellena sogleich von bebender Begierde überkommen, Näheres über des Geliebten Lage zu erfahren, und wagte endlich die seit langem unterdrückte Frage.

»Euer Herzensbündnis ist mir zwar nicht fremd«, versetzte Schedoni, indem er vermied, die Frage zu beantworten, »doch hätte ich gern Einzelheiten erfahren, welche mit seinem Beginn zusammenhängen.«

Die verwirrte Ellena wußte nicht recht, was sie darauf sagen solle, und wiederholte nach einigem Schweigen ihre Frage.

»Wo habt ihr euch zum erstenmal gesehen?« forschte der Beichtiger, ohne der neuerlichen Frage zu achten. Nun erst berichtete Ellena, sie habe Vivaldi erstmals in der San Lorenzo-Kirche erblickt, als sie schon im Begriff gewesen, mit ihrer Tante den Heimweg anzutreten. Doch ward sie der Verlegenheit aller weitern Erklärungen überhoben, da in diesem Augenblick Spalatro an Schedoni heranritt und ihm mitteilte, man nähere sich dem Städtchen Zanti. Nach vorn blickend, gewahrte Ellena die ersten Häuser hinter den Waldbäumen, und schon auch vernahm sie das tröstliche Anschlagen eines Hundes – dieses untrüglichen Künders und treuen Dieners der Menschen!

Alsbald ritt unsre Gesellschaft in Zanti ein, einem winzigen Städtchen, das zur Gänze vom Walde umschlossen war. Indes, die Armut seiner Bewohner ließ es als geboten erscheinen, hier nicht länger zu verweilen als für die Rast und einen kargen Imbiß unbedingt nötig war. Spalatro ritt voran zu einer Hütte, darin man die wenigen Durchreisenden, welche diese Straße frequentierten, zu bewirten pflegte. Das Aussehen der Hüttenbesitzer war nicht weniger wild denn dasjenige ihres Landes, und das Innere solchen Obdachs war dermaßen schmutzig und unbequem, daß Schedoni, der eine Rast unter freiem Himmel vorzog, Anweisung gab, man möge nahebei einen Tisch im üppigen Schatten der Waldbäume aufschlagen. Hier, sobald der Wirt sich entfernt hatte, und auch Spalatro gegangen war, nach Postpferden Ausschau zu halten sowie ein Laiengewand für den Beichtiger aufzutreiben, sah sich dieser aufs neue mit Ellena und seinen Gewissensbissen alleingelassen. Das Mädchen jedoch, so oft es den Blick auf ihren Begleiter richtete, ward von einer ernstlichen Angst überkommen, die sich beinahe schon zum Entsetzen steigerte. Er aber beendete schließlich sein bedeutungsschweres Schweigen, indem er abermals von Vivaldi zu sprechen anhub und sein Gebot erneute, Ellena möge die Vorgeschichte ihrer Zuneigung berichten. Nicht wagend, ihm dies zu weigern, gehorchte das Mädchen, doch faßte sie sich so kurz wie möglich, wobei Schedoni sie mit keinem Worte unterbrach. Doch wie wünschenswert ihm solche Heirat nun auch scheinen mochte – er vermied, solange er den Gegenstand von Ellenas Wertschätzung nicht aus dessen gefahrvoller Lage befreit hatte, jederlei Bekundung seines Einverständnisses. Für Ellena aber bedeutete dies Schweigen eben das, was es verhüllen hätte sollen, und so wagte sie, ermutigt durch solche Hoffnung, zum andernmal die Frage, auf wessen Befehl denn Vivaldi festgenommen worden sei, wohin man ihn gebracht habe und wie es ihm gegenwärtig ergehe.

Zu sehr auf seine Pläne bedacht, als daß er dem Mädchen des Jünglings Aufenthaltsort hätte verraten mögen, ersparte der Beichtiger ihr die schmerzliche Nachricht, Vivaldi sei ein Gefangener der Inquisition. Vielmehr gab er sich den Anschein, als wisse er nichts von dem, was in Celano sich zugetragen, glaube aber, daß man sowohl Vivaldi als auch Ellena auf Befehl der Marchesa festgenommen habe, welche, so schloß er, den Jüngling wohl in zeitweiligem Gewahrsam irgendwo festhalten lasse, eine Maßnahme, die sie zweifellos auch Ellena gegenüber habe anwenden wollen.

»Und Euch, mein Vater«, warf das Mädchen hier ein, »was hat Euch an den Ort meiner Gefangenschaft gebracht – Euch, der Ihr ja nicht um der Marchesa Pläne gewußt habt? Welcher Zufall hat Eure Schritte bis in jene entlegene Einsamkeit gelenkt, und dies in eben dem Momente, da Ihr als Retter Eures Kindes erscheinen konntet?«

»Um der Marchesa Pläne gewußt!« rief Schedoni zutiefst verlegen und voll der Mißbilligung. »Hast du denn je geglaubt, ich könnte eingeweiht – könnt' meine

Beihilfe zugesagt, ich meine, willens gewesen sein, mich zum Vertrauten solch grausamen –« Schedoni hielt inne, verwirrt, beschämt, ja halb schon im Begriff, sich zu verraten.

»Nun denn, Ihr sagtet ja, die Marchesa habe mich lediglich festsetzen wollen«, bemerkte Ellena. »War dieser Plan denn gar so grausam? Ach – Vater! Nur allzu gut ist's mir bewußt, daß ihr Plan ein viel grausamerer gewesen ist! Ihr aber, der Ihr allen Grund gehabt, dies ebenfalls zu wissen – weshalb sagt Ihr jetzt, nur ein Gewahrsam sei mir zugedacht gewesen? Nein, einzig Eure Besorgtheit um meine Seelenruhe ist's, die Euch gebietet, mich zu –«

»Auf welche Weise«, unterbrach sie da der argwöhnische Schedoni, »hätte ich denn hinter der Marchesa Pläne kommen sollen? Ich wiederhole, daß ich nicht ihr Vertrauter bin! Wie also steht's da zu vermuten, ich hätt' gewußt, daß jene Pläne viel weiter gingen?«

»Seid Ihr denn nicht dem Mörder in den Arm gefallen?« erwiderte Ellena zärtlich. »Habt Ihr ihm nicht den schon gezückten Dolch entwunden?«

»Ich hab's vergessen, mein Kind – ich hab's vergessen«, beteuerte der Beichtiger in arger Verlegenheit.

»Oh ja – es neigen alle edlen Seelen nur zu sehr dazu, der Guttat zu vergessen, die sie erwiesen haben«, versetzte Ellena. »Doch sollt Ihr sehn, mein Vater, daß ein dankerfülltes Herz nicht minder drauf bedacht ist, sie zu bewahren! Es ist das unauslöschliche Verzeichnis all der guten Werke, die so wenig im Gedächtnis dessen haften, der sie vollbracht!«

»Nichts mehr von Guttat«, gebot Schedoni schroff. »In diesem Punkte soll dein Schweigen mir künftig deine Dankbarkeit bekunden!«

Dies gesagt, erhob er sich und trat zu dem in der Hüttentür stehenden Wirte. Schedoni wünschte ja, Spalatro ehestens heimschicken zu können, und so frug er nun nach einem Führer, der ihn sicher durch den noch verbleibenden Teil des Waldes geleiten könnte. In diesem ärmlichen Städtchen mußte ein solcher gewißlich unschwer aufzutreiben sein, doch wollte der Wirt erst noch bei dem Nachbar anfragen, welchen er empfohlen hatte.

Mittlerweile aber war Spalatro unverrichteter Dinge zurückgekehrt. Er hatte in so kurzer Frist keinerlei Laiengewand auftreiben können, das Schedoni gepaßt hätte. Derhalben sah dieser sich gezwungen, zumindest bis zur nächsten Stadt seine Reise in der Mönchskutte fortzusetzen, doch bereitete solcher Umstand ihm nicht viel Kopfzerbrechen, da er's ja für wenig wahrscheinlich hielt, in dieser entlegenen Gegend von jemandem erkannt zu werden.

Jetzt kam auch der Wirt in Begleitung jenes Nachbarn zurück, und Schedoni, nachdem er seine Fragen zufriedenstellend beantwortet gefunden, verpflichtete den Mann für die weitere Durchquerung des Waldgebiets, wogegen er Spalatro entließ. Nur widerstrebend und mürrisch trollte sich der Schurke, wobei die Böswilligkeit ihm ins Gesicht geschrieben stand. Schedoni aber, gänzlich ausgefüllt von der Befriedigung, die Gegenwart des grausigen Genossen seiner Schuld endlich los zu sein, achtete nicht weiter auf derlei Dinge. Ellena jedoch, als Spalatro an ihr vorüberschritt, bemerkte sehr wohl die finstere Enttäuschung in dessen Blicken und ward ob seines Verschwindens von noch tieferer Dankbarkeit erfüllt denn bisher.

Erst am Nachmittag brachen die Reisenden auf. Schedoni hatte berechnet, daß man jene Stadt, darin man zur Nacht Logis zu nehmen gedachte, noch bequem vor Hereinbruch des Abends werde erreichen können, und hatte derhalben das Nachlassen der ärgsten Mittagshitze abgewartet. Der Weg führte unsre Gesellschaft nun durch weniger wilde Landstriche, doch war der Unterschied zu den am Vormittage durchmessenen nur ein geringfügiger. Es ging jetzt aus dem Herzen des Waldlands schon gegen dessen Grenzen zu, und auch die drohenden Berge traten allgemach auseinander. Die Verschattung ringsum war nicht mehr so undurchdringlich wie vordem, und bisweilen eröffneten sich Ausblicke auf Striche sonnenbeschienenen Landes bis weit hinaus in die verblauende Ferne. Auch in der nähern Umgebung breitete so manche Lichtung ihren grünenden Grund den Strahlen der Sonne entgegen, und so blieb einzig die Mächtigkeit der Bäume unvermindert bestehen. Platane, Eiche und Kastanie umsäumten wie bisher mit ihrer Überfülle von Laubwerk die freundlichen Stellen und schienen den Gebirgsbach zu segnen, welcher in ihrem ernsten Schatten zu Tal rauschte.

Ellenas gequältem Gemüt war solcher Wechsel im Landschaftsbilde ein Labsal, und immer wieder vergaß sie ihrer Sorgen im Anblick der majestätischen Natur. Auf Schedonis Gemütsverdüstrung hingegen übte dergleichen keinerlei Wirkung. Die Formen und Farben der Umwelt vermochten seine Phantasie nicht anzuregen. Voll Verachtung blickte er auf jene holden Täuschungen, denen andre Geister so gern erliegen, und die uns oftmals ein erlesneres, wenngleich nicht minder unschuldiges Entzücken vermitteln denn dasjenige, welches die behutsamste Vernunft uns zu schenken vermag.

Noch immer beobachtete der Mönch das gedankenvolle Schweigen, darein er sich schon zu Anfang der Reise gehüllt hatte, und nur dann und wann stellte er dem Führer etwelche Fragen in Ansehung des Weges, worauf er jedesmal Antworten erhielt, deren Geschwätzigkeit übel zu seiner Gemütsstimmung paßte. Doch ließ solcher Redestrom sich nur schwer eindämmen, und so war der Mann schon mitten in einer gräßlichen Geschichte von allerlei Morden, welche in diesen Wäldern an Menschen verübt worden, die so tollkühn gewesen, sich ohne Begleitung in solche Wildnis zu wagen, ehe der abermals in Gedanken versunkne Schedoni überhaupt merkte, daß sein Begleiter ja auf ihn einsprach. Wiewohl Ellena diesen Erzählungen nicht viel Glauben schenkte, übten sie dennoch etwelche Wirkung auf des Mädchens furchtsames Herz, namentlich, als man bald danach die tiefe Verschattung eines Waldesdickichts erreichte, das einen engen Hohlweg säumte, der mit seinen Steilwänden den Reisenden jeden Ausblick auf die tröstliche Landschaft benahm. Die hier herrschende Stille war nicht minder bedrohlich als die Düsternis, denn es ließ sich kein Laut vernehmen, und wenn, so verstärkte er nur die Tiefe solcher Einsamkeit und war dem zagen Herzen noch furchtbarer als das Schweigen ringsum: hohl tönte von fern das Brausen stürzender Wasser, stöhnend fuhr der Wind durch die Kronen der Bäume, deren breites Geäst über die Felsklippen ragte und noch die höchsten Gipfel bekrönte. Nichts Lebendes mochte sich zeigen auf dem engen, gewundnen, tief eingeschnittenen Pfad. Als aber Ellena furchtsam hinter sich blickte, vermeinte sie, eine menschliche Gestalt in den düstern Waldesschatten sich voranarbeiten zu sehn. Sie teilte ihren Argwohn Schedoni mit, ohne indes von ihrer Furcht zu sprechen, und so hielt man für eine Weile an, um den Weg zu beobachten. Langsam näherte sich die Gestalt, bis man in ihr einen Mann erkannte, welcher plötzlich stutzte und gleich danach hinter dem Laubwerk verschwand, welches den Ausblick begrenzte. Dennoch hatte Ellena den Eindruck gewonnen, der Fremde sei kein andrer denn Spalatro, und so hielt sie dafür, daß ihn einzig ein höchst verzweifelter Plan dazu gebracht haben könne, der Gesellschaft in diesen Hohlweg zu folgen. Trotzdem schien's nur wenig wahrscheinlich, daß er's allein gegen zwei bewaffnete Männer aufnehmen werde, denn sowohl Schedoni als auch der Führer waren aufs beste zu ihrer Verteidigung ausgerüstet. Indes, solche Erwägung beschwichtigte Ellenas Ängste nur für den Augenblick, dieweil es ja sein konnte, daß Spalatro nicht allein war, wenn man auch bloß einer einzigen Gestalt hinter den verhüllenden Zweigen des Dikkichts ansichtig geworden. »Meint Ihr nicht, daß er Spalatro recht ähnlich gesehn hat?« frug Ellena den Beichtiger. »War's nicht ganz seine Figur und sein Gehaben? Hoffentlich seid Ihr genugsam bewaffnet, sonst müßte ich um Euer Leben fürchten und auch um das meine!«

»Ich habe keine Ähnlichkeit bemerkt«, versetzte Schedoni, indem er nochmals zurücksah. »Doch wer immer er sein mag, du brauchst dich vor ihm nicht zu fürchten, da er sich aus dem Staub gemacht hat.«

»Um so schlimmer, Signor, um so schlimmer!« warf nun der Führer ein. »Denn sinnt er auf Arges, so kann er sich längs der Felsen hinter diesem Dickicht voranschleichen und über uns herfallen, noch ehe wir seiner gewahr werden. Oder, im Fall er den Fußpfad kennt, welcher dort drüben hinter jenen alten Eichen zur Linken entlangführt, dort wo das Gelände ansteigt, so hat er uns bis zur nächsten Wegebiegung überholt!«

»Sprecht leiser«, gebot Schedoni, »wenn Ihr dem Kerl keine Hinweise geben wollt!«

Wiewohl der Beichtiger dies ohne jeden Argwohn gesagt hatte, begann der Mann sogleich, sich zu rechtfertigen und sagte schließlich: »Doch was Euren Hinweis betrifft, so will ich ihm einen solchen geben in Ansehung dessen, was ihn erwartet, falls er uns anfallen sollte!« Sprach's und feuerte aus seiner Trichterbüchse in die Luft, so daß der Knall des Schusses von sämtlichen Felsen widerhallte, bis das verklingende Echo in den Windungen des Hohlwegs erstarb. Der Eifer, mit welchem der Mann sich zu rechtfertigen gesucht, zeitigte indes bei Schedoni das Gegenteil der erwarteten Wirkung, denn der Beichtiger musterte ihn mit argwöhnischem Blick und sagte, sobald er bemerkt hatte, daß der andre seine Büchse nicht wieder lud: »Da Ihr nun dem Feinde einen so deutlichen Hinweis habt zukommen lassen, wo wir uns befinden, wird's gut sein, Euch auf seinen Empfang vorzubereiten. So ladet Eure Kanone wieder, mein Freund! Auch ich führe Waffen mit mir, und sie sind bereit!«

Während der also Aufgeforderte mürrisch gehorchte, blickte die neuerlich in Unruhe versetzte Ellena sich abermals suchend nach jenem Fremdling um, doch nichts mehr zeigte sich in der Düsternis, und kein Schritt mehr störte die Stille. Doch plötzlich ward ein Rauschen vernehmbar, und schon erwartete das Mädchen, Spalatro aus dem Dickicht hervorbrechen zu sehn! Dann aber ward sie inne, daß es bloß der Flügelschlag jener

Vögel war, welche der Knall des Schusses aus ihren Felsennestern aufgescheucht hatte, und die nun das Weite suchten.

Des Beichtigers Argwohn war wohl nur ein geringfügiger gewesen, denn er verflog so rasch wie er gekommen, und als Ellena sich abermals an Schedoni wandte, war dieser schon wieder tief in Gedanken versunken. Er grübelte ja beständig über einer Ausflucht, welche sowohl der Marchesa Enttäuschung beschwichtigen als auch deren Neugierde einen Riegel vorschieben sollte. Doch sah er sich im Moment außerstande, ein Argument zu ersinnen, das auch ihren Ärger besänftigen mochte, ohne daß der Mönch sein Geheimnis hätte preisgeben müssen.

Schon vertiefte der heraufdämmernde Abend die Finsternis all der Felsen ringsum, als die Reisenden endlich jener Stadt ansichtig wurden, darin sie die Nacht zu verbringen gedachten. Sie erhob sich am Ende des Hohlwegs, und ihre grauen Häuser waren nur schwer von den steilen Felsen zu unterscheiden, an denen sie zu kleben schienen, und auch kaum von den Bäumen, die solchen Wohnbezirk umschlossen. Ein reißender Fluß schoß am Fuße der Felsen dahin, und über eine schmale Brücke gelangte unsre Gesellschaft bis vor jenen winzigen Gasthof, darin man Logis nehmen wollte. Erst unter so friedvollem Obdach ward Ellena ihre Befürchtungen in Ansehung des schrecklichen Spalatro los, wiewohl sie noch immer glaubte, ihn gesehen zu haben, und auch ihr Argwohn im Hinblick auf den Beweggrund seines befremdlichen Nachschleichens sich nicht besänftigen ließ.

Das nunmehr erreichte Städtchen hatte größere Bequemlichkeiten zu bieten denn die am Nachmittag verlassene Ortschaft, und so war's für Schedoni nun ein Leichtes, jenes Laiengewand aufzutreiben, das ihn für den noch verbleibenden Teil der Reise unkenntlich machen sollte. Auch Ellena konnte nunmehr ihren Nonnenschleier gegen einen weniger auffallenden tauschen. Doch wenn sie ihn auch abnahm, so vergaß sie doch nicht, daß er einstmals Olivias Schleier gewesen, und so bewahrte sie ihn als eine geheiligte Reliquie und als ein Andenken an die Lieblingsgefährtin ihrer Einsamkeit.

Noch immer lagen mehrere Tagereisen zwischen dem gegenwärtigen Aufenthaltsort und Neapel, gemessen an der geruhsamen Reisegeschwindigkeit jener Tage. Indes, der gefährlichste Teil des Wegs war nun überstanden, da ja die Straße nunmehr durchs offene Land führte. Demzufolge wollte Schedoni, als man anderntags Anstalten zum Aufbruche traf, den Führer nach Hause schicken. Der Wirt aber hielt ihm vor Augen, er werde des Mannes auch noch in der zwar offenen, doch recht unwegsamen Gegend bedürfen, die's noch zu durchqueren gelte. Da nun Schedonis Mißtrauen gegen den Führer kein sonderlich ernsthaftes gewesen, und man am vergangenen Abend wohlbehalten ans Ziel gelangt war, hatte der Beichtiger genug neues Zutraun geschöpft, um den Mann auch für den zweiten Tag zu verpflichten. Ellena freilich teilte dies Vertrauen nicht in solchem Maße: zu genau hatte sie am Vortage den Mann beim Laden seiner Donnerbüchse beobachtet, und so hatte das Widerstreben, welches er bei Schedonis diesbezüglichem Gebot so unverhohlen an den Tag gelegt, sie nahezu überzeugt, der Kerl stecke unter einer Decke mit irgend einem anderen, der's auf einen Überfall abgesehen habe – ein Argwohn, dem das Mädchen um so bereitwilliger nachgab, als sie ja in allem Ernst vermeinte, Spalatro gesehen zu haben. Nun erst wagte sie's, ihr Mißtrauen auch vor Schedoni zu äußern, doch mochte dieser nichts davon hören und machte geltend, der Mann habe seine Ehrlichkeit genugsam unter Beweis gestellt, indem er sie sicher durch jenen Hohlweg geleitet, welcher einem Raubüberfalle so günstig gewesen. Der offensichtlichen Vernünftigkeit solcher Antwort wußte Ellena nichts mehr entgegenzusetzen, selbst wenn sie es gewagt hätte, auf dem Gegenstande zu beharren. So setzte sie denn ihre Reise mit neubelebter Hoffnung fort.

Drittes Buch

Erstes Kapitel

Sieh die Ruine drohn von steiler Klippe,
Dies riesige Gespenst vergangner Macht!
Es sah das Schweigen ihrer düstern Kammern
So manche Untat alter Zeit!

An diesem Tag zeigte Schedoni sich mitteilsamer denn am voraufgegangnen. Während man in einigem Abstand von dem Führer dahinritt, unterhielt er sich mit Ellena über die verschiedensten Dinge in Ansehung von des Mädchens Person, doch spielte er dabei mit keinem Wort auf Vivaldi an. Indes, er ließ sich sogar dazu herbei, seine Absicht zu erwähnen, Ellena in einem Kloster außerhalb Neapels unterzubringen, bis der Zeitpunkt günstig sein werde, sie vor aller Welt als seine Tochter anzuerkennen. Freilich, die Schwierigkeit, eine passende Unterkunft zu finden, setzte ihn noch immer in Verlegenheit, ja die lästige Aussicht, Ellena bei ihm gänzlich fremden Menschen einführen zu müssen, deren Neugierde durch die unvermeidliche Anteilnahme noch gesteigert werden mochte, brachte ihn ganz durcheinander.

Solche Lage der Dinge öffnete sein Ohr nur um so leichter den Klagen Ellenas, welche soeben erfahren gemußt, sie solle abermals fern von zu Hause bei fremden Leuten untergebracht werden! Und ebenso bereitwillig lauschte der Mönch dem Bericht, den das Mädchen von dem Kloster *Santa Maria della Pietà* zu geben wußte, woran sie den Wunsch knüpfte, wenigstens daselbst Unterkunft zu finden. Doch wie sehr er auch geneigt sein mochte, in solches Begehren einzuwilligen – er ließ keinerlei zustimmendes Wort verlauten, so daß Ellena lediglich der Trost verblieb, zu sehen, daß Schedoni nicht unbedingt entschlossen war, auf seinem anfangs geäußerten Plane zu bestehen.

Des Mädchens Denken war zu sehr mit den künftigen Aussichten befaßt, als daß sie sich den Befürchtungen des Augenblicks hätte hingeben mögen, wenn sie vielleicht auch geneigt war, aufs neue denjenigen des vergangenen Tages zu erliegen, während man die einsamen Ebnen und rauhen Täler durchmaß, welche den Reiseweg säumten. Schedoni war dem Wirte nunmehr dankbar um des Rates willen, den Führer nicht fortzuschicken, denn die Straße verlor sich häufig in dem üppig wuchernden Heideland, welches sich ringsum erstreckte, und oftmals schweifte das Auge über weite Gebiete hin, darin sich keinerlei Ortschaft oder sonstige menschliche Behausung entdecken ließ. Den ganzen Vormittag war ihnen kein Reisender begegnet, und auch während der Hitze des Mittags ward nicht Halt gemacht, da Schedoni nicht einmal eine Hütte zu entdecken vermochte, in der man Obdach und Ruhe hätte finden können.

Es war schon spät am Nachmittag, als der Führer endlich nach den grauen Mauern eines Gebäudes wies, welches die steile Anhöhe bekrönte, der man sich nunmehr näherte. Doch war jenes Gemäuer so sehr vom Waldesdickicht verdeckt, daß man's nur undeutlich wahrnehmen konnte, und unsre Reisenden kaum zu hoffen wagten, dies könnte ein Kloster sein, darin man auf gastliche Aufnahme rechnen dürfe.

Die hohen, vom Dickicht überschatteten Steilabfälle, zwischen denen sich die Straße den Berg hinaufwand, entzogen jene Mauern alsbald vollends den Blicken. Als aber unsre Gesellschaft an die nächste vorspringende Biegung kam, erblickte sie eine Gestalt auf dem Scheitelpunkt der Straße. Der Fremde überquerte dieselbe, als schritte er soeben auf eine Behausung zu, was die Reisenden glauben machte, das von fern gesichtete Gebäude befinde sich hinter jenen Bäumen, zwischen denen er verschwunden war.

Schon nach kurzer Zeit langte man an der Stelle an, von wo aus auf geringe Entfernung zwischen dem Dikkicht, welches die Anhöhe überwucherte, die weitläufigen Reste eines ehemaligen Landsitzes zu erkennen waren. Indes, der Zustand jenes Gemäuers war ein so baufälliger, daß Schedoni es für unbewohnt gehalten haben würde, hätte er nicht eben vorhin eine Gestalt das Haus betreten sehen. Müde und erschöpft wie er war, beschloß er nachzusehn, ob man von den Bewohnern nicht etwelche Stärkung erhalten könne, und so saß man vor dem Steinportale eines langen, überwölbten Ganges ab, welcher einstmals den Hauptzugang zu der Villa gebildet haben mochte. Nunmehr aber war dieser Gang versperrt von den Trümmern zerfallener Säulen und von dem Unkraut, welches in dichten Büscheln dazwischen hervorwucherte. Indes, unsren Reisenden bereiteten diese Hindernisse keine sonderlichen Schwierigkeiten. Freilich war der Gang von beträchtlicher Länge und erhielt sein Licht nur von der Öffnung des Portales sowie aus einigen Mauerlücken, so daß man sich alsbald inmitten eines Dunkels fand, welches das Weiterkommen nicht unerheblich erschwerte. Derhalben versuchte Schedoni, sich jener Person, welche er vorhin eintreten gesehen, durch Rufen bemerkbar zu machen, ohne indes Erfolg zu haben. Als man aber weiter voranschritt, zeigte sich hinter einer Biegung des Ganges ein ferner Lichtschimmer. Dieser erleichterte den weiteren Weg ans entgegengesetzte Gang-Ende, das sich mit einem Torbogen in den Hof jener Villa auftat. Hier blieb Schedoni enttäuscht stehen, denn alles und jedes, was er da vor sich hatte, deutete auf Verfall und Unbewohntheit hin. Fast schon ohne Hoffnung, blickte er suchend auf den hellen Säulengang, der den Hof an dreien Seiten umgab, und auf die Bäume, welche die vierte Hofseite begrenzten, ob er nicht doch noch jene Person entdecken könne, die man auf der Straße gesehen. Doch keinerlei menschliche Gestalt belebte die rings sich breitende Verlassenheit, und nur Ellenas allzeit sprungbereite Befürchtungen gaukelten ihr diejenigen des schleichenden Spalatro vor Augen. Das Mädchen schrak zusammen, als der leichte Wind das Unkraut bewegte, welches zwischen den Säulen wucherte, und erkannte erst nach und nach, daß dies Geraschel nicht von Schritten herrührte. So errötete sie ob der Überspanntheit ihres Argwohns und suchte jene Angstbereitschaft zu bemeistern, welche die seit langem überreizten Nerven in ihr hervorgerufen.

Indessen verharrte Schedoni inmitten des Hofes, als wär' er der böse Geist dieses Orts, durchforschte wachsamen Auges all die Verlassenheit ringsum und suchte sich zu vergewissern, ob denn im Innern des Gebäudes wirklich niemand auf der Lauer liege. Mehrere Eingänge, welche auf den Säulengang mündeten, schienen zu Gemächern der Villa zu führen, und so betrat Schedoni nach kurzem Zögern einen davon, entschlossen, seine Nachforschungen fortzusetzen. Er durchmaß einen Marmorsaal und gelangte zu einer Zimmerflucht, deren Zustand auf den ersten Blick verriet, wie lange dieser Bau schon verlassen lag. Längst schon war die Decke eingestürzt, ja sogar die Wände waren zum Teil niedergebrochen und vermischten nun ihr Trümmerwerk mit dem draußen wuchernden Dickicht.

Erkennend, wie nutzlos und schwierig jedes weitere Vordringen wäre, kehrte der Beichtiger in den Hof zurück, woselbst die ermatteten Wandrer zumindest im Schatten der Palmetto-Palmen einen halbwegs zuträglichen Ruheplatz fanden. So lagerten sie sich denn unter deren kühlespendenden Wedeln auf den Überresten eines Marmorbrunnens, von wo aus der Hof sich gegen die weithin sich dehnende Landschaft auftat, welche nunmehr im sanften Abendstrahl der Sonne lag, und taten sich gütlich an den Resten des Mahles, welches man im Felleisen des Führers verwahrt gehabt.

»Dieser Ort scheint einem Erdbeben, nicht aber der Zeit zum Opfer gefallen zu sein«, bemerkte Schedoni. »Denn die Mauern, wiewohl niedergebrochen, weisen nicht die üblichen Verfallserscheinungen auf, und vieles Schwere liegt in Trümmern, wogegen das Leichte sich erhalten hat. Dergleichen deutet aber mit Sicherheit auf eine Erderschütterung hin. Wißt Ihr irgend etwas von der Geschichte dieses Orts, guter Mann?«

»Oh ja, Signor«, versetzte der Führer.

»Nun denn, laßt hören!«

»Nie werd' ich das Erdbeben vergessen, das dies Anwesen zerstört hat, Signor! Im gesamten Garganus-Gebiet hat man's zu spüren bekommen. Ich war damals um die Sechzehn und weiß noch gut, daß es um Mitternacht war, als es losging. Seit Tagen war die Hitze eine fast erstickende gewesen – kein Lüftchen hatte sich geregt, und viele Leute wollten ein leichtes Zittern des Bodens wahrgenommen haben. Ich war den ganzen Tag draußen gewesen – hatte im Wald mit meinem Vater Bäume gefällt. So waren wir rechtschaffen müde, als wir –«

»Das ist Eure eigne Geschichte«, unterbrach ihn Schedoni. »Wem aber hat dies hier gehört?«

»Sind hier Menschen zu Schaden gekommen?« frug Ellena.

»Der Barone di Cambrusca hat hier gelebt«, versetzte der Führer.

»Aha – der Barone!« wiederholte Schedoni und versank urplötzlich in Gedanken, wie das bei ihm ja nicht selten der Fall war.

»Das war ein Herr, der sich im Lande keiner Beliebtheit erfreute«, fuhr der Führer fort, »und so haben viele Leute gesagt, dies sei die Strafe des Himmels gewesen.«

»War's nicht eher eine Strafe für das ganze Land?« fiel der Beichtiger ihm ins Wort, indem er den Kopf hob, doch nur, um sogleich wieder seinen Grübeleien nachzuhängen.

»Davon weiß ich nichts, Signor, doch hat der Barone Untaten begangen, daß einem darob die Haare zu Berge stehen könnten. So zum Beispiel hat er hier, an diesem Ort –«

»Der Dummheit sind die Handlungen der Hochgestellten stets ein Rätsel«, erwiderte Schedoni gereizt. »Wo hält sich der Barone gegenwärtig auf?«

»Das weiß ich nicht, Signor, doch höchstwahrscheinlich dort, wo er zu sein verdient, denn seit jener Erdbebennacht hat man nie wieder von ihm gehört, und so glaubt man allgemein, daß er unter diesen Trümmern begraben liegt.«

»Hat sonst jemand Schaden genommen?« frug Ellena erneut.

»Dies sollt Ihr sogleich hören, Signora«, versetzte der Einheimische. »Zufällig weiß ich einiges über die Sache, denn ein Vetter von mir hat zu jener Zeit hier im Haus gewohnt, und so hat mir mein Vater oft genug davon erzählt, und auch vieles über den Lebenswandel des verstorbnen Besitzers. Es ging schon auf Mitternacht, als das große Beben kam, und die Familie hatte nichtsahnend zu Abend gegessen und war schon zu Bett gegangen. Nun befand sich aber das Schlafgemach des Barone in einem Turm des Alten Baues. Die Leute haben sich oft genug darob verwundert, denn, so sagten sie, weshalb sollte er ausgerechnet im Alten Bau schlafen, wo ihm doch so viele prächtige Zimmer in der neuen Villa zu Gebote standen? Aber so war's nun einmal!«

»Beendet lieber Euer Mahl!« gebot Schedoni, abermals aus seinem Nachsinnen erwachend. »Schon geht der Tag zur Rüste, und der Weg ist noch weit!«

»Ich will, mit Verlaub, das Mahl zusammen mit meiner Geschichte beenden, Signor«, versetzte der Führer. Indes, Schedoni achtete der Worte nicht, und so fuhr der Mann, dem dies ja nicht verboten worden, in seiner Rede fort.

»Wie gesagt, das Schlafgemach des Barone befand sich also in dem alten Turm – wenn Ihr dorthin blicken mögt, Signora, könnt Ihr sehen, was davon geblieben ist!«

Ellena wandte sich in die gewiesene Richtung und erblickte die zerfallenen Überreste eines Turmes, der sich jenseits des Torbogens erhob, durch welchen man den Hof betreten hatte.

»Seht Ihr jene Fensterkante, die im höchsten Mauerteil noch zu erkennen ist?« fuhr der Führer fort. »Dort, wo das Eschenbüschel aus den Steinen wuchert?«

»Jetzt seh' ich sie«, versetzte Ellena.

»Nun, das war eins der Fenster zum Gemach des Barone, Signora, und Ihr seht, daß sonst nicht mehr viel übriggeblieben ist. Ja, auch die Türöffnung ist noch da, aber die Tür ist verschwunden. Und das kleine Treppenhaus, das Ihr dahinter seht, hat zum nächsten Stockwerk hinaufgeführt, von dem heute keiner mehr glauben würde, daß es sich jemals dort befunden, denn das Dach und die Zwischenböden – alles eingestürzt! Ich frag' mich immer, weshalb gerade die kleine Treppe in der Ecke übriggeblieben ist!«

»Seid Ihr bald fertig?« frug Schedoni, der auf die Reden des Mannes anscheinend nicht geachtet hatte und mit seiner Frage auf dessen Imbiß anspielte.

»Ja, Signor, es gibt nicht mehr viel zu erzählen, und auch nicht zu essen, wenn Ihr das meint«, versetzte der Führer. »Ihr werdet es gleich hören. Nun gut, dort war also das Schlafgemach eben jenes Barone, Signora. Und durch die Türöffnung, die Ihr in der Mauer seht, ist der Barone eingetreten. Ha – er hat, dies möcht' ich wetten, wohl kaum gedacht, daß er nie mehr durch jene Tür gehen werde! Wie lang er im Zimmer gewesen ist, weiß ich nicht, und ebensowenig, ob er schon geschlafen hat oder noch wach war, denn das hat niemand gesehen. Aber als das große Erdbeben kam, hat es den Turm gleich auf den ersten Stoß bis in die Grundmauern gespalten – noch vor allen anderen Gebäudeteilen! Ihr seht ja den Trümmerhaufen dort drüben, Signora: dort liegen auch die Reste jenes Gemachs, und es heißt, daß der Barone darunter verschüttet worden ist.«

Ein Schauder überlief Ellena, als sie nach jenem Schuttberge blickte, doch ein Aufstöhnen Schedonis bewirkte, daß sie erschrocken herumfuhr. Da er aber ganz augenscheinlich in Gedanken versunken war, richtete sie ihr Augenmerk neuerlich auf jenes schreckliche Monument der Zerstörung. Während nun ihr Blick zu dem benachbarten Mauerbogen weiterschweifte, ward sie beeindruckt von der Größe seines Schwunges und von dem einzigartigen Erscheinungsbilde, das er mit seinem vom Abendlicht vergoldeten, überhängenden Strauchwerke bot. Die Strahlen der scheidenden Sonne fielen jedoch auch schräg in den dahinterliegenden Gang und erhellten einen Teil desselben. Wie groß aber war Ellenas Bestürzung, als sie einen Schatten durch das Dunkel huschen sah, in welchem sie, als er den Lichtbezirk querte, sogleich Gestalt und Antlitz Spalatros erkannte! Sie hatte eben noch Kraft genug, mit schwacher Stimme »Dort geht jemand!« zu rufen, ehe die Erscheinung verschwunden war. Als aber Schedoni um sich blickte, herrschten überall wieder Leere und Schweigen.

Nun hatte Ellena keine Bedenken mehr, mit aller Bestimmtheit zu versichern, daß sie Spalatro gesehen habe. Und Schedoni, im vollen Bewußtsein, daß, im Falle das Mädchen keiner Täuschung erlegen war, der Zweck solchen Umherschleichens ein verzweifelter sein müsse, erhob sich sogleich und begab sich, gefolgt von dem einheimischen Führer, in den Gang, um sich der Wahrheit zu vergewissern. Ellena ließ er schutzlos zurück.

Indes, er war kaum verschwunden, als die Gefahr solchen Wagnisses, nämlich, sich in einen Gang zu begeben, wo ihm ein Mörder auflauern mochte, sich riesengroß vor Ellena erhob, so daß sie beschwörend hinter Schedoni herrief, er möge doch umkehren! Sie lauschte auf seine Stimme, vernahm aber nur mehr die sich entfernenden Schritte. Da ihre Angst sie nicht am Platze litt, eilte sie auf den Eingang zu. Dort aber war alles still. Weder Stimmen noch Schritte ließen sich vernehmen! Geängstigt von der Düsternis solchen Ortes, wagte das Mädchen sich nicht weiter, fürchtete aber nicht minder, in irgend einem Teil der Ruine allein zu bleiben, da ja ein zum Äußersten entschlossener Bursche wie Spalatro sie durchgeisterte.

Während Ellena noch an der Ausmündung des Ganges lauschte, vernahm sie einen schwachen Aufschrei, der aus dem Innern der Villa zu kommen schien. Im ersten Erschrecken glaubte das Mädchen schon, man sei dabei, ihren Vater umzubringen, welcher sich vielleicht durch einen weiteren Gang zurück in die Ruine hatte locken lassen. Der Angst um die eigne Person sogleich vergessend, stürzte sie nach jenem Ort, von dem, wie sie glaubte, der Schrei erklungen war. Sie betrat den Saal, den auch Schedoni schon untersucht hatte, und durcheilte die anschließende Zimmerflucht. Doch alles lag still und verlassen. Jene Zimmerflucht mündete schließlich auf einen Gang, der zu einem entlegenen Teil des Gebäudes zu führen schien, und Ellena entschloß sich nach einigem Zögern, diesem Gange zu folgen.

Nur unter Schwierigkeiten bahnte sie sich ihren Weg durch das halbzerstörte Mauerwerk und mußte dabei so sehr auf ihre Schritte achten, daß sie kaum der Richtung gewahr wurde, welcher sie da folgte. Erst als das tiefer werdende Dunkel ihr Augenmerk auf sich zog, erkannte sie, daß sie inmitten der Turmruine stand, deren Geschichte sie aus dem Munde des Führers vernommen! Und indem Ellena aufsah, fand sie sich am Fuß jener Treppe, welche sich noch immer längs der Außenmauer emporwand und einstmals zum Schlafgemach des Barone geführt hatte!

In einem minder angstvollen Momente hätte solcher Umstand sie tief bewegt. Nun aber hatte sie nichts andres im Sinn, als beständig nach Schedoni zu rufen und auf ein Zeichen von ihm zu lauschen. Da sie aber noch immer keine Antwort vernahm und auch kein Notschrei mehr ertönte, neigte sie mehr und mehr zu dem Glauben, daß ihre Angst sie genarrt habe. So kehrte sie um, doch nicht ohne sich vorher vergewissert zu haben, daß der Gang hier endete.

Nachdem sie das vorderste Zimmer wieder erreicht hatte, hielt Ellena ein wenig inne, um wieder zu Atem zu kommen. Doch als sie sich auf etwas stützte, das einst die Brüstung eines Fensters gewesen, welches sich auf den Hof geöffnet hatte, vernahm sie das Knallen ferner Schüsse! Der hallende Laut schien aus dem Gange zu kommen, darin Schedoni verschwunden war! In der Annahme, man sei am andern Gangende handgemein geworden, schickte Ellena sich schon an, dorthin zu eilen, als das plötzliche Geräusch eines Schrittes sie herumfahren machte. Überkommen von einem Entsetzen, das ihr fast die Besinnung raubte, erblickte sie Spalatro, der eben daran war, sich durch das nämliche Zimmer zu schleichen, in welchem auch Ellena sich befand!

Der Zimmerteil, darin sie stand, bildete eine Art Nische, und ob es nun dieser Umstand war, der Spalatro hinderte, Ellena sofort zu bemerken, oder ob sein Augenmerk sich auf andres richtete – jedenfalls hielt er nicht inne, sondern bewegte sich schleichenden Schrittes weiter. Und noch ehe Ellena einen Entschluß gefaßt hatte, sah sie den Schurken schon den Hof überqueren und in jenen Gang eindringen! Während er draußen vorbeischlich, hob er den Blick zu Ellenas Fenster, und das Mädchen war so gut wie sicher, von ihm bemerkt worden zu sein, denn er verhielt sogleich den Schritt, eilte aber schon im nächsten Moment weiter und verschwand im Dunkel der Passage.

Allem Anscheine nach war er noch nicht auf Schedoni gestoßen, doch ebenso wahrscheinlich dünkte es Ellena, daß er den Gang betreten habe, um dem Beichtiger darin aufzulauern und ihn im Finstern zu ermorden. Doch während sie noch auf ein Mittel sann, Schedoni rechtzeitig zu warnen, vernahm sie abermals seine Stimme! Dieselbe kam aus eben jenem Gange, und so rief Ellena nun aus Leibenkräften, daß Spalatro sich darin befinde, und daß Schedoni auf der Hut sein möge. Und gleich darauf ertönte ein Pistolenknall!

In dem folgenden Stimmendurcheinander glaubte Ellena, ein Stöhnen zu unterscheiden. Alsbald aber ward Schedonis Stimme vernehmbar, wenngleich nur leise und von fern. Aller Mut, den Ellena bisher zusammengerafft hatte – nun war er dahin. Wie festgenagelt verharrte sie an ihrem Orte, nicht fähig, sich an den Schauplatz des grausigen Geschehens zu begeben, das ihrer in jenem Gange harren mochte, ja am Rande einer Ohnmacht beim bloßen Gedanken daran.

Doch alles blieb still. Sie lauschte inständig auf Schedonis Stimme, ja bloß auf das Geräusch von Schritten – doch vergeblich. So quälende Ungewißheit noch länger zu ertragen, schien ihr nicht mehr möglich, und so war sie eben dabei, alle Kraft zusammenzunehmen, um dem Ärgsten ins Auge blicken zu können, als neuerlich ein schwaches Stöhnen hörbar ward. Es schien ganz nahebei zu sein und immer näher zu kommen! Und als Ellena in diesem Moment zu dem Gang hinüberblickte, sah sie eine blutüberströmte Gestalt den Hof betreten! Der Schleier, welcher sich über des Mädchens Augen senkte, verhinderte indes jede weitere Wahrnehmung: ein paar Schritte zurücktaumelnd, fing Ellena sich eben noch an einem Säulenstumpfe und klammerte sich daran fest. Alsbald aber wich diese Schwäche von ihr: der Verwundete brauchte ja dringend Hilfe, und so siegte das Mitleid über des Mädchens Entsetzen, sie faßte sich wieder und eilte hinaus auf den Hof.

Sobald sie draußen stand, blickte sie sich suchend nach Schedoni um, der aber nirgendwo zu sehen war. Abermals lag der Hof still und verlassen, bis Ellena aus Leibeskräften »Vater! Vater!« zu rufen begann und damit ein hallendes Echo weckte. Und indem sie weiterhin nach ihrem Vater schrie, musterte sie hastig den Säulengang, das Einzelzimmer, darein er mündete, sowie den verschatteten Ort unter den Palmetto-Palmen – doch ohne jemand entdecken zu können.

Als sie sich wieder dem Gange zuwandte, zeigte ihr jedoch eine Blutspur nur allzu deutlich, welchen Weg der Verwundete genommen hatte. Der Spur folgend, gelangte das Mädchen zum Eingang einer engen Passage, die ganz augenscheinlich zum Fuße des zerfallenen Turmes führte. Indes, Ellena zögerte, da sie dem Dunkel nicht traute. Zum erstenmal kam's ihr in den Sinn, daß der Verwundete nicht Schedoni, sondern Spalatro gewesen sein könnte, und daß ihm trotz allen Blessuren aus seinem Rachedurst genug Kräfte erwachsen mochten, dem Erstbesten, der sich ihm näherte, das Stilett ins Herz zu stoßen, wobei die Dunkelheit solchen Ortes die Tat noch begünstigen würde!

So stand Ellena noch immer an der Mündung jener Passage, halb fürchtend, sie zu betreten, halb widerstrebend, den Ort zu verlassen, lauschte auf jeden Laut, und vernahm beständig jenes an- und abschwellende, wiewohl schwache Gestöhn. Doch plötzlich wurden rasche Schritte vernehmbar, kamen durch den Hauptgang heran, und schon auch hörte das Mädchen sich von Schedoni beim Namen gerufen! Er schien sich in größter Hast zu befinden während er auf sie zueilte, und musterte forschend den Hof. »Wir müssen von hier verschwinden!« sagte er leise, indem er ihren Arm unter den seinen klemmte. »Hast du jemanden hier vorüberkommen sehn?«

»Ich hab' einen Blessierten im Hof gesehn«, versetzte Ellena, »und fürchtete schon, daß Ihr es wäret!«

»Von wo ist er gekommen – und wohin ist er verschwunden?« frug Schedoni begierig. Seine Augen leuchteten auf und seine Miene verstellte sich grimmig.

Ellena, sogleich die Beweggründe solcher Frage erkennend, mochte ihr Wissen um den Weg, welchen Spalatro genommen, nicht preisgeben. So gemahnte sie den Beichtiger nur, der gefahrvollen Lage eingedenk zu sein, und flehte ihn an, man mög' dieser Villa sogleich den Rücken wenden.

»Schon geht die Sonne unter«, fügte sie hinzu, »und ich zittre vor den Gefahren, welche die Finsternis mit sich bringen mag – auch draußen, auf unsrem weiteren Weg!«

»Bist du sicher, daß er verwundet war?« frug der Beichtiger.

»Nur allzu sicher!« versetzte Ellena mit schwacher Stimme.

»Nur allzu sicher also!« rief Schedoni aus.

»Laßt uns fortgehn von hier, oh Vater! Laßt uns augenblicklich fortgehn!« wiederholte Ellena.

»Was soll denn *das* nun wieder heißen!« frug Schedoni verärgert. »Du kannst doch nicht so schwach sein, Mitleid mit dem Kerl zu empfinden!«

»Oh es ist schrecklich, andre leiden zu sehen«, sagte Ellena. »So beschwört durch Euer Bleiben nicht die Möglichkeit herauf, daß ich mich um Euch grämen muß! Wie schwer wär's Euch ums Herz, müßtet Ihr mich verbluten sehen. Urteilt selbst, wie sehr's mich schmerzen müßte, Euch vom Dolche eines Meuchelmörders durchbohrt zu sehen!«

Schedoni bezwang das Stöhnen, welches ihm aus dem Herzen stieg, und wandte sich hastig ab.

»Du hältst mich zum Narren«, sagte er gleich darauf. »Du weißt ja gar nicht, ob der Schurke verwundet ist! Ich hab' nach ihm gefeuert, das ist wahr, und zwar in dem Moment, als ich ihn den Gang betreten gesehen. Allein, er ist mir entwischt. Was also bringt dich zu deiner Vermutung?«

Ellena wollte schon auf die Blutspur weisen, die in einiger Entfernung den Boden zeichnete, doch versagte sie sich's im letzten Augenblick. In der Annahme, das Blut werde Schedoni zu Spalatro führen, beschwor sie den Mönch aufs neue, man mög' diesen Ort sogleich verlassen, und fügte hinzu: »Oh habt acht auf Euer Leben und verschont auch ihn!«

»Wie! Einen Mörder schonen?« frug Schedoni unwirsch.

»Einen Mörder, sagt Ihr? So hat er Euch wahrhaftig nach dem Leben getrachtet?« rief Ellena.

»Nun denn – nicht unbedingt«, versetzte Schedoni, sich bedenkend. »Indes, was will der Bursche hier? So laß mich gehn, ich muß ihn finden!«

Ellena aber hing sich noch immer an sein Gewand und suchte aufs zärtlichste, ihn umzustimmen sowie seine Menschlichkeit wachzurufen. »Oh wüßtet Ihr nur, was es heißt, den Tod vor Augen zu haben«, fuhr sie fort. »Ihr würdet Mitleid haben mit diesem Menschen, ganz wie auch er bisweilen Mitleid empfunden hat mit andern! Ich hab' dergleichen schon durchlitten, Vater, und weiß es nachzufühlen – sogar ihm!«

»Weißt du denn, für *wen* du da um Gnade bittest?« frug der verstörte Beichtiger, dem jedes von Ellenas Worten das Herz zu durchbohren schien. Allein, die Überraschung, welche solche Frage auf Ellenas Zügen hervorrief, ließ ihn sogleich die eigne Unbedachtheit erkennen. Er entsann sich ja, daß Ellena nicht genau wußte, womit Spalatro betraut gewesen! Und als er vollends erwog, daß dieser nämliche Spalatro, dem Ellena in ihrer Schlichtheit unterstellte, er habe bisweilen aus Mitleid ein Leben geschont, in Wahrheit ihr eignes verschont hatte, ja mehr noch: daß er schließlich das Werkzeug gewesen, welches ihn, Schedoni davon abgehalten, zum Mörder der leiblichen Tochter zu werden, wandte der Beichtiger sich voll Entsetzen von seinem Vorhaben ab. All seine Leidenschaften, nun schlugen sie in ihr Gegenteil um, und so stürzte er aus dem Hofe, um erst innezuhalten, als er das äußere Portal des Ganges erreicht hatte, woselbst der Führer schon mit den Pferden bereitstand.

So hatte denn die Erinnerung an Spalatros Verhalten in Ansehung des Mädchens den Beichtiger veranlaßt, seiner zu schonen. Allein, dies war auch alles. Es brachte ihn nicht dazu, die Lage jenes Menschen näher zu betrachten, oder gar dessen Strafe zu mildern. Vielmehr überließ er ihn, ohne darob Gewissensbisse zu empfinden, seinem Schicksal.

Ganz anders war es Ellena ums Herz. Wiewohl sie nicht wußte, was sie Spalatro zu danken hatte, konnte sie sich nicht vorstellen, daß ein Menschenkind unter solch erbarmungswürdigen Umständen der Einsamkeit überlassen bliebe, ohne die größte Seelenpein zu erleiden. Doch indem sie erwog, mit welcher Schnelligkeit Spalatro fähig gewesen, sich zu verbergen, gab sie der Hoffnung Raum, seine Verwundung werde wohl keine tödliche sein.

Nachdem unsre Reisenden in aller Stille die Pferde bestiegen hatten, verließen sie die Ruine und waren fürs erste allesamt zu sehr mit ihren Gedanken beschäftigt, als daß sie große Lust zum Reden verspürt hätten. Schließlich aber erkundigte Ellena sich nach dem, was in jenem Gange vorgefallen war, und erfuhr, daß Schedoni in Verfolgung Spalatros diesen bloß für eine Sekunde zu Gesicht bekommen hatte. Spalatro war auf einem dem Beichtiger unbekannten Wege entschlüpft und wieder im Innern der Ruine untergetaucht, während seine Verfolger noch den Hauptgang nach ihm durchsucht hatten. Der Schrei, welchen Ellena aus dem Innern des Gebäudes zu vernehmen geglaubt, war allem Anschein nach von dem Führer ausgestoßen worden, welcher in seiner Hast über etwelche Mauertrümmer gestolpert war, die in dem Gange verstreut lagen, und der erste Schuß war aus der Trichterbüchse gekommen, welche Schedoni beim Erreichen des äußern Portales abgefeuert hatte. Der letzte indes war des Beichtigers Pistolenschuß auf den in der Passage erscheinenden Spalatro gewesen.

»Es war aufregend genug, hinter jenem Burschen herzuhetzen«, sagte der Führer. »Und am Ende haben wir ihn doch nicht erwischt! Sonderbar, daß er bei unserm Anblick Reißaus genommen, wo er doch hinter uns her war! Indes, ich kann nicht glauben, daß er es auf uns abgesehen hatte – im andern Fall hätt' er uns ja mit Leichtigkeit in jenem dunklen Gang den Garaus machen können. Statt dessen hat er aber Fersengeld gegeben!«

»Schweigt lieber still«, entgegnete Schedoni, »und macht nicht so viel Worte, alter Freund!«

»Nun gut, Signor, jedenfalls hat er nun seinen Denkzettel weg! So brauchen wir uns keine Sorgen mehr zu machen! Fürs erste sind ihm die Flügel gestutzt, und er kann uns nimmer einholen. So brauchen wir uns nicht dermaßen zu beeilen, Signor – den Gasthof erreichen wir noch immer zur rechten Zeit. Er liegt gleich hinter dem Berg dort vorn, dessen Gipfel Ihr vor jenem roten Streifen im Westen sehen könnt. Der Kerl kann uns nicht länger nachsetzen – ich hab' mit eignen Augen gesehen, daß es ihn am Arm erwischt hat!«

»Wahrhaftig?« frug Schedoni scharf. »Und mit Verlaub, wo waret Ihr, daß Ihr dies so genau bemerken konntet? Ihr habt ja mehr gesehen denn ich selber!«

»Ich war Euch auf den Fersen, Signor, als Ihr aus der Pistole nach ihm geschossen habt.«

»Ich kann mich nicht entsinnen, Euch hinter mir gehört zu haben«, warf der Beichtiger ein. »Und warum seid Ihr nicht mit mir gekommen, sondern habt Euch verdrückt? Und vollends: wo habt Ihr Euch verkrochen, anstatt mir beizustehn, als ich hinter dem Kerl her war?«

Der Führer gab keine Antwort, und Ellena, welche

ihn während dieser Wechselreden nicht aus den Augen gelassen, gewahrte nunmehr, daß er sich in beträchtlicher Verlegenheit befand. Dies machte sie erneut an seiner Vertrauenswürdigkeit zweifeln, unerachtet etlicher Umstände, welche weiterhin für dieselbe zu sprechen schienen. Doch zunächst war keine Gelegenheit für weitere Beobachtungen, da ja Schedoni des Führers Rat nicht befolgt hatte und seinem Pferde die Sporen gab, so daß man in gestrecktem Galopp dahinsprengte, bis die Steigung des Wegs die Gesellschaft zur Herabminderung ihrer Eile zwang.

Anders als es sonst seine Gewohnheit war, schien Schedoni bei dem langsamen Aufstieg begierig, mit dem Manne ein Gespräch anzuknüpfen, da er ihm etwelche Fragen in Ansehung des nunmehr hinter ihnen liegenden Landsitzes stellte. Und ob er nun ernstlichen Anteil an dem Gegenstande nahm, oder lediglich ergründen wollte, ob der Mann ihn durch das bereits Erzählte nicht etwa habe täuschen wollen, woraus der Beichtiger seine Schlüsse auf des Erzählers Charakter hätte ziehen können – jedenfalls frug er den Führer mit einer Gründlichkeit nach allem und jedem, welche Ellena in Erstaunen versetzte. Freilich erlaubte während solchen Gespräches die einfallende Dämmerung es ihr nicht länger, das Mienenspiel der beiden zu beobachten, doch lauschte das Mädchen mit um so größerer Aufmerksamkeit dem Tonfall der Stimmen, da in demselben ja die jeweiligen Umstände und Gefühle deutlich zum Ausdruck kamen. Auch mag hier noch angemerkt sein, daß während der gesamten Unterredung der Führer Seite an Seite mit Schedoni ritt.

Dieweil der Beichtiger noch über etwas zu grübeln schien, was der einheimische Führer ihm in Ansehung jenes Barone di Cambrusca berichtet hatte, forschte Ellena nach dem Schicksal der andern Bewohner des Landsitzes.

»Der Einsturz des alten Turmes war ihnen Warnung genug«, versetzte der Gefragte. »Das Getöse jagte sie aus ihren Betten, und so fanden sie eben noch Zeit, aus dem neuen Gebäude ins Freie zu stürzen, ehe der zweite und dritte Erdstoß auch dieses in Trümmer legten. Sie rannten allesamt in den Wald, um dort Schutz zu suchen, und haben denselben auch gefunden, weil sie ja einen anderen Weg als das Erdbeben genommen. Keiner Menschenseele ist ein Haar gekrümmt worden, mit Ausnahme des Barone, der aber sein Los nur zu sehr verdient hat. Oh! Ich könnt' Euch Dinge erzählen, die über ihn im Umlauf waren –«

»Und was ist aus der überlebenden Familie geworden?« fiel Schedoni ihm ins Wort.

»Nun denn, Signor, sie wurde in alle Winde verstreut, und kein einziges ihrer Mitglieder ist an den alten Wohnort zurückgekehrt. Oh nein – sie hatten dort allzuviel auszustehn gehabt und würden vielleicht auch heute noch leiden müssen, wär' jenes Erdbeben nicht gekommen!«

»Wär' es *nicht* gekommen, sagt Ihr?« wiederholte Ellena.

»Ganz recht, Signora, denn es hat dem Leben des Barone ein Ende gemacht. Könnten jene Mauern reden, so wüßten sie wohl die befremdlichsten Dinge zu erzählen, denn sie haben Böses mitansehen müssen. Und jenes Turmgemach, das ich Euch gewiesen, Signora, hat kein Fuß außer demjenigen des Barone betreten dürfen – den Diener ausgenommen, welcher es in Ordnung gehalten, und auch das hat der Besitzer nur ungern gelitten und war stets dabei zugegen.«

»Vielleicht hatte er einen geheimen Schatz darin verwahrt?« meinte Ellena.

»Woher denn, Signora, nichts dergleichen! Aber allzeit hat eine Lampe dort gebrannt, und in manchen Nächten hat man ihn hören können – einmal, wahrhaftig, ist sein Kammerdiener aus reinem Zufall –«

»So kommt schon«, unterbrach ihn Schedoni. »Haltet Schritt mit mir! Was sind denn das nun wieder für müßige Ammenmärchen, die Ihr uns da auftischt!«

»Es ist nur wegen des Barone di Cambrusca, Signor, über den Ihr mich vorhin so eingehend ausgefragt habt.

Ich war eben dabei, von seinen sonderbaren Grillen zu berichten, und daß in einer stürmischen Dezembernacht, wie mein Vetter Francisco meinem Vater erzählt hat, und der hat's wieder mir erzählt – denn mein Vetter, müßt Ihr wissen, hat ja im Hause gewohnt, als es passiert ist, und –«

»Als *was* passiert ist?« frug Schedoni abrupt.

»Das, was ich eben erzählen gewollt, Signor. Mein Vetter hat also um jene Zeit in dem Hause gewohnt, und so könnt Ihr, wie *unglaublich* es auch klingen mag, alles für bare Münze nehmen, was ich Euch nun berichte. Mein Vater ist Zeuge, daß ich es selber nicht glauben mochte, bis –«

»Genug davon!« gebot Schedoni. »Ich will gar nichts mehr hören! Wie groß war übrigens die Familie jenes Barone – war er verheiratet zur Zeit jenes Erdbebens?«

»Gewiß, Signor – er hat ein Weib gehabt, das wollte ich ja eben sagen, falls Ihr die Güte haben wolltet, ein wenig Geduld zu üben!«

»Der Barone hätte ihrer mehr bedurft, denn ich, der ich *kein* Weib habe, mein Freund!«

»Sein Weib hätte ihrer am meisten bedurft, Signor, wie Ihr sogleich hören sollt. Eine gute Seele, so heißt es allgemein, ist die Baronessa gewesen! Doch zum großen Glück hatte sie schon viele Jahre zuvor das Zeitliche gesegnet! Auch war da eine Tochter, und, so jung sie war, auch sie hätte schon zu lange gelebt, wäre das Erdbeben nicht gekommen, um sie zu befreien.«

»Wie weit ist's denn noch bis zu jenem Gasthof?« frug der Beichtiger unwirsch.

»Sobald wir diesen Berg erstiegen haben, Signor, werdet Ihr ihn am Hange des nächsten erblicken, falls es bis dahin noch hell genug ist, denn dann wird nur mehr die Senke zwischen ihm und uns liegen. Doch könnt Ihr unbesorgt sein, Signor, der Bursche kann uns nimmer einholen! Ihr wißt wohl allerlei von ihm, Signor?«

Daraufhin frug Schedoni, ob die Trichterbüchse geladen sei. Hörend, daß nicht, befahl er dem Manne, dies sogleich nachzuholen.

»Nun denn, Signor, wenn Ihr ebensoviel über ihn wißt wie ich, so könnt Ihr doch keine Angst mehr vor ihm haben«, versetzte dieser, indem er anhielt, um dem Befehle nachzukommen.

»Ich hab' geglaubt, er sei Euch fremd!« rief der Beichtiger überrascht.

»Nun, Signor, er ist's – und ist's doch wieder nicht. Ich weiß mehr über ihn, als er glaubt!«

»Ihr scheint überhaupt viel zu viel von den Affären anderer zu wissen«, bemerkte Schedoni in verweisendem Ton.

»Nun, Signor, das könnten seine eigenen Worte sein! Indes, die bösen Taten sprechen sich herum, ob das die Leute wollen oder nicht. Jener Mensch kommt nämlich bisweilen in unser Städtchen, um seine Besorgungen zu machen, und lange Zeit hat niemand gewußt, wo er sich eigentlich aufhält. So hat man sich drum gekümmert und hat es schließlich auch herausgebracht.«

»Wir werden den Gipfel dieses Berges wohl nie erreichen«, sagte Schedoni gereizt.

»Und außerdem hat man eine Menge der befremdlichsten Dinge über ihn erfahren«, fuhr der Mann fort.

Ellena, welche dem Zwiegespräch mit der peinvollsten Neugierde gefolgt war, lauschte voll Ungeduld auf das, was nun in Ansehung Spalatros zu erwarten stand, doch wagte sie nicht, auch nur eine einzige Frage im Hinblick auf einen Gegenstand zu stellen, welcher so innig mit Schedonis Person verknüpft zu sein schien.

»Das ist nun schon viele Jahre her«, setzte der Führer fort, »seit jener Mensch das sonderbare Haus an der Küste bezogen hat. Es war verlassen und versperrt gewesen seit –«

»Wovon redet Ihr denn jetzt schon wieder?« unterbrach ihn der Beichtiger.

»Nie laßt Ihr mich ausreden, Signor! Kaum fang' ich an, so schneidet Ihr mir schon wieder das Wort ab und fragt, wovon ich rede! Eben wollt' ich mit der Geschichte anfangen, und es ist eine recht lange! Doch eins vor allem, Signor: Was glaubt Ihr wohl, zu wem jener

Mensch gehört hat! Und was glaubt Ihr, daß die Leute beschlossen haben, als das Gerücht die Runde machte! Man war freilich noch nicht sicher, ob es auch wahr sei, und keiner mochte so recht glauben an das entsetzliche –«

»Dies interessiert mich nicht«, unterbrach der Beichtiger ihn scharf, »und so mag ich kein weitres Wort darüber hören!«

»Ich hab's nicht bös gemeint, Signor«, erwiderte der Mann. »Konnt' ja nicht wissen, daß es Euch betrifft!«

»Wer sagt Euch, daß es mich betrifft?«

»Kein Mensch, Signor – nur schient Ihr mir ein wenig in Hitze zu geraten, und so hab' ich gedacht – Allein, ich hab's nicht bös gemeint, Signor! Es ist ja nur, weil er Euch ein Stück Weges zum Führer gedient, was mich vermuten ließ, Ihr könntet etwas über ihn wissen wollen.«

»Was ich von einem Führer wissen will, ist einzig und allein, daß er seine Pflicht tut«, versetzte Schedoni, »daß er mich sicher geleitet und daß er weiß, wann's an der Zeit ist, den Mund zu halten!«

Auf diese Worte erwiderte der andere nichts mehr, sondern zügelte sein Pferd und blieb hinter Schedoni zurück.

Sobald unsre Reisenden nach nicht mehr allzu langer Zeit die Anhöhe erreicht hatten, hielten sie Ausschau nach dem Gasthofe, von welchem der Führer gesprochen. Indes, die Dunkelheit hatte schon alles verhüllt, und kein tröstliches Licht deutete von fern auf ein sicheres Obdach hin. So schickte man sich recht niedergeschlagen an, in das Tal hinabzureiten, und fand sich alsbald aufs neue von Wäldern umgeben. Abermals rief nun Schedoni den Führer nach vorn und gebot ihm, auf gleicher Höhe zu bleiben, ließ sich aber in keinerlei Gespräche mehr ein. Ellena jedoch war zu sehr in Gedanken versunken, als daß sie eine Unterhaltung hätte anknüpfen mögen. Die Andeutungen, welche der Führer im Hinblick auf Spalatro von sich gegeben, hatten ihre Neugierde bezüglich dieses Gegenstandes nur noch stärker angefacht, und vollends hatten Schedonis Gehaben, seine Ungeduld und Verlegenheit sowie die entschlossene Art, in welcher er dem Gespräch ein Ende gesetzt, solche Neugierde gesteigert zu einer Überraschung, welche schon an Staunen grenzte. Da dem Mädchen aber keinerlei Hinweis geworden, mit dessen Hilfe sie ihre Schlußfolgerungen zu irgend einem Punkte hätte führen können, blieb sie auf wilde Vermutungen angewiesen und hatte eigentlich nur begriffen, daß Schedoni viel enger an Spalatro gebunden war, als sie bisher geglaubt.

Nachdem die Reisegesellschaft den Talgrund erreicht hatte und sich anschickte, den jenseitigen Berghang zu erklimmen, ohne dabei irgendwelche Anzeichen einer nahen Ortschaft zu erblicken, begann man erneut zu fürchten, von dem Führer getäuscht worden zu sein. Es war nun schon so finster geworden, daß man die Straße, wiewohl sie aus Kalkschotter bestand, fast nicht mehr erkennen konnte, und die Wälder zu beiden Seiten sich zum »engen Kerker ungezählter Zweige« zu ballen schienen, welcher auch noch den spärlichen Schimmer der Sterne abhielt.

Als nun der Beichtiger ernstlich in den Mann drang, wohin dieser Weg denn führen solle, ward plötzlich ein fernes Gejohle vernehmbar, so daß man die Pferde anhielt, um die Richtung ermitteln zu können, aus der jener Lärm ans Ohr drang.

»Es kommt aus der Richtung unsres Weges, Signor«, sagte der Führer.

»Horch!« rief Schedoni. »Dies sind die Laute einer Lustbarkeit!«

Verworrenes Stimmengelärm, untermischt von Gelächter und dem Klang von Musikinstrumenten, ward nunmehr hörbar, und mit anschwellendem Winde ließen auch die Töne von Tamburin und Flöte sich unterscheiden.

»Oh – wir nähern uns dem Ziel unsrer Reise!« rief da der Führer. »All das kommt aus dem Städtchen, zu dem wir unterwegs sind. Was aber mag es nur sein, das die Leute dort so fröhlich macht?«

Ellena, neubelebt durch solche Nachricht, folgte aufs

lebhafteste dem Beichtiger, der seinem Pferde die Sporen gegeben, und alsbald war man an einem Punkte des Berges angelangt, wo die Bäume auseinandertraten, und eine Ansammlung von Lichtern auf dem Gegenhange nunmehr mit Gewißheit die etwas höher liegende Stadt anzeigte.

Nicht lange danach, und man fand sich vor dem verfallenen Stadttor, das einstmals zu einem befestigten Platze geführt hatte, und ritt durch die Finsternis arg mitgenommenen Mauernwerks auf einen Marktplatz, welcher in einer Fülle Lichtes lag und vom Gelärm der Menge widerhallte. In allerlei phantastisch mit Lampions geschmückten Buden war eine Unmenge Güter aufs ergötzlichste zum Kaufe ausgelegt, und die festtäglich geputzten Bewohner belebten, untermischt von maskentragenden Gruppen, in wimmelndem Gedräng' die Straßen und Gassen. Da spielte eine Musikkapelle zum Tanze auf, dort drehte männiglich sich zu den fröhlichsten Weisen, hier riefen die Kapriolen eines Hanswursts immer wieder Lachstürme bei dem italiänischen Schau-Pöbel hervor, und anderwärts schlug ein *improvisatore* mit dem Pathos seiner Erzählung und der betörenden Empfindsamkeit seiner Strophen die Aufmerksamkeit der Zuhörerschaft in seinen Bann, als wär' er mit zaubrischen Kräften begabt. In einiger Entfernung hatte man ein Gerüst für ein abzubrennendes Feuerwerk errichtet, und gleich daneben erhob sich eine Schaubühne, wo das Possenspiel »Des Schattens Schatten« gegeben ward, so daß sich die von dem *buffo* der Hauptrolle immer wieder entfesselten Lachstürme mit den mannigfachen Kaufrufen der Eis-, Makkaroni-, Sorbet- und Diavolini-Verkäufer vermischten.

Voll Enttäuschung und übler Laune auf dies Treiben blickend, gebot der Beichtiger dem Führer, er möge voranreiten und ihm den Weg zum besten Gasthofe weisen, eine Aufgabe, welcher der Mann sich mit größtem Vergnügen unterzog, wiewohl er nur mühsam vorankam. »Daß ich nicht daran gedacht hab', daß man hier Jahrmarkt feiert!« rief er aus. »Obgleich ich, um bei der

Wahrheit zu bleiben, nur ein einziges Mal dabeigewesen bin. So ist meine Vergeßlichkeit nicht weiter verwunderlich, Signor.«

»Bahnt uns lieber einen Weg durch die Menge!« gebot Schedoni.

»Nach so langem Traben durch die Finsternis, Signor, mit nichts als ihrer Schwärze vor Augen«, fuhr der Mann fort, ohne der Richtung zu achten, »sich dann unversehens an solchem Orte zu finden, das ist, als ritte man aus dem Fegfeuer geradewegs ins Paradies hinein! Nun denn, Signor – jetzt seid Ihr all Eurer Sorgen ledig! Jetzt gedenkt Ihr nimmer jenes alten, verfallenen Orts, wo wir den Kerl gehetzt haben, der uns gar nicht ermorden gewollt. Indes, der Schuß, den ich auf ihn abgebrannt, hat seine Schuldigkeit getan!«

»Ihr hättet geschossen?« frug Schedoni aufhorchend.

»Gewiß, Signor, ich hab' Euch ja über die Schulter geblickt und dächte doch, Ihr müßtet es gehört haben!«

»Dies dächt' ich auch, mein Freund!«

»Ganz recht, Signor, aber der schöne Ort hier hat Euch alles andre aus dem Sinn verdrängt – auch das, dies wette ich, was ich Euch über jenen Burschen schon erzählt hab'! Doch wahrhaftig, Signor, als ich über ihn gesprochen, hab' ich nicht gewußt, daß er mit Euch verwandt ist. Indes, vielleicht kennt Ihr trotz allem nicht jenes Stück aus seinem Leben, das ich Euch berichten gewollt, als Ihr mir das Wort abgeschnitten habt, wiewohl ihr ja besser miteinander bekannt seid, als ich vermutet hatte. Aber wenn ich vom Jahrmarkt zurückkomme, Signor, so will ich, falls es Euch gefällig ist, das ganze erzählen. Es ist eine recht lange Geschichte, dieweil ich sie zufällig zur Gänze kenne, und als Ihr mir in Eurer Verlegenheit das Wort verboten habt, war ich eben erst am Anfang. Allein, was tut's, ich kann ja nochmals von vorne beginnen, denn –«

»Was soll das!« sagte Schedoni, erneut aus seiner Versunkenheit auffahrend, wie dies so oft bei ihm der Fall war. Nicht einmal der Wirbel ringsum hatte seine Grübeleien zu stören vermocht. Jetzt aber gebot er dem

Manne, zu schweigen. Der jedoch war viel zu fröhlich, als daß er solcher Weisung hätte Gehör schenken mögen, und redete sich von der Seele, was er gerade empfand, während man sich langsam durch die Menge vorwärtsschob. Alles und jedes hier war ihm neu und köstlich, und da für ihn kein Zweifel bestand, daß jeder andre ebenso empfinden müsse, wies er dem in düsterem Hochmut verharrenden Beichtiger ohn' Unterlaß die trivialen Dinge, an denen solch schlichter Sinn sich erfreute. »So seht doch, Signor, dort ist ja Policinello – seht, wie er die heißen Makkaroni verspeist! Und blickt auch dorthin, Signor, dort, auf jenen Zauberkünstler! Oh, bester Signor, haltet doch nur ein wenig an und bewundert seine Künste! Da! Jetzt hat er im Handumdrehn einen Mönch in einen Teufel verwandelt!«

»Ruhe jetzt! Und macht, daß Ihr vorankommt!« gebot Schedoni.

»Eben dies sag' ja auch ich, Signor! Ruhe jetzt! Die Leute lärmen ja dermaßen, daß ich kein Wort von dem verstehn kann, was Ihr sagt! Ruhe dort!«

»In Anbetracht des Umstands, daß Ihr kein Wort verstehen könnt, habt Ihr aber recht vernünftig geantwortet«, bemerkte Ellena.

»Ach, Signora, ist dies hier nicht bei weitem besser denn jene finstern Wälder und Berge? Aber was haben wir denn *da?* Seht doch, Signor, welch herrliches Bild!«

Da die Menge, welche dichtgedrängt ein Podium umstand, auf dem mehrere grotesk kostümierte Darsteller agierten, jedes weitere Vorankommen unmöglich machte, sahen sich unsre Reisenden gezwungen, unmittelbar vor der Plattform anzuhalten. Das Stück, welches man gab, schien als Tragödie geschrieben zu sein, war aber durch die fahrigen Gesten, die plumpe Rezitation und das unzutreffende Mienenspiel der Akteure zur Komödie geworden.

Schedoni, dergestalt zum Abwarten gezwungen, blickte gar nicht nach der Szene hin. Ellena hingegen ließ das Spiel über sich ergehen, und der einheimische Führer, mit offnem Mund und hervorquellenden Augen statuengleich verharrend, ohne indes zu wissen, ob er nun weinen oder lachen solle, fuhr plötzlich zu dem Beichtiger herum, dessen Pferd gezwungenermaßen ganz nahe dem seinigen stand, packte ihn am Arm und schrie: »So seht doch, seht, Signor! Oh, Signor, welch ein Schuft! Welch ein Schurke! Seht, nun hat er gar die eigene Tochter ermordet!«

Bei diesen entsetzlichen Worten ward Schedonis Unwille hinweggeschwemmt von anderen Gefühlen. Er blickte auf die Bühne und gewahrte, daß die Darsteller ja die Geschichte der Virginia spielten! Man befand sich soeben an der Stelle, wo sie in ihres Vaters Armen ihr Leben aushaucht, wobei derselbe den Dolch, mit welchem er sie getötet, hoch über sich hielt. Was Schedoni in diesem Augenblick empfand, kam fast der Schwere jener Strafe gleich, so auf das Verbrechen gesetzt ist, welches er im Schilde geführt.

Ellena, von der Handlung gepackt und in Erwägung des Kontrastes, in welchem dieselbe zu dem kürzlichen Verhalten Schedonis zu stehen schien, sah nun mit der zärtlichsten Liebe auf ihn. Doch als sein Blick dem ihren begegnete, mußte sie voll Bestürzung gewahren, wie aufgewühlt Schedoni war und welch unerklärlichen Ausdruck seine Züge angenommen hatten! Ins innerste Herz getroffen, schlug der Beichtiger seinem Roß wütend die Sporen in die Flanken, auf daß er solchem Bild entränne, doch war das arme Tier schon zu sehr abgetrieben und ermattet, als daß es sich einen Weg durch die Menge hätte bahnen können. Und der Führer, verärgert ob des Umstands, sich von einem Ort vertrieben zu sehen, an dem er, vielleicht zum ersten Mal in seinem Leben, die befremdliche Entzückung vorgespiegelten Schmerzes erleiden gedurft, und auch ergrimmt ob der schändlichen Behandlung, die da ein Tier erfuhr, für das er zu sorgen hatte, protestierte aus voller Kehle und fiel Schedoni in die Zügel, der, durch solchen Widerstand fast in Weißglut geratend, dem Manne mit der Peitsche eins überzog. In diesem Moment aber gab die Menge Raum und öffnete den Reitern eine Gasse, durch welche dieselben ihren Weg fortsetzen konnten, so daß sie ohne nennenswerten weitern Aufenthalt alsbald vor dem Tore des Gasthofes anlangten.

Schedoni war nicht in der Stimmung, all die Umständlichkeiten und schon gar nicht das Gezänk auf sich zu nehmen, wie dergleichen mit einem von Gästen schon überfüllten Orte verbunden ist. Dennoch ging's nicht ohne viele Gegenreden ab, bis er schließlich ein Logis für die Nacht sein eigen nennen konnte. Der einheimische Führer aber war nicht minder besorgt, seine Pferde unter Dach und Fach zu bringen, und als Ellena ihn sagen hörte, jenes Tier, welches der Beichtiger so grausam angespornt hatte, müsse doppeltes Futter erhalten sowie ein Strohlager, das ihm bis an den Kopf reiche, und wenn er selber dafür auf der nackten Erde zu schlafen hätte, steckte sie ihm, als Schedoni gerade nicht hersah, den einzigen Dukaten zu, der ihr noch verblieben war.

Zweites Kapitel

Und hast du Angst, das Schlimmste anzuhören,
Fall' ungehört das Schlimmste dir aufs Haupt.
Shakespeare

Schedoni verbrachte eine schlaflose Nacht. Der Zwischenfall des voraufgegangenen Abends hatte ihm ja nicht nur alle Seelenqual der Reue zum andernmal heraufgerufen, sondern auch Stolz wie Befürchtungen aufs neue angefacht. Irgend etwas war da im Gehaben des einheimischen Führers gewesen, das Schedoni sich nicht zu deuten wußte, wiewohl sein Argwohn stark genug war, einen Zustand tiefster Beunruhigung in ihm hervorzurufen. Der Mann hatte ja auf die harmloseste Weise von Spalatro gesprochen, hatte zugegeben, so manches von dessen Leben zu wissen, ja hatte sogar durchblicken lassen, daß auch Spalatros Auftraggeber ihm bekannt sei! Dennoch schien er der Tatsache unkundig, daß es recht eigentlich Schedoni war, der hinter all den Machenschaften steckte und die Taten des Schurken dirigiert hatte. Bisweilen aber schien des Mannes Gehaben solch mutmaßliche Unwissenheit in diesem Punkte Lügen zu strafen, denn etliche seiner Äußerungen hatten gezeigt, daß er nur zu gut wußte, wer Schedoni in Wirklichkeit war, wie ja auch die ganze Aufführung des Mannes für solche Annahme zu sprechen schien, besonders in Ansehung jener Momente, da er, von dem Beichtiger in seinem Redefluß unterbrochen, sich zu rechtfertigen gesucht, sagend, er habe gar nicht gewußt, daß dies alles Schedoni betreffe. Auch war's dem argwöhnischen Mönche schlechterdings nicht möglich, zu glauben, jener spezielle Hinweis auf Virginiens Bühnentod sei ein rein zufälliger gewesen. So wünschte er, sich solchen Mitwissers aufs rascheste zu entledigen, wobei es zunächst freilich nötig schien, sich über das Ausmaß solcher Mitwisserschaft klar zu werden und danach die erforderlichen Maßnahmen zu treffen. Dies war indes schwierig genug, wollte Schedoni nicht eine Wißbegier an den Tag legen, welche ihn verraten mußte, falls der Mann bisher bloß einen unbestimmten Argwohn gehegt hatte. Und nicht minder schwierig war's, über die richtigen Schritte zu befinden, falls sich herausstellen sollte, daß jener Argwohn einzig der Person Spalatros galt. Den Mann bis nach Neapel mitzunehmen, bedeutete ja, sich den Ankläger ins eigne Haus zu setzen! Nicht minder gefährlich aber war's, ihn mit allem, was er schon in Erfahrung gebracht, zu den Seinen zurückkehren zu lassen, jetzt, da er vielleicht sogar schon um Schedonis Wohnsitz wußte. So war es einzig der Tod, durch den dies Geheimnis bewahrt werden konnte.

Nach einer Nacht, die unter solch verworrenen Überlegungen hingegangen war, beorderte der Beichtiger den einheimischen Führer aufs Zimmer und eröffnete ihm nach wenigen, dürren Worten der Einleitung, daß man seiner Dienste nicht länger bedürfe, wobei er wie nebenher einflocht, es wäre gut, sich auf dem Rückwege bei jener Villa vorzusehn, auf daß nicht Spalatro, der in den Ruinen noch immer auf der Lauer liegen mochte, Gelegenheit fände, sich für die erlittne Verwundung zu rächen. »Denn im Hinblick auf das, was Ihr mir von ihm berichtet habt, muß er ja ein recht verzweifelter Bursche sein«, fügte Schedoni hinzu, »wiewohl Eure Kenntnis seiner Person vielleicht nicht ganz den Tatsachen entsprechen mag.«

Der Führer hub nunmehr an, unter allen Anzeichen der Verärgerung die Richtigkeit seiner Behauptungen zu beteuern. Dies war der Moment für den Beichtiger, ihm die Würmer aus der Nase zu ziehen. Doch ob der Mann nun gekränkt war wegen der Behandlung, die er erst gestern erfahren, oder ob er andere Gründe hatte, mit seinem Wissen hinterm Berg zu halten, in jedem Falle zeigte er sich nicht so redselig wie am vergangenen Tage.

»Was Ihr mir gestern über jenen Menschen angedeutet«, sagte Schedoni, »hat in etwelchen Punkten meine Neugier erweckt. So mögt Ihr, wenn's Euch gefällt, mir immerhin jene wundersame Geschichte erzählen, von der Ihr gestern gesprochen habt.«

»Das ist eine lange Geschichte, Signor, und Ihr würdet wohl kaum die Geduld aufbringen, sie zur Gänze anzuhören«, versetzte der also Aufgeforderte. »Und, mit Verlaub, Signor, ich leid' es nur ungern, wenn mir jemand in einemfort das Wort abschneidet!«

»Wo hat denn der Kerl eigentlich gewohnt?« frug nun der Beichtiger. »Ihr habt da von einem Haus an der Küste gesprochen.«

»Ganz recht, Signor, und um eben dies Haus ist's ein sonderbar Ding. Wie ich Euch schon sagte, ist der Bursche ganz plötzlich dort aufgetaucht – kein Mensch hat gewußt, von wo! Und das Haus war unbewohnt und versperrt gewesen seit dem Zeitpunkt, da der Marchese –«

»Der Marchese?« frug Schedoni beiläufig. »Welcher Marchese, guter Mann?«

»Nun, ich spreche vom Barone di Cambrusca, Signor,

wie ich Euch sogleich aus eigenem gesagt hätte, wolltet Ihr mich nur ausreden lassen! Also, unbewohnt und versperrt gewesen seit dem Zeitpunkt, da der Barone – hier war ich doch stehngeblieben, nicht wahr?«

»Ich war der Meinung, der Barone sei schon tot gewesen«, warf hier der Beichtiger ein.

»Gewiß, Signor«, versetzte der Erzähler, indem er Schedoni unverwandt anblickte. »Allein, was hat sein Tod mit meiner Geschichte zu schaffen? Sie hat sich ja noch zu seinen Lebzeiten zugetragen!«

Schedoni, ein wenig aus dem Konzepte gebracht durch solch unerwarteten Einwand, vergaß darüber, sich ob dessen Vertraulichkeit zu entrüsten. »So hat also dieser Kerl, dieser Spalatro, mit dem Barone di Cambrusca in Verbindung gestanden?« frug er.

»Dies hat man allgemein vermutet, Signor.«

»Wie – bloß vermutet, sagt Ihr?«

»Ganz recht, Signor. Aber auch das war dem Barone schon zuviel, möcht' ich wetten. Er war nämlich recht sehr darauf bedacht, nichts Gewisses über seine Person unter die Leute zu bringen, und er hat gut daran getan, denn wär's dazu gekommen – nun, um so schlimmer für ihn! Aber ich wollte Euch ja die Geschichte erzählen, Signor!«

»Und aus welchen Gründen hat man vermutet, Spalatro sei der Handlanger des Barone di Cambrusca?«

»Ich dachte, Ihr wolltet die Geschichte hören, Signor!«

»Alles zu seiner Zeit! Zunächst aber möchte ich die Gründe erfahren!«

»Ein einziger Grund ist schon genug, Signor, und hättet Ihr mich nur fortfahren lassen, so wüßtet Ihr ihn schon!«

Schedoni furchte die Stirn, verwies aber dem Sprecher mit keinem Wort dessen unverfrorne Redeweise.

»Dieser einzige Grund, Signor, war nach meinem Dafürhalten, daß nur der Barone di Cambrusca eines dermaßen argen Verbrechens fähig gewesen, dieweil es ja in unsrer Gegend niemand andern gegeben hat, der ebenso verderbt gewesen wäre. Na – und ist das nicht ein vernünftiger Grund, Signor? Was schaut Ihr mich auf einmal so an? Wahrhaftig, der Barone selber hätt' mich nicht ärger ansehn können, wär' ich so kühn gewesen, ihm all das ins Gesicht zu sagen!«

»Zur Sache!« gebot der Beichtiger mit gepreßter Stimme.

»Nun gut, Signor, fangen wir also von vorn an. Es ist schon so manches Jahr her, daß Marco in unser Städtchen gekommen ist. Nun ist die Geschichte aber die, daß in einer stürmischen Nacht –«

»Ihr könnt Euch die Mühre sparen, die ganze Geschichte zu erzählen«, fiel Schedoni ihm ins Wort. »Habt Ihr jenen Barone, von dem Ihr mir da gesprochen, jemals zu Gesicht bekommen?«

»Weshalb habt Ihr verlangt, ich solle sie erzählen, wenn Ihr sie ohnehin schon kennt, Signor? Die ganze Zeit bemüh' ich mich, den rechten Anfang zu finden, und all dies für nichts und wieder nichts!«

»Es ist erstaunlich«, hub der ränkevolle Schedoni von neuem an, ohne auf das eben Gesagte einzugehn, »es ist erstaunlich, daß man, falls Spalatro wirklich für jenen Schurken gegolten, als den Ihr mir ihn schildert, keinerlei Schritte unternommen hat, ihn der Gerichtsbarkeit zu überantworten. Wie ist das zugegangen? Indes, vielleicht ist Eure Geschichte nicht mehr denn ein Gerücht!«

»Nun, Signor, was das betrifft, so verhielt sich die Sache so, daß jedermann und keiner was gewußt hat, wie man so sagt. Und überdies – es konnte ja niemand den Beweis erbringen für alles, was da gemunkelt worden ist, und wiewohl's jedermann glaubte, als hätte er's mit eigenen Augen mitangesehn, würde es, so hat's allgemein geheißen, vor Gericht doch nicht ausreichen, falls man keine Beweise dafür erbringen könnte. Und Ihr wißt ja selber gut genug, Signor, daß von zehn Fällen kaum einer beweisbar ist. Aber bei uns zuhaus wird das alles dessenunerachtet für wahr gehalten.«

»So wäre man bei Euch bereit gewesen, jenen Mann für einen Mord zu bestrafen, welchen er womöglich gar nicht begangen hat?« rief da der Beichtiger.

»Für einen *Mord*, sagt Ihr?« wiederholte der Erzähler.

Schedoni schwieg still, sagte aber schon im nächsten Moment: »Habt Ihr denn nicht selber gesagt, es handle sich um einen Mord?«

»Kein Wort davon, Signor!«

»Nun, was war es dann?« hub Schedoni nach neuerlichem Schweigen an. »Ihr sagtet ja, es sei ein grausiges Verbrechen gewesen, und welches wäre grausiger denn ein Mord?« Seine Lippen bebten, als er dies letzte Wort aussprach.

Der andere gab keine Antwort, hielt aber die Augen auf den Beichtiger geheftet und wiederholte schließlich: »Hab' ich gesagt, es sei ein Mord gewesen, Signor?«

»Nun, wenn es keiner war, so sagt schon, was es sonst gewesen ist!« gebot der Mönch in hochmütigem Ton. »Doch macht nicht viele Worte, alter Freund!«

»Nicht viele Worte – bei einer so langen Geschichte, Signor?«

»Gut, gut – nur, faßt Euch kurz!«

»Wie das, Signor, wo die Geschichte doch eine so lange ist?«

»Ich mag keine Zeit mehr verlieren«, sagte Schedoni und traf Anstalten, sich zu erheben.

»Nun denn, Signor, ich will versuchen, mich so kurz wie möglich zu fassen. Es war also in einer stürmischen Dezembernacht, als Marco Torma draußen auf Fischfang war. Marco, so müßt Ihr wissen, Signor, war schon ein alter Mann, als ich selber noch ein Kind war, und hat in unserm Städtchen gelebt. Ich kann mich freilich nur mehr dunkel an ihn erinnern, aber mein Vater hat ihn recht gut gekannt, war dem alten Marco sehr zugetan und hat oft genug zu uns gesagt –«

»Zur Sache!« knirschte Schedoni.

»Wieso, Signor, ich tue, was ich kann! Nun denn, zu jener Zeit, als die Sache passierte, wohnte der alte Marco noch nicht in unserm Städtchen, sondern irgendwo draußen in einer Ortschaft nahe der Küste, deren Namen mir entfallen ist – wie war er doch gleich – ja, so ähnlich wie –«

»Schon gut! Was also war's mit jenem alten Narren?«

»Weit gefehlt, Signor, der war alles andre denn ein alter Narr! Aber das sollt Ihr sogleich hören. Zu jener Zeit also hat der alte Marco in dem Orte gelebt, dessen Name mir entfallen ist, und hat sich sein täglich Brot als Fischer verdient, bis er schließlich bessere Zeiten gesehn hat, aber das tut hier nichts zur Sache. Für uns ist's nur von Bedeutung, daß der alte Marco draußen auf Fischfang war. Wie gesagt, es war eine stürmische Nacht, und so möcht' ich wetten, daß er heilfroh war, doch noch an Land gekommen zu sein. Es war ganz schön finster, Signor, so finster wie gestern nacht, möcht' ich fast sagen, und der alte Marco mit seinem Fang tat sein Bestes, nicht von dem Küstenpfad abzukommen. Aber die Finsternis war eine so dichte, daß er unerachtet aller Mühe den Weg verlor. Der Regen peitschte ihn, der Wind hat geheult, und so ist Marco lange Zeit umhergeirrt, ohne ein Licht zu erblicken und ohne was andres zu hören als die nahe Brandung, die ihn bisweilen fortzuschwemmen drohte. Nun, er hielt sich nach Kräften von ihr fern, aber da er wußte, daß es ein wenig landeinwärts ein paar hohe Klippen gab, hat er wohl Angst gehabt, sich den Schädel an ihnen einzurennen, im Fall er sich zu weit vom Wasser entfernte. Aber schließlich wagte er sich doch recht nahe unter jene Felsen und beschloß, nachdem er dort ein wenig Schutz gefunden, für den Augenblick nichts weiter zu unternehmen. Ihr müßt nämlich wissen, Signor, daß ich Euch die Geschichte Wort für Wort so erzähle, wie mein Vater sie mir erzählt hat, und dem wiederum hat sie der alte Marco selber erzählt!«

»Ihr braucht aber nicht so ins einzelne zu gehen«, versetzte der Beichtiger. »Haltet Euch mehr an die Hauptsache!«

»Nun gut, Signor, während also der alte Marco so unter den Felsen versteckt lag, war es ihm plötzlich, als hörte er jemanden kommen. Und da hat er, wetten möcht' ich, daß es so gewesen ist, da hat der arme alte Kerl den Kopf gehoben, als ob er da besser sehn hätte können! Nun, wie finster es auch war, so konnt' er doch wenigstens hören, und tatsächlich, er hat was gehört, nämlich sich nähernde Schritte! Er selber aber hat für's erste nichts von sich hören lassen, denn er wollte warten, bis der andre ganz nahe heran wäre, und sich erst dann bemerkbar machen. Und schon auch sieht er ein winziges Licht, und es bewegt sich und kommt näher und näher, bis es ihm genau gegenüber war, und dann hat er auf der Erde den Schatten eines Menschen gesehn, und gleich darauf auch den dazugehörigen Mann, der mit einer abgeblendeten Laterne den Strandpfad entlanggegangen ist.«

»Gut, gut – zur Sache endlich!« sagte Schedoni.

»Der alte Marco, Signor, sagt mein Vater, ist alles andre denn ein Held gewesen, und so setzte er sich's in den Kopf, dies müsse wohl ein Strandräuber sein, weil der Kerl eine Laterne bei sich hatte, wiewohl, was das betrifft, er selber froh genug gewesen wär', eine solche bei der Hand zu haben. So lag er denn mucksmäuschenstill und rührte sich nicht. Dann aber kriegte er einen gehörigen Schrecken, denn der Mann ist stehngeblieben, um die Last, die er auf dem Buckel schleppte, ganz nahebei auf einem Felsbrocken abzustellen! Ja, und so hat der alte Marco gesehn, daß der Kerl einen schweren Sack abgeworfen hat, und hat den keuchenden Atem gehört, als wär' der andre auf den Tod erschöpft. Ich erzähle die Geschichte ganz so, Signor, wie mein Vater sie mir erzählt hat, und der wiederum hat sie –«

»Was war in dem Sack?« frug Schedoni wie nebenbei.

»Eins nach dem andern, Signor! Kann sein, der alte Marco ist nie dahintergekommen, doch Ihr werdet es gleich hören. Jedenfalls hat er beim Anblick jenes Sakkes kein Glied zu rühren gewagt, denn er hat ja geglaubt, da sei die Diebsbeute drin. Aber gleich danach hat der Mann, ohne ein Wort zu sagen, seine Last wieder geschultert und ist weiter die Küste entlanggestolpert, bis Marco nichts mehr von ihm hat sehen können.«

»Aber was hat der Kerl aber mit Eurer Geschichte zu tun?« frug der Beichtiger. »Ist es Spalatro gewesen?«

»Eins nach dem andern, Signor! Ihr bringt mich noch ganz durcheinander! Als der Sturm ein wenig nachgelassen hatte, ist der alte Marco aus seinem Versteck gekrochen, weil er geglaubt hat, es müsse eine Ortschaft oder ein Weiler oder eine Hütte in der Nähe sein. Und da der andre nun weg war, wollte er seinen Weg wieder aufnehmen. Aber er wär' besser geblieben, wo er war, denn er ist lange Zeit umhergeirrt und hat überhaupt nichts entdecken können, ja was noch schlimmer war, der Sturm ist wieder aufgekommen, aber nun waren keine Felsen mehr da, wo man hätt' unterkriechen können. Doch mitten in solcher Verlegenheit sieht er plötzlich ein Licht in der Ferne, und so ist's ihm in den Sinn gekommen, dies könnte wieder die Laterne sein, aber er beschloß, trotzdem weiterzugehn, denn wenn es wirklich die Laterne war, so hätt' er ja noch immer stehenbleiben können, na und war sie's nicht, so bedeutete jenes Licht am Ende gar ein Obdach! So schritt er denn weiter, und ich glaub', ich hätte an seiner Stelle genau so gehandelt, Signor.«

»Schön, schön! Diese Geschichte kommt niemals zu einem Ende!« sagte Schedoni.

»Nun, Signor, er war noch nicht weit gegangen, als er dahinterkam, daß jenes Licht keine Laterne war, sondern ein erleuchtetes Fenster. Und als er das Haus erreicht hatte, klopfte er ganz leise an die Tür, aber niemand ist herausgekommen.«

»Von welchem Hause redet Ihr?« frug der Beichtiger scharf.

»Es hat in Strömen gegossen, Signor, und ich möchte wetten, der arme alte Marco hat lange Zeit gewartet, bevor er zum andernmal geklopft hat, denn er war eine geduldige Seele, Signor! Oh – wie oft habe ich ihn einer Geschichte zuhören sehen, wie lang die immer gewesen sein mag!«

»Solche Geduld wäre mir in der Tat vonnöten!« seufte Schedoni.

»Als er's dann doch zum andernmal versuchte, hat die Tür ein wenig nachgegeben, und so hat er gesehn, daß sie ja offen war! Und da weiterhin niemand gekommen ist, hielt er es für richtig, von sich aus einzutreten.«

»Der alte Narr! Wie kann ein Mensch nur so neugierig sein!« rief Schedoni.

»Was heißt da neugierig, Signor! Er hat ja bloß Obdach gesucht! Nun, eine gute Weile ist er im Finstern umhergetappt, hat aber keine Menschenseel' entdecken und sich niemandem bemerkbar machen können. Am Ende aber geriet er in ein Gemach, wo auf dem Herd das Feuer noch nicht ganz erloschen war, und so ist er hinzugetreten, um sich dran zu wärmen, bis jemand sich zeigen würde.«

»Wie! Es war niemand im Haus?« frug der Beichtiger.

»Gleich werdet Ihr's hören, Signor! Er mag noch keine – nein, er war ganz sicher, sagt er, sich noch keine zwei Minuten über den Herd gebeugt zu haben, als er ein befremdliches Geräusch vernahm, und zwar in dem nämlichen Raum, wo er sich aufhielt. Aber der Glutschein war so schwach, daß Marco nicht erkennen konnte, ob da jemand war.«

»Wovon kam jenes Geräusch?«

»Ihr bringt mich ganz durcheinander, Signor! Er sagt, er hat ein ungutes Gefühl dabei gehabt, aber was hätt' er denn tun sollen! So hat er die Glut ein wenig geschürt, auf daß ein paar Flammen hervorschlügen, aber sie blieb so düster wie zuvor, so daß er nichts weiter erkennen konnte. Aber mit einemmal war's ihm, als käme da jemand, und gleich darauf hat er ein Licht gesehn sowie einen herankommenden Mann, und so ist er ihm entgegengetreten und hat ihn um Obdach gebeten.«

»Wer war jener Mann?« frug Schedoni.

»... um Obdach gebeten. Und er sagt, jener Mann, als er in der Tür gestanden, sei so weiß wie ein Bettlaken geworden, was ja kein Wunder gewesen, da er ja um diese Nachtzeit plötzlich einen Fremden vor sich gesehen, und dies in den eignen vier Wänden! Ich glaube, auch ich wär' an seiner Stelle so weiß wie die Wand geworden! Nun, der Mann schien nicht recht willens, dem alten Marco Obdach zu gewähren, sondern frug ihn bloß, was er denn hier zu suchen habe und dergleichen. Aber der Sturm hat ums Haus geheult, und der alte Marco ist wohl der letzte gewesen, vor dem man sich hätt' fürchten müssen, und als er dem Manne vollends die schönen Fische in dem Korb gezeigt und ihn dazu eingeladen hat, schien derselbe nicht mehr so abgeneigt, ihn zu beherbergen.«

»Unglaublich!« rief Schedoni. »So ein Holzkopf!«

»Oh, was das betrifft, Signor, so war er schlau genug! Der alte Marco sagt ja, daß er einen Bärenhunger zu haben schien, denn –«

»Als ob das ein Beweis für Schlauheit wäre!« sagte der Beichtiger ärgerlich.

»Nie laßt Ihr mich ausreden, Signor! ... einen Bärenhunger zu haben schien, denn er hat sogleich frisches Holz auf die Glut gelegt, um ein paar der Fische zu braten. Und dieweil er dies tat, wollte dem alten Marco schier das Herz aussetzen, denn, so sagt er, er habe geglaubt, in dem Kerl den Mann vom Strand wiederzuerkennen, und so hat er ihn nicht aus den Augen gelassen, bis der andere ihn verärgert fragte, weshalb er ihn denn beständig so anstarre? Aber Marco hat sich wohlweislich gehütet, ihm den Grund zu nennen. Nun gut, der andre war also mit dem Braten der Fische beschäftigt, und Marco hatte dadurch nur um so mehr Muße, ihn gehörig ins Auge zu fassen. Und jedesmal, wenn der Kerl sich umgesehn hat, was recht oft geschehn ist, war's dem Alten, als wär' es derselbe, den er am Strand gesehn hatte.«

»Na und wenn schon«, knurrte Schedoni.

»Als aber Marco zufällig nach jenem Sack gesehn hat, der in der Ecke lag, sind ihm auch noch die letzten Zweifel vergangen, und er sagt, es war ihm, als wollte sein Herz nun vollends stillstehn, und am liebsten, sagt er, wäre er weit fortgewesen, und so habe er sich entschlossen, bei der nächstbesten Gelegenheit Reißaus zu nehmen, ohne dem Kerl etwas von solchem Argwohn merken zu lassen. Nämlich, er hat ja geglaubt, jetzt zu wissen, weshalb der sich so häufig umsah! Zuerst hatte er ja geglaubt, der andere vermute, Marco hab' einen Gefährten mit sich gebracht, aber jetzt war er so gut wie sicher, daß jene Blicke der Diebsbeute in dem Sacke galten.«

»Ganz recht, das kann schon stimmen«, bemerkte Schedoni.

»Nun gut, während also der Fisch schön langsam gargeworden ist, hat der alte Marco wie auf Nadeln gesessen, ja es war ihm, als wär' er aus dem Regen in die Traufe gekommen. Aber was hätt' er schon dagegen tun sollen?«

»Nun, gewißlich nichts andres denn aufstehn und fortgehen«, versetzte der Beichtiger. »Ganz so, wie ich es machen werde, wenn Eure Geschichte sich noch lange so hinzieht!«

»Gleich werdet Ihr's hören, Signor: nämlich, genau das hätt' er ja getan, wenn er hätte glauben können, der Kerl werde ihn ziehen lassen. Allein –«

»Nun denn, ich dächte doch, der Kerl war Spalatro, nicht wahr?« sagte Schedoni ungeduldig. »Und das Haus war jenes an der Küste, das Ihr schon früher erwähnt habt!«

»Das habt Ihr aber gut erraten, Signor! Wiewohl, wenn ich aufrichtig sein soll, so habe ich ja erwartet, daß Ihr schon in der ersten halben Stunde dahinterkommen werdet.«

Dem Beichtiger wollte der bedeutsame Blick gar nicht gefallen, mit welchem der Erzähler ihn bei diesen Worten bedachte, indes, er gebot ihm lediglich, in dem Berichte fortzufahren.

»Fürs erste, Signor, hat Spalatro kaum ein Wort gesprochen, doch nach und nach löste sich ihm die Zunge, und als das Essen kurz vorm Auftragen war, ist er schon recht gesprächig gewesen.«

An diesem Punkte der Erzählung erhob sich der Beichtiger unter etwelchen Anzeichen von Erregung und durchmaß das Zimmer.

»Der arme alte Marco aber, Signor, hatte nunmehr

eine bessere Meinung von ihm gewonnen, und als er den Regen gegen die Fenster trommeln hörte, war ihm der Gedanke an einen Aufbruch vollends verleidet. Und im nämlichen Moment ging Spalatro hinaus, um einen Teller für den Fisch zu holen.« –

»*Hinaus*gegangen ist er?« frug Schedoni und verhielt den Schritt.

»Ganz recht, Signor, doch hat er vorsichtshalber die Lampe mit sich genommen. Trotzdem, Marco, den ja ein wenig die Neugier geplagt hat –«

»Oh ja, den scheint die Neugier recht sehr geplagt zu haben, wahrhaftig!« sprach der Beichtiger, wandte sich und nahm seinen Gang wieder auf.

»Ja und nein, Signor, so weit bin ich noch nicht, und bisher hatte er ja noch keine Neugier gezeigt. – Marco, den also schon die ganze Zeit die Neugier geplagt in Ansehung dessen, was sich da wohl in dem Sack befinden mochte, hielt nun die Gelegenheit für gekommen, Nachschau zu halten, und weil das Feuer nun hell genug geflackert hat, beschloß er, sich sogleich zu überzeugen. Deshalb ist er zu dem Sack getreten, Signor, und hat versucht, ihn zu heben. Doch der Sack war ihm zu schwer, wiewohl er nicht voll zu sein schien.«

Abermals blieb Schedoni stehen und pflanzte sich vor dem Erzähler auf.

»Dennoch, ein wenig konnt' er ihn anheben, Signor, aber dann ist das Ding mit einem so dumpfen Aufprall zu Boden gefallen, daß Marco so gut wie sicher war, dies könne kein gewöhnliches Diebsgut sein. Doch in jenem Moment, so sagt er, hat er geglaubt, Spalatro zurückkommen zu hören, und weil ihn schon jener Aufprall genugsam erschreckt hatte, machte er, daß er wieder an seinen Platz kam. Doch Marco hatte sich geirrt, und so ist er wieder zu dem Sack zurückgeschlichen. Aber Ihr hört mir ja gar nicht zu, Signor – Ihr seht ja drein, als hätten Euch wieder Eure Gedanken überkommen, während ich hier –«

»So fahrt schon fort!« gebot Schedoni streng und begann abermals, auf und ab zu schreiten. »Ich höre.«

»... wieder zu dem Sack zurückgeschlichen«, fuhr der Mann fort, wie stets darauf bedacht, den Faden der Erzählung wortwörtlich wieder aufzunehmen. »Er hat die Schnur gelöst, Signor, mit welcher der Sack oben zusammengebunden war, und ihn ein wenig geöffnet. Doch stellt Euch nur vor, Signor, wie's ihm zumut gewesen sein muß, als er – als er totes, kaltes Fleisch zu fühlen bekam! Oh, Signor – und erst, als er beim Schein des Feuers eine Leiche erblickt hat! Oh, Signor!« –

Der Erzähler, hingerissen von der Dramatik des Berichteten, war Schedoni ans andere Zimmerende gefolgt und packte ihn nun am Gewand, ganz als wollt' er sich des Beichtigers Aufmerksamkeit für den nun noch verbleibenden Teil der Geschichte sichern. Schedoni aber schritt weiterhin auf und nieder, so daß der Erzähler, welcher sich nicht abschütteln ließ, mit ihm Schritt halten mußte.

»Marco«, fuhr er fort, »war, wie mein Vater sagt, dermaßen entsetzt, daß er kaum mehr gewußt hat, wo er nun eigentlich war, und ich möchte wetten, daß er, hätt' man ihn in jenem Moment sehen können, ebenso bleich war, Signor, wie Ihr es jetzt seid!«

Mit einem Ruck entriß der Beichtiger sein Gewand dem Zugriff des Erzählers und sagte mit gepreßter Stimme: »Wenn schon mich das Entsetzen überkommt, der ich solches nur anhören muß, was wunder, daß es ihn überkommen, der dies alles mit eigenen Augen gesehn hat!« Und nach einigem Schweigen setzte er hinzu: »Aber was war weiter?«

»Nun, er sagt, er habe nicht mehr die Kraft gehabt, den Sack wieder zuzubinden, Signor, und als er wieder zu Sinnen gekommen, war seine einzige Angst, Spalatro, wiewohl der erst vor kaum einer Minute gegangen war, könnte zurücksein, ehe der alte Marco aus dem Hause wäre. Dieser dachte ja nicht länger an das Unwetter draußen. Und tatsächlich, schon hörte er die Schritte des Zurückkehrenden! Doch hat er's fertiggebracht, noch rechtzeitig hinaus auf einen andern Gang zu entwischen. Und zum großen Glück ist's der nämliche Gang gewesen, durch den er ins Haus gekommen war. So hat er unschwer den Weg ins Freie gefunden und sich dort nicht erst lang aufgehalten, sondern ist Hals über Kopf davongerannt, ohne auf die Richtung zu achten. So hat er in jener Nacht in den Wäldern noch allerlei Gefahren überstehn müssen, bis er –«

»Wie aber ist's gekommen, daß man nach solcher Entdeckung diesen Spalatro nicht hat ausheben lassen?« frug Schedoni. »Und was ist weiterhin geschehen?«

»Nun, Signor, zunächst hat's geschienen, als hätte der alte Marco sich in jener Nacht auf den Tod erkältet. Ob es nun eine Folge der Nässe war, oder aber der überstandenen Ängste – jedenfalls ist er an einem hitzigen Fieber darniedergelegen und davon ganz wirr im Kopf geworden. Er hat von Dingen phantasiert, die waren so arg, daß ihm die Leute, sobald er wieder zur Vernunft gekommen ist, kein Wort mehr glauben mochten.«

»Nun wohl«, sagte Schedoni. »Die ganze Geschichte scheint ja viel eher einem Fiebertraum denn der Wirklichkeit entsprungen zu sein, und so kann ich den Leuten in Ansehung jenes Alten nur recht geben!«

»Ihr werdet das weitre gleich hören, Signor! Denn nach einiger Zeit überlegten sie es sich doch noch, und die Sache hat etliches Aufsehen nach sich gezogen. Aber was sollten die armen Teufel schon tun, wo sich doch nichts beweisen ließ! Zwar hat man das Haus durchsucht, aber der Kerl hatte sich aus dem Staub gmacht, und so ließ sich überhaupt nichts mehr entdecken! Von jenem Tag an hat man das Haus verschlossen gehalten, bis dann, nach vielen Jahren, jener Spalatro aufgetaucht ist, von dem der alte Marco behauptet hat, er sei ziemlich sicher, daß es der Kerl von damals sei. Aber beschwören hat er's nicht können, und so ließ sich in dieser Sache nichts weiter tun.«

»So hat's nach allem den Anschein, als wäret Ihr gar nicht sicher, daß diese lange Geschichte mit Spalatro zusammenhängt!« sagte der Beichtiger. »Ja, nicht einmal die Geschichte als solche mag mehr sein denn der Fieberwahn eines delirierenden Hirns!«

»Ich kann nicht wissen, Signor, was Ihr für sicher anseht und was nicht. Ich weiß nur, was wir allesamt glauben. Aber den befremdlichsten Teil meiner Geschichte hab' ich Euch ja noch gar nicht erzählt, und er ist von einer Art, die kein Mensch glauben würde, wenn –«

»Ich habe genug gehört«, sagte Schedoni, »und will nun nichts mehr wissen!«

»Ja, aber, Signor – ich hab' Euch doch noch nicht einmal die Hälfte erzählt! Und wahrhaftig, ich selber war außer mir vor Entsetzen, als ich die Geschichte zum erstenmal gehört hab'!«

»Ich habe diesen Müßigkeiten schon viel zu lange zugehört«, versetzte der Beichtiger. »Es scheint überhaupt kein vernünftiger Beweggrund dahinterzustecken! Hier – nehmt, was ich Euch schulde! Ihr könnt nun gehn!«

»Nun, Signor, so ist es klar, daß Ihr den Rest schon kennt, sonst könntet Ihr unmöglich drauf verzichten! Aber vielleicht wißt Ihr nicht, Signor, was für ein unerklärliches – wahrhaftig, als ich's gehört hab', sind mir die Haare zu Berge gestanden – was für ein unerklärliches –«

»Kein Wort mehr von derlei Absurditäten«, fiel Schedoni dem Manne ins Wort. »Ich mache mir schon die größten Vorwürfe, solchem Geschwätz so lange zugehört zu haben, und empfinde keinerlei Neugierde mehr! Ihr könnt Euch zurückziehn – und sagt dem Wirt, er mög' sogleich erscheinen!«

»Nun, Signor, wenn Ihr Euch so leicht zufriedengebt«, versetzte der enttäuschte Erzähler, »so ist wohl kein Wort mehr zu verlieren. Indes –«

»Ihr mögt immerhin bleiben, weil ich Euch noch warnen möchte«, sagte Schedoni. »Und zwar ist's wegen der Villa, an der Ihr vorüberkommt, und wo jener Spalatro sich noch herumtreiben mag. Denn wiewohl ich über das, was Ihr mir da erzählt habt, nur lächeln kann –«

»Erzählt *habt?* Was heißt da, erzählt *habt,* Signor!

Noch nicht einmal die Hälfte habt Ihr gehört, und wenn Ihr nur die Güte haben wolltet –«

»Wiewohl ich also über dies simple Zeug nur lächeln kann –«, wiederholte Schedoni, nun schon energischer.

»Nun, Signor, was das betrifft, so könnt' Euch darüber das Lachen ebensogut vergehen, dafür verbürg' ich mich«, murrte der Führer.

»So hört doch endlich!« gebot der Beichtiger mit noch größerem Nachdruck. »Was ich sagen will, ist nichts andres, als daß ich diesen Spalatro, wiewohl ich Eurer sonderbaren Geschichte keinen Glauben schenke, für einen verzweifelten Burschen halte und Euch deshalb rate, auf der Hut zu sein. Solltet Ihr ihm in die Quere kommen, so verlaßt Euch drauf, daß er Euch nach dem Leben trachten wird, um sich für die Verwundung zu rächen, welche ich ihm zugefügt. Aus diesem Grunde geb' ich Euch hier zu Eurer Donnerbüchse dies Stilett, auf daß Ihr Euch besser zur Wehr setzen könnt.«

Bei diesen Worten brachte Schedoni aus der Busentasche einen Dolch zum Vorschein, doch war's ein anderer als der, den er für gewöhnlich bei sich trug oder doch zu zeigen pflegte. Er händigte die Waffe dem Manne aus, welcher sie unter allen Anzeichen der Verblüffung entgegennahm, und fügte noch einige Anweisungen im Hinblick auf deren rechten Gebrauch hinzu.

»Ja, aber, Signor«, sagte der Mann, welcher Schedonis Worten aufmerksam gelauscht hatte. »Ich dank' Euch tausendmal, daß Ihr Euch um meinetwillen solche Sorgen macht – aber ist dies Stilett denn anders beschaffen als sonst eines, weil man's auf so besondre Weise gebrauchen muß?«

Schedoni bedachte den Frager mit einem ernsten Blick und sagte dann: »Ganz gewiß nicht, mein Freund. Ich wollte Euch nur zeigen, wie man's am wirksamsten verwendet. – Lebt wohl!«

»Schönen Dank, Signor – doch werd' ich's wohl nicht brauchen, meine Büchse ist mir Schutz genug!«

»Dies hier wird Euch bessre Dienste leisten«, versetzte Schedoni, das Stilett zurückweisend. »Und überdies könnt' Euer Widersacher, während Ihr noch Eure Büchse ladet, von seinem Dolch Gebrauch machen! Drum behaltet es nur, mein Freund! Es wird Euch besser schützen denn ein ganzes Dutzend Donnerbüchsen! Steckt's nur zu Euch!«

Vielleicht war's mehr Schedonis sonderbarer Blick und nicht so sehr seine Rede, was den Führer vom Wert solcher Gabe überzeugte. So nahm er sie unterwürfig entgegen, wiewohl er noch immer recht verblüfft dreinsah. Doch wär's besser gewesen, wenn solcher Verblüffung sich ein wenig Argwohn gesellt hätte. So aber dankte er dem Beichtiger noch ein letztes Mal und war schon im Begriff, das Zimmer zu verlassen, als Schedoni ihm nachrief: »Sendet mir sogleich den Wirt! Ich muß unverzüglich nach Rom aufbrechen!«

»Gewiß, Signor«, versetzte der andre. »Da seid Ihr am rechten Ort, denn hier gabelt sich die Straße. Indes, ich dachte, Ihr wolltet nach Neapel?«

»Nach Rom!« sagte Schedoni.

»Nach Rom also, Signor? Nun, so wünsch' ich Euch von Herzen, daß Ihr sicher dort anlangen möget!« versetzte der Führer und trat aus dem Zimmer.

Während der Dauer solcher Unterredung zwischen Schedoni und dem einheimischen Führer sann die alleingelassne Ellena auf Mittel und Wege, den Beichtiger zu überreden, er möge ihr entweder die Rückkehr nach Altieri verstatten, oder aber einer Unterbringung im benachbarten Kloster *»Unsrer Barmherzigen Muttergottes«* zustimmen, anstatt sie irgendwo vor Neapel einzuquartieren, bis er die Zeit für gekommen hielte, sich zu seiner Tochter zu bekennen. Der Plan, von welchem Schedoni gesprochen, schien ihrem vielgeplagten Sinn ja dem lebenslangen Ausschluß von allem Glück, von allem und jedem, was ihr lieb und teuer war, gleichzukommen, denn er dünkte sie nichts andres denn eine zweite Verbannung nach San Stefano zu sein, und jede Äbtissin, mit Ausnahme derjenigen von *Santa della Pietà*, erschien ihr als unerbittliche Kerkermeisterin. Während nun Ellena solchen Überlegungen nachhing, ward sie zu Schedoni beordert. Dieser konnt' es ja nicht mehr erwarten, den Wagen zu besteigen, welchen man im Städtchen aufgetrieben hatte. Als Ellena sich nach dem Führer umsah, mußte sie hören, derselbe befinde sich schon auf dem Heimweg – ein Umstand, dessen Plötzlichkeit sie sich nicht zu erklären wußte.

Unsre Reisenden machten sich sogleich an die Weiterfahrt. Schedoni, mit seinen Gedanken noch immer bei dem letzten Gespräch, redete nur wenig, und Ellena konnte seiner Miene nicht viel entnehmen, das sie ermutigt hätte, den Gegenstand ihrer beabsichtigten Bitte zur Sprache zu bringen. So folgte man denn, ein jeder mit seinen eigenen Dingen beschäftigt, durch mehrere Stunden der nach Neapel führenden Straße, denn dorthin wollte Schedoni ja nach wie vor, unerachtet seiner dem Führer gegebnen Versicherung, den er aus irgend einem Grunde in Unkenntnis des wahren Wohnsitzes zu lassen gewünscht.

Zur Essenszeit legte man in einer Stadt von einiger Größe eine Pause ein. Als aber Ellena vernahm, wie der Beichtiger in Ansehung der zahlreichen, hier befindlichen Klöster Erkundigungen einzog, erkannte sie, daß sie ihre Bitte nun nicht länger hinausschieben durfte. So hielt sie ihrem Begleiter sogleich vor Augen, wie einsam und verlassen sie sich vorkommen und von welchen Ängsten sie geplagt sein würde, sollte sie zum andernmal fern von den durch Gewohnheit und Liebe geheiligten Schauplätzen und Menschen untergebracht werden, noch dazu im gegenwärtigen Momente, wo doch ihr Gemüt sich noch kaum von den langen, drückenden Leiden erholt habe und wo doch nicht nur Ruhe, sondern auch das Bewußtsein von Geborgenheit nötig wäre, um wieder zu sich zu finden – ein Bewußtsein, wie sie's, namentlich nach den letzten Erfahrungen, nimmermehr unter Fremden empfinden könnte. Solcherlei Bitten lauschte Schedoni gedankenversunken, doch ließ seine düstere Miene nicht darauf schließen, daß des Mädchens Reden sein Mitgefühl erweckt hatten. Ellena aber begann nun mit einem zweiten Aspekt, welchen sie, wäre sie weniger aufrichtig und allen Winkelzügen nicht so abhold gewesen, als ersten erwähnt hätte. So aber hatte sie zunächst von jenen Umständen gesprochen, die, wiewohl sie am wenigsten geeignet schienen, des Beichtigers Herz zu rühren, doch für sie selber von größter Bedeutung waren, und kam erst jetzt zu denjenigen Punkten, welche Schedonis Interesse fanden, denn Ellena führte ihm nunmehr vor Augen, ihre Unterbringung in der Nachbarschaft von Altieri könne auf eine Weise erfolgen, die des Mönches Geheimnis so sicher bewahren würde, als wäre man hundert Meilen von Neapel entfernt.

Es mag uns ungewöhnlich anmuten, daß ein Mann von Schedonis Kaltblütigkeit und exakter Berechnung bei solchem Anlasse eine Furcht empfand, die ihm seinen Scharfblick trübte, doch ward durch solchen Effekt die Bedeutsamkeit der Ursache nur um so klarer. Während er Ellenas Worten lauschte, begann er nämlich Umstände wahrzunehmen, die seiner Aufmerksamkeit bisher entgangen waren, und schließlich erkannte er, daß es sicherer wäre, Ellena die Rückkehr nach der Villa Altieri zu gestatten, von wo sie, entsprechend ihrer schon früher geäußerten Absicht, nach *Santa della Pietà* übersiedeln konnte, als sie in irgend einem noch so entlegenen Kloster unterzubringen, wo er selber sie hätte einführen müssen. Seinen einzigen Einwand gegen solch nahe Nachbarschaft zu Neapel bildete jetzt nur mehr der Umstand, daß die Marchesa di Vivaldi Ellenas Aufenthaltsort entdecken könnte, ehe er es für angebracht hielt, seine Familiendinge zu enthüllen, denn seine Kenntnis der Marchesa berechtigte ihn ja zu den schlimmsten Befürchtungen im Hinblick auf die Folgen solch vorzeitiger Entdeckung.

Doch was auch immer er mit Ellena anfangen würde, es war in jedem Falle mit Gefahren verbunden. Und überdies schien der Aufenthalt in *Santa della Pietà,* jenem großen und wohlgesicherten Kloster, darin man Ellena seit ihrer Kindheit kannte und wo zu erwarten stand, daß man ihrem Wohlergehen von der Äbtissin bis hinunter zur letzten Schwester nicht gleichgültig gegenüberstehen werde, genug Sicherheit zu bieten gegen jeden Gewaltakt von seiten der böswilligen Marchesa. Vor deren Hinterlist und Tücke war zwar kein Ort sicher genug, doch hier, wo Ellena keine Unbekannte war, würden weder die Neugierde noch irgend ein Argwohn in Ansehung ihrer Familie sich erheben, und so war auch Schedonis Geheimnis in jenem Kloster wohl sicherer aufgehoben denn anderswo. Und da dies Geheimnis nun einmal den Hauptgegenstand seiner Sorgen bildete, hinter dem, so unnatürlich dies klingen mag, auch Ellenas Sicherheit zurückstehen mußte, kam er nach allem zu dem Schluß, das Mädchen nach *Santa della Pietà* zurückkehren zu lassen. Ellena aber dankte ihm tränenfeuchten Blickes für etwas, darin sie den Ausdruck seiner großherzigen Gunst erblickte, das aber in Wirklichkeit nichts war denn die Folge seiner eigensüchtigen Befürchtungen.

Die restliche Reise, welche noch mehrere Tage in Anspruch nahm, ging ohne bemerkenswerte Vorfälle hin: bis auf kurze Unterbrechungen blieb Schedoni in sein düsteres Schweigen gehüllt, und Ellena, genugsam beschäftigt mit den eigenen Gedanken, die dem einzigen Gegenstand ihrer Anteilnahme, nämlich der gegenwärtigen Lage Vivaldis galten, war solchen Schweigens zufrieden.

Sobald man sich aber Neapel näherte, verstärkten und vervielfältigten sich ihre Empfindungen, und als sie vollends den Gipfel des Vesuv hinter den dazwischenliegenden Bergketten auftauchen sah, brach sie in Tränen aus, da ihr ja mit ihm auch das gesamte Land, welches er überschaut, vor dem inneren Auge heraufstieg. Als aber, nachdem man eine Anhöhe erreicht hatte, jene Landschaft auch vor ihren Sinnen ausgebreitet lag: als die Bucht von Neapel, fernhin sich erstreckend, tatsächlich ihr zu Füßen sich dehnte, und jene großartige Umrahmung, welche mit Ellenas Heimat auch jenen Bereich umschloß, darin sie Vivaldi festgehalten wähnte, sich Berg für Berg vor ihr entfaltete, ward sie von ihren Emotionen überwältigt! Alles und jedes ringsum schien ihr ja von ihrem Heim, von Vivaldi und von der dahingegangenen Glückseligkeit zu sprechen, und so vermischten sich Hoffnung und Trauer, zärtlich bekümmerte Erinnerung und erwartungsvolle Vorfreude so sehr in ihr, daß man nur schwer hätte sagen können, welches Gefühl nun eigentlich überwog.

Ellenas beredtes Mienenspiel verriet dem Beichtiger all ihre Gedanken und Gefühle – Gefühle freilich, die er, indem er sie verachtete, doch aufs beste zu kennen glaubte, von denen er aber, da er sie noch nie an sich selbst erfahren, so gut wie nichts verstand. Der herzensverhärtete Schedoni, zufolge eines bei Leuten seines Schlages recht häufigen Irrtums, nahm nämlich alle Worte buchstäblich, wodurch er nicht nur deren Nachbarbereiche durcheinanderbrachte, sondern auch ihren eigentlichen Sinn mißdeutete. Unfähig, die feinen Unterschiede wahrzunehmen, scholt er jeden, der ihrer inne ward, einen Phantasten und machte dergestalt aus der eignen Unzulänglichkeit ein Argument für seine überlegene Weisheit. Und indem er alle Feinheit der Empfindung für eine Schwäche des Geistes nahm und sie als solche verachtete, ja indem er Geschmack mit Grillen und Imagination mit Selbsttäuschung verwechselte, erlag er in dem nämlichen Momente, da er sich ob seiner vermeintlichen Weisheit beglückwünschte, einer nicht minder ungeheuerlichen Illusion, nur daß sie nicht so strahlend war wie diejenigen, welche der Empfindsamkeit gegeben sind.

Um aller Entdeckung zu entgehen, hatte Schedoni es so eingerichtet, daß man Neapel nicht vor Hereinbruch der Dunkelheit erreichte, und so war's schon vollkommen finster, als der Wagen vor dem Tor zur Villa Altieri hielt. Ellena, halb melancholisch, halb zufrieden gestimmt, erblickte nun aufs neue ihr seit langem verlassenes Heim und dachte, während sie auf das Öffnen des Tores durch die Dienerin wartete, wie oft sie hier draußen gestanden und der Begrüßung durch die geliebte Freundin und Anverwandte geharrt, die nun für immer dahingegangen war. Immerhin aber tauchte nach einiger Zeit die alte Haushälterin Beatrice auf und empfing Ellena mit ebenso aufrichtiger, wenn auch nicht so tiefer Freude, wie jene der von dem Mädchen betrauerten Anverwandten es gewesen wäre.

Nun entstieg auch Schedoni dem Gefährt und betrat, nachdem er den Kutscher entlohnt hatte, das Haus, um daselbst seine Verkleidung gegen die Mönchskutte zu tauschen. Vor seinem Weggehen wagte Ellena es noch, Vivaldi zu erwähnen und ihrem Wunsche Ausdruck zu geben, genaueres über des Geliebten gegenwärtige Lage zu erfahren. Doch wiewohl Schedoni wie kein andrer ihr die nötigen Aufschlüsse hätte geben können, blieb er der bisher verfolgten Politik treu und verstand sich bloß zu dem Versprechen, er werde nicht verfehlen, Ellena Nachricht zu senden, sobald er Näheres über den Jüngling in Erfahrung gebracht habe.

Solche Zusicherung machte Ellena in zweifacher Hinsicht aufatmen: einmal gab sie ihr Hoffnung, den Zustand der gegenwärtigen Ungewißheit beendet zu sehen, und zum andern schienen diese Worte eine Billigung des Gegenstandes ihrer Liebe zu enthalten, wie sie der Beichtiger bisher noch nie hatte verlauten lassen. Schedoni fügte dem Gesagten noch hinzu, daß er Ellena nun nicht mehr besuchen werde bis zu dem Zeitpunkt, da es gelte, sie als seine Tochter anzuerkennen, daß er aber, sollten die Umstände es erfordern, ihr schriftlich Nachricht zukommen lassen wolle. Zu diesem Zwecke teilte er ihr mit, unter welchem fingierten Namen und an welchem außerhalb des Klosters gelegenen Orte er zu erreichen wäre. Ellena, die Notwendigkeit solcher Maßnahme wohl einsehend, konnte sich dennoch nicht ohne beträchtlichen Widerwillen dazu verstehen, was ihr deutlich anzumerken war, Schedoni aber nicht weiter zu kümmern schien. Er gebot ihr lediglich, sie möge das Geheimnis ihrer Geburt keinem Menschen verraten, falls ihr das Leben lieb sei, und keinen Tag in der Villa Altieri versäumen, sondern sogleich nach *Santa della Pietà* ziehen. Diese Einschärfungen erfolgten auf so ernste und bestimmte Art, daß Ellena nicht nur von der Notwendigkeit durchdrungen ward, sie zu erfüllen, sondern auch eine gewisse Bestürzung empfand.

Nachdem Schedoni dem Mädchen noch einige kurze, allgemeine Anweisungen im Hinblick auf ihre künftige Lebensführung gegeben, nahm er Urlaub von ihr, verließ in seinem geistlichen Habit ungesehen die Villa und begab sich nach dem Dominikanerkloster, welches er als ein von weiter Pilgerschaft zurückgekehrter Büßer betrat. Er wurde von der Bruderschaft auf die gewohnte Weise empfangen und war nun aufs neue der gestrenge Pater Schedoni von Spirito Santo.

Was ihm gegenwärtig die größten Sorgen bereitete, war die Notwendigkeit, sich vor der Marchesa di Vivaldi zu rechtfertigen, ferner, sich darüber klar zu werden, wieviel von der Wahrheit er enthüllen durfte, und schließlich, so gut wie möglich abzuschätzen, welches ihre Entschlüsse sein würden, falls sie die volle Wahrheit erführe. Sein zweiter Schritt mußte der Entlassung Vivaldis gelten und war nur deswegen der zweite, weil alle auf diesem Gebiet zu treffenden Maßnahmen weitgehend von dem Ergebnis der Unterredung mit der Marchesa abhingen. Doch wie schmerzlich es für Schedoni auch sein mußte, ihr nunmehr gegenüberzutreten, da er die Tiefe der Schuld erkannt hatte, darein er durch dies Weib beinahe verstrickt worden wäre – er faßte dessenungeachtet den Entschluß, das bedeutsame Gespräch schon am folgenden Tage zu suchen. So verbrachte er eine recht unruhige Nacht: zum Teil ließ die Erwartung des Kommenden ihn nicht schlafen, doch hauptsächlich sann er auf jene Umstände und Argumente, welche ihn befähigen würden, seine weitgespannten Pläne erfolgreich ins Werk zu setzen und als Sieger aus solchem Kampfe hervorzugehn.

Drittes Kapitel

Mag auch im Dunkel stiller Einsamkeit
Der Friede lächeln, und ein sanft Genügen
Sich heitern Sinns der Seelenruh erfreu'n:
So laß, und wär's im ruhevollsten Schatten,
Den Grimm, die Rachsucht nicht an dich heran,
Sonst lodern sie zum Wahnwitz.

William Mason, Elfrida

Schedoni, auf dem Weg zum Vivaldi-Palast, prüfte und ordnete zum letzten Male jegliches scheinbare Argument und alles Drum und Dran, das er ersonnen, um der Marchesa Einwilligung in die von ihm so brennend begehrte Heirat zu erwirken. Seine Familie war ja von Adel, wenngleich nicht mehr begütert, und da der Marchesa Einwendungen bisher hauptsächlich der Abstammung Ellenas gegolten hatten, hoffte der Mönch, die Gräfin überreden zu können, über seine mißliche Lage hinwegzusehen.

Im Palaste aber ward er beschieden, die Marchesa befinde sich auf einem ihrer Landsitze an der Bucht, und der Mönch war zu begierig, dies Gespräch hinter sich zu bringen, als daß er ihr nicht sogleich dahin gefolgt wäre. Der reizvolle Wohnsitz lag auf einem luftigen, weit ins Meer hinausragenden Vorgebirge und war fast zur Gänze von jenem Walde umschlossen, der sich weit über die Höhen hinzog und mit seiner Überfülle an Laubwerk und Farben bis hinunter ans Wasser reichte. So schien es kaum vorstellbar, daß unter solch bezauberndem Obdach das Elend hausen könne, und doch war's der Marchesa aufs elendigste zumut inmitten solchen Überflusses von Natur und Künsten, von dem man doch hätte glauben sollen, er müsse die Glückseligkeit eines schuldlosen Gemütes nur noch vertiefen. Doch das Herz der Gräfin war eine Beute übler Leidenschaften, welche ihr den Blick trübten und alle Wahrnehmung verstellten, ja gleich einem finstern Zauberer die Kraft hatten, die anmutigste Szenerie zu nichts denn Düsternis und Verzweiflung zu wandeln.

Da die Domestiken Auftrag hatten, Pater Schedoni jederzeit vorzulassen, ward er sogleich in jenen Salon geleitet, darin die Marchesa weilte. Ein jeglicher Gegenstand in dem Gemach zeugte von Geschmack und Sinn für Prachtentfaltung. In Purpur und Gold waren die Vorhänge gehalten, die gewölbte Decke war von einem der hervorragendsten Maler Venetianischer Schule gestaltet, die Marmorskulpturen in ihren Nischen waren von nicht geringrer Erlesenheit, wie ja die gesamte Proportion des architektonischen Rahmens luftig wirkte und dennoch reich. Alles schien lebenslustig und doch züchtig – gleich einem Märchenpalaste, dessen bezaubernde Eigenschaften es auch besaß. Die Fensterläden standen offen, um dem Blick die Aussicht freizugeben und die duftgeschwängerte Luft der draußen angelegten Orangerie einzulassen. Hohe Palmen und Feigenbäume warfen ihren grünen, belebenden Schimmer über die Fenster und den bis zum Felsabsturz in sanfter Neigung sich erstreckenden Rasen und bildeten dergestalt einen schattigen Vordergrund vor der weithin sich breitenden Wasserfläche der Bucht, über welche die lateinischen Segel der Feluken und das geblähte Segelwerk der größeren Fahrzeuge hinstrichen, als wär's im Bilde einer Camera obscura. Neapel und der Vesuv waren an der jenseitigen Küste zu sehen, die so manches Vorgebirge, so manche Einbuchtung aufwies in ihrem kühnen und farbenfrohen Verlauf, welcher sich bis hinaus zum Kap Campanella erstreckt und bekrönt ist von den im zaubrischen Licht italiänischer Sonne fernhin verblauenden Bergen. Vor den geöffneten Läden ruhte auf einem Sofa die Gräfin. Ihre Augen hingen an der draußen sich breitenden Szenerie, doch ihr Geist war völlig in Anspruch genommen von den Bildern, mit denen die bösen Leidenschaften ihr den inneren Blick verstellten. Auf dem noch immer schönen Antlitz malten sich Unzufriedenheit und Abspannung, und wiewohl der Marchesa Gehaben wie ihre Kleidung von der eleganten Lässigkeit aller Anmut waren, verbargen sie dennoch die Bangnis eines sorgenvollen, ja gemarterten Herzens. Beim Anblick Schedonis erhellte ein trübes Lächeln der Marchesa Züge, und sie streckte ihm eine Hand entgegen, bei deren Berührung der Beichtiger erbebte.

»Bester Vater, wie freu' ich mich, Euch zu sehen!« sagte die Marchesa. »Wie schmerzlich hab' ich unsrer Zwiegespräche entraten, namentlich in solchen Momenten der Unpäßlichkeit!«

Sie bedeutete dem mit Schedoni eingetretenen Domestiken durch einen Wink, er möge sich entfernen, während der Beichtiger an eins der geöffneten Fenster trat. Nur schwer vermocht' er, die Verstörung zu verbergen, welche ihn nunmehr befallen hatte, da er derjenigen zum erstenmal mit vollem Wissen gegenüberstand, welche auf das Verderben seines Kindes sann. Indes, die weiteren Lobreden der Marchesa riefen ihn wieder zu sich, und alsbald hatte er seine gewohnte Fassung wiedergewonnen. Auf die Gräfin zutretend, sagte er:

»Meine Tochter! Stets kehrt Euch ein besserer Dominikaner zurück, als derjenige es war, welchen Ihr ausgesandt habt! Der so stolzgeschwellt von Euch Abschied genommen, nun naht er sich voll Demut und hat noch viel zu leiden unter seinen Selbstvorwürfen, eh' er wieder seine Stellung wird einnehmen können!«

Solcher Austausch von Artigkeiten ward gefolgt von einigem Schweigen, das indes von keiner der Parteien unterbrochen wurde, weil keine den Mut aufbrachte, jene Dinge anzuschneiden, welche beider Gedanken beschäftigten – Dinge zudem, über die man unversehens so gänzlich entgegengesetzter Meinung geworden. Wäre Schedoni nicht so sehr eine Beute der eignen Empfindungen gewesen, so hätt' er gewißlich bemerkt, wie aufgewühlt die Marchesa war, wie sehr jeder Nerv in ihr vibrierte, wie Röte und Blässe auf ihren Wangen abwechselten, wie matt ihr Auge blickte und wie die aufsteigenden Seufzer ihr das Atmen erschwerten, ihr, die so innig wünschte, Ellena nicht mehr unter den Lebenden zu wissen, aber keine diesbezügliche Frage wagte und den Blick von demjenigen abwandte, den sie nahezu schon für einen Mörder hielt.

Schedoni, nicht minder aufgewühlt wiewohl äußerlich ruhig, vermied es ebenso geflissentlich, der Marchesa ins Auge zu blicken – ihr, der er nun eine Verachtung entgegenbrachte, welche fast so groß war wie seine Entrüstung. Sein Fühlen hatte nunmehr all die Meinungen, die er in Ansehung des Gegenstandes seiner früheren Argumentation gehegt, ins gerade Gegenteil verkehrt, ja hatte ihn erstmals im Leben gelehrt, rechtlich zu denken. So wuchs nun mit jedem weitern Moment solchen Schweigens seine Verlegenheit, ja sein Widerwille, auch nur den Namen Ellena auszusprechen. Er fürchtete sich vor dem Eingeständnis, daß sie noch am Leben sei, verachtete sich aber im nämlichen Atem ob solcher Furcht und erschauderte, sobald er an all das dachte, was dazu geführt hatte, Versicherungen im Hinblick auf Ellenas Leben abgeben zu müssen. Auch wußte er nicht, wie er der Marchesa nach und nach seine Entdeckung beibringen sollte, Ellenas Familie sei dem Hause Vivaldi durchaus ebenbürtig. Dies mußte ja so behutsam geschehen, daß ihr eifersüchtig gehüteter Stolz auf keinen Fall verletzt und ihre Enttäuschung sogleich gesänftigt würde. So sann Schedoni noch immer darüber nach, wie er's wohl am besten anfinge, als die Marchesa von sich aus das Schweigen brach.

»Vater«, hub sie mit einem Seufzer an, »stets habe ich nur zu Euch aufgeblickt, um Trost zu finden, und sah mich in solcher Hoffnung fast nie getäuscht! Euch sind ja die Sorgen, welche seit so langer Zeit mein Mutterherz bedrücken, nur zu gut bekannt! Darf ich also annehmen, daß deren Ursache nunmehr beseitigt ist?« Sie schwieg und fügte dann hinzu: »Darf ich hoffen, daß mein Sohn nun nicht länger von der Erfüllung seiner Kindespflichten abgehalten wird?«

Schedoni, den Blick auf den Boden geheftet, blieb stumm. Erst nach einer Weile sagte er: »Die Hauptursache Eurer Sorgen ist nun ganz gewiß beseitigt.« Dies gesagt, verfiel er neuerlich in Schweigen.

»Wie!« rief da die Marchesa in der Hellsichtigkeit ihres immerwachen Argwohns, wobei all ihre Verstellung hinweggeschwemmt ward von ihrer Angst. »So ist Euer Vorhaben fehlgeschlagen? So ist sie nicht tot?«

In der Dringlichkeit solcher Fragestellung heftete sie den Blick auf Schedonis Antlitz und fügte, da sie Anzeichen einer ungewöhnlichen Bewegung auf demselben gewahrte, hinzu: »Erlöst mich aus meinen Ängsten, bester Vater, ich fleh' Euch an! Sagt mir schon, daß Ihr erfolgreich wart, und daß sie bezahlt hat wie's recht und billig ist!«

Schedoni hob den Blick zu der Marchesa, wandte ihn aber sogleich wieder ab. Die Entrüstung hatte seine Augen auf dies Weib gelenkt, doch Ekel und unterdrücktes Entsetzen zwangen ihn, sogleich wieder wegzublikken. Wiewohl nun dem Gottesmann nicht viel von derlei Gefühlen anzumerken war, fiel der Marchesa dennoch ein ungewohnter Ausdruck an ihm auf. So wiederholte sie voll wachsender Bestürzung und Ungeduld ihre Frage in noch entschiedenerem Ton.

»Ich habe, im ganzen gesehn, keinen Fehlschlag erlitten«, versetzte Schedoni. »Euer Sohn läuft nicht länger Gefahr, eine Verbindung einzugehen, welche seinem Stande nicht gemäß wäre.«

»Worin also *habt* Ihr einen Fehlschlag erlitten?« frug die Marchesa. »Denn ich sehe schon – *ganz* erfolgreich seid Ihr *nicht* gewesen!«

»Ich könnte nicht sagen, in irgend einem Punkt einen Fehlschlag erlitten zu haben«, erwiderte Schedoni bewegt, »dieweil ja die Ehre Eures Hauses gerettet worden – und ein Leben verschont geblieben ist.«

Die Stimme wollte ihm schier versagen, als er dies letzte Wort aussprach, und er schien aufs neue die Schrecken jenes Moments zu durchleben, als er, den Dolch schon in der hocherhobnen Faust, erkennen gemußt, daß Ellena ja sein leiblich Kind war!

»Verschont?« wiederholte die Marchesa, als wollte sie ihren Ohren nicht trauen. »Dies müßt Ihr mir schon deutlicher erklären, bester Vater!«

»Nun, sie lebt«, versetzte Schedoni, »doch habt Ihr darum nichts zu fürchten.«

Die Marchesa, ob des Tonfalls, dessen Schedoni sich bediente, nicht minder bestürzt als über den Sinn solcher Worte, wechselte die Farbe und sagte ungeduldig: »Ihr sprecht in Rätseln, Vater!«

»Ich bitt' Euch – was ich sage, ist die reine Wahrheit! Das Mädchen lebt!«

»*So*viel hab' ich verstanden«, versetzte die Marchesa. »Indes, wenn Ihr mir sagt, ich hätte nichts zu fürchten –«

»So ist auch dies die reine Wahrheit und sonst nichts«, erwiderte der Beichtiger. »Und überdies für Euer gutes Herz ein Anlaß zur Freude, da ja die Gerechtigkeit uns nicht länger verboten hat, Gnade zu üben.«

»Dies alles ist ja schön und gut«, versetzte die Marchesa, nicht imstande, ihren Ärger zu verhehlen. »Doch kommen derlei Artigkeiten und Empfindungen dem Sonntagsstaate gleich, den man nur bei schönem Wetter trägt, und über meinem Tage stehn die Wolken! Indes, laßt uns vernünftig miteinander reden: sagt mir rundheraus, was Euren Sinn so sehr gewandelt hat, und, bester Vater, faßt Euch kurz!«

Daraufhin enthüllte Schedoni auf seine ränkevolle Art jene Familienverhältnisse Ellenas, die nach seinem Dafürhalten geeignet waren, den Widerwillen der Marchesa im Hinblick auf solche Verbindung zu sänftigen, ja sie geneigt zu machen, derselben mit Rücksicht auf ihres Sohnes Lebensglück doch noch zuzustimmen. Und solche Enthüllung verbrämte der Mönch mit einer möglichst glaubhaften Schilderung der Art und Weise, wie er zur Kenntnis dieser neuen Umstände gelangt sei.

Die Marchesa, ungeduldig wie sie war, mochte kaum das Ende solcher Geschichte abwarten, und die Enttäuschung machte ihr's schwer, ihre Rede zu zügeln. So rief sie, nachdem Schedoni endlich zu Rande war, voll ärgerlicher Mißbilligung: »Ist's denn die Möglichkeit! Da habt Ihr Euch also von den glatten Reden eines Geschöpfes täuschen lassen, dem wohl keine Lüge zu schlecht gewesen wäre, das eigene Leben zu retten! Da ist also ein Mann von Eurem Scharfblick auf das nichtigste und unglaubwürdigste Geschwätz hereingefallen!

Bekennt doch lieber gleich, Vater, daß Euch im kritischen Momente die Entschlossenheit im Stich gelassen, und daß Ihr nun darauf bedacht seid, Ausflüchte zu ersinnen für die an den Tag gelegte Kleinmütigkeit!«

»Ich bin nicht der Mann, sogleich auf jedes glatte Lärvchen hereinzufallen«, versetzte Schedoni voll Nachdruck. »Und noch weniger ist's meine Art, vor einer Tat zurückzuscheuen, die ich für nötig halte und gerecht. Und auf die letzte Unterstellung will ich gar keine Antwort geben, denn übel stünd's mir an, mich gegen den Vorwurf der Falschheit verteidigen zu müssen!«

Die Marchesa, merkend, daß sie sich von ihren Leidenschaften bis zur Unbedachtheit hatte hinreißen lassen, bequemte sich nunmehr, Abbitte zu leisten für etwas, das sie einen Ausfluß ihrer übergroßen Besorgnis ob der Folgen nannte, welche durch solche unbesonnene Duldsamkeit heraufbeschworen werden mochten. Schedoni aber nahm die Entschuldigung nicht minder bereitwillig entgegen, denn jeder der beiden glaubte ja, ohne des andern Beistand nicht zum Erfolge gelangen zu können.

Danach setzte der Mönch die Marchesa davon in Kenntnis, er habe weit verläßlichere Quellen für das, was er vorgebracht, denn des Mädchens Beteuerungen, und erwähnte danach etwelche Umstände, die nur zu deutlich machten, daß ihm an der bloßen Geltung seines Wortes mehr gelegen war als an dessen Wahrheit. In der Annahme, seine Herkunft sei der Marchesa gänzlich unbekannt, wagte er's sogar, mehrere Einzelheiten über des Mädchens Familie preiszugeben, ohne zu befürchten, damit seine eigene Abstammung zu verraten.

Die Marchesa, obschon weder besänftigt noch überzeugt, gebot ihren Gefühlen so weit, daß sie äußerlich ruhig erschien, während der Beichtiger ihr mit der größten Behutsamkeit vor Augen führte, wie unglücklich ihr Sohn gegenwärtig sein müsse, und wie groß am Ende die Freude eines Mutterherzens wäre, einer Wahl zustimmen zu können, deren Gegenstand sich nun doch noch als solcher Vereinigung wert erwiesen habe. Und versäumte nicht, dem hinzuzufügen, daß er, solange er vom Gegenteil überzeugt gewesen, solche Heirat ebenso eifrig verhindern gewollt, wie er jetzt aufrichtig bedacht sei, dieselbe zu fördern. Dies gesagt, schloß er mit dem sanften Vorwurf, die Marchesa lasse sich ihr sonst so vorzügliches Urteil denn doch zu sehr trüben durch Voreingenommenheit und Nachträgerei. »Im Vertrauen auf Euren angebornen Scharfblick«, so fügte er noch hinzu, »steh' ich nicht an zu sagen, daß Ihr nach reiflicher Erwägung des Gegenstandes jegliche Einwendung verwerfen und nur mehr das Glück Eures Sohnes im Auge haben werdet!«

Die Eindringlichkeit solch plötzlicher Parteinahme für den Jüngling war in der Tat überraschend genug. Die Marchesa aber, ohne sich erst lange auf eine Widerlegung von Schedonis Argumentation oder gar von dessen Vorhaltungen einzulassen, frug lediglich, ob denn Ellena irgendwelchen Argwohn bezüglich des Endes hege, zu welchem sie in die Garganus-Wälder gebracht worden sei, oder im Hinblick auf die Person ihrer Widersacherin. Schedoni, das Absichtsvolle solcher Fragen sogleich erkennend, beeilte sich mit jener Leichtigkeit, mit der er nach Gewohnheit sein Gewissen der Eigensucht opferte, zu versichern, Ellena befinde sich in völliger Unkenntnis ihrer Verfolger und sei sich auch nicht bewußt, daß man Übleres mit ihr vorgehabt denn eine vorübergehende Freiheitsbeschränkung.

Diese letzte Beteuerung für glaubhaft zu halten war die Marchesa geneigt, wiewohl die Kühnheit der ersten sie an der Wahrheit beider zweifeln machte, ja Anlaß gab zu neuer Verwunderung und allerlei Mutmaßungen im Hinblick auf die Beweggründe, welche Schedoni dazu treiben mochten, solch lügenhafte Behauptungen aufzustellen. Sodann frug die Gräfin nach Ellenas gegenwärtigem Aufenthaltsorte, doch war der Beichtiger viel zu klug, als daß er ihr denselben hätt' enthüllen mögen, so harmlos die Frage auch geklungen hatte. Vielmehr versuchte er, der Marchesa Augenmerk auf Vivaldi zu lenken, obschon er's fürs erste noch nicht wagte, auf seine vorgebliche Entdeckung anzuspielen, Vivaldi befinde sich im Gewahrsam der Inquisition. Mit solcher Enthüllung wollt' er noch hinterm Berge halten, bis der Moment günstig wäre, sich gleichzeitig auch als eifervoller Retter aufzuspielen. Die Marchesa, in dem Glauben, ihr Sohn sei noch immer mit Ellenas Aufspürung befaßt, stellte zwar allerlei Fragen in Ansehung seiner Person, legte aber keinerlei mütterliche Besorgnis um sein Wohlergehen an den Tag, sondern schien einzig von Groll gegen ihn erfüllt zu sein. Während nun Schedoni aufs umsichtigste die ihm gestellten Fragen beantwortete, war er zugleich auch darauf bedacht, die Haltung des Marchese im Hinblick auf die lange Abwesenheit von dessen Sohn zu erkunden, auf daß er sich darüber klar würde, wie weit er in seinen Anstrengungen für Vivaldis Befreiung gehen könne und seine Haltung in bezug auf Ellena den gegebenen Umständen anpassen müsse. Allem Anscheine nach war dem Marchese des Sohnes Abwesenheit keineswegs gleichgültig, denn wiewohl er sich dieselbe zunächst mit Vivaldis Suche nach Ellena erklärt hatte, waren ihm mit der Zeit doch auch andre Befürchtungen gekommen und hatten sein Herz gelehrt, väterlich zu empfinden. Indes, seine zahlreichen Verpflichtungen und Interessen hatten offenbar nicht zugelassen, daß derlei Befürchtungen sich auch des Denkens bemächtigten, so daß der Graf, nachdem er etwelche Personen ausgesandt, nach dem Verschollenen zu suchen, seine Tage weiterhin in der gewohnten Gesellschaft sowie bei Hofe zubrachte. Es lag auf der Hand, daß weder der Marchese noch dessen Gemahlin auch nur die leiseste Ahnung im Hinblick auf des Sohnes wahre Lage hegten, und dies war's ja recht eigentlich gewesen, dessen der Beichtiger sich zu vergewissern gewünscht.

Bevor er Urlaub nahm, wagte er's zum andernmal, der zärtlichen Bande Erwähnung zu tun, darein Vivaldi verstrickt war, und aufs behutsamste für dieselben einzutreten. Die Marchesa aber schien gar nicht zuzuhören, bis sie schließlich aus ihrem grüblerischen Schweigen erwachte und sprach: »Vater, Ihr waret schlecht beraten –« Ohne den Satz zu vollenden, verfiel sie aufs neue in ihre Nachdenklichkeit. Im Glauben, den Gegenstand derselben erraten zu haben, hub nun Schedoni von neuem an, seine in Ansehung Ellenas unternommenen Schritte zu rechtfertigen.

»Ihr seid übel beraten gewesen, Vater«, begann die Marchesa abermals und im nämlichen, abwägenden Tonfall, »das Mädchen an solchem Orte unterzubringen. Gewißlich muß mein Sohn sie dort entdecken.«

»Dort – oder wo immer sie sich sonst befinden mag«, versetzte der Beichtiger, welcher sogleich den Zweck solchen Einwurfes zu erkennen glaubte. »Es wird in keinem Falle möglich sein, sie vor seinen Nachforschungen auf die Dauer zu verbergen.«

»Zumindest hätte man doch die Nachbarschaft Neapels vermeiden müssen!« bemerkte die Marchesa.

Da Schedoni schwieg, fügte sie hinzu: »Und noch dazu die Nähe zu seinem Wohnsitz! Wie weit ist's denn schon von *Santa della Pietà* bis zum Palaste der Vivaldis?«

Wiewohl Schedoni so gut wie sicher war, daß solche vorgebliche Kenntnis der Marchesa bloß dazu dienen sollte, ihr die wirkliche zu verschaffen, war er doch zutiefst betroffen, aus ihrem Munde Ellenas tatsächlichen Aufenthaltsort vernehmen zu müssen. Indes, er raffte sich unverzüglich zu der folgenden Antwort auf: »Wahrhaftig, ich kann Euch nicht sagen, wie weit es ist, dieweil mir bis jetzt gar nicht bekannt war, daß es ein Kloster dieses Namens gibt! Doch will es mich bedünken, dieses *Santa della Pietà* sei der Ort, den man zu allererst hätte meiden müssen! Wie könnt Ihr mich, Gnädigste Gräfin, einer so ungeheuerlichen Leichtfertigkeit verdächtigen?«

Während dieser Worte musterte die Marchesa den Sprecher aufs eindringlichste, wonach sie erwiderte: »Nun denn, Ihr müßt mir schon gestatten, bester Vater, Euch der Leichtfertigkeit in solchem Punkte zu verdächtigen, dieweil Ihr mir doch soeben in Ansehung eines andren einen so unzweideutigen Beweis für dieselbe geliefert habt!«

Die Marchesa wäre nun willens gewesen, den Gegenstand zu wechseln, doch Schedoni, welcher solche Bereitschaft dem Umstande zuschrieb, daß die Gräfin sich nunmehr von Ellenas Zufluchtsort überzeugt zu haben glaubte, so daß er allen Grund hatte, die fatalen Folgen solcher Entdeckung zu fürchten – Schedoni tat nun alles, sie in ihrem Glauben wankend zu machen und sie im Hinblick auf Ellenas Refugium irrezuführen. Nicht nur, daß er die Tatsache von des Mädchens derzeitigem Aufenthalt im Kloster *Santa della Pietà* in Abrede stellte – nein, er hatte sogar die Stirn, glattweg zu versichern, Ellena befinde sich in einiger Entfernung von Neapel, wobei er einen fingierten Ort nannte, dessen Entlegenheit, so fügte er hinzu, den besten Schutz gegen Vivaldis Nachforschungen bieten werde.

»Dies ist nur allzu wahr, Vater«, versetzte die Marchesa. »Ich glaube Euch aufs Wort, daß es meinem Sohn kaum möglich sein wird, das Mädchen an dem von Euch genannten Orte ausfindig zu machen!«

Ob nun die Marchesa den Beteuerungen des Beichtigers Glauben schenkte oder nicht – jedenfalls legte sie keinerlei diesbezügliche Neugierde mehr an den Tag und schien beträchtlich ruhiger denn zuvor. Voll Eifer schwatzte sie nun von allem und jedem, wogegen Schedoni es nimmer wagte, den Gegenstand seiner geheimen Wünsche abermals zur Sprache zu bringen. So nahm er, nachdem er eine Zeitlang die nichtssagende Konversation ertragen hatte, welche seiner Gemütsverfassung in allen Punkten zuwiderlief, Urlaub von der Gastgeberin und kehrte nach Neapel zurück. – Auf dem Wege dorthin überschlug er zum andernmal aufs gewissenhafteste der Marchesa Verhalten, und das Ergebnis solcher Erwägungen war der Entschluß, nie wieder auf den Gegenstand des heutigen Gespräches zurückzukommen, sondern ohne der Gräfin Einwilligung Ellena mit Vivaldi zu vermählen.

Mittlerweile verharrte die Marchesa nach Schedonis

Fortgange noch lange in jener Pose, darin er sie verlassen hatte, beschäftigt mit all den Gedanken, die sein Besuch in ihr hervorgerufen. Des Mönches plötzlicher Sinneswandel hatte sie nicht nur mit Erstaunen und Verwirrung erfüllt, sondern auch zutiefst enttäuscht. Freilich konnte sie sich solche Veränderung weder durch irgendwelche Prinzipien noch auch durch anderweitige Beweggründe erklären. Zuweilen argwöhnte sie, Vivaldi könnte den Mönch durch großzügige Versprechungen bestochen haben, eine Heirat zu befördern, zu deren Durchkreuzung dieser ursprünglich ausersehen gewesen. Sobald sie aber erwog, zu welch hochgespannten Hoffnungen sie selber ihn ermutigt hatte, fiel solcher Verdacht in sich zusammen. Daß man Schedoni, aus welchen Gründen immer, in diesem Punkt nicht länger trauen durfte, lag für die Gräfin nun auf der Hand, doch tröstete sie sich mit der Hoffnung, daß eine andre, vertrauenswürdigere Person sich schon noch finden lassen werde. In einer Hinsicht freilich deckte sich ihr Entschluß mit demjenigen Schedonis: nämlich, nie wieder auf den Gegenstand des heutigen Gespräches zurückzukommen. Doch gedachte sie, ihre Pläne in aller Stille weiter zu verfolgen, dem Beichtiger aber in jedem andern Punkte mit unveränderter Freundlichkeit zu begegnen und ihn nicht merken zu lassen, daß er ihr Vertrauen nicht länger besaß, sondern vielmehr so zu tun, als hätte sie alle weiteren gegen Ellena gerichteten Pläne fallengelassen.

Viertes Kapitel

> --- Oh der
> Geheimen Tugend: durch das Hell und Dunkel
> Dahinzuziehen auf dem sanften Strom
> Ländlichen Lebens; oder von der Hoffnung
> Beflügelt, durch der Zukunft Raum zu gleiten
> Und ernsten Blickes jenes ferne Glück
> Zu schau'n, darin die Seele eines Tags,
> In stetem Wachsen ewig aufwärts strebend,
> Sich himmelwärts erhebt von Welt zu Welt!
> *Thomson*

Ellena, in Befolgung von Schedonis Gebot, zog schon am Tage nach der Ankunft aus ihrem Heim in das Kloster *Santa della Pietà*. Die Äbtissin, welche das Mädchen schon vom Wickelbette her kannte, hatte sie vermöge solch langer Vertrautheit sowohl schätzen als auch lieben gelernt und nahm Ellena nun mit einer Freude auf, deren Ausmaß durchaus ebenbürtig war demjenigen der Bestürzung, welche sie bei der Nachricht von der unheilvollen Entführung aus der Villa Altieri empfunden hatte.

Indes, auch im stillen Hain des Klostergartens war's Ellena nicht vergönnt, Lindrung jener Sorgen zu finden, welche sie im Hinblick auf Vivaldis gegenwärtige Lage empfand. Jetzt nämlich, der drängendsten Nöte ledig geworden, gedachte sie mit um so größerer Besorgnis all der möglichen Leiden des Jünglings, und so nahmen ihre Angst und Ungeduld mit jedem Tage zu, der ihre Hoffnungen auf Nachricht von Schedonis Hand neuerlich enttäuschte.

Hätten freilich die reichen Gunstbezeigungen der Anteilnahme und die Zärtlichkeit des Wohlwollens vermocht, die stille Heiterkeit ihres Gemütes wiederherzustellen, so wäre Ellenas Leben nunmehr ein friedvolles gewesen, dieweil ja sowohl die Äbtissin als auch die Schwestern von *Santa della Pietà* es nicht an den reichlichsten Gunstbeweisen fehlen ließen. Zwar wußten sie nicht um die Ursache von des Mädchens Bekümmernis, doch sahen sie dessen Traurigkeit nur zu deutlich und wünschten, derselben zu steuern. Die Schwesternschaft *Unsrer Barmherzigen Muttergottes* war ja von einer Art, wie sie nicht oft von den Mauern eines Konventes umschlossen wird, doch waren's vor allem die Weisheit und Tugend der Mutter Oberin, welchen dies Gemeinwesen sein Glück und seinen inneren Frieden zu danken hatte. Die ehrwürdige Dame war denn auch ein leuchtendes Beispiel für alle Vorsteherinnen geistlicher Häuser und ein überzeugender Beweis für den Umstand, wie sehr ein tugendhafter Sinn denjenigen seiner Mitmenschen veredeln mag, ja wieviel Gutes aus solcher Einwirkung ersprießen kann. Sie war voll der Würde, doch ohne jeden Hochmut, fromm ohne bigott zu sein, und mildherzig trotz aller Entschlußkraft, das Recht als solches zu erkennen, besaß die Entschlossenheit, sich unwandelbar daran zu halten, und auch die natürliche Anlage, es mit Sanftmut und Anstand zu handhaben, so daß sogar ihre Zurechtweisungen den gewinnenden Anstrich der Höflichkeit erhielten. Wer von der Äbtissin ermahnt werden mußte, beweinte seinen Fehltritt, anstatt ihr insgeheim ob des empfangenen Tadels zu grollen, und liebte sie als eine Mutter, statt in ihr den gefürchteten Richter zu sehen. Mochte sie gleich ihre Schwächen haben, so wurden dieselben doch aufs wirksamste verdeckt durch das allgemeine Wohlwollen ihres Herzens und die Ausgeglichenheit ihres Gemüts – eine Ausgeglichenheit, die indes nicht die Folge starrer Empfindungen war, sondern die korrekte und umsichtige Urteilskraft der Oberin aufs trefflichste ergänzte. Ihr Verhältnis zur Religion war weder ein düstres noch ein bigottes: vielmehr war's der Ausdruck eines dankerfüllten Herzens, das sich einem Gotte zum Opfer bringt, dessen Entzükken das Wohlergehn seiner Geschöpfe ist. Die Regeln der Römisch-Katholischen Kirche befolgte sie zwar, doch ohne zu glauben, dieselben wären für die Erlösung ausnahmslos vonnöten. Solchen Glauben mußte sie freilich geheimhalten, auf daß sie nicht um eben dieser Tugend willen sich die Bestrafung durch irgendwelche eifernde Kleriker zuzöge, die in ihrer Religionsausübung eben jene fundamentalen Prinzipien verletzen, welche sie das Christentum, zu dem sie sich bekennen, recht eigentlich lehren müßte.

Vor den Nonnen kam die Äbtissin nur selten auf Glaubensdinge zu sprechen, war aber mit Eifer darauf bedacht, all die moralischen Pflichten auszulegen und auch zu fordern, wie dieselben sonderlich in der Gemeinschaft, welcher sie vorstand, von Bedeutung waren: also namentlich diejenigen, welche geeignet sind, jedes Übermaß an Gemütsbewegung zu sänftigen und jene innere Ruhe zu stärken, wie sie nun einmal zur Übung schwesterlicher Güte, allgemeiner Nächstenliebe sowie zur reinsten und erhebendsten Frömmigkeit gehört. Kam sie auf die Heilige Religion zu sprechen, so tat sie's auf so fesselnde und einnehmende Art, daß ihre lauschenden Zuhörerinnen dieselbe für einen herzstärkenden Freund und rechten Seelentrost ansahen, ja etwas von jenem demutsvollen und geheiligten Feuer empfanden, wie's sonst wohl nur den engelhaften Naturen zu eigen ist.

Die Schwesterngemeinschaft glich dergestalt eher einer großen Familie, der die Oberin als eine rechte Mutter vorstand, und nicht so sehr einer Gesellschaft einander fremder Menschen. Ganz besonders war dies der Fall, wenn die Nonnen um ihre Äbtissin versammelt saßen und den Worten des abendlichen Sermones lauschten, welchen die Mutter Oberin mit solch liebevoller Anteilnahme und überzeugender Beredsamkeit, ja bisweilen auch mit solch feierlichem Ernste vorzubringen wußte, daß wohl kaum ein Herz ungerührt blieb.

Innerhalb ihres Konventes förderte die Äbtissin jederlei unschuldsvolles und freizügiges Tun, welches der Lindrung so strenger Abgeschlossenheit dienen konnte, was sich jedoch im allgemeinen auf die Pflege der Nächstenliebe beschränkte. Sonderlich berühmt aber waren die *Töchter der Barmherzigkeit* für ihre Musik. Dieselbe war freilich nicht von jener Art, die sich in gesucht kunstvoller Anmut und komplizierter Darbietung zu ergehen pflegt, doch von einem klanglichen Ausdruck, welcher dermaßen ans Herz griff, daß er dessen süßeste und edelste Gefühle erweckte. Es mochte wohl die ausgewogne Empfindsamkeit ihrer Gemüter sein, welche die Schwestern befähigte, in ihre zum Vortrage gebrachten Weisen solch feines, musikalisches Gefühl zu legen, daß zu jedem kirchlichen Festtage die Besucher in Scharen nach der Kirche von *Santa della Pietà* strömten.

Die örtlichen Gegebenheiten des Konventes waren so angenehme, wie die Harmonie seines Gemeinwesens eine fesselnde war. Seine weitläufigen Domänen umfaßten Olivenhaine, Weinberge und auch etwelches Getreideland. Ein nicht unbedeutendes Grundstück war den Annehmlichkeiten des Gartens vorbehalten, dessen Gehölze aus einer Fülle von Walnuß-, Mandel-, Orangen- und Zitronenbäumen bestanden, wie jenes üppige Klima sie hervorbringt. Solche Gartenanlage erstreckte sich über den Berghang etwa eine Meile landeinwärts und bot einen weiten Ausblick auf das rings um Neapel sich breitende Land sowie auf die Wasser der Bucht. Indes, von den Terrassen, welche sich über einen Halbkreis aus Felsen hinzogen, die gleichfalls zum Klostergrunde gehörten, war die Aussicht eine unvergleichlich schönere. Sie reichte ja nach Süden hin bis zu der Insel Capri, wo die Bucht sich den Weiten des Ozeans öffnet, und zeigte fern im Westen das Eiland von Ischia, unterscheidbar durch die weißen Zinnen des hohen Epomeo-Berges. Und nahebei von Ischia ragte Procida mit seinem vielfarbigen Felsgestein aus den Wogen! Dergestalt über so manche landschaftliche Schönheit bis Pozzuoli hinschweifend, erhaschte das Auge hinter vielen andren, fernher blauenden Vorgebirgen gegen Norden noch einen Schimmer der See, welche den nunmehr verlassen liegenden Strand von Baiae bespült, mit Capua und all den Städten und Landsitzen, welche die Gartenlandschaft zwischen Caserta und Neapel beleben.

Näher herzu aber zeigten sich die felsigen Höhen des Posilipp sowie das Stadtgebiet von Neapel mit seinen Vororten, wie sie in buntem Gewimmel den Hang zu erklimmen scheinen, untermischt von Rebengärten und den alles überschattenden Zypressen. Auch das Kastell von San Elmo hob sich ins Blickfeld auf seinem das herrliche Karthäuserkloster überragenden Felsen, wogegen in den darunter sich breitenden Gefilden *Castelnuovo* sich präsentierte mit der Vielzahl seiner Türme, dem langhin sich dehnenden Corso, der Hafenmauer mit ihrem hohen Leuchtturme und dem Hafenbecken mit seiner bunten Vielfalt farbenfroher Schiffe über dem tiefen Blau der bis an die Stufen reichenden Fluten. Jenseits der neapolitanischen Berge aber war der gesamte Horizont vom Norden bis in den Osten eingefaßt von den Höhenzügen des Apennin, jenes der ungeheuern Wasserfläche des Golfes wahrhaft würdigen Amphitheaters.

Diese Terrassen nun, überschattet von Akazien und Platanen, bildeten Ellenas Lieblingsaufenthalt. Zwischen dem sich öffnenden Gezweig konnte sie hinunterblicken auf die Villa Altieri, deren Gemäuer das Mädchen an die liebevolle Signora Bianchi gemahnte, an die unbeschwerten Jahre der dort zugebrachten Kindheit sowie an einige der glücklichsten, in Vivaldis Gesellschaft verbrachten Stunden ihres Lebens. Auch längs der gewunden verlaufenden Küste konnte sie so manchen Ort erkennen, der ihr durch jene Ausflüge teuer geworden, welche sie gemeinsam mit ihrer betrauerten Anverwandten und mit dem Jüngling unternommen hatte. Und solches teure Angedenken, es ward durch die Traurigkeit, welche der Anblick in Ellena hervorrief, nicht getrübt. Hier, allein und von niemandem beobachtet, gab das Mädchen oftmals jener Schwermut nach, welche sie in Gesellschaft der Schwestern zu unterdrücken suchte, oder bemühte sich, mit Hilfe des Zeichenstiftes oder eines Buches über die Bangnis hinwegzukommen, welche Vivaldis ungewisses Los ihr verursachte. Noch immer ging ja Tag um Tag dahin, ohne daß Nachricht von Schedoni eingetroffen wäre. Wann immer Ellena jene Begebenheiten an sich vorüberziehen ließ, die mit der Enthüllung ihrer Familienverhältnisse zusammenhingen, ward sie von einem Staunen überkommen, als schaute sie ein Traumbild, nicht aber die Wirklichkeit. Verglichen mit der nüchternen Wahrheit ihres gegenwärtigen Lebens, erschien ihr alles Vergangene wie ein Roman. Auch gab es Augenblicke, in denen ihre Verwandtschaft mit Schedoni sie mit unüberwindlichem Schrecken erfüllte. Die allerersten Gefühle, welche sein plötzliches Auftreten in ihr ausgelöst, waren ja aller töchterlichen Zärtlichkeit dermaßen entgegengestanden, daß Ellena es nunmehr für nahezu unmöglich erkannte, diesen Menschen als Vater zu lieben und zu verehren. So versuchte sie, indem sie all der Guttat gedachte, welche er ihr, wie sie glaubte, in letzter Zeit erwiesen, ihm durch Dankbarkeit zu vergelten, was sie an Zuneigung nicht aufzubringen vermochte.

Derlei melancholischen Erwägungen hing sie im Schatten der Akazien oftmals nach, bis die Sonne hinter dem fernen Kap von Miseno versunken war, und die letzte Vesperglocke das Mädchen wieder hinab ins Kloster rief.

Unter den Nonnen hatte Ellena viele Freundinnen, doch gab es keine, der sie so viel Bewundrung und Liebe hätte entgegenbringen können, wie dies bei Olivia in San Stefano der Fall gewesen. Der Gedanke an sie war stets begleitet von der Befürchtung, die mütterliche Freundin könnte ein Ungemach zu erdulden haben ob des Ellena erwiesenen, großherzigen Mitleids, und von dem Gedanken, wie schön es doch wäre, hätte Olivia die Gesellschaft der *Barmherzigen Schwestern* zum Refugium erwählt, nicht aber San Stefano, wo sie den herrschsüchtigen Launen jener Äbtissin ausgeliefert war. Die herrlichen Gefilde von *Santa della Pietà* schienen Ellena ja ein sichres, ja vielleicht sogar endgültiges Asyl zu bieten, denn unter den gegenwärtig obwaltenden Umständen konnte sie nicht umhin, die Größe und Vielfalt der Hindernisse ins Auge zu fassen, welche sich ihrer Hochzeit mit Vivaldi in den Weg stellen mochten, selbst wenn Schedoni solchem Vorhaben günstig gesinnt wäre. Das Wesen der Marchesa Vivaldi, wie's durch die letzten Begebenheiten enthüllt worden war, erfüllte Ellena ja mit Bestürzung, weil der Gräfin Absichten recht grausame zu sein schienen – ob sie nun so weit reichen mochten, wie Ellena dies argwöhnte, oder sich bloß auf das beschränkten, was Schedoni in seiner vorgeblichen Fürsorge behauptet hatte. In jedem Falle aber stand's außer Zweifel, wie beharrlich die Abneigung und wie rachsüchtig und gewalttätig die Natur der Gräfin in Wirklichkeit waren.

Angesichts solchen Charakters störten Ellena indes die Schwierigkeiten, welche demjenigen drohten, der sich mit der Marchesa einließ, nicht so sehr wie der Umstand, daß solch eine Frau die Mutter Vivaldis war. Um nun diese betrübliche Erwägung zu mildern, versuchte das Mädchen, den beschönigenden Reden Schedonis, die dieser in Hinblick auf die Absichten der Marchesa geäußert hatte, einigen Glauben abzugewinnen. Wenn es Ellena aber schon so sehr betrübte, in Vivaldis Mutter den Hang zum Verbrechen gewahren zu müssen, wie groß wäre da erst ihr Schmerz gewesen, wenn sie Schedonis wahre Natur erkannt hätte? Wenn man ihr gesagt hätte, er habe der Marchesa erst ihre Pläne eingegeben? Wenn sie gewußt hätte, daß er in dem beabsichtigten Verbrechen der Bundesgenosse der Gräfin gewesen? Doch war ihr solcher Schmerz bis jetzt noch erspart geblieben, ebenso wie derjenige, den das Wissen um Vivaldis gegenwärtige Lage und um den zweifelhaften Erfolg von Schedonis Bemühungen, den Jüngling aus den Gefahren zu befreien, darein er selber ihn gestürzt, in ihr ausgelöst hätte. Wäre ihr dies nicht verborgen geblieben, so hätte man sehr wohl damit rechnen müssen, daß sie in der ersten Verzweiflung all dem entsagt hätte, was man gemeinhin die Welt nennt, um in der Gemeinschaft der Schwestern auf Lebenszeit Zuflucht zu suchen. Denn sogar in der gegenwärtigen Lage kam's ihr bisweilen bei, voll Entsagung auf diejenigen Ereignisse zu blicken, die solchen Schritt etwa erforderlich machen würden. Indes, dergleichen vermochte nicht einmal vorübergehend, sie über die Wirklichkeit hinwegzutäuschen. Wär' ihr aber dennoch nur der Schleier als letzte Möglichkeit verblieben, so hätt' sie ihn schon aus eigenem wählen müssen: denn die Mutter Oberin von *Santa della Pietà* war keineswegs darauf aus, jemanden mit List zur Nonne zu gewinnen, und duldete dergleichen auch nicht unter ihrer Schwesternschaft.

Fünftes Kapitel

> Aufstiegen vor'm erschrocknen innern Blick
> Gestalten, welche schwarz und traurig waren:
> Mit drohender Gebärde kam's heran,
> Und grausig zog's vorüber.
>
> *William Mason,* Caractacus

Während diese letzten Begebnisse in den Garganus-Wäldern und zu Neapel sich zutrugen, befanden Vivaldi und sein treuer Diener Paolo sich noch immer im Gewahrsam der Inquisition, und zwar in getrennten Zellen. Auch ihre Befragung erfolgte gesondert. Indes, von dem Diener war keinerlei Auskunft zu erhalten. Er beteuerte lediglich, daß sein Herr unschuldig sei, ohne auch nur ein einziges Mal der eigenen Schuldlosigkeit Erwähnung zu tun. Auch erhob er – mit mehr Gerechtigkeitssinn denn Klugheit – Anklage gegen jene Personen, welche seine Festnahme veranlaßt hatten. Und indem er die Inquisitoren in allem Ernste zu überzeugen suchte, er selbst habe *keinerlei andern Beweggrund* für sein Verlangen gehabt, hierhergebracht zu werden, als den Wunsch, seinem Herrn ein Trost sein zu können, tadelte er aufs heftigste die Ungerechtigkeit, welche ihn von Vivaldi getrennt halte, und fügte hinzu, er sei sicher, man werde, sobald erst alles ins rechte Licht gesetzt wäre, unverzüglich Anweisung geben, ihn in die Zelle des Signor Vivaldi zu bringen.

»Wahrhaftig, ich versichre Euch, *Serenissimo Illustrissimo*«, fuhr Paolo fort, indem er sich voll tiefen Ernstes an den Hauptinquisitor wandte, »daß dies wohl der letzte Ort auf Erden ist, an den aus einem andern Grund zu kommen ich mir je hätte träumen lassen! Und wolltet Ihr Euch bloß dazu verstehn, Eure Offizialen zu fragen, welche meinen Herrn festgenommen haben, so werden sie Euch nichts andres sagen können! Sie wissen's von der Reise her noch gut genug, weswegen ich mitgekommen bin, und haben sie gewußt, daß es vergeblich sein werde, so wär's nur höflich von ihnen gewesen, mir dies sofort zu sagen, nicht aber mich trotzdem mit sich zu schleppen! Denn dies ist wohl der allerletzte Ort auf dieser Welt, an den ich aus einem andern Grund auf eigenes Verlangen hätte kommen mögen!«

Man verstattete Paolo, auf seine Weise zu schwadronieren, da man hoffte, durch dergleichen Weitschweifigkeit würden Dinge an den Tag kommen, welche mit Paolos Gebieter zusammenhingen. In diesem Punkte jedoch sahen die Examinatoren sich getäuscht, denn Paolo war trotz aller Herzenseinfalt auf der Hut und überaus gewitzt in Ansehung von seines Herren Vorteil. Als er aber, nachdem er schon geglaubt, die Inquisitoren ehrlich überzeugt zu haben, der einzige Beweggrund für sein Hiersein sei der Wunsch, den Gebieter zu trösten – als er aber gewahren mußte, daß man weiterhin darauf beharrte, ihn gesondert zu verwahren, kannte seine Entrüstung keine Grenzen. Er achtete weder des Tadels noch auch der donnernden Drohungen und ausgeklügelten Darlegungen, hielt seinen Widersachern vor Augen, was sie sowohl auf dieser Welt als auch in jener andern ob der an seinem geliebten Herrn und Meister geübten Grausamkeit zu erwarten hätten, und hieß sie im übrigen, mit ihm nach Gutdünken zu verfahren, dieweil sie ihn, so sagte er, ohnedem nicht mehr elender machen könnten, als er schon sei.

Es gelang nur unter Schwierigkeiten, ihn aus dem Saal zu schaffen, woselbst er die Examinatoren in einem Zustand zurückließ, darin sich das Staunen ob solcher Unbesonnenheit mit der Entrüstung über eine Offenheit mischte, wie sie dieselbe noch niemals erlebt hatten.

Vivaldi, sobald man ihn zum andernmal vor die

Schranken des Heiligen Offiziums gerufen, ward nun einer längeren Befragung unterzogen. Mehrere Inquisitoren wohnten dem Verhöre bei, und jede Hinterlist ward angewendet, den Jüngling zum Einbekenntnis derjenigen Verbrechen zu verleiten, derer man ihn verdächtigte, ja auch solcher, von denen bisher überhaupt nicht die Rede gewesen. Noch immer vermieden es die Examinatoren, Vivaldi von dem Gegenstand der Anklage in Kenntnis zu setzen, um dessentwillen man ihn festgenommen, und so waren es weiterhin nur die Beschuldigungen, welche der Benediktinerpater und die Offizialen in der San Sebastian-Kapelle geäußert, aus denen Vivaldi schließen konnte, man lege ihm die Entführung einer Nonne zur Last. Seine Antworten beim diesmaligen Verhör erfolgten so gemessen und fest, wie seine Haltung unerschrocken war. Seine Befürchtungen in Ansehung der eignen Person waren ja längst nicht so groß wie die Entrüstung ob der allgemeinen Ungerechtigkeit und Grausamkeit, welche dies Tribunal anderen gegenüber an den Tag legte, und so verlieh solcher ehrenfeste Unwille dem Jüngling eine Hoheit und kühle, großherzige Gelassenheit, die ihn in keinem Augenblick verließ, mit Ausnahme derjenigen Momente, da er bedachte, welche Leiden wohl Ellena auszustehen habe. Nur dann ward er von seiner Stärke und Hochherzigkeit im Stich gelassen, so daß sein gemarterter Geist an den Rand der Raserei geriet.

Bei dieser seiner zweiten Einvernahme wurden ihm die nämlichen, dunklen Fragen vorgelegt wie bei der ersten, und er beantwortete sie mit der nämlichen offenen Bereitwilligkeit. Doch verfehlten so Schlichtheit wie Nachdruck der Wahrheitsliebe, den Geist derer zu beeindrucken, welche, da sie sich nicht länger solcher Tugend rühmen konnten, nicht fähig waren, deren Anzeichen in ihren Mitmenschen zu erkennen. So ward Vivaldi aufs neue mit der Folter bedroht und zum andernmal in seine Zelle zurückbeordert.

Auf dem Wege zu diesem schrecklichen Loch begegnete ihm in einem der Gänge ein Mann, dessen Miene und Gestalt irgendwelche Erinnerungen in dem Jüngling heraufriefen. Während der Fremde nun weiterschritt, erkannte Vivaldi urplötzlich in ihm jenen prophetischen Mönch, der in den Ruinen von Paluzzi zu mehreren Malen seinen Weg gekreuzt! In der ersten Überraschung dachte der Jüngling gar nicht daran, den andern anzusprechen, und als er im nächsten Moment anhielt, um dieses Versäumnis gutzumachen, war der geheimnisvolle Fremde schon am andern Ende des Ganges angelangt. Dennoch rief Vivaldi ihm nach und ersuchte ihn, er möge stehenbleiben. Doch ohne ein Wort, ja ohne auch nur den Kopf zu wenden, verschwand der Angerufne hinter einer Tür, die sich bei seinem Herannahen aufgetan hatte. Vivaldi aber, welcher ihm nacheilen wollte, sah sich von den Wächtern daran gehindert und ward auf seine Frage, wer jener denn sei, mit der Gegenfrage beschieden, welchen Fremden er denn meine?

»Ihn, der eben an uns vorübergekommen!« versetzte der Jüngling.

Die Offizialen gaben sich überrascht. »Euch ist wohl der Geist verwirrt, Signor«, bemerkte der eine. »Ich habe keine Menschenseele gesehn!«

»Er ist so nah an uns vorbeigekommen«, sagte Vivaldi, »daß es kaum möglich war, ihn nicht wahrzunehmen!«

»Nicht einmal Schritte habe ich vernommen!« fügte der Mann hinzu.

»Auch ich nicht«, versetzte Vivaldi. »Doch habe ich seine Gestalt so klar vor Augen gehabt wie ich die Eure sehe! Sein schwarzes Gewand hat mich beinahe gestreift! War er einer der Inquisitoren?«

Der Offizial schien höchlich erstaunt, und ob solches Staunen nun ein echtes sein mochte oder nur ein zu dem Zwecke vorgeschütztes, den Namen jener Person nicht nennen zu müssen – jedenfalls schien die an den Tag gelegte Bestürzung und Furcht durchaus glaubhaft zu sein. Vivaldi, mit kaum geringerer Bestürzung, gewahrte die Angst auf des andern Gesicht, erkannte aber nicht minder deutlich, daß es zwecklos war, diese Fragen zu wiederholen.

Während man den Gang entlangschritt, ward aus der Ferne etwas wie halbersticktes Stöhnen vernehmbar. »Woher kommt dieser Laut?« frug Vivaldi. »Er geht einem ja durch Mark und Bein!«

»Dies soll er auch!« versetzte der eine Wächter.

»Woher kommt dies Stöhnen?« wiederholte Vivaldi ungeduldig, und ein Schauder überlief ihn.

»Aus der Folterkammer«, sagte der Offizial.

»Allmächtiger!« rief Vivaldi da und stöhnte gleichfalls auf.

Beschleunigten Schrittes eilte er an der Tür zu jener Schreckenskammer vorüber, und die Wächter machten keinen Versuch, ihn zurückzuhalten. Die Offizialen hatten ihn ja in Befolgung der herkömmlichen Weisungen hierher in die Hörweite solcher Schmerzenslaute gebracht, auf daß seinem Gemüte das Entsetzliche der ihm drohenden Strafe eingeprägt, und er dadurch veranlaßt werde, unter Vermeidung derselben ein Geständnis abzulegen.

Noch am nämlichen Abend sah Vivaldi sich in seiner Zelle von einem Manne aufgesucht, den er noch niemals gesehn zu haben glaubte. Der Fremde mochte zwischen Vierzig und Fünfzig sein und wies ernste, wachsame Züge auf, doch wirkte sein Gehaben trotz einer gewissen Strenge nicht beunruhigend. Der Grund indes, welchen er für sein Erscheinen angab, war ein sonderbarer. Der Besucher sagte nämlich, er sei selber ein Gefangener dieses Hauses, dürfe sich aber, da er nur um einer Geringfügigkeit willen angeklagt sei, mit einiger Freiheit innerhalb dieser Mauern bewegen. Da er nun von Vivaldis trauriger Lage gehört habe, sei er um die Verstattung eingekommen, mit ihm sprechen zu dürfen, und habe dieselbe auch erhalten. Er tue das aus reinem Mitleid und in dem Wunsche, die Leiden des Jünglings zu lindern, so weit dies durch die Bekundung von Anteilnahme und Erbarmen eben möglich sei.

Während dieser Worte musterte Vivaldi den Fremden aufs eingehendste, wobei ihm auch die Unglaubwürdigkeit der vorgebrachten Gründe nicht entging. Doch war er klug genug, seinen Argwohn nicht zu zeigen. Der Fremde hub nun an, von den verschiedensten Dingen zu plaudern, aber der Jüngling beschränkte sich darauf, nur vorsichtig und knapp zu antworten. Indes, auch durch längeres Schweigen ließ sich die geduldige Barmherzigkeit solchen Besuches nicht ermüden, der, nachdem er mit seinem Gerede allerlei Gegenstände gestreift, schließlich auf die Heilige Religion zu sprechen kam:

»Ich, der ich selber der Ketzerei beschuldigt bin«, sagte er in diesem Zusammenhang, »weiß derhalben besonders gut, wie es einem andern in ähnlicher Lage zumut ist!«

»So ist's denn Ketzerei, derer man mich beschuldigt?« rief Vivaldi da. »Der Ketzerei klagt man mich an?«

»Es hat mir nichts geholfen, meine Unschuld zu beteuern«, fuhr der andre fort, ohne Vivaldis Ausruf zu beachten. »Man hat mich zur Folter verurteilt, und die Tortur, der man mich unterwarf, war allzu schrecklich, als daß ich sie ertragen hätte können! So hab' ich mein Vergehen einbekannt und –«

»Vergebt«, fiel da Vivaldi ihm ins Wort. »Doch erlaubt mir eine Frage: wenn schon *Eure* Leiden so schwer waren, der Ihr doch nur wegen einer Geringfügigkeit angeklagt seid – wie sieht's dann mit der Strafe derer aus, die Übleres verbrochen haben?«

Der Fremde schien durch diese Worte in Verlegenheit gesetzt. »Ja – mein Vergehen war nur ein leichtes«, sagte er schließlich, ohne des Jünglings Frage zu beantworten.

»Wär's möglich«, unterbrach Vivaldi ihn abermals, »daß Ketzerei vor dem Inquisitionstribunal bloß als ein leichtes Vergehen gilt?«

»Es war bloß ein leichter Fall von Ketzerei«, versetzte der Besucher unter unbehaglichem Erröten, »dessen man mich verdächtigt hat, und so –«

»So stuft die Inquisition die Ketzerei nach Graden verschiedener Schwere?« fragte Vivaldi.

»Ich habe mein Vergehen einbekannt«, wiederholte der Fremde mit größerem Nachdruck, »und die Folge solchen Einbekenntnisses war die Erlassung meiner Strafe. Nach einer geringfügigen Buße soll ich entlassen werden und kann vielleicht schon in den nächsten Tagen dem Kerker den Rücken kehren. Doch vor meinem Weggange wollt' ich die Gelegenheit nicht ungenutzt verstreichen lassen, einem Leidensgenossen ein wenig Trost zu spenden. Im Fall Ihr Freunde habt, welche Ihr von Eurem Los zu benachrichtigen wünscht, so könnt Ihr mir ohne Furcht deren Namen und Eure Botschaft anvertraun.«

Diese letzten Worte waren in leisem Ton gesprochen, als fürchtete der Fremde, belauscht zu werden. Vivaldi aber blieb stumm und prüfte nur noch aufmerksamer die Züge solchen Besuchers. Zwar war es für den Jüngling von größter Wichtigkeit, die Familie von seiner Lage in Kenntnis zu setzen, doch wußt' er nicht, was er von diesem Anerbieten zu halten habe und ob er demselben vertrauen könne. Er hatte ja gehört, daß die Gefangenen bisweilen von Konfidenten besucht würden, die es mit vorgetäuschter Aufrichtigkeit und Anteilnahme fertigbrachten, ihnen Bekenntnisse und Meinungen abzulisten, welche dann als Waffe gegen den Angeklagten verwendet wurden. Auch erfuhr man auf solche Weise, über welche Verbindungen und Freunde der Häftling verfügte, und konnte so recht häufig auch diesen Menschen ihr Leben zerstören. Vivaldi aber, im Bewußtsein der eignen Schuldlosigkeit, hatte schon beim ersten Verhör den Inquisitor von Namen und Wohnort seiner Familie in Kenntnis gesetzt, und empfand derhalben keine Furcht, dies auch dem Unbekannten zu eröffnen. Gleichzeitig aber erkannte er, daß bei Ruchbarwerden seines Versuches, eine Botschaft nach draußen zu schmuggeln, die eifervollen Inquisitoren noch mehr gegen ihn eingenommen, ja daß sie dies als eine weitre Bestätigung für seine Schuld ansehen würden. Derlei Erwägungen im Verein mit dem Mißtrauen, welches die Unvereinbarkeit von seines Besuchers Beteuerungen und dessen offensichtlicher Verlegenheit in dem Jüngling hervorgerufen, veranlaßten diesen, der ihm angebotnen Versuchung zu widerstehn. So nahm denn der Fremde, nachdem er Vivaldis Dank entgegengenommen, widerstrebend Urlaub, freilich nicht ohne vorher bemerkt zu haben, er werde, falls er doch noch länger als erwartet in den Mauern der Inquisition festgehalten würde, um die Erlaubnis einkommen, dem Jüngling einen weitern Besuch abstatten zu dürfen. In Beantwortung solcher Rede verneigte Vivaldi sich stumm, wobei er gewahrte, daß ein finster brütender Schatten des andern Miene verdunkelte, als er die Zelle verließ.

Danach vergingen mehrere Tage, während derer Vivaldi nichts mehr von seinem neuen Bekannten hörte. Schließlich ward er zu einer weitern Einvernahme befohlen, nach deren Beendigung man ihn ebenso entließ wie beim ersten und zweiten Mal. Dieser dritten Befragung folgten aber mehrere Wochen Alleinseins und drückender Ungewißheit, wonach Vivaldi zum vierten Male vor die Schranken des Heiligen Offiziums zitiert ward. Der große Vernehmungstisch war von zahlreichen Inquisitoren umgeben, und das Verfahren wurde mit größerer Feierlichkeit denn bisher eröffnet.

Da für Vivaldis Unschuld keinerlei Beweise erbracht worden waren, bestand auf seiten der Examinatoren natürlich noch der alte Argwohn gegen ihn. Und da er weiterhin darauf beharrte, die Wahrheit der gegen ihn erhobnen Beschuldigung in Abrede zu stellen, und sich auch weigerte, irgendwelche Verbrechen einzubekennen, ward angeordnet, daß er innerhalb der nächsten drei Stunden der *Peinlichen Befragung* unterworfen werden solle. Bis zu diesem Zeitpunkte ward Vivaldi neuerlich in seine Zelle geschafft. Zwar war seine Entschlossenheit unerschüttert, doch konnte er nicht ungerührt auf jene Schrecknisse blicken, welche nun schon für ihn vorbereitet werden mochten. Die Zeitspanne des Wartens zwischen dem Urteilsspruch und dem Vollzug solch vorläufiger Bestrafung war in der Tat eine fürchterliche. Das scheinbar so Schimpfliche seiner Lage und die Unkenntnis des Foltergrades, welchen man anwenden würde, erwiesen sich als stärker denn alle bisher zur Schau getragne Kaltblütigkeit, und so brach dem Jüngling, während er unablässig seine Zelle durchmaß, der kalte Angstschweiß aus der Stirn. Indes, dies Gefühl der Schmach hielt nicht lange vor, denn sobald seine bessre Einsicht ihm vor Augen geführt, daß der Unschuld aus keiner Lage und keinem Umstand Unehre erwachsen könne, gewann er alsbald jene Beherztheit und innere Stärke zurück, welche ein Bestandteil des Guten sind.

Es war um Mitternacht, als Vivaldi draußen Schritte und hernach ein Gemurmel vor der Zellentür vernahm. Sogleich wußte er, daß man nun gekommen war, ihn zur Tortur zu führen. Die Tür ward entriegelt, und zwei schwarzgekleidete Männer zeigten sich in der Öffnung. Ohne ein Wort traten sie auf den Jüngling zu, warfen ihm einen sonderbaren Umhang über und geleiteten ihn aus der Zelle.

Auf den Passagen und Gängen, welche man durchschritt, war keine Menschenseele zu erblicken, und die abgründige Stille ringsum erweckte den Eindruck, der Tod habe in diesen Schreckensregionen sein Werk schon begonnen und so Foltrer wie Gefolterte zur Ewigen Vergessenheit verdammt.

Man stieg nun zu jenem großen Saale hinab, darin Vivaldi in der Nacht seiner Einlieferung hatte warten müssen, durchschritt danach einen Gang und kam zu einer langen Treppe, welche zu den unterirdischen Gewölben führte. Auf dem gesamten Wege ließen Vivaldis Begleiter kein Sterbenswort verlauten, und da der Jüngling wußte, daß jegliches Fragen seine Bestrafung nur erschweren würde, tat auch er den Mund nicht auf.

Die Türen, welche man passieren mußte, öffneten sich ausnahmslos auf das Klopfen mit einem Eisenstabe, welchen der eine Offizial mit sich trug. Doch keiner der Öffnenden ließ sich blicken. Der zweite Begleiter trug eine Fackel, denn die Gänge waren so spärlich erhellt, daß man den Weg ohne eine solche wohl kaum gefunden hätte. Man durchmaß nun ein Gewölbe, das an einen Begräbnisort erinnerte, doch ließen die Größe und Dunkelheit des Raumes eine genauere Bestimmung nicht zu.

Nachdem man schließlich vor einer Eisentür angelangt war, wurde Halt gemacht. Der eine Offizial schlug mit seinem Stabe zu dreien Malen dagegen, doch anders als alle bisherigen ging die Tür nicht auf. Während man des Öffnens harrte, glaubte Vivaldi, in Abständen von drinnen Laute zu hören, als läge dort jemand in seinen letzten Todesqualen, doch schien dies aus weiter Ferne zu kommen. Das Herz wollte dem Jüngling schier zu Eis erstarren, doch nicht aus Furcht, dieweil er in diesem Moment der eignen Person so gut wie vergessen hatte, sondern vor Entsetzen.

Erst nach beträchtlicher Wartefrist, während derer aber der Offizial sein einmal gegebenes Zeichen nicht wiederholte, wurde die Tür ein wenig geöffnet von jemand, den Vivaldi wegen der drinnen herrschenden Dunkelheit nicht wahrnehmen konnte, und mit dem sich der eine Begleiter durch Gesten verständigte. Danach wurde die Tür wieder geschlossen.

Mehrere Minuten weiteren Wartens waren schon verstrichen, als ein Gewirr tiefer Stimmen Vivaldis Aufmerksamkeit auf sich zog. Jene Stimmen tönten laut und rauh, wobei sie sich einer dem Jüngling unbekannten Sprache bedienten. Bei ihrem Klange löschte der Offizial sogleich seine Fackel. Die Stimmen näherten sich, und sobald die Tür erneut geöffnet wurde, sah Vivaldi zwei Gestalten vor sich, welche ihn in dem ungewissen Schein eines drinnen flackernden Lichtes mit angstvollem Staunen erfüllten. Wie seine Begleiter waren sie ganz in Schwarz gekleidet, doch auf andere Art, denn ihre Gewandung legte sich eng an den Körper. Die Gesichter aber waren vollkommen verhüllt von recht befremdlichen Kapuzen, welche bis zu den Fersen hingen und lediglich zwei schmale Schlitze für die Augen aufwiesen. Vivaldi hielt die beiden sogleich für Folterknechte, und ihr Aussehn war ja in der Tat dasjenige von leibhaftigen Teufeln. Vielleicht waren sie auf solche Art gekleidet, um von den Gefolterten nicht wiedererkannt zu werden, vielleicht aber auch nur, um den Angeschuldigten einen gehörigen Schrecken einzujagen, auf daß dieselben sich nicht länger weigerten, ihre Schuld einzubekennen. Doch welcher Beweggrund immer solch grausiges Erscheinungsbild bewirkt haben, und worin immer die Beamtung der beiden bestehen mochte – jedenfalls ward Vivaldi in ihre Hände übergeben und vernahm im Momente solcher Übergabe, daß die Eisentür hinter ihm zufiel und ihn dergestalt mit den beiden in einem engen Gange einschloß, welcher durch eine von der gewölbten Decke hängenden Lampe nur dürftig erhellt wurde. Die Schergen schritten schweigend zu beiden Seiten ihres Gefangenen dahin, und so stand man alsbald vor einer zweiten Tür, welche in einen anderen Gang führte. Gleich danach erreichte man eine dritte, die sich auf einen weiteren Gang auftat, an dessen Ende einer der geheimnisvollen Begleiter gegen eine vierte pochte. Man hielt nun an und wartete. Die undeutlichen Laute, welche Vivaldi anfangs zu vernehmen geglaubt, waren nun stärker geworden, und unter unaussprechlichem Entsetzen erkannte der Jüngling, daß es die Schmerzensschreie Gefolterter waren!

Nach einiger Zeit wurde die Tür geöffnet von einer Gestalt, welche ebenso gekleidet war wie die beiden Begleiter, und nach dem Aufschließen zweier weiterer, unmittelbar aufeinanderfolgender Eisentüren fand Vivaldi sich in einem geräumigen, schwarzausgeschlagnen Gewölbe, das von den weit oben hängenden Lampen nur unzureichend erhellt war. Bei seinem Eintritte hallte ein sonderbarer Laut die Wände entlang und durch weitere Gewölbe fort, die sich, dem Klange nach zu schließen, noch tief nach hinten erstreckten.

Es dauerte einige Zeit, ehe Vivaldi sich so weit gefaßt hatte, daß er etwas in dem Raum zu unterscheiden vermochte, und auch dann hinderte ihn die herrschende Düsternis daran, allzuviel zu erkennen. Dunkle Gesichter und verschwommene Gestalten schienen die Finsternis zu durchhuschen, und vielerlei Werkzeuge und Vorrichtungen, über deren Anwendung Vivaldi sich nicht schlüssig werden konnte, erfüllten den Jüngling mit grausigem Argwohn. Und noch immer vernahm er von

Zeit zu Zeit jenes halbunterdrückte Stöhnen! So blickte er um sich, die armen Teufel zu sehen, denen solche Laute erpreßt wurden, hörte sich aber im nämlichen Moment aus einer entlegenen Ecke angerufen, er möge nähertreten.

Die Entfernung jenes Ortes und auch seine Dunkelheit hatten Vivaldi bisher daran gehindert, jemanden dort zu erkennen. So schritt er nur langsam voran, bis auf ein zweites Geheiß seine Wächter ihn an den Armen packten und vorwärtsstießen.

Am fernen Ende des ausgedehnten Gewölbes erblickte er nun drei unter einem schwarzen Baldachin sitzende Personen. Ihre Stühle standen um mehrere Stufen erhöht, und es hatte den Anschein, als handelte es sich bei den darauf Sitzenden um Richter, Vernehmungsbeamte oder aber um die Leiter des Strafvollzuges. Etwas tiefer saß an einem Tische der Sekretarius, zu dessen Häupten die einzige Lampe hing, auf daß er zu Papier bringen könne, was während der Befragung etwa lautwerden mochte. Jetzt erst erkannte Vivaldi, daß jene drei das Tribunal bildenden Personen der Generalvikar oder Großinquisitor, der Vertreter der Anklage und ein gewöhnlicher Inquisitor waren. Dieser letztere saß zwischen den erstgenannten und schien am eifrigsten auf die Pflichten seines grausamen Amtes bedacht zu sein, wogegen das drohende Dunkel alle drei auf die nämliche Weise umhüllte.

In einiger Entfernung von diesem Tribunal stand ein großes Eisengerüste, in welchem Vivaldi die Streckfolter zu erkennen glaubte, und gleich daneben ein zweites, welches die Form eines Sarges hatte. Indes, dank der herrschenden Dunkelheit konnte Vivaldi nicht erkennen, ob man dort gegenwärtig jemanden der Tortur unterzog. In den angrenzenden Gewölben freilich schien man dabei zu sein, die teuflischen Anordnungen der Inquisitoren in die Tat umzusetzen, denn so oft eine der Türen sich öffnete, ertönte Wehegeschrei, und man konnte Gestalten, die Vivaldi für ebensolche Folterknechte wie seine Begleiter ansah, her- und hinhuschen sehen.

Fast vermeinte der Jüngling, sich in den Regionen der Hölle zu befinden. Das Beängstigende des Ortes, die entsetzlichen Zurüstungen ringsum und, vor allem, das Wesen und Erscheinungsbild derjenigen, welche im Begriffe standen, die Strafe zu vollziehen, trugen ja genugsam zu solchem Vergleiche bei. Daß ein Mensch aus freien Stücken einem Mitmenschen, der ihn weder verletzt noch beleidigt hatte, übelwollen, ja daß er, ohne von irgendwelcher Leidenschaft getrieben zu sein, sich freiwillig hergeben könne, seinem Nächsten Folterqualen zu bereiten – Vivaldi vermocht' es kaum zu fassen! Sobald er aber auf die drei Personen blickte, welche das Tribunal bildeten, und sobald er in Betracht zog, daß ja auch sie aus freien Stücken ihre grausame Beamtung gewählt, ja vielleicht schon seit langem voll Ehrgeiz danach gestrebt hatten, überstiegen sein Staunen und seine Entrüstung vollends alle Grenzen.

Der Großinquisitor, nachdem er Vivaldi neuerlich mit Namen aufgerufen, ermahnte den Jüngling nun, die Wahrheit zu bekennen und dergestalt jene Qualen zu vermeiden, die ihn sonst erwarteten.

Da aber Vivaldi auch schon bei den vorangegangenen Verhören mit seiner Wahrheit keinen Glauben gefunden, sah er keinen Weg, den gegenwärtig drohenden Martern zu entgehen, er hätte denn bei der Lüge Zuflucht genommen. Solche Handlungsweise wäre, um dadurch der ungeheuerlichen Grausamkeit und Willkür zu entgehen, durchaus gerechtfertigt gewesen, hätte sein Geständnis nur ihn selber betroffen. Da er aber wußte, daß die Folgen sich auch auf andre erstrecken mußten, und daß man dann vor allem Ellena di Rosalba in dies Verfahren einbeziehen würde, zögerte er keinen Augenblick, sich jeder Tortur zu unterwerfen, welche seine Standhaftigkeit ihm eintragen mochte. Denn hätte auch die Moral alle Unwahrheit in solchem Momente gutgeheißen, so gebot doch die Klugheit, sich jeder Lüge zu enthalten, da ja deren Aufdeckung dem Beschuldigten zum Verhängnis hätte ausschlagen müssen.

Immerhin, Vivaldi hätte sich nur zu gern nach Ellenas gegenwärtiger Lage erkundigt, wie hoffnungslos solche Frage auch sein mochte. Zu gerne nur hätte er ihre Unschuld beteuert und für sie sogar die Inquisitoren um Mitleid angefleht, wär' er sich nicht im klaren gewesen, daß er damit seinen Widersachern nur eine weitere Waffe, ein noch ausgeklügelteres Mittel gegen sich selbst in die Hand geben würde. Hatten diese Leute erst erkannt, welche Seelenqualen Vivaldi in Ansehung Ellenas litt, so würden sie sogleich mit der Verschärfung von des Mädchens Leiden drohen, zur Strafe für das, was sie seine Halsstarrigkeit nannten, und würden dergestalt mit seiner Rechtschaffenheit auch seine Person überwinden.

Aufs neue und zu wiederholten Malen mahnte nun das Tribunal den Jüngling, sich für schuldig zu bekennen, und der Inquisitor beendete solche Mahnungen mit den Worten, daß die Richter keine Schuld trügen an dem, was ihm aus seiner Halsstarrigkeit etwa noch erwachsen könnte, ja daß, falls der Jüngling den ihm zugefügten Martern erläge, solcher Tod allein von ihm verschuldet wäre.

»Ich habe das, was die Anklage mir, wie ich glaube, vorwirft, nicht begangen!« versetzte Vivaldi voll feierlichen Ernstes. »Und ich wiederhole, daß ich unschuldig bin! Sollte ich aber so schwach sein, mich für schuldig zu bekennen, bloß um den Martern des Augenblicks zu entgehen, so vermögen doch all Eure Folterwerkzeuge es nicht, die Wahrheit umzustoßen, es wäre denn in diesem mir erpreßten Geständnis! Die Folgen Eurer Foltermethoden, sie kommen deshalb auf niemandes Haupt denn nur auf das Eure!«

Der Generalvikar lauschte Vivaldis Worten mit großer Aufmerksamkeit und schien, sobald der Jüngling verstummt war, in Nachsinnen zu versinken. Der Inquisitor aber fühlte sich bloß gereizt von der Unerschrokkenheit solcher Sprache, und keineswegs von der Rechtlichkeit der Vorhaltungen überzeugt. So bedeutete er den Schergen durch ein Zeichen, mit der *Peinlichen Befragung* zu beginnen. Während sich diese beiden nun anschickten, dem Befehl Folge zu leisten, bemerkte Vivaldi trotz seiner Aufgewühltheit, daß eine Person den Raum durchmaß, in der er sogleich diejenige erkannte, welche schon in einer früheren Nacht in den Gängen der Inquisition an ihm vorübergeschritten war, und in der er den geheimnisvollen Fremden aus Paluzzi wiederzuerkennen geglaubt. Vivaldi heftete nun den Blick auf den Unbekannten, doch hinderte das Besondre seiner Lage ihn daran, dies mit der nämlichen Aufmerksamkeit wie ehedem zu tun.

Gestalt, Gehaben und auch der Gang des Fremden waren dermaßen fesselnd und gemahnten so sehr an jenen Mönch von Paluzzi, daß Vivaldi nicht länger zweifelte, ein und dieselbe Person vor sich zu haben. So machte er einen der Offizialen auf ihn aufmerksam und fragte, wer jener Fremdling denn sei? Doch noch während Vivaldi diese Worte sprach, war der andre weitergeschritten und, noch bevor eine Antwort hätte erfolgen können, hinter einer zum Nachbargewölbe führenden Tür verschwunden. Vivaldi wiederholte dessenungeachtet seine Frage, die aber der Offizial nicht zu beantworten wußte und die dem Frager überdies den Tadel des Tribunals eintrug, daß er hier keine Fragen zu stellen habe. Jetzt erst gewahrte der Jüngling, daß ja der Großinquisitor dies gesagt hatte, und dementsprechend wandelte sich das Gehaben des Offizialen.

Die Folterknechte – übrigens dieselben, welche Vivaldi hierhergebracht hatten – waren nun mit ihren Zurüstungen fertig, traten auf ihr Opfer zu und fesseiten den Jüngling, nachdem sie ihm Umhang und Wams abgenommen, mit festen Stricken. Danach streiften sie ihm das übliche, schwarze Büßerhemd über den Kopf, welches Vivaldis Gestalt zur Hälfte verhüllte und ihn daran hinderte, die weiteren Vorbereitungen zu beobachten. In solchem Zustande der Erwartung wurde der Jüngling aufs neue von dem Inquisitor ins Gebet genommen.

»Seid Ihr jemals in der Spirito Santo-Kirche zu Neapel gewesen?« frug dieser.

»Ja«, versetzte Vivaldi.

»Habt Ihr daselbst irgend einmal Verachtung gegen den katholischen Glauben bekundet?«

»Niemals«, sagte Vivaldi.

»Weder durch Worte noch auch durch Taten?« beharrte der Inquisitor.

»Weder, noch!«

»Denkt nach!« mahnte der Inquisitor. »Habt Ihr wirklich niemals einen Diener unsrer Hochheiligen Kirche beleidigt?«

Vivaldi blieb stumm. Jetzt erst begann es ihm zu dämmern, wessen man ihn da in Wahrheit anklagte, und daß also das Erlassen der Strafe, welche auf Ketzerei gesetzt war, durchaus möglich schien! Doch dermaßen direkte und eindeutige Fragen waren ihm bisher nicht gestellt worden. Man hatte sich dieselben aufgespart für jenen Augenblick, da es kein Ausweichen mehr geben würde, und mit der wahren Anklage hinterm Berg gehalten, auf daß er keine Gelegenheit fände, sich ihr schon vorher zu entwinden.

»Gebt Antwort!« wiederholte der Inquisitor. »Habt Ihr niemals einen Diener des Katholischen Glaubens in der Spirito Santo-Kirche zu Neapel beleidigt?«

»Habt Ihr ihn nicht beleidigt, während er mit der Erfüllung einer Heiligen Bußübung befaßt war?« frug eine zweite Stimme.

Vivaldi schrak aus seinem Nachdenken, denn er hatte in ihr sogleich die wohlbekannte jenes Mönches von Paluzzi erkannt. »Wer ist's, der diese Frage stellt?« rief er.

»An *Euch* ist's, hier Antwort zu geben«, hub der Inquisitor von neuem an. »Beantwortet mir also meine Frage!«

»Es ist wahr, ich habe einen Diener der Kirche beleidigt«, versetzte Vivaldi. »Doch habe ich damit auf keine Weise unsre Heilige Religion geschmäht! Ihr wißt ja nicht, Hochwürdige Väter, welch böse Taten dem voraufgegangen sind, und –«

»Genug!« fiel der Inquisitor dem Jüngling ins Wort.

»Äußert Euch zu der gestellten Frage und zu sonst nichts! Habt Ihr also, durch Beleidigungen und drohende Worte, einen frommen Klosterbruder genötigt, die Heilige Bußübung, der er sich unterworfen, vorzeitig abzubrechen? Habt Ihr ihn gezwungen, aus der Kirche zu fliehn und Zuflucht in seinem Kloster zu suchen?«

»Nein«, versetzte Vivaldi. »Zwar trifft es zu, daß er aus der Kirche geflohn ist und daß dies die Folge meiner dortigen Aufführung war, doch wäre solche Flucht nicht nötig gewesen! Hätt' er mir bloß meine Frage beantwortet oder zugesagt, mir die Geliebte wiederzugeben, derer er mich verräterischerweise beraubt hatte, so könnte er, falls dies einzig von mir abhinge, noch heute friedlich in jener Kirche weilen!«

»Wie!« sprach da der Generalvikar. »Ihr hättet ihn also zur Rede gezwungen, wo er doch die Buße des Schweigens auf sich genommen? Nun, jedenfalls habt Ihr gestanden, daß Ihr ihn aus der Kirche gejagt habt. Dies ist genug!«

»Wo habt Ihr Ellena di Rosalba zum erstenmal erblickt?« frug plötzlich die Stimme von vorhin.

»Nochmals: wer ist's, der diese Frage stellt?« erwiderte Vivaldi.

»Denkt daran«, mahnte da der Inquisitor, »daß ein Verbrecher keine Fragen stellen darf!«

»Ich kann zwischen Eurer Mahnung und Eurer Feststellung keinen Zusammenhang erkennen«, gab Vivaldi zurück.

»Ihr scheint uns gar zu sorglos zu sein«, sagte der Inquisitor. »Gebt Antwort auf die zuletzt gestellte Frage, oder die Knechte werden tun, was ihres Amtes ist!«

»So laßt dieselbe Person die Frage stellen«, versetzte Vivaldi.

Die Frage ward von der früheren Stimme wiederholt.

»In der Kirche von San Lorenzo zu Neapel«, sagte Vivaldi unter tiefem Seufzen. »Dort hab' ich Ellena di Rosalba zum ersten Male gesehn.«

»Hatte sie damals schon Profeß getan?« frug jetzt der Generalvikar.

»Sie hat überhaupt nie den Schleier genommen«, erwiderte Vivaldi, »noch auch jemals die Absicht gehabt, dies zu tun!«

»Wo hat sie zu jener Zeit gewohnt?«

»In der Villa Altieri, zusammen mit einer Anverwandten. Und würd' noch jetzt dort wohnen, wär' sie nicht durch die Machenschaften eines Mönches aus ihrem Heim gerissen und in ein Kloster gesteckt worden. Doch kaum war sie mit meiner Hilfe daraus befreit, sah sie zum andernmal sich festgenommen, und zwar unter dem fadenscheinigsten und grausamsten Vorwand! – Oh, Hochwürdige Väter! Ich beschwör' Euch – fleh' Euch an –« Vivaldi mußte sich Gewalt antun, denn er war drauf und dran gewesen, all seine Herzensgefühle den Inquisitoren auf Gnade und Ungnade auszuliefern.

»Wie heißt jener Mönch?« frug ernst die fremde Stimme.

»Wenn ich nicht fehlgehe«, versetzte Vivaldi, »so ist Euch sein Name schon bekannt. Der Mönch wird Pater Schedoni genannt, er lebt im Dominikanerkloster Spirito Santo zu Neapel und ist der nämliche, welcher mich beschuldigt, ihn in der Kirche gleichen Namens beleidigt zu haben.«

»Wie kommt es, daß Ihr in ihm Euren Ankläger erkennt?« frug die Stimme.

»Er ist mein einziger Feind«, erwiderte Vivaldi.

»Euer Feind?« warf hier der Inquisitor ein. »Eine frühere Feststellung von Euch besagt aber, Ihr wüßtet von keinem Feinde! Eure Antworten widersprechen einander!«

»Ihr seid gewarnt worden, die Villa Altieri nicht zu besuchen«, sprach jetzt der Unbekannte. »Weshalb habt Ihr die Warnung in den Wind geschlagen?«

»Ihr selber seid's gewesen, der mich warnte!« antwortete Vivaldi. »Jetzt erst erkenn' ich Euch!«

»*Ich* hätte Euch gewarnt?« frug der Unbekannte in ernstem Ton.

»Ja wohl – Ihr!« wiederholte Vivaldi. »Ihr, der Ihr auch den Tod der Signora Bianchi vorausgesagt habt!

Und Ihr auch seid jener Feind – jener Pater Schedoni, welcher mich angeklagt hat!«

»Wer ist's, der diese Fragen stellt?« frug jetzt der Generalvikar. »Wer hat die Vollmacht, den Gefangenen auf solche Weise zu verhören?«

Doch keine Antwort erfolgte. Nur das aufgeregte Stimmengemurmel des Tribunals durchsummte die Stille, bis schließlich auch dies erstarb und des Mönches Stimme sich aufs neue vernehmbar machte.

»Ich will nur dies eine erklären«, sprach sie, offenbar an Vivaldi gewendet. »Ich bin *nicht* der Pater Schedoni!«

Der besondre Tonfall sowie der Nachdruck, mit dem diese Worte geäußert worden, überzeugten den Jüngling mehr denn die Beteuerung als solche. Und wiewohl er jene Stimme noch immer für diejenige des Mönches von Paluzzi hielt, glaubte er nicht länger, daß es auch die von Schedoni sei. Vivaldi kam das Staunen an! Hätt' er die Hände frei gebrauchen können, er hätte sich das Tuch vom Gesicht gerissen, um den geheimnisvollen Fremden abermals ins Auge zu fassen! Wie die Dinge aber lagen, konnt' er ihn nur beschwören, seinen Namen sowie die Beweggründe seines bisherigen Handelns zu enthüllen.

»Wer ist da unter uns?« frug jetzt der Generalvikar mit der Stimme eines, der das eigene Entsetzen auf seine Zuhörer übertragen möchte.

»Wer ist da unter uns?« wiederholte er in lauterem Tonfall. Doch auch jetzt erfolgte keine Antwort. Nur das Stimmengesumm des Tribunals ward aufs neue hörbar, und eine allgemeine Bestürzung schien um sich zu greifen. Doch niemand sprach laut genug, daß Vivaldi die Worte hätte verstehen können. Etwas Außergewöhnliches schien vor sich zu gehn, und so harrte er dessen, was da kommen sollte, mit aller Geduld, derer er fähig war. Bald danach vernahm er, daß Türen geöffnet wurden und Menschen den Raum verließen. Dem folgte eine tiefe Stille. Dennoch war Vivaldi sicher, daß die beiden Schergen noch neben ihm standen und nur darauf warteten, mit der Tortur zu beginnen.

Nach dem Verstreichen beträchtlicher Zeit hörte Vivaldi Schritte und gleich darauf eine Stimme, welche den Befehl gab, den Delinquenten zurück in seine Zelle zu schaffen.

Sobald man das Tuch von seinem Gesicht entfernte, gewahrte der Jüngling, daß das Tribunal sich aufgelöst hatte, und daß auch der Fremde verschwunden war. Die Lampen waren am Erlöschen, und so wirkte das Gewölbe noch finsterer und schreckensvoller denn zuvor.

Die Folterknechte geleiteten Vivaldi nun bis an den Ort, wo sie ihn in Empfang genommen. Von dort führten ihn die Beamten, welche ihn hierhergebracht, wieder zu seiner Zelle, woselbst der Jüngling, hingestreckt auf sein strohenes Lager, genug der Muße fand, in Einsamkeit und Dunkel über all das nachzusinnen, was er gehört, und sich noch den geringsten Umstand vor Augen zu führen, welcher mit dem Unbekannten zusammenhing. Indem er all jene Einzelheiten mit der Gegenwart verglich, suchte Vivaldi, zu einem halbwegs plausiblen Schluß in Ansehung von des Fremden Person und der Beweggründe für solch außergewöhnliches Vorgehen zu kommen. Abermals führte er sich des Fremden allererstes Erscheinen in den Ruinen von Paluzzi vor Augen, damals, als jener gesagt, Vivaldis Schritte seien überwacht, wonach er den Jüngling vor dessen Rückkehr zur Villa Altieri gewarnt hatte. Auch gedachte Vivaldi der zweiten Erscheinung des Unbekannten am nämlichen Ort, sowie jener zweiten Warnung. Die Begleitumstände der auf Paluzzi durchlebten Abenteuer gingen ihm durch den Sinn – des Mönches Vorhersage im Hinblick auf den Tod der Bianchi – seine üble Zeitung in Ansehung Ellenas, und dies im nämlichen Momente, da man sie überwältigt und aus ihrem Heim hinweggeschleppt hatte! Und je länger der Jüngling diesen Ereignissen nachsann und sie mit seinem Wissen um Schedonis Übelwollen in Zusammenhang brachte, desto eher neigte er, unerachtet der scheinbaren Aufrichtigkeit jener Stimme, die erst vor kurzem das Gegenteil beteuert hatte, zu dem Glauben, daß jener Unbekannte niemand andrer sein könne denn Schedoni in Person, welcher von der Marchesa beauftragt worden, Vivaldis Besuchen in der Villa Altieri einen Riegel vorzuschieben. Als ein Haupt-Akteur in jenen Ereignissen, vor welchen er Vivaldi gewarnt, konnt' er dieselben ja nur zu leicht vorhersagen! Weiters verweilte der Jüngling sich des nähern bei Signora Bianchis Tode, indem er die besondern und recht zweifelhaften Umstände erwog, von welchen derselbe begleitet gewesen. Es schauderte ihn, sobald eine neue Schlußfolgerung ihm durch den Kopf ging! – Doch solcher Gedanke, er war allzu entsetzlich, als daß man ihm hätte Raum geben dürfen, und so verwarf er ihn sofort wieder.

Von jenem Wortwechsel indes, den er späterhin im Gemach der Marchesa mit dem Beichtiger geführt, bewahrte er noch viele Einzelheiten, welche geeignet schienen, die Zweifel an der Person des Unbekannten aufs neue zu beleben: Schedonis Gehaben, als er indirekt als der Mönch von Paluzzi angesprochen worden, war ganz dasjenige eines Menschen gewesen, dem alle Verkleidung fremd ist. Und überdies klang dem Jüngling ja noch die Redlichkeit im Ohr, mit welcher der Beichtiger auf einen Umstand hingewiesen, der die Möglichkeit ausschloß, der Unbekannte könnte der Bruderschaft von *Santa del Pianto* angehören.

Auch gab es da ein paar Besonderheiten im Gehaben des Fremden, welche gar nicht zu dem stimmen wollten, was von Schedoni zu erwarten gestanden hätte, selbst wenn er tatsächlich Vivaldis Feind gewesen war, was der Jüngling ja nunmehr nicht länger bezweifeln konnte. Aber auch mit einem Wesen von dieser Welt, so wollt' es Vivaldi scheinen, ließen jene Besonderheiten sich nicht in Einklang bringen. Sobald nämlich der Jüngling die rätselhafte Plötzlichkeit bedachte, mit welcher der Fremde jeweils erschienen oder verschwunden war, fühlte er sich aufs neue versucht, einer seiner frühesten Mutmaßungen nachzugehen, und unzweifelhaft trugen ja die Schrecknisse seines gegenwärtigen Aufenthaltsortes zu solcher Neigung nicht minder bei, als dies ehedem seine Lage in den Gewölben von Paluzzi im Verein mit einem jugendlichen Hang für alles Wunderbare getan.

Er beendete seine neuesten Überlegungen wie er sie begonnen: verwirrt und von Zweifeln geplagt. Schließlich aber überkam ihn der Schlaf und erlöste ihn von all dem qualvollen Denken.

Die Mitternacht war schon vorüber, als Vivaldi halb und halb geweckt ward von einem Geräusch, das aus seiner Zelle zu kommen schien. Er richtete sich auf, um nach der Ursache solchen Lärms zu forschen, doch war's ihm nicht möglich, in der Dunkelheit etwas zu erkennen. So lauschte er bloß auf eine Wiederholung des Geräusches, doch nur das Stöhnen des Winds im Innern des Gefängnistrakts ward hörbar, und so vermeinte der Jüngling, er sei bloß von einer geträumten Stimme genarrt worden.

Sich mit solcher Schlußfolgerung bescheidend, ließ er das Haupt aufs Strohpolster sinken und war alsbald wieder eingeschlummert. Doch woran er im Wachen gedacht, es beschäftigte auch seine Träume, und der Unbekannte, dessen Stimme Vivaldi heute nacht als diejenige des Mönches von Paluzzi wiedererkannt, erschien dem Jüngling im Schlaf. Beim Anblick dieser Gestalt empfand der Träumer wohl ebensoviel Entsetzen, Neugierde und auch Ungeduld, wie's etwa bei der körperlichen Erscheinung jenes Phantoms der Fall gewesen wäre. Der Mönch, dessen Antlitz noch immer verhüllt war, schien sich dem Bette zu nähern, bis er im Abstand von wenigen Schritten stehenblieb und, indem er die schreckliche Kapuze zurückschlug, die ihn bisher unkenntlich gemacht, ein Antlitz enthüllte, welches nicht dasjenige Schedonis war, sondern eines, das Vivaldi noch nie gesehen zu haben glaubte. Es war der Neugierde ebenso fesselnd wie der Empfindung entsetzlich, und Vivaldi schrak auf den ersten Blick davor zurück. Etwas von der unbeschreiblichen Fremdheit, wie wir sie übernatürlichen Wesen zuschreiben, lag über diese Züge gebreitet, und die eindringlichen, ja glosenden Augen glichen eher denjenigen eines bösen Geistes, nicht aber dem Blick eines Menschen. Der Unbekannte zog nun einen Dolch aus den Falten seiner Kutte und zeigte, während er ihn vorwies, unter grimmigem Stirnrunzeln auf die Flecken, mit denen die Klinge besudelt war. Vivaldi aber erkannte, daß es Blutflecken waren! Entsetzt wandte er den Blick ab – und als er wieder um sich blickte in seinem Traum, war die Erscheinung verschwunden.

Ein Stöhnen weckte ihn – doch wer beschreibt seine Gefühle, als er im Aufblicken die nämliche Gestalt vor sich gewahrte! Indes, es dauerte eine Weile, bis er sich überzeugt hatte, daß jene Erscheinung mehr denn ein Traumbild war, welches sich der aufgestörten Phantasie eingeprägt. Erst des Mönches Stimme – sein Antlitz trug er ja wie immer verhüllt – riß Vivaldi aus solchem Irrtum. Doch wie groß erst war seine Erregung, als der Unbekannte, langsam die geheimnisvolle Kapuze hebend, ihm die nämlichen, entsetzenserregenden Züge wies, welche schon das Traumbild gekennzeichnet hatten! Nicht fähig, die Ursache solcher Erscheinung zu ergründen, starrte Vivaldi voll staunenden Schreckens auf den Fremden, ohne zu bemerken, daß der Mönch statt jenes Dolches ja eine Lampe in Händen hielt, deren Licht die tiefen Furchen in seinem Antlitz beschien und durch das Spiel der Schatten die Leidenschaften und Begebnisse eines außergewöhnlichen Lebens noch stärker hervorhob.

»Für heute nacht bist du verschont geblieben«, sprach der Fremde. »Doch morgen –« Er verstummte.

»Im Namen von allem, was uns heilig ist«, rief Vivaldi, indem er sein Denken zu sammeln suchte, »wer seid Ihr und was ist Euer Begehr«?

»Stell keine Fragen«, erwiderte der Mönch in tiefem Ernst, »sondern gib Antwort auf die *meinen!*«

Vivaldi war von dem Tonfall solcher Worte zutiefst betroffen und wagte nicht, im gegenwärtigen Momente weiterzuforschen.

»Seit wann kennst du den Pater Schedoni?« fuhr der Fremde jetzt fort. »Wann bist du ihm zum erstenmal begegnet?«

»Ich kenne ihn seit etwa einem Jahr als den Beichtiger meiner Mutter«, versetzte Vivaldi, »und bin ihm zum erstenmal begegnet auf einem der Gänge unsres Palastes. Es war schon spät, und er trat soeben aus dem Gemach der Marchesa.«

»Bist du dessen sicher?« frug der Mönch mit Nachdruck. »Es ist wichtig, daß du dessen sicher bist!«

»Ich bin dessen sicher«, bekräftigte Vivaldi.

»Wie sonderbar«, bemerkte der andre nach einigem Schweigen, »daß ein Umstand, der dir damals als geringfügig erschienen sein muß, sich deinem Gedächtnisse dermaßen nachhaltig eingeprägt hat! Zwei Jahre reichen hin, uns vieles vergessen zu machen!« Ein Seufzen begleitete solchen Ausspruch.

»Ich entsinne mich jener Begegnung«, sagte Vivaldi, »weil mich der Anblick so tief beeindruckt hat. Es war schon spät am Abend, und Schedoni kam mir durch die Düsternis ganz unversehns entgegen. Auch seine Stimme schreckte mich: als er an mir vorüberschritt, sprach er nämlich, ›Nun gilt's die Vesper-Andacht!‹ und im nächsten Augenblick vernahm ich auch schon die Glocke von Spirito Santo.«

»Weißt du, wer er in Wirklichkeit ist?«

»Ich weiß nur, was er zu sein scheint.«

»Hast du jemals von seinem früheren Leben etwas vernommen?«

»Nie«, gab Vivaldi zur Antwort.

»Niemals etwas Ungewöhnliches, das ihn betroffen hätte?« fügte der Mönch hinzu.

Vivaldi zögerte. Jetzt erst entsann er sich jener dunklen, fragmentarischen Geschichte, die ihm Paolo erzählt hatte, als die beiden im Verlies von Paluzzi gefangen gewesen, und die von einer Beichte gehandelt, welche in der Kirche der Schwarzen Büßermönche abgelegt worden sein sollte. Indes, er wagte nicht, dies mit Schedoni in Zusammenhang zu bringen. Auch entsann er sich des blutbesudelten Mönchshabits, den er in den Gewölben des Kastells aufgefunden. Das Gehaben des rätselhaften Wesens, welches nun vor ihm stand, im Verein mit den vielen Besonderheiten jener Abenteuer, die der Jüngling dort erlebt hatte, zogen gleich einer Vision an seinem inneren Auge vorüber. Sein Geist glich einem Zauberspiegel, darin längstversunkne Ereignisse wieder Gestalt annehmen und, indem sie entschwinden, drohend auf Formen weisen, welche noch halb verhüllt sind vom Düster der Zukunft. Vivaldi fühlte sich von einer ungewohnten Furcht überkommen, und ein Aberglaube, wie er ihn in solchem Maße noch nie empfunden, bemächtigte sich seiner Urteilskraft. So blickte er empor zu den verschatteten Zügen des Fremden und vermeinte fast schon, in demselben einen Bewohner der Geisterwelt zu erkennen.

Aufs neue hub nun der Mönch zu sprechen an und wiederholte in strengem Ton: »Du hast also nie etwas Ungewöhnliches über den Pater Schedoni verlauten hören?«

»Was soll's mir«, entgegnete nun Vivaldi, indem er seinen ganzen Mut zusammennahm, »die Fragen eines Fremden zu beantworten, welcher mir nicht einmal seinen Namen nennen mag?«

»Mein Name ist verschollen – niemand mehr entsinnt sich seiner«, versetzte der Fremde, sich von dem Jüngling wendend. »So überlass' ich dich denn deinem Schicksal.«

»Welchem Schicksal?« frug da Vivaldi. »Und was ist der Zweck Eures Besuches? Im Namen der furchtbaren Inquisition beschwör' ich Euch – sprecht!«

»Bald wirst du's wissen – hab' Mitleid mit dir selbst!«

»Welchem Schicksal wollt Ihr mich überlassen?« wiederholte der Jüngling.

»Dring nicht weiter in mich«, versetzte der Fremde, »doch gib Antwort auf das, was ich dich frage! Schedoni –«

»Ich hab' Euch alles gesagt, was ich mit Sicherheit über ihn weiß. Alles andre sind bloß Mutmaßungen.«

»Und worin bestehen diese Mutmaßungen? Haben sie zu tun mit einer Beichte, die einstmals in der Kirche der *Schwarzen Büßermönche* zu *Santa Maria del Pianto* abgelegt ward?«

»Sie haben!« rief Vivaldi überrascht.

»Was war der Inhalt jener Beichte?«

»Dies weiß ich nicht«, sprach Vivaldi.

»Sag die Wahrheit!« gebot der Fremde streng.

»Eine Beichte«, entgegnete der Jüngling, »ist geheiligt und bleibt auf ewig begraben im Busen jenes Priesters, vor dem sie abgelegt worden. Wie könnt' ich also wissen, welches ihr Inhalt war?«

»Hast du denn noch nie gehört, daß der Pater Schedoni sich etwelcher schwerer Verbrechen schuldig gemacht, von welchen er nun sein Gewissen durch schwerste Bußübungen zu reinigen sucht?«

»Noch nie!« beteuerte Vivaldi.

»Noch nie gehört, daß er ein Weib gehabt hat – einen Bruder?«

»Noch nie!«

»Und auch nichts von den Mitteln, die er angewendet – kein Wort von Mord, von –«

Der Fremde schwieg, als wünschte er, von unserm Jüngling die Fortsetzung zu hören. Doch Vivaldi, stumm und entgeistert, lauschte bloß.

»So weißt du denn gar nichts über Schedoni?« hub der Mönch nach tiefem Schweigen wieder an. »Gar nichts aus seinem früheren Leben?«

»Gar nichts – nur, was ich schon gesagt«, versetzte Vivaldi.

»Vernimm, was ich dir nun enthüllen werde«, fuhr der Mönch in feierlichem Ernste fort. »Morgen gegen Abend wird man dich aufs neue nach der Folterkammer schaffen. Man wird dich in ein Gewölbe hinter jenem bringen, darin du heute nacht gewesen bist. Dort wirst du viel Besonderes erleben, von dem du jetzt noch keine Ahnung hast. Doch fürchte nichts – ich werd' zugegen sein, wenngleich vielleicht nicht sichtbar.«

»Nicht sichtbar?« rief Vivaldi.

»Unterbrich mich nicht, doch hör mir zu! – Sobald man dich in Ansehung des Paters Schedoni befragt, dann sag, er habe fünfzehn Jahre lang in der Verkleidung eines Mönches bei den Dominikanern des Spirito Santo-Klosters zu Neapel gelebt. Und wenn man dich befragt, wer er denn in Wahrheit sei, so sag, er sei Fernando Conte di Bruno. Danach wird man dich nach dem Grund solcher Verkleidung fragen. Du aber verweis die Frager an die *Schwarzen Büßermönche* von *Santa Maria del Pianto* vor den Toren der Stadt. Bitte die Inquisitoren, sie mögen vor ihr Tribunal rufen einen gewissen Pater Ansaldo di Rovalli, den Bußpriester und Beichtvater jenes Ordens, und ihm gebieten, jene Verbrechen zu enthüllen, welche ihm am Abende des vierundzwanzigsten April im Jahre 1752 gebeichtet worden während der Vigilien des Heiligen Markus, und zwar in einem Beichtstuhl von *Santa del Pianto.*«

»Wär's nicht denkbar, daß er solche Beichte nach so langer Zeit vergessen hat?« gab Vivaldi zu bedenken.

»Fürchte nichts – er wird sich ihrer nur zu gut entsinnen!« versetzte der Fremde.

»Wird aber sein Gewissen ihm verstatten, das Beichtgeheimnis preiszugeben?« beharrte der Jüngling.

»Sobald das Tribunal es ihm gebietet, ist sein Gewissen aller Schuld enthoben«, erwiderte der Mönch. »Er wird gehorchen! Du aber wirst von den Examinatoren begehren, sie mögen auch den Pater Schedoni vors Tribunal rufen, auf daß er sich für die Verbrechen verantworte, welche Ansaldo enthüllen wird.« Der Mönch hielt inne und schien Vivaldis Antwort abzuwarten, der nach kurzem Sichbedenken sagte:

»Wie kann ich all dies tun, bloß aufs Betreiben eines Fremden hin! Weder mein Gewissen noch meine Klugheit erlauben mir ja, etwas zu behaupten, das ich nicht beweisen kann! Zwar trifft es zu, ich habe allen Grund zu glauben, daß Schedoni bittre Feindschaft wider mich hegt, doch mag ich ihm dennoch kein Unrecht zufügen. Ich hab' keinerlei Beweise, daß er der Conte di Bruno ist, noch auch, daß er jene Untaten verübt hat, auf die

Ihr angespielt – welcher Art immer sie sein mögen! Und vor allem will ich mich nicht zum Werkzeug machen lassen, jemanden vor ein Tribunal zu zitieren, dem die Unschuld nicht als Schutz vor Schande gilt, und dem allein schon ein Verdacht genügt, ein Todesurteil zu verhängen!«

»So zweifelst du an dem, was ich gesagt?« versetzte da der Mönch in hochfahrendem Ton.

»Wie soll ich etwas glauben, was nicht bewiesen ist?« entgegnete Vivaldi.

»Ja, es gibt Fälle, die sich nicht beweisen lassen. Und in deiner besondern Lage ist dies solch ein Fall. Du kannst einzig meiner Zusicherung glauben und danach handeln. Und so ruf' ich«, fuhr der Mönch fort, indem er seiner Stimme einen feierlichen Klang verlieh, »so ruf' ich die Mächte, welche nicht von dieser Erde sind, zum Zeugen für die Wahrheit meiner Worte!«

Als der Fremde diesen Schwur von sich gab, ward Vivaldi zutiefst beeindruckt von dem ungewöhnlichen Ausdruck solcher Augen. Indes, seine Geistesgegenwart verließ ihn nicht, und so sagte er schon im nächsten Moment: »Wer aber ist's, der dies bezeugt? Einzig die Beteuerung eines Fremden ist's, auf die ich mich berufen kann, da mir's an jeglichen Beweisen gebricht! Und ein Unbekannter ist's, der von mir verlangt, so schwere Klage zu erheben gegen einen Menschen, von dessen Schuld ich gar nichts weiß!«

»Niemand verlangt von dir, daß du Klage erheben sollst! Bloß jenen sollst du rufen, der dies tun wird!«

»Und doch – ich soll dazu beitragen, Beschuldigungen vorzubringen, die auf einem Irrtum beruhen könnten«, versetzte Vivaldi. »Seid Ihr aber von deren Wahrheit überzeugt, weshalb ruft Ihr dann nicht selber jenen Ansaldo?«

»Ich werde noch mehr tun«, sprach der Mönch.

»Doch weshalb ihn nicht auch rufen?«

»Ich werd' *erscheinen*«, versetzte der Fremde mit Nachdruck.

Doch Vivaldi, obschon eingeschüchtert durch das Gehaben, von dem solche Worte begleitet waren, ließ nicht locker. »Als Zeuge?« fragte er.

»Ja wohl – als ein furchtbarer Zeuge!« bestätigte der Mönch.

»Aber kann ein Zeuge nicht weitere Zeugen vors Inquisitionstribunal laden lassen?« fuhr Vivaldi stockend fort.

»Er kann.«

»Weshalb aber«, warf da der Jüngling ein, »heißt Ihr dann mich, der ich Euch fremd bin, zu tun, was Ihr selber genau so gut tun könntet?«

»Stell keine weitern Fragen«, sagte der Mönch, »sondern antworte mir nur, ob du mein Begehren erfüllen willst!«

»Die Anklagen, welche ihm folgen müssen«, versetzte Vivaldi, »scheinen mir allzu schwere zu sein, als daß ich mich berechtigt fühlte, sie zu befördern. So überlass' ich's lieber Euch.«

»Ruf' *ich* dich vor Gericht«, sprach nun der Fremde, »wirst *du* gehorchen!«

Vivaldi, abermals tief beeindruckt, rechtfertigte sich aufs neue ob seiner Weigrung und schloß seine Rede, indem er der Überraschung Ausdruck gab, bei solch rätselhaftem Beginnen von Nutzen zu sein. »Dieweil ich Euch, Hochwürdiger Vater, ja nicht kenne«, fügte er hinzu, »noch auch den Büßermönch Ansaldo, auf dessen Erscheinen zu dringen Ihr von mir verlangt!«

»Du wirst mich sehr bald kennenlernen«, sagte der Fremde, furchte die Stirn und brachte aus seiner Kutte einen Dolch zum Vorschein!

Vivaldi gedachte des Traumes, den er gehabt.

»Sie diese Flecken!« gebot der Mönch.

Vivaldi prüfte sie und sah, daß es Blutflecken waren!

»Dies Blut«, fuhr der Fremde fort, indem er auf die Klinge wies, »es hätte das deine gerettet! In ihm zeigt sich die Wahrheit! Und morgen nacht wirst du mich in den Todeskammern sehn!«

Während er dies sagte, wandte der Fremde sich ab, und ehe Vivaldi sich von seiner Bestürzung erholt hatte, war das Licht verschwunden. Die darauffolgende Stille aber verriet dem Jüngling, daß der Unbekannte die Zelle verlassen hatte.

Vivaldi blieb in Gedanken versunken, bis draußen mit Anbruch des Morgens der Wächter die Tür aufschloß und den gewohnten Krug Wasser sowie ein wenig Brot in die Zelle stellte. Der Jüngling frug ihn nach dem Namen des nächtlichen Besuchers, doch der Mann sah recht überrascht drein, gab aber keine Antwort, so daß Vivaldi die Frage wiederholen mußte.

»Ich bin seit der ersten Morgenstunde auf meinem Posten«, sagte der Wächter, »und während dieser Zeit ist kein Mensch durch die Tür gegangen.«

Vivaldi musterte den Sprecher während solcher Beteuerung aufmerksam, konnte aber keinerlei Falsch an dem Manne entdecken. Dennoch fiel es ihm schwer, den Worten Glauben zu schenken. »Habt Ihr auch kein Geräusch vernommen?« frug er nun. »Ist alles ruhig gewesen während der Nacht?«

»Ich habe bloß die Glocke von San Dominico die Stunden schlagen hören«, versetzte der Mann. »Und die Posten ihr Losungswort rufen.«

»Dies ist mir unbegreiflich!« rief Vivaldi. »Wie! Keinerlei Schritte, keine Stimme?«

Der Mann grinste verächtlich. »Keine – bis auf die der Wachtposten«, versetzte er.

»Wie könnt Ihr so genau wissen, daß es bloß die Wachtposten waren, alter Freund?« beharrte Vivaldi.

»Weil sie einzig das Losungswort rufen, und man dabei das Klirren ihrer Waffen hört.«

»Aber ihre Schritte – wie wollt Ihr sie von denen andrer Leute unterscheiden?«

»Durch die Schwere des Auftretens. Unser Schuhwerk ist mit Eisen beschlagen. Doch weshalb diese Fragen, Signor?«

»Ihr habt vor meiner Zellentür Wache gehalten?« frug Vivaldi weiter. »Ganz recht, Signor.«

»Und habt während der ganzen Nacht keine Stimme von drinnen vernommen?«

»Keine, Signor.«

»Ihr müßt nicht fürchten, daß ich Euch verraten werde, Freund – gebt also ruhig zu, daß Ihr geschlafen habt!«

»Es war ein Kamerad mit mir«, versetzte der Wachtposten ärgerlich. »So hätt' auch er geschlafen, wie? Und wär' dies auch der Fall gewesen – wie hätte jemand die Zelle betreten können ohne unsre Schlüssel?«

»Nun, derer hätt' man sich unschwer bemächtigen können, im Falle ihr geschlafen habt, mein Freund! Indes, Ihr könnt Euch auf meine Verschwiegenheit verlassen!«

»Wie!« versetzte der Mann. »Hab' ich nun durch drei lange Jahre Wache gestanden in der Inquisition, bloß um nun von einem Ketzer der Pflichtverletzung verdächtigt zu werden?«

»Und würdet Ihr gleich von einem Ketzer verdächtigt«, erwiderte der Jüngling, »so könnt Ihr Euch trösten, indem Ihr Euch vor Augen führt, daß eines Ketzers Meinung ohnehin als irrig gilt.«

»Wir *haben* nicht geschlafen – sind die ganze Nacht auf unserm Posten gewesen!« sagte der Mann und wandte sich zum Gehen.

»Dies ist mir unbegreiflich!« versetzte Vivaldi. »Wie hätte dann ein Fremder meine Zelle betreten können?«

»Ihr träumt ja noch immer, Signor!« erwiderte der Wächter, indem er nochmals stehenblieb. »Es ist gar niemand hiergewesen!«

»*Noch immer,* sagt Ihr?« wiederholte Vivaldi. »Wie könnt Ihr wissen, ob ich überhaupt geträumt?« Der Jüngling, zutiefst betroffen von seinem ungewöhnlichen Traum und von dem noch viel ungewöhnlicheren Ereignis, das darauf gefolgt war, schrieb ja den Worten des Postens einen Sinn zu, der ihnen gar nicht innewohnte.

»Wer schläft, der träumt auch«, gab der Mann trokken zurück. »Und so hab' ich angenommen, Ihr *hättet* geschlafen, Signor.«

»Jemand, der wie ein Mönch gekleidet war, hat mich heut' nacht besucht!« hub nun Vivaldi von neuem an.

Und er beschrieb dem Manne, wie der Besucher ausgesehen. Des Jünglings Worte bewirkten nun doch, daß der Wächter ernst wurde und nachdachte.

»Kennt Ihr irgend jemand, auf den meine Beschreibung zutrifft?« frug Vivaldi schließlich.

»Nein!« versetzte der Wächter.

»Wenn Ihr ihn auch nicht bei mir eintreten saht«, fuhr der Jüngling fort, »so mag Euch vielleicht doch noch einfallen, daß die von mir beschriebne Person ein Angehöriger der Inquisition ist?«

»Da sei der Heilige Dominikus vor!«

Vivaldi, überrascht ob solchen Ausrufs, frug nach dessen Grunde.

»Ich kenn' den nicht, von dem Ihr redet«, versetzte der Wächter unwirsch, wechselte die Farbe und stürzte aus der Zelle. Welche Erwägung immer solch plötzlichen Aufbruch bewirkt haben mochte – die Beteuerung, schon seit drei Jahren Wachtdienste in der Inquisition zu versehen, war wenig glaubwürdig, denn daß der Mann sich so lange mit einem Häftling unterhalten hatte, bewies zur Genüge, daß er sich der Gefahr gar nicht bewußt war, die er damit auf sich herabbeschworen.

Sechstes Kapitel

– – – Ist's nicht um Mitternacht?
Mein schauerndes Gebein deckt kalter Schweiß.
Was fürcht' ich denn?

Shakespeare, Richard III.

Etwa um die nämliche Stunde wie in der voraufgegangenen Nacht vernahm Vivaldi, daß man auf seine Zelle zuschritt. Die Tür ging auf, und seine gestrigen Begleiter standen vor ihm. Abermals warfen sie ihm jenen Umhang über, doch diesmal auch noch ein schwarzes Tuch, das ihm die Augen vollkommen verhüllte. Dies getan, geleiteten die beiden den Jüngling aus der Zelle. Vivaldi vernahm das Schließen der Tür, und schon schritten auch die Wachtposten hinter ihm her, als wäre ihr Amt nun beendet, und als würde der Jüngling diese Zelle nie mehr betreten. In diesem Moment kamen ihm die Worte wieder in den Sinn, welche der Fremde beim Vorweisen des Dolches gesprochen, und so befürchtete Vivaldi das Schlimmste, weil er die Pläne eines so böswilligen Menschen durchkreuzt hatte. Dennoch frohlockte er ob der Redlichkeit, welche ihn vor Selbsterniedrigung bewahrt hatte, und schritt mit der großherzigen Begeistrung der Tugend jenen Qualen entgegen, welche die Festigkeit seines gerechten Sinns vor dem Feinde unter Beweis stellen würden. Er war ja entschlossen, lieber allen Martern zu trotzen, als Schedoni Dinge zu unterschieben, die zu beweisen er nicht in der Lage war.

Während man den Jüngling wie in der vergangenen Nacht durch eine Unzahl von Gängen geleitete, suchte er durch Abschätzung der Länge solchen Weges und durch Zählen der Biegungen dahinterzukommen, ob man wohl den nämlichen Weg nehme wie gestern. Plötzlich aber rief einer der Wächter »Stufen!«. Es war dies das erste Wort, welches Vivaldi von ihm vernahm, und schon auch ward er inne, daß der Gang zu Ende war und daß es nun hinabging. Deshalb zählte er die Stufen und wollte feststellen, ob es tatsächlich der Weg sei, den man schon gestern genommen. Unten angelangt, war er geneigt, dies eher nicht zu glauben, denn die Sorgfalt, mit der man bedacht gewesen, ihm die Augen zu verbinden, deutete ja darauf hin, daß man zu einem andren Orte unterwegs war.

Nachdem man einige weitere Gänge durchschritten hatte, ging's wieder nach oben. Doch bald danach schritt man eine lange Treppe hinab, derer er sich nicht entsinnen konnte, und hinterher ging's eine beträchtliche Strecke über ebenen Boden. Aus dem hohltönenden Klang seiner Schritte schloß der Jüngling, daß man sich nunmehr über irgendwelchen Gewölben befinden müsse.

Die Schritte der Wachtposten, welche ihm anfangs gefolgt waren, vernahm er nun nicht länger, und so glaubte Vivaldi, mit seinen beiden Begleitern allein zu sein. Eine weitere Treppe schien nun in jene unterirdischen Gewölbe hinabzuführen, denn plötzlich änderte sich die Luft und schloß sich mit feuchtkaltem Schwall um den Gefangenen. Immer öfter dachte Vivaldi daran, daß jener Mönch ja gesagt hatte, er werde ihn in den Todeskammern wiedersehn.

Jetzt hielten die Begleiter an und schienen sich zu beratschlagen. Doch sprachen sie so leise, daß man nichts verstehen konnte bis auf wenige, unzusammenhängende Worte, denen Vivaldi keinerlei Fingerzeig abzugewinnen vermochte. Schließlich fühlte er sich aufs neue vorwärtsgestoßen und vernahm bald danach das Geknarr schwerer Türangeln. Es ging nun durch mehrere Türen, deren Anordnung Vivaldi bekannt vorkam. Er schloß daraus, daß man sich dem Tribunalsaale näherte.

Abermals hielten die Begleiter inne, und Vivaldi vernahm die drei Schläge des Eisenstabs gegen die Tür. Sogleich antwortete von drinnen eine fremde Stimme, und die Tür ward aufgeschlossen. Vivaldi schritt voran und hatte plötzlich das Gefühl, sich in einem geräumigen Gewölbe zu befinden, denn die Luft war freier geworden, und auch die Schritte hatten nunmehr einen hallenden Klang angenommen.

Schon auch war da, wie in der vorigen Nacht, jene Stimme, welche ihm näherzutreten gebot, und so erkannte Vivaldi, daß er nun zum andernmal vor dem Tribunale stand. Er hatte ja die Stimme jenes Inquisitors erkannt, der gestern sein Haupt-Examinator gewesen.

»Ihr, Vincentio di Vivaldi«, sprach jene Stimme, »werdet auf diesen Namen und auf alle Fragen antworten, welche man Euch stellt, und dies ohne jeden Doppelsinn auf die Gefahr der Tortur hin!«

Wie der Mönch vorhergesagt hatte, wurde Vivaldi nun befragt, was er über den Pater Schedoni wisse, und als er die nämlichen Antworten vorgebracht, die er auch schon jenem rätselhaften Besucher gegeben, ward ihm erwidert, er müsse mehr wissen als er einbekannt habe.

»Ich habe alles gesagt, was ich *weiß*«, versetzte daraufhin der Jüngling.

»Dies ist keine eindeutige Antwort«, sprach der Inquisitor. »So gebt uns bekannt, was Ihr gehört habt, und gedenkt des Eides, welchen Ihr geschworen!«

Vivaldi aber verharrte schweigend, bis eine furchtbare Stimme von seiten des Tribunales ihn aufforderte, diesem Eide zu gehorchen.

»So gehorch' ich ihm denn«, versetzte Vivaldi, »und beschwör' Euch, mir zu glauben, daß es die reine Wahrheit ist, wenn ich nun erkläre, daß alles, was ich hier aussagen werde, auf einem Berichte beruht, dem ich nicht trauen und dessen Wahrheit ich auf keine Weise erhärten kann!«

»Bleibt bei der Wahrheit«, sprach nun eine zweite Stimme, in der Vivaldi diejenige des geheimnisvollen Mönches zu erkennen glaubte. Er zögerte, und die Mahnung ward wiederholt. So berichtete Vivaldi denn, was ihm der Unbekannte in Ansehung von Schedonis Familie und auch der Verkleidung gesagt, unter welcher der Pater im Konvent von Spirito Santo gelebt hatte. Doch vermied er's dabei, den Namen des Bußpriesters Ansaldo auch nur zu erwähnen, und schwieg auch über alles, was mit jener ungewöhnlichen Beichte zusammenhing. Er schloß mit der neuerlichen Beteuerung, daß er keinerlei hinreichende Gewähr habe, diesen Bericht für wahr zu halten.

»Auf welche Gewähr hin habt Ihr ihn dann wiederholt?« frug der Generalvikar.

Vivaldi blieb stumm.

»Nun, auf welche Gewähr hin?« forschte der Inquisitor streng.

Nach einigem Zögern erwiderte Vivaldi: »Das, was ich Euch auf diese Frage zu sagen habe, Hochwürdiger Vater, ist dermaßen ungewöhnlich –«

»Zittre!« sprach ihm da eine Stimme ins Ohr, in der

er sogleich diejenige des Mönches erkannte, und deren unerwartete Plötzlichkeit ihm durch Mark und Bein fuhr. So war er nicht fähig, den angefangenen Satz zu beenden.

»Welches ist die Gewähr, auf die Ihr Eure Aussage stützt?« beharrte der Inquisitor.

»Ich bin ihrer unkundig«, versetzte Vivaldi.

»Gebt klare Antwort!« gebot jetzt der Generalvikar.

»Ich beteure aufs feierlichste«, erwiderte der Jüngling, »daß ich weder Namen noch Stand meines Informanten kenne, und daß ich sein Gesicht bis zu dem Augenblick, da er mir vom Pater Schedoni erzählt hat, nicht gesehen habe!«

»Zittre!« wiederholte die nämliche gedämpfte, aber nachdrückliche Stimme ganz nahe an Vivaldis Ohr. Dieser zuckte zusammen und fuhr, wiewohl ihm die Augen verbunden waren, unwillkürlich nach jener Richtung herum, aus welcher dies Wort gekommen.

»Ihr habt gut daran getan, vorauszuschicken, Eure Aussage werde eine ungewöhnliche sein«, bemerkte der Inquisitor, »denn es liegt auf der Hand, daß Ihr auch von Euren Richtern Ungewöhnliches erwartet – daß sie Euren Beteuerungen Glauben schenken sollen!«

Vivaldi war zu stolz, als daß er sich gegen solch ungeheuerlichen Anwurf hätte verteidigen mögen, und würdigte den Sprecher keiner Antwort.

»Weshalb forderst du nicht, daß man den Pater Ansaldo vors Tribunal rufe?« frug nun die Stimme. »Denk an meine Worte!«

Vivaldi, abermals in Furcht versetzt, wußte sekundenlang nicht, was er nun sagen solle, doch faßte er sich sogleich ein Herz.

»Mein Informant steht neben mir!« rief er klar und deutlich. »Ich erkenne seine Stimme! Laßt ihn festnehmen – es ist wichtig!«

»Wessen Stimme meint Ihr?« frug der Generalvikar.

»Diejenige, welche mir soeben ins Ohr geraunt hat!« versetzte der Jüngling. »Obschon sie gedämpft war, hab' ich sie wiedererkannt!«

»Aus Euch spricht entweder die Hinterlist, oder aber der Wahnwitz der Verzweiflung«, bemerkte der Generalvikar.

»Kein Mensch steht neben Euch, bis auf die Folterknechte«, sagte der Inquisitor. »Und diese warten schon darauf, ihres Amtes zu walten, im Fall Ihr Euch noch länger weigert, die an Euch gerichteten Fragen nach Gebühr zu beantworten!«

»Ich beharre auf meinen Worten!« versetzte Vivaldi. »Und ich bitt' Euch, laßt die Binde von meinen Augen entfernen, damit ich meinen Feind erkennen kann!«

Das Tribunal, nach langer, geheimer Beratung, gab diesem Begehren statt. Das Tuch ward von Vivaldis Augen entfernt, und der Jüngling erblickte zu seinen Seiten – bloß die Folterknechte! Ihre Gesichter trugen sie nach Gewohnheit verhüllt. Allem Anschein nach mußte also einer dieser Knechte der geheimnisvolle Fremde sein, welcher dem Jüngling nachstellte, falls solcher Feind überhaupt von dieser Erde war! So begehrte Vivaldi, daß auch sie ihre Gesichter enthüllten! Solche Vermessenheit ward ihm indes aufs schärfste verwiesen, indem man ihm den unverbrüchlichen Brauch vor Augen hielt, daß diejenigen Personen, welche ihres schrecklichen Amtes zu walten hätten, unter keinen Umständen der Rache des Verbrechers ausgesetzt werden dürften, den sie etwa peinigen müßten.

»Ihres Amtes walten!« rief Vivaldi und schrak vor seinen Wächtern voll Abscheu zurück. »So paktiert man also auf Treu und Glauben mit diesen Teufeln in Menschengestalt?«

Ohne die Weisung des Tribunals abzuwarten, verbanden die Folterknechte dem Jüngling sogleich wieder die Augen, und alsbald fühlte er aufs neue ihren harten Zugriff. Dennoch versuchte er, seine Hände freizubekommen, und schließlich gelang's ihm, die beiden abzuschütteln und sich die Binde abermals von den Augen zu reißen. Indes, den Knechten ward sogleich befohlen, dieselbe wieder an ihren Platz zu rücken.

Danach gebot der Inquisitor dem Jüngling, er möge

eingedenk bleiben, an welchem Ort er sich hier befinde, und die Strafe fürchten, welche auf tätlichen Widerstand gesetzt sei, da dieselbe unverweilt vollzogen würde, im Fall er keinen Beweis für die Wahrheit seiner letzten Behauptung zu liefern vermöchte.

»Falls Ihr von mir noch weitere Aussagen erwartet«, versetzte daraufhin Vivaldi, »so fordre ich zum wenigsten Euren Schutz vor den eigenmächtigen Gewaltsamkeiten meiner Wächter! Wird ihnen aber verstattet, sich am Elend ihres Gefangnen zu ergötzen, so werd' ich ein unverbrüchliches Schweigen beobachten. Denn wenn ich schon leiden soll, dann möge dies wenigstens auf Anordnung des Tribunals geschehen!«

Der Generalvikar oder, wie er auch genannt wird, Großinquisitor, sagte Vivaldi jenen Schutz zu, dessen er begehrt hatte, und wollte danach wissen, welche Worte der Jüngling soeben vernommen habe.

Vivaldi sagte sich nunmehr, daß, wiewohl seine Redlichkeit ihm eigentlich verbot, einen Feind bloß auf unbeweisbare Mutmaßungen hin zu verdächtigen, weder Recht noch Klugheit von ihm erforderten, sich in der Bedrängnis, darin er sich nun einmal befand, aus freien Stücken zum Opfer zu bringen. So gab er denn, ohne noch länger zu zögern, bereitwillig zu, daß jene Stimme ihn aufgefordert, er möge das Tribunal bitten, einen gewissen Pater Ansaldo vorzuladen, welcher der Bußpriester und Hauptbeichtiger von *Santa del Pianto* sei, und auch den Pater Schedoni zitieren, auf daß derselbe sich ob der ungewöhnlichen Anklagen verantworte, welche Ansaldo gegen ihn vorbringen werde. Doch versäumte der Jüngling nicht, zu wiederholten Malen aufs eifrigste zu beteuern, daß er die Natur solcher Anklagen so wenig kenne wie irgend einen gerechtfertigten Anlaß dafür.

Solche Beteuerungen schienen das Tribunal in neue Verwirrung zu stürzen. Vivaldi vernahm, wie man sich mit gedämpften Stimmen aufs angelegentlichste beratschlagte, und dies geraume Zeit. Während dieser Wartefrist fand er Muße genug, zu erkennen, wie wenig wahrscheinlich es war, daß einer der Folterknechte jener Fremde sein sollte, der sich so geheimnisvoll an seine Fersen geheftet. Nicht zuletzt sprach ja dagegen, daß derselbe so lange in Neapel gewohnt hatte.

Nachdem das Tribunal eine Zeitlang Rates gepflogen, fuhr man in der Einvernahme fort, und so ward Vivaldi gefragt, ob er denn jenen Pater Ansaldo kenne? Sogleich erwiderte er, daß Ansaldo ihm gänzlich unbekannt sei, ebenso wie jegliches andere Mitglied der *Schwarzen Büßermönche*. Auch habe er über den Bußpriester bisher von niemandem etwas vernommen.

»Wie!« sprach da der Großinquisitor. »Ihr vergeßt ja, daß jener Fremde, welcher Euch geheißen hat, von diesem Tribunal Ansaldos Vorladung zu erwirken, ihn kennt!«

»Vergebt, doch bin ich dessen eingedenk!« versetzte Vivaldi. »Und ich muß Euch erinnern, daß ich jenen Fremdling ja nicht kenne! So könnt' ich, hätt' er mir von jenem Ansaldo auch des näheren berichtet, mich nicht auf die Wahrheit solchen Berichtes stützen.« Und abermals drang Vivaldi in das Tribunal, man möge doch verstehen, daß nicht er es sei, welcher Ansaldos Erscheinen begehre, noch auch dasjenige einer andern Person, sondern daß er lediglich dem Gebot nachkomme, die Worte des Unbekannten zu wiederholen.

Das Tribunal anerkannte die Stichhaltigkeit solchen Einwands und sprach den Jüngling von jedem Ungemach frei, welches aus solcher Vorladung etwa erwachsen mochte.

Doch auch solche Versicherung reichte nicht hin, Vivaldi zu beruhigen, welcher ja in höchster Sorge war, nicht etwa einen schuldlosen Menschen in Verdacht zu bringen. So wandte, nachdem allgemeines Stillschweigen geboten worden, der Großinquisitor sich erneut dem Jünglinge zu.

»Das, was Ihr über Euren Informanten gesagt habt«, sprach er, »ist dermaßen ungewöhnlich, daß es keinerlei Glauben verdiente, hättet Ihr nicht das größte Widerstreben an den Tag gelegt, Euch des Auftrags, den er

Euch gegeben, zu entledigen. So ist jene Vorladung zumindest nicht von Eurem bösen Willen diktiert. Seid Ihr aber auch ganz gewiß, daß Ihr Euch nicht getäuscht habt, und daß die Stimme an Eurem Ohr keine eingebildete gewesen, welche bloß Eurem erregten Gemüte entsprungen sein könnte?«

»Ich bin ganz gewiß«, versetzte Vivaldi mit Festigkeit.

»Es trifft zu«, fuhr der Großinquisitor fort, »daß mehrere Personen in Eurer Nähe gestanden sind, als Ihr gerufen habt, Ihr vernähmet die Stimme Eures Informanten. Dennoch hat außer Euch niemand etwas gehört!«

»Wo sind jene Personen jetzt?«

»Sie haben sich zerstreut, auseinandergescheucht durch Eure Beschuldigung.«

»Wollt Ihr sie zusammenrufen«, fragte Vivaldi, »und auch Anweisung geben, mir das Tuch von den Augen zu entfernen, so könnt' ich Euch, sollt' er sich bei den Versammelten befinden, unverzüglich meinen Informanten zeigen.«

Daraufhin ward vom Tribunale angeordnet, die Betreffenden mögen erscheinen, doch führte dies zu neuen Schwierigkeiten. Niemand vermochte sich nämlich zu entsinnen, wer alles bei jener Gruppe gewesen war. Nur an einzelne Personen konnte man sich erinnern, und sie waren es, die man zusammenrief.

Vivaldi, in ernster Erwartung, vernahm die Schritte und das Gemurmel der rings um ihn sich Versammelnden und harrte voll Ungeduld der Worte, welche ihm das Sehvermögen wiedergeben und damit vielleicht die Ungewißheit nehmen würden. Jetzt wurde der Befehl gegeben – das Tuch ward ihm abermals von den Augen entfernt, und man forderte ihn auf, den Ankläger ausfindig zu machen. Vivaldi warf einen raschen Blick auf die ihn umgebenden Fremden.

»Das Licht ist zu dunkel«, sagte er. »Ich kann die Gesichter nicht deutlich genug unterscheiden!«

So ward angeordnet, eine Lampe von der Decke herabzuziehen. Auch sollten die Umstehenden sich zu beiden Seiten des Jünglings gruppieren. Dies geschehen, ließ er seinen forschenden Blick abermals über die Leute gleiten. »Er ist nicht darunter!« rief er dann. »Keines dieser Gesichter ähnelt demjenigen des Mönches von Paluzzi. – Doch halt – wer ist's, der hinter den Personen zu meiner Linken im Schatten steht? Gebietet ihm, die Kapuze abzunehmen!«

Die andern traten zurück, so daß derjenige, welcher von Vivaldi bezeichnet worden war, sich plötzlich von ihnen umgeben fand.

»Er ist ein Beamter der Inquisition«, sagte jemand neben Vivaldi, »und darf sein Gesicht nur aufs ausdrückliche Geheiß des Tribunales enthüllen.«

»So ruf' ich das Tribunal an, diesen Befehl zu erteilen!« sprach der Jüngling.

»Wer ruft da das Tribunal!« ertönte plötzlich eine Stimme, in welcher Vivaldi sogleich diejenige des Mönches erkannte, wenn er auch nicht wußte, von wo sie gekommen war.

»Ich – Vincentio di Vivaldi«, versetzte der Gefangene. »Ich mache Gebrauch von dem mir zugestandenen Vorrecht und fordre Euch auf, das Gesicht zu zeigen!«

Allgemeine Stille trat nun ein, und bloß beim Tribunal gab's ein Stimmengemurmel. Die Gestalt innerhalb des Kreises aber verharrte regungslos und entfernte die Kapuze nicht.

»Laßt ihn in Ruhe«, sagte der Mann, welcher sich schon vorhin an Vivaldi gewandt hatte. »Er hat Gründe, unerkannt bleiben zu wollen, die Ihr nicht wissen könnt. Er ist ein Beamter der Inquisition, nicht aber die Person, welche Ihr fürchtet.«

»Vielleicht sind mir seine Gründe dennoch bekannt«, versetzte Vivaldi und fügte mit erhobner Stimme hinzu: »Ich appelliere an dies Tribunal und fordre Euch, die Ihr allein im Umkreis der anderen steht – Euch in den schwarzen Gewändern fordre ich auf, Eure Züge zu enthüllen!«

Sogleich ertönte eine laute Stimme vom Tribunal:

»Im Namen der Hochheiligen Inquisition gebieten wir Euch – zeigt Euer Gesicht!«

Der Fremde erbebte, doch schlug er unverzüglich die Kapuze zurück. Gespannt hielt Vivaldi den Blick auf ihn geheftet, doch was da enthüllt worden – es war nicht das Antlitz des bewußten Mönches, sondern bloß dasjenige eines Offizialen, den Vivaldi schon gesehen zu haben glaubte, wenn er auch nicht wußte, bei welcher Gelegenheit.

»Es ist nicht mein Informant«, sprach der Jüngling und wandte sich enttäuscht ab, während der Fremde die Kapuze wieder übers Haupt zog und die Gruppe sich um ihn schloß.

Nach diesen Worten Vivaldis sahen die Mitglieder des Tribunals einander voll Zweifel an, blieben aber stumm, bis der Großinquisitor die Hand hob und sich an den Jüngling wandte.

»So scheint es also, daß Ihr Euren Informanten schon von Angesicht gesehen *habt!*«

»Dies hab' ich allbereits erklärt«, versetzte Vivaldi.

Nun begehrte der Großinquisitor zu wissen, wann und wo dies gewesen sei.

»Heute nacht in meiner Zelle«, gab Vivaldi zur Antwort.

»In Eurer Zelle!« sprach geringschätzig der andre Inquisitor, welcher die Einvernahme bisher geführt hatte. »Und in Euren Träumen, dies ist nun ausgemacht!«

»In Eurer Zelle?« riefen auch mehrere Mitglieder des niederen Tribunals.

»Er träumt ja noch immer!« bemerkte einer der Inquisitoren. »Hochwürdige Väter! Er mißbraucht Eure Langmut, und seine aberwitzige Angst hat ihm dies alles vorgetäuscht! Wir verschwenden unsre Zeit!«

»Dies muß ergründet werden«, sagte ein andrer. »Dies sieht nach Irreführung aus! Falls Ihr, Vincentio di Vivaldi, die Unwahrheit gesagt habt – dann zittert!«

Ob nun Vivaldi noch immer des Mönches Stimme im Ohr hatte, oder ob der Tonfall, in dem dies letzte Wort gesprochen worden, ihn daran gemahnte – jedenfalls fuhr er herum, als der Inquisitor es gesagt, und wollte wissen, von wem es gekommen sei.

»*Wir* haben es gesagt«, versetzte der Inquisitor.

Nach einer kurzen Unterredung der Tribunalsmitglieder verfügte der Großinquisitor, daß jene Posten, welche in der vergangenen Nacht vor Vivaldis Zellentür Wache gestanden, in den Gerichtssaal gebracht würden. Alle diejenigen hingegen, welche man bisher in die Schranken gerufen, wurden nun geheißen, den Raum zu verlassen, und so ward in der Vernehmung bis zum Erscheinen der Wachen ausgesetzt. Vivaldi vernahm einzig die gedämpften Stimmen der Inquisitoren, die sich insgeheim berieten, und so hing er schweigend und voll Bestürzung seinen Gedanken nach.

Als die Posten endlich erschienen waren, erklärten sie ohne Zögern oder irgendwelche Verwirrung auf die Frage, wer in der letzten Nacht Vivaldis Zelle betreten habe, niemand habe dies getan bis zum folgenden Morgen, als der eine Wächter das übliche Wasser und Brot in die Zelle gestellt. Bei dieser Aussage blieben die beiden ohne die geringste Abweichung, und dies unerachtet des Umstands, daß man sie bis zur Klärung des Falles festsetzen ließ.

Die Zweifel freilich, welche man ob der Glaubwürdigkeit dieser Männer hegte, trugen nicht dazu bei, jene andern Zweifel zu zerstreuen, welche sich im Hinblick auf Vivaldis Aussage erhoben hatten. Im Gegenteil, der Argwohn des Tribunals, welcher ja mit dessen Verwirrung nur zunahm, schien sich auf jeden Punkt des Gegenstandes dieser Verhandlung zu erstrecken, doch anstatt Licht in die Sache zu bringen, diente dies alles nur dazu, sie noch verworrner zu machen als sie schon war. Noch stärker als bisher an der Aufrichtigkeit von Vivaldis ungewöhnlicher Aussage zweifelnd, bedeutete der Großinquisitor dem Jüngling, dieser werde, falls sich herausstellen sollte, daß er mit der Gutgläubigkeit des Gerichtes bloß ein frivoles Spiel getrieben, für solche Vermessenheit aufs schwerste zu büßen haben. Da jedoch anderseits Grund zu der Annahme bestehe, die Wachtposten hätten ihre Pflicht nicht erfüllt, so daß während der Nacht jemand die Zelle habe betreten können, werde das Tribunal auf andere Weise verfahren.

Vivaldi, der erkannte, daß er, um Glauben zu finden, wohl mehr ins einzelne gehen müsse, beschrieb nun aufs genaueste des Mönches Person und Erscheinung, ohne indes jenes Dolches Erwähnung zu tun, den der nächtliche Besucher ihm gewiesen. Während er sprach, herrschte tiefe Stille im Raum, doch schien dies Schweigen sich nicht nur der Aufmerksamkeit, sondern auch dem Staunen zu verdanken. Vivaldi selber ward von Furcht erfüllt und erwartete, als er zu Rande war, beinahe, die höhnende oder rachedrohende Stimme des Mönches zu vernehmen. Doch alles blieb still, bis jener Inquisitor, der Vivaldi zu allererst befragt hatte, in ernstem Tone sagte:

»Wir haben Euren Ausführungen mit Aufmerksamkeit gelauscht und werden diesen Fall eingehend untersuchen. Etwelche Punkte, auf die Ihr zu sprechen gekommen, haben unsre Überraschung erregt und bedürfen einer näheren Betrachtung. So geht denn zurück in Eure Zelle und schlaft in der kommenden Nacht ohne Furcht. *Bald werdet Ihr mehr wissen.*«

Dies vernommen, ward Vivaldi hinausgeleitet und, noch immer mit verbundenen Augen, in jene Zelle zurückgeführt, von der er geglaubt, er werde sie nimmermehr betreten. Und als man ihm das Tuch von den Augen nahm, sah er, daß seine Wächter nun andere waren.

Abermals alleingelassen im Schweigen seiner Zelle, überschlug der Jüngling nun all das, was im Gerichtssaale vorgefallen war: die Fragen, welche ihm gestellt worden; das unterschiedliche Gehaben der Inquisitoren; das plötzliche Ertönen von des Mönches Stimme; und schließlich auch die Ähnlichkeit zwischen ihr und derjenigen eines Inquisitors, als der letztere das Wort *zittert* ausgesprochen. Indes, die Erwägung all dieser Umstände vermochte nicht, Vivaldi auch nur im mindesten aus dem Zustand seiner Bestürzung zu befreien. Bisweilen neigte er zu der Annahme, der Mönch sei selber ein Inquisitor, denn mehr als einmal war ja die Stimme aus der Richtung des Tribunals erklungen. Doch ebenso oft war sie dem Ohr ganz nahe gewesen, und Vivaldi wußte, daß kein Mitglied des Tribunals seinen Platz während der Vernehmung eines Gefangenen verließ, und daß, selbst wenn dies der Fall gewesen wäre, die einzigartige Gewandung sogleich das Augenmerk und demzufolge auch den Verdacht aller andern auf sich gezogen hätte in jenem Moment, da der Jüngling ausgerufen, er vernehme die Stimme seines Informanten.

Dennoch konnte Vivaldi nicht ohne Überraschung an jene letzten Worte denken, welche sein Hauptinquisitor bei der Rückkehr in die Zelle an ihn gerichtet hatte. Sie waren ja um so überraschender, als es die ersten gewesen, welche geklungen hatten, als sollten sie den Gefangenen trösten oder seine Unruhe beschwichtigen. Ja, Vivaldi bildete sich sogar ein, sie hätten ein Vorwissen verraten, und es sei ihnen zu entnehmen gewesen, jener furchtbare Besucher werde ihn in der kommenden Nacht nicht behelligen. Doch wie dem auch sein mochte – all seine Befürchtungen, wenn auch nicht seine Erwartung, wären verflogen, hätte man ihm bloß ein Licht und eine Verteidigungswaffe in der Zelle belassen, falls jener Besucher überhaupt von einer Art war, gegen die man mit einer Waffe etwas ausrichten kann. Doch auf solche Weise den Plänen eines rätselhaften und mächtigen Wesens, das er überdies noch beleidigt hatte, ausgeliefert zu sein und solche Lage furchtlos zu ertragen – das erforderte mehr als nur Mut, oder aber alles andre denn Vernunft.

Siebentes Kapitel

> Wie ein Blitz durchzuckte mir's die Seele,
> Während noch von fern der erste Donner
> Mir ans Ohr schlug. Auf denn, zum Gericht!
> *William Mason,* Caractacus

Infolge der bei Vivaldis letztem Verhör an den Tag gekommenen Dinge wurden der Bußpriester Ansaldo sowie Pater Schedoni vor die Schranken des Heiligen Offiziums gerufen.

Schedoni ward auf seiner Reise nach Rom festgenommen, wohin er heimlich unterwegs gewesen, um weitere Schritte zu Vivaldis Befreiung zu unternehmen, die, wie sich herausgestellt hatte, weit schwieriger ins Werk zu setzen war denn seine Einkerkerung. Jene Person, auf deren Beistand sich der Beichtiger zunächst verlassen, hatte sich ja größeren Einflusses gerühmt als sie in Wahrheit besaß oder aber einzusetzen für klug hielt. Schedoni aber ward nur um so besorgter, den Jüngling möglichst bald freizubekommen, auf daß nicht dessen Lage der Familie bekannt würde, unerachtet all der Vorkehrungen, welche nach Gewohnheit angewendet werden, um über die Gefangenen dieses furchtbaren Tribunals einen undurchdringlichen Schleier zu werfen – ein Leichentuch, das sie dem Gedächtnis ihrer Freunde auf immer entzieht. Die vorzeitige Aufdeckung von Vivaldis mißlicher Lage mochte ja, so fürchtete Schedoni, auch die Entdeckung seines Anklägers nach sich ziehen und ihm dergestalt den Abscheu und die Vergeltung eines Hauses eintragen, das er jetzt mehr denn je für sich gewinnen wollte. Noch immer war's ja sein Wunsch, Vivaldi und Ellena nach der Entlassung des Jünglings einander heimlich zu vermählen, und wenn Vivaldi ihn auch verdächtigen mochte, so würd' er unter solchen Umständen sich seinen Argwohn nimmer anmerken lassen, so daß von seiner Seite kein Unheil mehr zu befürchten stand.

Vivaldi hingegen, indem er des Unbekannten Weisung befolgte und Schedoni vors Tribunal zitieren ließ, konnte ja nicht ahnen, daß er damit seine Heirat mit Ellena di Rosalba nur noch weiter hinausschob wenn nicht gar unmöglich machte. Und ebenso wenig fürchtete er die weiteren Folgen einer Enthüllung, die er in seiner besonderen Lage kaum abzuwenden vermochte, wiewohl er, hätt' er die möglichen Konsequenzen seines Schrittes voraussehen können, alle Schrecken des Gerichtsverfahrens, ja sogar den Tod lieber auf sich genommen hätte denn die Reue darüber, solch verhängnisvolle Auswirkungen von sich aus heraufbeschworen zu haben.

Schedoni, dem man den Beweggrund für seine Festnahme verheimlicht hatte, hegte ob der wahren Ursache nicht den leisesten Verdacht, sondern glaubte lediglich, das Tribunal habe in ihm die Person von Vivaldis Ankläger erkannt. Solche Entdeckung schrieb er der eignen Unbedachtheit zu, denn er hatte ja – als einen weitern Beweis für Vivaldis Mißachtung des katholischen Glaubens – angegeben, der Jüngling habe in der Spirito Santo-Kirche einen Priester beleidigt und an der Verrichtung von dessen selbstauferlegter Buße gehindert. Auf welche Weise das Tribunal aber dahintergekommen, daß er, Schedoni, jener Priester und Informant gewesen, konnt' er sich absolut nicht erklären. So neigte er zu dem Glauben, seine Festnahme sei lediglich Teil der gegen Vivaldi eingeleiteten Beweisführung. Nun wußte der Beichtiger aber, er werde seine Zeugenschaft so einrichten können, daß sie den Gefangenen höchstwahrscheinlich entlasten mußte. So würde von diesem, nachdem Schedoni seine Erklärung abgegeben hätte, keinerlei Übelwollen im Hinblick auf des Beichtigers frühere Aufführung mehr zu erwarten sein. Dennoch fühlte Schedoni sich nicht ganz behaglich in seiner Haut, dieweil es ja möglich schien, daß der Familie die gegenwärtige Lage Vivaldis und deren Urheber bekanntgeworden waren, und daß erst solche Kunde zu des Beichtigers Verhaftung geführt hatte. Doch waren dessen Befürchtungen in diesem Punkte nicht sonderlich groß, denn je länger er solchen Umstand erwog, desto weniger wahrscheinlich dünkte es ihn, daß solche Entdeckung, zumindest in Ansehung der eignen Person, im Bereich des Möglichen liege.

Der Jüngling wurde nach seiner letzten Vernehmung erst wieder vors Tribunal gerufen, als Schedoni und Pater Ansaldo vor demselben standen. Jene beiden waren zuvor schon ein jeder für sich befragt worden, und Ansaldo hatte im Zuge solch geheimer Einvernahme alle Einzelheiten jener Beichte zu Protokoll gegeben, welche vor ihm im Jahre 1752 während der Vigilien für den Heiligen Markus abgelegt worden, und für solche Preisgabe des Beichtgeheimnisses die Absolution des Tribunals erhalten. Was bei jener ersten Einvernahme sich sonst noch begeben hatte, war nicht ruchbar geworden, doch wurde der Mönch bei dem nun folgenden, zweiten Verhöre aufgefordert, den Gegenstand und die Begleitumstände jener Beichte abermals vorzubringen. Dies Gebot mochte in der Absicht ergangen sein, die Wirkung solcher Aussage auf Schedoni und auch auf Vivaldi beobachten und aus deren Verhalten Rückschlüsse auf des Beichtigers Schuld und des jungen Gefangenen Wahrheitsliebe ziehen zu können.

An diesem Abend untersuchte man jeden, der in den Gerichtssaal eingelassen ward, auf das genaueste. Jene Offizialen, welche für das Gerichtsverfahren nicht unbedingt vonnöten waren, durften gar nicht erst eintreten, so wenig wie alle andern Angehörigen der Inquisition, soweit sie nicht als Zeugen oder als Richter zu fungieren hatten. Sobald man mit dieser Überprüfung zu Rande war, wurden die Gefangenen vorgeführt und deren Wächter aus dem Saal beordert. Eine Zeitlang herrschte tiefes Schweigen, und wie unterschiedlich die Überlegungen jedes Gefangenen auch sein mochten – das Ausmaß der angstvollen Erwartung war wohl bei jedem von ihnen das nämliche.

Nachdem der Großinquisitor dem zu seiner Linken Sitzenden etwelche vertrauliche Worte zugeraunt hatte, erhob sich einer der Inquisitoren.

»Derjenige unter den Geladenen«, so sprach er, »welcher bekannt ist als Pater Schedoni vom Orden der Dominikaner zu Spirito Santo in Neapel – er trete vor!«

Schedoni folgte diesem Ruf. Festen Schrittes vortretend und sich bekreuzend, verneigte er sich vor dem Tribunal und harrte schweigend des Kommenden.

Als nächster ward der Bußpriester Ansaldo aufgerufen, und Vivaldi bemerkte, daß derselbe nur zaudernden Schrittes vortrat, wobei seine Ehrerbietung eine tiefere denn diejenige Schedonis zu sein schien. Danach rief man auch Vivaldi vor die Schranken. Er wirkte gefaßt und würdevoll, und aus seinen Zügen sprach der feierliche Ernst seiner Gefühle, doch keinerlei Verzagtheit.

Zum erstenmal standen nun Schedoni und Ansaldo einander gegenüber. Doch was immer auch des Mönches Gefühle beim Anblick des Bußpriesters von *Santa del Pianto* sein mochten – es gelang ihm, dieselben zu verbergen.

Es war der Großinquisitor, welcher in eigner Person mit der Befragung begann. »Ihr, Pater Schedoni von Spirito Santo«, so sprach er, »gebt Antwort und sagt, ob jene Person, so hier vor Euch steht, die den Titel des Bußpriesters und Hauptbeichtigers der *Schwarzen Büßermönche* trägt und dem Konvente von *Santa Maria del Pianto* zu Neapel vorsteht, Euch bekannt ist!«

Diese Frage beantwortete Schedoni mit einem entschiedenen Nein.

»So könnt Ihr nach bestem Wissen versichern, daß Ihr ihn bis zu dieser Stunde noch nie zu Gesicht bekommen habt?«

»Noch nie!« versetzte Schedoni.

»Man nehme den Gefangenen unter Eid!« befahl der Großinquisitor. Dies geschehen, wurde Ansaldo die nämliche Frage im Hinblick auf den Beichtiger gestellt, wonach der Bußpriester zum Erstaunen Vivaldis und der meisten Mitglieder des Gerichtshofes jede Kenntnis von Schedonis Person in Abrede stellte. Freilich erfolgte solche Verneinung weniger entschieden denn diejenige des

Beichtigers, und als man Ansaldo den üblichen Eid abverlangte, weigerte er sich, denselben zu leisten.

Als nächster ward Vivaldi aufgerufen, Schedoni zu identifizieren. Er versicherte, die ihm bezeichnete Person stets nur als Pater Schedoni und als einen Ordensbruder von Spirito Santo gekannt zu haben, versäumte aber nicht, neuerlich darauf hinzuweisen, daß er über das Leben dieses Mannes nichts weiteres wisse.

Schedoni, einigermaßen verwundert ob so augenscheinlicher Redlichkeit des Jünglings, doch daran gewöhnt, in jeder ihm unverständlichen Verhaltensweise einen üblen Beweggrund zu argwöhnen, stand nicht an zu glauben, solch scheinbarer Schonung müsse eine verborgene Böswilligkeit zugrunde liegen.

Nachdem man mit den einleitenden Formalitäten zu Rande gekommen, ward Ansaldo aufgefordert, die besonderen Umstände jener Beichte darzulegen, welche er am Vorabend des San Marco-Festes gehört hatte. In diesem Zusammenhang muß daran erinnert werden, daß wir's ja noch immer mit einer Einvernahme zu tun haben, welche von der Inquisition als eine *geheime* bezeichnet wird.

Sobald er die übliche Eidesformel abgelegt, die Wahrheit und nichts als die Wahrheit zu sagen, wurde Ansaldos Aussage fast wortwörtlich zu Protokoll genommen. Vivaldi lauschte mit nahezu bebender Aufmerksamkeit, da er ja, von der Neugierde ganz abgesehen, welche die voraufgegangenen Umstände in ihm erregt hatten, glaubte, sein eigenes Schicksal sei weitgehend von den Enthüllungen abhängig, zu denen solche Einvernahme führen mochte. Doch wie groß wär' erst seine Bestürzung gewesen, hätt' er gewußt, daß seine Erwartungen noch bei weitem übertroffen werden sollten, ja daß jene Person, die da zum Teil durch seine Mithilfe vor dies fürchterliche Tribunal zitiert worden, in Wahrheit Ellenas Vater war!

Ansaldo, neuerlich nach Namen und Stand befragt, gab schließlich das Folgende zu Protokoll:

»Es war am Vorabend des fünfundzwanzigsten April

im Jahre 1752, als ich, nach Gewohnheit im Beichtstuhle zu San Marco sitzend, durch ein zu meiner Linken ertönendes Seufzen und Stöhnen aus meiner Ruhe gerissen ward.«

Es fiel Vivaldi auf, daß dies Datum mit demjenigen übereinstimmte, welches auch der Unbekannte genannt. Deshalb war er geneigt, nicht nur der bevorstehenden Aussage zu glauben, sondern auch jener sonderbaren, bisher nicht in Erscheinung getretenen Person.

Ansaldo fuhr fort: »Jenes Stöhnen erschreckte mich um so mehr, als ich ja nicht darauf vorbereitet gewesen. Ich hatte nicht gewußt, daß sich schon jemand in dem Beichtstuhl befunden, noch auch eine Person durch das Kirchenschiff herannahen sehn, doch mag die Düsternis so vorgerückter Stunde dies erklären. Die Sonne war ja schon untergegangen, und die brennenden Wachsstöcke vorm Altar des Heiligen Antonius erhellten das Dämmerlicht nur dürftig.«

»Faßt Euch kurz, Hochwürdiger Vater«, sagte da jener Inquisitor, welcher auch schon bei Vivaldis Befragung das Wort geführt hatte. »Und schweift nicht zu weit vom eigentlichen Gegenstande ab!«

»Bisweilen verstummte jenes Gestöhn«, hub Ansaldo von neuem an, »um erst nach längerem Schweigen wieder einzusetzen. Es war das Stöhnen einer Seele in tiefster Not, wenn sie im Kampfe liegt mit dem vollem Bewußtsein ihrer Schuld, doch sich noch nicht dazu durchgerungen hat, dieselbe rückhaltlos zu bekennen. So versuchte ich, den Bußfertigen zu ermuntern, indem ich ihm das Ausmaß an Gnade und Vergebung vor Augen hielt, das zu gewähren mein Amt mir verstattet, doch war dies lange Zeit erfolglos. Die Schwere jener Sünde schien allzu drückend, als daß man sie ohne weiteres hätte beichten können, doch war's dem Bußfertigen offenbar ebenso unmöglich, seine Schuld noch länger mit sich herumzutragen. Das Geheimnis wollt' ihm schier das Herz abdrücken, und so ersehnte er den Trost der Absolution, und wär's auch um den Preis der härtesten Buße gewesen.«

»Was wir hören wollen, sind Tatsachen«, warf hier der Inquisitor ein. »Dies alles aber sind bloß Mutmaßungen!«

»Die Tatsachen sollt Ihr bald genug vernehmen«, erwiderte Ansaldo und neigte das Haupt. »Tatsachen, in deren Anhörung Ihr zu Stein erstarren werdet, Hochwürdiger Vater, ganz wie's auch mir ergangen ist, wenngleich aus anderen Gründen! Dieweil ich also noch versuchte, meinem Beichtkinde Mut einzuflößen, indem ich ihm versicherte, daß einem reuevollen Schuldbekenntnis die Absolution in jedem Falle folgen werde, wie hassenswert die begangnen Untaten immer sein mochten, setzte der Unglückliche mehr denn einmal zu seiner Beichte an, doch immer wieder erstarb ihm das Wort auf den Lippen, ja einmal verließ er sogar den Beichtstuhl! Es verlangte seinen aufgewühlten Geist ja nach Bewegungsfreiheit, und so war's in jenem Momente, da der Verstörte strauchelnden Fußes durch das Kirchenschiff wankte, daß ich seiner Gestalt zum ersten Male ansichtig ward. Der Fremde war in den Habit eines Karmelitermönches gehüllt, und seine Statur glich, soweit ich mich zu entsinnen vermag, etwa derjenigen des Paters Schedoni, welcher gegenwärtig vor mir steht.«

Durch diese Worte Ansaldos ward das Augenmerk des gesamten Tribunales auf Schedoni gelenkt, der regungslos und gesenkten Blickes auf seinem Platze verharrte.

»Sein Angesicht«, so fuhr der Bußpriester fort, »konnt' ich nicht erkennen, dieweil er ja guten Grund hatte, es zu verhüllen. Derhalben ist's mir nicht möglich, zwischen den beiden eine andere Ähnlichkeit denn diejenige der Statur festzustellen. Die Stimme jenes Büßers freilich werd' ich wohl mein Lebtag nicht vergessen und würde sie jederzeit wiedererkennen.«

»Habt Ihr sie denn innerhalb dieser Mauern noch nicht vernommen?« frug da ein Mitglied des Tribunals.

»Hiervon später«, warf der Inquisitor ein. »Ihr bringt uns vom Gegenstande ab, Vater!«

Allein, der Großinquisitor bemerkte, daß die in Rede

stehenden Einzelheiten von Bedeutung wären und nicht als unwesentlichlich abgetan werden dürften. Der Inquisitor pflichtete dem bei, gab aber zu bedenken, daß diese Bedeutung keine unmittelbare sei. So ward Ansaldo abermals aufgefordert, den Inhalt jener Beichte wiederzugeben.

»Sobald der Fremde die Stufen des Beichtstuhls wieder erstiegen hatte, war sein Entschluß gefaßt, sich der selbstauferlegten Pflicht zu entledigen, und so begann er mit schauriger Stimme, jene Beichte durch das Gitter zu sprechen, die hier wiederzugeben ich im Begriffe stehe.«

Pater Ansaldo hielt inne, wobei er beträchtliche Gemütsbewegung verriet. Es hatte den Anschein, als müßt' er all seinen Mut zusammennehmen, um mit der begonnenen Aussage zu Rande zu kommen. Während solcher Pause herrschte erwartungsvolle Stille im Gerichtssaal, und die Augen des Tribunals hefteten sich bald auf Ansaldo, bald auf Schedoni, welch letzterer gewißlich einer übermenschlichen Standhaftigkeit bedurfte, um ungerührt solch ernste Prüfung und den noch ernsteren Argwohn zu ertragen, dem er sich hier ausgesetzt sah. Jedenfalls ließ er keinerlei Anzeichen von innerer Bewegung erkennen, ob dies nun eine Folge seines reinen Gewissens, oder aber diejenige einer Kühnheit sein mochte, wie sie nur dem hartgesottenen Bösewichte eignet. Vivaldi, der den Beichtiger seit Beginn der Verhandlung keine Sekunde aus den Augen gelassen, neigte nachgerade schon dazu, Schedoni nicht für jenen in Rede stehenden Büßer zu halten. Ansaldo aber, nachdem er seine Fassung wiedergewonnen hatte, fuhr in seiner Rede fort:

»›Mein Lebtag‹, sagte der Beichtende, ›bin ich der Sklave meiner Leidenschaften gewesen – von Leidenschaften, die mich zu den entsetzlichsten Ausschweifungen getrieben haben! Einst hatt' ich einen Bruder!‹ Er hielt inne, und sein tiefes Stöhnen zeigte den Aufruhr an, der ihm in der Seele tobte. Schließlich aber fuhr er fort: ›Jener Bruder aber hatte ein Eheweib! – Doch nun hört mich, Vater, und sagt an, ob ein Sünder wie ich auf Vergebung hoffen darf! Meines Bruders Weib war nämlich von großer Schönheit – ich aber liebte sie! Dennoch, sie blieb tugendhaft, und so mußt' ich in meinen Bemühungen um ihre Gunst verzweifeln. Ihr, Hochwürdiger Vater‹, so fuhr er in gräßlichem Tone fort, ›Ihr habt ja niemals die Raserei solcher Verzweiflung kennengelernt! Mir aber vermehrte oder steigerte sie sämtliche Leidenschaften, welche mein Innres durchtobten, und so ward mir jedes Mittel recht, mich solchen Martern zu entziehen! Mein Bruder starb!‹ – Hier hielt der Sünder abermals inne«, fuhr Ansaldo fort. »Ich aber erschauderte ob des Vernommenen, und der Mund blieb mir verschlossen. Nach einer Weile jedoch gebot ich dem Unglücklichen, er möge doch weitersprechen, und er tat's mit den folgenden Worten: ›Mein Bruder starb fern von zuhause.‹ Aufs neue hielt er inne, doch währte sein Schweigen nun so lange, daß ich's schließlich für angebracht hielt, zu fragen, welches Übel den Bruder denn dahingerafft habe? ›Vater, *ich* bin's gewesen – ward ja zu seinem Mörder!‹ rief da mein Beichtkind mit einer Stimme, die ich wohl nimmer werd' vergessen können, so tief hat sie sich meinem Herzen eingeprägt!«

Ansaldo schien von solcher Erinnerung zutiefst bewegt und schwieg eine Weile. Bei den letzten Worten hatte Vivaldi ganz besonders auf Schedoni geachtet, um an ihrer Wirkung feststellen zu können, ob der Beichtiger nun schuldig war oder nicht. Dieser verharrte jedoch in seiner gewohnten Haltung, den Blick noch immer zu Boden gerichtet.

»Sprecht weiter, Vater!« mahnte der Inquisitor. »Was war's, das Ihr auf jene Beichte erwidert habt?«

»Zunächst blieb ich stumm«, versetzte Ansaldo. »Schließlich aber gebot ich dem Beichtenden, er möge fortfahren. ›Ich hatte es so eingerichtet‹, sprach dieser, ›daß mein Bruder fern von zuhause ums Leben kommen würde, und es gelang mir, dafür zu sorgen, daß seine Witwe keinen Verdacht im Hinblick auf die Todesursache schöpfte. Und nicht lange nach Ablauf der schicklichen Trauerfrist bewarb ich mich um ihre Hand, dieweil ja meine Leidenschaft keinen weitern Aufschub dulden mochte. So ließ ich sie aus ihrem Hause bringen, und sie ward hinterher willens, die verlorne Ehre durch eine Heirat wieder herzustellen. Indes, ich hatte mein Gewissen aufgeopfert, ohne dadurch zu meinem ersehnten Glück zu gelangen! Sie nahm sich ja nicht einmal die Mühe, ihre Verachtung vor mir zu verbergen! Gedemütigt bis zur Erschöpfung durch solches Gehaben, begann ich zu argwöhnen, daß etwas andres als bloße Entrüstung hinter solcher Verachtung stecken müsse, und so war's zuletzt die Eifersucht – ja wohl, die Eifersucht, welche mein Elend zu einem vollkommenen machte und meine Leidenschaften bis zum Aberwitz entflammte!‹

Der Beichtende«, fuhr Ansaldo fort, »schien mir bei diesen Worten fast von Sinnen zu kommen, und ein konvulsivisches Schluchzen erstickte ihm die Rede. Als er schließlich sein Bekenntnis wieder aufnahm, sagte er: ›Nur zu bald glaubte ich, den Gegenstand meines Argwohns entdeckt zu haben. Nämlich, unter den wenigen Menschen, welche uns in der Zurückgezogenheit unsres ländlichen Wohnsitzes besuchten, war auch ein Mann, der, so glaubte ich, ein Auge auf mein Weib geworfen hatte. Auch bildete ich mir ein, bei jedem seiner Besuche einen Schimmer besondrer Befriedigung auf ihren Zügen wahrzunehmen. Sie schien ja sehr gern mit ihm zu plaudern und ihn auf alle mögliche Weise auszuzeichnen. Bisweilen dachte ich sogar, sie sei stolz darauf, mir recht deutlich zeigen zu können, wie sehr sie den Rivalen bevorzugte, und so oft sie seinen Namen erwähnte, geschah dies auf spöttisch triumphierende Weise. Vielleicht aber nahm ich für Liebe, was bloß ihrer Vergeltungssucht Ausdruck verleihen sollte, denn vielleicht wollte sie mich bloß strafen, indem sie meine Eifersucht anstachelte. Oh verhängnisvoller Irrtum! Sie strafte ja nicht minder sich selber!‹«

»Seid nicht so weitschweifig, Vater!« mahnte der Inquisitor.

Ansaldo neigte das Haupt und fuhr fort: »›Eines

Abends‹, so erzählte mein Beichtkind weiter, ›als ich unerwartet nach Hause kam, mußt' ich erfahren, daß mein Weib Besuch hatte! Mich dem Gemache nähernd, darin die beiden sich aufhielten, hörte ich die Stimme jenes Sacchi, und mir war's, als kläng' sie traurig und flehend! So blieb ich lauschend stehen, und was ich da vernahm, genügte bei weitem, um meinen Grimm aufs höchste anzustacheln! Indes, noch bemeisterte ich mich, so daß ich's vermochte, an ein Gitter zu treten, durch das man vom Gang in jenes Zimmer blicken konnte. Von dort spähte ich hinein. Der Schurke lag vor meinem Weibe auf den Knien! Doch ob sie nun meine Schritte oder gar mein Gesicht durch das Gitter wahrgenommen hatte, oder aber sich ob jenes Antrages entrüstete – jedenfalls fuhr sie von ihrem Sessel empor. Ich aber fragte gar nicht erst nach ihrem Beweggrund, sondern stürzte mit gezognem Stilett in den Raum, um den Schurken damit zu durchbohren! Allein, der vermeintliche Mörder meiner Ehre entschlüpfte in den Garten und ward nicht mehr gesehn!‹ ›Was aber war mit Eurem Weibe?‹ frug ich. ›Mein Dolch grub sich in ihren Busen!‹ versetzte da der reumütige Sünder.«

Dem Bußpriester versagte die Stimme, als er diesen Teil der Beichte wiedergegeben, so daß er nicht fähig war, weiterzusprechen. Beim Anblick seiner Verfassung gewährte das Tribunal ihm einen Stuhl, und der Priester, nachdem er seine Fassung wiedergewonnen hatte, fuhr fort: »Denkt nur, Hochwürdige Väter – so denkt nur, wie's mir in jenem Augenblick ums Herz gewesen! Ich selber war ja der Liebhaber jener Frau, als deren Mörder sich der Beichtende soeben bekannt hatte!«

»War sie unschuldig?« frug da eine Stimme. Vivaldi aber, dessen Augenmerk sich mehr und mehr auf Ansaldo gerichtet, sah nun, da er wieder auf Schedoni blickte, daß jene Frage von ihm gekommen war. Beim Klange seiner Stimme war der Bußpriester sogleich herumgefahren. In dem allgemeinen Schweigen waren Ansaldos Augen voll Ernst auf den Beschuldigten gerichtet. Schließlich aber sprach er: »Sie *war* unschuldig!« Und dann wiederholte er mit feierlichem Nachdruck: »Sie war sogar die Tugend in Person!«

Schedoni war wieder in sich zusammengesunken. Er stellte keine weiteren Fragen mehr. Doch ein Gemurmel lief durchs Tribunal und schwoll immer stärker an, bis es zum vernehmlichen Stimmengewirr wurde. Schließlich ward dem Gerichtsschreiber aufgetragen, jene Frage Schedonis zu Papier zu bringen.

»War die Stimme, welche Ihr eben vernommen, jene des Bußfertigen?« wollte der Inquisitor von Ansaldo wissen. »Denkt daran, daß Ihr gesagt habt, Ihr würdet sie jederzeit wiedererkennen!«

»Ich glaube, daß sie's war«, versetzte Ansaldo. »Doch könnt' ich's nicht beschwören.«

»Wie soll man da ein Urteil fällen können!« rief nun der nämliche Inquisitor, welcher sich bisher nur selten von Skrupeln hatte plagen lassen. Danach gebot er Ansaldo, derselbe mög' in seinem Berichte fortfahren.

»Nachdem der Mörder sich als solcher zu erkennen gegeben«, sagte der Bußpriester, »stürzte ich aus dem Beichtstuhl, und die Sinne verließen mich, eh' ich Anweisung zu seiner Entlarvung hätte geben können. Als ich aber wieder zu mir kam, war's dafür zu spät: er hatte das Weite gesucht! Und seit jenem Abend hab' ich ihn nimmer zu Gesicht bekommen und wag' auch nicht zu sagen, daß er mir jetzt und hier gegenübersteht.«

Schon setzte der Inquisitor zu einer Erwiderung an, als der Generalvikar abwinkte und, an Ansaldo gewendet, sagte: »Wenn Ihr schon die Person Schedonis, des Mönches von Spirito Santo, nicht kennen mögt, Hochwürdiger Vater, wär's Euch dann nicht möglich, diejenige Eures ehemaligen Freundes, des Conte di Bruno wiederzuerkennen?«

Abermals sah Ansaldo prüfenden Blickes auf Schedoni und musterte diesen eingehend. Der Mönch jedoch ließ sich keinerlei Veränderung anmerken.

»Nein!« sprach der Bußpriester schließlich. »Ich wag's nicht, zu behaupten, daß dieser da der Conte di Bruno ist! Und ist er's gleich, so haben die Jahre ihn bis zur

Unkenntlichkeit verändert. Daß es der Conte war, welcher mir gebeichtet, dafür hab' ich Beweise: er hat ja meinen Namen als denjenigen seines Besuchers erwähnt, sowie einige Umstände, die nur ihm und mir bekannt sein konnten. Doch daß der Pater Schedoni jener reumütige Sünder gewesen sein soll – dies, ich wiederhol' es, wag' ich nicht zu behaupten!«

»*Ich* aber *wag'* es!« sprach da eine neue Stimme, und Vivaldi, sich nach ihr umwendend, erblickte den geheimnisvollen Unbekannten, welcher soeben vortrat. Seine Kapuze war nun zurückgeschlagen, und die furchtbaren Züge hatten einen drohenden Ausdruck angenommen. Schedoni schien beim Anblick des Fremden sichtlich bewegt zu sein: zum erstenmal war seinem Gesicht eine Veränderung anzumerken.

Das Tribunal schwieg vollkommen still, doch Überraschung, ja unruhige Erwartung standen auf jeder Stirn geschrieben. Schon wollte Vivaldi rufen »Dies ist mein Informant!«, als des Fremden Stimme ihm zuvorkam.

»Erkennst du mich wieder?« sprach er streng zu Schedoni und stellte sich ihm reglos gegenüber.

Schedoni aber schwieg.

»Erkennst du mich wieder?« frug der Ankläger von neuem in feierlich getragnem Tonfall.

»Ich kenne dich«, sagte Schedoni mit schwacher Stimme.

»Und erkennst du dies hier?« rief der Fremde schallend, während er aus den Falten seiner Kutte einen Dolch zum Vorschein brachte. »Erkennst du diese unauslöschlichen Flecken wieder?« frug er weiter, indem er den Dolch erhob und ihn Schedoni gestreckten Armes hinhielt.

Der Beichtiger wandte den Blick ab. Es schien, als wäre er im Innersten getroffen.

»Mit diesem Dolche ward dein Bruder hingemordet!« rief nun der entsetzliche Unbekannte. »Soll ich mich zu erkennen geben?«

Schedoni schien von allem Mut verlassen. Haltsuchend lehnte er sich gegen einen Stützpfeiler.

Die Bestürzung ward nun eine allgemeine. Angesichts des ungewöhnlichen Auftretens und Gehabens, das der Fremde an den Tag gelegt, waren die meisten Mitglieder des Tribunals von Furcht erfüllt worden, und dies, wiewohl es ein Inquisitionstribunal war! Einige der Inquisitoren waren aufgesprungen, andere riefen nach den Offizialen, welche an den Saaltüren Wache hielten, und fragten dieselben, wer den Fremden denn eingelassen habe? Der Generalvikar aber unterredete sich mit den neben ihm Sitzenden, wobei er wiederholt nach Schedoni und dem Unbekannten blickte, als wären diese beiden der Gegenstand solcher Beratung. Der Mönch indes verharrte in seiner Pose, den Dolch in der Faust und die Augen auf den Beichtiger geheftet, der das Gesicht noch immer abgewendet hielt und sich weiterhin an den Pfeiler klammerte.

Schließlich gebot der Generalvikar jenen Mitgliedern des Tribunals, die sich von ihren Sitzen erhoben hatten, sie mögen wieder Platz nehmen, und ordnete an, daß auch die Offizialen wieder ihre Posten einnähmen.

»Mitbrüder in Christo«, so sprach er, »wir empfehlen Euch in dieser bedeutsamen Stunde Schweigen und Überlegung. Laßt uns in der Vernehmung des Beschuldigten fortfahren und hernach auch ergründen, auf welche Weise der Kläger hier Eintritt finden gekonnt! Doch fürs erste schenkt seinen Worten sowie der Entgegnung des Paters Schedoni Gehör!«

»Er möge sprechen!« antwortete das Tribunal.

Vivaldi, der während solchen Aufruhrs vergebens getrachtet, sich Gehör zu verschaffen, nutzte nun das Schweigen, welches der Zustimmung des Tribunals folgte, um sich endlich verständlich zu machen. Doch sobald er zu sprechen anhub, riefen mehrere Inquisitoren ungeduldig, man möge nun endlich in der Befragung fortfahren, und so sah der Generalvikar sich neuerlich genötigt, Ruhe zu gebieten, auf daß man Vivaldis Bitte verstehen könne. Die geforderte Sprecherlaubnis erhalten, wies der Jüngling auf den Unbekannten und sagte: »Dieser Fremdling ist der nämliche, welcher mir in meiner Zelle einen Besuch abgestattet! Und auch den nämlichen Dolch hat er mir gewiesen! Er auch ist's, der mir geboten hat, den Bußpriester Ansaldo und den Pater Schedoni vors Tribunal holen zu lassen. Hiermit hab' ich mich dieser Sache entledigt und will hinfort nichts mehr mit ihr zu schaffen haben!«

Abermals durchlief Bewegung das Tribunal, und aufs neue erhob sich Stimmengemurmel. Mittlerweile schien aber Schedoni seine Selbstbeherrschung wenigstens zum Teil wiedergewonnen zu haben, denn er richtete sich auf, verneigte sich vor dem Tribunal und schickte sich an, zu sprechen. Doch wartete er noch das Abklingen des Aufruhres ab, welcher den Gerichtssaal füllte. Sobald er sich Gehör verschaffen konnte, sagte er:

»Hochwürdige Väter! Der Unbekannte, welcher hier vor Euch steht, ist ein Betrüger! Ich gebe zu, daß er einst mein Freund gewesen ist – so mögt Ihr erkennen, wie tief seine Gemeinheit mich nun erschüttert! Denn die Anklage, welche er gegen mich vorbringt, ist nichts denn Lüge und entspringt der reinen Bosheit!«

»*Einst* dein *Freund* gewesen?« wiederholte der Fremde mit Nachdruck. »Und was war's, das mich dir zum Feinde gemacht? Sieh diese Flecken!« fuhr er fort, indem er auf die Klinge des Dolches wies. »Sind auch sie nichts denn Lüge und Bosheit? Sind sie nicht, ganz im Gegenteil, ein Spiegel deines Gewissens?«

»Ich kenn' sie nicht«, versetzte Schedoni, »und mein Gewissen ist fleckenlos.«

»Es *ist* befleckt – und zwar mit deines Bruders Blute!« erwiderte der Fremde mit hohler Stimme.

Vivaldi, dessen Blick nun an Schedoni hing, gewahrte, daß eine fahle Blässe dessen Antlitz überzog, während er voll Entsetzen vermied, den sonderbaren Fremden anzusehen. Das Gespenst des gemordeten Bruders hätte keinen stärkeren Ausdruck von Schuld hervorrufen können! Erst nach einer Weile war der Mönch wieder Herr seiner Stimme und wandte sich erneut ans Tribunal.

»Hochwürdige Väter!« sagte er. »Erlaubt mir, daß ich mich verteidige!«

»Hochwürdige Väter!« sprach auch der Ankläger feierlich. »Hört! Hört an, was ich Euch zu enthüllen habe!«

Abermals wandte Schedoni, der nur unter größter Anstrengung zu sprechen schien, sich an das Tribunal. »Ich will beweisen«, sagte er, »daß diese Aussage unglaubwürdig ist!«

»Ich aber will den gegenteiligen Beweis erbringen!« rief da der Mönch. »Und hier« – er wies auf Ansaldo – »ist ja genug der Zeugenschaft, daß der Conte di Bruno sich in eigner Person des Mordes bezichtigt hat!«

Der Gerichtshof gebot Schweigen, und danach ward zufolge der Anrufung durch den Fremden die Frage an den Bußpriester gerichtet, ob er den Unbekannten erkenne. Er verneinte.

»Besinnt Euch gut!« mahnte der Großinquisitor. »Es ist von größter Wichtigkeit, daß Ihr in diesem Punkt nicht irregeht!«

Der Bußpriester musterte den Fremden mit größter Aufmerksamkeit, blieb aber bei seiner Beteuerung.

»Ihr habt ihn also noch nie zu Gesicht bekommen?« frug einer der Inquisitoren.

»Noch nie – zumindest nicht bewußt«, versetzte Ansaldo.

Schweigend blickten die Inquisitoren einander an.

»Er spricht die Wahrheit«, sagte da der Fremde.

Solch außergewöhnlicher Sachverhalt verfehlte nicht, beim Tribunal Bestürzung, bei Vivaldi aber Staunen hervorzurufen. Da jedoch der Kläger ihn bestätigt hatte, wußte der Jüngling nicht mehr, auf welche Weise dieser von Schedonis Untat Wind bekommen, welcher ja keinesfalls der Mann war, jemand anderem als seinem Beichtiger solch ungeheuerliche Verbrechen mitzuteilen! Dieser Beichtiger aber, so schien es, war so weit davon entfernt, das ihm Anvertraute an den Kläger weiterzugeben, daß er diesen nicht einmal kannte! Und nicht minder verwirrt war Vivaldi im Hinblick auf jene Zeugenschaft, mit welcher der Kläger seine Anklage zu untermauern versprochen. Indes, die Pause allgemeiner Bestürzung, welche dem Jüngling erlaubt hatte, derlei

Betrachtungen anzustellen, war nun zu Ende: das Tribunal fuhr in der Vernehmung fort, und der Großinquisitor rief mit hallender Stimme:

»Ihr, Vincentio di Vivaldi, werdet nun die Fragen beantworten, welche man an Euch richtet!«

Dem Jüngling wurden sodann mehrere Fragen in Ansehung der Person seines nächtlichen Besuchers gestellt. Vivaldi beantwortete sie klar und prägnant, wobei er unwandelbar versicherte, der Fremde sei der nämliche gewesen, welcher nun als Schedonis Ankläger auftrete.

Dieser letztere gab auf Befragen ohne weiteres zu, daß Vivaldi die Wahrheit gesprochen. Daraufhin ward er nach dem Beweggrunde solch ungewöhnlichen Besuches gefragt.

»Ich hab' es getan«, versetzte der Mönch, »auf daß ein Mörder der Gerechtigkeit überliefert werde.«

»Dies«, so warf jetzt der Großinquisitor ein, »hätte ebensowohl durch freies Auftreten und offne Beschuldigung geschehen können. Hättet Ihr Eure Anklage für gerecht angesehn, so wär's ja möglich gewesen, sich auf direktem Wege an dies Tribunal zu wenden, anstatt sich auf hinterlistige Weise an einen Gefangnen heranzumachen und diesen zu bestimmen, sich zum Werkzeug für die Festnahme des Beschuldigten herzugeben.«

»Dennoch bin ich nicht davor zurückgeschrocken«, versetzte der Fremde, »aus freien Stücken hier zu erscheinen.«

In Anhörung dieser Worte schien Schedoni neuerlich tief bewegt zu sein, ja zog sogar die Kapuze übers Gesicht.

»Dies trifft zwar zu«, sagte der Großinquisitor, an den Fremden gewandt, »doch habt Ihr Uns bis jetzt weder Euren Namen genannt, noch auch gesagt, woher Ihr gekommen seid.

Auf diesen Einwurf blieb der Mönch die Antwort schuldig. Schedoni aber, mit plötzlich erwachter Energie, bestand auf dem eben erwähnten Punkte, indem er auf die Lügenhaftigkeit und Bosheit seines Anklägers hinwies.

»So willst du mich denn zwingen, mich zu erkennen zu geben?« frug ihn der Fremde. »So wagst du's wirklich, dies zu tun?«

»Weshalb sollt' ich dich fürchten?« entgegnete Schedoni.

»Frag dein Gewissen!« sprach der Fremde unter drohendem Stirnrunzeln.

Abermals unterbrach das Tribunal nun die Befragung und hielt eine geheime Beratung ab.

Auf die letzte Warnung des Mönches hatte Schedoni nichts mehr erwidert. Dem Jüngling aber war aufgefallen, daß der Beichtiger während dieses kurzen Wortwechsels den Fremden kein einziges Mal angeblickt, ja dies sogar ängstlich vermieden hatte, als überstieg' solcher Anblick seine Kräfte. Vivaldi schloß aus diesem Gehaben und auch aus etwelchen weiteren Umständen, daß Schedoni sich schuldig fühle. Dennoch, so dachte er, konnte solches Schuldbewußtsein allein nicht jene tiefe Erregung bewirkt haben, mit der Schedoni dem Blick seines Anklägers ausgewichen – es wäre denn der Fall gewesen, er hätte in diesem nicht nur den Komplizen seines Verbrechens erkannt, sondern auch den eigentlichen Mörder. Traf dies zu, so wär' es auch für den harten und arglistigen Schedoni durchaus natürlich gewesen, beim Anblick der Person des Mörders und dessen Mordwerkzeugs solches Entsetzen an den Tag zu legen. Anderseits aber kam Vivaldi nicht über die Unwahrscheinlichkeit hinweg, daß ausgerechnet jener Mann, der die Untat begangen hatte, aus freien Stücken vor Gericht hätte erscheinen sollen, bloß um seinen Anstifter zu entlarven – daß er also gewagt hätte, ihn öffentlich anzuklagen um einer Schuld willen, die, so ungeheuerlich sie auch war, doch diejenige des Klägers an Schwere nicht übertraf!

Auch die ungewöhnliche Art und Weise, auf welche der Ankläger in Erscheinung getreten, beschäftigte Vivaldis Denken: da war zunächst das offenkundige Widerstreben, sich in diesem Verfahren den Blicken anderer auszusetzen, und ferner gab dem Jüngling der hinterhältige und rätselhafte Plan zu denken, nach welchem der Fremde den Beichtiger vors Tribunal hatte bringen lassen, woselbst dieser erst noch von Ansaldo hatte beschuldigt werden sollen! Dies alles ließ Vivaldi befürchten, daß hinter solchen Machenschaften die Angst eines schuldbeladnen Gewissens stehe, ja mehr noch, daß Böswilligkeit und Rachedurst den Fremden zu solchem Verhalten angestachelt. Wäre nämlich dieser bloß von der Gerechtigkeitsliebe beseelt gewesen, so hätte er sich ja nicht solch dunkler, gewundner Pfade bedienen müssen, sondern hätte den üblichen Weg eingeschlagen und jene Beweise für Schedonis Untaten, in deren Besitz zu sein er noch immer versicherte, dem Tribunale vorgelegt. Und was überdies für Schedonis Schuldlosigkeit zu sprechen schien, war der Umstand, daß der Ankläger nicht bekennen wollte, wer er nun eigentlich sei und von wo er gekommen war. Abermals verweilte Vivaldi sich über diesem Punkte, welcher ihm unerklärlich schien, da der Jüngling sich ja nicht vorstellen konnte, weshalb der Mann sich dermaßen geheimnisvoll gab, daß solches Gehaben, falls er nicht davon Abstand nahm, den Zweck seiner Anschuldigung zunichte machen und die Anklage in sich zusammenbrechen lassen mußte. Vivaldi konnte ja nicht glauben, das Tribunal werde einen Gefangnen verurteilen lediglich auf das Zeugnis eines Menschen hin, der auf die Fragen nach seiner Nämlichkeit dieselbe auch vor Gericht nicht preisgeben mochte. Und wiewohl der Ankläger diesen Gesichtspunkt erwogen haben mußte, noch ehe er sich vors Tribunal gewagt, war er dennoch davor erschienen!

Diese Überlegungen brachten Vivaldi auf die mannigfachsten Schlußfolgerungen im Hinblick auf den Besuch, welchen der Mönch ihm abgestattet, ferner auf den Traum, der solchem Besuche voraufgegangen, sowie auf die sonderbare Art, mit der er sich Zutritt in die Zelle verschafft hatte. Auch die Beteuerungen der Posten gehörten hierher, niemand habe die Tür passiert, und noch viele andre, ebenso unerklärliche Begleitumstände. So kam's, daß Vivaldi, während er auf das verwegene

Gesicht des Fremden starrte, sich nahezu einbildete – wie er's ja schon früher getan –, einem Wesen gegenüberzustehen, das nicht von dieser Welt war.

»Man hat ja schon von den Geistern Ermordeter gehört«, sprach er bei sich, »welche keine Ruhe finden, bis ihnen nicht Gerechtigkeit geworden, und deshalb körperlich auf unsrer Welt in Erscheinung treten –« Doch beendete Vivaldi den angefangenen Gedanken nicht, und wiewohl seine Einbildungskraft dem Wunderbaren zuneigte, widerstand er dem Hang, solchen Ideen nachzugeben, welche die Seele auszufüllen und deren Fähigkeiten zu Empfindungen anzuspannen vermögen, die ans Sublime grenzen, und verwarf eine Vermutung, welche seinen sämtlichen Nerven schon einen Entsetzensschauder eingejagt hatte. Vielmehr harrte er dem Ergebnis der Befragung und dem weitern Gehaben des Fremden mit größter Spannung entgegen.

Sobald das Tribunal sich endlich über das weitere Verfahren schlüssig geworden, rief man zunächst Schedoni auf und befragte ihn, inwiefern der Ankläger ihm bekannt sei. Das Wort hatte der nämliche Inquisitor, der auch schon Vivaldis Vernehmung geführt. »Ihr, Pater Schedoni und Mönch des Spirito Santo-Konventes zu Neapel, alias Ferando Conte di Bruno, gebt Antwort auf die Fragen, welche man Euch stellt! Kennt Ihr den Namen des Mannes, welcher als Ankläger gegen Euch auftritt?«

»Auf den Conte di Bruno antworte ich nicht«, versetzte der Beichtiger. »Jedennoch will ich zugeben, daß dieser Mensch mir nicht unbekannt ist. Er heißt Nicola di Zampari.

Er ist Ordensbruder des Dominikanerklosters von Spirito Santo«, erwiderte Schedoni. »Über seine Familie vermag ich nichts weiter zu sagen.«

»Wo habt Ihr ihn erstmals zu Gesicht bekommen?«

»Das war zu Neapel, woselbst er mehrere Jahre hindurch unterm nämlichen Dache mit mir gewohnt hat, als ich noch dem Kloster San Angiolo angehörte, und späterhin demjenigen von Spirito Santo.«

»Ihr habt also im San Angiolo-Kloster gewohnt?« vergewisserte sich der Inquisitor.

»Ganz recht«, versetzte Schedoni. »Und dort sind wir einander in vertraulicher Freundschaft verbunden gewesen.«

»Und jetzt gewahrt Ihr wohl, wie übel angebracht dieses Euer Vertrauen war«, forschte der Inquisitor, »und bereut nun ohne Zweifel Eure Unbedachtheit?«

Doch der wachsame Schedoni ging nicht in die gestellte Falle.

»Was ich beklagen muß, ist die Entdeckung solch schnöder Undankbarkeit«, erwiderte er vorsichtig. »Denn die Beweggründe meines Vertrauens waren allzu lautere, als daß ich sie zu bereuen hätte.«

»Dieser Nicola di Zampari ist also ein undankbarer Mensch? Habt Ihr ihm irgendwelche Dienste erwiesen?« frug der Inquisitor.

»Ich kann mir den Grund seiner Feindschaft sehr wohl erklären«, bemerkte Schedoni, indem er der gestellten Frage auswich.

»So erklär sie!» gebot der Fremde ernst.

Schedoni zögerte. Eine plötzliche Erwägung schien ihm zu schaffen zu machen.

»Im Namen deines toten Bruders fordre ich dich auf«, sprach jetzt der Ankläger, »hier und jetzt den Anlaß meiner Feindschaft zu enthüllen!«

Vivaldi, betroffen ob des Tonfalls, in welchem der Fremde diese Worte gesprochen, heftete den Blick auf ihn, wußt' sich aber die Erregung nicht zu deuten, welche dem Manne ins Gesicht geschrieben stand.

Der Inquisitor forderte nun Schedoni auf, die verlangte Erklärung zu geben, doch der Pater vermochte erst zu sprechen, nachdem er seine Fassung wiedergewonnen hatte.

»Ich habe dem Kläger, eben diesem Nicola di Zampari, versprochen, ihm zu einer Beförderung behilflich zu sein, auf die ich selber nicht viel Wert gelegt. In der Folge ermutigten mich etwelche Umstände zu dem Glauben, es werde mir möglich sein, mein Versprechen über dessen ursprüngliches Maß hinaus zu erfüllen, und so wurden auch Zamparis Hoffnungen höhergeschraubt. Auf dem Gipfelpunkte seiner Erwartungen aber kam die Enttäuschung, denn ich selber war ja von jener Person, in die ich mein Vertrauen gesetzt hatte, getäuscht worden. So ist's nun die Enttäuschung eines reizbaren Menschen, der ich solch ungerechte Anklage zuzuschreiben habe.«

Schedoni hielt inne, und seine Züge nahmen den Ausdruck von Unzufriedenheit und Verärgerung an. Der Ankläger blieb zwar stumm, doch ein boshaftes Lächeln zeigte seinen Triumph an.

»So müßt Ihr auch noch im einzelnen jene Dienste erklären«, sagte der Inquisitor, »die Euch um Eures Versprechens willen erwiesen worden sind.«

»Jene Dienste waren, von mir aus gesehen, unschätzbare«, fuhr Schedoni nach einigem Zögern fort, »wiewohl sie Zampari nicht viel gekostet haben. Sie bestanden in dem tröstlichen Gefühl fremder Anteilnahme und in der verständnisvollen Freundschaft, welche er mir entgegenbrachte – beides Dinge, von denen meine Dankbarkeit mir sagte, daß sie nimmermehr vergolten werden könnten.«

»Der Anteilnahme! Der Freundschaft!« rief da der Generalvikar. »Wir sollen also glauben, daß ein Mensch, welcher falsche Anschuldigungen von so furchtbarer Art vorbringt, fähig ist, andern gegenüber Freundschaft und Anteilnahme zu bekunden? Ihr müßt entweder bekennen, daß Eure Versprechungen Euch weniger selbstlose Vorteile eingetragen haben, oder wir müssen annehmen, daß dieser Mann Euch zu Recht beschuldigt! Eure Beteuerungen sind recht widersprüchliche, und Eure Erklärung klingt gar zu trivial, als daß dergleichen Uns auch nur für eine Sekunde zu täuschen vermöchte!«

»Dennoch – ich habe die Wahrheit gesagt!« versetzte Schedoni voll Hochmut.

»In welcher Hinsicht?« frug nun der Inquisitor. »Eure Beteuerungen widersprechen einander!«

Schedoni schwieg, und Vivaldi war sich nicht im klaren, ob solches Schweigen nun vom Stolze der Schuldlosigkeit diktiert war, oder aber von des Paters schlechtem Gewissen.

»Aus Eurem Zeugnisse geht hervor«, sprach der Inquisitor weiter, »daß die Undankbarkeit auf Eurer Seite lag und nicht auf derjenigen Eures Anklägers, dieweil er ja *Euch* jene Freundlichkeiten erwiesen, welche Ihr ihm niemals vergolten habt! – Ist da noch etwas, das Ihr vorbringen wollt?«

Schedoni schwieg noch immer.

»So ist dies Eure ganze Erklärung?« fügte der Inquisitor hinzu.

Schedoni neigte das Haupt. So wandte sich denn der Inquisitor an den Kläger und fragte ihn, was er zu erwidern habe.

»Ich habe nichts zu erwidern«, versetzte dieser voll boshaften Triumphes. »Der Beschuldigte hat ja an meiner statt gesprochen!«

»So heißt dies, daß er die Wahrheit gesagt, als er angegeben, Ihr wäret ein Mönch aus Spirito Santo zu Neapel?« frug der Inquisitor.

»Ihr selber, Hochwürdiger Vater«, sagte der Fremde bedeutsam, indem er sich an den Frager wandte, »könnt ja am besten sagen, ob ich einer bin.«

Vivaldi lauschte gespannt.

Der Inquisitor erhob sich und sprach feierlich: »So geb' ich Euch denn zur Antwort, daß Ihr kein Mönch aus Neapel seid.«

»Aus dieser Antwort«, sagte der Generalvikar, mit gedämpfter Stimme an den Sprecher gewandt, »erseh' ich, daß Ihr den Pater Schedoni für schuldig haltet.«

Die Erwiderung des Inquisitors erfolgte indes so leise, daß Vivaldi die Worte nicht unterscheiden konnte. Die Antwort aber, welche dem Fremden zuteilgeworden, wußte der Jüngling sich nicht zu deuten, doch glaubte er, sie wäre nicht mit solcher Bestimmtheit erfolgt, wenn der Sprecher seine Meinung bloß aus einer Mutmaßung gezogen hätte. Daß aber der Ankläger dem Inquisitor bekannt war und der letztere sich dennoch wie ein

Fremder zu ihm verhielt, überraschte den Jüngling ebenso, als hätte er den Charakter des Vernehmenden für ähnlich aufrichtig wie den eigenen erkannt. Anderseits hatte er selber den Fremden auf Paluzzi so oft im Mönchshabit gesehen, daß er Schedonis Aussage in bezug auf diesen nur schwer in Frage stellen konnte.

Jetzt wandte der Inquisitor sich an Schedoni und sprach: »Wir wissen nun, daß Eure Aussage zum Teil eine irreführende ist. Euer Ankläger ist mitnichten ein Mönch aus Neapel, sondern ein Diener der Hochheiligen Inquisition. Und da Eure Aussage nicht einmal in diesem Punkte zutrifft, müssen wir sie zur Gänze anzweifeln.«

»Ein Diener der Inquisition?« rief Schedoni in echter Überraschung. »Hochwürdiger Vater! Eure Versichrung erstaunt mich! Ihr seid einer Täuschung zum Opfer gefallen, wie befremdlich dies auch klingen mag! Doch glaubt mir, man hat Euch getäuscht! Ihr bezweifelt die Glaubhaftigkeit meiner Aussage, und so will ich kein Wort mehr verlauten lassen. Doch fragt den Signor Vivaldi: fragt ihn, ob er meinen Ankläger nicht oftmals bei Neapel im Mönchshabit gesehen hat, und dies erst in allerletzter Zeit!«

»Ich habe ihn in den Ruinen von Paluzzi bei Neapel gesehen, und zwar in Mönchskleidung«, bestätigte Vivaldi, ohne erst die übliche Frage abgewartet zu haben. »Dies geschah unter Begleitumständen, welche nicht minder ungewöhnlich waren als jene, mit denen sein hiesiges Auftreten verbunden ist. Doch als Gegendienst für meine offne Bestätigung begehre ich von Euch, Pater Schedoni, die Antwort auf einige Fragen, die ich dem Tribunale vorschlagen möchte: auf welchem Wege seid Ihr zu der Kenntnis gelangt, daß ich den Fremden zu mehreren Malen auf Paluzzi gesehen habe? Und ferner: hat das rätselhafte Verhalten, das er mir gegenüber an den Tag gelegt, in Eurem Interesse gelegen?«

Auf diese Fragen zu antworten, wiewohl sie vom Tribunal in aller Form wiederholt wurden, ließ Schedoni sich nicht herbei.

»So hat es den Anschein«, bemerkte der Generalvikar, »als hätten Kläger und Angeklagter damals unter einer Decke gesteckt.«

Daraufhin wandte der Inquisitor ein, daß dies nicht so sicher sei und daß, ganz im Gegenteil, Schedonis letzte Frage der Verzweiflung entsprungen sein könnte – ein Einwurf, der Vivaldi sonderbar dünkte, da ja ein Inquisitor ihn geäußert.

»Ihr mögt ›unter einer Decke stecken‹ dazu sagen«, versetzte Schedoni, indem er sich vor dem Generalvikar verneigte, ohne des Inquisitors zu achten. »Ihr mögt uns ruhig Komplizen nennen, ich aber sage, daß wir *Freunde* waren! Und da es nun um meines Friedens willen nötig scheint, die Umstände unsrer Vertrautheit ein wenig näher zu erläutern, so will ich gern zugeben, daß mein Beschuldiger gelegentlich in meinem Auftrage gehandelt und mir dergestalt beigestanden hat, die Würde einer angesehnen neapolitanischen Familie zu wahren – die Würde des Hauses Vivaldi. Und dort, Hochwürdiger Vater«, fügte Schedoni hinzu, indem er auf Vincentio wies, »dort steht der Sohn jenes altehrwürdigen Hauses, für den ich so viel aufs Spiel gesetzt habe!«

Vivaldi war schier überwältigt von dem, was er soeben aus Schedonis Munde vernehmen gemußt, wiewohl er die Wahrheit zum Teil schon geargwöhnt hatte. In dem Fremden glaubte er nun Ellenas Verleumder und dergestalt das verächtliche Werkzeug von der Marchesa Ränkesucht und von Schedonis Ehrgeiz zu sehen. Zumindest aber war dem Jüngling nun des Unbekannten Gehaben in den Ruinen von Paluzzi verständlich geworden! In Schedoni aber erblickte er nunmehr seinen geheimen Ankläger und unerbittlichen Feind, welcher, so glaubte Vivaldi, hinter Ellenas Festnahme steckte. Diese letzte Erwägung beraubte den Jüngling aller Umsicht und Bedachtsamkeit, und so erklärte er voll Nachdruck, er habe nun aus Schedonis Reden erkannt, daß der Mönch sowohl sein als auch Ellena di Rosalbas geheimer Ankläger sein müsse. Ferner rief er das Tribunal an, es möge den Beweggründen des Beichtigers auf den

Grund gehen und danach anhören, was er, Vivaldi, zu enthüllen habe.

Auf diese Worte erwiderte der Generalvikar, man werde auf Vivaldis Begehren noch zurückkommen, und gebot sodann, im gegenwärtigen Verhöre fortzufahren.

Der Inquisitor wandte sich nunmehr an Schedoni und sprach: »Die selbstlose Natur Eurer Freundschaft ist nun zur Genüge offenbar, ebenso wie der Grad an Glaubwürdigkeit, welcher Eurer letzten Behauptung zukommt. So haben Wir Euch keine Frage mehr zu stellen, sondern wenden Uns nunmehr dem Pater Nicola di Zampari zu und wollen von ihm hören, was er zur Erhärtung seiner Anschuldigungen vorzubringen hat. Welches also sind Eure Beweise, Nicola di Zampari, daß jener Pater Schedoni in Wahrheit Ferando Conte di Bruno heißt und daß er sich des Bruder- und Gattenmordes schuldig gemacht? Antwortet auf diese Unsre Frage!«

»Auf Eure erste Frage«, versetzte der Mönch, »geb' ich zur Antwort, daß er selber vor mir zugegeben bei einer Gelegenheit, die hier nichts zur Sache tut, er sei in Wahrheit der Conte di Bruno gewesen. Und auf Eure zweite weis' ich Euch den Dolch, welchen ich anläßlich der Beichte des sterbenden, von Schedoni gedungenen Mörders erhalten habe.«

»Allein, dies sind keine Beweise, sondern bare Behauptungen«, warf hier der Generalvikar ein. »Und die erste dieser Behauptungen verbietet Uns, der zweiten Glauben zu schenken! – Falls nämlich, wie Ihr erklärt habt, Schedoni sich Euch gegenüber als Conte di Bruno zu erkennen gegeben, so müßt Ihr ihm jener vertraute Freund gewesen sein, als den er Euch bezeichnet hat, sonst hätt' er Euch ja nicht ein für ihn so gefährliches Geheimnis anvertraut. Waret Ihr aber sein Freund, wie sollten Wir da Eurer Versicherung in Ansehung jenes Dolches glauben? Denn ob Eure Anschuldigung nun falsch sein oder aber zutreffen mag, so ist's auf jeden Fall Verräterei, sie überhaupt vorzubringen!«

Vivaldi war überrascht, so redliche Worte aus eines Inquisitors Munde zu vernehmen.

»Hier ist mein Beweis«, erwiderte der Fremde, indem er ein Papier zum Vorschein brachte, das, wie er beteuerte, die Todesbeichte jenes Meuchelmörders enthielt. Dieselbe war sowohl von einem römischen Priester als auch von dem Mordbuben gefertigt, und das Datum zeigte, daß sie erst vor wenigen Wochen abgelegt worden war. Jener Priester, so sagte der Mönch, sei noch am Leben und könnte vor Gericht geladen werden. So gab denn das Tribunal Anweisung, man möge den Priester auf den folgenden Abend vorladen, damit er Zeugnis ablege für die Echtheit des Dokuments. Danach fuhr man in der Vernehmung fort und brachte dieselbe ohne weitere Unterbrechung zu ihrem Ende.

Abermals hub nun der Generalvikar an, indem er sprach: »Nicola di Zampari, Ich fordre Euch auf, Uns zu sagen, weshalb Ihr, wenn doch Eure Beweise für Schedonis Schuld dermaßen klare sind wie diese schriftliche Beichte des Mörders es vermuten läßt – weshalb Ihr es dann für nötig befunden, auch den Pater Ansaldo vorladen zu lassen, auf daß er Zeugnis ablege für die Verbrechen des Conte di Bruno? Die Todesbeichte jenes Meuchelmörders hat doch gewißlich mehr Gewicht denn jedes andre Zeugnis!«

»Ich ließ den Pater Ansaldo vorladen«, versetzte da der Fremde, »damit er den Beweis führe, Schedoni und der Conte di Bruno seien ein und dieselbe Person. Die Beichte des Mörders beweist zwar zur Genüge, daß der Conte jenen Mord angestiftet hat, nicht aber, daß Schedoni dieser Conte ist.«

»Dies aber ist mehr, als ich bezeugen möchte«, versetzte Ansaldo. »Ich weiß zwar, daß es der Conte di Bruno war, welcher mir gebeichtet hat, doch kann ich nicht sagen, daß der vor mir stehende Pater Schedoni jene Person ist, deren Beichte ich gehört habe!«

»Dies ist nach bestem Gewissen gesagt!« sprach nun der Generalvikar, indem er den Fremden unterbrach, welcher eben zur Antwort angesetzt hatte. »Ihr aber, Nicola di Zampari, seid in diesem Punkte nicht so klar und eindeutig gewesen. – Wie also könnt Ihr wissen, daß

Schedoni jene Person ist, welche vor Ansaldo während der Vigilien zu Ehren des Heiligen Markus jene Beichte abgelegt hat?«

»Hochwürdiger Vater, eben dies ist der Punkt, den zu erläutern ich im Begriff gestanden«, versetzte der Gefragte. »Ich selber bin's ja gewesen, der Schedoni am Vorabend des San Marco-Festes nach *Santa Maria del Pianto* geleitet hat, und zwar um die nämliche Stunde, zu der jene Beichte dem Vernehmen nach erfolgt ist! Schedoni hat mir ja gesagt, er wolle zur Beichte gehen und legte, da ich ihm seine ungewöhnliche Erregung vorgehalten, ein außerordentliches Schuldbewußtsein an den Tag, ja hat dasselbe sogar durch etwelche Äußerungen verraten, welche ihm in seiner Verwirrung entschlüpft sind. Erst vor den Toren der Kirche trennten wir uns. Er gehörte damals noch dem Karmeliterorden an und trug jenen Habit, welchen uns Pater Ansaldo beschrieben hat. Wenige Wochen nach jener Beichte ist er aus dem Karmeliterkloster ausgetreten – ich kann nicht sagen, aus welchen Gründen, wiewohl ich sie oftmals geargwöhnt habe – und hat sich im Konvent von Spirito Santo einquartiert, wohin auch ich übergewechselt war.«

»Ich kann darin keinen Beweis erblicken«, versetzte der Generalvikar. »Es können ja auch andere Karmelitermönche um jene Stunde und in der nämlichen Kirche zur Beichte gegangen sein!«

»Indes, hier liegt doch wohl ein stärkeres Indiz vor«, warf der Inquisitor ein. »Hochwürdiger Vater, Unser Urteil muß sich sowohl auf Beweise als auch auf Indizien stützen.«

»Doch solche Wahrscheinlichkeiten«, versetzte der Generalvikar, »sprechen recht sehr gegen das Zeugnis eines Menschen, welcher nicht ansteht, einen andern durch Worte zu belasten, die in den unbewachten Momenten äußerster Erregung gefallen sind.«

»Sind dies denn die Gefühle eines Inquisitors?« sprach da Vivaldi bei sich. »Kann's denn solch rühmenswerte Redlichkeit in einem Inquisitionstribunal überhaupt geben?« Und die Tränen flossen ihm reichlich über die Wangen, während er hingerissnen Blickes auf solch gerechten Richter starrte, dessen Redlichkeit, wär' sie in des Jünglings eignem Falle angewendet worden, keine größre Bewunderung und Wertschätzung in ihm hervorgerufen hätte. »Ein Inquisitor!« wiederholte er beständig bei sich, »ein Inquisitor!«

Der zweite Inquisitor indes war seinem Oberen so wenig ebenbürtig, daß solche Äußerung der Freizügigkeit ihn ganz offenkundig enttäuschte. So sagte er gleich darauf: »Hat der Kläger noch einen weitern Beweis dafür vorzubringen, daß Pater Schedoni jener Bußfertige war, welcher vor Ansaldo die in Rede stehende Beichte abgelegt?«

»Ich habe!« erwiderte der Mönch mit scharfer Stimme. »Nämlich, sobald ich Schedoni in der Kirche alleingelassen, verweilte ich mich draußen vor deren Mauern, um, wie wir's verabredet hatten, seiner Rückkehr zu harren. Er aber tauchte beträchtlich früher als erwartet wieder auf, und zwar in einem Zustande der Verstörung, wie ich dergleichen noch nie an ihm gesehen hatte. Im Augenblick war er an mir vorüber, und auch mein Rufen bracht' ihn nicht zum Stehn! In der Kirche und im Kloster aber schien ein allgemeiner Tumult ausgebrochen zu sein, und als ich eintreten wollte, wurden plötzlich die Tore geschlossen und aller Eintritt ward untersagt! Seit damals hat's den Anschein gewonnen, als wären die Mönche auf der Suche nach jenem Sünder gewesen, denn in der Folge ist mir ein Gerücht zu Ohren gekommen, eine Beichte sei die Ursache jener Konfusion gewesen, und der Beichtvater, eben der Bußpriester Ansaldo, sei aus Entsetzen über das, was er da durchs Gitter vernehmen gemußt, aus dem Beichtstuhl gestürzt und hab' es für nötig erachtet, nach jenem Menschen suchen zu lassen, welcher seines Zeichens ein Karmeliter gewesen. Das Gerücht, Hochwürdige Väter, hat damals viel Aufsehen erregt – und bei mir hat's noch mehr bewirkt, dieweil mir der Sünder ja bekannt war. Als ich aber am folgenden Tag Schedoni fragte, weshalb er denn die Kirche der Schwarzen Büßermönche so überstürzt verlassen habe, waren seine Antworten so dunkel wie nachdrücklich, und er hat mir – unbedacht wie ich war! – das Versprechen abgezwungen, niemals und vor keines Menschen Ohren zu erwähnen, daß er am vergangenen Abend *Santa del Pianto* einen Besuch abgestattet. Damit aber stand's für mich außer Zweifel, wer jener Sünder gewesen war!«

»So hat er auch vor Euch seine Sünden bekannt?« forschte der Generalvikar.

»Mitnichten, Hochwürdiger Vater. Zwar wußte ich nun, daß er jener Sünder war, auf den das Gerücht anspielte, doch hatte ich so lange keine Ahnung von der Art seiner Verbrechen, als nicht jener Meuchelmörder mit seiner Beichte begonnen, mit deren Abschluß mir auch alles andre im Hinblick auf Schedoni klar wurde! Auch die Beweggründe verstand ich nun, aus denen er mich so sehr an sich fesseln gewollt.«

»Ihr habt nun«, sprach jetzt der Generalvikar, »– Ihr habt Euch nun als ein Mitglied des Spirito Santo-Konventes zu Neapel bekannt, sowie als einen Vertrauten des Pater Schedoni, der sich seit Jahren bemüht hat, Euch an seine Person zu fesseln. Und doch ist's noch keine Stunde her, seit Ihr dies alles in Abrede gestellt habt! Die Verneinung des letzteren Umstands, dies ist wahr, ist freilich nur mittelbar zum Ausdruck gekommen. Doch im Hinblick auf den ersten habt Ihr klar und deutlich im verneinenden Sinne geantwortet!«

»Ich verneinte, ein Mönch aus Neapel zu *sein*«, versetzte da der Kläger, »und hab' mich an den Inquisitor gewendet, auf daß er die Wahrheit meiner Worte bestätige. Daraufhin hat er gesagt, ich sei gegenwärtig ein Diener der Hochheiligen Inquisition.«

Dies vernommen, blickte der Generalvikar mit einiger Überraschung auf den betreffenden Inquisitor, als wollt' er eine Erklärung hören. Andere Mitglieder des Tribunals taten's ihm nach, doch die meisten schienen mehr zu wissen, als sie einzubekennen für nötig befanden. Der in Rede stehende Inquisitor erhob sich und antwortete:

»Nicola di Zampari hat die Wahrheit gesagt. Erst vor wenigen Wochen ist er dem Heiligen Offizium beigetreten. Ein Zeugnis seines Klosters in Neapel mag zum Beweise für die Wahrheit meiner Worte dienen, denn es hat ihm bei uns Aufnahme verschafft.«

»Doch ist es ungewöhnlich, daß Ihr Eure Kenntnis seiner Person Uns nicht schon früher enthüllt habt!« versetzte der Generalvikar tadelnd.

»Hochwürdiger Vater – ich hatte meine Gründe«, erwiderte der Inquisitor. »Und wenn Ihr bedenken mögt, daß der Beschuldigte ja anwesend war, werdet Ihr sie verstehn und billigen.«

»Ich verstehe Euch zwar«, räumte der Generalvikar ein, »doch kann ich Euer Verhalten weder gutheißen, noch auch irgend eine Notwendigkeit für Eure Begünstigung der Ausflüchte dieses Nicola di Zampari erkennen, soweit es seine Person betrifft. Doch davon später und unter vier Augen!«

»Ich werd' Euch alles nach Fug und Recht erklären«, versetzte der Inquisitor.

»Es hat also den Anschein«, faßte der Generalvikar mit erhobner Stimme zusammen, »als wär' dieser Nicola di Zampari einstmals der Freund und Vertraute Schedonis gewesen, den er nunmehr anklagt. Diese Anklage ist ganz offenkundig in böswilliger Absicht erfolgt. Ob sie außerdem auch erlogen ist, bleibt noch zu untersuchen. Eine ganz wesentliche Frage aber drängt sich Uns von selbst auf: Weshalb ist diese Anschuldigung nicht schon früher erhoben worden?«

Des Mönches Züge erhellten sich im Vollgefühl seines bevorstehenden Triumphes, und schon auch setzte er zur Antwort an:

»Hochwürdigster Vater! Sobald ich mir über das begangne Verbrechen im klaren war, hab' ich mich angeschickt, seinen Verüber der Gerechtigkeit auszuliefern. Es ist erst eine kurze Frist verstrichen, seit jener Meuchelmörder seine Beichte abgelegt. Innerhalb solcher Frist aber hab' ich in den Kerkerzellen dieses Hauses den Signor Vivaldi entdeckt und bin sogleich dahintergekommen, durch wessen Machenschaften er hierhergeraten ist. Nun wußt' ich aber genug über Kläger wie Angeklagten, um sofort zu erkennen, wer von den beiden der Schuldlose ist, und hatte damit einen doppelten Beweggrund, Schedoni vor dies Tribunal zitieren zu lassen: ich wünschte ja sowohl, den Unschuldigen zu befreien, als auch den Schuldigen zu bestrafen. Die Frage nach der Ursache aber, aus der ich der Feind dessen geworden, der einst mein Freund gewesen, ist bald beantwortet: es war aus Gerechtigkeitssinn und nicht aus Böswilligkeit!«

Der Großinquisitor lächelte vor sich hin, stellte aber keine Frage mehr, und so schloß dies lange Verhör damit, daß man Schedoni in strengen Gewahrsam nahm, bis die Aussagen sämtlicher Zeugen entweder seine Schuld oder aber seine Schuldlosigkeit erwiesen hätten. Im Hinblick auf den Tod seines Eheweibes war man ja weiterhin bloß auf den Inhalt seiner angeblichen Beichte angewiesen, was vielleicht für eine Verurteilung durch ein gewöhnliches Inquisitionstribunal hingereicht hätte, dem gegenwärtigen Generalvikar aber nicht genügte. Er hatte ja Anweisung gegeben, man möge Mittel und Wege finden, mithilfe derer jeder einzelne Anklagepunkt erhärtet werden könne, auf daß man, sollte Schedoni von der Beschuldigung, seinen Bruder ermordet zu haben, losgesprochen werden, vielleicht irgendwelchen Nachweisen auf die Spur käme, die es ermöglichen würden, ihn wegen des Todes seiner Gemahlin anzuklagen.

Der Verdächtigte selber, bevor er den Saal verließ, verneigte sich ehrfurchtsvoll vor dem Tribunal, wobei sein Gehaben nicht länger auch nur das geringste Schuldbewußtsein verriet, ob er nun, unerachtet der letzten Aussagen, wirklich frei von Schuld sein, oder ob seine Gerissenheit ihn befähigen mochte, die gewohnte Ruhe zur Schau zu tragen. Jedenfalls war seine Miene eine gefaßte, ja er wirkte sogar gelassen, und sein Gehaben war voll der Würde. Vivaldi, der während des größeren Teils der Vernehmung nahezu schon von der verbrecherischen Natur des Beichtigers überzeugt gewesen war, fühlte sich in diesem Punkte nun nicht mehr so sicher und zweifelte bloß an Schedonis vollkommener Schuldlosigkeit. Nach des Beichtigers Weggange wurde auch Vivaldi in die Zelle zurückgeführt, und man hob die Sitzung des Tribunales auf.

Achtes Kapitel

Der Tag, da Glosters Herzblut fließt, er naht,
Und mit ihm das Entsetzen ob der Tat:
Als gräßliche Vision wird ihm erscheinen
Dein rächend Bild.

Collins

Als die Nacht von Schedonis Verhandlung angebrochen war, rief man Vivaldi abermals in den Gerichtssaal. Daselbst war schon alles nach dem vollen Zeremoniell des Ortes vorbereitet: die Mitglieder des Tribunals waren in größerer Zahl erschienen als bei den vorangegangenen Verhören, die Hauptinquisitoren unterschieden sich nunmehr durch einen andern Zuschnitt der Gewandung, und auch ihre sonderbaren Turbane waren jetzt größer denn ehedem, so daß sie den Zügen ihrer Träger einen noch unerbittlicheren Ausdruck verliehen. Der Saal war, wie gewöhnlich, mit schwarzen Tüchern drapiert, und jedermann, der ihn betrat, ob Inquisitor, Offizial, Zeuge oder Gefangner, war in das nämliche trostlose Schwarz gekleidet – ein Umstand, der, im Verein mit dem trüben Schein der hoch in dem Gewölbe hängenden Lampen und der Fackeln, die von den an den Türen postierten Offizialen gehalten wurden, der Versammlung einen Anstrich so düstrer Feierlichkeit verlieh, daß dieselbe nahezu entsetzenerregend wirkte.

Vivaldi ward an einen Platz geführt, von wo er das gesamte Tribunal überblicken und sämtliche Vorgänge in dem Saale verfolgen konnte. Die Züge jeglichen Tribunalmitgliedes waren nun gut zu erkennen im Schein der Fackeln jener Träger, die im Halbkreis an den Stufen des Podestes Aufstellung genommen, darauf die drei Hauptinquisitoren ihre Plätze hatten. Zu beiden Seiten dieses Podestes saßen die niedrigen Mitglieder des Tribunals. Der rötlich flackernde Schein, welchen die Fakkeln auf die Letztgenannten warfen, trug indes nicht zur Sänftigung von deren Mienen bei, die zumeist von düsteren Leidenschaften, ja sogar von der finstersten Grausamkeit gezeichnet waren, so daß Vivaldi solchen Anblick nicht lange ertrug und die Augen abwandte.

Vor den Schranken des Tribunals erkannte er Schedoni, ohne indes die leiseste Ahnung zu haben, daß er in diesem Verbrecher, den man hierhergebracht, Rede und Antwort zu stehen für die Verübung von Bruder- und Gattenmord – daß er in ihm den Vater von Ellena di Rosalba erblickte!

Unweit von Schedoni saß der Bußpriester Ansaldo. Dann kamen der Priester aus Rom, welcher als ein Hauptzeuge fungieren sollte, und der Pater Nicola di Zampari, bei dessen Anblick Vivaldi noch immer etwas von jenem Grauen fühlte, das er vordem empfunden, als er fast schon geneigt gewesen, den Fremden nicht für einen sterblichen Menschen, sondern für ein überirdisches Wesen anzusehn. Noch immer lag ja der nämliche finstre und unbeschreibliche Ausdruck auf Antlitz wie Gehaben des Mönches, so daß Vivaldi nicht umhin konnte zu glauben, er werde über solche Person noch die ungewöhnlichsten Enthüllungen vernehmen.

Erst als man sämtliche Zeugen aufrief, erkannte der Jüngling, daß auch er als Zeuge geführt wurde, wiewohl er einzig die Aussage des Pater Nicola bestätigt hatte, was ja, da Nicola der Verhandlung persönlich beiwohnte, für das Tribunal von keinerlei Gewicht mehr sein konnte.

Sobald auch Vivaldi auf seinen Namensaufruf geantwortet hatte, ertönte urplötzlich aus einer entlegnen Ecke des Saals eine Stimme und schrie: »Dort steht ja mein Herr – mein *teurer* Herr und Gebieter!« Sich herumwendend, erblickte der Jüngling den treuen Paolo im Handgemenge mit dessen Wächter. Vivaldi rief ihm zu, er möge doch Ruhe geben und sich nicht länger zur Wehr setzen, doch war solche Mahnung lediglich dazu gut, des Dieners Anstrengungen zu verdoppeln, denn schon im nächsten Augenblick riß er sich aus dem Griff des Offizialen los, stürzte auf Vivaldi zu, sank dem Jüngling zu Füßen, umklammerte schluchzend dessen Knie und rief: »Oh mein Herr! Mein Gebieter! Hab' ich Euch nicht doch noch aufgespürt?«

Vivaldi, durch solches Wiedersehen nicht minder bewegt, brachte zunächst kein Wort hervor. Dennoch wollte er den ihm so innig zugetanen Diener zu sich emporziehen und umarmen, doch Paolo, noch immer schluchzend und des Jünglings Knie umklammert haltend, war so aufgeregt, daß er kein Wort von dem verstand, was man ihm sagte, und beantwortete Vivaldis freundlichen Zuspruch und dessen sanfte Vorhaltungen, als vermeinte er noch immer, die Offizialen wollten ihn von seinem Herrn hinwegreißen.

»Denk doch daran, wo du dich befindest, Paolo!« mahnte der Jüngling. »Und blick doch auch auf meine Lage – laß dich nicht zu Unbedachtsamkeiten hinreißen!«

»Ihr bringt mich von hier nicht mehr weg!« schrie Paolo. »Mein Leben könnt ihr mir nur einmal nehmen – und muß ich schon sterben, soll es hier geschehn!«

»So faß dich doch, Paolo – nimm dich zusammen! Dein Leben ist ja ganz gewiß nicht in Gefahr!«

Paolo jedoch, aufblickend und abermals in leidenschaftlichen Tränenstrom ausbrechend, wiederholte nur in einem fort: »Oh! Mein Herr! Mein Gebieter! Wo habt Ihr nur die ganze Zeit gesteckt? Ist's denn wirklich wahr, daß Ihr am Leben seid? Ich glaubte schon, ich würd' Euch niemals wiedersehn! Wohl hundertmal hat mir geträumt, Ihr wäret schon tot und unter der Erde! Und ich hab' mir gewünscht, mit Euch tot und begraben zu sein. Hab' ja gedacht, Ihr wäret schon aus dieser Welt hinüber in die andere gegangen, und hab' gefürchtet, Ihr wäret nun im Himmel, so daß wir einander in Ewigkeit nicht wiedersehen würden! Jetzt aber hab' ich Euch vor Augen und weiß, daß Ihr am Leben seid! Oh, mein Herr! Mein Gebieter!«

Als aber die Beamten, welche Paolo gefolgt waren, ihn zurückzureißen versuchten, geriet er in Wut.

»So tut das Ärgste lieber gleich«, rief er, »denn es wird Euch schwer werden, mich von hier wegzubringen – so wärt Ihr's besser zufrieden, mich an Ort und Stelle umzubringen!«

Schon trafen die aufgebrachten Offizialen Anstalten, Gewalt anzuwenden, als Vivaldi sich ins Mittel legte. »Ich bitt' euch, ja ich fleh' euch an«, so sprach er, »laßt ihn hier in meiner Nähe!

»Dies ist unmöglich«, versetzte der eine Beamte. »Wir nehmen's nicht auf unsre Kappe!«

»Ich versprech' euch, daß er kein weitres Wort mehr sagen wird, auch nicht zu mir, wenn ihr ihn hier in meiner Nähe laßt!« fügte Vivaldi hinzu.

»Ich – und kein Wort zu Euch reden, Herr!« rief da Paolo. »Wo ich doch bei Euch bleiben und so lange mit Euch sprechen will, wie's mir gefällt, ja bis zu meinem letzten Schnaufer? So laßt sie lieber das Schlimmste gleich besorgen! Ich spuck' auf sie und auf all die Teufel von Inquisitoren in ihrem Gefolge – mich bringt hier keiner weg! Ich kann nur einmal sterben, und sie mögen's zufrieden sein – was wär' da weiter noch zu fürchten? Indes, kein Wort zu reden! ...«

»Er weiß ja gar nicht, was er spricht«, sagte Vivaldi zu den Offizialen, während er versuchte, Paolos Redestrom mit der Hand zu dämpfen. »Ich bin gewiß, daß er alles tun wird, was ich von ihm verlange, und daß er still sein wird! Und wenn er ab und zu doch etwas sagen sollte, so wird's im Flüstertone sein!«

»Im Flüstertone!« wiederholte einer der Beamten hämisch. »Glaubt Ihr denn wirklich und wahrhaftig, Signor, daß irgend jemand hier im Flüsterton sich unterhalten darf?«

»Im Flüsterton!« schrie da Paolo. »Ich spuck' auf euren Flüsterton! Ich will so laut und so vernehmlich reden, daß jedes meiner Worte den alten, schwarzen Teufeln dort auf ihren Bänken in den Ohren gellen soll – ja wohl, und auch den andern dort auf ihrer Marktschreierbühne, wie sie droben hocken und so grimmig dreinsehn, als wollten sie uns schon zu Stücken reißen! Sie sollen –«

»So schweig doch endlich still!« gebot Vivaldi mit Nachdruck. »Paolo, ich befehle dir, den Mund zu halten!«

»Sie sollen's nur wissen, was ich von ihnen halte!« schrie Paolo weiter, ohne auf seines Herrn Gebot zu achten. »Ich will ihnen vor Augen halten, was sie drüben zu erwarten haben für all die Grausamkeit, mit der sie meinen armen Herrn behandelt haben! Was die wohl glauben, wohin sie nach dem Tode kommen werden – wiewohl, was das betrifft, so kann es dort nicht ärger sein als hier, und dies, so glaub' ich, ist's recht eigentlich, was sie so unbesorgt sein läßt ob ihrer Schlechtigkeit! So sollen sie zum wenigsten die schlichte Wahrheit hören, einmal in ihrem Leben, ein einzig Mal nur, soll's ihnen in den Ohren gellen!«

Während der gesamten Dauer dieser Philippika hatte Vivaldi, in Sorge ob der Folgen solch unbedachten, wenngleich ehrenhaften Entrüstungssturmes, mit allen Mitteln getrachtet, den Schreier zum Schweigen zu bringen, und ward noch tiefer beunruhigt, da die Offizialen keinen weitern Versuch machten, Paolos Redestrom zu zügeln – eine Unterlassung, die Vivaldi der Böswilligkeit zuschrieb sowie dem Wunsche, Paolo möge sich nur immer tiefer in die Schuld hineinreden. Doch schließlich gelang's dem Jüngling, sich Gehör zu verschaffen.

»Paolo, ich *fleh' dich an*«, sagte er.

Sogleich hielt der Diener inne.

»Paolo«, sprach Vivaldi ernst. »Hast du deinen Herrn gewißlich gern?«

»Ich – und meinen Herrn nicht gernhaben!« rief da Paolo erbost, indem er Vivaldi nicht weiter zu Worte kommen ließ. »Bin ich denn nicht durchs Feuer für ihn gegangen? Oder – was genau so gut ist, hab' ich mich nicht hierhergesetzt in die Inquisition, und alles nur um meines Herren willen? Und muß mich fragen lassen ›Hast du deinen Herrn gewißlich gern‹! Wenn Ihr annehmt, Signor, daß es etwas andres denn die Sorge um Euch gewesen, was mich hierher in dies abscheuliche Dreckloch gebracht hat, so seid Ihr wahrlich auf dem Holzweg! Allein, wenn man mir erst den Garaus gemacht hat, was ja wohl nicht lange auf sich warten lassen wird, so werdet Ihr vielleicht ein wenig besser von mir denken und nimmer glauben, ich sei zu meiner Kurzweil hierhergekommen!«

»Dies mag ja alles richtig sein, Paolo«, versetzte der Jüngling kühl, während er in Wahrheit den heißen Tränen kaum gebieten konnte. »Doch ist dein unverzüglicher Gehorsam das einzige Mittel, mich von der Aufrichtigkeit deiner Beteuerungen zu überzeugen. Nochmals, ich *fleh' dich an*, den Mund zu halten!«

»Mich anflehn?« rief Paolo da. »Oh, mein Gebieter! Was hab' ich nur getan, daß Ihr auf solche Weise mit mir redet? *Mich anflehn!*«, wiederholte er schluchzend.

»So willst du mir diesen Beweis deiner Zuneigung geben?« frug Vivaldi.

»Gebraucht solch herzbrechendes Wort nicht zum andernmal, Signor!« versetzte Paolo, während er die Tränen von den Wangen schüttelte. »Ich will ja alles tun, was Ihr begehrt!«

»So beugst du dich meinem Verlangen, Paolo?«

»Ganz recht, Signor, und wenn – und wenn ich vor jenem Teufel von Inquisitor dort drüben einen Fußfall tun soll!«

»Was ich von dir will, ist einzig, daß du den Mund hältst«, erwiderte Vivaldi. »Tust du dies, so wird man dir verstatten, hier bei mir zu bleiben.«

»Mit tausend Freuden, Signor! So werd' ich denn tun, wie Ihr mich geheißen, und nur eben noch sagen, daß –«

»Keine Silbe mehr, Paolo!« fiel Vivaldi ihm ins Wort.

»– eben noch sagen, Signor –«

»Kein Wort mehr – ich fleh' dich an!« wiederholte

der Jüngling. »Oder man wird dich sogleich von hier entfernen!«

»Dies hängt nicht von seinem Schweigen ab«, sagte nun einer der Offizialen, die bisher so aufmerksam gelauscht hatten. »Er muß hier weg, und dies ohne weitern Verzug!«

»Wie! Nachdem ich versprochen, den Mund nimmer aufzutun?« rief Paolo. »Und jetzt maßt ihr euch an, eure Zusage zu brechen?«

»Dies ist so wenig Anmaßung, wie's eine Zusage gibt«, erwiderte der andere schroff. »Gehorcht – oder es wird um so schlimmer für Euch!«

Die Offizialen waren nun schon recht erbost, und auch Paolo geriet immer mehr in Hitze und schlug gehörigen Lärm, bis solcher Aufruhr schließlich bis zum Tribunal am andern Saalende hinüberdrang. Nachdem man Stille geboten, ward nach dem Grunde solcher Konfusion geforscht und in der Folge Anweisung gegeben, daß Paolo von Vivaldi getrennt werde. Da jedoch der Diener sich im Momente nichts Ärgeres vorstellen konnte, machte er aus seiner Weigerung auch vor dem Tribunal kein Hehl und protestierte so unverblümt wie er's vor den Offizialen auch schon getan.

Schließlich, nach vielem Hin und Her, ward eine Art Vergleich geschlossen und dem Diener, nachdem Vivaldi ihn notdürftig zur Räson gebracht, verstattet, in einigem Abstand von seinem Herrn Aufstellung zu nehmen.

Bald danach wurde das Verfahren eröffnet. Der Bußpriester Ansaldo und Pater Nicola traten als Zeugen auf, und ebenso jener römische Priester, welcher bei der Ablegung von des sterbenden Meuchelmörders Geständnis zugegen gewesen. Man hatte ihn schon unter Ausschluß der andern befragt, und er hatte in Ansehung der Echtheit des von Nicola vorgelegten Papieres eine klare und glaubhafte Aussage gemacht. Auch waren weitere Zeugen, die Schedoni gewißlich nicht zu sehen erwartete, unter Strafandrohung vorgeladen worden.

Das Gehaben des Beichtigers, als er den Gerichtssaal betrat, wirkte gesammelt und fest. Auch das Erscheinen des römischen Priesters änderte nichts an dieser Haltung. Als aber ein weiterer Zeuge auftrat, schien Schedonis Zuversicht ins Wanken zu geraten. Vor Ablegung dieser Aussage ward jedoch die Niederschrift des Meuchelmörders verlesen, darin aufs prägnanteste jene wichtigsten Fakten wiedergegeben waren, welche im folgenden ein wenig ausführlicher geschildert sind.

Allem Anscheine nach hatte um das Jahr 1742 der verstorbne Conte di Bruno eine von seinem Bruder, dem jetzigen Beichtiger, seit langem erwartete Reise nach Griechenland angetreten, welche der letztere für seine Zwecke zu nutzen gedacht. Obwohl's zunächst seine verbrecherische Leidenschaft gewesen, welche Schedonis finstrem Sinn den grausamen Plan eingegeben, des Bruders Leben zu vernichten, hatten doch auch viele andre Umstände und Erwägungen zusammengewirkt, ehe er sich veranlaßt gefühlt, zur Tat zu schreiten. Einer jener Umstände war das Verhalten des defunkten Conte gegen Schedoni: durch dies Verhalten hatte der Graf, wie vernünftig er auch den eigensüchtigen Vergnügungen des Bruders Einhalt gebot und dessen Halsstarrigkeit tadelte, sich den eingefleischten Haß des also Zurechtgewiesnen zugezogen. Schedoni als der jüngere Bruder trug zu jener Zeit den Titel eines Conte di Marinella und hatte sein kleines, väterliches Erbteil schon in sehr jungen Jahren durchgebracht. Doch statt durch Schaden klug geworden zu sein, war er durch solchen Verlust auch noch der Falschheit verfallen und hatte voll Eifer getrachtet, weiterhin den nämlichen, extravaganten Vergnügungen frönen zu können, denen er seine mißliche Lage recht eigentlich hätte zuschreiben müssen. Der Conte di Bruno aber, wiewohl von recht bescheidnem Vermögen, war seinem mißratenen Bruder zu wiederholten Malen mit Zuwendungen beigesprungen, bis er einsehen gemußt, daß dieser unverbesserlich blieb, und daß die so mühselig ersparten Summen bedenkenlos und aufs leichtfertigste von Marinella verschwendet wurden, statt daß derselbe sie sparsam und vorsorglich verwaltet hätte! So stellte der Conte schließlich alle weiteren Zahlungen ein und beschränkte seine Unterstützung auf das unbedingt notwendige Maß.

Es mag für jeden redlich Denkenden nicht leicht sein, zu glauben, daß solch vernünftiges Handeln in irgend jemandes Busen Haß zu entfachen, oder daß die Macht der Eigensucht jedwedes Verständnis so weit zu entstellen vermöchte, auf den leiblichen Bruder voll Abscheu zu blicken, bloß weil derselbe nicht willens gewesen, sich selber zu ruinieren, damit Marinella, den wir hier aber weiterhin Schedoni nennen wollen, in Saus und Braus leben könne! Und doch ist's ausgemacht, daß Schedoni, welcher in den weisen Vorkehrungen di Brunos nichts denn Gemeinheit und kalte Herzlosigkeit erblickte, ebenso sehr vom Verstande wie von der Leidenschaft her unter seinen Rachegefühlen litt, und dies, wiewohl die dem Bruder unterstellte Gemeinheit und Herzlosigkeit dessen Charakter gar nicht zugehörten, sondern zur Gänze Abspiegelungen von Schedonis eigener Schlechtigkeit waren.

Die solchermaßen ausgelöste Erbitterung ward geschürt durch zahllose Begleitumstände und zur schließlichen Reife gebracht durch Mißgunst und Neid, diese übelsten Leidenschaften des menschlichen Herzens. Einzig der Neid in Ansehung von di Brunos häuslichem Frieden, seiner unbelasteten Güter und seiner bezaubernden Gemahlin war es, welcher Schedoni zur Verübung jener Untat verführte, die dem Übeltäter die Segnungen seines Opfers einbringen sollte. Spalatro, zu solchem Zwecke gedungen, war Schedoni ja zu gut bekannt, als daß dieser hätte fürchten müssen, einem Manne die Ausführung eines Verbrechens anzuvertrauen, welches derselbe sich mit einem einfachen Obdach an der einsamsten Adriaküste und einer bescheidenen Pfründe abgelten ließ. Damals hatte Schedoni für Spalatro jenes verfallene Haus erworben, wohin man Ellena gebracht, als solche Abgelegenheit den Plänen des Beichtigers zustatten gekommen.

Schedoni, stets über di Brunos Schritte unterrichtet, ließ Spalatro von Zeit zu Zeit Nachricht über des Bruders genauen Aufenthalt zukommen, und so kam's, daß di Bruno, sobald er auf der Heimreise die Adria von Ragusa nach Manfredonia überquert hatte, in den Garganus-Wäldern von Spalatro und dessen Spießgesellen überfallen ward. Die beiden feuerten aus einem Hinterhalte auf den Ahnungslosen und dessen Begleitung, welche bloß aus einem Kammerdiener und dem einheimischen Führer bestand. Wohlverborgen im Waldesdikkicht, konnten die Mordbuben ihren Angriff getrost wiederholen. Ihre Schüsse hatten freilich nicht sogleich den gewünschten Erfolg, und der Angegriffne sah sich nach seinen Widersachern um und war schon bereit, sich seiner Haut zu wehren, als die beständig aus dem Hinterhalte pfeifenden Kugeln ihn und den Diener zu Boden streckten, wo die beiden, aus vielen Wunden blutend, ihr Leben aushauchten. Ihrem Führer aber gelang's, das Weite zu suchen.

Die unseligen Reisenden wurden von ihren Mördern an Ort und Stelle verscharrt. Doch ob nun der Argwohn, welcher jedes schuldbeladne Gewissen plagt, Spalatro gegen jeden möglichen Verrat des Mordgenossen auf der Hut sein ließ, oder ob sonstige Beweggründe den Schurken leiteten, jedenfalls kehrte er allein in den Wald zurück, grub im Schutze der Nacht seine Opfer aus und schaffte die Leichname in sein Haus, woselbst er sie in einer unterm Fußboden vorbereiteten Grube verschwinden ließ, um dergestalt jeden Beweis aus der Welt zu schaffen für den Fall, daß sein Spießgeselle den Behörden doch noch die Stelle verriete, an der er mitgeholfen, die zerfleischten Reste des Conte di Bruno zu vergraben.

Inzwischen erfand Schedoni eine glaubhafte Geschichte vom Schiffbruch seines Bruders auf den Wogen des adriatischen Meers sowie vom Untergang der gesamten Besatzung, und da einzig die beiden Mordbuben um die wahre Ursache jenes Todes wußten, der Führer wie die Bewohner jenes Städtchens, durch das man nach der Landung gekommen, aber nicht einmal den Namen di Bruno zu Ohren bekommen hatten, stand nicht zu befürchten, daß die erfundne Geschichte durch irgend etwas widerlegt werden könnte. Vielmehr ward sie allgemein geglaubt, ja vielleicht nicht einmal von der Witwe des Ermordeten bezweifelt. Und waren ihr nach der erzwungenen Heirat mit Schedoni doch noch Bedenken aufgestiegen, so mochten dieselben allzu vage gewesen sein, als daß sie ernstere Folgen hätten nach sich ziehen können.

Während der Verlesung von Spalatros Schuldbekenntnis, und namentlich gegen dessen Ende, konnte Schedoni seine Bestürzung und Angst nicht mehr verbergen. Nicht zum wenigsten verwunderte ihn ja, daß Spalatro ausgerechnet nach Rom gekommen war, um solches Bekenntnis abzulegen, doch weitre Erwägungen brachten den Beichtiger dazu, den wahren Sachverhalt zu folgern.

Spalatro hatte dem römischen Priester als Beweggrund für seine Reise angegeben, er habe dieselbe, da er jetzt erst dahintergekommen sei, daß Schedoni in Rom wohne, in der Absicht unternommen, sein Gewissen durch die Preisgabe der eignen Verbrechen sowie der Untaten des Beichtigers zu erleichtern. Dies entsprach jedoch nicht unbedingt den Tatsachen. Spalatros Plan war's ja gewesen, von dem schuldbeladnen Schedoni Geld zu erpressen – ein Vorhaben, vor welchem, wie vor allen anderen üblen Folgen, der Beichtiger sich zu schützen geglaubt, indem er den Spießgesellen in Ansehung des eigenen Wohnortes irregeleitet hatte, freilich ohne vorauszusehen, daß eben jene Kriegslist, welche den Widersacher in Rom anstatt zu Neapel nach ihm suchen lassen gesollt, sich zu dem eigentlichen Mittel wandeln werde, durch das die eignen Übeltaten nun doch noch offenbar wurden.

Spalatro war Schedoni bis zu jenem Städtchen gefolgt, darin der Beichtiger auf seiner Reise die erste Nacht verbracht hatte. Dort hatte er die Reisegesellschaft überholt und war schon vor ihr in der Villa di Cambrusca eingetroffen, in deren Ruinen er beim Anblick des nachkommenden Schedoni Deckung gesucht. Der nämliche Beweggrund, welcher Spalatro schon früher veranlaßt hatte, sich zu verbergen, hatte aber in dem Beichtiger den Argwohn geweckt – und tat dies noch jetzt –, der andre trachte ihm nach dem Leben, so daß Schedoni, indem er Spalatro verwundete, sich vor einem Mörder zu retten geglaubt. Doch war jene Wunde nicht schwer genug gewesen, Spalatro von dessen Weg nach Rom abzuhalten, den er in jener Stadt eingeschlagen hatte, wo die sich gabelnde Straße seinen Auftraggeber nach Neapel geführt.

Die Erschöpfung nach dem langen, hauptsächlich zu Fuß zurückgelegten Marsche, noch dazu in Spalatros blessiertem Zustand, hatte ein hitziges Fieber nach sich gezogen, welches der Reise wie dem Leben des Schurken ein Ende setzte. So hatte er in der Sterbestunde sein Gewissen durch ein rückhaltloses Schuldbekenntnis erleichtert. Der Priester aber, den man zu ihm gerufen, ward beunruhigt durch die Bedeutsamkeit solcher Beichte, welche ja auch die Schuld eines noch immer Lebenden einschloß, und hatte einen Zeugen zu deren Niederschrift beigezogen. Dieser Zeuge aber war niemand andrer denn Pater Nicola, der frühere Busenfreund Schedonis, welcher mit Freuden jede Enthüllung wahrnahm, die geeignet schien, zur Bestrafung eines Menschen zu führen, von dem er unerachtet aller Versprechungen immer wieder aufs schwerste enttäuscht worden war.

Nun erst erkannte Schedoni, daß all seine Anschläge gegen Spalatro ins Leere gegangen waren, wiewohl er noch viel weiter gedacht hatte, als bis jetzt hier offenbar geworden ist: denken wir nur daran, daß er ja seinem einheimischen Führer beim Abschied ein Stilett ausgehändigt, auf daß dieser sich gegen einen Angriff Spalatros besser zur Wehr setzen könne, falls er demselben unterwegs in die Hände laufen sollte. Nun war aber die Dolchspitze in ein Gift getaucht, so daß schon ein Hautritz zum alsbaldigen Tod geführt hätte. Schon seit vielen Jahren hatte Schedoni aus Gründen, die nur ihm selber bekannt waren, solch vergiftete Waffe heimlich mit sich geführt, und so hoffte er, daß, im Falle Spalatro und der

Führer aufeinandertreffen würden, so daß der letztere gezwungen wäre, sich seiner Haut zu wehren, dies Stilett dem Leben des Komplizen ein Ende machen und dergestalt auch die letzte Möglichkeit einer Entdeckung beseitigen werde, da ja der zweite Mordbube schon seit Jahren das Zeitliche gesegnet hatte. Solcher Plan war aber in jedem Punkte fehlgeschlagen, denn der einheimische Führer hatte Spalatro nicht einmal von fern zu Gesicht bekommen. Ehe er aber zu Hause eintraf, verlor er zu seinem Glück das verderbenbringende Stilett, von dem der Beichtiger im Hinblick auf des Mannes Vertrautheit mit etwelchen, die Übeltaten Schedonis betreffenden Umständen gewünscht, der Mann hätt' es behalten, da ja beim Gebrauch der Waffe die Möglichkeit einer Selbstverletzung bestand. Doch war der Dolch mangels einer geeigneten Befestigung dem Manne entglitten und von den Wassern jenes Gebirgsbaches, den dieser soeben zu überschreiten im Begriff gewesen, hinweggeschwemmt worden.

War aber Schedoni schon bei dem Bekenntnis des Meuchelmörders zutiefst erschrocken, so wuchs seine Herzensangst noch um ein Erkleckliches, als ein weiterer Zeuge vor die Schranken des Tribunals trat, und er in diesem einen ehemaligen Domestiken seines Hauses erkennen mußte! Der Mann erkannte Schedoni zweifelsfrei als Ferando Conte di Bruno, dessen Diener er nach dem Tode des älteren Bruders geworden war. Und nicht nur Schedonis wahre Person enthüllte dieser Zeuge, sondern auch die Umstände, welche zum Tode der Contessa geführt hatten: Giovanni erklärte ja, einer der Diener gewesen zu sein, welche mitgeholfen, die Dame auf ihr Zimmer zu schaffen, nachdem Schedonis Dolch sie getroffen hatte, und in der Folge auch den Begräbnisfeierlichkeiten in der Kirche von Santa del Miracoli, jenem nahe dem letzten Domizile des Hauses di Bruno gelegnen Konvente, beigewohnt zu haben. Ferner bekräftigte er, die Ärzte hätten den Tod der Contessa jener empfangenen Stichwunde zugeschrieben, und legte auch Zeugnis ab für die Flucht seines damaligen Gebieters, sagend, daß dieselbe gleich nach der Ermordung, doch noch vor dem Tode des Opfers erfolgt sei, und daß der Geflohene sich seit jenem Tage nie mehr auf seinen Besitzungen gezeigt habe.

Einer der Inquisitoren fragte nunmehr, ob denn von den Anverwandten der Verstorbnen gar keine Schritte zur Dingfestmachung des Conte unternommen worden wären?

Daraufhin gab der Zeuge zur Antwort, es sei sehr lange nach dem Entflohenen geforscht worden, doch habe derselbe alle Entdeckung vermieden, so daß in jener Sache keine weitern Schritte hätten unternommen werden können. Solche Antwort aber befriedigte das Gericht ganz offenbar nur wenig, denn das Tribunal hüllte sich in Schweigen und schien unschlüssig zu sein, bis der Generalvikar sich an den Zeugen wandte und frug:

»Wie könnt Ihr so gewiß sein, daß derjenige, welcher nun vor Euch steht und sich Pater Schedoni nennt, in Wahrheit Euer ehemaliger Gebieter, der Conte di Bruno ist, wenn Ihr ihn doch während der von Euch erwähnten langen Reihe von Jahren niemals wieder zu Gesicht bekommen habt?«

Daraufhin antwortete Giovanni ohne zu zögern, daß er, wiewohl die Jahre an den Zügen des Conte durchaus nicht spurlos vorübergegangen, dieselben dennoch auf den ersten Blick wiedererkannt habe. Und nicht nur die des Gebieters, nein, auch diejenigen des Bußpriesters Ansaldo, wenn auch dessen Erscheinung nicht minder stark durch den Hingang der Zeit und die kirchliche Gewandung verändert worden sei.

Dennoch, der Generalvikar schien noch immer seine Zweifel zu hegen, bis Ansaldo auf Befragen erklärte, er entsinne sich, den Zeugen als Diener im Hause des Conte gesehen zu haben, wenngleich er diesen selber nicht wiederzuerkennen vermöge.

Der Großinquisitor warf nun ein, es sei schon recht ungewöhnlich, daß der Pater sich der Züge eines Dieners entsinne, nicht aber derjenigen des Gebieters, mit dem er auf vertrautem Fuße gestanden! Dem hielt Ansaldo entgegen, daß wohl die stärkeren Leidenschaften Schedonis sowie dessen besondere Lebensweise einen größeren Wandel in seinem Gesicht bewirkt haben könnten, als die Veranlagung und das Leben des Dieners es auf des Letzteren Zügen getan.

Nicht ohne Grund war Schedoni tief erschrocken beim Auftreten dieses Dieners: dessen weiteres Zeugnis brachte ja so große Klarheit in etwelche Punkte des Beweisverfahrens, daß das Tribunal Schedoni für schuldig erkannte, den gräflichen Bruder ermordet zu haben. Und da dieser erste Anklagepunkt durchaus für ein Todesurteil hinreichte, verzichtete man auf den zweiten, welcher die Ermordung der Contessa zum Gegenstand hatte.

Die Anzeichen der Erregung, welche Schedoni beim Erscheinen des letzten Zeugen und während dessen Aussage verraten hatte, wichen indes, sobald des Beichtigers Schicksal gewiß war, so daß, als der schreckliche Urteilsspruch erfolgte, dem Angeklagten keinerlei Wirkung mehr anzumerken war. Von jenem Augenblicke an verließen ihn seine Festigkeit oder auch Hartgesottenheit nicht mehr.

Vivaldi, welcher bei dem Urteil zugegen gewesen, schien viel tiefer davon betroffen zu sein als der Verurteilte selber, denn wiewohl das Weitergeben von Pater Nicolas Gebot, welches schließlich zur Aufdeckung von Schedonis Verbrechen geführt, ganz ohne Entscheidungsfreiheit erfolgt war, fühlte der Jüngling sich ebenso elend, als hätte er aus freien Stücken einen Mitmenschen ans Messer geliefert. Was aber wären erst seine Gefühle gewesen, wenn man ihm gesagt hätte, der soeben zum Tode verurteilte Schedoni sei Ellena di Rosalbas Vater! Indes, wie immer solche Gefühle beschaffen sein mochten – er sollte sie nur zu bald verspüren müssen! Nämlich, noch bei diesem letzten Auftritte kam eine der stärksten Leidenschaften Schedonis zum Durchbruch: als er, von den Schranken des Tribunals zurücktretend, nahe an Vivaldi vorüberschritt, raunte er ihm diese wenigen Worte zu: »In mir hast du den Vater von Ellena di Rosalba ermordet!«

Er hatte dies nicht etwa in der Hoffnung gesagt, durch die Intervention Vivaldis, der ja selber Häftling war, eine Milderung des gefällten Inquisitionsurteils zu erreichen, sondern bloß in der Absicht, Rache zu nehmen für ein Unheil, das durch Vivaldis Aussage über ihn gekommen war, und um dem Jüngling jene besonderen Qualen zu bereiten, die solche Mitteilung hervorrufen mußte. Dies gelang ihm nur zu wohl.

Fürs erste freilich hielt Vivaldi des Beichtigers Äußerung bloß für die verzweifelte Behauptung eines Menschen, der eine letzte Möglichkeit sieht, der ganzen Schwere des Rechtes doch noch entgehen zu können. Dennoch, bei der Erwähnung von Ellenas Namen ließ er alle Vorsicht außer acht und suchte mit lauter Stimme der Geliebten gegenwärtige Lage zu erfragen. Schedoni aber, mit einem gräßlichen Grinsen aus Triumph und aus Hohn, schritt wortlos weiter, bis Vivaldi, nicht länger fähig, solche Ungewißheit zu ertragen, das Tribunal um die Verstattung bat, einige Worte mit dem Verurteilten wechseln zu dürfen. Diesem Verlangen ward nur höchst widerwillig und unter der Bedingung stattgegeben, daß solches Gespräch vor aller Ohren geführt werde.

Auf Vivaldis Fragen in Ansehung von Ellenas gegenwärtiger Lage versetzte Schedoni indes nur, das Mädchen sei seine Tochter, und wiewohl der Ernst solch wiederholt abgegebner Beteuerung den Jüngling nicht zu überzeugen vermochte, reichte die Antwort doch hin, ihn mit den qualvollsten Zweifeln und Befürchtungen zu erfüllen. Sobald aber der Beichtiger, welcher es für klüger hielt, im Interesse der eignen Familie Ellenas Aufenthaltsort vor Vivaldi preiszugeben, dies unter Hintansetzung seiner Rachegelüste tat und das Kloster *Santa della Pietà* als des Mädchens derzeitiges Refugium namhaft machte, überwog die Freude ob solcher Nachricht eine Zeitlang sämtliche andern Erwägungen des Fragers.

Es waren die Offizialen, welche dem Gespräch alsbald ein Ende machten. Sie führten Schedoni in seine Zelle, und wenig später wurde auch Vivaldi in seinen alten Gewahrsam zurückbeordert.

Paolo aber geriet neuerlich in Hitze, als man ihn von seinem Herrn und Meister trennen wollte, bis der Letztere, nachdem das Tribunal seine Bitte, man möge dem Diener doch gestatten, seinem Gebieter in dessen Zelle zu folgen, rundweg abgeschlagen, die Heftigkeit solcher Verzweiflungsausbrüche zu dämpfen suchte. Paolo fiel seinem Herrn zu Füßen und vergoß heiße Tränen, beklagte sich aber nicht länger. Als er sich schließlich erhob, heftete er den Blick schweigend auf Vivaldi, und seine Augen schienen zu sagen, »Mein teurer Gebieter! Nun werd' ich Euch nimmer wiedersehn!« Und fuhr fort, mit dermaßen traurigem Ausdruck auf seinen jungen Brotherrn zu starren, bis derselbe den Saal verlassen hatte.

Unerachtet der mannigfachen Ursachen seines gegenwärtigen Elends konnte Vivaldi den jämmerlichen Blick des armen Teufels nicht ertragen und wandte die Augen ab. Doch immer wieder, mit jedem weitern Schritt, mußt' er nach dem treuen Diener hinsehn, bis die sich schließenden Torflügel denselben aller weitern Sicht entrückten.

Nach dem Verlassen des Saales suchte Vivaldi, wie hoffnungslos dies auch sein mochte, sich bei den Offizialen zu Paolos Gunsten ins Mittel zu legen, indem er sie bat, sie mögen mit des Dieners Wächtern sprechen und dieselben bewegen, ihrem Gefangenen jede mögliche Erleichtrung zu gewähren.

»Es kann ihm keinerlei Erleichterung verstattet werden«, versetzte der eine, »mit Ausnahme von Wasser und Brot sowie der Freiheit, in der Zelle auf und ab gehen zu dürfen.«

»Keinerlei *andre?*« rief Vivaldi da.

»Keine!« wiederholte der Offizial. »Dieser Gefangne hat einen seiner Wächter ohnedem schon an den Rand der ärgsten Verlegenheit gebracht, da er ihn auf irgendwelche Weise zu überreden vermocht, ihm eine Kerze sowie Feder und Tinte zu überlassen. Doch ist man zum Glück rechtzeitig dahintergekommen, so daß kein Schaden angerichtet wurde.«

»Und was ist aus dem redlichen Burschen geworden?« forschte Vivaldi.

»Redlich, sagt Ihr? Nun, gar so redlich kann er nicht gewesen sein, Signor, da er doch seiner Pflichten so sträflich vergessen gekonnt!«

»So hat man ihn bestraft?«

»Mitnichten, Signor«, versetzte der Mann und blickte den langen Gang zurück, ob man ihn bei solch verbotenem Gespräch nicht etwa beobachten könne. »Mitnichten, Signor, er ist ja noch ein halbes Kind, und so ließen sie's ihm dies eine Mal noch durchgehen und haben ihm einen Gefangenen anvertraut, der nicht so sehr von Schwatzhaftigkeit und Überredung geplagt ist.«

»Vielleicht hat Paolo ihn bloß erheitern wollen?« gab Vivaldi zu bedenken. »Worin bestand denn jene Überredung, von der Ihr mir da sprecht?«

»Erheitern wollen, sagt Ihr, Signor? Mitnichten – zum Weinen hat er ihn gebracht, und das ist um nichts besser gewesen!«

»In der Tat?« versetzte Vivaldi. »So kann jener Bursche wohl erst seit kurzem bei diesem Geschäft gewesen sein!«

»Erst seit etwa einem Monat, Signor.«

»Aber die Überredung, von der Ihr gesprochen!« beharrte Vivaldi. »Worin hat sie bestanden – in einem Dukaten vielleicht?«

»Was Dukaten!» rief der Mann da aus. »Keine Rede! Nicht einmal in einem *Paolo!*«

»Seid Ihr dessen *wirklich* so sicher?« rief Vivaldi scharf.

»Und wie, Signor, und wie! Der Bursche sieht sein Lebtag nicht nach einem Dukaten aus!«

»Nun denn, vielleicht aber sein Herr«, bemerkte Vivaldi mit gedämpfter Stimme und ließ etwelche Münzen in des andern Hand gleiten.

Der Beamte erwiderte nichts, steckte das Geld aber zu sich, und keiner mehr sagte ein Wort.

Vivaldi hatte diese Bestechung einzig um des Dieners willen vollzogen, nicht aber im Hinblick auf die eigne Person, denn die Zwangslage, in der er sich befand, bildete nicht länger den Gegenstand seiner Besorgnis. Was sein Gemüt gegenwärtig so sehr beunruhigte, waren recht gegensätzliche Empfindungen, nämlich einerseits die Freude, welche das Wissen um Ellenas Geborgenheit ihm verursachte, und zum andern der entsetzliche Argwohn, den Schedonis vorgebliche Verwandtschaft in ihm ausgelöst. Daß seine Ellena die Tochter eines Meuchelmörders sein, daß ihr Vater einen schimpflichen Tod erleiden, ja daß Vivaldi selber, wenn auch unwissentlich, zu solchem Ende beigetragen haben sollte – dies waren Erwägungen, zu schrecklich fast, als daß man sie ertragen hätte können! So suchte der Jüngling sich davon freizumachen durch die mannigfachsten Mutmaßungen im Hinblick auf die Beweggründe, welche Schedoni veranlaßt haben mochten, in diesem Punkte eine Lüge von sich zu geben. Doch wie man's auch besah – es blieb einzig die Rachsucht als ein glaubhafter Grund, und auch dieser verlor an Stichhaltigkeit, sobald der Jüngling in Betracht zog, daß der Beichtiger ihm ja beteuert hatte, Ellena befinde sich außer Gefahr und in Sicherheit, eine Beteuerung, zu der, so glaubte der mit Schedonis eigensüchtigen Motiven unvertraute Vivaldi, der Mönch sich nicht herbeigelassen hätte, falls seine Absichten schlechtweg bösartige gewesen wären. Doch lag's ja immerhin im Bereiche der Möglichkeit, daß solche Nachricht, auf der nun Vivaldis ganzer Trost beruhte, eine bewußt falsche war, mitgeteilt einzig in der Absicht, dem Jüngling jene Qualen zu bereiten, welche das Offenbarwerden der schrecklichen Wahrheit mit sich bringen mußte! So prüfte dieser auch noch den geringfügigsten diesbezüglichen Umstand mit einer angstvollen Sorgfalt, welche ihn seiner natürlichen Urteilskraft nahezu beraubte, und kam über solchen Grübeleien zu dem Schlusse, Schedoni müsse in dieser letzten Frage sich wohl doch an die Wahrheit gehalten haben.

Ob er dies auch im ersten Punkte getan, war ein Problem, welches in Vivaldi einen Sturm von Mutmaßungen und Entsetzen auslöste. Denn wiewohl solcher Sachverhalt allzu erstaunlich anmutete, als daß man ihm vollen Glauben hätte schenken mögen, so war er doch schrecklich genug, den Jüngling vor der bloßen Möglichkeit erbeben zu machen.

Neuntes Kapitel

> Was neigst du, Nonne, trauervoll dein Haupt?
> Was soll dein tränenfeucht erhob'ner Blick?
> Was rötet schwach dir deine blasse Wang'
> Und schwindet hin, und läßt wie unterm Mond
> Sie liliengleich erbleichen?

Während die geschilderten Ereignisse in den Kerkern der römischen Inquisition vor sich gingen, blieb Ellena innerhalb der Mauern des Heiligtumes *Unsrer Barmherzigen Muttergottes* weiterhin in Unkenntnis von Vivaldis Lage. Das Mädchen war ja der Meinung, der Beichtiger treffe nunmehr alle Vorbereitungen, um sie als seine Tochter anzuerkennen, und glaubte derhalben auch die Gründe für seine Abwesenheit zu verstehen. Doch wenn er ihr auch keine Hoffnungen auf ein Wiedersehen bis zur Vollendung all der Zurüstungen gelassen, so hatte er doch schriftliche Nachricht zugesagt, sowie eine genaue Schilderung von Vivaldis gegenwärtigen Umständen. Dergestalt bewirkte nun sein langes Schweigen in Ellena ebenso mannigfache, wenn auch nicht so schreckliche Befürchtungen wie diejenigen es waren, welche Vivaldi im Hinblick auf die Geliebte empfand, und auch, daß der Jüngling sich nicht melden wollte, schien ihr auf recht ungewöhnliche Umstände hinzudeuten.

»Seine Haft muß in der Tat eine recht strenge sein«, sagte sich das beunruhigte Mädchen, »da er meine Ängste mit keiner einzigen Zeile von mir zu nehmen vermag! Oder vielleicht hat die beständige Gegnerschaft seine Kräfte ausgehöhlt und ihn dazu gebracht, sich dem Gebote der Familie zu unterwerfen, indem er zugestimmt, meiner zu vergessen! Ach! Weshalb nur hab' ich dieser Familie Gelegenheit gegeben, solch ein Gebot zu verhängen – weshalb hab' ich's nicht selber ausgesprochen?«

Doch während sie noch solche Worte zu sich sprach, widerlegten die Tränen, welche sie dabei vergoß, den Stolz, der ihr solche Rede eingegeben, und alsbald brachte die ihr heimlich im Herzen wurzelnde Überzeugung, daß der Geliebte nimmermehr auf solche Weise ihrer entsagen könnte, die Zähren zum Versiegen. Indes, eine andre Mutmaßung führte zu neuen Tränen: wie, wenn Vivaldi ernstlich krank – wie, wenn er tot wäre!

Über solch vagen und düstern Betrachtungen gingen Ellenas Tage hin. Weder irgend eine Beschäftigung vermochte es, das Mädchen von sich selber abzulenken, noch konnte die Musik ihr die Sorgen hinwegzaubern. Dennoch nahm Ellena regelmäßig an den mannigfachen Tätigkeiten der Nonnen teil und war so weit davon entfernt, sich jeglichen unnützen Schmerzausbruch zu verstatten, wie sie bisher darauf Bedacht genommen, keiner Menschenseele den geheiligten Gegenstand ihrer Sorge zu enthüllen. So vermochte sie zwar nicht, irgendwelche innere Freudigkeit an den Tag zu legen, trug aber jederzeit ein ruhiges und gefaßtes Wesen zur Schau. Die Stunde ihrer größten Lindrung, wenngleich es wohl auch die schwermütigste sein mochte, war diejenige, während derer das Mädchen sich unbemerkt auf jene Felsterrassen zurückziehn konnte, welche den Konvent überragten und einen Teil seiner Domäne bildeten. Dort, gänzlich sich selber überlassen und aller zeremoniellen Beschränkungen der Schwesterngemeinschaft überhoben, schienen sogar noch die Gedanken sich freier zu fühlen. Und wenn Ellena dann zwischen dem Blätterwerk der Akazien und unter der noch majestätischeren Verschattung der mit ihrem Gezweig die vielfarbigen Terrassenfelsen überhängenden Platanenbäume hinabsah auf die wunderbar sich breitende Bucht, so brachte solcher Ausblick ihr in allen traurigen und doch freudvollen Einzelheiten die vielen unbeschwerten Tage zurück, welche sie auf jenen blauen Fluten oder an deren Küste in der Gesellschaft des Jünglings und der dahingegangnen Anverwandten durchlebt hatte. Und jeglicher Punkt solcher Szenerie, der ihr durch dies Gedenken teuer geworden, ward, obschon die alles verhüllende Ferne ihn ihr entrücken wollte, wieder herangeholt durch die Einbildungskraft, ja, durch die Macht der Liebe in lebensvollere Farben getaucht, als selbst die herrlichste Natur dies vermocht hätte.

Eines Abends hatte Ellena sich länger denn üblich auf jener Terrasse verweilt. Sie hatte dem Scheiden des Lichtes von den höchsten Berggipfeln des Horizonts und dem Hinschwinden der tiefergelegenen Szenerie zugesehn, bis mit dem Versinken der Sonne hinter den Fluten alles Farbenspiel erloschen war und nichts blieb denn die alles in ihren Purpur tauchende, ruhevolle Verschattung des Abends, die nun Wasser wie Himmel ineins schloß und in sanfter Verschmelzung mit der vielgestaltigen Landschaft vereinte. Die Dächer und schlanken Türmchen von *Santa della Pietà,* einzig überragt von dem hohen Kirchturme – nun verblaßten sie zusehends vor dem betrachtenden Auge, doch paßte der feierliche Farbton, welcher die Vielfalt der Gebäude nun einhüllte, so trefflich zu deren Baustil, daß Ellena nicht willens war, solch fesselndem Anblick sogleich zu entsagen. Mit einem Mal aber gewahrte sie in dem ungewissen Licht eine außergewöhnlich große Zahl von Gestalten auf dem Haupthofe des Klostergebäudes! Lauschend hielt sie den Atem an und glaubte, fernes Stimmengewirr zu vernehmen. Die weißen Gewänder der Nonnen hoben sich deutlich von dem abendlich verschatteten Grund ab und ließen auch ihre Bewegungen klar erkennen, doch konnte man nicht mehr unterscheiden, wer nun eigentlich an solchem Auflaufe beteiligt war. Jetzt löste die Versammlung sich auf, und Ellena, begierig, den Anlaß der beobachteten Unruhe zu erfahren, schickte sich an, zum Kloster hinabzusteigen.

Schon hatte sie die Terrasse verlassen und stand eben im Begriff, die lange Kastanienallee zu betreten, welche zu jenem Teile des Klosters führte, der sich unmittelbar gegen den Haupthof hin öffnete, als sie herannahende Schritte vernahm und, im Gehen sich umwendend, mehrere Personen aus der Verschattung der Bäume auf sich zukommen sah. Unter den Stimmen der sich Nähernden vernahm sie eine, deren fesselnder Klang sogleich Ellenas ganze Aufmerksamkeit erregte, da er ihr irgendwie bekannt vorkam! Sie lauschte – verwunderte sich – zweifelte – und erbebte in zager Hoffnung! Da – jetzt sprach sie wieder! Nun aber glaubte das Mädchen nicht länger, sich in jenen sanften Tönen zu täuschen, welche so verständig, so ausdrucksvoll und so durchgeistigt klangen! Beflügelten Fußes eilte Ellena voran, zauderte aber, als sie der Gruppe sich nahte, und blieb schließlich stehen, um unterscheiden zu können, ob etwan unter den Näherkommenden eine Gestalt sich befinde, welche zu der vernommenen Stimme passen und des Mädchens bebende Hoffnungen rechtfertigen würde!

Jetzt erklang die Stimme zum andernmal – und rief Ellena beim Namen! Rief voll bebender, zärtlicher Ungeduld, und die also Gerufne wagte den eignen Sinnen kaum zu trauen, sobald sie Olivias ansichtig ward, der Nonne aus San Stefano – und dies im Kloster *Santa della Pietà!*

Ellena fand keine Worte, die Freude und Überraschung auszudrücken, welche sie empfand, als sie gewahren durfte, daß auch ihre Retterin nun inmitten dieses stillen Haines in Sicherheit war! Olivia jedoch vergalt der Freundin deren Liebkosungen in reichstem Maße und bestürmte Ellena, noch während sie ihr versprach, die Umstände zu erklären, welche sie hierhergeführt hatten, mit einer Unzahl von Fragen im Hinblick auf des Mädchens Abenteuer nach dessen Entkommen aus San Stefano. Indes, man war im Augenblick von allzu vielen Hörerinnen umgeben, als daß ein offenes Gespräch möglich gewesen wäre, und so geleitete Ellena die Nonne ins eigene Gemach, woselbst Olivia ihr die Gründe darlegte, derentwegen sie San Stefano verlassen hatte – Gründe, welche auch für den striktesten Gläubigen bei weitem ausgereicht hätten, den Entschluß der Nonne gutzuheißen. Nämlich, die Unglückliche hatte beständig den Argwohn der Äbtissin zu spüren bekommen, da dieselbe ja den Verdacht hegte, Olivia habe bei Ellenas Befreiung die Hand im Spiele gehabt. So hatte die Nonne sich an ihren Diözesanbischof gewandt mit der Bitte, er mög' ihrem Übertritt in das Kloster *Santa della Pietà* zustimmen. Die Äbtissin hatte keinen sichern Beweis in Händen, um gegen Olivia in aller Form einzuschreiten und ihr die Mithilfe an der Flucht einer Novizin nachweisen zu können, und Jeronimo, dessen Zeugenschaft durchaus hingereicht hätte, war viel zu tief in das Unternehmen verstrickt, als daß er durch seine Aussage nicht selber in die ärgste Verlegenheit gekommen wäre. Sein Schweigen in dieser Affäre aber bewies nun doch, daß sein Ausbleiben am Abend von Ellenas Flucht eher die Folge eines widrigen Zufalls, nicht aber einer bösen Absicht gewesen war. Doch wiewohl die Äbtissin sich auf keinerlei Zeugnis stützen konnte, um Olivia nach Fug und Recht zu bestrafen, war sie doch genügend vertraut mit gewissen Umständen, welche ihren Verdacht zu rechtfertigen schienen, und überdies war sie nicht nur geneigt, Olivia das Leben schwer zu machen, sondern hatte auch die Macht dazu.

Aus vielerlei Erwägungen war die Wahl der Nonne auf *Santa della Pietà* gefallen, und einige davon waren die Folge von Olivias Gesprächen mit Ellena im Hinblick auf die Verhältnisse in jenem Orden gewesen. Ihren Entschluß hatte sie der Freundin freilich nicht mitteilen können, auf daß nicht durch solche Korrespondenz die Äbtissin ein Mittel in die Hand bekäme, Gegenmaßnahmen zu treffen. Sogar bei der Bittschrift an den Bischof war größte Vorsicht und Geheimhaltung vonnöten gewesen, und als schließlich, nicht ohne beträchtliche Schwierigkeiten und Verspätung, das Versetzungsdekret des Geistlichen Oberhirten eingetroffen war, hatte der Oberin eifernder Zorn eine nahezu überstürzte Abreise nötig gemacht.

Viele Jahre lang hatte die Nonne unter den Gegebenheiten von San Stefano gelitten, und dennoch wär's denkbar gewesen, daß sie ihre Tage innerhalb der Mauern jenes Klosters beschlossen hätte, wäre der verstärkte Druck der Äbtissin nicht Olivias Mut und Tatkraft zu Hilfe gekommen, indem er jene verzweifelte Hoffnungslosigkeit zerstreute, die ihr schon den Blick verdunkelt hatte.

Besonders eingehend erkundigte Ellena sich, ob irgend jemand in San Stefano, der ihr bei der Flucht an die Hand gegangen, dafür ein Ungemach zu erdulden gehabt. So erfuhr sie, daß außer Olivia niemand in den Verdacht geraten war, mit ihr befreundet gewesen zu sein, ja daß sogar jenem ehrwürdigen Pater, der es gewagt, die Klosterpforte aufzuschließen und den beiden Liebesleuten die Freiheit wiederzugeben, keinerlei nachteilige Folgen aus solcher Menschenfreundlichkeit erwachsen waren.

»Es ist recht unbequem und auch kaum gebräuchlich«, schloß Olivia ihren Bericht, »in ein anderes Kloster überzutreten. Indes, du weißt ja nun die Gründe, welche mich bewogen haben, solchen Entschluß zu fassen. Und vielleicht war mir die strenge Observanz von San Stefano nur noch lästiger geworden, seit ich dich, Schwester, von der Gemeinschaft *Unsrer Barmherzigen Muttergottes* berichten gehört, namentlich, da ich ja an die Möglichkeit dachte, du könntest dich in diesem Hause befinden. Und als ich bei meinem Eintreffen erfahren gedurft, daß meine Wünsche mich in diesem Punkte nicht getäuscht hatten, ward ich um so begieriger, dich wiederzusehn, und so begehrte ich, gleich nachdem die Zeremonien meiner Einführung bei der Mutter Oberin zu Ende waren, man mög' mich zu dir geleiten. Wir waren auf dem Wege zu dir, als wir in der Allee aufeinandertrafen, und ich brauche nicht erst zu betonen, mit welcher Freude dies Zusammentreffen mich erfüllt. Was du aber nicht so deutlich sehen magst, ist vielleicht der Umstand, wie sehr das Gehaben unsrer Mutter Oberin, und auch der Schwesternschaft im allgemeinen, soweit mein erster Eindruck mir dies Urteil verstattet, mich mit neuen Kräften beseelt haben! Die Düsternis, welche mir seit so langer Zeit alle Zukunft verdunkelt hat – nun scheint sie sich zu teilen, und ein ferner Schimmer verheißt mir einen helleren Abend meines sturmverhangnen Tags.«

Olivia verstummte und schien sich sammeln zu müssen. Es war das erste Mal gewesen, daß sie einen so direkten Hinweis auf ihr Ungemach hatte verlauten lassen, und während Ellena dies insgeheim zur Kenntnis nahm und die Niedergeschlagenheit bemerkte, welche nunmehr die ausdrucksvollen Züge der Sprecherin überschattete, wünschte sie, Olivias Rede wieder auf jenes Ungemach zu bringen – und fürchtete sich gleichzeitig davor.

Bestrebt, irgendwelche leidvolle Erinnrung von sich zu schieben, fuhr Olivia unter mattem Lächeln fort: »Willst du nunmehr, da ich die Vorgeschichte meines Übertritts erzählt und der eignen Selbstgefälligkeit genugsam gefrönt habe, mich nicht hören lassen, welche Abenteuer meiner jungen Freundin zugestoßen sind seit jenem traurigen Abschied im Klostergarten zu San Stefano?«

Dies war freilich eine Aufgabe, welche Ellenas Fähigkeiten, wiewohl dieselben durch Olivias Gegenwart neu beseelt worden waren, noch immer überforderte. Die Zeit hatte ihren sänftigenden Schleier ja noch nicht über die Szenen des durchlebten Ungemachs gebreitet, allzu frisch und grell waren die Farben noch für die sanfte Traurigkeit von des Mädchens Blick, wie ja der Gegenstand als solcher viel zu innig mit ihren gegenwärtigen Besorgnissen zusammenhing, als daß er ohne die peinvollsten Empfindungen hätte wiedererweckt werden können. Derhalben bat sie die mütterliche Freundin, dieselbe möge ihr eine ins Einzelne gehende Schilderung jener Begebenheiten erlassen, welche Ellena sich nur unter größtem Widerwillen heraufzurufen vermochte. Danach berichtete sie unter peinlichster Beobachtung von Schedonis Einschärfungen bloß über ihre Trennung von Vivaldi am Gestade des Celano-Sees und erwähnte nur summarisch all die widrigen Umstände, welche ihre Ankunft zu *Santa della Pietà* verzögert hatten.

Olivia verstand die Natur jener Gefühle, derer Ellena sich zu entschlagen wünschte, nur zu wohl, als daß sie deren Erneuerung hätte leiden mögen, und empfand ein allzu großherziges Mitleid für die junge Dulderin, um nicht sogleich jene zarten und namenlosen Künste ins Spiel zu bringen, welche, indem sie sich der Entdekkung entziehen, den ermüdeten Geist dennoch wie durch ein magisches Elixier beleben!

So saßen die Freundinnen in trautem Geplauder beisammen, bis das Glöckchen der Klosterkapelle sie zur letzten Vesper-Andacht rief, und trennten sich nach Beendigung derselben, um der nächtlichen Ruhe zu pflegen.

Dergestalt hatte nunmehr Olivia in der Gemeinschaft von *Santa della Pietà* ein Asyl gefunden, wie sie's in letzter Zeit nimmermehr zu erhoffen gewagt. Doch obschon sie oft genug auf solche Segnung zu sprechen kam, geschah dies nur selten ohne Vergießung etwelcher Tränen. Ellena aber mußte voll Überraschung und noch mehr Enttäuschung gewahren, daß schon wenige Tage nach Olivias Ankunft neuerlich eine Wolke der Schwermut sich über den Geist der geliebten Freundin zu legen begann.

Doch eine Anteilnahme, welche Ellenas Herzen noch näher war, lenkte des Mädchens Aufmerksamkeit alsbald von Olivia ab und wandte dieselbe Vivaldi zu. Und als sie ihre gebrechliche, alte Dienerin ein Gemach des Konventes betreten sah, schwante ihr schon, daß dieselbe mit einer außergewöhnlichen, ja vielleicht sogar unheilvollen Nachricht zu ihr unterwegs war. Zu gut kannte sie ja Schedonis Umsicht, als daß sie nicht sogleich hätte annehmen müssen, die alte Beatrice komme in seinem Auftrag, und da Ellenas beständige Ungewißheit im Hinblick auf Vivaldi den Hauptgegenstand ihrer Beunruhigung bildete, schloß sie sogleich, daß die Dienerin schlechte Nachricht über ihn bringe: vielleicht von seiner Erkrankung, ja vielleicht sogar von seiner Einkerkerung in der Inquisition, in Ansehung derer das Mädchen in letzter Zeit immer mehr gefürchtet, sie könnte am Ende doch nicht nur eine leere Drohung darstellen, wiewohl es in ihrem Falle so gewesen. Oder aber gar von seinem Tode – dem Tod in jenen Kerkerzellen! Dieser letzte Gedanke beraubte Ellena nahezu der Fähigkeit, Beatricen nach deren Botschaft zu fragen.

Die alte Dienerin, bleich und zitternd, entweder aus Erschöpfung nach dem steilen Weg, oder aber wegen der unheilvollen Kunde, die zu überbringen sie gekommen war, ließ sich wortlos auf einen Sessel fallen, und es verstrich einige Zeit, ehe Ellenas wiederholtes Fragen ihr eine Antwort zu entlocken vermochte.

»Oh, Signora!« sagte sie schließlich. »Ihr wißt ja nicht, was es für einen alten Menschen wie mich bedeutet, diesen endlosen Berg heraufzusteigen! Nun, mög' der Himmel Euch davor bewahren, dergleichen jemals am eigenen Leib erfahren zu müssen!«

»Ich sehe schon, du bringst üble Nachricht«, versetzte Ellena. »Allein, ich bin darauf vorbereitet, und so mußt du nicht fürchten, mir die volle Wahrheit zu enthüllen!«

»Heiliger Sankt Markus!« rief da Beatrice. »Falls der Tod eine schlechte Nachricht ist, so habt Ihr den Nagel auf den Kopf getroffen, Signora, denn vom Sterben hab' ich Euch zu berichten, dies ist nun ausgemacht! Wie aber kommt Ihr dazu, Signora, den Inhalt meiner Botschaft schon zu wissen? Man ist mir zuvorgekommen, das seh' ich schon, wiewohl ich mein Lebtag noch keinen Berg so schnell hinaufgekeucht bin wie diesmal, bloß um Euch das Neueste noch warm zu hinterbringen!«

Sie hielt inne, da sie sah, wie Ellena die Farbe wechselte. Doch mit bebender Stimme drang das Mädchen in sie, doch zu erzählen, was vorgefallen und wer denn nun eigentlich gestorben sei? Daran schloß Ellena die flehentliche Bitte, die Alte mög' alle Einzelheiten doch so rasch wie möglich berichten.

»Ihr habt zwar gesagt, Ihr wäret vorbereitet, Signora«, versetzte Beatrice, »doch Euer Aussehn spricht eine andere Sprache!«

»Nun, was ist's, von dem du mir berichten willst?« frug Ellena mit stockendem Atem. »Und wann ist es geschehn – doch faß dich kurz!«

»Wann es passiert ist, kann ich Euch nicht sagen, Signora, doch ist's ein Diener des Marchese, von dem ich die Neuigkeit habe.«

»Des Marchese?« frug Ellena mit versagender Stimme.

»Ganz recht, Signora. Und Ihr werdet zugeben, dies ist eine recht verläßliche Quelle!«

»Ein Todesfall! Und im Hause des Marchese!« rief Ellena.

»Richtig, Signora! Und ich hab's von seinem eigenen Diener! Ganz zufällig ist er des Wegs gekommen – ich stand eben an der Gartenpforte und hab' ein wenig mit dem Makkaroni-Mann geschwatzt –– ist Euch nicht wohl, Signora?«

»Nein, nein – mir wär' ganz wohl, wenn du nur fortfahren wolltest!« versetzte Ellena mit schwankender Stimme und heftete die Augen auf Beatricen, als wären allein sie imstande, der Alten ihre Botschaft zu entreißen.

»›Na, Signora‹, sagt er also zu mir, ›ich hab' Euch ja schon lang nicht mehr gesehn!‹ – ›Nein‹, sag' ich drauf, ›das ist wahrhaftig jammerschade! Aber wer denkt denn heutzutag noch an ein altes Weib wie mich! Aus den Augen, aus dem Sinn – wie das eben schon ist!‹«

»Ich fleh' dich an, komm doch endlich zur Sache!« fiel Ellena der Sprecherin ins Wort. »Wessen Tod ist's, von dem er dir Kunde gebracht?« Sie fand ja nicht den Mut, Vivaldis teuren Namen auszusprechen.

»Gleich werdet Ihr's hören, Signora. Ich hab' ja gesehn, daß er ein wenig durcheinander und in Eile war, und so frug ich ihn, wie denn die Dinge im Palazzo stünden? Und darauf er: ›Schlecht, Signora Beatrice, sehr schlecht sogar – habt Ihr's denn noch nicht gehört?‹ ›Gehört?‹ frag' ich zurück. ›Was ist's denn, das ich gehört haben sollte?‹ ›Nun!‹ sagt er drauf, ›was in unserm Hause eben erst passiert ist!‹«

»Allmächtiger!« rief Ellena. »So ist er tot! Vivaldi lebt nicht mehr!«

»Gleich werdet Ihr's hören, Signora«, beharrte Beatrice.

»So faß dich kurz!« gebot das Mädchen. »Antworte bloß mit Ja oder Nein!«

»Das kann ich nicht, ehe wir nicht so weit sind, Signora. Wenn Ihr bloß ein wenig Geduld üben wolltet, so würdet Ihr alles der Reihe nach erfahren. Wenn Ihr mich aber weiterhin so aufregt, komm' ich noch ganz durcheinander!«

»So spann meine Geduld nicht so sehr auf die Folter!« bat Ellena und versuchte, sich zu beruhigen.

»Dies vernommen, Signora, hab' ich ihn sogleich ins Haus gebeten, damit er ein wenig verschnaufen und mir dabei alles erzählen könne. Er aber sagte, er hab' es furchtbar eilig und könne keine Sekunde länger bleiben, und was dergleichen Zeug eben ist. Ich aber hab' ja gewußt, Signora, daß alles, was in jenem Hause vorgeht, auch Euch betrifft, und deshalb hab' ich ihn nicht so billig davongehen lassen! Also hab' ich ihm ein Glas Zitroneneis angeboten, und da war all seine Eile vergessen, und wir haben einen ausgiebigen Schwatz gehabt.«

Auf diese Weise hätte Beatrice wohl noch lange in ihren Weitschweifigkeiten geschwelgt, denn Ellena hatte nun nicht mehr die Kraft, Fragen zu stellen, ja nahm kaum noch wahr, was die Alte da redete. Sie war keines Wortes und keiner Träne fähig, und nur ein einziges Bild schwebte ihr vor Augen – das Bild des toten Vivaldi, und es lähmte all ihre Fähigkeiten wie mit Zauberkraft.

»Und als ich dann«, fügte Beatrice hinzu, »zum andernmal gefragt hab', was es denn eigentlich gegeben, war er nur zu gern bereit, mir alles zu erzählen. ›Es ist nun schon an die vier Wochen her‹, hat er gesagt, ›daß es sie zum erstenmal gepackt hat. Die Marchesa war nämlich –‹«

»Die Marchesa?« wiederholte Ellena, von der urplötzlich alle Starre des Entsetzens abgefallen war. »Die Marchesa?«

»Ei, Signora, gewiß doch! Hab' ich denn was anderes gesagt?«

»Sprich weiter, Beatrice! Was ist mit der Marchesa?«

»Weshalb nur seht Ihr auf einmal so überglücklich drein, Signora? Eben noch hab' ich gedacht, Ihr wäret über die Maßen traurig ob der Geschichte! Doch halt – ich wette meinen Kopf, Ihr habt an den jungen Herrn, Ihr habt an Vivaldi gedacht!«

»Weiter!« gebot Ellena.

»Nun gut«, fuhr Beatrice fort. »›Es ist nun an die vier Wochen her‹, sagte der Diener, ›daß es die Marchesa zum erstenmal gepackt hat. Schon geraume Zeit zuvor hatte sie zu kränkeln begonnen, aber erst nach einer *conversazione* im Palazzo Voglio ist sie dermaßen elend nach Hause gekommen. Nun hatte man ja seit langem vermutet, daß es mit ihr nicht zum besten gestanden, aber kein Mensch hatte geglaubt, daß das Ende so nahe bevorstehe, ehe man nicht die Ärzte zusammengerufen. Und in der Tat, es stand recht übel um die Kranke, denn es hat sich herausgestellt, daß sie schon seit Jahren den Tod in sich getragen, wiewohl niemand auch nur die leiseste Ahnung von dem schleichenden Übel gehabt. So schob man nunmehr alle Schuld auf den Leibmedikus der Marchesa, weil er dasselbe nicht schon früher entdeckt hatte. Er aber‹, so fügte der Schelm noch hinzu, ›er hat Rücksicht auf meine Herrin genommen und ist bis zu deren Ende halsstarrig geblieben, indem er steif und fest behauptet hat, es bestehe keinerlei Gefahr, wiewohl doch schon jedermann sehen konnte, worauf dies alles hinauslief. So behielten die andern Ärzte nur zu bald recht, und meine Herrin hat das Zeitliche gesegnet.‹«

»Und ihr Sohn?« frug Ellena nun. »War er am Sterbelager der Marchesa zugegen?«

»Meint Ihr den Signor Vivaldi, Herrin? Nein, er war nicht zugegen.«

»Dies ist höchst sonderbar!« rief Ellena beunruhigt. »Hat denn jener Diener nichts über ihn gesagt?«

»Ei gewiß doch, Signora. Er hat gesagt, es sei schon ein rechtes Kreuz, daß der junge Herr von zuhause ferngehalten sei, und daß niemand seinen Aufenthalt kenne!«

»So weiß man denn in seiner Familie nicht, wo er sich befindet?« frug Ellena in noch größerer Unruhe.

»Gewißlich nicht, Signora, und das seit vielen Wochen! Man hat überhaupt nichts mehr gehört, weder vom jungen Herrn noch von dessen Diener Paolo Mendrico, wiewohl die Domestiken der Marchesa im gesamten Königreiche nach ihm unterwegs gewesen sind!«

Zutiefst bestürzt ob der Bestätigung eines Umstands, an dessen Möglichkeit Ellena bis jetzt kaum geglaubt hatte, nämlich, daß Vivaldi tatsächlich ein Gefangener der Inquisition sei, war sie fürs erste außerstande, weitere Fragen zu stellen. Beatrice aber fuhr in ihrem Berichte fort.

»Der Gnädigen Marchesa muß, wie der Mann mir erzählt hat, irgend etwas schwer auf der Seele gelegen haben, denn sie hat immer wieder nach dem Signor Vincentio gefragt.«

»So bist du sicher, daß die Marchesa nicht gewußt hat, wo er sich befindet?« frug das Mädchen voll staunender Verwirrung, da sie sich's nicht vorstellen konnte, jene Person, welche den Jüngling der Inquisition ausgeliefert, könne es leiden, daß sie, Ellena, wiewohl zur nämlichen Stunde festgenommen, sich wieder in Freiheit befinde!

»Oh ja, Signora, denn sie hat gar zu dringend nach ihm verlangt. Und als sie schon im Sterben gelegen, hat sie noch nach ihrem Beichtiger gesandt, nach einem gewissen Pater Schedoni, so glaub' ich, aber –«

»Was war mit ihm?« rief Ellena unbedacht.

»Nichts weiter, Signora, denn auch er war nicht aufzufinden.«

»Nicht aufzufinden?« wiederholte Ellena.

»Nein, Signora, nicht zu jenem Zeitpunkt. Ich wette, er ist auch noch anderer Leute Beichtiger, und die hatten wohl so viele Sünden zu bekennen, daß er nicht so leicht auf und davongehn konnte.«

Ellena hatte sich wieder so weit in der Hand, daß sie keine weiteren Fragen nach Schedoni stellte. Sobald sie aber an den mutmaßlichen Grund für Vivaldis Festnahme dachte, fand sie Trost in dem Glauben, er sei keinen echten Offizialen in die Hände gefallen, da ja auch deren Spießgesellen sich als gewöhnliche Strolche erwiesen hatten. So hielt sie's für das Wahrscheinlichste, daß der Jüngling, unentdeckt von seiner Familie, noch immer auf der Suche nach Ellenas Gewahrsam sei.

Beatrice aber fuhr in ihrer Erzählung fort: »›Ich hab' Euch ja schon gesagt, welche Verwirrung beim Tod meiner Herrin im Hause ausgebrochen ist‹, sagte der Diener. ›Als man jenen Pater Schedoni nirgendwo auftreiben konnte, sandte man nach einem andern Beichtiger, und der hat sich mit der Sterbenden wahrhaftig lange genug eingeschlossen! Danach hat man auch noch meinen Gebieter, den Marchese, ins Zimmer gerufen, und dann schien es drinnen drunter und drüber zu gehn, denn die Domestiken im Vorzimmer haben immer wieder seine laute Stimme vernommen, und bisweilen ward auch die Stimme der Marchesa hörbar, wiewohl die Ärmste schon auf den Tod darniedergelegen! Aber am Ende wurde es doch noch ruhig, und nach einer Weile ist mein Gebieter aus dem Zimmer gekommen und hat recht aufgeregt ausgesehn, will sagen, recht verärgert und auch arg bekümmert. Der Beichtiger hingegen ist noch lange bei der Sterbenden geblieben, die bei seinem Weggange noch betrübter denn vorher ausgesehn haben soll. Sie hat noch die Nacht überlebt und auch noch einen Teil des folgenden Tags, und irgend etwas schien ihr schwer auf der Seele zu liegen, denn sie hat manchmal geweint und noch viel öfter geseufzt und gestöhnt, und im übrigen ausgesehn, daß es ein rechter Jammer war! Auch hat sie häufig nach dem Marchese verlangt, und als dieser endlich gekommen ist, sind die Dienstboten allesamt fortgeschickt worden, und dann hat's eine lange, geheime Unterredung zwischen den beiden gegeben. Danach hat man zum andernmal nach dem Beichtiger gesandt – eben noch vorm Tode der Marchesa, und dann haben alle drei sich eingeschlossen. Hinterher hat meine Herrin ein wenig ruhiger gewirkt, und nicht lange danach war sie eine Leiche.‹«

Ellena, welche dieser kleinen Erzählung aufmerksam gelauscht hatte, wollte eben jene paar Fragen stellen, welche ihr in Anhörung von Beatricens Worten aufgestoßen, ward aber durch Olivias Eintreten daran gehindert. Diese wollte sich beim Anblick einer Fremden sogleich zurückziehn, doch Ellena, welche jene Fragen nicht für wichtig ansah, überredete die Nonne, sie möge sich doch wieder an den Stickrahmen setzen, den sie erst vor kurzem verlassen hatte.

Nachdem das Mädchen einige Worte mit Olivia gewechselt, wandte sie sich wieder den eigenen Dingen zu. Das Verschwinden Schedonis schien ihr ja durchaus kein zufälliges zu sein, und wiewohl sie Beatricen nicht nach der Person des Mönches von Spirito Santo fragen konnte, wagte sie's doch andersherum, indem sie die Dienerin frug, ob dieselbe in letzter Zeit jenen Fremden zu Gesicht bekommen, der sie nach Altieri zurückgebracht habe. Beatrice kannte den Beichtiger ja nur in der Rolle von des Mädchens Befreier.

»Nein, Signora«, versetzte die Gefragte in eher spitzem Ton. »Den hab' ich nimmer zu Gesicht bekommen, seit er Euch in die Villa gebracht – und was das betrifft, so hab' ich auch damals nicht viel von ihm zu sehen gekriegt. Und wie er's gar fertiggebracht hat, bei Nacht und Nebel aus dem Hause zu schlüpfen, ohne daß ich ihn bemerken konnte, das ist mir vollends ein Rätsel, über das ich mir schon oft genug schier den Kopf zerbrochen hab'! Soviel steht aber fest – er hätt' sich vor mir für sein Gesicht nicht zu schämen brauchen, wo ich ihn doch bloß dafür gesegnet hätte, daß er Euch heil und gesund wieder nach Hause gebracht!«

Ellena, ein wenig überrascht ob des Umstands, daß Beatrice an einer so geringfügigen Sache Anstoß nahm, beeilte sich zu erwidern, sie selber habe ihrem Beschützer die Tür aufgeschlossen.

Während Beatricens Worten hatte Olivia den Blick vom Stickrahmen gehoben und ihn auf die alte Dienerin geheftet, welche den ihrigen sogleich respektvoll abwandte. Als aber die Nonne sich wieder ihrer Arbeit widmete, nahm Beatrice ihre Musterung wieder auf. Dabei wollt' es Ellena scheinen, als steckte etwas Besonderes hinter so wechselseitiger Examinierung, obwohl sich das ganze auch durch bloße Neugierde erklären ließ, wie sie einander Fremde eben empfinden mögen.

Danach nahm Beatrice von Ellena etwelche Anweisungen im Hinblick auf ein paar Zeichnungen entgegen, die das Mädchen im Kloster zu haben wünschte. Als aber die Dienerin Antwort gab, hob Olivia neuerlich den Blick und heftete denselben in höchster Spannung auf die Sprecherin.

»Diese Stimme sollte ich doch kennen!« rief die Nonne betroffen, »wiewohl ich's nicht wage, nach Euren Zügen zu urteilen. Wär's denn die Möglichkeit, daß – daß es Beatrice Olca ist, zu der ich spreche? Freilich, es ist schon so viele Jahre her –«

Beatrice, nicht minder überrascht, gab zur Antwort: »Ich bin's, Signora. Ihr habt recht gesprochen. Wer aber, Herrin, seid *Ihr*, daß Ihr mich kennt?«

Während die alte Dienerin forschend auf Olivia blickte, malte sich so große Bestürzung auf ihren Zügen, daß Ellena davon ganz verwirrt wurde. Die Nonne aber wechselte alle Augenblicke die Farbe, und die Sprache versagte ihr, als sie zu einer Erwiderung ansetzte. Doch schon rief Beatrice: »Narren mich denn meine Augen? Und doch – diese Ähnlichkeit! Heilige Schmerzensmutter! Nein, so ein Schrecken! Das Herz hat mir schier ausgesetzt – Ihr seid ihr ja so ähnlich, Herrin, und doch auch wieder so anders!«

Olivia, die jetzt nur mehr auf Ellena starrte, sprach nun, während ihr ganzer Körper einer unwiderstehlichen Empfindung nachzugeben schien, mit kaum verständlicher Stimme: »Sagt mir, Beatrice, ich beschwör' Euch – sagt mir augenblicklich, wer dies ist!« Und wies auf Ellena, dieweil der Satz ihr auf den Lippen erstarb.

Beatrice jedoch, ganz von ihrem eigenen Staunen in Anspruch genommen, gab keine Antwort, sondern rief: »Wahrhaftig – dies ist die Herrin Olivia! Sie ist's! Im Namen aller Heiligen, wie kommt Ihr hierher? Oh – wie glücklich müßt ihr sein, einander wiedergefunden zu haben!« Noch immer atemlos vor Erstaunen, starrte sie auf Olivia, während Ellenas wiederholt geäußerte Fragen nach dem Sinn solcher Rede ungehört verhallten. Doch schon im nächsten Moment sah das Mädchen sich an den Busen der Nonne gepreßt, welche die Worte der Dienerin sogleich verstanden zu haben schien und sich nun weinend, zitternd und nahezu von Sinnen an Ellena klammerte.

Nach einer Weile begehrte die Letztere abermals nach einer Erklärung dieser Szene, doch gleichzeitig frug Beatrice nach dem Grund all der Aufgewühltheit. »Wär's denn die Möglichkeit, daß ihr einander nicht erkannt habt?« setzte sie hinzu.

»Welch neue Enthüllung ist *dies* nun wieder?« rief Ellena, angstvoll zu der Nonne gewandt. »Erst vor kurzem hab' ich ja meinen Vater wiedergefunden! So sprecht schon – mit welch zärtlichem Namen darf ich *Euch* ansprechen?«

»Deinen *Vater?*« rief Olivia da.

»Euren *Vater*, Herrin?« wiederholte Beatrice.

Ellena, welche sich von ihrer Aufgewühltheit zu solch vorzeitiger Erwähnung Schedonis hatte hinreißen lassen, schwieg verlegen still.

»Nein, mein Kind!« sagte Olivia, indem ihre Stimme wieder den Tonfall tiefster Bekümmernis annahm, wobei die Sprecherin das Mädchen abermals ans Herz preßte: »Oh nein – dein Vater liegt längst im Grabe!«

Dies vernommen, vergaß Ellena all ihrer Liebkosungen. Bestürzung und Zweifel überwogen nun die zärtlichen Gefühle, und sie starrte Olivia mit einer Inständigkeit an, die schon an Wahnwitz grenzte. Schließlich aber sprach sie langsam: »So ist's denn meine Mutter, die ich hier erblicke? Wann werden diese Enthüllungen ein Ende haben!«

»Ja, deine Mutter ist's«, versetzte Olivia feierlich. »Und einer Mutter Segen liegt auf dir!«

Die Nonne unternahm es nun, Ellenas aufgestörtes Gemüt zu sänftigen, wiewohl sie selber nahezu überwältigt war von den mannigfachen Empfindungen, die solche Entdeckung in ihr ausgelöst hatte. Geraume Zeit hindurch vermochten die beiden sich bloß durch liebevolle Ausrufe zu verständigen, doch lag die Freude ganz augenscheinlich mehr auf seiten der Mutter. Erst Ellenas Tränen bewirkten, daß auch das Mädchen ruhiger und nach und nach fähig ward, ein Ausmaß an Glück zu empfinden, wie sie's bisher noch nie erfahren hatte.

Inzwischen schien Beatrice die Beute eines Erstaunens zu sein, dem ein Gutteil Furcht beigemengt war, denn sie legte ja trotz der Freude, derer sie ansichtig ward, keinerlei Entzücken an den Tag, sondern verharrte ernst und aufmerksam an ihrem Orte.

Sobald Olivia sich halbwegs gefaßt hatte, frug sie nach ihrer Schwester Bianchi. Das Schweigen und die plötzliche Niedergeschlagenheit Ellenas indes verrieten ihr sogleich die traurige Wahrheit. Beatrice aber fand bei der Erwähnung ihrer verstorbenen Gebieterin die Sprache wieder.

»Ach, Herrin!« sagte die Alte. »Nun ist sie dort, wo ich Euch längst geglaubt! Und eher hätt' ich erwartet, *sie* hier anzutreffen, denn *Euch!*«

Olivia, wiewohl durch solche Nachricht tief betroffen, empfand dieselbe nicht mit solcher Schärfe, wie dies wohl in jedem andern Momente der Fall gewesen wäre. So fügte sie, nachdem sie ein wenig ihren Tränen Lauf gelassen, hinzu, sie habe ja aus dem ungewöhnlichen Schweigen der Bianchi schon die traurige Wahrheit gemutmaßt, sonderlich seit ihr letzter Brief über ihre Ankunft in *Santa della Pietà* nicht mehr beantwortet worden sei.

»Ach!« sagte da Beatrice. »Ich wundre mich, daß die Gnädige Äbtissin Euch die traurige Nachricht nicht mitgeteilt hat, denn sie hat nur zu gut um den Tod meiner Herrin gewußt! – Meine teure Gebieterin liegt ja hier in der Klosterkirche begraben! Und was Euren Brief betrifft, so hab' ich ihn mitgebracht, damit Signora Ellena ihn öffne.«

»Die Mutter Oberin weiß nicht um unsere Verwandtschaft«, versetzte Olivia. »Ich aber habe meine Gründe, dieselbe im Augenblick noch vor ihr geheimzuhalten. Auch du, meine Ellena, darfst einzig als meine Freundin in Erscheinung treten, eh' ich nicht jene Nachforschungen angestellt habe, welche für meinen Seelenfrieden unerläßlich sind!«

Dies gesagt, begehrte Olivia, Ellena möge ihr die vorhin getane, sonderbare Äußerung im Hinblick auf ihren Vater näher erklären, doch stellte sie diese Frage durchaus nicht mit jener hoffnungsvollen Freude, wie sie solcher Anlaß eigentlich hätte hervorrufen müssen. Ellena aber nahm an, Olivia sei durch all die Jahre in Ansehung von des Vaters Tode durch die nämlichen Umstände wie sie selber irregeführt worden, und so überraschte der Unglaube, welchen die Mutter nun an den Tag legte, sie nicht sonderlich. Indes befand sie sich in beträchtlicher Verlegenheit ob der Beantwortung dieser an sie gerichteten Frage: nunmehr war's ja zu spät, das Versprechen der Geheimhaltung zu erfüllen, welches Schedoni ihr abgenommen. Schon in ihrer ersten Überraschung hatte sie sich verraten, und so mußte sie nun trotz aller Furcht vor dem Bruch ihres Gelöbnisses einsehen, daß eine offene Erklärung sich nun nicht länger hinausschieben ließ. Ellena sagte sich aber, Schedonis Gebot habe, da er die Besonderheit ihrer gegenwärtigen Situation ja unmöglich hatte voraussehen können, gewißlich keine Gültigkeit im Hinblick auf ihre Mutter, und so schwanden ihr in diesem Punkte alsbald alle Skrupel. Deshalb, als Beatrice gegangen war, wiederholte Ellena ihre Beteuerung, daß ihr Vater noch am Leben sei, doch vermochte sie damit bloß die Überraschung Olivias zu steigern, nicht aber deren Unglauben zu zerstreuen. Im Gegenteil: Olivias Tränen flossen reichlich, als sie sich unerachtet der Versicherungen Ellenas das Jahr heraufrief, in welchem der Conte di Bruno verstorben war, und sich einiger weiterer Umstände entsann, welche mit seinem Tode zusammenhingen. Ellena hingegen glaubte nicht an diesen Tod, namentlich, als sie dahintergekommen, daß ihre Mutter bei demselben ja nicht zugegen gewesen. Um ihrer Beteuerung mehr Gewicht zu verleihen, berichtete das Mädchen in der Folge mehrere Einzelheiten aus ihrer zweiten Unterredung mit Schedoni und bot Olivia als Beweis für des Vaters Leben an, ihr das Miniatur-Portrait zu zeigen, welches dieser für sein eigenes erklärt hatte. Zutiefst beunruhigt, begehrte Olivia das Bildnis zu sehen, und so verließ Ellena das Gemach, um das Medaillon zu holen.

Der erwartungsvoll gespannten Olivia wurden die Sekunden zu Stunden. Sie durchmaß das Zimmer, lauschte auf das Geräusch sich nähernder Schritte, versuchte, ihre Aufgeregtheit zu bemeistern: aber noch immer wollte Ellena nicht kommen! In des Mädchens Erzählung schien ein dunkles Geheimnis zu lauern, dem die Nonne auf den Grund kommen wollte und vor dem sie sich zugleich fürchtete, so daß sie, als Ellena endlich zurückkam, mit eifervoll zitternden Händen nach dem Miniaturbildnis griff. Doch kaum einen Blick darauf geworfen, wechselte sie die Farbe und ward von einer Ohnmacht umfangen!

Nunmehr zweifelte Ellena nicht länger an der Wahrheit von Schedonis Erklärung und machte sich Vorwürfe, ihre Mutter nicht mit größerer Schonung auf eine Eröffnung vorbereitet zu haben, welche, so glaubte sie, die Ahnungslose vor Freude überwältigt hatte. Indes, die üblichen Handreichungen riefen Olivia alsbald wieder ins Bewußtsein zurück, und so begehrte sie, sobald man wieder allein war, das Bildnis zum andernmal zu sehen. Ellena, welche die tiefe Aufgewühltheit, mit der die Nonne auf dasselbe blickte, sowohl der Überraschung zuschrieb als auch der Furcht, nur ja nicht einer trügerischen Hoffnung nachzugeben, suchte die Fassungslose durch neuerliche Beteuerungen zu trösten, indem sie sagte, der Conte di Bruno sei nicht nur am Leben, sondern halte sich eben jetzt in Neapel auf, ja werde sich vielleicht schon innerhalb der nächsten Stunde in diesem Zimmer einfinden! »Nämlich, als ich hinausgegangen, das Medaillon zu holen, hab' ich einen Boten mit der Nachricht abgesandt, ich müsse sogleich mit meinem Vater sprechen, da ich's nimmermehr erwarten gekonnt, das Entzücken zu erleben, welches die Wiedervereinigung meiner so lange verschollenen Eltern hervorrufen muß.«

In diesem Punkte hatte Ellena freilich über ihrer großherzigen Anteilnahme aller zugesicherten Verschwiegenheit vergessen, denn wiewohl der Inhalt ihrer Botschaft Schedoni auch dann nicht verraten hätte, wenn der Beichtiger zum gegenwärtigen Zeitpunkt in Neapel gewesen wäre, so konnte der Umstand, daß sie die Nachricht nicht an die vereinbarte Brief-Adresse, sondern direkt nach Spirito Santo geschickt hatte, doch zu verfrühten Nachforschungen im Hinblick auf die eigene Person führen.

Ellena hatte bei ihrer Mitteilung, Schedoni werde vielleicht recht bald erscheinen, Olivia nicht aus den Augen gelassen, um sich an der entzückten Überraschung weiden zu können, die solche Worte auf den geliebten Zügen hervorrufen würden: Allein, wie groß war des Mädchens Enttäuschung, als sie gewahren mußte, daß bloß Furcht und Entsetzen die Folge solcher Nachricht waren, und daß die Mutter schon im nächsten Moment in Rufe der Verzweiflung ausbrach!

»Hat er mich erst zu Gesicht bekommen«, sagte Olivia, »so bin ich rettungslos verloren! Oh du mein unseliges Kind! Nun hat dein Übereifer mich vernichtet! Das Urbild dieser Züge, es ist ja nicht der Conte di Bruno – ist mitnichten mein teurer Gemahl, noch auch dein Vater, sondern vielmehr dessen Bruder, der grausame Ehe –«

Olivia sprach den Satz nicht zu Ende, da er mehr verraten hätte, als ihr im Augenblicke rätlich schien. Ellena jedoch, welche bisher vor Staunen sprachlos gewesen, drang nun voll Eifer in die Mutter, dieselbe möge ihr solch dunkle Worte und auch die Ursache ihrer Bekümmernis erklären.

»Ich weiß nicht«, sagte Olivia, »auf welchem Wege dies Bildnis in deinen Besitz geraten ist. Doch weist es die Züge des Conte Ferando di Bruno und Bruders meines Gemahls, der nach dessen Tode mein –« ›Mein zweiter Eheherr geworden‹, hätt' sie beinahe gesagt, doch ihre Zunge sträubte sich, den Schurken mit solcher Bezeichnung zu ehren.

Sie hielt inne und überließ sich ihrer Aufgewühltheit, fügte aber alsbald hinzu:

»Ich kann mich im Moment nicht in Einzelheiten ergehen, weil ja dies alles für mich mit allzu großem Kummer verbunden ist. So laß uns lieber beratschlagen, auf welche Weise ich einer Unterredung mit di Bruno aus dem Wege gehen, ja womöglich vor ihm verbergen kann, daß ich noch lebe!«

Bei solchem Stande der Dinge war's Olivia immerhin ein Trost, als sie erfuhr, Ellena habe in ihrer Botschaft keinen Namen genannt, sondern lediglich den Wunsch geäußert, den Beichtiger in einer ganz besondern Sache zu sehen.

Während man aber noch dabei war, eine Ausflucht zu ersinnen, wie sie durch Ellenas unbedachten Schritt nötig geworden, kam der Bote mit der uneröffneten Nachricht sowie mit der Bestellung zurück, Pater Schedoni habe eine Pilgerreise angetreten. Um der Ehre ihres Klosters willen hatten's die Mönche von Spirito Santo für gut befunden, mit solchem Bescheide die wahre Ursache von Schedonis Fernsein zu bemänteln.

Von ihren Befürchtungen erlöst, stimmte Olivia nun zu, dem Mädchen etwelche Punkte jenes Gegenstandes zu erläutern, auf welchen es so begierig war. Doch mußten noch einige Tage verstreichen, bis die Nonne sich so weit gefaßt hatte, um die gesamte Geschichte erzählen zu können. Deren erster Teil stimmte vollkommen mit jenem Berichte überein, welchen wir aus der vor dem Bußpriester Ansaldo abgelegten Beichte kennen. Alles weitere aber war bloß Olivien, deren Schwester Bianchi, einem Arzte und einer treuen Dienerin bekannt, der man die Ausführung jenes Planes zum großen Teil in die Hände gelegt.

Es mag hier daran erinnert sein, daß Schedoni sogleich nach jenem Dolchstoß, welcher dem Leben seines Weibes ein Ende setzen gesollt, aus dem Hause gestürzt war, und daß man das bewußtlose Opfer auf ihr Zimmer geschafft hatte. Indes, es stellte sich heraus, daß die Wunde keine tödliche war. Die Grausamkeit der zutage getretenen Absicht aber bewog Olivia zu dem Entschluß, aus der also gebotnen Gelegenheit Nutzen zu ziehen und Schedonis Abwesenheit sowie die besondere Lage zu nützen, sich von einer Tyrannei freizumachen, ohne dazu erst die Gerichte anrufen zu müssen, was ja den Bruder ihres ersten Gemahls mit Schmach und Schande hätte bedecken müssen. Aus diesem Grunde kehrte sie ihrem Hause auf immer den Rücken und suchte mit Hilfe der drei oben genannten Personen Zuflucht in einem entlegenen Teile Italiens, und zwar in dem Konvente von San Stefano, während zu Hause die Nachricht von ihrem Tode durch ein öffentliches Leichengepränge befestigt ward. Die Bianchi aber verblieb nach Olivias Abreise auf ihrem eigenen Wohnsitz nächst der Villa di Bruno und sorgte daselbst sowohl für die Tochter der Contessa aus deren erster Ehe, als auch für diejenige aus der zweiten.

Nach dem Verstreichen einiger Zeit wechselte die Bianchi zusamt ihren kleinen Schützlingen den Wohnsitz, doch zog sie nicht in die Gegend von San Stefano. Dergestalt blieb Olivia der Trost aller mütterlichen Zärtlichkeit versagt, da ja die Bianchi nicht in der Nähe des Klosters hätte wohnen können, ohne zugleich die Mutter den Gefahren einer Entdeckung auszusetzen, denn Schedoni, wiewohl er nun vom Tode der Gemahlin überzeugt sein mochte, hätte denselben angesichts des

Gehabens der Bianchi, deren Schritte er vielleicht überwachen ließ, bezweifeln können. So wählte sie einen fern von Olivias Refugium gelegenen Ort, wenngleich noch nicht die Villa Altieri. Zu jenem Zeitpunkt war Ellena noch keine zwei Jahre alt gewesen, wogegen Schedonis Tochter kaum ebenso viele Monate gezählt. Die Kleine verstarb, noch ehe das Jahr sich geründet hatte, und eben sie, die ja sein eigen Fleisch und Blut gewesen, war's, für welche der Beichtiger, der sich allzu wohl verborgen hatte, als daß die Bianchi ihn von dem Todesfall in Kenntnis hätte setzen können, Ellena gehalten, zu welchem Irrtum sein eigenes Portrait ein übriges beigetragen, da ja das Mädchen es für dasjenige ihres Vaters erklärte. Sie hatte das Medaillon nach dem Tode ihrer Tante in deren Schränkchen gefunden, es ob des darauf vermerkten Titels ›Conte di Bruno‹ für das Bildnis des Vaters gehalten und es seither in kindlicher Liebe getragen.

Die Bianchi, sobald sie Ellena mit dem Geheimnis von deren Geburt vertraut gemacht, ward durch das Gebot sowohl der Klugheit als auch der Menschlichkeit von der Mitteilung abgehalten, daß des Mädchens Mutter noch am Leben sei, und unzweifelhaft war dies der Umstand, den sie auf ihrem Sterbebette, als ihre plötzliche Abberufung sie schon aller Kräfte beraubt hatte, zu enthüllen so begierig gewesen. Die Schnelligkeit solchen Ereignisses hatte dergestalt dazu geführt, daß Tochter wie Mutter einander unbekannt blieben, und dies auch im Verlaufe ihrer zufälligen Begegnung, wobei der Name di Rosalba, welchen die Bianchi dem Mädchen von Kind auf gegeben, um die Kleine vor aller Entdeckung durch ihren Oheim zu schützen, das Seinige beigetragen. Überdies hatte Beatrice, die nicht jene Dienerin war, welche man in Olivias Flucht eingeweiht hatte, fest an deren Tod geglaubt und wäre daher trotz ihrer Kenntnis von Ellenas Abstammung nicht imstande gewesen, die beiden wieder zu vereinen, hätte nicht in Ellenas Gegenwart Olivia sie als eine Dienerin der Bianchi erkannt.

Als die Bianchi sich in der Umgebung Neapels niedergelassen, hatte sie nicht geahnt, daß Schedoni, von dem man seit jener Mordnacht nichts mehr vernommen hatte, ein Einwohner dieser Stadt war. Auch verließ sie ihr Haus nur gelegentlich, und so nimmt es nicht wunder, daß sie dem Mönche – zumindest wissentlich – niemals begegnete. Ihr Schleier und seine Kapuze hätten die beiden im Falle eines Zusammentreffens ohnedem zur Genüge vor einander verhüllt.

Vieles ließ darauf schließen, daß es in der Bianchi Absicht gelegen hatte, Ellenas Familienverhältnisse Vivaldi noch vor der beabsichtigten Heirat zu enthüllen, und ganz besonders sprach dafür die Tatsache, daß sie am Abend ihres letzten Beisammenseins mit dem Jüngling nach all der Erschöpfung des gemeinsam unternommenen Ausflugs erklärt hatte, es bleibe ihr noch vieles zu sagen, das auf eine andere Gelegenheit zu verschieben sie von ihrer Schwäche gezwungen werde. Doch der unerwartete Tod hatte eine weitre Begegnung unmöglich gemacht. Immerhin mutet es sonderbar an, daß sie sich nicht schon früher zu einer Eröffnung entschlossen hatte, welche die Einwendungen des Hauses Vivaldi gegen eine Verbindung mit Ellena beträchtlich herabgemindert hätte, doch waren auch andere Familienumstände als diejenigen einer adeligen Abkunft maßgebend gewesen: zum einen die drückende Armut, und dann vor allem jene Schuld, welche ein Sproß des Hauses di Bruno auf sich geladen, und von der man mit Recht annehmen mußte, sie werde alle Verlockung zunichte machen, welche für die so sehr auf hohe Geburt bedachten Eltern Vivaldis von Ellenas Abkunft ausgehen mochte.

Ferando di Bruno hatte es fertiggebracht, sogar in der kurzen Frist zwischen seines Bruders Tode und dem vermeintlichen Hinscheiden der Gemahlin seine Vermögensverhältnisse abermals zu verwirren, so daß jene Einkünfte, welche die ihm verbliebenen Güter noch abwarfen, bald nach seiner Flucht von den Gläubigern mit Beschlag belegt wurden, und er nicht mehr in der Lage war, seinen Lebensunterhalt zu bestreiten. Dergestalt war Ellena nun zur Gänze auf die Mittel ihrer Tante angewiesen, deren schmale Barschaft ohnedem schon von der Unterstützung, welche sie Olivia hatte angedeihen lassen, noch mehr geschmälert war. Um die Aufnahme der Schwester in San Stefano zu erwirken, hatte es ja der Erlegung einer beträchtlichen Summe bedurft, und überdies hatte der Erwerb der Villa Altieri das von Haus aus kleine Einkommen noch ganz erklecklich vermindert. Dennoch war solche Ausgabe keine unvernünftige gewesen, da die Bianchi es ja vorzog, sich durch den Fleiß ihrer Hände die Vorteile und die Unabhängigkeit eines angenehmen Wohnsitzes zu sichern, anstatt sich einer Trägheit zu überlassen, welche sie zu ärmlicherem Wohnen gezwungen hätte. Es war ihr ja gegeben, solchen Arbeitsfleiß zu einem lohnenden zu machen, ohne sich dadurch bloßstellen zu müssen, denn sie brillierte in vielen eleganten und erfindungsreichen Künsten und konnte die Ergebnisse ihrer Stift- und Nadelarbeit insgeheim den Nonnen von *Santa della Pietà* zum Verkaufe überlassen. Sobald aber Ellena groß genug geworden war, um ihr beispringen zu können, übertrug die Bianchi ihrer Nichte einen großen Teil der Arbeit und des daraus erfließenden Ertrags, da ja die Hervorbringungen des Mädchens, sobald dessen Begabung sich voll entfaltet hatte, zufolge der Schönheit ihrer Entwürfe und der Eleganz der Ausführung – sowohl in der Zeichnung als auch in der Stickerei – von den Käufern am Sprechgitter des Klosters so hoch veranschlagt wurden, daß die Bianchi die Ausübung solcher Kunst schließlich zur Gänze ihrer hochbegabten Nichte überlassen konnte.

Inzwischen hatte Olivia im Kloster von San Stefano ihr Leben der Frömmigkeit geweiht – eine Wahl, welche sie aus freien Stücken getroffen, da ihr das Gemüt ja noch immer bedrückt war durch die Trauer um den verstorbenen ersten Gemahl, und müde geworden von all der Grausamkeit, die sie späterhin von ihrem zweiten zu erdulden gehabt. So gingen die ersten Jahre ihrer klösterlichen Zuflucht in Frieden dahin, wenn nicht der Gedanke an ihr Kind, das sie im Kloster nicht zu sehen wagte, ihren mütterlichen Kummer erweckte. Dessenungeachtet stand sie aber mit ihrer Schwester in so regelmäßigem Briefwechsel wie die Umstände dies erlaubten, und hatte dergestalt zumindest den Trost, daß ihr Teuerstes am Leben war, bis dann, um die Zeit von Ellenas Ankunft in dem nämlichen Refugium, das schon ihre Mutter sich erwählt hatte, der Bianchi ungewohntes Schweigen etwelche Besorgnis in ihr ausgelöst.

Als Olivia in der Kapelle von San Stefano erstmals Ellena zu Gesicht bekommen, war ihr deren Ähnlichkeit mit dem verstorbnen Conte di Bruno dermaßen aufgefallen, daß sie in der Folge des Mädchens Züge immer wieder mit der peinvollsten Neugierde gemustert hatte, wiewohl unter den obwaltenden Umständen der Gedanke keinesfalls nahelag, das fremde Mädchen könnte ihre Tochter sein. Dennoch – einmal ließ sie sich von solcher Möglichkeit hinreißen, nach Ellenas Familiennamen zu fragen. Als sie aber erfahren mußte, derselbe laute Rosalba, war ihren Mutmaßungen ein für allemal ein Ende gesetzt. Was aber wären die Empfindungen der Nonne gewesen, hätte man ihr eröffnet, daß ihr großherziges Mitleid nicht einer Fremden, sondern dem eignen Fleisch und Blut zur Freiheit verholfen hatte! So mag es wirklich der Beachtung wert sein, daß solche Tugenden, in den Dienst einer vermeintlich fremden Sache gestellt, Olivia ohne deren Wissen das Glück verschafft hatten, die Tochter gerettet zu haben, wohingegen Schedonis Laster denselben ebenso unwissentlich zum Mörder seiner Nichte gemacht, wobei solche Laster freilich durch eben die Mittel, zu deren Gebrauch sie ihn bewogen, den schließlichen Erfolg seines unablässigen Trachtens verhindert hatten.

Zehntes Kapitel

Die gestern uns gelacht, wo sind die Stunden?
Verblaßt zu fahlen Schemen!

Young

Die Marchesa di Vivaldi, von deren Tode Beatrice einen lückenhaften Bericht geliefert, war von Reue ob des Verbrechens erfaßt worden, das sie gegen Ellena im Schilde geführt, und entsetzte sich vor der Strafe, die nun zu befürchten stand. So hatte sie, schon auf den Tod darniederliegend, nach einem Beichtiger gesandt, vor dem sie ihr Gewissen erleichterte, hoffend, dadurch ihre Verzweiflung lindern zu können. Jener Beichtiger war aber ein vernünftiger und gutherziger Mensch, welcher, sobald er die Geschichte von Vivaldi und Ellena di Rosalba zur Gänze erfahren, der Marchesa eröffnete, ihre einzige Hoffnung auf Vergebung sowohl des Verbrechens, auf das sie gesonnen, als auch der unverdienten Leiden, welche sie den jungen Leuten zugefügt, beruhe in ihrem Willen, denjenigen zum Glücke zu verhelfen, welche durch sie so elend geworden. Nun hatte der Marchesa Gewissen ihr dies ja schon vorher nahegelegt, und da sie nun am Rande jener Grube stand, die alle Unterschiede aufhebt, so daß ihre wohlbegründete Furcht vor der Ewigen Strafe nicht länger durchkreuzt ward von Hochmut und Standesdünkel, schien sie nachgerade begierig, die nämliche Heirat zu befördern, welche sie so lange verhindern gewollt. Deshalb sandte sie nach dem Marchese und legte ihm, nachdem sie all die Ränke einbekannt hatte, welche sie gegen Ellenas Ruf und inneren Frieden ins Werk gesetzt, doch ohne das volle Ausmaß des geplanten Verbrechens zu enthüllen, ihre letzte Bitte ans Herz, auch er möge dem Glück des Sohnes nicht länger im Wege stehen.

Der Marchese jedoch, so sehr die Entdeckung der Hinterlist und Grausamkeit seines Weibes ihn auch entsetzte, empfand weder ihre Angst vor der Zukunft noch auch ihre Reue ob des Vergangenen, und kam dergestalt nicht über seine Vorbehalte gegen Ellenas niedere Abkunft hinweg. So widerstand er den drängenden Bitten seines Weibes, bis die Seelenpein ihrer letzten Stunden alle andern Erwägungen in ihm auslöschte, und er nur mehr wünschte, der Sterbenden Erleichtrung zu verschaffen. Darum legte er in Gegenwart des Beichtigers das feierliche Gelöbnis ab, er werde einer Heirat Vivaldis mit Ellena di Rosalba nicht länger entgegenstehen, im Falle der Sohn weiterhin an dem Mädchen festhalten sollte. Dies Gelöbnis war der Marchesa genug, und so fügte sie sich mit einiger Ergebung in ihren Tod. Allein, es schien nicht sehr wahrscheinlich, daß der Marchese allzu bald sein so unwillig gegebenes Versprechen würde einlösen müssen, da ja sämtliche im Hinblick auf Vivaldi eingeleiteten Nachforschungen bisher im Sande verlaufen waren.

Inmitten solch fruchtloser Suche nach dem Sohn, und während der Marchese denselben fast schon als tot beweinte, wurden die Bewohner des Vivaldi-Palastes in einer Nacht aus ihren Betten gescheucht durch ein heftiges Getrommel gegen das große Tor des Palasthofes. Der Lärm war so laut und anhaltend, daß, noch ehe der Pförtner hätte herbeieilen können, der Marchese, dessen Gemächer ja auf den Hof hinausgingen, davon aufgeweckt ward und den im Vorraum schlafenden Diener hinuntersandte, nach der Ursache solch nächtlichen Aufruhrs zu forschen.

Schon aber ward eine Stimme aus dem ersten Vorraume vernehmbar, welche schrie: »Ich muß Seine Gnaden den Marchese *selber* sprechen! Er wird nicht ungehalten sein, von mir geweckt zu werden, sobald er erst die ganze Wahrheit erfahren hat!« Und noch ehe der Marchese den Befehl geben gekonnt, unter gar keinen Umständen jemanden vorzulassen, stürzte der abgezehrte, zerlumpte und staubbedeckte Paolo in das Gemach. Seine bleiche und verstörte Miene, seine mangelhafte Kleidung wie überhaupt sein ganzes Gehaben, als er beim Eintreten gehetzt über die Schulter zurücksah wie jemand, der soeben seinen Häschern entronnen ist und die Schritte seiner Verfolger schon zu hören glaubt – dies alles wirkte so furchterregend, daß der Marchese sogleich ahnte, es gelte eine Hiobsbotschaft im Hinblick auf den Sohn, und kaum nach demselben zu fragen wagte. Paolo aber enthob den Bestürzten jeglicher Frage, indem er ganz ohne Umschweife und Einleitungen dem Marchese mitteilte, der Signor und teure Gebieter befinde sich zu Rom in den Kerkern der Inquisition, falls man ihm inzwischen nicht schon den Garaus gemacht habe!

»Oh ja, Euer Gnaden«, sagte Paolo. »Ich komme geradenwegs von dort, denn man hat mich nicht beim Signor bleiben lassen, und so hat's ja keinen Wert gehabt, mich noch länger dort zu verweilen! Doch ist's mich hart genug angekommen, auf und davonzugehn und meinen teuren Herrn und Meister ganz allein in jenen gräßlichen Mauern zurückzulassen! Nichts hätt' mich dazu bringen können, so zu handeln, wenn ich nicht gehofft hätte, Euer Gnaden könnten, sobald Ihr erst um seinen Aufenthalt wüßtet, den jungen Herrn von dort herausholen! Doch gilt's, keine Minute zu verlieren, denn ist ein Mensch erst in den Klauen jener Inquisitoren, so weiß man nie, wann's ihnen einfallen mag, ihn zu Stücken zu reißen! Soll ich die Pferde satteln lassen, Euer Gnaden – ich bin bereit, im Augenblick nach Rom aufzubrechen!«

Die Überstürztheit solcher Nachricht in Ansehung des einzigen Sohnes hätte wohl auch stärkere Gemüter denn dasjenige des Marchese durcheinandergebracht, und so war der Graf denn auch dermaßen niedergeschmettert, daß er gänzlich den Kopf verlor und weder einer Tat noch einer Antwort fähig schien. Sobald er sich aber so weit gefaßt hatte, um ein paar nähere Fragen nach Vivaldis wahrer Lage zu stellen, sah er ein, daß schleuniger Aufbruch das einzige war, was hier helfen konnte. Zunächst aber schien es geboten, ein paar Freunde zu Rate zu ziehen, deren römische Konnexionen dem wichtigen Vorhaben des Marchese von ganz beträchtlichem Nutzen sein mochten. Solche Rucksprache aber konnte erst am folgenden Morgen geschehen, und so gab der Marchese Anweisung, man möge alle Zurüstungen zu einem alsbaldigen Aufbruche treffen und die Pferde bereithalten. Nachdem er auch noch Paolos unbeholfnen Bericht über die durchlebten Abenteuer und die gegenwärtige Lage des Sohnes angehört hatte, sandte er den Diener für den Rest der Nacht zu Bett.

Dieser jedoch, wiewohl dringend der Ruhe bedürftig, war viel zu aufgewühlt, als daß er dieselbe hätte finden, ja auch nur suchen mögen. Auch die Angst um Vivaldis Leben, welche er bei seinem Eindringen ins Gemach des Marchese bekundet hatte, war ja bloß seinem gehetzten Hirn entsprungen, nicht aber begründeten Befürchtungen. Seine Freiheit verdankte er jenem jungen Wachtposten, welcher schon bei früherer Gelegenheit von Paolos Zelle abgezogen und gegen einen andern ausgetauscht worden war, mit dem er aber durch Vermittlung jenes Wächters, dem Vivaldi bei seiner nächtlichen Rückkehr aus dem Gerichtssaal Geld zugesteckt hatte, seither in Verbindung hatte bleiben können. Dieser junge Mann nun, schon von Natur aus zu menschlich für solche Profession, war ihrer herzlich überdrüssig geworden und hatte beschlossen, ihr noch vor Ablauf der vereinbarten Frist zu entfliehen, denn er war ja der Meinung, ein Wächter über Gefangne zu sein, wär' nicht viel besser, als selber hinter Schloß und Riegel zu sitzen. »Ich seh' keinen Unterschied zwischen dem einen und dem andern«, hatte er gesagt. »Höchstens, daß der Gefangne die Tür von der einen, sein Wächter sie aber von der andern Seite belauert.«

Sobald er den Entschluß gefaßt, das Weite zu suchen, beredete er sich mit Paolo, dessen gutartiges Gemüt und weiches Herz sich inmitten der so gänzlich anders veranlagten Leute des jungen Mannes Zuneigung und Vertrauen erworben hatten. Dieser bereitete die Flucht so gut vor, daß sie schon nahezu geglückt war, als Paolos Halsstarrigkeit im letzten Moment fast noch alles verdorben hätte. Der Diener nämlich erklärte plötzlich, es würde ihm das Herz abdrücken, seinen Herrn und Gebieter im Gefängnis zurückzulassen, sich selber aber aus dem Staub zu machen, und so würd' er lieber den Hals riskieren, als sich solche Schuld aufs Haupt zu laden. Deshalb schlug er vor, man möge, da Vivaldis Wächter viel zu grimmig waren, als daß man's mit ihnen hätte versuchen dürfen, die Mauer jenes Hofes erklettern, auf den Vivaldis vergittertes Kerkerfenster ging. Doch wiewohl die hohe Mauer sich als bezwingbar erwies, war dies beim Gitter nicht der Fall, und überdies hätte solcher Versuch Paolo nicht nur die Freiheit, sondern auch Kopf und Kragen kosten können.

Auch als er schließlich die gefährlichen Gefängnisgänge hinter sich gebracht hatte und schon außerhalb der Mauern war, konnt' er von seinem Gefährten kaum dazu gebracht werden, ihnen endgültig den Rücken zu wenden. Nahezu eine volle Stunde strich er in ihrem Schatten umher, wehklagend und immer wieder den Namen des ihm so teuren Gebieters rufend, auch auf die drohende Gefahr hin, den Häschern neuerlich in die Hände zu fallen. Und er hätte sich wohl noch viel länger dort verweilt, wäre nicht der Morgen heraufgestiegen, so daß der Gefährte schier in Verzweiflung geriet. Doch als dieser schon daran war, Paolo gewaltsam mit sich fortzuschleppen, bildete der Diener sich ein, im heller werdenden Licht jenes Dach zu erkennen, unter dem sein Herr gefangensaß, und geriet darüber in ein Entzücken, als hätt' er Vivaldi von Angesicht erblickt. Indes, gleich danach überkam ihn ein Anfall nicht minder großer Bekümmernis. »Es ist das Dach, es ist das nämliche Dach!« schrie er, wobei er immer wieder in die Luft sprang und dabei die Hände zusammenschlug. »Es ist das Dach, das Dach! Oh mein Herr, mein Gebieter! Das Dach, das Dach!« Und fuhr fort, abwechselnd »Mein Herr!« und »Das Dach!« zu schreien, bis der Gefährte ernstlich zu fürchten begann, Paolo sei von Sinnen gekommen: dem Diener rannen ja die Tränen über die Wangen, und seine Züge wie Gebärden verrieten ein Übermaß an Freude und Kummer zugleich, das den Beschauer wirklich glauben machte, Paolo sei nicht mehr recht bei Troste! Zuletzt aber zwang das unabweisliche Entsetzen, doch noch bemerkt zu werden, den Gefährten zur Gewaltanwendung, und sobald man Vivaldis Gefängnis aus den Augen hatte, legte der Diener solche Eile an den Tag, nach Neapel zu gelangen, daß er sich keinerlei Rast gönnte und dortselbst in der bereits geschilderten Verfassung eintraf. Er hatte ja unterwegs kein Auge zugetan und kaum einen Bissen zu sich genommen. Doch wie erschöpft er immer sein mochte – die Liebe zu seinem Herrn war ungebrochen, und als am nächsten Morgen der Marchese Neapel in Richtung Rom verließ, vermochten weder die Müdigkeit noch die mit solcher Rückkehr verbundene Gefahr Paolo an der Begleitung des Grafen zu hindern.

Der hohe Rang des Marchese und sein bekannter Einfluß am Hofe zu Neapel waren geeignet, seinem Wort beim Heiligen Offizium das nötige Gewicht zu verleihen und Vivaldis baldige Entlassung zu erwirken. Noch gewichtiger als dies aber waren die engen Verbindungen, welche der Conte di Maro und Freund des Marchese zu der Römischen Kirche unterhielt.

Dennoch – die Vorstellungen, welche man bei den Inquisitoren erhob, fanden nicht so bald Antwort, wie der Marchese es sich erwartet hatte, und so verstrichen vierzehn lange Tage, ehe ihm verstattet ward, seinen Sohn zu besuchen. In jenem Gespräch dominierte auf beiden Seiten die Zuneigung über alle Schatten der Vergangenheit. Vivaldis Verfassung und abgezehrte Erscheinung, zu der auch die in Celano empfangenen und noch nicht richtig ausgeheilten Wunden das ihrige beitrugen, sowie seine Lage in dem tristen, grauenvollen Gefängnisloch – dies alles rief sogleich die zärtlichen Gefühle des Vaters auf den Plan. So vergab der Marchese dem Jüngling dessen Irrungen und war in der rechten Stimmung, alles zum schließlichen Glück des Sohnes beizutragen, wenn es ihm nur gelänge, denselben freizubekommen.

Vivaldi hingegen, sobald er vom Tod seiner Mutter

erfuhr, vergoß bittere Tränen der Trauer und der Reue ob des Umstands, daß er der Ärmsten so viel Ungemach bereitet hatte. Vergessen war alle Unvernunft ihrer Forderungen, und ihre Fehler erschienen ihm nun in milderem Lichte. So war's für seinen Seelenfrieden ein großes Glück, daß er niemals das volle Ausmaß ihrer verbrecherischen Pläne erkannt hatte. Und als er vollends erfuhr, die letzte Bitte der Sterbenden sei auf die Befestigung seines Glückes gerichtet gewesen, verursachte ihm das grausame Bewußtsein, den Frieden solcher Mutter gestört zu haben, die schwersten Seelenqualen, so daß er sich erst noch ihre Ränke gegen Ellena zu San Stefano ins Gedächtnis rufen mußte, um ruhigeren Gemüts auf sein Schicksal blicken zu können.

Elftes Kapitel

Dein in den Reih'n des Tod's.
Shakespeare, König Lear

Nahezu drei Wochen waren verstrichen, seit der Marchese zu Rom eingetroffen, und noch immer war seitens der Inquisition keine definitive Antwort auf seine Eingabe erfolgt, bis er und Vivaldi gleichzeitig aufgefordert wurden, dem Pater Schedoni in dessen Kerker einen Besuch abzustatten. Einem Manne gegenübertreten zu sollen, der so viel Leid über die gesamte Familie gebracht, war dem Marchese in der Seele zuwider, doch durft' er sich nicht gestatten, die verordnete Unterredung auszuschlagen. So erschien er denn zur festgesetzten Stunde vor Vivaldis Zelle, und die beiden begaben sich, gefolgt von zwei Offizialen, zu derjenigen Schedonis.

Während sie noch vor der Kerkertür warteten, bis die zahlreichen Schlösser und Sicherungen gelöst waren, brach die Aufregung, welche der Jüngling beim Vernehmen solchen Gebotes empfunden, mit verdoppelter Stärke über ihn herein, denn nun sollt' er ja zum andernmal jenem Schurken ins Auge blicken, welcher sich ihm als der Vater von Ellena di Rosalba zu erkennen gegeben. Der Marchese aber war von gänzlich anderen Empfindungen bewegt, denn seinem Widerwillen vor solcher Begegnung mischte sich etwelche Neugierde bei im Hinblick auf jenes Ereignis, von dem diese Anordnung offenbar ausgelöst worden war.

Nach dem Öffnen der Zellentür betraten als erste die Offizialen den Raum, und der Marchese wie auch dessen Sohn, welche ihnen auf dem Fuße folgten, sahen den Beichtiger auf einem Strohsacke liegen. Schedoni aber stand nicht auf, die Eingetretenen zu begrüßen, doch schien seine Miene, als er den Kopf hob und grüßend neigte, in dem spärlich durch das dreifach vergitterte Fenster sickernden Lichte noch blässer und gespenstischer zu sein denn gewöhnlich. Die Augen lagen tief in ihren Höhlen, und die eingefallenen Züge schienen schon vom Tode gezeichnet. Vivaldi konnte sich bei solchem Anblick eines Aufstöhnens nicht erwehren und wandte sich ab. Sobald er sich jedoch wieder genugsam in der Hand hatte, trat er auf das Lager zu.

Der Marchese, all seinen Unmut bemeisternd im Angesicht eines Feindes, der sich in so jämmerlicher Verfassung befand, frug den Pater, was er denn mitzuteilen habe?

»Wo ist Pater Nicola?« fragte Schedoni einen der Offizialen, ohne auf die Worte des Marchese zu achten. »Ich sehe ihn nicht. Ist er denn schon weggegangen, ohne sich zu erkundigen, weshalb ich euch zusammengerufen? Man hole ihn her!«

Der Offizial wandte sich an einen der Wächter, welcher sogleich die Zelle verließ.

»Wer steht da um mein Lager versammelt?« frug Schedoni. »Wer ist's, der an dessen Fußende steht?« Bei diesen Worten heftete er den Blick auf Vivaldi, der dortselbst in tiefer Niedergeschlagenheit verharrte, in seine Gedanken versunken, bis Schedonis Frage ihn aus seinem Brüten riß.

»Ich bin's«, sagte er, »Vincentio di Vivaldi. Ich bin Eurem Rufe gefolgt und frag' Euch nun nach dessen Ursach'.«

Der Machese schloß sich diesen Worten an. Schedoni aber schien zu überlegen. Bisweilen blickte er auf Vivaldi und versank, sobald er wieder wegsah, noch tiefer in Gedanken. Als er die Lider wieder hob, hatte sein Blick einen sonderbar wilden Ausdruck angenommen, der sich alsbald zu einem leeren Starren sänftigte, aus dem's plötzlich hervorfunkelte, als er fragte: »Wer ist's, der dort hinten durchs Dunkel huscht?«

Schedoni sah an Vivaldi vorbei, der, sich umwendend, den Pater Nicola gewahrte.

»Ich bin gekommen!« sagte dieser. »Was begehrst du von mir?«

»Die Wahrheit dessen zu bezeugen, was ich nunmehr enthüllen werde«, versetzte Schedoni.

Dies vernommen, traten Nicola und ein Inquisitor, welcher den Mönch begleitet hatte, an die eine Seite des Lagers, wogegen der Marchese sich an der anderen postierte. Vivaldi verharrte weiterhin am Fußende.

Nach einigem Schweigen hub Schedoni an: »Was ich nunmehr kundtun möchte, hängt mit der Kabale zusammen, welche wir beide, der Pater Nicola und ich, gegen den Seelenfrieden eines schuldlosen jungen Weibes angezettelt, das er auf meine Veranlassung hin aufs gemeinste verleumdet hat.«

Bei diesen Worten wollte Nicola den Beichtiger unterbrechen, doch Vivaldi hinderte ihn daran.

»Kennt Ihr Ellena di Rosalba?« frug Schedoni, an den Marchese gewandt.

Bei solch unverhoffter Erwähnung Ellenas wechselte der Jüngling die Farbe, sagte aber nichts.

»Ich hab' von ihr gehört«, versetzte der Marchese kühl.

»So habt Ihr Falsches vernommen«, entgegnete Schedoni. »Hebt Euren Blick, edler Marchese, und sagt, ob Ihr dies Gesicht vor Euch wiedererkennt!« Dabei wies er auf Nicola.

Der Marchese musterte den Mönch aufmerksam. »Solch ein Gesicht vergißt man nicht so leicht«, versetzte er. »Ich hab' es mehr denn einmal gesehen.«

»Und *wo* habt Ihr's gesehen, wohledler Marchese?«

»In meinem Palast zu Neapel. Ihr selber habt den Mann ja bei mir eingeführt.«

»So ist's«, bestätigte Schedoni.

»Aus welchem Grunde bezichtigt Ihr ihn dann der Falschheit«, warf der Marchese ein, »wo Ihr doch eben gesagt habt, Ihr selber hättet ihn dazu veranlaßt?«

»Allmächtiger!« rief da Vivaldi. »So ist dieser Mönch, dieser Pater Nicola, wie ich schon vermutet habe, der Verleumder von Ellena di Rosalba?«

»Nur zu wahr!« bekräftigte Schedoni. »Und zum Zwecke der Rechtfertigung will ich nun –«

»Ihr aber gebt zu, der Urheber solch abscheulicher Verleumdungen zu sein!« fiel Vivaldi ihm ins Wort. »Ihr, der Ihr erst vor kurzem erklärt habt, Ihr wäret Ellenas Vater!«

Noch während dies Wort im entschlüpfte, erkannte Vivaldi seine Unbedachtheit, denn bis jetzt hatte er dem Marchese ja verschwiegen, daß nach Schedonis Aussage Ellena dessen Tochter war. Solch abrupte Enthüllung, noch dazu in diesem Augenblick, dies erkannte der Jüngling sogleich, konnte seinen Hoffnungen zum Verhängnis werden, denn unter so besondern und unvorhergesehnen Umständen würde der Marchese das feierliche Versprechen, welches er seinem sterbenden Weibe gegeben, nicht länger für bindend ansehen. Das Erstaunen, welches der Letztere ob solcher Entdeckung empfand, läßt sich denn auch nur schwer beschreiben: erklärungheischend starrte er auf seinen Sohn, um danach mit noch größerem Abscheu auf den Beichtiger zu blicken. Vivaldi aber war nicht in der Verfassung, hier und jetzt Erklärungen zu geben, und so ersuchte er den Vater, dieser mög' alle Fragen und auch Mutmaßungen zurückstellen, bis man die Sache unter vier Augen besprechen könne.

So stand der Marchese denn ab, weiterhin in seinen

Sohn zu dringen, doch war es ganz offenkundig, daß seine Ansicht und Entscheidung im Hinblick auf Vivaldis Heirat schon gefaßt war.

»Ihr also seid der eigentliche Urheber jener Verleumdungen!« wiederholte Vivaldi.

»So hört mich doch an!« rief Schedoni, und die Spannkraft seines Geistes ließ im Widerstreit mit der körperlichen Schwäche seine Stimme grausig hohl ertönen – »so hört mich doch an!« Er hielt inne, nicht fähig, sich sogleich von solcher Anstrengung zu erholen, doch nach einer Weile fuhr er fort:

»Ich habe erklärt, und erklär' es abermals, daß Ellena di Rosalba, wie sie vermutlich genannt worden, um der Entdeckung durch ihren unwürdigen Vater zu entgehn, meine Tochter ist!«

In tiefster Seelenqual stöhnte Vivaldi auf, versuchte aber nicht mehr, Schedoni zu unterbrechen. Der Marchese aber verhielt sich nicht so zurückhaltend. »War's nur um der Rechtfertigung Eurer Tochter willen«, rief er, »daß ich hierherkommen gesollt? Laßt diese Signora Rosalba sein was sie will – was schert es mich, ob sie nun schuldlos sein mag oder nicht!«

Nur mit äußerster Anstrengung vermochte Vivaldi jene Gefühle zu bemeistern, die solche Äußerung in ihm hervorgerufen. Schedonis Lebensgeister aber schienen durch die Worte des Marchese aufs neue geweckt zu sein. »Sie stammt aus adeligem Hause«, sagte er hochmütig, wobei er sich von seinem Strohsack aufrichtete. »Ihr seht in mir den letzten Sproß der gräflichen Familie di Bruno.«

Der Marchese hatte bloß ein verächtliches Lächeln.

»Nicola di Zampari«, sprach Schedoni nun weiter, »ich fordre dich auf – dich, der du erst vor kurzem erklärt hast, so peinlich auf das Recht bedacht zu sein –, ich fordre dich auf, nun auch in diesem Punkte Gerechtigkeit zu üben und vor versammelten Zeugen zu bekräftigen, daß Ellena di Rosalba nichts zu schaffen hat mit jener üblen Aufführung, von der du dem Marchese di Vivaldi Bericht erstattet hast!«

»Wie – du zögerst, Schurke?« rief Vivaldi, an Nicola gewendet. »Du zögerst, jene grausige Verleumdung zurückzuziehn, mit der du den Namen einer Unschuldigen befleckt hast und durch die ihr Seelenfriede vielleicht auf immer zerstört worden ist? Beharrst du weiterhin darauf, daß –«

Der Marchese fiel seinem Sohn ins Wort. »Laß mich dieser Peinlichkeit ein Ende setzen, indem ich das Gespräch abbreche. Ich sehe schon, man hat nach mir gerufen in einer Sache, die mich nicht betrifft!«

Und noch ehe der Beichtiger etwas hätte erwidern können, hatte der Graf sich abgewendet und war schon im Begriff, die Zelle zu verlassen. Allein, die Heftigkeit von Vivaldis Seelenpein bewog ihn, auf der Schwelle innezuhalten, und so konnt' er Schedoni eben noch sagen hören, es sei nicht nur der schuldlosen Ellena Rechtfertigung, die, wiewohl sie seinem Vaterherzen am nächsten gelegen, den Anlaß zu solcher Zusammenrufung bilde.

»Falls Ihr willens seid«, setzte Schedoni hinzu, »der Rechtfertigung meines Kindes zu lauschen, so werdet Ihr erkennen, Signor, daß ich, wie tief ich auch gefallen sein mag, stets bestrebt gewesen bin, das Übel, welches ich hervorgerufen, wieder gutzumachen. Und vollends werdet Ihr erkennen, daß meine weitere Enthüllung von höchster Wichtigkeit ist für den innern Frieden des Marchese di Vivaldi – so reich an Einfluß und Vermögen, wie er nun vor uns steht.«

Der zweite Teil dieser Äußerung drohte die Wirkung des ersten zunichte zu machen, denn der stolzgeschwellte Marchese tat schon die ersten Schritte, den Raum zu verlassen. Dann aber blieb er doch noch stehen und erklärte sich bereit, Nicolas Ausführungen anzuhören, in der Erwägung, der Gegenstand, auf welchen Schedoni angespielt, könnte mit der Befreiung des Sohnes zusammenhängen.

Mittlerweile hatte jener Mönch die Notwendigkeit, sich als einen Verleumder zu bekennen, gegen die Möglichkeit abgewogen, solches Eingeständnis zu vermeiden, und nicht das schlechte Gewissen oder Schedonis Verlangen war's, welches den Schurken die Folgen weiteren Leugnens fürchten machte, sondern einzig die Entschlossenheit Vivaldis, der ja keinerlei Zweifel an Nicolas Schuld zu hegen schien. So verstand der Mönch sich auf recht gewundene Weise, wobei er allerlei Rechtfertigungen einzuflechten suchte, indem er das Schimpfliche des ursprünglichen Planes zur Gänze auf Schedoni abwälzte, zu dem Einbekenntnis, er sei durch dessen Arglist verleitet worden, des Marchese Gutgläubigkeit im Hinblick auf Ellenas Lebensführung gründlich zu täuschen. Dies Bekenntnis ward durch einen Eid erhärtet, wobei Schedoni darauf Bedacht nahm, seine Fragen so lückenlos und ausführlich zu stellen, daß auch der voreingenommenste Hörer von der Wahrheit des Gesagten überzeugt, und noch der fühlloseste sogleich von Entrüstung gegen den Verleumder, doch von Mitleid für das verleumdete Opfer erfaßt werden mußte. Indes, die Wirkung auf die hier Versammelten war eine unterschiedliche. Der Marchese hatte der langatmigen Erklärung zwar mit unbewegter Miene, jedoch mit tiefer Aufmerksamkeit gelauscht. Vivaldi verharrte so starr wie bisher und hielt den Blick mit so begierigem Eifer auf Nicola geheftet, als wollt' er des Mönches innerste Seele ergründen. Als aber dieser mit seinem Bericht zu Rande war, erhellte ein Lächeln triumphierender Freude des Jünglings Züge, wobei er auf den Marchese blickte und ihn aufforderte, er möge nun zugeben, daß Ellena einer Verleumdung zum Opfer gefallen sei. Der frostige Blick, mit dem der also Aufgeforderte solchem Ansinnen begegnete, traf den feurigen, hochherzigen Jüngling zutiefst, dieweil er ja gewahren mußte, daß dem Vater nicht nur das Ellena widerfahrene Unrecht überaus gleichgültig war, sondern auch zu sehen glaubte, wie unwillig der Marchese jene Wahrheit aufnahm, an der zu zweifeln ihm sein gerechtes Urteil nicht länger verstattete.

Mittlerweile schien Schedoni sich beinahe schon zu winden in der Gewissensqual, welche sein Denken ihm bereitete, und nur unter größter Anstrengung vermocht' er, in jenen Fragen fortzufahren, die er Nicola zu stellen für nötig befunden. Sobald er damit zu Rande war, sank er zurück auf sein Strohpolster, schloß die Augen und ward von einer so fahlen, ja leichenhaften Blässe überkommen, daß Vivaldi zunächst schon glaubte, Schedoni liege im Sterben. Und nicht nur dem Jüngling erging es so, nein, auch einer der Offizialen ward angesichts so übler Verfassung von Mitleid ergriffen und trat schon an Schedonis Lager, um dem Kranken Beistand zu leisten, als dieser die Augen wieder auftat und ein wenig zu sich zu kommen schien.

Der Marchese, ohne mit einem Wort auf Nicolas Eingeständnis zurückzukommen, bestand nach dessen Beendigung bloß auf jener Enthüllung, von welcher Schedoni gesagt, sie wäre so bedeutsam für des Grafen Seelenfrieden. Daraufhin wandte der Beichtiger sich an einen der neben ihm Stehenden und fragte, ob ein Inquisitions-Schreiber zugegen sei, dessen Beiziehung er ja gefordert hatte, auf daß derselbe die beabsichtigte Erklärung schriftlich und in aller Form festhielte. Man bedeutete dem Frager, der Mann stehe schon bereit, worauf Schedoni sich erkundigte, welche Personen sonst noch zugegen seien, und hinzufügte, er wünsche auch die Anwesenheit eines Zeugen der Inquisition. Man antwortete ihm, ein Inquisitor und zwei Offizialen seien gleichfalls hier, und dies reiche bei weitem zur ordnungsgemäßen Beglaubigung der Niederschrift aus.

Sodann verlangte der Schreiber nach einer Lampe, und da dieselbe nicht sogleich herbeigeschafft werden konnte, behalf man sich inzwischen mit der Fackel von einem der Türposten, welche draußen auf dem finstern Gange Wache standen. Nun erst enthüllte der flackernde Schein dem Beichtiger sämtliche in dem düsteren Gelaß versammelten Personen, ihnen hingegen die abgezehrte Gestalt und die grausig verkrampften Züge Schedonis. Vivaldi aber, beim Scheine des stärkeren Fackellichtes, gewann abermals den Eindruck, die Züge des Mönches seien vom Tode gezeichnet.

Nun erst war jedermann bereit, Schedonis Erklärung anzuhören – nur er selber schien noch nicht der Rede fähig. Eine Zeitlang lag er schweigend auf sein Lager hingestreckt, die Augen geschlossen und das Antlitz von mannigfaltigem Mienenspiel durchzuckt, was auf des Beichtigers innere Aufgewühltheit schließen ließ. Dann aber, mit nahezu übermenschlicher Anstrengung, richtete er sich ein wenig auf und legte ein volles Bekenntnis all der finstern Ränke ab, welche er gegen Vivaldi ins Werk gesetzt. Er bekannte sich als jener anonyme Ankläger, welcher des Jünglings Festnahme durch das Heilige Offizium bewirkt hatte, und gab ferner zu, daß die von ihm erhobene, auf Ketzerei lautende Anklage falsch und einzig von bösem Willen diktiert gewesen sei.

In diesem Augenblick, da Vivaldi die Bestätigung seines Argwohns im Hinblick auf seinen geheimen Ankläger vernahm, erkannte er auch mit voller Klarheit, daß dessen Beschuldigung mitnichten auf das lautete, wessen man ihn in der San Sebastian-Kapelle bezichtigt und worein man auch Ellena einbezogen hatte! So begehrte er unverzüglich nach einer Erklärung solchen Umstandes. Daraufhin räumte Schedoni ein, jene Leute, welche den Jüngling in Celano festgenommen, seien keine Beamten der Inquisition gewesen, und der vorgebliche Haftgrund, nämlich die Entführung einer Nonne, sei von ihm selbst ersonnen worden, auf daß jene Schurken einen Grund hätten, auch Ellena mit sich hinwegzuschleppen, ohne den Widerstand der Insassen des Klosters fürchten zu müssen, darin das Mädchen damals Logis genommen.

Auf Vivaldis Frage, weshalb denn eine Kriegslist angewendet worden sei, Ellena aus dem Wege zu schaffen, wo doch eine solche, wenn Schedoni das Mädchen für seine Tochter erklärt hätte, gar nicht nötig gewesen wäre, versetzte der Beichtiger, er habe zu jenem Zeitpunkte noch keine Ahnung von dem zwischen ihm und Ellena bestehenden Verwandtschaftsverhältnisse gehabt. Auf die weiteren Fragen jedoch, zu welchem Ende und an welchen Ort Ellena entführt worden sei, und auf welche Weise er in ihr seine Tochter wiedererkannt habe, blieb Schedoni die Antwort schuldig und sank auf sein Lager zurück, offenbar überwältigt von seinen aufgestörten Erinnerungen.

Seine Aussagen, von dem Sekretarius schriftlich festgehalten, wurden in aller Form von dem Inquisitor und den Offizialen gefertigt, und so sah Vivaldi seine Schuldlosigkeit bekräftigt von eben dem Manne, der ihn in alle Fährnisse der Inquisition gestürzt hatte! Indes, die Aussicht auf seine bevorstehende Entlassung vermochte nicht, ihn mit Freude zu erfüllen, da er ja nunmehr wußte, daß Ellena des Beichtigers Tochter und dergestalt das Kind eines Mörders war, zu dessen erschreckendem und schimpflichem Ende der Jüngling das Seine beigetragen hatte! Doch da er sich noch immer der Hoffnung hingab, Schedoni habe bezüglich seiner Verwandtschaft mit Ellena sich nicht an die Wahrheit gehalten, begehrte er in Ansehung der seit langem für das Mädchen gehegten Zuneigung eine volle Erklärung der Umstände, welche zur Entdeckung dieser familiären Bindung geführt hatten.

Bei solch öffentlichem Bekenntnis von Vivaldis Liebe nahm das Gesicht des Marchese den Ausdruck stolzen Unwillens an, und er untersagte dem Sohn alles weitere Fragen in diesem Punkte, worauf er sogleich aus der Zelle schritt.

»Meine Gegenwart ist hier nicht länger vonnöten«, setzte er noch hinzu. »Der Gefangene hat ja nunmehr den einzigen Punkt erläutert, an welchem ich interessiert gewesen, und so vergeb' ich ihm ob des Bekenntnisses, das er in Ansehung der Unschuld meines Sohnes abgelegt, all die Beschwer, welche er mir und meiner Familie durch seine falsche Anklage zugefügt. Die Niederschrift des Bekenntnisses sei nun Euren Händen anvertraut, Hochwürdiger Vater«, sagte er zu dem Inquisitor, »und ich schließe daran die Bitte, dasselbe dem Heiligen Offizium vorzulegen, auf daß dort Vincentio di Vivaldis Schuldlosigkeit offenbar und er unverzüglich aus diesem Gewahrsam entlassen werde. Doch vorher begehr' ich eine Abschrift der Erklärungen, welche gleichfalls von den anwesenden Zeugen gefertigt werden möge!«

Der Sekretarius ward nun angewiesen, die verlangte Abschrift herzustellen, und während der Marchese auf das Schriftstück wartete (denn ohne dasselbe wollt' er die Zelle ja nicht verlassen), drang Vivaldi abermals mit unabweislicher Beharrlichkeit in den Mörder, dieser möge ihm doch endlich Ellenas Familienverhältnisse auseinandersetzen. Schedoni, nunmehr in die Enge getrieben, konnte aber keine ausführliche Erklärung geben, ohne nicht auch zum Teil die verhängnisvollen Pläne zur Sprache zu bringen, welche von ihm und der verstorbnen Marchesa ausgeheckt worden, von deren Tode er ja noch nicht wußte. So erwähnte er in diesem Punkte lediglich, Ellena habe ein Medaillon getragen, und das darauf befindliche Miniaturbildnis habe zur Entdeckung ihrer Abstammung geführt.

Während der Beichtiger diese kurze Erklärung gab, starrte ihn Nicola, welcher ein wenig in den Hintergrund getreten war, mit der Bosheit eines Teufels an. Seine funkelnden Augen waren eben noch sichtbar unterm Rand der Kapuze, wogegen die untere Gesichtspartie von den Falten der Kutte verhüllt blieb. Der freibleibende Teil aber zeigte im vollen Schein der Fakkel all die sprechenden, furchterregenden Züge solchen Mannes. Abermals vermeinte Vivaldi, dem Mönch von Paluzzi gegenüberzustehn, und überdies gewann er den Eindruck, dieser Mensch sei eben jener Verbrechen fähig, derer er Schedoni bezichtigt hatte. Dies auch war der Moment, da dem Jüngling der blutbesudelte Mönchshabit wieder einfiel, den er im Verliese des Kastells entdeckt hatte! Noch eindringlicher aber stiegen ihm die befremdlichen Umstände herauf, von denen der Tod der Bianchi begleitet gewesen, und er dachte an das fast gleichzeitige Wissen des Mönches um jenes Ereignis. Vivaldi, abermals von seinem alten Argwohn im Hinblick auf die Ursache solchen Todes überkommen, beschloß nun, diesen Verdacht, wenn möglich, entweder loszuwerden oder aber bestätigt zu sehen. So wandte er sich in allem Ernste an Schedoni, der, ganz augenscheinlich schon vom Tod gezeichnet, ohnedem nichts mehr von der Enthüllung der vollen Wahrheit zu fürchten hatte, und begehrte von ihm, er möge alles bekennen, was er in diesem Punkte wisse. Dabei ließ er Nicola nicht aus den Augen, um die Wirkung feststellen zu können, die solches Begehren auf den Mönch üben mochte. Allein, dessen Züge waren so sehr verhüllt, daß man ihnen nicht viel anmerken konnte. Immerhin aber sah Vivaldi, daß der Mönch in Anhörung solcher Frage die Kutte noch enger zog und den Blick sogleich vom Frager ab- und Schedoni zuwandte.

Dieser jedoch erklärte unter den feierlichsten Beteuerungen, weder am Tode der Bianchi Schuld zu tragen, noch irgend etwas über die Ursache so plötzlichen Hintrittes zu wissen.

Nunmehr wollte Vivaldi erfahren, auf welche Weise Schedonis Helfershelfer Nicola so rasch zur Kenntnis solchen Todes gelangt sei, daß er auf Paluzzi schon vor einem Ereignis habe warnen können, das ihn ja weiter nicht betroffen, und warum er jene Warnung ausgesprochen habe.

Nicola unternahm keinen Versuch, der Antwort Schedonis zuvorzukommen, welcher nach kurzem Überlegen sagte: »Jene Warnung, junger Mann, ist gegeben worden, um Euch vom Besuch der Villa Altieri abzuhalten, und dies war auch der Zweck aller anderen Mitteilungen und Ratschläge, welche Euch im Torweg von Palizzi zuteilgeworden sind.«

»So habt Ihr, Vater«, versetzte Vivaldi, »niemals geliebt, sonst hättet Ihr Euch erspart, so müßige Ränke anzuwenden, um einen echten Liebhaber vom Weg zu der Geliebten abzuhalten oder ihn irrezuführen! Habt Ihr denn wirklich geglaubt, ein unbekannter Ratgeber könnte stärkren Einfluß über mich gewinnen denn meine Liebe – habt Ihr geglaubt, ich würde mich durch derlei Arglist abschrecken lassen und dem Gegenstande solcher Liebe entsagen?«

»Ich habe angenommen«, versetzte der Beichtiger, »Ihr würdet dem selbstlosen Rat eines Fremden etwelches Gewicht beimessen. Noch mehr aber vertraute ich auf die abergläubische Furcht, so Gehaben wie scheinbares Vorauswissen des Unbekannten in einem Gemüt wie dem Eurigen hervorrufen mußten, ja gedachte, mir Eure daraus erfolgende Schwachheit zunutze zu machen.«

»Schwachheit? Was meint Ihr damit?« frug Vivaldi errötend.

»Eine Empfänglichkeit des Gemüts, welche Euch für allen Aberglauben besonders anfällig macht«, erwiderte Schedoni.

»Wie! So nennt ein Mönch den Aberglauben eine Schwäche!« rief Vivaldi. »Doch sei es drum: wann hätt' ich jemals solche Schwäche an den Tag gelegt?«

»Habt Ihr denn des Gesprächs vergessen, das ich mit Euch über unsichtbare Geistwesen geführt?« frug Schedoni.

Vivaldi war betroffen ob des Tonfalls solcher Frage, welcher sich von allem unterschied, das der Jüngling jemals aus des Beichtigers Munde vernommen. So blickte er noch eindringlicher auf diesen, als wollt' er sich vergewissern, daß auch wirklich Schedoni es war, der so gefragt hatte. Doch der Beichtiger hielt den Blick auf den Jüngling geheftet und wiederholte langsam und im nämlichen Tonfall: »Habt Ihr jenes Gespräch schon vergessen?«

»Ich hab' jene Unterhaltung, auf die Ihr da anspielt, keineswegs vergessen«, versetzte Vivaldi. »Doch kann ich mich nicht entsinnen, dabei irgendwelche Meinungen geäußert zu haben, welche Eure Behauptung rechtfertigen würden!«

»Eure Meinungen waren durchaus rationaler Natur«, sagte Schedoni. »Doch ging daraus hervor, wie lebhaft Eure Imagination ist. Und welche lebhafte Imagination hätte sich je mit der baren Vernunft zufriedengegeben, oder gar nur mit bloßer Sinneswahrnehmung? Nimmermehr will sie sich aus freien Stücken von den simplen

Wahrheiten dieser Erde fesseln lassen, sondern wird, voll Eifer drauf bedacht, alle Fähigkeiten zu erweitern, die Fassungskräfte anzuspannen und daraus die eigensten Entzückungen zu ziehen, sich auf der Suche nach neuen Wundern zum Fluge durch die selbstgebaute Welt erheben!«

Vivaldi stieg die Schamröte zu Kopfe ob solchen Tadels, denn er sah ein, wie berechtigt derselbe war. Auch überraschte es ihn, durch Schedoni die eigne Wesensart so scharf erkannt zu sehen, wogegen des Jünglings Mutmaßungen in Ansehung des Gegenstandes, auf welchen Schedoni da angespielt, noch nicht zu einer festgefügten Meinung gediehen, ja sogar im unklaren über solch verhängnisvolle Neigung geblieben waren.

»Ich geb' die Wahrheit Eures Einwurfs zu«, sagte der Jüngling, »soweit er meine Person betrifft. Doch muß ich Euch noch etwelche Fragen in einer minder abstrakten Sache stellen, zu deren Erklärung meine Sinneswahrnehmungen bisher nicht ausgereicht haben. Wem hat jenes blutbesudelte Gewand gehört, das ich im Verlies von Paluzzi gefunden, und was ist dessen Besitzer zugestoßen?«

Sekundenlang malte sich Bestürzung auf Schedonis Zügen. »Von welchem Gewande sprecht Ihr?« fragte er.

»Es schien jemandem gehört zu haben, der durch Gewalttat ums Leben gekommen«, versetzte Vivaldi. »Und es lag an einem Orte, an dem Euer eingestandner Helfershelfer, der Mönch Nicola, sich recht oft herumgetrieben hat.«

Dies gesagt, blickte Vivaldi auf den Genannten, und auch das Augenmerk aller Versammelten richtete sich auf den Mönch.

»Es hat mir gehört«, sagte Nicola.

»Euch? Und in solchem Zustand?« rief Vivaldi. »Es war ja über und über voll geronnenen Bluts!«

»Es hat mir gehört«, wiederholte Nicola. »Und seinen Zustand hab' ich *Euch* zu danken – das Blut stammte von der Schußwunde, die Ihr mir zugefügt hattet.«

Vivaldi war höchlich erstaunt ob solch augenscheinlicher Ausflucht. »Ich hab' ja gar kein Pistol bei mir getragen!« versetzte er. »Der Degen war meine einzige Waffe!«

»Gemach, gemach – besinnt Euch!« beharrte der Mönch.

»Ich wiederhole, daß ich keinerlei Schußwaffe bei mir getragen habe!« rief Vivaldi.

»So ruf' ich den Pater Schedoni zum Zeugen«, sprach jetzt Nicola. »Er soll sagen, ob es eine Schußwunde gewesen oder nicht!«

»Du hast das Recht verwirkt, mich zum Zeugen zu rufen«, versetzte da Schedoni. »Weshalb auch sollt' ich dich vor einem Argwohn retten, der dich in die nämliche Lage wie mich bringen könnte?«

»Deine Verbrechen sind's, die dich hierhergebracht haben!« gab ihm Nicola zur Antwort. »Ich aber habe nichts denn meine Pflicht getan! Und überdies hätt' ja dazu auch ein anderer genügt – nämlich der Priester, vor welchem Spalatro seine Beichte abgelegt!«

»Doch ist solche Pflicht immerhin von einer Art«, warf hier Vivaldi ein, »daß ich mein Gewissen nicht mit ihr beschweren möchte. Ihr habt Euren früheren Freund ans Messer geliefert und mich dazu gezwungen, zur Vernichtung eines Mitgeschöpfes beizutragen!«

»Ihr habt, ganz so wie ich, bloß geholfen, einen Mörder zur Strecke zu bringen. Er hat fremdes Leben zerstört und verdient darum, das eigne zu verlieren. Wenn's Euch aber ein Trost ist, zu hören, daß Ihr *nicht* zu seinem Tode beigetragen, so will ich Euch dies gern bezeugen. Es hätt' auch noch andere Mittel gegeben, in Schedoni den ehemaligen Conte di Bruno zu entlarven, als das Zeugnis des Paters Ansaldo, wiewohl ich ihrer zu dem Zeitpunkte, da ich von Euch dessen Vorladung verlangte, noch unkundig gewesen.«

»Hättet Ihr dies schon früher gesagt«, erwiderte Vivaldi, »so hättet Ihr mehr Glauben bei mir gefunden. Jetzt aber kann ich in Euren Worten nur ein Mittel sehen, mich zum Schweigen zu bringen und daran zu hindern, Eure Maxime auch auf *Eure* Person anzuwenden:

nämlich, daß derjenige, der fremdes Leben zerstört, auch das eigene verlieren soll! – Wem also hat jenes blutbesudelte Gewand gehört?«

»Ich wiederhole, es hat *mir* gehört«, versetzte Nicola. »Schedoni kann bezeugen, daß ich auf Paluzzi durch einen Pulverschuß verwundet worden bin!«

»Dies ist unmöglich!« beharrte Vivaldi. »Ich war bloß mit dem Degen bewaffnet!«

»Doch hattet Ihr einen Gefährten«, warf der Mönch nun ein. »Hat nicht *er* Pistolen bei sich gehabt?«

Vivaldi, nach einigem Besinnen, erinnerte sich, daß Paolo in der Tat solche bei sich getragen, und daß er das eine unterm Torbogen von Paluzzi abgefeuert hatte aus Schrecken ob der so unvermutet vernommenen Stimme des Unbekannten. Dies gab der Jüngling sogleich zu. »Doch hab' ich keinerlei Stöhnen vernommen und nichts, das auf Schmerzen hätte schließen lassen!« setzte er hinzu. »Überdies lag jenes Gewand sehr weit von dem Orte entfernt, an welchem der Schuß erfolgt ist! Wie hätte da jemand, der so schwer blessiert war wie das Gewand es mir gezeigt, vollkommen lautlos die große Entfernung bis zu jenem Verliese zurücklegen können? Und wär' ihm dies immerhin möglich gewesen, so hätt' er doch gewißlich die Kleider von sich geworfen.«

»Und dennoch, was ich sage, es ist wahr!« versetzte Nicola. »Meine Entschlossenheit befähigte mich, jeden Schmerzenslaut zu unterdrücken. Um Euch zu entgehen, zog ich mich ins Innre der Ruine zurück, doch Ihr setztet mir nach bis in jenes Verlies, wo ich meine blutdurchtränkten Kleider abwarf, da ich in denselben nicht zum Kloster zurückzukehren wagte. Danach machte ich mich auf einem Wege aus dem Staub, der Eurer Findigkeit entgangen ist. Die Leute, welche in dem Kastell schon auf der Lauer gelegen, um Euch und Euren Diener am Abend von Signora Rosalbas Entführung dortselbst festzusetzen, verschafften mir ein neues Habit und versorgten meine Wunde. Aber wiewohl Ihr mich während der Nacht nicht mehr gesehen habt, so habt Ihr mich doch gehört, denn mein Stöhnen drang zu wiederholten Malen aus einer benachbarten Kammer an Euer Ohr, und der Lärm, den Euer Diener vernommen haben will, rührte von meinen Gefährten her. – Seid Ihr nun überzeugt?«

Jenes Stöhnens konnte Vivaldi sich in der Tat entsinnen, und viele Einzelheiten von Nicolas Bericht fügten sich so gut an diejenigen, welche Vivaldi noch gegenwärtig waren, daß der Jüngling an der Richtigkeit des Gesagten nicht länger zweifelte. So war's nur mehr die Plötzlichkeit von Signora Bianchis Tode, welche Vivaldi argwöhnisch machte.

Schedoni aber hatte nicht nur gesagt, er sei unschuldig am Tode der Bianchi, sondern auch, er wisse nicht, was ihn verursacht habe, und hätt' im Falle sein Helfershelfer auch nur im geringsten schuldig gewesen wäre, diesen gewiß nicht gedeckt, was er ja schon durch seinen Unwillen bekundet, zu dessen Gunsten auszusagen. Daß Nicola keinen andern Anlaß gehabt haben konnte, der Bianchi nach dem Leben zu trachten, als eine von Schedoni versprochene Belohnung, lag auf der Hand. So kam Vivaldi nach reiflicher Erwägung all dieser Umstände zu dem Schluß, jener Tod müsse wohl doch nur die natürliche Folge des Altersverfalles gewesen sein.

Während der Dauer dieser Unterredung hatte der Marchese, welcher dem ganzen ein Ende zu setzen und die Zelle zu verlassen wünschte, den Schreiber zu wiederholten Malen gedrängt, er möge doch endlich mit seinem Geschäft zu Rande kommen. Nunmehr aber, da er aufs neue sein Begehren stellte, antwortete für den Schreiber eine andere Stimme, sagend, er werde gleich fertig sein. Vivaldi, der sie schon bei früherer Gelegenheit vernommen zu haben glaubte, wandte sich nach dem Sprecher um und erblickte den nämlichen Fremden, welcher ihm in der Zelle jenen ersten Besuch abgestattet. Seine Gewandung wies den Mann nun als einen Beamten der Inquisition aus, und so erkannte der Jüngling nur zu deutlich, daß der eigentliche Zweck jenes Besuches darin bestanden hatte, ihn durch vorgebliche Anteilnahme zu irgendwelchen ketzerischen Äußerungen zu verleiten. Vivaldi hatte zwar schon früher gehört, daß derlei Verräterei recht häufig an den Beschuldigten geübt werde, doch nicht recht an solch grausame Wahrheit glauben wollen, und dies war bis zum gegenwärtigen Zeitpunkte, da er sie am eigenen Leibe erfahren mußte, so geblieben.

Jener Besuch brachte den Jüngling auf den zweiten des Pater Nicola, und so frug er nun, ob denn die Wächter denselben wirklich in die Zelle gelassen, oder ob er sich auf andere Weise Zutritt verschafft habe? Diese Frage beantwortete der Mönch mit Schweigen, doch sein Lächeln – falls man solch befremdliche Grimasse überhaupt als Lächeln bezeichnen konnte – schien zu sagen: »Glaubst du denn wirklich, daß ich als ein Diener der Inquisition dir deren Geheimnisse verraten werde?«

Dennoch, Vivaldi wiederholte die Frage, da's ihn ja zu wissen verlangte, ob die Wächter, welche ihren Dienst offenbar ganz ordnungsgemäß versehen hatten, der angedrohten Bestrafung entgangen waren oder nicht.

»Sie haben ihre Pflicht erfüllt«, versetzte Nicola. »Fragt nicht weiter!«

»Und das Tribunal ist davon überzeugt?«

Abermals grinste Nicola höhnisch und sagte: »Es hat nie daran gezweifelt.«

»Wie!« rief da Vivaldi. »So hat man die Männer in den Arrest gesteckt, ohne an ihrer treuen Pflichterfüllung gezweifelt zu haben?«

»Gebt Euch zufrieden mit dem, was die Erfahrung Euch von den Geheimnissen der Inquisition gezeigt hat«, versetzte Nicola »und trachtet nicht nach weiteren!«

»Es sind grausige Geheimnisse!« sagte nunmehr Schedoni, nachdem er die ganze Zeit geschwiegen hatte. »Ihr müßt wissen, junger Mann, daß beinah jede Gefängniszelle einen verborgenen Zugang aufweist, durch welchen die Diener des Todes unbemerkt und von niemandem gehindert zu ihren Opfern gelangen können. Dieser Nicola gehört nunmehr zu solch grausiger Gesellschaft und ist vertraut mit all den Schleichwegen, welche zum Morde führen.«

Entsetzt schrak Vivaldi vor Nicola zurück, während Schedoni abermals in Schweigen versank. Bei seinen Worten aber hatte der Jüngling aufs neue jene sonderbare Veränderung der Stimme wahrgenommen, und ihr Klang hatte ihn nicht minder schaudern gemacht als der Inhalt solcher Mitteilung. Nicola sagte gar nichts, doch sein rachsüchtiges Auge blieb unverwandt auf Schedoni gerichtet.

»Sein Amt ist freilich nur ein kurzes gewesen«, hub der Beichtiger wieder an, indem er seine schweren Lider zu Nicola aufschlug, »und seine Aufgabe ist nahezu erfüllt!« Bei diesen letzten Worten wollte ihm die Stimme schier ersterben, doch hatte der Mönch ihn deutlich genug verstanden. So trat er an Schedonis Lager und frug, was dies zu bedeuten habe? Ein gräßliches, triumphierendes Grinsen huschte über Schedonis Züge. »Nur keine Angst – du wirst es bald genug wissen!« sagte er.

Nunmehr pflanzte Nicola sich vor dem Beichtiger auf und beugte sich ganz nahe über ihn, als wollt' er ihm ins Innerste sehen. Vivaldi, wieder auf Schedoni blickend, entsetzte sich ob des Wandels, der in dessen Miene vorgegangen, wiewohl noch immer ein schwaches Lächeln des Triumphes auf ihr lag. Jetzt aber verzerrte sie sich, und gleich darauf wurde der ganze Körper von Konvulsionen befallen! Ein schweres Stöhnen entrang sich der Brust – Schedoni lag nun ganz offenkundig im Sterben!

Das Entsetzen Vivaldis und auch des Marchese, die aus der Zelle stürzen wollten, stand der allgemeinen Konfusion, welche sich nunmehr erhob, um nichts nach. Jeder der Versammelten schien plötzlich von Mitleid überkommen, mit Ausnahme von Nicola, welcher unbewegt an Schedonis Lager verharrte und unverwandt auf des Beichtigers Schmerzen blickte, wobei ein höhnisches Grinsen seine Züge verzerrte. Während aber Vivaldi solchen Ausdruck noch voll Abscheu beobachtete, überlief ein krampfhaftes Zucken Nicolas Miene, und seine Muskeln schienen sich plötzlich zusammenzuziehn. Doch war solche Affektion bloß eine flüchtige und verging so rasch wie sie gekommen. Dennoch wandte der Mönch sich von Schedonis jammervollem Anblick ab und faßte dabei unwillkürlich nach dem Arm eines Nebenstehenden, gegen dessen Schulter er sich haltsuchend lehnte. Sein ganzes Gehaben bewies, daß es ihm nicht vergönnt war, ob der Leiden seines Feindes zu triumphieren, ohne zumindest darüber vom Entsetzen erfaßt zu werden.

Schedonis Todeskampf schien nunmehr abzuklingen, denn der Beichtiger lag regungslos. Sobald er die Augen wieder auftat, stand der Tod in ihnen. Fast alle Empfindung schien aus dem Sterbenden gewichen, doch wohnte noch ein Rest Erinnern in seinem Blick. Nur nach und nach wurden die Augen wieder klarer und nahmen einen beseelteren Ausdruck an. Derselbe war freilich nur schwach, doch derhalben um nichts weniger aufrichtig. Der Sterbende bewegte die Lippen, als wollt' er etwas sagen, und blickte matt in der Zelle umher. Offenbar suchte er nach einer bestimmten Person. Schließlich bracht' er einen Laut hervor, war aber schon zu erschöpft, denselben zu artikulieren, so daß erst nach wiederholten Anstrengungen der Name Nicola verständlich ward. Der Gerufne hob den Kopf von der Schulter desjenigen, auf den er sich stützte, und wandte sich Schedoni zu, dessen Miene sogleich verriet, daß er Nicola nunmehr erkannt hatte: des Beichtigers Blick nahm ja plötzlich wieder das alte Feuer an, und auch der boshafte Triumph, welcher bis zuletzt auf seinen Zügen gelegen, kehrte zurück. Schedoni hob die Hand und wies auf den Mönch. Sein Blick schien plötzlich mit dem zerstörenden Zauber des Basilisken begabt, denn als er auf denjenigen Nicolas traf, war's, als bannte er den Mönch an Ort und Stelle fest. Nicht einmal die Augen vermochte der Letztere von Schedonis Blick zu lösen, in dessen fürchterlichem Ausdruck er sein eignes Todesurteil las sowie den Triumph der Rache und der Hinterlist. Zutiefst getroffen von so schrecklicher Erkenntnis, ward Nicola leichenblaß: seine Züge verstellten sich in unwillentlichem Krampfe, ein kalter Schauder überlief ihn, und unter gräßlichem Aufstöhnen sank er rücklings in der Umstehenden Arme. Angesichts solchen Zusammenbruches stieß Schedoni einen befremdlichen, haarsträubenden Laut aus, welcher bei aller Gequältheit etwas so unmenschlich Frohlockendes an sich hatte, daß jedermann in der Zelle, soweit er nicht damit befaßt war, Nicola Beistand zu leisten, entsetzt das Weite suchen wollte! Indes, dies erwies sich als unmöglich, da man die Tür ja versperrt gehalten, bis der Arzt, nach welchem man gesandt, eingetroffen wäre, den rätselhaften Fall zu untersuchen. Die Bestürzung sowohl des Marchese als auch Vivaldis, welche sich dergestalt gezwungen sahen, solch grauenvoller Szene beizuwohnen, ließ sich denn auch nur schwer beschreiben.

Schedoni aber konnte jenen höllisch triumphierenden Laut nicht mehr wiederholen: aufs neue ward er von Krämpfen befallen, und in solchem Zustande traf ihn der eintretende Arzt an. Ein Blick auf den Kranken genügte demselben, um Schedoni für vergiftet zu erklären. Das nämliche sagte er auch über den Pater Nicola, wobei er angesichts der heftigen Wirkung das verabreichte Gift als ein so heimtückisches erkannte, daß, wie er sagte, keinerlei Gegenmittel mehr Hilfe bringen könne. Dennoch war er willens, die in solchen Fällen üblichen Arzneien anzuwenden.

Während er einem Gehülfen noch die diesbezüglichen Anweisungen gab, ließ die Heftigkeit von Schedonis Konvulsionen abermals nach. Nicola hingegen schien in den letzten Zügen zu liegen: seine Leiden nahmen nicht mehr ab, das Bewußtsein kehrte ihm nicht wieder, und so hauchte er sein Leben aus, noch ehe man ihm die Arznei, nach der inzwischen gesandt worden war, hätte eingeben können. Sobald sie jedoch eintraf, verabreichte man sie mit einigem Erfolge dem Beichtiger, der nicht nur seine Erinnrung, sondern auch den Gebrauch der Stimme wiedererlangte. Das erste Wort, welches er hervorwürgte, war der Name seines Todfeindes.

»Lebt er noch?« frug er unter äußerster Anstrengung, nachdem er geraume Zeit geschwiegen. Alle, die das

Lager umringten, blieben stumm, doch die Wahrheit, welche aus solchem Schweigen sprach, schien den Sterbenden mit neuem Leben zu erfüllen.

Sobald der anwesende Inquisitor gewahrte, daß Schedoni wieder zu Sinnen gekommen, hielt er's für angebracht, ihm etwelche Fragen in Ansehung seines Befindens und auch der Ursache von Nicolas Tode zu stellen.

»Gift«, versetzte der Beichtiger.

»Und durch wen?« forschte der Inquisitor. »Denkt daran – Ihr liegt auf Eurem Sterbelager!«

»Ich will Euch weder die Wahrheit verhehlen«, erwiderte Schedoni, »noch auch meine Genugtuung.« Er mußte innehalten, fuhr jedoch alsbald wieder fort: »Ich habe Den vernichtet, der mich vernichten gewollt, und bin überdies einem schimpflichen Tode entgangen.«

Er verstummte neuerlich. Schon was er bisher gesagt, war ihm schwergefallen, und so überkam ihn zum andernmal die Erschöpfung. Der Schreiber, welcher die Zelle nicht verlassen gedurft, ward nun angewiesen, Schedonis letzte Worte festzuhalten.

»So gebt Ihr zu«, fuhr der Inquisitor fort, »daß jenes Gift in Eurem wie in Pater Nicolas Falle von Eurer Hand verabreicht wurde?«

Schedoni vermochte nicht sogleich zu antworten. Sobald er's aber konnte, sagte er: »Ich geb' es zu.«

Danach ward er befragt, auf welche Weise er in den Besitz des Giftes gekommen, und aufgefordert, den Namen seines Komplizen zu nennen.

»Es gibt keinen solchen«, versetzte Schedoni.

»Wie seid Ihr dann zu jenem Gift gekommen?«

Langsam und nur mit Mühe gab Schedoni zur Antwort: »Ich trug's in meinem Gewande!«

»Vergeßt nicht, daß Ihr schon auf der Schwelle zur Ewigkeit steht!« mahnte der Inquisitor. »So bleibt bei der Wahrheit! Eure letzte Behauptung können Wir nicht glauben! Wie hättet Ihr Euch nach Eurer Festnahme mit Gift versehen und wie vorauswissen können, daß Ihr seiner bedürfen würdet? So nennt den Namen dessen, der Euch's zugesteckt!«

Sich dergestalt der Lüge bezichtigt zu hören, befeuerte Schedonis Lebensgeister. Er kämpfte gegen seine körperlichen Leiden an, ward ihrer für kurze Zeit Herr und sprach in festerem Tone denn bisher: »Es war das Gift, darein ich die Spitze meines Dolches zu tauchen gepflegt, um mich wirksamer zur Wehr setzen zu können.«

Der Inquisitor hatte ob solcher Erklärung nur ein verachtungsvolles Lächeln. Schedoni aber, der ihn beobachtet hatte, begehrte nunmehr, man möge an einer bestimmten Stelle seins Gewandes nachsehn, so sich noch ein Rest jenes verborgenen Mittels vorfinden müsse. Man willfahrte solchem Begehren, und so ward das Gift in einem breiten Gewandsaume entdeckt.

Doch noch immer blieb unverständlich, auf welchem Wege Schedoni das Gift seinem Feinde beigebracht hatte, der ja, wiewohl er heute eine Zeitlang mit dem Beichtiger alleingewesen, diesem wohl kaum so weit vertraut hätte, um von ihm auch nur die geringste Stärkung anzunehmen. So drang denn der Inquisitor, noch immer begierig, den von ihm vermuteten Komplizen zu entlarven, weiterhin in Schedoni, dieser möge doch bekennen, wer ihm geholfen, Nicola das Gift einzugeben. Indes, der Beichtiger war nicht länger einer Antwort fähig: zusehends wich nun das Leben aus ihm, der wiedergekehrte Schimmer von Geist und Charakter, nun war er aus den Augen geschwunden und hatte sie eingesunken und starr zurückgelassen. Nichts denn ein bleicher Leichnam war's, welcher nun von dem einstmals so furchtbaren Schedoni geblieben!

Während dies grausige Ereignis sich vollzog, war der zutiefst verstörte Marchese an das entferntere Kerkergitter getreten, woselbst er sich mit einem Offizialen beredete, welche Konsequenzen aus der gegenwärtigen Situation ihm wohl erwachsen könnten. Vivaldi aber, im Übermaß seines Entsetzens, hatte beständig nach jener Arznei gerufen, welche die Qualen, deren Zeuge er sein mußte, vielleicht ein wenig hätte lindern können, und hatte danach geholfen, den beiden Todgeweihten beizustehn.

Schließlich, nachdem das Ärgste überstanden war und die anwesenden Zeugen das letzte Bekenntnis des Beichtigers unterzeichnet hatten, wurde den Versammelten erlaubt, sich zu entfernen. Man führte Vivaldi wieder in dessen Kerkerzelle, wohin der Marchese ihn begleitete und wo der Jüngling noch verbleiben mußte, bis ihm kraft Schedonis Aussage seine Schuldlosigkeit durch das Heilige Offizium bestätigt würde. Er war durch die eben erlebte Szene viel zu aufgewühlt, als daß er gegenwärtig dem Marchese irgendwelche Erläuterungen im Hinblick auf Ellenas Familie hätte geben können, und so begab sich dieser, nachdem er noch ein wenig bei seinem Sohne verweilt hatte, nach dem Wohnsitze seines Freundes.

Zwölftes Kapitel

Voran, voran, o Herr, ich folg' dir nach,
Und gält's den Tod, durch alles Ungemach!
Shakespeare

Zufolge des Bekenntnisses, welches der sterbende Schedoni abgelegt hatte, erließ das Heilige Offizium schon wenige Tage nach des Beichtigers Tode die Ordre, daß Vivaldi auf freien Fuß zu setzen sei, und so geleitete der Marchese seinen Sohn aus den Kerkern der Inquisition geradenwegs zum Landsitze des befreundeten Conte di Maro, unter dessen Dach er seit der Ankunft in Rom Quartier genommen.

Während unsre beiden noch des Conte gemessene Glückwünsche sowie diejenigen etwelcher zur Feier des befreiten Gefangnen zusammengekommenen Edelleute entgegennahmen, ward aus dem Vorzimmer eine laute Stimme vernehmbar: »Durchlassen – laßt mich durch, sag' ich! Dort drin ist mein Gebieter, so laßt mich durch! Die Inquisition euch an den Hals, wenn ihr mich noch länger hindert!«

Schon flogen die Türflügel auf, und Paolo stürzte in den Salon, gefolgt von einer Schar Lakaien, welche, wiewohl sie aus Angst vor dem Unmut ihres Gebieters an der Tür stehenblieben, sich kaum das Lachen verbeißen konnten, dieweil Paolo, auf seinen Herrn zueilend, beinahe ein paar der Umstehenden, welche soeben hocherfreut ihren Kratzfuß vor Vivaldi vollführten, über den Haufen gerannt hätte.

»Da ist er ja – mein Herr und Meister! Mein teuerster Gebieter!« schrie Paolo, stieß mit den Ellenbogen je einen Edelmann zur Seite und riß den Jüngling in die Arme, wobei er in einemfort wiederholte, »Oh mein Herr und Meister! Mein teurer Gebieter!«, und dies so lange, bis seine Freude und Zuneigung ihn der Stimme beraubten, so daß er dem Jüngling zu Füßen sank und dieselben mit seinen Tränen benetzte.

Dies war für Vivaldi ein Augenblick reinerer Freude denn alles, was er seit der Begegnung mit dem Vater erlebt hatte, und so sah er sich von dem treuen Diener zu sehr in Beschlag genommen, als daß ihm die Muße geblieben wäre, dessen tumultuarisches Eindringen vor der erstaunten Gesellschaft zu entschuldigen. Vielmehr nahm der Jüngling vollen Anteil an Paolos Entzücken und erwiderte, während die Lakaien schon bemüht waren, die von dem Diener angerichtete Verheerung zu beseitigen, indem sie den umherkollernden Schnupftabaksdosen nachjagten und den Gästen die Tabakskrümel von den Röcken bürsteten, all die von Paolo bekundete Zuneigung, ja war von solch erfreulichen Empfindungen so sehr in Anspruch genommen, daß er der in dem Raume versammelten Gäste nahezu gänzlich vergaß! Der Marchese hingegen überbot sich mittlerweile in zahllosen Entschuldigungen ob des Unheils, das Paolo angerichtet, bald dem Diener zurufend, er möge doch eingedenk sein, in welch illustrer Gesellschaft er sich hier befinde, bald ihm gebietend, das Gemach stantepede zu verlassen, bald den Versammelten erklärend, jener habe Vivaldi nicht gesehen, seit die beiden gemeinsam in den Verliesen der Inquisition eingekerkert gewesen, bald aufs eindringlichste beteuernd, wie treu Paolo seinem jungen Gebieter ergeben sei. Der Diener jedoch, ebenso taub gegen sämtliche Mahnungen und Gebote des Marchese wie gegen die Versuche seines Herrn, ihn wieder auf die Beine zu stellen, war noch immer dabei, sein übervolles Herz vor dem Jüngling auszuschütten: »Ach! Mein lieber Signor!« rief er ein ums andre Mal. »Wüßtet Ihr nur, wie elend mir's zumut gewesen, als ich der Inquisition entflohen war!«

»Er deliriert!« raunte der Conte dem Marchese zu. »Seht Ihr denn nicht – die Freude hat ihn um den Verstand gebracht!«

»– und wie ich die halbe Nacht lang um deren Mauern gestrichen bin, und was es mich gekostet, denselben endgültig den Rücken zu kehren! Und erst, als ich sie aus den Augen hatte – oh, Signor! Heiliger San Dominico, wahrhaftig, ich hab' geglaubt, das Herz müßt' mir zerspringen vor Kummer! Ich hab' nicht übel Lust verspürt, auf der Stelle umzukehren und mich den Häschern abermals zu stellen, und wer weiß, vielleicht hätt' ich's getan, wär' da nicht mein junger Freund, der Wachtposten gewesen, der mit mir ausgerissen ist, und den ich nicht in die Klemme bringen wollte, armer Teufel, der er war, denn er hat's doch nur gut gemeint mit mir, als er mir aus dem Loch geholfen! Und ganz gewiß, es war schon am besten, wie ich gehandelt, das hat sich nun herausgestellt: denn jetzt bin ich ja wieder zur Stelle, Signor, so gut wie Ihr auch, und kann Euch nun erzählen, wie's mir ums Herz gewesen ist, als ich geglaubt hab', Euch nimmermehr wiederzusehn!«

Der Vergleich seiner gegenwärtigen Glückseligkeit mit all dem durchlittenen Elend trieb eine neue Tränenflut in Paolos Augen. Lachen und Weinen, Schluchzen und Heiterkeit wechselten so rasch miteinander, daß Vivaldi nachgerade in Sorge um den Diener geriet. Indes, dieser wurde plötzlich ganz ruhig, sah seinem Herrn in die Augen und frug ernst und gespannt: »Vergebung, Signor, aber hat Eure Zelle nicht ein spitzes Dach gehabt, und war an dessen einer Ecke nicht ein Türmchen errichtet? Und rund um das Türmchen – war da nicht eine Brustwehr? Hab' ich recht?« – Vivaldi jedoch, nachdem er den Frager eine Weile wortlos angeblickt, versetzte lächelnd: »Wahrhaftig, mein guter Paolo, meine Zelle war vom Dache so weit entfernt, daß ich dasselbe niemals zu Gesicht bekommen habe!«

»Dies ist nur zu wahr, Signor!« versetzte Paolo. »Oh ja, nur zu wahr! Ich aber hab' gar nicht daran gedacht! Dennoch, ich bin ganz gewiß, daß es so gewesen ist, und war's auch, als ich davorgestanden! Oh, Signor! Ich hab' geglaubt, jenes Dach müßt' mir das Herz abdrükken! Wie hab' ich's immer wieder angestarrt! Und nun zu denken, daß ich hier bin, aufs neu' vereint mit meinem teuren Herrn und Meister!«

Dies gerufen, ward Paolo noch heftiger denn vorher die Beute seiner Tränen, und Vivaldi, der keinerlei plausiblen Zusammenhang zwischen der Erwähnung seines einstigen Gefängnisdaches und Paolos Freudenbekundungen zu erkennen vermochte, begann nun ernstlich um dessen Verstand zu fürchten und verlangte derhalben nach einer Erläuterung so dunkler Worte. Paolos Erklärung aber, wie unbeholfen und simpel sie auch war, zeigte dem Jüngling alsbald die Verquickung der scheinbar so heterogenen Umstände, und als er, aufs neue überwältigt von Paolos maßloser Zuneigung, den Diener überströmenden Herzens umarmt hatte, nötigte er ihn, sich zu erheben, und präsentierte ihn der versammelten Gesellschaft als seinen getreuen Freund und eigentlichen Befreier.

Der Marchese, gerührt ob solcher Szene, deren Zeuge er soeben geworden, und unterm Eindruck von Vivaldis Worten, ließ sich herbei, Paolo herzlich die Hand zu drücken und ihm mit warmen Worten für all die Beherztheit und Treue zu danken, welche der Diener an den Tag gelegt. »Ich kann dir deine Anhänglichkeit nimmermehr vergelten«, setzte er hinzu. »Doch was mir noch zu tun verbleibt, es soll getan werden. So magst du von Stund an frei und unabhängig sein, und ich verspreche dir in Gegenwart dieser wohledlen Versammlung, daß du tausend Zechinen erhalten sollst als bescheidenen Lohn für deine treuen Dienste!«

Indes, Paolo bekundete ob dieser Worte durchaus nicht jene Dankbarkeit, wie der Marchese sie erwartet hatte: er stammelte, verneigte sich, ward rot bis über die Ohren – und brach am Ende in Tränen aus! Und als Vivaldi ihn nach dem Grund solcher Betrübnis fragte, versetzte er: »Nun denn, Signor, was sollen mir jene tausend Zechinen, da ich doch frei und unabhängig werden soll! Was sollen sie mir schon, wenn ich nicht länger bei Euch bleiben darf?«

Daraufhin versicherte Vivaldi ehrlichen Herzens, Paolo könne immer um ihn sein und möge glauben, daß der Jüngling es sich zur Pflicht machen werde, über das Glück von des Dieners künftigem Leben zu wachen. »So sollst du hinfort«, setzte er hinzu, »als Majordomus über meine Haushaltung gesetzt sein: alles was meine Dienerschaft und die Führung meiner häuslichen Angelegenheiten betrifft, sei in deine Hände gelegt zum Beweise für mein uneingeschränktes Vertrauen in deine Redlichkeit und Zuneigung! Und überdies erlaubt dir solche Stellung, auf immerdar mir nah zu sein.«

»Dank! Oh, tausend Dank, Signor!« rief da Paolo, und das Übermaß seiner Erkenntlichkeit wollt' ihm schier die Stimme ersticken. »Wie dank' ich Euch aus tiefstem Herzen! Nun darf ich bei Euch bleiben, und dies sei mir genug, mehr will ich nicht erbitten! Was ich mir sonst noch erhoffe, ist ja bloß, daß Seine Gnaden, der Herr Marchese, mich nicht für undankbar ansieht, wenn ich die tausend Zechinen ausschlage, die er mir so huldreich angeboten für den Fall, daß ich hätt' frei und unabhängig sein mögen! Indes, ich dank' ihm nicht minder aufrichtig dafür, als hätt' ich noch viel mehr von ihm erhalten!«

Der Marchese, lächelnd ob Paolos Mißgriff, erwiderte darauf: »Da ich wahrhaftig nicht sehen kann, mein lieber Freund, weshalb dich ein Verbleiben bei deinem Herrn dran hindern sollte, tausend Zechinen anzunehmen, befehl' ich dir auf die Gefahr meines Unmuts hin, dieselben keinesfalls auszuschlagen! Und im Falle du ein Eheweib freien solltest, erwart' ich, daß du mir deine Ergebenheit bezeigst durch die Annahme weiterer tausend, und zwar als Mitgift für deine Gemahlin!«

»Dies ist zuviel für mich, Signor«, rief Paolo schluchzend. »Viel zu viel, als daß ich es ertragen könnte!« Sprach's, und stürzte aus dem Salon. Und inmitten des beifälligen Gemurmels, welches solche Trefflichkeit bei den hochgebornen Zuschauern hervorgerufen, dieweil ja Paolos Warmherzigkeit und Biedersinn sogar den kältesten Hochmut bezwungen hatten, verriet ein konvulsivisches Schluchzen von nebenan jenes Ausmaß an Aufgewühltheit, welches zu verbergen der Wackre so eilig bedacht gewesen.

Nur wenige Stunden, und der Marchese brach zusamt Vivaldi, nachdem man von den Freunden Urlaub genommen, nach Neapel auf. Ohne die geringste Unterbrechung trafen sie daselbst am vierten Tage ihrer Reise ein. Allein, für Vivaldi war's eine traurige Fahrt gewesen, unerachtet aller Freude ob der endlichen Befreiung. Nämlich, der Marchese, nachdem er die Sprache auf des Jünglings Bindung an Ellena di Rosalba gebracht, hatte diesem eröffnet, er sei unter den gegenwärtigen, so unvorhergesehenen Umständen nicht mehr in der Lage, sein der Marchesa gegebnes Versprechen weiterhin als ein bindendes zu betrachten, so daß Vivaldi, im Falle das Mädchen sich tatsächlich als des toten Schedoni Tochter erweisen sollte, ihrer wohl entsagen werde müssen.

Unerachtet solcher Lage der Dinge hastete aber Vivaldi, gleich nachdem man zu Neapel eingetroffen, nach *Santa della Pietà*, und tat's mit einer ungeduldigen Erwartung, der auch die größte Eile noch zu langsam war, und mit solch neuerwachter Freude, daß dies Gefühl sämtliche traurigen Betrachtungen, die ihm aus dem Gespräch mit dem Vater erwachsen waren, aus dem Felde schlug.

Kaum hatte Ellena des Jünglings Stimme vernommen, welcher am Gitter eine im Sprechzimmer befindliche Nonne nach ihr fragte, als sie auch schon in dasselbe eilte, so daß die Liebenden einander schon im nächsten Augenblick von Angesicht gegenüberstanden!

Die Freude ob solchen Wiedersehens nach all der langen Zeit aus Ungewißheit und Angst, wie sie ein jeder um des andern Los empfunden, und nach all den echten Fährnissen und Entbehrungen, denen die beiden Menschenkinder unterworfen gewesen, war so groß, daß sie fast schon in Seelenpein ausartete. Ellena weinte, und es mußten Minuten verstreichen, ehe sie Vivaldis zärtliche Anrufungen überhaupt beantworten konnte. Und noch länger währte es, bis sie ruhig genug war, um den Wandel ermessen zu können, der mit seiner Erscheinung in der Zeit so schwerer Einkerkerung vor sich gegangen. Der beseelte Ausdruck seiner Augen war freilich der alte geblieben: doch als der erste Freudenglanz aus ihnen gewichen war, und das Mädchen Muße fand, die fahle Gesichtsfarbe zu betrachten, erkannte sie nur allzu schmerzlich, daß der Geliebte sich in den Klauen der Inquisition befunden!

Im Verlauf dieses ersten Gespräches berichtete Vivaldi auf Ellenas Verlangen in allen Einzelheiten, was ihm seit jenem Zeitpunkt, da man die beiden in der San Sebastian-Kapelle von einander gerissen, zugestoßen war. Als er aber an jene Stelle der Erzählung kam, wo er Schedoni hätt' erwähnen müssen, konnt' er sich seiner Verwirrung nimmer erwehren und hielt inne, von einem Kummer überwältigt, dem ein Gutteil Entsetzen beigemengt war. Vivaldi mocht' es ja fast nicht wagen, der Geliebten all das Unrecht auch nur anzudeuten, welches der Beichtiger ihm zugefügt, doch wär's ihm nicht möglich gewesen, mit seinem Bericht zu Rande zu kommen, falls er die Wahrheit nur abgeschwächt hätte durchblicken lassen. Auch fiel's ihm schwer, Ellena vom Ableben Desjenigen in Kenntnis zu setzen, den er ja nach wie vor für ihren Vater hielt, ob er ihr auch die grauenvollen Begleitumstände solchen Sterbens verschweigen mochte. Und diese Verwirrung nahm beständig zu durch Ellenas unablässiges Fragen!

Schließlich aber, als Vorbereitung auf jene Eröffnung, die sich nicht länger hinausschieben ließ, und auch, um selber die von ihm begehrte, nähere Erläuterung im Hinblick auf jenen Gegenstand zu erhalten, den er, wiewohl derselbe ihm schier das Herz abdrückte, bisher noch nicht anzuschneiden gewagt, deutete Vivaldi an, er wisse davon, daß Ellena erfahren habe, eine ihrer Elternpersonen sei noch am Leben. Der Freudenschimmer, welcher bei diesen Worten sich sogleich über des Mädchens Züge breitete, verstärkte mit Vivaldis Kummer auch dessen Widerstreben, in der begonnenen Rede fortzufahren, da er ja glaubte, das Ereignis, von welchem er nun berichten mußte, werde der Geliebten Glückseligkeit sogleich in die tiefste Trauer verwandeln.

Ellena jedoch blieb bei der Erwähnung dieses für beide Teile so bedeutsamen Gegenstandes dabei, jenes Glück zu bekräftigen, mit welchem sie durch die Entdeckung der einen Elternperson erfüllt worden, namentlich, da deren Tugenden schon lange vor dem Offenbarwerden solch enger verwandtschaftlicher Beziehung das Herz des Mädchens gewonnen hätten. Nur schwer vermochte Vivaldi, seine Bestürzung ob des Eingeständnisses solcher Hinneigung zu bemeistern, da ja die Wesensart Schedonis, von dem nach des Jünglings Dafürhalten das Mädchen redete, gewißlich nicht dazu angetan gewesen, irgendwelche zärtlichen Empfindungen zu wekken! Allein, solche Bestürzung wandelte sich alsbald zu gänzlich anderen Gefühlen, und zwar, als Olivia, welche eine Männerstimme am Sprechgitter vernommen hatte, das Zimmer betrat und dem Jüngling als Ellenas Mutter präsentiert ward!

Noch ehe der Jüngling das Kloster verließ, kam es zu einer vollen Erklärung der wechselseitigen Familienverhältnisse, in deren Verlaufe Vivaldi zu seiner unaussprechlichen Freude erfuhr, daß Ellena mitnichten Schedonis Tochter war! Olivia aber ward die tiefe Befriedigung zuteil, nun nichts mehr von Demjenigen fürchten zu müssen, den sie als ihren grimmigsten Feind angesehen. Die näheren Umstände freilich, welche solchen

Tod begleitet hatten, sowie die im Verlaufe des Gerichtsverfahrens zutage getretenen Wesenszüge Schedonis brachte Vivaldi vorsichtshalber gar nicht erst zur Sprache.

Sobald Ellena aus dem Zimmer war, eröffnete der Jüngling Olivia sein Herz, sprach von seiner seit langem bestehenden Hinneigung zu ihrer Tochter und bat die Nonne, sie möge der ersehnten Vereinigung ihre mütterliche Zustimmung erteilen. Auf diese Brautwerbung jedoch erwiderte Olivia lediglich, sie könne, wiewohl ihr solch wechselseitige Zuneigung auf die Dauer so wenig verborgen geblieben sei wie das viele Ungemach, welches ein Prüfstein sowohl dieser Liebe als auch der Seelenstärke gewesen, nimmermehr zustimmen, daß ihre Tochter das Mitglied einer Familie werde, deren Oberhaupt entweder des Mädchens Wert nicht wahrnehme oder aber nicht willens sei, denselben nach Gebühr anzuerkennen, und daß bei solcher Lage der Dinge nicht nur der Sohn, sondern auch der Vater den Brautwerber werde machen müssen, um Vivaldi an das ersehnte Ziel seiner Wünsche zu bringen.

Solche Bedingung vermochte Vivaldis Hoffnungen freilich nichts mehr anzuhaben, weil es ja nun so gut wie ausgemacht schien, daß Ellena nicht die Tochter des Mörders Schedoni, sondern diejenige des ehrenfesten Conte di Bruno war, eines Mannes also, welcher sich sowohl nach hoher Geburt als auch nach edlem Charakter eines gleichermaßen makellosen Rufes erfreuen gedurft. So hegte der Jüngling keinerlei Zweifel mehr, daß sein Vater der Erfüllung jenes Versprechens zustimmen werde, welches die Marchesa ihm noch auf dem Sterbelager abgerungen.

In solchem Glauben ward er nicht enttäuscht: nach Anhörung von Vivaldis Bericht über Ellenas wahre Herkunft versprach der Marchese, er werde, im Falle sich in dieser Angelegenheit kein weiterer Irrtum nachweisen ließe, den Wünschen des Sohnes nicht länger im Wege stehen.

Unmittelbar danach ließ der Marchese heimliche

Nachforschungen im Hinblick auf Oliviens, der jetzigen Contessa di Bruno, wahre Person anstellen, und obschon sich dies nicht ohne beträchtliche Schwierigkeiten ins Werk setzen ließ, bestätigten sowohl der annoch am Leben befindliche Medikus, welcher Olivia bei deren Flucht vor dem grausamen Ferando di Bruno behilflich gewesen, als auch Beatrice, die sich der Schwester ihrer verstorbenen Herrin noch deutlich entsinnen konnte, zweifelsfrei, daß Olivia und die Contessa di Bruno ein und dieselbe Person seien. Da mithin auch noch die letzten Zweifel des Marchese aus der Welt geschafft waren, stellte er sich bald danach im Kloster *Santa della Pietà* ein und hielt bei Olivien in aller Form für seinen Sohn um die Hand von deren Tochter an. Dieser Werbung ward von der Mutter mit der größten Bereitwilligkeit stattgegeben, und überdies sah sich der Marchese im Verlaufe der Unterredung von dem Wesen der Contessa sowie von dem Feingefühl und der Zartheit ihrer Tochter dermaßen eingenommen, daß seine Zustimmung zu solcher Heirat nicht länger eine erzwungene war, und er aus freien Stücken all den Erwägungen im Hinblick auf höhere Geburt und größeres Vermögen entsagte, welche er zu seines Sohnes Vorteil bisher angestellt, und jenen Tugenden und Freuden den Vorzug gab, die Vivaldi nun erwarteten.

Dergestalt wurde am zwanzigsten Mai, dem Tage, da Ellena ihr achtzehntes Lebensjahr vollendete, in der Kirche von *Santa della Pietà* und in Gegenwart sowohl des Marchese als auch der Contessa di Bruno Hochzeit gefeiert. Als Ellena durch das Mittelschiff schritt, gedachte sie jenes ersten Mals, da sie mit Vivaldi vor den Altar getreten, und während ihr die Begebnisse in der San Sebastian-Kapelle vorm inneren Blick heraufstiegen, trieb ihr die Glückseligkeit der jetzigen, so gegensätzlichen Lage Tränen der Freude und der Dankbarkeit in die Augen. Damals, unentschlossen, verzweifelt, von niemandem denn Fremden umgeben und von Feinden umringt wie sie gewesen, hatte sie geglaubt, Vivaldi zum letztenmal im Leben zu sehn. Jetzt aber, gestützt durch die Gegenwart der geliebten Mutter sowie durch die freiwillige Billigung Desjenigen, der bisher ein so hartnäckiger Widersacher gewesen, sah sie sich dem Geliebten vereint in dem Bewußtsein, nie wieder von ihm lassen zu müssen! Und als ihr nun die Erinnrung an jenen Augenblick heraufstieg, da man sie aus der Kapelle geschleppt und sie den Jüngling um Beistand gerufen, ja da sie gefleht hatte, er möge sie wenigstens zum letztenmal seine Stimme hören lassen, ja als daraufhin nichts denn leere Stille gefolgt war – eine Stille, welche Ellena schon für diejenige des Todes gehalten –, und als nun all jene durchlittne Seelenangst wieder in ihr heraufstieg: da erst wußte sie die gegenwärtige Glückseligkeit recht eigentlich zu empfinden.

Olivia freilich, dergestalt ihre Tochter so bald nach deren Wiederauffindung wieder verlieren müssend, empfand darob etwelche Bekümmernis, doch ward sie getröstet durch den freundlichen Ausblick auf künftiges Glück, welcher sich nunmehr vor Ellena auftat, und ermutigt durch die Erwägung, daß sie, wiewohl sie der Tochter nunmehr entsagen mußte, dieselbe ja nicht aus den Augen verlieren werde, da ja die enge Nachbarschaft zu Vivaldis künftigem Wohnsitz einen lebhaften Verkehr mit dem Kloster gestattete.

Zum Beweise der hohen Gunst, derer Paolo sich bei allen Beteiligten erfreute, war ihm erlaubt worden, der Vermählung seines Gebieters beizuwohnen, und so kam's, daß der treue Diener, als er, oben in der Empore des Gotteshauses kauernd, auf die feierliche Trauungs-Zeremonie hinabsah und dergestalt zum Augenzeugen von Vivaldis glückselig strahlender Miene, von »des alten Herrn Marchese« Befriedigung, von dem stillen Glück der Contessa di Bruno und auch von Ellenas zärtlicher, in sich gekehrter Freudigkeit ward, dieweil ja des Mädchens halb zurückgeschlagener Schleier ihm den Blick auf ihr Antlitz verstattete – so kam's, daß der treffliche Paolo sich kaum zurückhalten konnte, seiner übergroßen Freude durch den schallenden Ruf *»Oh, giorno felice! Oh, giorno felice«* Ausdruck zu verleihn!

Dreizehntes Kapitel

Ach – einmal nur so süßes Obdach haben!
Denn alles rings, so draußen als auch drinnen,
Es ist ja nichts denn freundliches Erlaben:
Und Güte nur und zärtliches Gehaben
Zeigt sich dem Blick.

Thomson

Das Freudenfest, welches der Marchese einige Zeit nach der Vermählung zu Ehren des jungen Paares gab, ward in einer herrlichen Villa gefeiert, welche nunmehr Vivaldi gehörte. Dies Anwesen lag einige Meilen außerhalb Neapels überm Ufer der Bucht, gerade jenem Landsitz gegenüber, auf dem die Marchesa sich so häufig aufgehalten. Die Schönheit seiner Lage und die elegante Ausstattung hatten Vivaldi und Ellena bewogen, hier ihren Hauptwohnsitz aufzuschlagen. Insgesamt war ja alles von märchengleicher Schönheit: die Erholungsgründe erstreckten sich über ein Tal, das sich gegen die Bucht auftat, und das Haus war am Eingang jenes Tals auf einem sanft zum Wasser abfallenden Hange errichtet und bot Ausblick auf den gesamten, üppigen Küstenstrich, angefangen vom hohen Kap von Miseno bis zu den steil aufragenden südlichen Bergen, welche, in der Ferne sich erstreckend, unmittelbar aus den Fluten zu steigen schienen und die Grenze zwischen dem Golf von Neapel und demjenigen von Salerno bildeten. Die marmornen Säulenhallen und Arkaden der Villa waren überschattet von herrlichen Magnoliengruppen, von blühenden Eschenbäumen, von Zitrusgewächsen, Kamelien und von majestätischen Palmen. Und die kühlen und hohen Säle, welche sich nach entgegengesetzten Seiten hin mit Kolonnaden ins Freie öffneten, gaben zwischen dem vollen Laubwerk nach Westen hin den Ausblick frei auf das Meer und den Strand von Neapel, gen Osten aber auf das zum Hause gehörende Tal, welches sich zwischen Bergen verlor, die bis zum Gipfel bewaldet waren, wenn nicht die vielfarbigen, gelb, grün und purpurn schimmernden Granitklippen allem Baumwuchse wehrten, wie sie da ihre riesigen Häupter erhoben und die laubige Verschattung solcher Landschaft mit ihrem heiteren Lichte belebten.

Die Gärten, darin Rasenflächen und Gehölze in mannigfachem Gemisch mit Stücken Waldes wechselten, belebten den sanftgewellten Grund nach Art unsrer heutigen, englischen Gärten, und gemahnten gar nicht so sehr an Italien, bis auf jenen Teil, »wo eine lange Baum-Allee dies alles überschaute« und zwischen ihrer riesenhaften Verschattung den Blick freigab auf eine jener großartigen Perspektiven, wie sie dem Geschmacke des Italiäners nun einmal gemäß sind.

Aus Anlaß solchen Freudenfestes hatte man jeden Gartenpfad, jeglichen Hain und Pavillon aufs prächtigste illuminiert. Und erst die Villa als solche, darin jeder luftge Saal, ja jeder Mauerbogen im Lichterglanz erstrahlte, und wo jedwedes Ding verschwenderisch geschmückt war mit Blumen und herrlichen Zweigen, deren knospende Blüten alle Wohlgerüche Arabiens in die Lüfte verströmten – diese Villa glich wahrhaftig eher einem durch Zauberei erstandnen Gebilde, nicht aber einem von Menschenhand errichteten Bauwerk.

Die Gewänder vollends der hochgestellten Gäste wetteiferten an Pracht mit dieser Szenerie, deren Königin in jedem Respekte freilich Ellena war. Doch nicht nur für Leute von Stand war dies Fest gedacht, denn sowohl Vivaldi als auch Ellena hatten ja gewünscht, daß alle, auch noch die geringsten Insassen dieses Besitzes, zugegen sein sollten, um an dem Übermaß jener Freude teilhaben zu können, das die Jungvermählten empfanden. So kam's, daß die Gartenflächen, welche ja weitläufig genug waren, um jedwedem Stande seinen Platz zu sichern, nunmehr ein wimmelndes Bild allgemeiner Fröhlichkeit boten. Der gute Paolo aber erwies sich darin als ein wahrer Meister der Hoflustbarkeiten und ergab sich, umgeben von der Schar seiner Gefährten, zum andernmal dem von ihm so heiß ersehnten Tanzvergnügen auf dem mondbeschienenen Strand von Neapel.

Als Vivaldi und Ellena an jenem Ort vorüberkamen,

den Paolo sich für seine persönliche Feier gewählt hatte, hielten sie inne, um des Dieners sonderbaren Freudensprüngen und der ausfahrenden Gestikulation zuzusehn, welche er inmitten der Tanzenden vollführte, wobei er immer wieder, wiewohl nahezu schon außer Atem ob solcher Hingabe, sein *»Oh, giorno felice! Oh, giorno felice!«* hinausschrie.

Beim Anblick seines Gebieters und der lächelnden Freude, mit welcher der Jüngling und Ellena ihm zusahen, ließ er von seinen Sprüngen ab und eilte auf die beiden zu. »Ach!« rief er, »mein teurer Gebieter! Gedenkt Ihr noch der Nacht, als wir am Ufer des Celano-Sees entlanggezogen sind, bevor uns jenes höllische Ding in der San Sebastian-Kapelle zugestoßen? Entsinnt Ihr Euch noch, wie jene im Mondlicht am Seeufer so fröhlich tanzenden Dörfler mich an Neapel gemahnt haben und an all die ausgelassnen Tänze, die ich an unserm Strande schon hinter mich gebracht?«

»Ich entsinn' mich dessen nur zu gut«, versetzte Vivaldi.

»Ach – Signor *mio,* und Ihr habt damals gesagt, Ihr hofftet, daß wir bald hier sein würden, und ich es dann den Besten von ihnen gleichtun könnte! Zum ersten Teil hat Eure Hoffnung Euch getäuscht, denn es hat sich gezeigt, daß wir erst noch durchs Fegfeuer mußten, eh' wir ins Paradies gedurft. Aber zum andern Teil ist sie nun doch noch Wirklichkeit geworden, denn hier stehe ich, dies ist nun ausgemacht! Und tanz' im Schein des Monds an meinem teuren Strande zu Neapel, und mein teurer Herr und Meister zusamt meiner Herrin sind bei mir und in Sicherheit und *beinah* so glücklich wie ich selber! Und da ist ja auch noch der gute alte Bursche dort drüben, der Vesuv, den ich wahrlich nimmer wiederzusehen geglaubt, und spuckt sein Feuer gegen Himmel, ganz wie er's getan, noch eh' wir der Inquisition in die Netze gegangen! Oh, wer hätt' dies alles voraussehen können! *Oh, giorno felice! Oh, giorno felice!«*

»Ich kann dir deine Freude nachfühlen, mein guter Paolo«, sagte Vivaldi, »und empfinde sie fast so stark wie mein eigenes Glück – denn ganz kann ich dir nicht rechtgeben in deiner wechselseitigen Bemessung unsrer Glückseligkeit!«

»Paolo!« sprach nun auch Ellena. »Ich steh' so tief in deiner Schuld, daß ich dieselbe nimmermehr abtragen kann! Nur weil du deinem Herrn so unerschrocken angehangen, steht er heute in Sicherheit vor uns. So will ich erst gar nicht damit anfangen, dir für deine übergroße Treue zu danken: vielmehr soll's meine Sorge für dein Wohlergehen sein, welche dir zeigen mag, wie sehr ich deine Anhänglichkeit kenne und schätze. Was ich im Augenblick wünsche, ist lediglich, vor allen deinen Freunden zu bezeugen, wie wert du mir bist!«

Paolo verneigte sich, bewegte stammelnd die Lippen, wand sich vor Verlegenheit, ward rot bis über die Ohren – brachte aber keine Silbe hervor. Schließlich tat er einen gewaltigen Satz, und die Rührung, welche ihm nahezu den Atem benommen, machte sich Luft in den Worten *»Oh, giorno felice! Oh, giorno felice!«*, die nun aus ihm hervorbrachen mit einer Gewalt, als wären sie durch einen elektrischen Schlag ausgelöst worden! Und auf die nämliche Weise übertrugen sie des Dieners Begeistrung auf alle die Umstehenden: gleich einem elektrischen Funken sprang der Ruf von dem einen auf den andern über, bis Vivaldi und Ellena inmitten eines jubelnden Chores von dannen schritten, und alle Wälder und Küsten Neapels widerhallten von diesem frohlokkenden *»Oh, girono felice! Oh, giorno felice!«*

»Da könnt ihr sehn«, sagte Paolo, als die beiden davongegangen, »da könnt ihr sehn, wie die Menschen alles Ungemach überwinden, wenn sie nur daş Herz haben, es auf sich zu nehmen und nichts tun, was ihnen später auf der Seele liegen müßte! Und wie plötzlich es oft zugeht mit dem Glück, in eben dem Momente, da einer glaubt, es werd' ihm wohl sein Lebtag nimmer lächeln! Wer hätte denn gedacht, daß mein teurer Herr und Meister, und auch ich selber – daß wir beide jemals wieder aus jenem Höllenpfuhl der Inquisition ans Licht des Tages tauchen würden! Wer hätt's gedacht, als wir vor jenen alten Teufeln standen, wie sie da in einer Reihe gehockt sind tief unter der Erde inmitten ihrer schwarzen Fetzen, einzig vom Rußgeflacker der Fakkeln beleuchtet und mit Höllenfratzen, die uns angegrinst, so schwarz, als wär' dies alles schon in des Teufels Küche! Und als man mir dann nicht einmal verstattet hat, das Maul aufzutun! Wahrhaftig, nein! Sie wollten's nicht leiden, daß ich den Mund auftäte, um mit meinem Gebieter zu sprechen! – Wer, so frag' ich euch, wer hätte da gedacht, daß wir noch je die goldne Freiheit wiedersehen würden? Und wer, daß wir in unserm Leben noch einmal wissen würden, wie es ist, im Glück zu schwimmen? Und dennoch sind wir allesamt nun wieder hier, und freu'n uns allesamt der goldnen Freiheit! Und können, ganz wie's uns ums Herz ist, vom einen Ende dieser Welt ans andre rennen, und auch zurück, und keiner hält uns auf! Und können fliegen auf des Meeres Fluten, und können treiben in der lauen Luft, und können unserm guten alten Mond Hals über Kopf mit beiden Beinen auf den Buckel springen! Denn, Freunde, denkt daran, uns drückt kein Bleigewicht auf unsrer Seel' zu Boden – wir sind frei!«

»Du meinst wohl, treiben auf dem Wasser und fliegen in der Luft«, warf da ein gesetzter Nachbar grämlich ein. »Doch was es vollends heißen soll, Hals über Kopf mit beiden Beinen auf den Mond zu springen – das kann ich mir nicht denken!«

»Ach was!« versetzte Paolo. »Wer hat schon Zeit, in einem Augenblick wie diesem darüber nachzugrübeln, was er meint! Und alle, die in dieser Nacht nicht froh genug sind, um zu reden *eh'* sie denken – die sollen später nimmer ernst genug sein können, zu denken, eh' sie reden! Doch damit, Freunde, seid nicht ihr gemeint, nein, keiner von euch allen, keiner, keiner! Den Kopf verwett' ich, keiner von euch allen hat je beim Anblick eines Kerkerdaches gewußt, daß der Gebieter drunter schmachtet! Und fortgehn müssen erst, trotz allem fortgehn, und ihn zurücklassen in des Todes Krallen! Ach, ihr Ärmsten – was wißt ihr schon davon! Allein, was tut's! Vielleicht könnt ihr auch ohne solches Wissen euch ganz passabel eures Lebens freu'n! Nur eines könnt ihr nimmermehr ermessen: wie übergroß mein Glück ist, und wie es damit zugegangen! – Nein, dies ist wohl bei weitem mehr, als ihr begreifen könnt! *Oh, giorno felice! Oh, giorno felice!*« Rief's und stürzte sich ins Tanzgetümmel. Und »*Oh, giorno felice!*« ward aufs neue im Chore gejubelt von all den freudetrunkenen Gefährten.

ENDE

Der befreiende Schrecken

Ann Radcliffe und der englische Schauerroman des 18. Jahrhunderts

I.

1797 erschien der fünfte und letzte Roman der Ann Radcliffe: »The Italian; or, The Confessional of the Black Penitents«. Wie seine beiden unmittelbaren Vorgänger wurde der Roman zu einem strahlenden Erfolg: die Kritik feierte ihn überschwänglich, der Londoner Parnaß war sich ausnahmsweise in seiner Zustimmung einig, autorisierte Neuauflagen und Nachdrucke drängten sich. Ann Radcliffe aber, damals kaum über die Dreißig hinaus, trat mit diesem Roman von der literarischen Bühne ab und veröffentlichte in der zweiten Hälfte ihres Lebens keine Zeile mehr. So ist der Roman zugleich Höhepunkt und Schlußpunkt einer der beispiellosesten Schriftsteller-Karrieren des 18. Jahrhunderts, darüberhinaus Höhepunkt und Schlußpunkt einer ganzen literarischen Gattung, die wir nach der Definition ihres Erfinders, Horace Walpole, als *gothic story* oder *gothic novel* bezeichnen: der Schauerroman des 18. Jahrhundert feiert im »Italian« seinen größten Triumph – eigentlich nur in diesem Roman ist das triviale Genre bruchlos in den Bereich der Kunst überführt –, und zugleich ist »The Italian« auf Jahrzehnte hinaus der letzte Schauerroman von literarischem Gewicht. Wenn um 1820 dann in den Büchern der Mary Shelley und des Reverend Maturin der schwarze Roman Urständ feiert, so speist er sich aus anderen Quellen als nur der *gothic novel*.

Sechs Jahre zuvor hatte Boswell mit seiner berühmten Biographie Samuel Johnsons eine Art Summe des englischen Aufklärungszeitalters gezogen, das in England länger und weniger angegriffen als irgendwo sonst in Europa geherrscht hatte. Nur ein Jahr nach Ann Radcliffes Roman gaben William Wordsworth und Samuel Taylor Coleridge die Sammlung ihrer »Lyrical Ballads« heraus, die den Beginn der englischen Romantik und den offenen Bruch mit der aufklärerischen Tradition signalisiert. »The Italian« fällt genau in die Übergangszeit zwischen Aufklärung und Romantik, und Verbindungslinien gehen von ihm nach beiden Seiten: bewußt schließt Ann Radcliffe an den bürgerlichen Roman der ersten Jahrhunderthälfte an, strebt sie nach ordnendem Ausgleich des phantastischen Romans mit dem psychologischen Roman im Gefolge Richardsons; daneben aber erkannten zurecht die Romantiker in ihren virtuosen Landschaftsbeschwörungen und in ihrer Kunst, die nächtigen Bereiche der menschlichen Seele auszuleuchten, die genaueste Vorwegnahme der eigenen Intentionen. Ein Roman aus einer Übergangszeit, aber kein Werk des Übergangs: so nahe an die Romantik herangerückt wie nur möglich, so eng mit deren Zielsetzungen verbunden, ist »The Italian« doch eine klare und gezielte Absage an die Romantik und an die Gefahren, die Ann Radcliffe für Kunst und Realitätsbewußtsein in der neuen Bewegung vermutete. Das Buch antwortet, obwohl sicher früher konzipiert und zum Teil auch geschrieben, polemisch auf *das* literarische Ärgernis der Zeit, auf den Roman, der im Vorgriff auf eine neue Literatur am schärfsten und unleidlichsten die Kunstkonventionen seiner Gegenwart verletzt hatte: auf »The Monk« von Matthew Gregory Lewis. Dieser 1796 erschienene Schauerroman war seinerseits eine vom deutschen Sturm und Drang herkommende Provokation des von Mrs. Radcliffe vertretenen Genres: die unbestimmten Gelasse und unterirdischen Kerker, die verfallenen Burgen und die Waldruinen werden unversehens mit Spinnen, Schlangen und allerlei eklem Gewürm bevölkert, die bloß angedeuteten Verbrechen treten plötzlich als Mord und Vergewaltigung, als Folter und Plünderung mit einer bis dahin beispiellosen, kruden Detail-Anschaulichkeit vor den Leser, der dunklen Angst in den älteren Romanen wird von Lewis jetzt höhnisch das massive Entsetzen entgegengestellt, angesichts dessen keine Flucht in die Behaglichkeit des Atmosphärischen mehr möglich sein sollte. Ann Radcliffe war – binnenliterarisch gesehen – sicher die eigentliche Zielscheibe dieses ungezügelten Angriffs. Sie, die zumindest seit ihrem umfangreichsten Roman, den »Mysteries of Udolpho« (1794), als die uneingeschränkte Königin des phantastischen Romans in Europa galt, sah sich mit einem

Male während der Niederschrift eines neuen Romans auf das schnödeste von der Avantgarde attackiert, und es ist kein Wunder, daß ihre sehr überlegte und klug-abgesicherte Antwort einem deutlichen Nein an diese Avantgarde, an die noch nicht konstituierte Romantik, gleichkam. In Darstellung und theoretischer Begründung ist »The Italian« das letzte, verweigernde Wort des 18. Jahrhunderts zum Thema des Phantastischen.

II.

Der Name der Ann Radcliffe steht hier nur als Chiffre für den geschlossenen Zusammenhang ihrer Romane, biographisch läßt sich über die Person, die hinter diesen Büchern steht, so gut wie nichts ausmachen. Sie ist da die personifizierte Unergiebigkeit, eine ins Alltägliche verkehrte Sphinx ohne Geheimnis – einigermaßen erstaunlich für die gefeiertste Schriftstellerin des 18. Jahrhunderts in einer so auf Geselligkeit versessenen Weltstadt wie London. Der englische Literaturhistoriker Bonamy Dobrée erwähnt den Fall der Christina Rossetti, die sich jahrelang bemüht hatte, eine Biographie der Mrs. Radcliffe zu schreiben, und die schließlich ihr Vorhaben über dem völligen Mangel an Material aufgab. Man weiß über sie nur die dürren Fakten des Standesamts: 1764 in London als Tochter mittelständischer Eltern geboren – ihr Vater, William Ward, war *in trade*, ohne daß wir über die Art seines Handels mehr erführen, ihre Mutter stammte aus gehobenen Arzt-Kreisen –, heiratete sie 1787 William Radcliffe, der damals noch Jura studierte, später Eigentümer und Herausgeber der renommierten Zeitschrift: »English Chronicle« wurde, sich durch spiritistische Neigungen auszeichnete und ein gewisses Interesse für nationale Altertümer bekundete. 1823 ist sie gestorben. Der Nachruf in der »Edinburgh Review« weiß mit charakteristisch mißratener Poetisierung des Sachverhalts zu berichten: »Sie erschien niemals in der Öffentlichkeit und zeigte sich auch nicht in privaten Gesellschaften, sondern hielt sich ganz eingezogen wie ein bezaubernder Vogel, der seine einsamen Töne verhüllt und ungesehen trillert.« Die wenigen Berichte von Bekannten schildern sie als kränklich, von zarter Konstitution und anmutiger Melancholie, wobei noch die spärlichen Hinweise eine fatale Orientierung an Ann Radcliffes eigenen Heroinen erkennen lassen. Und erst recht sind die Gerüchte, sie habe unter den Gestalten ihrer Phantasie gelitten und sei schließlich durch ihre Halluzinationen wahnsinnig geworden, beliebig auf sie übertragene Wanderanekdoten, die sich in geringfügigen Abwandlungen von Sade und E. T. A. Hoffmann bis hin zu Henry James bei allen Gespenster-Autoren wiederfinden lassen.

Die faßbare Existenz der Ann Radcliffe beginnt zwei Jahre nach ihrer Heirat: 1789 erschien der erste Romanversuch: »The Castles of Athlin and Dunbayne«, eine flüchtige und noch ganz und gar unsichere Fingerübung, die nur in dürftigster Skizzierung das Grundthema ihrer Schriftstellerei anklingen läßt. Immerhin bleibt erstaunlich, wie konsequent vom ersten Augenblick an Ann Radcliffe die *gothic novel* als das gemäße Genre für ihre Begabung erkannte und diese Begabung auf die Vervollkommnung dieser Gattung hin orientiert. Das Grundmuster ihrer Bücher findet man in den »Castles of Athlin and Dunbayne« in der Abbreviatur vorgebildet: die verfolgte Unschuld in den Händen des dämonisch anziehenden Schurken – um die Handlung zu strecken, ist diese Ausgangskonstellation schlicht verdoppelt, – das verborgene und die Handlung überschattende Verbrechen aus der Vorzeit, die lang hingezogenen Fluchten und Verfolgungen in finsteren Gewölben und im finsteren Wald. Noch freilich läßt sich die junge Schriftstellerin keine Zeit, weder zur genauen Motivation der Handlung noch zur Entwicklung einer Situation oder Stimmung. Die unwahrscheinlichsten Verwicklungen und Begebenheiten – Stoff für vier Romane vom Umfang des »Italian« – werden auf wenigen Seiten heruntergehaspelt; der Versuch, ihre Vorgänger zu übertrumpfen – und das ist für diesen Erstlingsroman nicht Horace Walpole selbst, sondern dessen vornehmlich weibliche Gefolgschaft mit ihrer beliebigen Häufung von Abenteuern, die nur das mittelalterliche Dekor notdürftig zusammenhält –, bleibt ganz im Stofflichen stecken. Die »Monthly Review« meinte zurecht: »Wem immer das Wunderbare für sich Vergnügen macht, wer sich am bloß Verwunderlichen und ausschließlich am Verwunderlichen freuen kann, dem wird das vorliegende Buch ein beträchtliches Maß an Vergnügen bereiten. Diese Art von Belustigung kann aber eigentlich bloß von kindlichen und noch ungeformten Gemütern geschätzt werden.« Die kindlichen Gemüter waren in der Überzahl: bereits Ann Radcliffes Erstling wurde zu einem Publikumserfolg.

Die beiden nachfolgenden Romane: »A Sicilian Romance« (2 Bde. 1790) und »A Romance of the Forest. Interspersed with some Pieces of Poetry.« (3 Bde. 1791) zeigen im Umfang wie in der Sicherheit, mit der das eigene schriftstellerische Vermögen eingesetzt wird, einen gleichmäßigen Zuwachs, dem die Begeisterung des Publikums konform ging. Dabei beschränkte sich die kritische Aufmerksamkeit der Autorin beim ersten Roman auf die genauere und folgerichtigere Konstruktion des Handlungsablaufs, auf das Tilgen allzu unwahrscheinlicher Passagen und nur nebenher auf einen ruhigeren Erzählduktus, der auch der Beschreibung und dem szenischen Augenblick ihr Recht ließ. Für »A Romance of the Forest« machen bereits Titel und Untertitel die veränderte Grundhaltung der Ann Radcliffe zum Roman deutlich: über der Arbeit am vorausgehenden Buch muß ihr klar geworden sein, daß die Belebung der *gothic story* nicht von der *Logik* einer phantastischen Handlung abhängig sein kann, sondern von der *atmosphärischen Plausibilität* ihrer Vorgänge. Dies, und noch ein zweites, daß nämlich ihre eigentliche Begabung in der lyrisch-psychologischen Durchdringung des Stoffes liege. Die wie mit dem Silberstift gezogenen Landschaftsskizzen und die Nachempfindung der Angst oder des Zweifels aus der Innenwelt der Figuren – beides in den früheren Büchern nur in Ansätzen nachweisbar – werden zu den Hauptträgern der neuen Romankonzeption. Die Erzählung ist jetzt in der Tat der Roman der Waldwildnis, in dem fast zu sehr der Schauplatz über den Vorgang triumphiert. Und der lyrische Grundzug dieser traumgleichen Evokation von Landschaft und intimer Empfindung wird noch unterstrichen durch den breiten Einsatz von Liedern, Balladen und Serenaden, die zur Überhöhung der Situation und zur Verwandlung der Szenerie in den Traum oder Albtraum eingefügt werden. Allesamt funktional gebunden, widersetzen sich diese

Verse jeder Rückverwandlung in das selbstgenugsame lyrische Gedicht; innerhalb der Romansphäre aber gehören sie als die äußerste Verdichtung des atmosphärischen Zaubers zentral in die Struktur eines Romans *à la* Radcliffe. Insofern ist auch der Hinweis auf diese Gedichte im Untertitel von »A Romance of the Forest« und von »The Mysteries of Udolpho« – beidemale in der gleichen Formulierung: »Interspersed with some Pieces of Poetry«, die zum Stereotyp ihrer Nachahmer werden sollte – eine, wäre der Ausdruck für die behutsame Kunst der Ann Radcliffe nicht zu schroff, programmatische Charakterisierung der neuen Romanform.

Mit »A Romance in the Forest« haben wir den ersten voll ausgebildeten, den eigentlichen Radcliffe-Roman, und mit dieser Erzählung und dem nachfolgenden Welterfolg der »Mysteries of Udolpho«, die in vier Bänden 1794 erschienen, blieb bis weit ins 19. Jahrhundert der Ruhm ihrer Verfasserin verbunden. Die Romantiker und noch die realistischen Autoren der Generation von Dickens und Thackeray meinten diese beiden Romane, meinten das in ihnen verkörperte Romankonzept, wenn sie über Ann Radcliffe schrieben. Dabei wurde, vom später liegenden Hauptwerk herkommend, der Experimentcharakter übersehen, den auch noch bei aller Meisterschaft in Anlage und Detail »The Romance in the Forest« nicht verleugnet. Gegenüber den beiden früheren Büchern setzte er ja bis zur völligen Vernachlässigung der Handlungskonstruktion auf die malerische Ausbreitung von Schauplatz und Atmosphäre. Erst in »The Mysteries of Udolpho« wagt und schafft sie die Synthese, zieht sie die Konsequenzen aus ihren Schreiberfahrungen. Wie man von dem zeitgleichen Jean Paul zurecht gesagt hat, er habe in der langen Reihe seiner Romane im Grunde nur ein und denselben Roman in immer neuen Anläufen zur Perfektion bringen wollen, so läßt sich auch die Romanschriftstellerei der Ann Radcliffe als der beharrliche und methodische Versuch interpretieren, ein vorgegebenes Sujet und ein vorgegebenes Genre in ein eigenständiges und makelloses Kunstwerk zu verwandeln: auch die Reihe ihrer fünf Romane stellt im Grunde die Ausfaltung und ständige Selbstüberbietung *eines* Romans dar. Aus der mühelos gehaltenen Balance zwischen ingeniöser Erfindung des *plot,* sorgfältiger und scharfsinniger Charakterzeichnung – der satanische Condottiere und Mörder Montoni ebenso wie der schwärmerisch verschattete Liebhaber Valancourt gehören trotz der Konventionalität ihres Typus zu den großen, in die Romantik hinein weiterwirkenden Figuren des 18. Jahrhunderts – und der verzaubernden, dunkel-tonigen Vergegenwärtigung des Geschehens, der keine Nuance der Empfindung und keine Veränderung des Lichts in der Landschaft entgeht – aus der Balance zwischen Konstruktion, malerischer Anschaulichkeit und psychologischem Einblick kommen »The Mysteries of Udolpho« so nahe an dieses intendierte Buch der Bücher heran, wie nur überhaupt ein ausgeführtes Kunstwerk an seine Idee heranreichen kann. Und die Zeitgenossen nahmen den Roman nicht nur begeistert auf, sie erkannten ihn auch richtig als eine der großen Meisterleistungen der englischen Literatur des 18. Jahrhunderts.

III.

An dieser Stelle ist, will man das Verhältnis der Ann Radcliffe zur *gothic novel* und ihre Stellung innerhalb des englischen Romans fassen, die Erweiterung des Blicks auf die Rolle des Wunderbaren und des Schrecklichen in dieser Englischen Literatur notwendig. Anders als die meisten Gattungen in der Erzählkunst läßt sich die *gothic novel* sozusagen auf den Tag datieren, denn während die anderen Formen erzählender Prosa sich bekanntlich langsam und in vielen Verwandlungen herausgebildet haben, sind Name und Sache hier gleich alt und sind nicht aus einer Tradition erwachsen, sondern freie Erfindung ihres Schöpfers Horace Walpole. Nicht als ob die Schauergeschichte selbst, die grausig anheimelnde Spezies der Spukliteratur in ihren Motiven und Gegenständen hätte erfunden werden müssen. Diese sind so alt oder älter als die überlieferte Dichtung selbst: Geistererscheinungen und nächtliche Selbstbegegnungen, das mitternächtliche Erwachen der Toten und das doppelte Gesicht sind Bewußtseinsrelikte, die aus magischen Zeitaltern beunruhigend in unsere Zeit hereinreichen. Entsprechend können solche

Motive überall und zu jeder beliebigen Zeit wieder auftauchen. Eine wie bestimmende Rolle das Übersinnliche und Gespenstische noch in der Literatur und Kunst des Barock gespielt hat, bedarf keines Hinweises. Gemeinsam ist jedoch allen Berichten über Hexen und Zweite Gesichter, allen Erfindungen des Ritterromans wie des Shakespeare-Dramas, den wundersamen Koinzidenzien des höfischen Barockromans, daß sie keine Gespenstergeschichten in unserem Sinn oder in dem der *gothic novel* sind, denn bei aller Disparatheit in der Darstellung und auch bei freiestem Umgang mit dem Phantastischen, ist allen Zeugnissen der Glaube gemeinsam, diese Erscheinungen seien eben nicht phantastisch, sondern ein mehr oder minder gesicherter Teil. Zur schwarzen Literatur nach Walpole gehört aber gerade der distanzierte Kalkül im Umgang mit dem Grauen, die bewußte Beschwörung des Gespenstischen als Teil einer exotischen Sphäre durch die Macht der Einbildungskraft. Die *gothic story* setzt die Verbannung des Magischen in den Bezirk des Aberglaubens notwendig voraus, um dem Leser das ganz Andere an ihr eindringlich zu machen. Die Übersinnlichkeit wird zum Teil der Phantasie, zum Phantastischen. So steht zwischen Walpoles Erzählung: »The Castle of Otranto« und der älteren Literatur des Wunderbaren die Barriere der europäischen Aufklärung. Überspitzt formuliert, verdankt die *gothic novel* ihre Entstehung der völligen, bis ins allgemeinste Bewußtsein vorgezogenen Säkularisation des 18. Jahrhunderts, der sie sich dann freilich – spielerisch zuerst, später sehr entschieden und bedrohlich – widersetzen sollte.

Von der allgemeinen Ächtung des Wunders zu Beginn der Aufklärungszeit wurde keine Gattung der Literatur ähnlich bedroht wie der Roman. Hier gesellte sich zu dem allgemeinen Abscheu vor dem Aberglauben und der willkürlichen Erfindung noch die schroffe Ablehnung des höfisch-feudalen Organisationsprinzips im Barockroman, bei dem die segnende Vorsehung über die Verwicklungen des Zufalls und bei dem der zelebrierte Aufwand an Wundern bloß der Apotheose des Gottesgnadentums dient. Der bürgerliche Roman Samuel Richardsons und Henry Fieldings und die klassizistisch-bürgerliche Kunsttheorie Samuel Johnsons forderten entsprechend schroff die Orientierung des Romans an der Alltäglichkeit, sie spielten polemisch den komischen Roman und den Schelmenroman – die beiden niederen Gattungen des Barock – gegen den hohen Roman aus, und sie setzten das Wort »Roman« mit »Unkunst« und »Unwahrheit« in eins. Die große Blüte der englischen Erzählliteratur hat eine ihrer Haupttriebfedern in der Ablehnung alles Romanhaften älterer Provenienz. Der Widerstand gegen diese Verbindung von Klassizismus und bürgerlich-aufklärerischer Kunstauffassung regte sich in der bildenden Kunst früher als in der Literatur: fast gleichzeitig mit den Meisterwerken der palladianischen Architektur und mit den Romanen von Richardson und Fielding bildet sich als oppositionelle Mode der *gothic style* aus, der Versuch, in freier Verwendung mittelalterlicher Bauelemente eine pittoreske und verspielte Stilform, eine ganz und gar nicht-historisierende Ausdrucksweise zu schaffen, eine Art mittelalterlicher Chinoiserie oder heraldischen Rokokos.

Strawberry Hill, der nach 1750 errichtete Landsitz Horace Walpoles, war nach dem Willen seines Erbauers und nach der übereinstimmenden Meinung aller Zeitgenossen das Wahrzeichen der Bewegung – ein zinnenbewehrter, verwinkelter und düsterer Wunschtraum eines Antiquars und Sammlers, dessen Klostergewölbe und Treppenhäuser, dessen Nischen und Estraden vollgestopft waren mit mittelalterlichen Rüstungen und Handschriften, mit Trümmern und gemalten Fenstern aus aufgelassenen Klöstern, aber auch mit neueren Gemälden und Stichen und allerlei exotischem Prunk. Die Sammeltätigkeit wie das Spiel mit dem Mittelalter dient nicht der Rekonstruktion oder Erneuerung, sondern ausschließlich dem Anreiz der Einbildungskraft, der Wiedergewinnung der Phantasie und des Phantastischen. Was sich in der Architektur ankündigte und in Walpoles Sammeltätigkeit bereits halb und halb zu einem ästhetischen Postulat verdichtet hatte, mußte zu gegebener Zeit auf die Literatur zurückwirken. »Soll ich Dir gestehen, wovon der Ursprung meiner Erzählung herrührt?« fragt Horace Walpole kurz nach Erscheinen des »Castle of Otranto« seinen Freund Reverend William Cole: »Ich erwachte eines Morgens, zu Anfang Juni letzten Jahres, aus einem Traum, von dem ich nicht mehr zurückbehalten habe als daß ich mich in einem alten Schloß wähnte (ein sehr natürlicher Traum für einen Kopf, der wie der meine mit mittelalterlichen Vorstellungen vollgestopft ist) und auf der obersten Ballustrade eines großen Treppenhauses eine riesige, gepanzerte Hand gewahrte. Am Abend setzte ich mich hin und begann zu schreiben, ohne noch im mindesten zu wissen, was ich sagen oder berichten wollte.« Am Weihnachtsabend 1764 erschien die Geschichte des Schlosses von Otranto, in die sich der Traum von Strawberry Hill materialisiert hatte, vor einer kopfschüttelnden Kritik und einem erst staunenden, bald aber begeisterten Publikum.

Ob sich Walpole, der bei der ersten Ausgabe sich noch nicht als Autor zu nennen wagte, schon von Beginn der Niederschrift an über die Folgen seiner Erzählungen klar gewesen ist, stehe dahin; jedenfalls entwirft das Vorwort zur zweiten Auflage mit spürbarem Selbstvertrauen das Programm einer neuen Romankunst, eben der *gothic novel.* Die Grundzüge dieses Programms blieben in wechselnder Ausdeutung für die Autoren des Genres verbindlich. »Es ist ein Versuch, die beiden Arten des Romans miteinander zu versöhnen, die alte und die neue«, heißt es in dieser Vorrede mit polemischer Verwendung des verpönten Wortes »romance« für »novel«: »In der früheren Art war alles Imagination und Unwahrscheinlichkeit, in der späteren war immer der Vorsatz ..., die Natur getreu abzuschildern. Dabei fehlte es nicht an Erfindungskraft, doch wurden die großen Ressourcen der Phantasie entschieden eingeschränkt durch die zu genaue Orientierung am alltäglichen Leben. ... Der Autor der folgenden Seiten hielt es nun für möglich, beide Richtungen zu verbinden. Mit dem festen Wunsch, die Kräfte der Imagination nach Belieben durch die grenzenlosen Räume der Vorstellung schweifen zu lassen und damit erregendere Situationen zu erschaffen, verband er die Absicht, die sterblichen Akteure in seinem Drama nach den Regeln der Wahrscheinlichkeit zu führen, kurz, sie so denken, sprechen und handeln zu lassen, wie Männer und Frauen in außerordentlicher Lage wahrscheinlich sich betragen würden.« Spielerische Restitution des Wunderbaren, aber in den Rahmen der akzeptierten, neuen Errungenschaften des zeitgenössischen Romans: das Phantastische im Roman ist bei Walpole vor allem das Postulat eines Aufklärers für die Freiheit der Imagination und gegen eine platte Abrichtung auf die Alltäglichkeit. Was er selbst zur Staffierung seiner Forderung aus Eigenem beisteuern konnte, war – aus dem Abstand gesehen – eben nur das Requisitenarsenal eines Sammlers, der seine pittoreske Vision in einer eher trockenen Handlung zu vervielfachen sucht.

Wie sollte das Wunderbare mit dem Wahrscheinlichen in Verbindung treten? Diese Frage bestimmt von Walpole bis zu M. G. Lewis die Entwicklung der *gothic novel.* Am einfachsten machten es sich dabei Clara Reeve und ihre zahllose Gefolgschaft. Ihr Roman: »The Champion of Virtue« (1777; bekannt unter dem Titel der zweiten Auflage: »The Old English Baron«), ein heute fast ungenießbarer Zwitter aus Walpoles Schrecken und Richardsons Tugendhaftigkeit ohne die bizarre Phantasie des einen und ohne die hintergründige Psychologie des anderen, nimmt das Prädikat: »gothic« wörtlich und legt es auf seinen historischen Kern hin fest. Walpoles frei erfundenes Mittelalter von Otranto wird da aus dem Exotischen in eine konventionelle Geschichtsvorstellung zurückversetzt, und das vage Vorurteil vom dunklen Mittelalter öffnet den alten Wundermechanismen wieder Tür und Tor. Bei Clara Reeve bleibt es noch bei einer kargen Geistererscheinung zu Beginn des Romans, in den pseudohistorischen Leihbuchromanen William Hutchinsons, Sophia Lee's und anderer ist die Wiederherstellung des Übersinnlichen eine vollständige: die Entwicklung des neuen bürgerlichen Romans wird *quasi* negiert. Oder der Schrecken macht sich selbständig, das verwitterte Feudal-Verbrechen tritt als Spannungsmotor an die Stelle der Gespenstererscheinungen, ohne daß darüber die Wahrscheinlichkeit der angehäuften Begebenheiten größer würde. Mit unterschiedlichem Niveau, aber gleicher ästhetischer Bewußtlosigkeit verbleiben diese Romane – und sie stellen das Haupkontingent der *gothic novel* – in der mechanischen Erweiterung und Abwandlung der Stoffmöglichkeit. Auch die ersten beiden Erzählungen der Ann Radcliffe wie die Romàne ihres Vorbilds Sophie Lee suchten ja ihre Berechtigung in der Kumulation von Handlungsmomenten und szenischen Innovationen.

IV.

Erst in ihren drei großen Romanen – und sie sind trotz aller Unterschiede in der Gestaltung als Einheit zu sehen, was ihre theoretische Konzeption betrifft – setzt sich bei Mrs. Radcliffe eine tiefer greifende Revision von Horace Walpoles Position durch, entsteht eine grundsätzlich neue Einstellung der *gothic novel* zum Phantastischen und zum Nächtigen. Wie ließ sich die von ihm geforderte Versöhnung des Natürlichen mit dem Wunderbaren, des Ur-Schreckens mit der Wahrscheinlichkeit zuwege bringen, ohne hinter Richardson und Fielding zurückzufallen? Der wunde Punkt bei Walpole lag ja gerade in der Forderung nach einem Normalverhalten der Personen vor dem Außerordentlichen und Unwahrscheinlichen. Es war leicht, mit dem Blick auf Shakespeare zu behaupten, daß in allen wirklich geistvollen Schriften »die Personen auch unter der Einwirkung von Wunderzeichen und vor dem Angesicht der allererstaunlichsten Phänomene niemals ihren menschlichen Charakter verlieren«. Wie aber betragen sich Menschen ihrem Charakter gemäß, wenn sie aus der alltäglichen Erfahrungswelt unmittelbar in den Bereich des »Romanhaften« verschlagen werden? Läßt es sich bei der Begegnung mit einem gewaltigen Marmorfuß oder einem einsamen Riesenhelm gegenüber anders verhalten als absurd? Walpole unterlag offenbar einem Irrtum über den Charakter des Gespenstisch-Wunderbaren, wenn er versuchte, nach der Aufklärung den abgewerteten, zum Aberglauben verkommenen Wunderkram zu restituieren.

Zu akzeptieren war die Forderung nach Entgrenzung der Phantasie, aber dazu mußte das Wunderbare als auslösendes Moment selber Züge des Möglichen, des Wahrscheinlichen annehmen. Der Begriff als solcher mußte modifiziert werden. Nun ist, auch wenn man Spuk und Märchen ausschließt, die Erwartung des Unbenennbaren und die Furcht vor dem Gespenstischen ein Teil der menschlichen Phantasie. Aber es sind dies verborgene Schichten der Einbildungskraft, verschüttet durch die Gewohnheit des Umgangs mit der Alltäglichkeit, die der aufklärerische Roman des 18. Jahrhunderts gemeinhin mit der Realität überhaupt identifiziert hat. Diese Schichten freizulegen, indem das ungewohnte Ereignis oder die bedrohliche Situation verstörend in den Zirkel des Gewohnten eindringen, mußte gleichbedeutend sein mit der Entdeckung eines neuen Reichs des Wunderbaren. Das Übersinnliche wird dabei nicht zu einem psychischen Phänomen, zur bloßen Einbildung abgewertet, sondern im Gegenteil dienen die Ängste und Ahnungen in ihrer tieferen und reicheren Auffassung der Wirklichkeit als Indizien und Garanten für eine Sphäre hinter der Oberfläche der Dinge. Entscheidend ist dabei aber, daß auf diese Sphäre – in der Terminologie der Zeit: auf das *Sublime* – aus den Empfindungen des erfahrenden Individuums *geschlossen* wird, daß sie nicht von sich aus in Erscheinung treten kann.

Für die Praxis der Romane Ann Radcliffes heißt das konsequent, daß alle unerklärlichen, ängstigenden Ereignisse, bei denen es nach der Meinung des Lesers und erst recht des Erlebenden nicht mit rechten Dingen zugegangen ist, sich im Nachhinein als erklärbar erweisen, als Intrige oder Verbrechen. Schon die Zeitgenossen fühlten sich durch das Verfahren, mit den Helden über lange Passagen weg auf die Folter gespannt zu werden, um danach zu erfahren, daß die mitternächtliche Spukerscheinung ein verspätet heimkommendes Zimmermädchen, daß die geheimnisvollen Laute eine in den Wald gehängte Äolsharfe, daß der düstere Mönch von Paluzzo, vor dem kein Schloß sicher ist und der sich in Luft auflöst, bloß ein nachmaliger Informant der Inquisition, kurz, daß alles Wunder bloß ein Trick ist, auf das entschiedenste düpiert. Ärgerlich meinte selbst eine ihrerseits so tief noch in der Aufklärung verwurzelte Literatin wie Mrs. Barbauld: »Das Gemüt empfindet eine Art schmerzlicher Enttäuschung und Beschämung, so sehr in Aufregung gekommen zu sein über Begebnisse, die doch über unsere ›sichtbar gewohnte Welt‹ hinaus nichts in sich hatten.« Die meisten späteren Betrachter – mit der bezeichnenden Ausnahme von Walter Scott – waren sich darin einig, daß Ann Radcliffe mit ihrer Theorie der *probable improbability* die Wahrscheinlichkeit zu Ungunsten des Wunderbaren übertrieben habe.

Ein Mißverständnis scheint da zu herrschen, so als habe

sie ihre anerkannte Meisterschaft in der Beschwörung geheimnisvoller Welten im Zwielicht sinnlos verschleudert an eine Vorschrift der Plausibilität, so als habe sie mit der Zerstörung der Anlässe auch die Erfahrung des Wunderbaren aufheben wollen: Emily und Valancourt in den »Mysteries of Udolpho«, Vincentio und Ellena im »Italian« kehren nicht als die gleichen Personen aus ihren Prüfungen zurück, und nicht in die gleiche Alltäglichkeit. Wie beim intendierten Leser wirkt die veränderte Weltsicht über das Abenteuer hinaus weiter. Ann Radcliffe ging weiter als beinahe jeder vergleichbare Autor in der Entgrenzung der Realität durch die Einbildungskraft. Sie weigerte sich aber konsequent, dem *supernatural* ein handgreifliches Eigendasein einzuräumen. Das Sublime als Ahnung einer höheren Wirklichkeit kann sich nur in oder mit Hilfe der Seele des einzelnen entfalten – und dazu verhilft ihr am stärksten von allen Empfindungen die des Schreckens, der bösen Vorahnung –, es kann sich nicht verselbständigen und verdinglichen. Hinter dem Romanentwurf der Mrs. Radcliffe steht eine wohl deistisch veränderte, im Kern aber orthodox christliche Vorstellung, wonach das Sublime oder Erhabene eine Emanation des Göttlichen ist, die nur in der Seele des Individuums sich formen kann, nicht unabhängig von ihr.

Daraus folgt mit Konsequenz die Handhabung des Schauders in der Darstellung ihrer Bücher: Walpoles Gespenster- und Wunderzeichen-Apparat ist getilgt, für ihn tritt als Geheimnis das verborgene Verbrechen und die dunkle Machination der Intrige ein. Das scheidet das Personal ihrer Romane von vornherein in die Schurken und Intriganten, die als Mitwisser und Regisseure des Geheimnisses an ihm keinen Teil haben, und in die verfolgten Opfer, die mit ihren Ängsten und Qualen die gesteigerte Realitätserfahrung bezahlen. Alle Schilderung kann so nur als perspektivische erfolgen, aus der Sicht der bedrohten und blind im Ungewissen tappenden Einzelfigur. Mit äußerster Folgerichtigkeit wird bis in jeden einzelnen Wahrnehmungsvorgang hinein diese Perspektive eingehalten, so daß der Leser unmerklich in die Situation des oder der Wahrnehmenden hineingezogen wird, und sich selbst in deren Stimmung oder Angst verstrickt sieht. In dem einzigen theoretischen Aufsatz der Ann Radcliffe – er wurde erst 1826 aus ihrem Nachlaß veröffentlicht, stammt aber vermutlich aus der Zeit des »Italian« und der Auseinandersetzung mit Lewis – unterscheidet sie nach diesen Gesichtspunkten zwei Möglichkeiten, Schauerliches im Roman darzustellen. Sie läßt dort zwei Gesprächspartner, die sich über die *gothic novel* verständigen, eine strenge Unterscheidung zwischen den Begriffen: »terror« und »horror« vornehmen. Danach ist – etwas abweichend vom heute geläufigen Wortverstand – *horror* das mit Ekel vermischte Grauen vor einem Entsetzlichen, das uns sichtbar oder körperlich entgegentritt, sei es Geistererscheinung oder Mord, während *terror* die unbestimmte Angst, den Albtraum, die gespannte Erwartung auf ein Unnennbares meint.

»Es bedarf«, meint einer der Dialogpartner, »schon einer sehr kalten Imagination, wenn einem die Gewißheit schrecklicher als der Verdacht ist. *Terror* und *horror* sind so entschieden einander entgegengesetzt, daß der erste die Seele ausdehnt und ihre Fähigkeiten zu einem hohen Grade der Lebendigkeit bringt. Der zweite dagegen zieht sie zusammen, läßt sie einfrieren und vernichtet sie beinahe. Soweit ich sehe, haben weder Shakespeare noch Milton in ihren Erfindungen, noch Mr. Burke bei seinen Überlegungen irgendwo den offenbaren *horror* als eine Quelle des Sublimen betrachtet, wohl aber waren sie sich darüber einig, daß der *terror* eine sehr wesentliche Quelle ist. Und wo anders liegt der Hauptunterschied zwischen beiden als in der Ungewißheit und Dunkelheit, die den Terror begleiten in seiner Begegnung mit dem drohenden Bösen?« Das meint nicht bloß Verzicht auf Ekel und Blutrünstigkeit – Verteidigung also gegen den Naturalismus des Entsetzlichen bei Lewis – und Abkehr von Walpoles pittoreskem Spuk, sondern grundsätzlicher den Verzicht auf das Sichtbarmachen des Schauerlichen: inmitten der teuflischen Vorgänge auf Udolpho und in den Fängen der Inquisition (im »Italian«) bleibt die physische Erfahrung und damit die Anschaulichkeit des Grausigen ausgespart. Gerade die Szenenfolge über das Inquisitionsgericht ist ein Meisterstück der Diskretion, ohne daß darüber die Atmosphäre der Spannung verloren ginge.

Umgekehrt aber vermag jeder noch so alltägliche Gegenstand, jeder Stimmungswechsel in der Natur zu einem Moment von *terror* werden: das unvermutete Wehen eines Vorhangs, sich nähernde Schritte, ein verhülltes Bild – alles das kann zum auslösenden Moment oder zum Steigerungseffekt der Angst werden. Das Vertraute verliert oder erweitert seine Dimension in der erschreckten Schärfung der Sinne, das Draußen wird unstabil, eine in proteischer Wandlung begriffene, grenzenlose Welt. Der moderne Leser erkennt unschwer in den virtuos angelegten Spannungsbögen die späteren Techniken des halbrealistischen Sensationsromans unserer Zeit vorgebildet: Daphne du Maurier's »Rebecca« und »My Cousine Rachel« verdanken in Milieu und Konstruktion wie im Gebrauch der zur Drohung aufgewerteten Alltagsdetails ihre Kunstmittel dem Romankonzept der Mrs. Radcliffe. Nur daß die gleichen Kunstmittel bei ihr strenger in eine Theorie und Rechtfertigung des Schreckens eingebunden sind; denn auffällig an der zitierten Stelle ist ja, daß dem *terror* eine positive, eine befreiende Wirkung zugewiesen wird: *»that ... expands the soul, and awakens the faculties to a high degree of life.«* Angst und Grauen sind für Ann Radcliffe nicht nur ein Verhängnis, sie sind auch eine Chance, über die vorgegebenen Grenzen der Apperzeption von Wirklichkeit hinauszuwachsen.

Die »empfindsame Seele« als der Idealtypus des 18. Jahrhunderts ist von sich aus prädestiniert zu jeder Art des überhöhten Empfindens. Der Adel ihrer Seele wird gerade ablesbar an dem Mehr der Empfindung. Die berühmteste Heroine der Zeit, die Clarissa Harlowe in Samuel Richardsons gleichnamigem Roman wird, obwohl oder weil das geschändete Opfer eines Verführers, zum Musterbild weiblicher Vollkommenheit, ihr Schicksal zur Apotheose der Tugend durch ihre gesteigerte Empfindungsfähigkeit. So liegen auch das Erschrecken und die ängstliche Erwartung als Teil menschlicher Empfindungsmöglichkeiten im Empfindsamen bereits parat, sie sind ein Teil seines Wesens. Seine Auszeichnung vor den stumpferen Seelen erweist sich dann in der Begegnung mit der außergewöhnlichen Situation oder der magisch verwunschenen Landschaft: sie läßt verborgene Regungen wach werden und entgrenzt in ihnen den Erfahrungsraum. Das begründet noch einmal von anderer Seite die Trennung in Geheimnis und Intrige, in Schurken und Opfer. Montoni und Schedoni, die luziferischen Bösewichte, sind rein technisch vom Geheimnis ausgeschlossen, ihnen ist aber, auch bei klarem Bewußtsein der fremden Seelenbewegungen, die Erhebung durch den Schrecken prinzipiell verwehrt.

Gegen Ende des »Italiäner« klärt Schedoni sein Opfer Vivaldi über die Mittel auf, die er zu dessen Vernichtung benutzt hat. Er habe sich dazu Vivaldis offenkundigster Schwäche bedient, des Wunderglaubens. Vivaldi antwortet unwillig, wie *er*, der Mönch, den Wunderglauben als Schwäche bezeichnen könne und wann er an ihm diese Schwäche festgestellt habe. »Habt Ihr denn des Gesprächs vergessen, das ich mit Euch über unsichtbare Geistwesen geführt? Eure Meinungen waren durchaus rationaler Natur«, sagte Schedoni. »Doch ging daraus hervor, wie lebhaft Eure Imagination ist. Und welche lebhafte Imagination hätte sich je mit der baren Vernunft zufriedengegeben, oder gar nur mit bloßer Sinneswahrnehmung? Nimmermehr will sie sich aus freien Stücken von den simplen Wahrheiten dieser Erde fesseln lassen, sondern wird, voll Eifer darauf bedacht, alle Fähigkeiten zu erweitern, die Fassungskräfte anzuspannen und daraus die eigensten Entzückungen zu ziehen, sich auf der Suche nach neuen Wundern zum Fluge durch die selbstgebaute Welt erheben!« In negativer Bewertung beschreibt Schedoni präzise den auszeichnenden und verwandelnden Charakter der wachgerufenen Einbildungskraft. Er selbst schaudert nur vor dem Verbrechen des Tochtermords zurück, im übrigen berühren ihn der Schrecken der Mitternacht, die Angst vor dem Dunkel nicht. Noch im Exzeß des Verbrechens bleiben die schwarzen Charaktere der Alltäglichkeit verhaftet.

Von der gattungsbezogenen Neubestimmung des Übersinnlichen als lösendem Schrecken her ließ sich für Ann Radcliffe nun auch das zweite Postulat Walpoles erfüllen: die Versöhnung der älteren, »romanhaften« Erzählkunst mit dem modernen, auf Wahrscheinlichkeit abzielenden Roman. Für die Vergegenwärtigung des Geheimnisvollen, das sich stets aus der geschlossenen Perspektive *einer* Person entwickelt, machte sie sich die außerordentlich nuancierte Charakter- und Empfindungsanalyse zunutze, die zuerst Samuel Richardson in seinen großen Briefromanen entdeckt und meisterhaft durchgeführt hatte und die ein Jahrzehnt danach in Rousseaus »Nouvelle Héloïse« (1761) in der leidenschaftlichen Beredsamkeit des Briefs zu einer völligen Verschmelzung von äußerem Geschehen und innerem Vorgang gelangt war. Wie Richardson, dem Ann Radcliffe ihrem Temperament nach enger verwandt war, versteht sie es, auf die kleinsten Veränderungen der Stimmung zu lauschen, schrittweise die Verwandlungen der Wahrnehmung spürbar zu machen, aus der Beschreibung von Reisebildern oder Gesellschaftsabenden die verborgenen Regungen nachzuzeichnen oder umgekehrt die äußeren Wahrnehmungen als bloße Zeichen der inneren Unruhe ahnen zu lassen. Wie er entwickelt sie ihre Motive sorgfältig und langsam, bei jeder Passage den Zusammenhang, alle nur erdenklichen Nebenschwingungen mit vor Augen habend. Emily in »The Mysteries of Udolpho« und Ellena im »Italian« verleugnen schließlich auch im Typus und in der Anlage ihres Charakters nicht die Herkunft von Richardsons duldenden Idealbildern.

Nun geht es bei Ann Radcliffe jedoch nicht um die stimmige Analyse von Seelenzuständen im Rahmen einer täglich nachvollziehbaren Erfahrung, die sich im Dekor und im gesellschaftlichen Detail von selbst verbürgt, sondern um die Übertragung der Darstellungsmittel auf einen Richardson kategorial fremden Gegenstand: gezeigt soll ja die Veränderung der Seele vor dem Inkommensurablen werden, es geht um die Spiegelung des Wunderbaren an sich in der aufgestörten Einbildungskraft der Heldin, die damit zur eigentlichen und einzigen Brücke zwischen der Erfahrungswelt des Erzähler-Lesers und dem Bereich des Übersinnlichen wird. Dazu bedarf es, soll ein geschlossener Zusammenhang des Romans erreicht werden, einer mehrfachen Verfremdung des Geschehens. Ein erster Schritt dazu ist die traditionsgemäße Distanzierung von Zeit und Örtlichkeit: »A Romance in the Forest« spielt im Frankreich des 17. Jahrhunderts, »The Mysteries of Udolpho« am Ausgang des 16. Jahrhunderts in Frankreich und Italien, »The Italian« schließlich – der Gegenwart bewußt angenähert, wie es auch das Einleitungskapitel deutlich macht – in Neapel, am Monte Gargano und in Rom um 1750.

Von vornherein ist so die Geschichte dem gewöhnlichen Erfahrungsbereich entzogen: ein Schloß in den Pyrenäen, der Karneval im nächtlichen Venedig, der Golf von Neapel mit der Ruinen- und Parklandschaft des Posilippo, die einsamen Flächen der Campania, die Kerker der Inquisition – die Handlungsorte sind bereits auf Ausweitung der Phantasie hin angelegt, bereiten den außerordentlichen Effekt, das Geheimnis vor. Und für die Staffage ihrer Romane wählt Ann Radcliffe aus dem breiten Arsenal des Pittoresken, wie es in den Erzählungen Walpoles und seiner Nachahmer bereit lag, jene malerisch drapierten Figuren, wie sie sich in den Bildern ihrer Lieblingsmaler Gaspar Dughet und Salvatore Rosa finden lassen: sinistre Fischer und Mönche, Inquisitionsspitzel und Briganten, wobei sich die *quasi* opernhafte Einkleidung ihrer Romanwelt bis in die Rückstilisierung der agierenden Gesellschaft in eine vorbürgerliche Ständesozietät erstreckt: statt der Abenteurer und Verführer des bürgerlichen London sind Usurpatoren und Condottieri, der Großinquisitor und die Äbtissin die Träger der Intrige. Bei aller Folgerichtigkeit des psychologischen Vorgangs bedarf das Reich der Einbildungskraft der Abschirmung nach außen, hat sich der Roman aus einem Gesellschaftsstück in eine heroische Landschaft – mit der zeitgenössischen Kunstästhetik zu sprechen – zu verändern. Die folgenreiche Umstrukturierung des Romans vom Aktionsroman der Fielding-Generation zum Romangemälde *à la* Walter Scott und James Fenimore Cooper hat in den *romances* der Ann Radcliffe und ihren technischen Notwendigkeiten ihre Hauptwurzel.

Hatte Walpole in der knappen Skizzierung seines »Castle of Otranto« die malerische Anschaulichkeit seines Raritätenkabinetts durch bloßes Benennen szenisch zu evozieren versucht, so erhebt nun Ann Radcliffe die Beschreibung, das heroische Landschaftsgemälde und das Seelengemälde zur korrespondierenden Doppelstruktur ihres als *romance* definierten Romans. Wie kein Epiker vor und neben ihr – selbst den Rousseau der »Nouvelle Héloïse« nicht ausgenommen – hat sie alle Kunst auf die Schilderung überhöhter Landschaftspanoramen verwendet: die schroffen Felspartien der Pyrenäen und der Abruzzen, die weiten Talblicke und verhangenen Waldschluchten, die bukolischen Ansichten der Umgebung von Neapel sind mit dem offen ausgesprochenen Ehrgeiz entworfen, in Worten mit dem klassischen Vorbild aller Landschaftsdarstellung, mit Claude Lorrain, zu wetteifern, und mehr noch mit den düster-leidenschaftlichen Felsen- und Ruinen-Veduten des Neapolitaners Salvatore Rosa, den auch die Romantiker für einen ihrer Vorläufer gehalten haben. Übersteigerung der klassischen Landschaft Italiens, die Verzauberung des Gegenständlichen durch die Stimmung, der geschlossene und doch in sich wirklichkeitsnahe Kunstraum – das mußte für den Roman der Ann Radcliffe die heroische Landschaftsmalerei als Vorbild empfehlen.

Sie weiß – in »A Romance of the Forest« bis an den Rand der Selbstzerstörung epischen Erzählens, im »Italian« dann wieder stark zurückgedrängt – die Umsetzung des malerischen Prinzips in die Beschreibung vollkommen zu meistern, indem sie sich sehr effektvoll des alten, aber so selten sicher gehandhabten epischen Kunstkniffs bedient, die Landschaft und das Ambiente dem betrachtenden Blick der *einen* schauernden Person langsam und schrittweise zu erschließen, jedoch mit der unverwunderten und selbstverständlichen Sicherheit des authentischen Sehvorgangs. Wie beim zeitgleichen Jean Paul dient ihr die handelnde oder leidende Person als *camera obscura* der epischen Wahrnehmung: in ihrem Auge setzt sich das Bild für den Leser zusammen, vertrautes nur am Rande vermerkend oder durch den Namen rasch rekapitulierend, ausführlicher verweilend auf dem Unbekannten oder Verstörenden. Es ist, auf die Schilderung der Außenwelt angewandt, das gleiche Prinzip, das auch für die Vergegenwärtigung des Geheimnisses, für die Seelenmalerei des Schreckens gilt. In beiden Fällen spiegelt die Beschreibung durch den Chronisten den inneren und äußeren Vorgang aus der Stimmung des erlebenden Subjekts. Alle Gegenständlichkeit ist abhängig von der gestimmten Wahrnehmung; das gibt den Romanen die oft konstatierte Geschlossenheit ihrer fiktiven Welt, die von manchen Kritikern fälschlich als eine Welt nach dem Märchengesetz beschrieben wurde. Bei aller Freizügigkeit im historischen oder lokalen Detail ist aber ein Roman des Geheimnisses nur möglich in dessen Kontrastierung mit der Wahrscheinlichkeit. Mit dem Märchen haben die Beschreibungen Ann Radcliffes nur den in sich widerspruchslosen Nexus der eigenen Realität gemeinsam. Die Atmosphäre, die den trennenden Kontur zwischen Außenwelt und Innenwelt verwischt, weil an ihr das Subjekt wie die Objektwelt teilhat, ist es, derentwegen der malerische Stil der Mrs. Radcliffe an keiner Stelle den Charakter von Beschreibungsliteratur hervorruft. Durch sie verschmelzen Seelen- und Situationsanalyse zur gleichen, dem Geheimnis offenstehenden Gegenwart.

Auch in Rousseaus Landschaftsdarstellungen ist die gleiche Amalgamierung von Innen und Außen das Ziel, auch bei ihm leistet die atmosphärische Brechung der Szenerie durch die perspektivische Wahrnehmung diese Verschmelzung, und seine Landschaftsentwürfe sind gewiß leidenschaftlicher, kühner in der Erfindung und reicher in der sprachlichen Variation. Aber sie sind durch die Briefform sehr genau auf die abgegrenzte Individualität des Schreibenden festgelegt und widersetzen sich einer epischen Integration. Ann Radcliffe dagegen, die Schülerin von Richardson und Rousseau, verzichtet auf deren beider eigenste Äußerungsform, den Brief, und greift statt dessen auf die Form des durcherzählten Romans zurück. Er wird – in der neuen Ausprägung durch Ann Radcliffe – durch die beinahe vollständige Anonymität des Erzählens, aus dem der Chronist als Veranstalter weitgehend eliminiert ist und bei dem zugleich die subjektive Reaktion der Personen von einem sie übergreifenden Erzählvorgang aufgehoben wird, zum einzigartigen Instrument, um Außenwelt und Innenwelt zugleich zu erfassen, um die Eindrücke des Grauens und die vorwegnehmenden Ahnungen der Figuren zu einem geschlossenen Ganzen zu objektivieren. Im Leser kann sich so, ungestört von der abgerückten Individualität der Akteure, die Gewißheit des Geheimnisses, eine Welt des Übernatürlichen zusammensetzen, welche trotz aller vorzeitigen Enthüllungen nicht aufgehoben werden. Der Leser macht in übersteigerter Form jene Erfahrung, die eingeschränkter auch den Romanfiguren zuteil wird: *terror, that expands the soul*, als Sicherheit des Wunderbaren. Der Roman als Ganzes wird stellvertretend gesetzt für *das* Übersinnliche, er tritt als das endliche Abbild einer sonst nur im Göttlichen ruhenden Ordnung auf, für die es in der Erfahrungswirklichkeit nur die Situation der Bedrohung und Überhebung, der Ahnung und der Angst gibt. Sie können über den Augenblick nicht hinauswirken, da sie dann als Teile der Intrige wieder in sich zusammenfallen. Was von den einzelnen Leidensstationen Emilys oder Ellenas übrigbleibt, sind nicht die Inhalte ihrer Angst, sondern die von ihr ausgelöste Erweiterung der Wahrnehmung und deren aufbewahrte Erinnerung, die Stimmung als Quintessenz des Wunderbaren.

V.

Das Modell dieser Romane bleibt in allen drei Büchern gleich. Sie stellen fortschreitende Abwandlungen eines Typs dar, der sich am reinsten und ungefährdetsten in den »Mysteries of Udolpho« präsentiert. Ob die Verschiebung der Proportionen von einem lyrischen Roman der Atmosphäre zu einem strengeren, um Plastizität der szenischen Anschauung bemühten Roman wie dem »Italian« in Ann Radcliffes Neigung vorgebildet war, das einmal gewählte Thema der *gothic novel* in seinen Möglichkeiten zu erschöpfen, oder ob sie durch das Erscheinen von Lewis' »Monk« (1796) ausgelöst wurde, läßt sich nicht mehr feststellen. In jedem Fall war »The Italian« bei seinem Erscheinen als Antwort der *first lady* des Schauerromans auf die Provokation des Genres durch Lewis zu verstehen. Die Stellung dieses Autors, der sich selbst als Gefolgsmann des deutschen Sturm und Drang und der deutschen Räuberromane verstand, in der Geschichte der schwarzen Romantik hat Mario Praz in einem glänzenden Essay skizziert (vgl. das Nachwort zur Neuübersetzung des Romans in der ›Bibliotheka Dracula‹).

In unserem Zusammenhang müssen wenige Anmerkungen genügen, um den Bruch zwischen »The Mysteries of Udolpho« und »The Monk« verständlich zu machen: Lewis stellte in seinem Roman die Trennung zwischen *terror* und *horror* einfach auf den Kopf, nicht in der Definition, aber in der Bewertung. Für seinen Roman kam nur der *horror*, die krasse Vergegenwärtigung des Entsetzlichen – wozu auch die direkte Einführung übersinnlicher Phänomene mitgerechnet wurde – als Darstellungsprinzip in Frage. Nichts in der Geschichte vom Teufelsbund des Mönchs Ambrosio, von seinen Verbrechen und seinem scheußlichen Ende wird ausgespart, nichts im Zwielicht gelassen, Mord und Inzest, Hexenspuk und Teufelsfratze, alles ist greifbare, ekelhafte und blutige Anschaulichkeit: das Übernatürliche frißt die Realität und setzt sich an ihren Platz. Lewis versucht gar nicht erst, die Erfahrung des *horror* über die Wahrscheinlichkeit zu vermitteln. Wohl aber strebt er mit allen Mitteln der Überredung danach, dem beschworenen Entsetzen – wie phantastisch auch dessen Ursachen sein mögen – durch realistische Einzelheiten ein bösartiges Eigenleben zu verleihen: der Hungertod im Kerker, der Sturz des Verbrechers in den Felsenabgrund werden wie unter dem Vergrößerungsglas gezeigt, so daß in der Dehnung des Augenblicks das Kriechen der Maden im zerfetzten und zerschundenen Fleisch sichtbar wird. Lewis läßt sich keine Zeit für die langsame Entwicklung eines Vorgangs, für die Analyse psychologischer Regungen. Es ist ein Moritatenstil mit einander jagenden Höhepunkten der Spannung, an denen für Augenblicke das Erzähltempo verharrt, um dann jäh über die Zwischenaussagen hinwegzusetzen. Die dramatische Wucht seiner Szenenführung vernichtet den malerischen Charakter der *gothic novel*, wie sie durch Ann Radcliffe repräsentiert wurde. Mit vollem Bedacht werden die Trivialität der Stil-Lage und das grelle Sujet gegen den hohen Roman ausgespielt.

In ihrer Replik gibt Ann Radcliffe nicht eine unmodifizierte Wiederholung ihrer Position: schon der Titel zeigt an, daß das lyrische Moment im »Italian« weitgehend ausgeschaltet ist. Auch die Reduktion des Umfangs deutete auf eine stärkere Konzentration des dreibändigen Romans hin. Über diese Äußerlichkeiten hinaus zeigte der Roman jedoch sofort für jedermann deutlich, an welchen Punkten sie unter dem Eindruck des »Monk« sich selbst zu korrigieren bereit war: mit den Versen fiel auch ein Großteil der Landschaftsmalerei dem Neuansatz zum Opfer. Nach wie vor spielt das

Ambiente und die Landschaft eine zentrale Rolle, die Handlung ist ganz eingebettet in die Vergegenwärtigung Süditaliens, aber die Meisterschaft besteht jetzt darin, fast unmerklich, durch wenige Striche, in Nebensätzen untergebrachte Erwähnungen, Neapel und die Campania zu evozieren. Die zweite entscheidende Veränderung war korrespondierend: die genauere Konzentration auf das *plot*, die nach Lewis' Beispiel dramatisch zugespitzte Handlungsführung und das genauere Augenmerk auf die Charakterzeichnung auch des Schurken. Montoni in den »Mysteries of Udolpho« war wohl vom Geheimnis umgeben, gleichzeitig aber so sehr an die Intrige gekettet, daß er mit ihrem Ende als Figur entbehrlich wurde. Der Beichtiger Schedoni *alias* der Conte di Bruno beherrscht von seinem ersten Auftreten an als Intrigenträger *und* als Charakter den ganzen Roman. An diesem Punkt aber setzt in der Übernahme sogleich die versuchte Widerlegung von Lewis ein.

Lewis' Ambrosio, der sittenstrenge Mönch als leichte Beute einer verführerischen Teufelin, war eine zynische Umkehrung der verfolgten Unschuld in Richardsons Romanen, der erste Romanheld, der als infamer Verbrecher zugleich Züge des Opfers annimmt. Handelnd und leidend usurpierte er so das ganze Interesse des Erzählers und Lesers. Andererseits löste die Figur den eigenen Anspruch des Titanischen, der satanischen Auflehnung, nicht ein. Zu uneinheitlich und schwankend ist das Charakterbild, zu sehr geprägt vom Klischee des betrogenen Betrügers, wodurch noch das Grausen Lustspielmomente annimmt. Sollte der Verbrecher von Kains Stamm sein und trotzig-hochmütig auf seine Handlungsweise pochen, so durfte das Böse in ihm nicht schwächlicher Verführung entspringen, es mußte als das inkarnierte Urböse erscheinen, in Schuld und Auszeichnung als Stigma der Besonderheit getragen werden. Die asketische Strenge des Mönchs Schedoni verbirgt nicht die eigene, noch ungekannte Triebhaftigkeit wie die des Ambrosio, die jäh in Gier oder schäumende Verzweiflung übergeht, sie schirmt die Einsamkeit des Verworfenen nach außen ab. Hinter dem Mönch Schedoni steht der Brudermörder, der zur Durchsetzung seines Willens vor keinem Verbrechen zurückgeschreckt ist und zurückschrecken wird. Zunächst von Ann Radcliffe in gewohnter Rationalisierung des Dämonischen als ehrgeiziger Hypokrit angelegt, wächst Schedoni von Szene zu Szene über diese Dimension hinaus. Und die Szenen vor dem Inquisitionsgericht und an seinem Sterbelager lassen in der Würde des verbrecherischen Selbstbewußtseins Schedoni als die Inkarnation des Bösen erscheinen, das der göttlichen Weltordnung widersteht. So ist auch in seinem Sturz Schedoni kein passives Opfer, er bleibt – und damit beharrt Ann Radcliffe auf ihrer Trennung zwischen Intrige und Geheimnis – das aktive, böse Prinzip, das an der durch Angst vermittelten Überwirklichkeit keinen Teil hat. Schedoni ist eine Steigerung ihrer früheren Bösewichte, indem er sogar über sein Ende hinaus das Rätsel seiner Veranlagung bewahrt, aber er erliegt nicht selbst wie Ambrosio der Angst vor einem dunklen Schicksal.

Noch in zweiter Hinsicht dient bei Ann Radcliffe das Eingehen auf die Neuerungen des »Monk« dessen Widerlegung: die Dramatisierung des Romans, bewirkt durch die Eindämmung des malerischen Elements, durch die deutlichere Profilierung der Figuren im Dialog und die gesteigerte Aufmerksamkeit für die Handlung, dient dem Nachweis, daß eine Steigerung der Handlungsspannung nicht durch den Jahrmarktseffekt einer logischen und psychologischen Verkürzung zum Moritaten-Plakat erkauft werden muß. Sie übernimmt ja nicht nur die Figur des Schedoni, auch die Gruppenchoreographie und das Milieu ihres Romans von Lewis, so daß es – etwa in den Anfangspassagen oder in der Behandlung der Inquisition – zu deutlichen Parallelen kommt. Aber wie die Landschaftsbeschreibung bei ihr noch in der Aussparung wirksam bleibt als atmosphärischer Zusammenhang des Romans, so leiden unter dem Mehr an Aktion weder die psychologischen Motivationen noch die genaue Ausfaltung eines in sich kohärenten Geschehens. Ann Radcliffe spielt die Ruhe und die geduldige Zielstrebigkeit ihres Stils polemisch gegen die Hektik Lewis' aus, um die Effektivität der Vorerwartung, der Zeitspanne vor dem Eintritt des erwartet Schrecklichen zu dokumentieren. Zugleich macht sie von Anfang an deutlich, daß die *gothic novel* ihrer Prägung nichts gemein hat mit volkstümlichen oder trivialen Traditionen und daß es die

Aufgabe des Romanciers sei, die mühsam errungene Geltung des Genres nicht um des groben Nervenkitzels willen aufs Spiel zu setzen. Schon der erste Satz des eigentlichen Romans – nach dem düster das Thema des Buchs: den Einbruch des Verbrechens und des Geheimnisses in das Asyl der Heiligkeit, präludierenden Rahmenkapitel – legt diesen für jeden zeitgenössischen Leser deutlich auf die Tradition des hohen Romans fest: »It was in the church of San Lorenzo at Naples, in the year 1758, that Vincentio di Vivaldi first saw Ellena Rosalba.« Das ist in der schlichten Bestätigung eines Sachverhaltes – so als antwortete der Erzähler auf eine von außen gestellte Frage – zugleich ein Widerruf ihrer ausführlichen Beschreibungsanfänge in den beiden vorausgegangenen Romanen und eine Kontrafaktur von Lewis' aufgeregtem Einstieg in die gleiche Kirchen-Anfangsszene: »Noch keine fünf Minuten waren's daß die Klosterglocke zu läuten begonnen, und doch war die Kapuzinerkirche schon vom Gedräng' und Gewühl der Gläubigen erfüllt ...« Darüber hinaus aber wiederholt die Begegnung der beiden Liebenden, deren Trennung, beiderseitige Verfolgung und unvermutete Wiederbegegnung die Handlung des Buchs ausmachen werden, das erste Zusammentreffen eines der klassischen Liebespaare der europäischen Literatur: in der gleichen Kirche waren Boccaccio und Fiammetta einander begegnet, und der »Filocolo«, Boccaccios Jugendroman, schildert im Schema des älteren Liebesromans in der gleichen Abfolge von Trennungen und Leiden ihrer beider fiktive Abenteuer. So schließt deutlich erkennbar Mrs. Radcliffes letzter Roman sich an ein klassisches, wenn auch vor der *gothic novel* nicht mehr benutzbares Modell des hohen Romans. Die gewählte Höhenlage der Darstellung – und das 18. Jahrhundert hat in seinem allgemeinen Bewußtsein an den hergebrachten Gesetzen der Stil-Lage nie gerüttelt – war für Ann Radcliffe Verpflichtung genug, ihren Roman freizuhalten von trivialen Spannungseffekten und erst recht von der grellen Rhetorik des Entsetzlichen. Die Verbrechen Schedonis können sich mühelos mit denen Ambrosios messen, zumal er nicht in Unkenntnis seiner Opfer mordet und schändet. Auch die Ereignisse in der einsamen Fischerhütte am Monte Gargano und in den unterirdischen Verliesen der römischen Kurie stehen an offenem Grauen nicht hinter den Szenen des »Monk« zurück. Aber obwohl die Autorin im »Italian« den *terror* sehr weit in seinen Handlungsanlässen gesteigert hat, ist das Buch in seiner völligen Verweigerung vor dem *horror*, in der Aussparung jedes blutrünstigen Details ein Wunderwerk der Dezenz. Selbst die langen Passagen, in denen Vivaldi mit den Schrecken und Ängsten der Inquisition vertraut gemacht wird, verzichten völlig darauf, die seelische und körperliche Folter zur Spannungssteigerung zu benutzen. Versuchter Nachweis, daß die unheimliche und lastende Atmosphäre intensiver wirke als die krasse Anschaulichkeit.

Versuchter Nachweis, der nur für den *einen* Roman zu einer zwingenden Lösung führen konnte. »The Italian« ist ein Höhepunkt des Genres, zugleich der Schlußpunkt hinter die Bemühungen des 18. Jahrhunderts um das Phantastische. Auf lange Sicht hat Ann Radcliffe mit ihrer Trennung von *terror* und *horror* und ihrer Verbannung des naiven Gespensterwesens aus dem Schauerroman eine weitreichende, diesen überwindende Entwicklung eingeleitet, die bis in die jüngste Vergangenheit die Diskussion um die Möglichkeit des Phantastischen bestimmt hat. Da es, zumindest bis zu Henry James, geltender Grundsatz der Romanpoetik blieb, daß das Dichterische seinen eigenen Bereich über dem Alltäglichen bilde, ist das 19. Jahrhundert mit immer neuen Ansätzen und Lösungsversuchen durchzogen, einen neuen Raum des vor der Vernunft glaubwürdigen Phantastischen ausfindig zu machen: Walter Scott in seinen romantisch-historischen Romanen, E. T. A. Hoffmann und Charles Nodier in einer Poesie der psychologischen Doppelmotivation suchten auf Ann Radcliffes Spuren nach einem *fantastique vraisemblable,* das als psychologischer Fall *und* als Gefährdung der vertrauten Realität auflösbar war. Noch Henry James und Joseph Conrad gingen auf diesem Weg weiter. Direkt und mittelbar hat hier das Vorbild von Ann Radcliffe weit in die Zukunft gewirkt. Andererseits fällt gegenüber ihrer eigenen Zeit ihre rigorose Ablehnung des Gespenstischen hinter die Neuerungen Walpoles zurück: da ist ihre Einfriedung des Phantastischen in die Grenzen der Erklärbarkeit, ihre Scheu vor der Fratzenhaftigkeit nur als ein letzter Versuch der Aufklärung zu betrachten, Deiche gegen das spielerisch wachgerufene Grauen im Unbewußten der menschlichen Seele aufzurichten. Nicht die Angst vor der wahnsinnigen Verzerrung des eigenen Ich, vor der grotesken Verselbständigung einer beherrscht gewähnten Dingwelt lenkt ihre Bemühungen, sondern der Versuch, die Angst und das Geheimnis als heilsame Offenbarung des Übersinnlichen, als befreienden Schrecken zu begreifen. Es ist, so betrachtet, ein letzter, in seiner Konsequenz beeindrukkender Versuch, das Gräßliche zum Sublimen zu domestizieren. Der Avantgarde ihrer Zeit mußte sie darum zum konservativen Ärgernis werden, und erst heute, aus dem Abstand, vermag man Ann Radcliffes Leistung im Rahmen der phantastischen Literatur gerecht in ihrer Wirkung abzuschätzen.

Norbert Miller

Zu dieser Ausgabe

insel taschenbuch 1299
Ann Radcliffe
Der Italiäner

Titel der englischen Originalausgabe: The Italian; or, The Confessional of the Black Penitents. Erstveröffentlichung: 1797. Der vorliegende Text folgt der Ausgabe: Ann Radcliffe, Der Italiäner oder Der Beichtstuhl der Schwarzen Büßermönche. Roman. Aus dem Englischen von Friedrich Polakovics. Nachwort von Norbert Miller. Erste vollständige Übertragung. © 1973 Carl Hanser Verlag, München (Band 12 der ›Bibliotheca Dracula‹)

Umschlagabbildung: Lithographie von Hugo Steiner-Prag. Aus: Der Golem. Prager Phantasien zu G. Meyrinks Roman. Kurt Wolff Verlag, Leipzig 1916 (25 Lithographien) Mappenausgabe.